三村晃功　著

近世類題集の研究

和歌曼陀羅の世界

青簡舎

近世類題集の研究―和歌曼陀羅の世界　目次

序章　近世類題和歌集研究における歌題の問題

―遠近廬主人編『和歌掌中類題集』の紹介―

本書は近世類題和歌集の本質を究明することを最大の目標にするが、その本質を究明するためには、類題集の全体的把握が喫緊の課題となろうことは贅言を要しないであろう。ところで、この問題については、筆者はすでに『中世類題集の研究』(平成六・一、和泉書院)において、中世期に成立した類題集を主要な対象にしての言及ではあったが論究して、とりわけ「第一章　総論　中世類題集の成立」では、類題集のはらむ諸問題について複眼的な視点から、鳥瞰を試みたのであった。すなわち、そこでは類題集の意義・役割などについて、『続五明題和歌集』『再治視聴筆削』『あしわけ小船』『和歌拾題』『歌林雑木抄』『春寝覚』などの序文ないし跋文に認められる記述から、具体的に『題林愚抄』『明題和歌全集』や後水尾院撰『類題和歌集』などの類題集の存在意義および役割は「作例証歌を見ん」(『再治視聴筆削』)ためにあった、と結論づけたのであった。これは歌題と例歌(証歌)をともに具備した類題集について総括した結論であって、類題集の本質をほぼ言い得ているであろう。

ちなみに、筆者はこれらの論述の成否について検証の意味も含めて、『明題和歌全集』『明題和歌全集全句索引』(ともに昭和五二・二、福武書店)、『題林愚抄』(共編『新編国歌大観　第六巻』所収、昭和六三・四、角川書店)、『摘題和歌集上・下』(平成二・一一、同三・一、古典文庫)、『続五明題和歌集』(平成四・一〇、和泉書院)、『明題拾要鈔　上・下』(平成九・七、同九・八、古典文庫)、『公宴続歌　本文編・索引編』(編者代表、平成一二・二、和泉書院)などの類題集を翻刻・出版して、この問題の究明に資料提供の側面からも多少の貢献をなしてきたのであった。

ところで、類題集の本質究明を志向するとき、きわめて重要な視点として、以上のごとき純正な類題集を対象にした研究とは別個に、例題(証歌)を伴わない、歌題のみを対象とした、いわゆる歌題集成書の研究が存することを忘れてはなるまい。ちなみに、この問題については、拙著の上記の章節で簡単に言及したが、筆者にとってはほとんど未開拓ともいうべき研究領域であったわけだ。

さて、この方面の研究には、すでに題詠の視点から、松野陽一氏「組題構成意識の確立と継承」（『文学・語学』第七十号、昭和四九・一）、同「平安末期の百首歌について」（東北大学『教養部紀要』第二十五号、昭和五二・五）、井上宗雄氏「『こころを詠める』について」（立教大学『日本文学』第三十五号、昭和五一・二）、同「再び『こころを詠める』について」（同第三十九号、昭和五二・一二）、同「『類題抄（明題抄）』について」（『国語と国文学』平成二・七）、同「歌題に関する書をめぐって」（平成二・八、徳川黎明会叢書・月報一〇、思文閣出版）、同「『明題部類抄』をめぐって」（『国文学研究』第百二号、平成二・一〇）などがあるほか、藤平春男氏『新古今集とその前後』（昭和五八・一、笠間書院）所収の関係論考や、和歌文学会編『論集〈題〉の和歌空間』（平成四・一一、笠間書院）などで、諸氏によって各種の視点からのアプローチが試みられているが、資料面からの提供では、わずかに宗政五十緒氏ほか編『明題部類抄』（平成二・一〇、新典社）と「類題抄」研究会編『類題抄（明題抄）影印と翻刻』（平成六・一、笠間書院）が存する程度であって、まだまだ完璧を期する現況にはないと言わざるを得まい。したがって、筆者としてもこの際、各種の和歌集に収載される歌題がどの程度存在し、それらはどのように配列・構成になっているのか、類題集における歌題の問題について具体的に言及しながら、この問題にアプローチを試み、類題集の世界を鳥瞰してみたいと思う。

そこで以下に俎上に載せたいと思うのが、『和歌掌中類題集』なる歌題集成書である。本書は刈谷市中央図書館などに版本として伝存するが、寛政八年（一七九七）十一月の刊行、素姓の分明でない編者の著作という、成立時期、制作者などの点ではやや負の側面を否めない属性を持っている。しかし、類題集の重要な価値につながる歌題の提示、列挙などの内容面では、無視しえない歌題集成書となっているのは事実である。したがって、まずは版本『和歌掌中類題集』の書誌的概要の説明を、国文学研究資料館蔵のマイクロ・フィルム（30―365／12）によって紹介しておくと、次のごとくである。

所蔵者　刈谷市中央図書館　蔵（2650／1／3甲五）
編著者　遠近廬主人
体　裁　小本（縦一五・六センチメートル、横七・四センチメートル）一冊　版本　袋綴じ
題　簽　和歌掌中類題集
目録題　和歌掌中類題集
尾　題　掌中類題集
匡　郭　なし
各半葉　九行
総丁数　六十五丁（本体・六十二丁、広告・五丁）
柱　刻　なし
序　　　あり（遠近廬主人）
跋　　　あり（遠近廬主人）
刊　記　寛政八年丙辰冬十一月／奈良屋長兵衛板
広　告　書林宣英堂歌書目録　大阪　奈良屋長兵衛板（書目名は省略）

本書の書誌的概要はおおよそ以上のとおりだが、それでは、本集はいかなる歌題を収載しているのであろうか。本集は次のとおり、本体と付録の部に大別されている。

本体
正月題　二月題　三月題　四月題　五月題　六月題　七月題
八月題　九月題　十月題　十一月題　十二月題　恋の類題　雑の類題
仮名句題　七夕題　毎月集題
付録　いろは分
制の詞　准ずる詞　嫌ふ詞　禁忌の詞　不好詞　不庶幾詞

これを要するに、本集の歌題における属性は、本体部において、四季題を月別に細分化して、恋題・雑題と同一基準下に置いて扱うという、理論面と、付録部において、和歌の表現・措辞を、歌学・歌論・歌合判詞の視点から六種類に分類し、いろは順に整理するという、和歌の詠作なる実践面の両面に求められようか。

ちなみに、上野洋三氏「堂上と地下」（『和歌史』所収、昭和六〇・四、和泉書院）によると、慈延著『こぞのしをり』（安永九年刊）に、「禁制の詞」を細かく分類して「主ある詞・准制詞・小点《こてん》詞・憚るべき詞・禁忌詞・可斟酌詞・不庶幾詞・可用意詞」など、八種類の用語を掲げている由で参考になるが、目下、当該書を参照しえないので、ここでは紹介するに留めておく。

それでは、本集はいかなる歌題を収載しているのであろうか。まずは四季部から、以下に具体的に掲げてみよう。

○　春　（七五一題）
むつき　正月を云　（三二二題）
立春（立春天・立春日～歳中立春・歳暮立春〈冬の内にたつ、春ながら、昔より集には春につらぬ〉）一四題、若水（元日）

一題、初春（都初春・初春霞～春氷・残氷）二四題、子日（子日松・雪中子日～寄子日祝・野子日）八題、霞（暁霞・朝霞～夕霞隔関路・寄夕霞無常）四〇題、鶯（春来鶯遅・鶯告春～寝覚鶯・寄鶯述懐）三九題、若菜（朝若菜・摘若菜～寄若菜述懐・水辺若菜）一四題、春雪（山家春雪・野春雪～春洞雪・春氷）五題、残雪（山家残雪・木残雪～山路残雪・草残雪）八題、余寒（余寒氷・余寒風～二月余寒・渓余寒）五題、梅（家梅始開・垣根梅～梅花散庭・梅花落水）四九題、柳（行路柳・夕柳～夾路柳繁・柳為寺垣）二二題、若草（草漸青・朝若草～年々春草生・沢春草）五題、早蕨（早蕨未遍・折蕨遇友～岡早蕨・樵路早蕨）四題、春月（春山月・春暁月～関春月・江春月）一八題、野遊（春路・春山～江上春望・水郷春夜）一八題、春雨（朝春雨・夕春雨～旅春雨・旅宿春雨）一四題、春風（春風夜芳）一題、遊糸（春駒・沢辺春駒・遥見春駒）三題、雉（岡雉）一題、雲雀（野雲雀・路雲雀）二題、春動物一題、春衣一題、喚子鳥（暁喚子鳥・山家喚子鳥）二題、帰雁（雁別花・帰雁知春～峯帰雁・夕帰鴈）一三題

二月　きさらぎ　（二九四題）

桜（雨中桜・夜思桜～糸桜・八重桜）六題、花（山路花・遠見山桜花～杜間花稀・山花未落）二二六題、落花（惜落花・落花留客～夢中落花・名所落花）三七題、残花（花纔残・霞隔残花～暮春落花・澗（ママ）月花）二五題

三月　やよひ　（一三五題）

遅日（春日鷹狩・三月三日～牡丹・梨花）七題、菫（夕菫・雨中菫～庭菫・摘菫）六題、蛙（夕蛙・田蛙・蛙鳴苗代）三題、苗代（雨中苗代・山田苗代～河苗代・田家苗代）五題、躑躅（晩見躑躅・松下躑躅～水辺躑躅・躑躅留人）七題、杜若（杜若写水・池杜若）二題、款冬（款冬露・夕款冬～款冬傍岸・近砌款冬）二〇題、藤（雨中藤花・池藤～遠岸紫藤・暮春藤）二八題、春（春風不分処・戸外春風～春残二日・歳時春尚少）二七題、暮春（暮春朝・暮春晩月～閏三月花・旅宿三月尽）三〇題

○　夏　（四四九題）

四月《うづき》　（一六九題）

首夏（首夏朝・首夏藤〜林早夏・送春如昨日）五題、更衣（朝更衣・惜更衣〜都鄙惜春・貴賤惜春）五題、残花（余花・谷余花〜余花随風・春後思花）五題、新樹（庭樹結葉・山新樹・雨中木繁）三題、卯花（夕卯花・暮見卯花〜卯花繞家・卯花留客）三〇題、葵一題、郭公（尋時鳥・待時鳥〜時鳥稀・時鳥増述懐）九一題、夏動物一題、盧橘（盧橘風・盧橘初開〜盧橘薫軒・寄橘述懐）一六題、樗一題、早苗（急早苗・早苗多〜雨後早苗〜岡辺早苗）一一題

五月《さつき》　（一二八題）

五月五日・端午・端午述懐・牡丹・愛牡丹（むかしは春に用ひにけり、今は夏にもよめるにや）五題、菖蒲（旅宿菖蒲・江菖蒲〜菖蒲露・閨菖蒲）一五題、若竹（新竹・穉可人）二題、五月雨（初五月雨・五月雨久〜盧五月雨・羇中五月雨）二九題、水鶏（寝覚水鶏・水鶏驚夢〜独聞水鶏・寺辺水鶏）一一題、蛍（夜蛍・深夜蛍〜旅中蛍・羇中蛍）三六題、夕顔（垣夕顔）一題、夏（夏風・夏山〜行路夏衣・夏旅暁雲）二九題

六月《みなづき》　（一五二題）

夏月（夏暁月・朝夏月〜旅宿夏月・暮夏有明月）三七題、瞿麦（瞿麦露・隣瞿麦〜久愛瞿麦・故郷瞿麦）一三題、夏草（夏草深・庭夏草〜野草秋近・草花先秋）一八題、鵜河（深夜鵜河・瀬鵜河〜鵜河篝・遠近鵜河）七題、照射（樹陰照射・暁更照射・夜々照射・処々照射）四題、蓮（蓮花・池蓮花〜秋声帯雨荷・荷葉蔵水）六題、氷（氷室）一題、夕立（野夕立・遠夕立〜白雨易過・野径白雨）一二題、扇（扇風秋近）一題、泉（泉避暑・泉辺暑夏〜樹陰流水・樹陰風来）三〇題、納涼（野納涼・杜納涼〜晩夏涼風・秋隔一夜）一八題、夏祓（名越祓・荒和祓〜家々夏祓・六月祓）五題

○　秋　（一〇六一題）

七月　ふみ月　（三三七題）

立秋（立秋暁・立秋朝～荒屋秋来・毎家秋来）一七題、初秋（初秋風・初秋露～山居初秋・田家初秋）一四題、早秋（山早秋・江早秋～浦早秋・新秋雨）九題、残暑一題、七夕（待七夕・二星待契～閏月七夕・織姫恨曙）三三題、荻（荻風・荻風驚夢～墻荻・荻声驚眠）一七題、萩（萩露・庭萩～故郷萩露・秋情寄萩）二二題、女郎花（女郎花随風・径女郎花～女郎花近水・沢女郎花）一一題、薄（閑庭薄・行路薄～薄妨往友・籬薄）一三題、浅茅秋霜一題、刈萱（刈萱乱風・岡刈萱～刈萱乱籬・古籬刈萱）五題、蘭（故郷蘭・蘭薫風～池辺蘭・蘭薫枕）六題、槿（戸外槿・隣家槿花～籬槿花・槿籬厭夕）五題、草花（暮尋草花・朝草花～草花満庭・閑庭草花）二五題、秋花（庭移秋花・庭尽秋花～秋花勝春花・秋花催興）七題、尋野花（思野花・翫野花～野草露・野草欲枯）一四題、露（秋露・暁露～浅茅露重・露秋夜玉）二八題、秋風（野外秋風・信太杜秋風～閑居秋風・秋風入簾）九題、野分（月前秋風・暁秋風～古寺秋風・秋風満野）六題、虫（秋虫・聞虫～蛬思・促織）四四題、鹿（鹿声両方・萩盛待鹿～旅月聞鹿・野亭鹿）四四題、秋望（日望秋興・野外秋望・行路秋望・水郷秋望）四題、秋興（山中秋興・田家秋興・山路秋興）三題

八月　はづき　（三六二題）

秋朝一題、秋夕（秋夕雲・野径秋夕～山家秋夕・閑居秋夕）六題、秋夜（秋夜雨）一題、秋野（秋野露・秋海～秋田露・秋時雨）二五題、駒迎（関駒迎・浦秋夕・古寺秋夕）三題、月（望月・秋月～対月惜秋・暮秋月）三二六題

九月　ながづき　（三六二題）

鴈（初鴈・夕初雁～朝望旅雁・旅行聞鴈）五六題、霧（暁霧・遠山霧～霧中求泊・水郷霧）三三題、擣衣（聞擣衣・暁聞擣衣～旅擣衣・擣衣稀）四四題、鴫（暁鴫・曙鴫～寝覚鴫・野鴫）八題、鶉（野亭鶉・野鶉～故郷鶉・名所鶉）七題、葛（葛風・垣葛・岡葛・月前葛）四題、重陽（重陽宴・九月九日・菊花宴人）三題、菊花（菊・山路菊～秋暮菊残・対菊惜秋）

四八題、蔦（蔦紅葉・行路蔦・蔦置松）三題、黄葉一題、紅葉（林葉漸変・林葉漸紅～旅泊紅葉・岸紅葉欲散）九五題、秋天象（秋日易暮・秋夕草～秋不留・秋唯一日）三七題、暮秋（暮秋虫・暮秋望～暮秋暁月・暮秋寒）一五題、九月尽（雨中九月尽・海辺九月尽～閏九月尽・九月尽霜降星寒）八題

○　冬　（七三〇題）

十月　（三九五題）

初冬（初冬時雨・初冬風～都初冬・閑居初冬）八題、風従北来（山館冬至・山館風）二題、時雨（時雨知冬・時雨知時～寄時雨述懐・時雨晴）五三題、尋残紅葉（紅葉浮水）一首、落葉（落葉如雨・落葉交雨～旅所落葉・砂上落葉）六七題、残菊（残菊映水・月照残菊～禁庭残菊・庭上冬菊）一〇題、霜（霜埋落葉・篠霜～鶴払霜・羇中霜）二六題、寒草（寒草風・寒草纔残～潟寒草・山家寒草）二九題、寒蘆（朝寒蘆・池寒蘆～江辺寒芦～江辺寒芦鶴立・乾芦凝舟）一一題、枯野（枯野朝・霜枯野～寒松・岡辺寒松）九題、氷（氷始結・薄氷～氷閇水鳥・寄氷述懐）四〇題、冬月（冬暁月・寒夜月～旅庭冬月・冬里月）二九題、寒月（冬寒月・杜間月～寒床月・寒閨月）五題、衾（寒夜重衾・寒閨衾）二題、椎柴（薪・柏柴雪深・外山椎柴）三題、千鳥（遠千鳥・暁千鳥～渡千鳥・松辺千鳥）三一題、水鳥（暁水鳥・独聞水鳥～芦間鴛・一鳥過寒水）二三題、網代（尋網代・夜網代～網代群遊・網代眺望）九題、霙一題、霰（暁霰・山家暁霰～羇中霰・霰残夢）三二題、残鴈（雪中残雁・霜夜残鴈・田残鴈）三題

十一月　霜月　（二六〇題）

冬日（冬雲・冬天象～暁更冬灯・冬莚）五四題、鷹狩（冬鷹狩・鷹狩日暮～狩場風・狩場欲暮）一六題、雪（待雪・初雪～旅泊雪・深草雪）一九〇題

十二月　しはす　（八〇題）

炭竈（炭竈煙・遠炭竈～遠近炭竈・深山炭竈）七題、炉火（寒夜炉火・炉火忘冬～爐辺述懐・寒夜炉火）八題、埋火（寒夜埋火・深夜埋火）二題、神楽（夜神楽・月前神楽～杜神楽・暁神楽）五題、仏名（禁中仏名）一題、年内梅（年内梅花・早梅～依花待春・歳中鶯）一一題、歳暮（雪中歳暮・海辺歳暮～春巳卜隣・閏十二月）四一題、除夜（雪中除夜・爐辺除夜～舟中除夜・除夜仏名）五題

以上、『和歌掌中類題集』の四季部の概要に言及したが、本集の掲載内容の体裁（形式）について説明を加えておこう。ところで、本集が四季部の歌題を月別の視点から、より精細に内容分類につとめている側面についてはすでに言及したとおりだが、具体的に春部を例に採って説明すると、まず大項目として「春」の項目を掲げたあと、続いて中項目として「むつき 正月を云」が設定され、その分類のなかで□で囲まれた単独題（基本題）がまず示されて、次にその問題に関する結題が示されるという体裁である。ちなみに、基本題のみが示される場合もあれば、一文字を□のごとく囲んで、その文字を含む単独題ないし結題が示される場合もあるが、稀に結題について割注の形で注解に及んでいる場合もある。

なお、本集が収録する基本題（単独題）の性格・属性を把握するために、最初の組題百首で部類百首でもあり、組織・形態面からも後の百首歌への影響が多大であった『堀河百首』が収載する歌題と、本集のそれとの比較を、春部で試みてみると、基本題で本集が掲げていないのは「春駒」と「三月尽」のみだが、この二題は結題の項目のなかでは掲げられている。ちなみに、『堀河百首』に未収載で、本集が基本題として掲げている歌題は、「若水」「初春」「春雪」「余寒」「若草」「春月」「野遊」「春風」「遊糸」「雉」「雲雀」「春動物」「春衣」（以上、一月）、「花」「落花」「残花」（以上、二月）、「遅日」「菫」「蛙」「躑躅」「暮春」（以上、三月）の二十一題だが、このうち、「春動物」「春衣」の二題は結題を掲げていない。しかし、「若水」（元日）「春風」（春風夜芳）「雉」（岡雉）の三題は結題と関連する題を掲

げてはいるが、要するに、これらの五題が本集では最少の歌題提示例（一題のみ）となっているのは間違いないのだ。したがって、この事例を中世に成立した類題集『題林愚抄』と比較すると、『題林愚抄』には「若水」（元日）の題は載せていないが、残りの四例では、『題林愚抄』が「雉」の結題に「岡雉」を掲げない点のみ異同するという具合で、この実態は、夏部における「蚊遣火」題を本集が掲載していない例外を除けば、秋部にも冬部にも認めることができる点で、本集が四季部の歌題蒐集、配列に『堀河百首』を手本にしていたことは明らかであろう。ここに、本集の歌題の提示・配列に、編者・遠近廬主人の歌題観が著しく反映している、と認めうるのではあるまいか。

次に、本集の恋部の歌題を概観すると、次のとおりである。

○　恋部　（五二八題）

初恋（初逢恋・初言恋〜言初恋・洩始恋）五題、逢恋（逢別恋・不逢恋〜夢不会恋・夢無実恋）八題、思恋（思増恋・互増恋・思切恋・思不言恋）四題、忍恋（忍久恋・忍涙恋〜秋忍恋・冬忍恋）一八題、待恋（夕待恋・契待恋〜歴夜待恋・待夜深恋）一一題、見恋（不見恋・久見恋〜行路見恋・夢中見恋）一〇題、聞恋（聞声恋・聞久恋〜聞声忍恋・聞増恋）八題、契恋（契久恋・契待恋〜契憑恋・契不逢恋）一七題、憑恋（憑恋・憑媒恋〜互憑恋・難憑恋）八題、尋恋（尋縁恋・尋所恋〜尋逢恋・尋不逢恋）五題、別恋（急別恋・欲別恋〜別恨恋・別夢中恋）一一題、恨恋（恨言恋・恨絶恋〜恨増恋・夜恨恋）一四題、馴恋（馴増恋・馴久恋〜久不馴恋・馴経年恋）五題、祈恋（祈久恋・祈身恋〜祈経年恋・久祈恋）八題、言恋（言出恋・不言出恋〜欲言出恋・忘言恋）八題、増恋（日増恋・逐日増恋〜月前思増恋・移香増恋）七題、忘恋（不忘恋・難忘恋〜忘所恋・忘住所恋）六題、返書恋（見手跡恋・見書慰恋〜無返書絶恋・返書顕恋）一一題、怨恋（人伝怨恋）一題、厭恋（被厭恋・厭暁恋・見形厭恋・被厭賤恋）四題、絶恋（欲絶恋・不絶恋〜絶互悔恋・憚人絶恋）七題、驚恋（時々驚恋・被驚恋）二題、無名恋（欲無名恋）一題、立名恋（名立恋・厭名恋〜欲名立恋・悔無名恋）六題、顕恋（欲顕恋・不顕恋〜秋顕恋・冬顕恋）一四題、変恋（俄変恋・契変恋〜秋変恋・冬変恋）一〇題、隠恋（隠名恋・隠所恋・隠在所恋）三題、隔恋（隔河恋・隔遠恋〜冬隔恋・隔物語恋）一六題、疑恋（不疑恋・疑偽真恋・疑真偽恋・疑行末恋）四題、暁恋（暁更恋・兼厭暁恋）二題、帰恋（暁帰恋・深夜帰恋・帰従門恋）三題、切恋（後朝切恋・後朝恋・後朝悔恋）三題、悔恋（春悔恋・夏悔恋・秋悔恋・冬悔恋）四題、恥恋（恥身恋・恥心恋）二題、朝恋（朝変恋）一題、昼恋（昼思恋）一題、夕恋一題、恋（恋衣・恋裳〜秋恋・冬恋）六〇題、寄恋（寄天恋・寄日恋〜寄隣恋・寄閨恋）七四題、寄草恋（寄初草恋・寄忍草恋〜寄藻恋・寄浅茅恋）二九題、寄木恋（寄松恋・寄杉恋〜寄紅葉恋・寄杣木恋）一九題、寄鳥恋（寄鶯恋・寄雉恋〜寄鶉恋・寄鶴恋）一九題、寄獣恋（寄虎恋・寄馬恋〜寄猪恋・寄犬恋）六題、寄虫恋（寄蛍恋・寄蝶恋〜寄蚕恋・寄蠒恋）九題、寄花恋（寄卯花恋・寄藤花恋）二題、寄人恋（寄海人恋・寄商人恋〜寄杣人恋・寄遊女恋）五題、寄糸恋（寄緒恋・寄紐恋）二題、寄衣恋（寄裳恋・寄衾恋〜寄錦恋・寄帯恋）五題、雑物恋（寄鏡恋・寄匣恋〜寄注連恋・寄源氏物語恋）四九題

以上が本集の恋部における歌題の具体的内容だが、恋部の場合、四季部の場合と比べて、様相を異にしている。というのは、本集が『堀河百首』の恋十首の歌題と符合するのは、わずかに「初恋」「恨（恋）」「思（恋）」の三題にすぎないからだ。そこで本集が依拠したとおぼしき典拠を探すと、藤原光俊が出題した『建長七年　権大納言顕朝卿野宮亭会千首』の「恋上」であるようだ。なぜなら、本集の恋部の歌題のうち、「寄□恋」題を除く基本題たる「初恋」から「夕恋」までの三十七題と、『野宮亭会千首』の「恋上」の「初恋」から「絶恋」までの三十二題とを比較すると、同千首の二十一題と符合する一方、同千首のそれと符合しないのは、「不見恋」「不逢恋」「後朝恋」「近恋」「遠恋」「偽恋」「不憑恋」「稀恋」「片恋」「久恋」「旧恋」の十一題で、そのほかの比較検討対象にした撰集に比して、一

致率が比較的高かったからだ。もっとも、「近恋」「遠恋」「片恋」「旧恋」の四題は、本集が「恋」の中項目を立てて、「恋」の字と関連する歌題の中には所収されている。なお、本集の同千首が収載しない歌題は、「思恋」「恨恋」「言恋」「増恋」「返書」「驚恋」「無名恋」「立名恋」「疑恋」「暁恋」「帰恋」「切恋」「恥恋」「朝恋」「昼恋」「夕恋」の十六題である。

ここにも編者・遠近廬主人の歌題観が窺知しえるが、それでは、恋部の後半の「寄□恋」についてはどのようであろうか。そこで本集が依拠したと推察される典拠を探索してみると、藤原為家が出題した『前大納言為家卿中院亭会千首』が想定されるようだ。というのは、本集の収載する「寄□恋」の題が同千首の「恋二百首」（寄天恋）のそれとほぼ符合するからである。具体的には、本集の「寄□恋」の七十四題のうち、同千首のそれを収載していないのは、わずかに「寄電恋」「寄鳴恋」「寄禁中恋」「寄社恋」「寄寺恋」「寄簾恋」の六題でしかないからだ。

次に、「寄草恋」の歌題を検討すると、この場合も、本集が同千首に依拠していることは疑い得ず、同千首に収載する「草」関係の二十題のうち、本集が収載しないのはわずかに「薦」の一題でしかない実態が証明しよう。ちなみに、本集が収載する「寄草恋」の題二十九のうち、残りの「瞿麦」「女郎花」「寒草」「躑躅」「款冬」「萩」「荻」「薄」「蔦」「菊」の十題の典拠が問題になるが、この点は論証は省略に従うが「寒草」を除くならば、宗碩編『藻塩草』に収録をみるので、残りの部分はこの連歌学書が典拠と想定されようか。

次に、「寄木恋」の十九題の典拠も、「寄草恋」の場合と同様に、『前大納言為家卿中院亭会千首』と『藻塩草』とに依拠しているようだ。というのは、同千首の「寄木恋」の十五題のうち、「椎」「ひさぎ」「常磐木」の三題を除く十二題が本集のそれと符合する一方、残りの「桐」「竹」「柏」「柞」「梅」「楢」「紅葉」の七題は、「竹」が「寄草恋」に分類されているが、そのほかはいずれも『藻塩草』の「木部」のそれと符合するからだ。

次に、「寄鳥恋」の十九題の典拠は、「都鳥」を除く十八題が同千首のそれと一致する点で、本集がそのほとんどを同千首の歌題に依拠している実態が知られようが、同千首が唯一収載していない「都鳥」の題は『藻塩草』にみられるので、「寄草恋」と「寄木恋」の場合と同様に、『藻塩草』をその典拠に想定することは許されよう。

次に「寄獣恋」と「寄虫恋」の場合も、論証は省略に従うが、同様に、為家の『中院亭会千首』と宗碩編『藻塩草』から採録していることが確認される。

最後に、「雑物類」の題下に分類される「寄□恋」の四十九題は、「鏡」「匣」など三十六題が為家の『中院亭会千首』のそれと符合し、「箱」「髪」など十題が『藻塩草』のそれと符合するが、「俤」「稲妻」「源氏物語」の三題は両典拠には見られず、『現存和歌六帖』の題と一致している。なお、本集が「寄人恋」「寄糸恋」「寄衣恋」として項目を掲げる歌題についても、「寄人恋」の五題のうち、「樵夫」以外は『藻塩草』に収載され、「寄糸恋」の二題は、「緒」が『藻塩草』に、「紐」が同千首に収録され、「寄衣恋」の五題のうち、「衾」以外は「裳」「帯」の二題が同千首に、「布」「錦」の二題が『藻塩草』に収載されている。ちなみに、「樵夫」と「衾」の二題は『現存和歌六帖』の題と一致している。

以上、「寄□恋」題の検討を大略試みたが、この歌題については、本集は基本的に、光俊が出題した『野宮亭会千首』と為家出題の『中院亭会千首』、および宗碩編『藻塩草』に依拠して、歌題蒐集を行っていた実態が明らかになった、と言えるであろう。

○　雑部　（六八一題）

最後に本集の雑部の歌題収録状況について、以下にその概要を紹介しておこう。

雑天（朝日・夕日・月・星）四題、雲（暁雲・朝雲〜澗戸雲鎖・雲浮野水）二三題、雨（朝雨・夕雨〜山家夜雨・辛崎夜雨）一五題、風（野風・山風〜原風・軒風）八題、烟（夕烟・朝烟〜山村烟繊・村々烟細）一四題、嶺（嶺上雲深・名所嶺）二題、岡（名所岡・岡木・岡館）三題、杣（杣山・杣木・名所杣）三題、谷（谷水・谷河・谷埋木・谷庵）四題、澗（澗水・澗松〜澗苔・澗底松）九題、野（野外・野望〜春秋野遊・名所原）八題、関（関屋・関屋雲〜関炉鶏・名所関）九題、橋（行客休橋・行路橋〜丸橋・丸木橋）七題、河（山河・麓河〜長河似帯・河筏）六題、池（名所池・池水長澄〜池水如鏡・池水夜静）五題、滝（滝水・滝波〜晴後遠水・山影写水）一七題、海（海路・海路遠〜海路日暮・蒼海空低）五題、舟（河舟・湊舟〜漁父知浦・釣漁父）一七題、湖（湖水連天・名所湖）二題、礒（名所礒・礒松・礒浪）三題、浦（浦浪・浦松・浦夕）三題、湊（湊舟・名所湊）二題、潟（名所潟）一題、渡（古渡舟・渡待舟・名所渡）三題、浜（名所浜・浜風・浜浪・浜松）四題、嶋（夕陽映嶋・河嶋〜中嶋・名所嶋）五題、里（名所里・里夕・里朝・里暁）四題、田（山田・沢田〜沼田・名所田）五題、市（行路市・名所市〜市人・市女）五題、故郷（故郷雨・故郷草〜故郷路・故郷夢）五題、水郷（水烟・水芦・水辺）三題、閑居（閑居雨・閑居夜雨〜閑居待友・閑居思友）七題、幽居（夕幽思・林下幽閑）二題、灯（夜灯・窓灯〜山家暁燈・山家窓燈）一五題、山家（山家風・山家嵐〜秋山家・冬山家）三三題、山館（山館雲・山館燈・山館竹・山館鳥）四題、田家（田家風・田家嵐〜田家稀・田里）一二題、鳥（林鳥・暮村鳥〜澗戸鳥・河辺鳥）五題、鶏（暁鶏・暁更鶏〜鶏声何方・鶏人暁唱）九題、鷺（汀鷺・鷺立洲〜白鷺飛・江雨鷺飛）六題、鶴（晴天鶴・夜鶴〜松鶴・松間鶴）二四題、鷗（河鷗）一題、松（松風・松嵐〜庭松緑久・対松争齢）四四題、杉（門杉・関路杉・社頭杉）三題、椿（椿葉緑久・嶺椿・野椿）三題、榊（山榊・社頭榊）二題、椎（岡椎・嶺椎・麓椎・椎柴）四題、檜（檜原・嶺檜原）三題、柏（森柏・社頭柏・社柏）三題、槙（山槙）一題、楸（浜楸・海辺楸）二題、竹（籬竹・庭竹〜竹不改色・竹不変色）三七題、士（隠士出山・遊士越関・山士）三題、樵夫（夕樵夫・樵夫夕帰〜樵路・樵笛声幽）八題、老人（閑夜老人・老眠易覚・対鏡恥老・鏡中易老）四題、妻（上陽人・陵園妻・李夫人・楊貴妃）四題、遊女（泊遊女）一題、妓女（妓女対鏡）一題、傀儡（岸頭傀儡・旅宿傀儡）二題、遊興（妾遊・興遊未央・春秋野遊）三題、社頭（社頭祝・社頭松～冬神祇・神明依正直）一四題、釈教（釈教水・釈教榓）二題、十如是（如是相・如是性～如是報・如是本末究竟等）一〇題、哀傷（春哀傷・夏哀傷・秋哀傷・冬哀傷）四題、無常（朝観無常・夕観無常～秋無常・冬無常）八題、述懐（述懐多・述懐非一～述懐依人・月前述懐）一一題、懐旧（懐旧涙・懐旧夢～秋懐旧・冬懐旧）二〇題、往事（思往事・往事夢～冬往事・夜涙余袖）一〇題、旅行（暁旅行・朝旅行～駅路鈴声・他郷渡）一五題、旅宿（旅宿風・旅宿嵐～秋旅宿・冬旅宿）一九題、羇中（羇中山・羇中原～旅宿重夜・湊頭旅宿）二八題、眺望（暁眺望・朝眺望～海遠望・望遠帆）二〇題、賀（慶賀・祝～秋祝・冬祝）九題、句題（荻の上風・萩の下露～夕暮の空・暁の空）一〇題、同三十題（山もかすみて・鳴鶯の～はかなき世をば・八百万代を）三〇題、七夕七首（七夕月・七夕河～七夕別・七夕祝）七題、同七首（七夕月・七夕山～七夕扇・七夕祝）七題、同七首（七夕月・七夕風～七夕獣・七夕契）七題

以上が本集の雑部における歌題の具体的内容だが、雑部の場合も、恋部の典拠に想定された為家出題の『中院亭会千首』と宗碩編『藻塩草』とが想定されるのか、否かを検討してみると、『藻塩草』の場合はややその可能性はあるようだ。なぜならば、本集の単独（基本的）題のうち、「谷」「澗」「舟」「故郷」「水郷」「閑居」「幽居」「灯」「山家」「田家」「士」「樵夫」「老人」「妻」「妓女」「遊興」「社頭」「十如是」「哀傷」などの歌題を除くならば、そのほかはすべて『藻塩草』に収載されているからだ。ということは、本集の雑部の典拠として『藻塩草』を想定するには、やや不足の感を否めないので、そのほかの典拠を探索してみると、勅撰集に収載の歌題を中心に集成した類題集が浮上してくるようだ。ちなみに、この系列に位置づけられる典型的な類題集が『二八明題和歌集』と『続五明題和歌集』であることは周知の事実だが、ここで、これらの類題集を基本的な撰集資料として集成された、近世初期の最大の類題

集である後水尾院撰『類題和歌集』の雑部の歌題と、本集のそれとの比較・検討を試みてみよう。

まず、後水尾院撰『類題和歌集』（版本）には、本集がもつ単独（基本的）題七十三題のうち、「岡」「浦」「潟」「渡」「田」「遊興」「釈教」「十如是」「哀傷」の九題を収載していない。しかし、具体的に歌題の提示は省略するが、残りの六十四題は同集に収録を見るので、本集が同集に依拠した可能性は高いであろう。なお、同集に収載しない九題のうち、「岡」「浦」「潟」「渡」「田」の五題は『藻塩草』に、「釈教」「十如是」「哀傷」の三題は、後水尾院撰『類題和歌集』が依拠した『二八明題和歌集』に各々、収録をみている。唯一、分明でないのが「遊興」だが、これは本集では「妾遊・興遊未央・春秋野遊」の基本的（単独）題になっているので、憶測を逞しうすれば、編者の賢しらによる歌題設定である可能性もなしとしないであろう。ちなみに、本集の掲げる単独（基本的）題下に統括されている結題については、ここでは具体的に提示することは煩雑を極めるので省略に従うけれども、そのほとんどが後水尾院撰『類題和歌集』に収録されていることだけを、言い添えておきたいと思う。

次に、「句題」と「同三十首」について言及すると、まず、前者の句題は五音による歌句で、各句の典拠のうち、最古の勅撰集の名称を付記しておこう。すなわち、「荻の上風」（千載集）、「萩の下露」（新勅撰集）、「秋のよの月」（古今集）、「秋の夕霧」（続拾遺集）、「さをしかの声」（千載集）、「初鴈の声」（新古今集）、「鶉鳴なり」（千載集）、「衣うつ也」（同）、「夕暮の空」（同）、「暁の空」（同）のとおりで、『千載集』収載歌からの措辞が目立っているようだ。

次に後者の「同（句題）三十首」の典拠を検討すると、この場合は七音の歌句だが、「いひははなたで」と「起て別し」の二例を除くならば、すべて『拾遺集』収載歌からの措辞である。まず、前者は勅撰集には見えない措辞だが、「いひははなたじ」の措辞だと『後撰集』（七九一）に見える一方、『拾遺集』には「いひははなたれよ」（一二三三）の措辞は見出すことができる。また、後者の場合、『古今集』（六四一）が典拠になる一方、『拾遺集』には「おきてわびしき」の措辞は見出すことができる。この二例が出典面で例外の指摘される歌句だが、それ以外の二十八例は『拾遺集』からの措辞で、参考までに以下に紹介しておこう。――「山もかすみて」「鳴鶯の」「垣根の柳」「花の便に」「ちりつむ花の」「春の詠は」「とまらぬ春の」「さける卯花」「此五月雨に」「河べすゞしき」「あへる七夕」「晩露に」「はた織虫の」「都の月を」「月は浮世の」「紅葉をわけて」「秋のかたみを」「木葉流るゝ」「雪を袂に」「春の隣の」「見ぬ人こふる」「あらばあふよの」「徒ぶしを」「谷の埋木」「芦分小舟」「かさなる山は」「はかなき世をば」「八百万代を」。

要するに、本集が雑部の歌題提示に参考にした撰集は、後水尾院撰『類題和歌集』を中心として、宗碩編『藻塩草』ほかの典拠が指摘され、また、句題関係の典拠では『拾遺集』が主要な位置をしめる作品であった、と規定しうるであろう。

以上、『和歌掌中類題集』の歌題設定に大きな役割を果たした出典、典拠について検討を加えた結果、基本的には、春部・夏部・秋部・冬部の四季部においては『堀河百首』が、恋部においては、光俊出題の『野宮亭会千首』と為家出題の『中院亭会千首』および『藻塩草』が、雑部においては、後水尾院撰『類題和歌集』、宗碩編『藻塩草』などが指摘される一方、句題関係の典拠では『拾遺集』などが各々、想定される実態を明らかにしえたように思う。ここには本集の編者・遠近廬主人の類題集における歌題観が認められようが、この問題については、幸い編者の見解が序文に開陳されているので、それを手掛りにさらに検討を試みてみたいと思う。

本集には、編者・遠近廬主人の序文が冒頭に掲げられる一方、雑部の末尾と「毎月集三百六十首題　曾根好忠詠之」

の直前に、序文に連続するとおぼしき記述が見られるので、まずは前者から引用してみよう。

あらたまのとしの日数をかぞへつゝ、菅の根のながき春日のはじめより、呉竹のくれ行冬の終りまでによみつらねたるを、みづから「毎月集」となづけたる曾根好忠のむかしをおもへるにや、今も日歌といひて、日ごとに一首のうたをよむことを、稽古のつとめとする初心のともがらの為に、四季折々の題を、その月々にわかちしるしたるさゝやかなるふみを、ある人のふところにせるをみるに、そのまきの末には、恋・雑の題、はた制の詞、准ずることばなどをさへ、ねもごろにしるしつけたれば、彼日歌よまんれうのみにもあらで、すき人どもの出たらん旅の調度にも、かならずもるまじきふみなれば、そのよしをかいつけて、かの人にかへし侍ることになん有ける。

寛政やつのとし霜月ついたち　／遠近廬主人識

この序文の趣旨は、編者の遠近廬主人が、正月から十二月までの詠歌を月ごとに分類された、曾禰好忠の『毎月集』の成立した「むかし」に思いを馳せていたところ、ある時、毎日、一首の和歌を詠むことが「稽古のつとめ」になる「初心」者のために、「四季折々の題を、その月々に分類」した「さゝやかなる」書物を懐中に忍ばせていた「ある人」に遭遇し、その書物を拝借して一瞥してみると、そこには四季部の歌題に続いて「恋・雑の題」、「制の詞、准ずることばなど」までも懇切、丁寧に記述されていたので、遠近廬主人はこの書物を、和歌の初心者はもちろん、「すき人」（和歌の愛好者）が吟行する際の携帯必需品ともなりうる、便益このうえもない格好の歌題案内書だと判断して、その概略を心覚え程度に筆写した後、持ち主の「ある人」に返却したというものである。

ここには編者・遠近廬主人の和歌詠作に際しての歌題観が如実に窺知されて興味深いが、さらに編者はこの序文に引き続いて、後半に「組題」に関する見解などを披歴しているので、次にその部分を引用して紹介に及ぼうと思う。

この外、会席の当座に用ゆべき組題の分は、一首の通題をはじめとして、十首、廿首、五十首、百首、千首の組題、詩句題、経文の題、かな題にいたるまで、あまねく『明題部類』にあつめのせ、又『続明題部類』には、名所題ならびに四季・恋・雑よみあはせの景物をしるしたれば、これらは彼書にゆづりて、此書にはもらし侍り。

さて、題のこゝろの解しがたきは、『掌中題林抄』に注釈して、をの〳〵證歌を引たれば、此書の題のこゝろをもかよはして考ふべきものにこそ侍るめれ。

ここで、編者の遠近廬主人が言及している趣旨は、「会席の当座」で必須の歌題については、『明題部類』に「一首の通題をはじめとして、十首、廿首、五十首、百首、千首の組題、詩句題、経文の題、かな題にいたるまで」広く網羅されており、また、「名所題ならびに四季・恋・雑よみあはせの景物」については『続明題部類』に言及されているので、本集では省略に従った。なお、「題のこゝろ」(題の本意)の「解しがたき」ものについては、『掌中題林抄』に注釈を加え、各々「證歌」をも添加して完璧を期しているので、本集に収載の歌題の趣は、同抄の見解をも参照して理解を深めるのが適当である旨、編者は付記しているのだ。

ちなみに、本集の序文に窺知されるこれらの見解は、編者・遠近廬主人の独自の見解表明というよりは、たとえば寛政八年当時、世間に流布していた「宣英堂歌書目録 大阪 奈良屋長兵衛板」の宣伝広告文にみられる文言などが、いみじくも示唆するように、編者はこれらの和歌を詠じる際に有用な実用書に掲げられた宣伝文句を十分に咀嚼・吸収して、言わば自家薬籠中のものにして披歴しているのであって、この序文にみられる編者の歌題に対する和歌観には、和歌詠作の普及に向けて「書林」までも取り込んだ、編者・遠近廬主人の逞しい編集姿勢・態度の反映が認められるのだ。したがって、以下は、寛政八年当時の和歌詠作の初心者、和歌愛好者などへ向けた、一書林の歌書目録の紹介でしかないけれども、「書林宣英堂歌書目録　大阪　奈良屋長兵衛板」を掲げて、この問題の参考に供したいと思う。

まず、本集の序文にみられた『明題部類』関係の書目から引用すると、

増補和歌明題部類　一首より千首までの組題并に経文題、詩句題、かな題、五万余を集め、出所・年月等くはしく記し、悉くよみくせを知しむ。小本二冊。

同続和歌明題部類　名所組題、各題名所読合せを、四季・恋・雑・景物にて分ち、大に会席に携る便す。尤此證歌は追刻新板松葉集を併て見玉ひてかし。同一冊。

同明題部類拾遺　正統にもたれる組題并に名所題、いろは分景物よみ合せ、くはしくしるす。同一冊。

同明題部類之抄　すべて題のこゝろを、初心の聞へ安き小本やうに解して、読方をしらしむ。小本一冊。

掌中明題集　薄用摺かさひくにして、一首より千首迄の組題、かな題并に名所組題、各題読合せ、四季・恋・雑・景物を分つ。三ツ切、小本一冊。

掌中題林抄　薄用摺かさひくにして、四季・恋・雑の題のよみかたをしるし、證歌を引て、当座、旅行等の懐用とす。同一冊。

のごとくであって、寛政八年当時、和歌詠作のために役立つ手引書が、いかに世間に流布していたかの情報と様相が知られるであろう。

ちなみに、そのほかの「書林宣英堂歌書目録」に掲載する書目を（歌書以外のものを多少含むが）、書名のみ引用、紹介しておくならば、次のとおりである。

『萬葉集見安補』『和歌呉竹集』『同新呉竹集』『和歌まさな草』『掌中まさな草』『新撰和歌世々の栞』『新撰和歌題林抄』『和歌作者部類』『同新撰作者部類』『和歌虚詞考』『和歌麓の塵』『古今和歌集栄雅抄』『八代集抄』『冠辞考』『同続紹』『草庵和歌集類題』『正続草庵集』『同蒙求諺解』『同類題拾遺』『同類句』『藤川百首部類』『三玉和歌集類題』『新三玉和歌集類題』『三家和歌集類題』『続撰吟和歌集類題』『千首和歌類題』『李花和歌集類題』『南朝五百番歌合』『部類現葉和歌集』『増補新続類題和歌集』『組題和歌集』『和歌まくら詞補注』『歌文要語』

『同増補』『和歌ぬさ袋』『名所和歌松葉集』『名所和歌新松葉集』『名所和歌松葉集附録』『落くぼ物語』『源氏しのぶ草』『源氏物語頭書』『名所要歌抄』『和訓部類抄』『細川幽斎聞書』『和歌題林抄』『和歌明題部類』『和哥呉竹集』『和哥松葉集』『続和哥松葉集』『和歌世々の栞』『はし書ぶり』『万葉集見安』『万葉分類抄』『詞草大苑』『和林樸樕』『手爾波大概抄』『名所詠格抄』

さて、本集には、和歌詠作の実用的な手引書の役割を担った、歌句・歌語の位相に言及したともいうべき部分が、その内容の一翼を担っている。小見出しには「○　制詞　准詞　嫌詞」とあるが、目録には「附録　いろは分　制の詞　准ずる詞　嫌ふ言葉　禁忌の詞　不好詞　不庶幾詞」として掲げる部分である。これは歌論用語ともいうべきもので、歌句の価値に言及した基準（物指し）と規定しえようが、その具体的内容を以下に紹介して、実際の歌壇で、これらの歌句が和歌詠作の上でどのように考えられ、享受されていたのかの実態を明らかにするための参考に供したいと思う。

い　いろなる波に　制、いかなる風の　准、いきてよも　准、いはまほしき　嫌、入日をあらふ　准、いはゞやものを　准、いはずがごとく　嫌　詩の詞也

は　花のやどかせ　制、花の雪ちる　制、はるのふるさと　准、花の名したふ　新准、花ざかりも　五句目に嫌、はなの露そふ　制、花のふるさと　准、花や端山の　新准、はるの夕ぐれ　嫌、花を見ましや　嫌

ほ　ほさぬ袖　准　百人一首抄、ほがら〱と　嫌　古き詞也　、ほかげみじかき　准

へ　べらなり　嫌　古今の詞也

と　鳥にだも　嫌　詩の詞也　、とばかり　不好

ち　ちるぞめでたき　嫌、ちがふ　不好

ぬ　ぬるともおらん　制、ぬれてやひとり　制、ぬるとも袖の　制、ぬれにぞぬれし　准、ぬれぬ浪こす　准

を　をのれ　不好

わ　わたればにごる　制、われても末に　制、我身にけたぬ　制、わが影のこす　准、わびしかりけり　五句目に嫌、わたらぬ水も　制、われのみしりて　制、わが床たどる　新准、わびしらに　嫌　古き詞也

か　かすみかねたる　制、かれなで鹿の　制、霞に落る　制、かたへくもれる　准　風そよぐ　准、かなしき　不好、かけて　不好、霞の谷　禁忌、かよふもさびし、准、かろし　嫌、風の夕ぐれ　嫌、霞にのぼる　禁忌

よ　よその夕ぐれ　准、よもすがら　不好、よのほど　不好、より　留（り）に不好、よあらし　禁忌、世のなかよ准

た　たえまになびく　制、たゞあらましの　制、たがかねごとの　准、たまくらしめる　准、たまくらかれて准、たへてやは　准、玉の緒よ　准、たつやかすみ　嫌、玉のを柳　嫌

そ　そらさへ匂ふ　制、袖さへ波の　制、そゝや　嫌、そがぎく　嫌、その根はらえず、嫌、そらさりげなく　准

つ　月にあまぎる　制、露のそこなる　制、月やをじまの　制、月もたびねの　制、露もまだひぬ　准、つゆをたづぬる　准、露よりなれし　准、月やあらぬ　初句に嫌、つく〳〵と　准、月よりかすむ　准、月にぞしめる　准、月ぞこもれる　制、月のかげ　第三句に嫌、つゞく　不好、露の夕ぐれ　制

ね　ねるやねりそ　嫌

な　波にはなる、　制、なみにあらすな　制、なみだをしふる　准、名もしるし　准、なか〳〵に　初句に嫌、なくかうぐひす　嫌、なさけ　不好、何なり　嫌、ながら　不好、なくほとゝぎす　結句に嫌

む　むなしき枝に　制、むせぶもうれし　准、むすばぬ水に　制、むべ　不好

う　うつるもくもる　制、うちしめり　准、うき人　不庶幾　初句也と　、うつや衣　嫌、うすぐもる　嫌、うすがすみ　不好、うすぎり　不好、うき身　嫌、うとき　不好、うれしき　不好、うたて此ころ　留りに嫌、うらめしの身や　上に同じ　、うぐひすなきつ　上に同じ

の　のぼりせ　嫌

お　尾花なみよる　制、おほけなく　准、おもひせば　嫌、おもほゆるかな　留りに嫌

く　雲ゐるみねの　制、くろし　嫌、くだけてよする　准

や　山のすがた　准、やよしぐれ　制

ま　まだし今はの　准、またやみん　准、まだつのぐめる　准、まに　不好、まに〱　不好、ましらな鳴そ嫌、まさにながき夜　嫌　詩詞也　、

け　けぶりくもらで　准、げに　不好、けしき　嫌

ふ　ふゞきにかすむ　准、ふるやあられ　嫌、ふくあらし哉　嫌、ふくやあらし　嫌

こ　こほりていづる　制、こぞのしをりの　准、このごろのあき　准、此ころかなし　准、こぼれてむすぶ　准、こぬ人を　初句に嫌、こがらしの声　不好、こなた　不好、こゝちこそすれ　不好

あ　あらしぞかすむ　制、あらしぞくもる　制、あやめぞかほる　制、雨の夕ぐれ　制、あすもこん　准、あけばまた　准、暁そよぐ　新准、ありあけさむき　新准、秋風ちかく　新准、あらしもしろき　制、あだ人　不庶幾　初五なりと云也　、秋のあけぼの　嫌、あけぼのゝ春　嫌、あをし　嫌、ありければ　嫌、あさあけ　嫌、あらまし　不好、あたらよ　嫌、あはれ世の中　留りに嫌、あらんとすらん　上に同じ

さ　さくらちる　初句に嫌、さぞ　不好、さもこそは　不庶幾　初句也と云也

き　きのふはうすき　制、霧たちのぼる　制、きのふの雲の　制、霧におぼるゝ　准、霧にいさよふ　准、きくや

　いかに　准、きくはまことか　留りに嫌

ゆ　雪の夕ぐれ　制、雪の玉みづ　制、夕ぐれの秋　嫌、夕だちの雨　不好、ゆかしき　不好

み　みだれてなびく　制、身をこがらしの　制、みそぎにすつる　准、見ゆる明ぼの　嫌、見てしがな　不好、み

　やまべの里　嫌、身こそつらけれ　結句に嫌　身をいかにせん　上に同じ　、みゆ　留りに不好、みらん　嫌

し　してしかな　不好、日も落ぐさを　准、人ごゝろ　初句に嫌、ひろし　嫌、ひちて　嫌

も　ものわびしかる　嫌、ものにぞ有ける　留りに嫌

せ　せばし　嫌、せまほしき　嫌

す　すゞしくる　制、すゞしくそよぐ　准、末のしら雲　制

以上、本集に収録される二百三十一の歌語・歌句のうち、編者が和歌詠作上、重要度順に提示した「制の詞　准ずる詞　嫌ふ詞　禁忌の詞　不好詞　不庶幾詞」の六つの歌論用語の基準別に分類された内実を、六つの基準に該当しない事例は除外して、忠実に引用、紹介した。その分布状況を、整理・一覧すると、次のごとくなる。

A　制の詞　四十七語　B　准ずる詞　五十九語　C　嫌ふ詞　六十五語

D　禁止の詞　三語　E　不好詞　二十九語　F　不庶幾詞　三語

G　その他　二十五語（この事例は引用、紹介していない。）

ところで、上記のごとき歌語・歌句の注解については、周知のごとく、院政期以降に成立の『隆源口伝』『綺語抄』（藤原仲実著）『和歌童蒙抄』（藤原範兼著）『袖中抄』（顕昭著）などの歌学書で言及されている。そして、本集でもこの

分類に、『八雲御抄』（順徳院著）や『愚問賢註』（二条良基・頓阿著）などの歌学書や、『百人一首抄』『八代抄』ほかの注釈書を参照した旨の注記がなされているが、ここでは「か様の詞、主ある言葉なれば、詠むべからず。」と規定して、「主ある詞」（制詞）に最初に言及した、藤原為家の『詠歌一躰』（丙本）と、『詠歌一躰』に漏れた内容を追補した、その子息・慶融法眼の『追加』を対象にして、両者に収載される歌語・歌句と、本集のそれとを比較、検討しながら、この問題にアプローチを試みてみたいと思う。

まず、A「制の詞」に分類されている四十七語は、『詠歌一躰』に名歌の要として収録される四十三語とすべてにおいて符合するが、「たえまになびく」「露の夕ぐれ」「あらしもしろき」「雪の玉みづ」の四語は、本集が独自に認定したものである。

次に、B「准ずる詞」に分類される五十九語は、「あらしの庭」の注に「百人一首注に、制に准ずべしと」なる記述があることから、「制の詞」に「准ずる詞」と理解して、第二番めの位相にある「制禁の詞」と規定して支障はなかろう。

次に、C「嫌ふ詞」に分類される六十五語は、なかに「詩の詞也」（鳥にだも・まさにながき夜・いはずがごとく）、「古き詞也」（わびしらに・ほがらほがらに）、「古今の詞也」（べらなり）のごとく、歌詞・歌語の趣・性格に及ぶ注記がある一方、「初句に」（月やあらぬ・なかなかに・こぬ人を・さくらちる・人ごゝろ）、「第三句に」（月のかげ）、「五句（目）に」（わびしかりけり・花ざかりかも）、「結句に」（なくほと、ぎす・身こそつらけれ・身をいかにせん）、「留りに」（うたて此ごろ・うらめしの身や・うぐひすなきつ・おもほゆるかな・あはれ世の中・あらんとすらん・きくはまことか・ものにぞありける）など、連歌・俳諧用語の「去り嫌ひ」を想起させる注記がある。ちなみに、後者の場合は、歌句の一首の中における位置を出典で確認すると、ほぼ注記の位置にある事実から、連歌で定められた、二句去り・三句去り・打ち越し嫌い・折りを嫌うなど、用語に関する具体的な禁止条項を意味する注記ではないことが知られよう。なお、これらの注記は、これらの歌句を注記の位置に限定して使用すべき旨の意味にも解されるが、戸田茂睡の『梨本集』によれば、注記の位置に置くことは「嫌ふ」と理解されているようだ。したがって、本集の「ほの〴〵と」の注記に「初句に憚るべし」とある記述と同種の内容注記と理解するのが妥当のように判断されようか。ただし、この点は慶融の『追加』では反対で、慶融は注記の位置に置くことも許されると言明している。

とはいうものの、C「嫌ふ詞」の用語には、歌論・歌学書で、その定義が少々曖昧な側面を払拭し切れないので、ここでは『詠歌一体』（丙本）で「不可好詠詞但用-捨之　俊成卿・定家卿・為家卿等代々哥合被嫌詞也。」の項目（乙本では「先達加難詞」）を立てて、俊成・定家等が『六百番歌合』などの歌合判詞で批判した語句・語法をもつ五十七の歌語・歌句が、本集ではどのような扱いになっているかを検討してみよう。ちなみに、本集には、『詠歌一躰』（丙本）が収載する五十七語のうち、「すさむ」「なにがほ」「かはす」「おほひ羽」「そゝく」「しろき」「雪のあけぼの」「ながめ」「色はえて」「月花をおのれといふ事」「北へ行くなどのへの字」「思はぬ」「しら雲これる」「谷ごし」「嶺ごし」「うきがうき」の十六語を除く四十一語を収録しているが、これら四十一語の本集のなかでの扱いについて整理すると、次のとおりである。

A　制の詞＝雨の夕ぐれ

C　嫌ふ詞＝みらん・あたら夜・はるの夕ぐれ・秋のあけぼの・ふるやあられ・うつやあられ・人ごゝろ・けしき・ひぢて・玉のを柳・ふくあらし哉・ほがら〳〵に・べらなり・みゆる明ぼの・ありければ・おもひせば・うき身

a　初句に嫌＝なか〳〵に・月やあらぬ

b　結句に・五句目に嫌＝身こそつらけれ・身をいかにせん・花ざかりかも

c　留りに嫌＝ものにぞ有ける

E　不好詞＝つゞく・なさけ・まに・うすぎり・よもすがら・ゆかしき・かなしき・うれしき・ちがふ・みやまべの里・こなた・うとき・こゝちこそすれ

F　不庶幾詞＝うき人

G　その他

a　不好詞之内也＝入あひのこゑ

b　初句に用捨有べし＝大かたは

c　初句に憚るべし＝ほのぐと

このうち、「雨の夕ぐれ」の歌句は、『詠歌一躰』の丙本では、藤原良経の『新古今集』の「うちしめりあやめぞかほる時鳥鳴くや五月の雨の夕暮」（二二〇）詠の、第二句の「あやめぞかほる」の歌句のみを「制の詞」として扱っているが、元来は、甲本で「雨の夕ぐれ」と「あやめぞかほる」の両句を「主ある詞」と認定しているように、両句が禁制の扱いを受けていたのである。したがって、本集が「雨の夕ぐれ」の歌句をここで「制の詞」と規定しているのは、至極当然な処置であるのだ。

ところが、そのほかの歌語・歌句の本集における扱いをみると、F「不庶幾詞」・G「その他」に分類される事例は少数とはいえ、C・E・F・Gのごとく多彩を極めており、就中、C「嫌ふ詞」とE「不好詞」に分類される歌語・歌句の分布状態をみると、両者を区別する確固たる基準は見出しえない状況と言わざるを得ないようだ。

なお、C「嫌ふ詞」とE「不好詞」のフォーマルな評語（用語）は目下、見出しえないが、前者については戸田茂睡の『梨本集』に、「この『ながめ』といふ詞、当時見ることに読む、これを嫌ふ。」とある記述が、後者については二条良基の『近来風躰』に、「貞永歌合、定家卿判云、『人心』といふ五文字、いまはこのみよむまじきよし沙汰あり。」、『梨本集』に、「わりなき」の歌語の注解に「昔より制し来れり。好み読むべからず、遠慮する詞なり。」、「おのが」の歌語の注解に「これは詞を嫌ふにはあらず。」とある記述が各々、参考になることを言い添えておこう。

次に、E「不好詞」に分類される二十九語については、C「嫌ふ詞」で言及したように、C「嫌ふ詞」との峻別がつきかねるような基準内容であるので、ここで改めて検討を加えることは差し控えたいと思う。

次に、D「禁忌の詞」に分類される三語は、「玉の小柳」の注解に、『梨本集』が「『玉の小柳』といふは命のことなり。その『玉のをやなき』（玉の緒や亡き）といふやうに聞ゆれば、忌み詞なる程に読むべからずといふ。」とする記述や、同じく同集に、「明けぞしぬめる」「時雨しぬらん」の歌句の注解として「『しぬ』といふ詞忌み詞なれば読むまじといへり。」とある記述が各々、その意味内容を提示しているように思う。すなわち、D「禁忌の詞」は一般に、凶として忌み嫌うことを言うが、和歌では、不吉なものとして、特に宮廷周辺の歌会などで避ける素材や表現を意味すると定義しえようか。

次に、F「不庶幾詞」に分類される三語は、『六百番歌合』にしばしば登場する「春日」「色はえて」「さをどる」などの歌語に付せられた評語と同種の趣だが、そこでは俊成は「不庶幾詞也」「不庶幾歟」「不可庶幾にや」などの用語の内容を、「好むべきではない。できるだけ避けた方がよい、の意。」（新日本古典文学大系）として定義している。なお、「不庶幾歟」の用語は、同歌合の他所では「誠不宜」の用語に置き換えられ、やや否定的な内容を担った趣である点を、付記しておこう。

以上を要するに、A「制の詞」、B「准ずる詞」、C「嫌ふ詞」、D「禁忌の詞」、E「不好詞」、F「不庶幾詞」の用語（評語）のうち、A・Bの評語には、内容面で積極的な姿勢・態度などの評価価値が認められるのに対して、C・D・E・Fの用語（評語）には、逆に、内容的に消極的な姿勢・態度などの評価価値しか認められない、ということになるであろう。ちなみに、C・D・E・Fの用語（評語）に明確に峻別した位相を指摘することは困難であって、そこには編者・遠近廬主人の歌語・歌句への独自の価値観の反映が著しいように推察されるのだ。

換言すれば、中世歌学においてその使用を禁じられた歌語（詞句）の総称たる制詞は、「か様の詞、主ある言葉なれば、詠むべからず。」とした為家の『詠歌一躰』にその端緒が認められようが、為家の提起した「主ある詞」は、特定の歌人が創出した個性的な秀句表現を尊重するとともに、それを後人が安易に模倣・濫用することで、その詩的生命が損なわれることを防ぐ意味での制約でもあった。それが為家没後に、後人の手によって、俊成・定家・為家の御子左家三代の歌合判詞などの系譜のなかに、詠作を禁じた詞句（歌語）の実例・根拠が博捜され、『詠歌一躰』に「先達加難詞」（乙本）、「不可好詠詞」（丙本）が追加され、慶融法眼の『追加』なども補足されて、やがて「近代多く禁制の詞ありといへども、いまだ其出所不分明」（近来風躰）という状況にまで至ったが、近世期には戸田茂睡の『梨本集』が出て、「初五に置くべからずといふ詞」「終りに言ふまじきといふ詞」「遠慮すべきといふ詞」「ぬしある詞といふ事」「詠むまじきといふ詞」などの項目が設定され、茂睡はこれらの制詞論が清新な表現の創出を阻む弊害を、厳しく批判したのであった。

このような経緯で制詞論が拡大して多彩に展開されるなか、編者の遠近廬主人がこれらの制詞論を十二分に咀嚼、吸収して、自家薬籠中のものにするには少々の労苦では済まなかったであろうと愚考される。就中、C・D・E・Fの用語（評語）の扱い・処理には、判断にかなりの揺れがあったのではないか。それが上記のごとき、評語（用語）基準に統一性を欠く結果になって現れたのであろうが、それはまた一方では、編者の属性を提示した独自の制詞論にもなっているといえようか。

最後に、G「その他」に分類された二十五語について言及しておこう。ちなみに、このG「その他」については、すでに、C「嫌ふ詞」を検討した際に、a・b・cの一部分を紹介したが、ここで改めて「その他」二十五語を分類すると、

G　その他

a　不好詞之内也＝入あひのこゑ
b　初句に用捨（有べし）＝我恋は・大かたは・おぼつかな・あはれなり
c　初句には憚るべし＝ほの〴〵と
d　初心には用捨あるべし＝いかなれば・いかにせん
e　『百人一首注』に「制に准ずべし」と＝あらしの庭
f　『愚問賢注』に「主ある詞」と云也＝花にくらせる・露は袖に
g　『八代抄』に「主ある詞」と＝月にはらはぬ
h　『八雲（御抄）』に「よくもなし」と有＝おもひかな・もみぢしにけり
i　『古抄』に「末かけ合がたし」と有＝おもひわび・おもひつゝ・おもひあまり
j　古哥になき詞也＝旅路・しのび路
k1　無常の詞＝よもぎがもと・やまのかすみ・ひとしぐれ
k2　無常の詞。恋にはよむ＝草のはら
l　すさまじき詞と云也＝雲たけて

m　ちとせ　と云て下に　万代　あし、

のとおりである。

このG「その他」に属する二十五語のa～mに細分化される項目は、言うまでもなく、いずれも制詞に関わる歌語・歌詞の分類だが、dが詠作の初心者への心掛け・心得を説いたもの、b・c・i・mが詠作者への具体的な注意を喚起したもの、f・gが「制の詞」の用語（評語）に該当するとしたもの、eが「制の詞」に「准ずる詞」の用語（評語）に該当するとしたもの、aが「不好詞」の用語（評語）に該当するとしたもの、h・k1・k2・j・lが各用語（評語）の内実・性格に及んだもの、と要約しうるであろう。となると、A「制の詞」は四十九語、B「（制の詞に）准ずる詞」は五十八語、E「不好詞」は三十語となろうか。

以上、類題集の生命ともいうべき歌題の問題について、遠近廬主人の編になる歌題集成書『和歌掌中類題集』を俎上に載せて検討を加えてきた。ところで、通常、類題集といえば、歌題と例歌（証歌）とが不即不離の状態でセットになっている歌集を意味するが、筆者はこれまでそのような純正《オーソドックス》な類題集ばかりを研究対象にした考察を進めてきたのであった。しかし、類題集を考察するとき、例歌（証歌）を掲載しない、歌題のみを対象にした、言わば歌題集成書を研究対象にした考察の不可欠であることは言を待たないであろうから、今回は遅蒔きながらそれらの領域へ足を踏み入れて、この問題の検討を多少試み、類題集研究の補完たるべく、序章に配置したのであった。

序章で検討した結果、明らかにしえたいくつかの成果をここで改めて再論はしないが、要するに、本集が提示する歌題の問題は、本体部において四季題を月別に細分化して、恋題および雑題と同一基準のもとに配置して新機軸を打ち出している理論面と、付録部において和歌の表現・措辞を、歌学・歌論・歌合判詞の視点から六種類に分類、いろは順に整理して、和歌詠作者への実用的な便宜提供を試みている実践面の両側面に求められ、それらの構成はいみじくも所期の目的を見事に達成しているように推察される。

ちなみに、歌集における歌題の問題ははやく、『万葉集』における雑歌・相聞・挽歌の部立構成、正述心緒歌・寄物陳思歌・譬喩歌の表現様式面での分類や、勅撰集における四季・恋・雑の部立構成など、諸種の部類・分類意識と密接に関連して展開されるが、一般的に歌集の編纂は、当該歌集の各撰者・編者・著者たちがその確固たる編纂意図・構想に基づき、各自の主張・思想・思いなどを披歴・展開することによって、完結した一己の芸術的な世界・宇宙を形成するという、言わば編纂者の文学観に基づく創造的営為の所産となっている場合が多いようだ。

これに対して、類題集の場合は、編纂者の文学観による創造的世界の構築というよりも、和歌の世界・宇宙の枠組の形成とも称しうる、組織化された壮大な和歌世界の形式的な提示にある、とほぼ規定でき、そこには突飛な発想のようだが、仏教の「曼陀羅」の世界に酷似、共通する側面が見出しうるのである。ちなみに、「曼陀羅」とは、簡単にいえば、もろもろの仏・菩薩を一定の方式に従って描き並べ、悟りの境地を絵図にしたもの、の謂だが、この仏教における「悟りの境地」を「曼陀羅」というビジュアルな表現方法によって表示する方法は、そのまま類題集の歌題の枠組を明示する格好の方法として適応しうるのではあるまいか。

すなわち、類題集の場合でいえば、「曼陀羅」の如来に相当するのが撰者・編者であり、その中核に鎮座する撰者・編者が構想する「一定の方式によって」整然と組織化された大綱が四季・恋・雑などの部立であり、その部立の下部組織としてさらに細分化されて「描き並べ」られたのが基本題・組題などの歌題であるわけで、類題集の歌題の組織構成および配列には、「曼陀羅」の方法原理が援用できるのである。

これを極言すれば、類題集の世界は「和歌曼陀羅の世界」と換言することができるのではあるまいか。

第一章　総論　近世類題集の成立

―和歌曼陀羅の世界―

一　はじめに

近世和歌史については、はやく佐佐木信綱氏『近世和歌史』（大正一二、博文館）、福井久蔵氏『近代和歌史』（昭和五、成美堂書店）、能勢朝次氏『近世和歌史』（昭和一〇、日本文学社）、久松潜一氏『近世和歌史』（昭和四三、東京堂）などの各論著で、各人が近世和歌の諸問題を総論的に論究された結果、今日の近世和歌研究の土壌が醸成され、その後の隆盛を促進させるに至ったことは周知の事柄だが、それらの諸研究に立脚した、近時の多彩な近世和歌研究には目を見張らせる成果が多々あるようだ。

そのような近世和歌研究の状況にあって、筆者は過年、数ある研究領域の中で、類題和歌集の領域に足を踏み入れ、これまでその研究に携わってきた概括を、このたび「類題和歌集概観――古典和歌を中心とする――」（『夫木和歌抄　編纂と享受』、平成二〇・三、風間書房）として公表し、中古から近世期に成立した類題集のおおよその整理、概観を行ったのであった。そこでは、古典和歌を対象にした類題集を、一次的撰集（真名題、仮名題、詞書）と二次的撰集（真名題、仮名題、詞書）の視点から分類、整理を試みたのであったが、その分類基準は次のようなものであった。

（1）六帖題に分類される類題集
（2）題を細分化した系列に分類される類題集
a　六帖題の系列化にある類題集
b　勅撰和歌集の系列化にある類題集

ア　特定の私家集・私撰集（単数）による類題集
イ　勅撰集・私家集・私撰集（複数）などによる類題集
ウ　特定の流派による類題集
エ　特定の地域の歌人の詠による類題集
オ　歌題を欠く類題集
カ　その他

（3）特殊な題に分類される類題集
a　名所（歌枕）題による類題集
b　中国の故事などによる類題集
c　仮名句題・詞書などによる類題集
d　用語例による類題集
e　物名などによる類題集
f　その他

ちなみに、拙論は田渕句美子氏によって、同書の「序論」で、拙論が「中古から近世期に成立した類題集を、その特質によって分類しながら、内容・構成を概括し、流れと展開を示し、あわせて類題集の本質的性格や研究史をも詳説するもので、類題集を長年専門に研究してきた筆者によって、壮大な類題集の宇宙が描き出されている。」と紹介されたが、この拙論によって、これまでほとんど等閑視されていた、近世期の類題集の展望が漸く切り拓かれる段階に到ったと言えるであろうか。

ところで、類題集を分類・整理する際に、有効な手掛りとなりうる視点が、すでに平成七年十月に催行された、和歌文学会第四十一回大会において提供されていたのであった。それは松野陽一氏によってなされた、公開講演会における「江戸の私撰和歌集」なる公開講演である。松野氏はその講演の中で「近世私撰集の諸問題」として、当該類題集を、①古典（中世以前）、②当代、③近世末期類題集の三種類に分類されたが、このうち、①古典（中世以前）の分類基準が、極めてこの問題に示唆を与えるというわけだ。以下に、その分類基準を引用させていただくと、

①　古典（中世以前）　　＊↑↓和文　文章規範　官暇文章

ア　基本（分類）型　　類題和歌集・続類題集・類題和歌補闕・古詞類題

イ　秀歌撰型　　三玉集（→三玉集類題・三玉類句・三玉挑事抄）

ウ　歌学型（名所歌枕型）　　類題和歌作例集（長沢伴雄　弘化五）・類題法文和歌集注解（畑中盛雄）

エ　その他　　草根集類題・山家集類題

のとおり。この松野氏の分類方法は、近世類題集をその性格・属性に従って分類を試みたもので、近世和歌史における類題集の大略を把握するうえで、きわめて有効な手段・方法たり得る、と評価されるであろう。

このようなわけで、近世類題集の史的展開をたどろうとするとき、近世和歌史の流れに沿った把握の方法は、本質を把えうる正攻法としてきわめて有効に作用すること上述のとおりである。ところで、筆者がこれまで採用した類題集の本質に迫る具体的な方法・原理は、さきに紹介したように、類題集を、真名題と仮名題・詞書の二種類の歌題の視点から分類・整理した後、さらにそれらを細分化して種類別に整理したものを、一次的撰集と二次的撰集に分類するという、言わば個々の類題集の内実を具体的に究明しながら、それらを連結させることで、類題集の史的展開を図

ろうと企図した種類のものであった。

この方法・原理は、類題集の性格・特徴をかなり鮮明に究明している点で、一応、ある程度の成果をおさめていることは言を待つまいが、翻って本章では以上の方法とは少々視点を変更して、これまで論及してきた方法・原理を十分に踏襲することは勿論、さらに松野氏が提示された分類方法をも採用して、本書で言及する類題集を中心にして近世類題集の史的展開を、和歌史の流れ、流派などのオーソドックスな時系列の視点から把え直し、当該問題に迫っていきたいと企図する方法・原理である。なおその際、当該類題集の撰者・編者などにも、出来るだけ言及して、第二章以下の補完にもつとめたいと思う。

二　堂上派和歌の系列に属する類題集

さて、近世和歌は、古典和歌の伝統を踏襲、継承する二条派に属する堂上和歌の発展、隆盛の時代からはじまり、やがて貴顕紳士の占有物であった和歌の世界に、新たな階層が参入して地下の師匠が誕生し、和歌の革新運動が提唱されて、実践されるに到る。一方、この時期には出版技術が開発されて、都鄙を越えた空間に、出版文化が普及、浸透して、貴紳は勿論、一般庶民の書物への興味・関心を増大させる機運を生んだが、とりわけ古典和歌への浸透は著しく、詠歌人口が爆発的に急増したのはその端的な現れであった。

この古典和歌が地方的・階層的に拡大した、言わば伝統文化的現象は近世期の特徴として特記されようが、これらの新しい階層が伝統的文化を手っ取り早く摂取し、それに溶け込むもっとも簡便な方法・手段として浮上してきたのが、いみじくも専門歌人が詠じた模範的な例歌（証歌）を歌題別に類聚してなった類題集を参照・参看して、作歌仲間に入るという単純な行為・実践であったわけだ。類題集の制作、出版が近世期に激増するという文化的現象の背景には、まさにこのような必然的理由が存していたのであった。

ところで、近世和歌の出発が前代の二条派和歌の継承、発展にあることはすでに言及したが、具体的には、三条西実枝から古今伝授を受けた細川幽斎が八条宮智仁親王にこれを伝授し、同親王はさらにこれを後水尾天皇に伝授して、いわゆる「御所伝授」の系譜が成立した。以後、後水尾天皇は妙法院宮堯然法親王・照高院宮道晃入道親王・中院通茂・飛鳥井雅章・日野弘資・烏丸資慶・岩倉具起・後西院の八人に伝授したが、後西天皇はさらに霊元天皇、職仁親王などにこれを伝授して、以後、天皇の古今伝授が典例となったことは周知の事柄であろう。

このような近世初期の堂上和歌歌壇において中心的役割を果たしたのが後水尾院であったが、ここではまず、その父帝・後陽成院撰の『方輿勝覧集』を俎上に載せたいが、それに先立って後陽成院の事蹟に触れておこう。

後陽成院は元亀二年（一五七一）誕生、元和三年（一六一七）八月二十六日没、享年四十七歳。正親町天皇第一皇子誠仁親王第一皇子。名は周仁。第百七代天皇。天正十四年（一五八六）から慶長十六年（一六一一）まで在位。和歌を細川幽斎に学び、歌会、歌合などを盛んに行ったが、慶長十六年に後陽成天皇によって催行された『慶長千首』は大規模な歌会歌の集成。また、歌枕にも関心を寄せ、『方輿勝覧集』を撰集した。なお、大型の木製活字による東西の古典を刊行した「慶長勅版」と呼ばれる出版事業は特筆される。

さて、**『方輿勝覧集』**は慶長十六年までには成立の類題集。ウ「歌学型」に分類される、真名題（名所題）の一次的撰集。本体と追加部で構成され、三百の歌枕（名所）に例歌（証歌）千八百七十三首を付す。歌枕を国別に分類すれば、山城・大和・近江・摂津・陸奥・紀伊・伊勢・播磨・美濃・駿河が上位十位。撰集資料のベスト・テンは『歌枕名寄』『新古今集』『建保内裏名所百首』『続古今集』『万葉集』『千載集』『新勅撰集』『続千載集』『新拾遺集』『続後撰集』・『続拾遺集』のとおり。詠歌作者のベスト・テンは藤原定家・同家隆・源俊頼・藤原俊成・順徳院・藤原為家・宗尊親王・慈円・西行と後鳥羽院のとおり。成立過程は『和歌之抜書』（慶長二年成立）→『名所方輿勝覧』（同十六年頃成立）→『方輿勝覧集』（同）が想定される。編纂目的は、当座の歌合や歌会において、歌枕の題詠歌を詠む際の手引き書としての役割に求められようか。名所歌集における位相は、『歌枕名寄』と『類字名所和歌集』との交差点の地平に位置づけられよう。

次に、後水尾院の二種の類題集の説明に入る前に、同院の事蹟に及びたい。

後水尾院は文禄五年（一五九六）誕生、延宝八年（一六八〇）八月十九日没、享年八十五歳。後陽成天皇第三皇子。名は政仁。第百八代天皇。慶長十六年（一六一一）から寛永六年（一六二九）まで在位。智仁親王から古今伝授を受け、烏丸光広・中院通村らから古典の講釈を受けたが、和歌にもっとも長じ、廷臣たちと歌会、歌合などを盛んに行った。御集『鷗巣集』のほか、類題集『類題和歌集』『一字御抄』などがある。父帝の「慶長勅版」を継ぎ、「元和勅版」を刊行して、出版事業にもつとめるほか、修学院を造営するなど、文化史の上にも重要な事蹟を残した。

後水尾院撰の類題集のうち、まず、成立年時のはやい**『一字御抄』**から紹介しよう。本抄は寛永十四年（一六三七）から同二十年（一六四三）までには成立の類題集。ウ「歌学型」に分類される、真名題の一次的撰集。藤原清輔編『和歌一字抄』を下敷きにし、『夫木抄』の雑部の部立方法を参考にしているため、六帖題の系列化にある類題集と分類される。元禄三年（一六九〇）刊の版本（全八巻）によると、三百八十四種類の実字および虚字、一字ないし二字を含む結題に、五千百六十九首の例歌（証歌）を付す。原拠資料は、三玉集時代の公宴御会などの歌会歌や歌合からの採歌が主なもの。詠歌作者は後柏原院を筆頭に、三条西実隆・冷泉政為・藤原定家・花山院師兼・源俊頼・藤原家隆・姉小路済継・上冷泉為広らが陸続する。編纂目的は題詠歌を詠作する際の初心者向けの手引き書。ちなみに、本抄に依拠して成った類題集に『明題拾要鈔』がある（後述）。

次に、**『類題和歌集』**は、曼殊院旧蔵『和歌類題集』には「慶長八年」（一六〇三）書写の記事があるが、尊経閣文庫本の奥書によれば、寛永二十年（一六四三）の成立。ア「基本（分類）型」に分類される、真名題の一次的撰集。勅撰集を主要な撰集源にする類題集で、四季・恋・雑・公事部に部立される。北海学園大学付属図書館北駕文庫本によれば、一万九百二十八題（例歌を欠く場合もある）に、三万七百三十五首を付す。撰集資料には中世の類題集『題林愚抄』を基幹に諸撰集が想定される。主要な詠歌作者は後柏原院を筆頭に、三条西実隆・慈円・藤原家隆・源俊頼・花山院師兼・飛鳥井雅縁・宗良親王・藤原定家・冷泉政為・藤原為家・同俊成・同良経らが陸続する。編纂目的は堂上歌人たちを中心に、題詠歌詠作の手引き書として作成された点に窺知されよう。ちなみに、本集には元禄十六年（一七〇三）刊の版本三十一冊が存するが、北駕文庫本と比較すると、前者には、後者に未収載の例歌が千六百八十四首収録されている実態が知られるが、その具体的な内容については、拙論「版本『類題和歌集』未収載歌集成」（『光華女子大学研究紀要　第三十六号』平成一〇・一二）を参照賜りたい。

後水尾院撰の『類題和歌集』に後続する類題集が霊元院撰『新類題和歌集』であることについては言を待つまいが、まずは霊元院の事蹟に触れておきたいと思う。

霊元院は承応三年（一六五四）誕生、享保十七年（一七三二）八月六日没、享年七十九歳。後水尾天皇第十九皇子。名は識仁。第百十二代天皇。寛文三年（一六六三）から貞享四年（一六八七）まで在位。好学の天皇で、父帝王から『源氏物語』、後西院から『古今集』などの古典の講釈を受ける一方、武者小路実陰・中院通躬・冷泉為村らの歌人に深い影響を与えた。和歌にもっとも長じ、一万余首の詠作を残したらしい（群書一覧）。御集『霊元院御集』、歌論書『作例初学考』のほかに、類題集『新類題和歌集』の撰集などがある。

さて、霊元院撰の**『新類題和歌集』**は第十五巻十五冊の写本。ア「基本（分類）型」に分類される、真名題の一次的撰集。宝永（一七〇四〜一一）末から承徳（一七一一〜一六）初めのころ、霊元院が夏部三百首ほどを抜き書きして中院通茂・武者小路実陰らに見せ、その後、三条西公福・武者小路公野・烏丸光栄らが院の指示を仰ぎながら、編纂作業を進めた結果、享保十六年（一七三一）に一応、編纂は終了したが、同十八年、公野・光栄ほか、冷泉為久・久世通夏・冷泉為綱・押小路実岑が清書して最終的に完成した。伝本は五十本を越えるが、筑波大学附属図書館本によれば、一万六千八十五題に、三万二千六百九十九首の例歌（証歌）を付す。部立は四季・恋・雑・公事部。原拠資料は『公宴続歌』『御点取類聚』『続撰吟抄』『将軍家千首』『文明千首』などが主要なもの。詠歌作者では、三条西実隆・後柏原院・三条西公条・後花園院・冷泉政為・頓阿・姉小路基綱・覚性法親王・藤原為家・姉小路済継・肖柏がベスト・テン。編纂目的は、後水尾院撰『類題和歌集』の増補、改訂にその主眼があったようだ。

ところで、睡翁編**『仮名句題倭謌抄』**は『仮名題和歌抄』三巻と『句題和歌抄』二巻とから成る類題集だが、ア「基本（分類）型」に分類される、仮名題の一次的撰集。編者の睡翁の事蹟が目下、一切未詳であるために所属系統分類が困難ではあるが、『句題和歌抄』の「作品名不詳」のなかに堂上歌人の詠作が見られる点で、ここに採り上げることにした。成立は序文と刊記から享保二年（一七一七）。撰集資料は『仮名題和歌抄』が定家の『拾遺愚草』、慈円の『拾玉集』、『名所百首』など三十一作品、『句題和歌抄』が『拾遺愚草』『拾玉集』のほか、『永正五年六月御百首』など十二作品。編纂目的は、後進に仮名題による詠作を一括、集成して参考に資する点に窺知されようか。

次に、飛鳥井雅章編『数量和歌集』は数量にゆかりのある項目を、整理した准類題集だが、まずは編者の飛鳥井雅章の事蹟に言及しておこう。

飛鳥井雅章は慶長十六年（一六一一）誕生、延宝七年（一六七九）十月十二日没、享年六十九歳。権大納言雅庸三男。権大納言従一位に至る。法名は文雅。家職は蹴鞠であったが、堂上歌人として後水尾院から『百人一首』の講釈を受け、古今伝授を受ける。家集『飛鳥井雅章卿詠草』、定数歌『雅章卿千首』のほか、『数量和歌集』の編集などがある。

さて、**『数量和歌集』**は承応二年（一六五三）三月の成立だが、内容は秀歌撰と定数歌編に二分される准類題集なので、イ「秀歌撰型」に分類される、真名題の一次的撰集と一応、見ておきたいと思う。書陵部本によれば、上巻に「古歌仙」「中古歌仙」以下「修学院八景」「新古今三夕」の十四作品、下巻に「詠三躰倭歌」「庚申之夜五首」以下「後十五番歌合」「六歌仙古今　序」の三十六作品の、都合五十作品を収載する。作品の年時は延喜五年（九〇五）から承応二年（一六五三）まで。定数歌編のなかに、部立別・歌題別・准歌題別の歌群がある点で、准類題集の扱いとした。収載歌人は、六家集歌人と藤原公任編の歌仙歌人が主要なメンバー。後水尾院歌壇の堂上派および地下派の歌人の「数量」への関心が窺知される。

次に、河瀬菅雄編『和歌拾題』の編者の事蹟を紹介しよう。

河瀬菅雄は正保四年（一六四七）誕生、享保十年（一七二五）二月二十三日没、享年七十九歳。酔露軒と号す。京都の人。飛鳥井雅章の門弟。家集『酔露軒和歌集』、私撰集『ふもとの塵』のほかに、類題集『和歌拾題』がある。

さて、河瀬菅雄編**『和歌拾題』**は無刊記の版本、第十六巻七冊で伝存する。ア「基本（分類）型」に分類される、真名題の二次的撰集。編者・河瀬菅雄が飛鳥井雅章の門下ゆえにここで俎上に載せたが、地下派和歌の系列に分類するほうが適切であったかも知れない。内容は先行の類題集に依拠した本体部と、編者が増補した補遺部の二部構成。四季・恋・雑・公事部に部立され、歌題六千二百七十題に、例歌（証歌）九千百四十二首を付す。撰集資料は、本体部が『明題和歌全集』、補遺部が後水尾院撰『類題和歌集』、『明題和歌全集』『為尹千首』『夫木抄』など。詠歌作者は、冷泉為尹・藤原定家・同家隆・慈円・後柏原院・冷泉政為・源俊頼・同経信・二条為世・同為道などが主要歌人。成立は、進藤知雄の跋文から貞享五年（一六八八）ごろと推察される。編纂目的は、歌題の本意を的確に詠じた例歌に、先行の類題集に漏れた歌題を増補するなど、歌題面に配慮した類題集の制作にあった、と窺知されようか。

次に、宮部萬女・伊津子編『袖玉集』を俎上に載せたいが、編者の宮部萬女・伊津子の事蹟に言及しておこう。

宮部萬女は生年未詳〜天明八年（一七八八）六月没、享年、五十余歳か。上州高崎藩士宮部義正（享保十四年〈一七二九〉〜寛政四年〈一七九二〉、六十四歳）の妻。義正とともに冷泉為村の門に入ったが除名され、以後は烏丸光胤・裏松固禅・日野資枝らに指導を受ける。『三藻類聚』の著作のほか、伊津子との共編『袖玉集』がある。ちなみに、「伊津子」の事蹟については目下、一切未詳。

さて、**『袖玉集』**は宮城県図書館などに、安永二年（一七七三）三月刊の版本で伝存する。イ「秀歌撰型」に分類される、真名題の二次的撰集。内容は、藤原俊成の歌論書『古来風躰抄』、同定家編の『二四代集』、二条家三代集『千載集』『新勅撰集』『続後撰集』などからの抄出歌によって成る。編纂目的は、御子左家の系譜下にある冷泉家中興の祖・為村に師事していた編者の動向からみて、中世和歌の宗家の人びとの選歌による撰集を編纂して、和歌修練の基本的なテキストを制作しようとした営為に、窺知されよう。

次に、三島篤編『自摘集』が後続するが、編者の三島篤の事蹟についてはは現下、まったくの未詳事項に属するので、早速、『自摘集』の紹介に入りたいと思う。

三島篤編『**自摘集**』は、寛政九年（一七九七）刊行の版本一冊が刈谷市中央図書館などに伝存する。ア「基本（分類）型」に分類される、真名題の二次的撰集。内容は四季・恋・雑部に部立され、歌題五百九十題に、例歌（証歌）六百三十二首を付す。撰集資料では、後水尾院撰『類題和歌集』と霊元院撰『新類題和歌集』が主要なものだが、原拠資料では、『公宴続歌』『雅世集』『卑懐集』『称名院集』『為広集』『続撰吟抄』『亜槐集』『碧玉集』などの室町期のものと、『資慶集』などの近世前期のものが目立つ。詠歌作者では、三条西公条・烏丸資慶・上冷泉為広・飛鳥井雅親・同雅世・三条西実枝・姉小路基綱・下冷泉政為・三条西実隆・飛鳥井雅有・邦高親王が十首以上の収載歌人。編纂目的は、中級向きへの携帯に便利な袖珍本の類題集作成にあった、と考慮される。

ところで、堂上派の系列化にあると判断される類題集のうち、編者未詳の撰集がかなりの数にのぼるけれども、ここで一括して扱うことにしたい。ちなみに、これらの類題集についての系列分類は、各類題集の内実などから判断、推察して決定したことを断っておきたいと思う。

そこでまず、俎上に載せたいのが和歌山大学附属図書館蔵の『**温知和歌集**』（写本二冊）だが、ア「基本（分類）型」に分類される、真名題の一次的撰集。内容は諸種の歌群を集成した雑纂形態の類題集だが、四季・恋・雑部に部類される。烏丸光広・飛鳥井雅章など、堂上派歌人の詠作を収める実態から、ここで紹介することにした。特定できる歌群は「詠花鳥和哥」「名所百首和歌」「千五百番歌合」「詠百首和歌」「詠三十首和歌」「文明十三年十一月二十日三十番歌合」「飛鳥井家二十首続歌」「正応三年九月十三夜同詠三首応製和歌」「天正五年親王家五十首」など、室町時代中・後期の作品が多い。詠歌作者の上位十人は水無瀬兼成・飛鳥井雅康・烏丸光広・三条西実隆・道堅・尭孝・飛鳥井雅親・正徹・邦高親王・飛鳥井雅経のとおり。成立時期は、慶安三年（一六四五）から延宝五年（一六七七）までの間か。編纂目的は、近世期の堂上派歌人への参考歌集の提示に求められようか。なお、本集の翻刻を、『京都光華女子大学研究紀要　第四十二号』（平成一六・一二）に、初句索引つきで公表した。

次に、盛岡市中央公民館などに、元禄七年（一六九四）刊の版本、第七巻七冊として伝存する**『明題拾要鈔』**の紹介に移りたい。本鈔は後水尾院撰『一字御抄』の類書の性格をもつもので、ここで扱うことにした。ウ「歌学型」に分類される、真名題の一次的撰集。内容は虚字および実字一字を含む結題を中心に、それに数字・対字・重字などを含む結題を添加して、都合三百四十六項目に及び、いろは順に配列する。結題三千八十八題に、例歌（証歌）六千五百首を付す。撰集資料は後水尾院撰『類題和歌集』を筆頭に、『一字御抄』『和歌一字抄』『題林愚抄』『続撰吟抄』『摘題和歌集』などが陸続する。原拠資料の上位には、『柏玉集』『雪玉集』『師兼千首』『碧玉集』『拾玉集』『拾遺愚草』『拾遺愚草員外』『散木奇歌集』『壬二集』『為家集』『草庵集』『続草庵集』などが想定される。収載歌人の上位には、後柏原院・三条西実隆・花山院師兼・下冷泉政為・慈円・藤原定家・源俊頼・藤原家隆・同為家・頓阿・姉小路済継・源頼政・藤原良経・上冷泉為広・三条西公条など。編纂目的は『一字御抄』と同様に、題詠歌の初心者向けの手引き書の制作にあろう。なお、本鈔の翻刻を、『古典文庫』（第六〇八・六〇九、平成九・七、同九・八）に掲載した。

次に、**『類題和歌』**は唯一、書陵部にのみ写本一冊で伝存する。ア「基本（分類）型」に分類される、真名題の二次的撰集。内容は四季部のみだが、元来は恋・雑部も存したと推察される。堂上派歌人の中院通勝・通村の和歌を多く収載するので、ここに分類した。単独題に結題が添加される形式で、四百二十七題に、二千百七十八首（重出歌を含む）の例歌（証歌）を付す。撰集資料は『雪玉集』『柏玉集』『碧玉集』の私家集、後水尾院撰『類題和歌集』、松井幸隆編『三玉和歌集類題』などの類題集を、原拠資料の認識で採り扱っている。さきに言及した歌題は、室町中後期以降の歌人の例歌が示しうる歌題に限定され、三条西実隆・後柏原院・飛鳥井雅親・下冷泉政為・姉小路基綱・中院通勝・烏丸光広・後土御門院・中院通村・上冷泉為広が収載歌人のベスト・テン。成立は版本『類題和歌集』の刊年たる元禄十六年（一七〇三）正月以降と推察される。編纂目的は、袖珍本なる形態から、公的な歌会などの現場で容易に活用できる手引き書の制作に求められようか。

次に、大阪市立大学学術情報総合センター蔵『**證歌集**』は、元禄十七年（一七〇四）上梓の版本が唯一の伝本。ア「基本（分類）型」に分類される、真名題の二次的撰集。撰集資料の実態から堂上派に属する類題集と判断した。内容は四季・恋・雑・公事部に部立され、三千六百二十九題に、三千六百四十一首の例歌（証歌）を付すが、原則として一歌題一例歌の構成を採る。撰集資料には、『題林愚抄』『明題和歌全集』『三玉和歌集類題』『類題和歌集』『公宴続歌』などが、原拠資料には、『玉葉集』『白河殿七百首』『千載集』『続古今集』『新古今集』『亀山殿七百首』『為尹千首』『金葉集』『続千載集』『続拾遺集』『柏玉集』などが各々、認められる。詠歌作者は冷泉為尹・藤原定家・慈円・藤原家隆・後柏原院・源俊頼・三条西実隆・順徳院・二条為氏・藤原俊成・同良経・西行・頓阿・伏見院・後嵯峨院らが上位収載歌人。編纂目的は『類題和歌』と同様に、歌会の席上にて活用しうる携帯可能な袖珍本の制作にあった、と推察されようか。

次に、臼杵市臼杵図書館蔵『**新類題和歌集**』は写本六冊だが、霊元院撰『新類題和歌集』とは同名異書。ア「基本（分類）型」に分類される、真名題の二次的撰集。撰集資料が後水尾院撰『類題和歌集』と霊元院撰『新類題和歌集』に限定されることから、堂上派の系統に分類されようと判断した。原拠資料では、『公宴続歌』『雪玉集』『出観集』『和歌一字抄』（増補）『隣女集』『林葉集』『夫木抄』『為家集』などが、詠歌作者では、三条西実隆・覚性法親王・後柏原院・藤原為家・飛鳥井雅有・頓阿・俊恵・後花園院・三条西公条・源俊頼らが各々、上位を占めている。成立時期の上限は享保十八年（一七三三）の夏以降、下限は書写年代の江戸時代後期か。編者には第十一代臼杵藩主・稲葉擁通などが憶測されるが、現時点では未詳とせざるを得まい。

最後に、国文学研究資料館蔵『**補缺類題和歌集**』は現下、同館蔵の「恋部二」の写本が唯一のもの。ア「基本（分類）型」に分類される、真名題の二次的撰集。書名から、後水尾院撰『類題和歌集』の「補缺」版の印象を与えるが、実は、同院撰の『類題和歌集』そのものを、増補、改訂する目的で編纂されたようだ。その意味で、ここで扱うことにした。内容は六百三十八題に、例歌（証歌）千六十四首を付す。『公宴続歌』と『続撰吟抄』が主たる撰集源。収載歌人は三条西実隆を筆頭に、後柏原院・冷泉政為・俊恵・三条西公条・飛鳥井雅親らが陸続する。成立は、版本『類題和歌集』の刊行年たる元禄十六年（一七〇三）から『類題和歌補闕』の刊行年の文政十年（一八二七）の間か。ちなみに、恋二のみの上記の数値から、本集の完本を憶測すれば、一万六千六百十二題に、五万四千百七十九首を付する、近世期における最大級の類題集であった模様である。

以上、堂上派和歌の系列に属する類題集の概略について言及したが、次に、地下派和歌の系列に属する類題集の概略説明に移ろうと思う。

三　地下派和歌の系列に属する類題集

さて、細川幽斎の二条派歌学は、堂上派の御所伝授へと伝播した系統とは別に、一般庶民の間へも流伝して拡大の方向へと向ったが、それが木下長嘯子と松永貞徳らに始まる地下派の門流である。このうち、木下長嘯子は豊臣家の一族の大名であったが、京都東山などに隠棲して、新奇な表現・措辞を用いた和歌を詠み、後の近世和歌革新の萌芽を内在させていた歌人であった。

一方、松永貞徳は、堂上派歌人などに独占されていた歌学を、民間庶民に普及させ、文運興隆の一翼を担った歌人として特筆されよう。このような貞徳の庶民層への古典の啓蒙運動は数多の門人を輩出させることになって、門下より望月長孝・加藤盤斎・元政上人・和田以悦・宮川松堅・北村季吟らの歌人が誕生し、貞徳は地下派の祖として大きな功績を樹立したのであった。このうち、加藤盤斎と北村季吟とは『伊勢物語』や『源氏物語』など、古典の注釈に多大な業績を残したが、和歌関係では盤斎の『新古今増抄』(寛文三年刊)と季吟の『八代集抄』『万葉集拾穂抄』『百人一首拾穂抄』などが著名である。

このような古典注釈学とは別に、詠歌の実作を中心にして、松永貞徳の門流を継承したのが望月長孝である。長孝は飛鳥井雅章の門人でもあったが、貞徳から数多の歌道秘伝書を伝授されたという。家集に『長好法師家集』、歌文集に『広沢輯藻』があるほか、歌論書『詠歌大本秘訣』では幽斎の説により、二条派歌学の要を叙している。

この長孝の系譜に連なるのが平間長雅である。長雅は江戸に生まれたが、上京して京阪の地に住み、長孝に師事して和歌を学ぶとともに、秘伝書を継承して、その歌道を受け継いだ。長孝没後は地下派歌壇の中核として門人の育成につとめた。家集『平間長雅和歌集』があるほか、『新古今七十二首秘歌口訣』がある。

この平間長雅からさらに秘伝書を継承したのが有賀長伯である。長伯ははじめ長孝に師事していたが、のち長雅に師事して和歌を学ぶとともに、長雅から秘伝書を継承して、それらを書写して門人に伝えた。長伯は長雅没後は同様に、地下派歌壇の中核として門人の育成につとめた。長伯には啓蒙的な歌学入門書・歌語辞典・歌枕辞典などが数多あり、『世々のしをり』(貞享三年刊)・『初学和歌式』(元禄九年刊)・『歌林雑木抄』(同)・『和歌分類』(同十一年刊)・『和歌八重垣』(同十三年刊)などはその一部である。有賀家は長伯以来、明治に至るまで四代歌学の家として存続した。

ちなみに、有賀長伯と同時代に京都で、松永貞徳の系譜とは一脈異なって一家をなした地下歌人に河瀬菅雄がいるが、この菅雄は飛鳥井雅章の門弟であったので、堂上派歌人のところで取り扱ったことを断っておきたい。

それでは、地下派和歌の系列に属する類題集はどのような様相を呈しているのであろうか。堂上派歌人の系列に属する類題集に比べると、多少点数は少ないようだ。まずは北村季吟の作品を俎上に載せたいが、季吟の事蹟に触れておこう。

北村季吟は寛永元年（一六二四）誕生、宝永二年（一七〇五）六月十五日没、享年八十二歳。父宗円は医師であったが、十代から俳諧を学び、松永貞徳門に入り、古典や歌学に関心をもつ。貞徳没後は、飛鳥井雅章・清水谷実業に歌学と和歌を学ぶ一方、俳諧宗匠としても活躍する。元禄二年（一六八九）末、将軍綱吉の召命により幕府歌学方に就任、子息の湖春と江戸に下って、儒学の林家と並んで和学による公儀典例の整備をしながら、柳営歌壇の指導に当たった。一族の家集『向南家集』のほか、『教端抄』『新勅撰和歌集口実』『続後撰和歌集口実』などの伝授書がある。

さて、北村季吟編『**増補和歌題林抄**』は、歌題集成書『和歌題林抄』を基幹に、さらに歌題や例歌（証歌）、歌句などを増補した、版本（宝永二年刊）第十一巻十一冊で伝存する。ウ「歌学型」に分類される、真名題の二次的撰集。架蔵本によれば、四季・恋・雑部に部立されるが、歌題と例歌を掲げる構成は類題集の内容と近似する点で、ここでは類題集の扱いとした。歌題（増補を含む）と増補された歌題は、二千四百四題と二千百七十六首。撰集資料は後水尾院撰『類題和歌集』と松井幸隆編『三玉和歌集類題』。原拠資料では、『雪玉集』『師兼千首』『柏玉集』『和歌一字抄』（増補）『亀山殿七百首』『宋雅千首』『玉吟集』『耕雲千首』『信太杜千首』などが、詠歌作者では、三条西実隆・

花山院師兼・後柏原院・飛鳥井雅縁・藤原家隆・耕雲・宗良親王・二条為世・慈円などが各々、上位を占めている。成立は季吟の没年の宝永二年（一七〇五）より以前。編纂目的は、和歌の初心者向きの手引き書の制作に求められようか。

次に、平間長雅の門弟たる有賀長伯編の『歌林雑木抄』と『和歌分類』の紹介に移りたいが、まずは有賀長伯の事蹟に触れておこう。

有賀長伯は寛文元年（一六六一）誕生、元文二年（一七三七）六月二日没、享年七十七歳。家は代々京都の医師であったが、家業を捨て、歌学を志した。地下の一流として、望月長孝・平間長雅の学統を継ぐ。難波の地にあって和歌の普及につとめ、子孫もまた、同地で和歌の宗匠となったが、子息の長因は本居宣長の和歌の添削も行っている。歌文集の形の家集『長伯集』、名所旧蹟を探った『歌枕秋の寝覚』のほか、有賀七部書（浜の真砂・和歌麓の塵、残りの五部は紹介済み）など、数多の著作をなし、歌壇の啓蒙と普及につとめた結果、多くの読者層を獲得した。

まず、**『歌林雑木抄』**は書陵部などに元禄九年（一六九六）刊の版本で伝存する、第八巻八冊本。仮名句題・詞書などによる類題集。ウ「歌学型」に分類される、仮名題・真名題の二次的撰集。四季・恋・雑部に部立され、大項目の歌題二百四十八題のもとに、歌句に三千六百四十三首、結題に五千三百六十五首の都合九千八首を付す。この点、真名題と仮名題・詞書の両側面をもつと言えようか。撰集資料には、歌句のほうは『夫木抄』と『類聚和歌集』が、結題のほうは後水尾院撰『類題和歌集』、『草根集』『雪玉集』『柏玉集』が各々、認められる。原拠資料は、夏部の結題の例歌に限ってだが、『雪玉集』『草根集』『和歌一字抄』（増補）『柏玉集』『拾玉集』『師兼千首』『散木奇歌集』などが主要な作品。同じ条件での詠歌作者は、三条西実隆・正徹・後柏原院・慈円・花山院師兼・源俊頼・藤原顕季・同家隆・飛鳥井雅縁・源頼政・頓阿・藤原清輔・順徳院・藤原為家らが上位の歌人。編纂目的は、歌ことばと結題の両側面をもった類題集を、和歌の初心者へ提供する営為に求められようか。なお、『歌林雑木抄増補』は、清水浜臣が『歌林雑木抄』に書き入れした記述を、岡本保孝が弘化四年（一八四七）、別冊として版行したもの。

また、**『和歌分類』**は同じ編者になる、大阪女子大学（現大阪府立大学）などに元禄十一年（一六九八）刊の版本・第七巻五冊で伝存する、六帖題による類題集だが、『歌林雑木抄』の補遺編に相当する。ウ「歌学型」に分類される、仮名題・真名題の二次的撰集。『夫木抄』の分類方法に依拠して、天象・地儀（上・下）居所・草木・生類・器材人倫部に部立され、歌題二百二十五項目（題に相当）に分類された歌句（歌ことば）に、例歌（証歌）四千三百十六首を付す。撰集資料は『夫木抄』と後水尾院撰『類題和歌集』『一字御抄』が主要なもの。原拠資料では、『新撰六帖』『続撰吟抄』『万葉集』『玉吟集』『新古今集』『玉葉集』『堀河百首』『拾玉集』『雪玉集』『永久百首』『続千載集』などが、詠歌作者では、読人不知・藤原為家・同家隆・三条西実隆・藤原定家・同信実・後柏原院・藤原良経・同知家・同光俊・飛鳥井雅世・冷泉為尹・藤原俊成・衣笠家良などが各々、上位を占める。編纂目的は本書が『歌林雑木抄』の補遺にあたる点に窺知されようか。

次に、修竹庵尭民編**『新撰蔵月和歌抄』**については、編者の修竹庵尭民の事蹟が簗瀬氏の考証によっても、現時点では未詳と判断するのがもっとも妥当と推察されるので、編者の紹介については省略に従い、早速、同鈔の内容紹介に進みたいと思う。

本鈔は簗瀬一雄氏ご架蔵の写本四冊が唯一の伝本。ア「基本（分類）型」に分類される、真名題の二次的撰集。ちなみに、本鈔の性格は、編者の事蹟が未詳である点から判然としないけれども、撰集資料に有賀長伯編の『歌林雑木抄』が関係している実態から、本鈔をここで扱うことにした。内容は四季・恋・雑・公事部に部立され、歌題七千五百一題に、例歌（証歌）八千六十二首を付す。撰集資料には、後水尾院撰『類題和歌集』と、上記の有賀長伯編『歌林雑木抄』とが想定される。原拠資料は、勅撰集などでは『新続古今集』『新葉集』、私家集では『黄葉集』、私撰集では『御撰近代』、定数歌では『称名院千首』、歌合では『前摂政家歌合』、歌会歌では『寛文十二年五月二十一日会』などが主要なもの。詠歌作者では、三条西実隆・後柏原院・花山院師兼・正徹・源俊頼・頓阿・飛鳥井雅親・慈円・藤原家隆・順徳院らが主要な歌人。成立時期は享保末年（一七三六）から元文年間（一七三六～四二）の間か。編纂目的は、初心者が当代和歌を詠む際の、手頃な作歌手引き書の制作に求められようか。

次に、藤原（遠山）伊清編『類題六家集』を俎上に載せたいが、まずは編者の事蹟に言及しておこう。

藤原（遠山）伊清は延宝三年（一六七五）誕生、享保十五年（一七三〇）五月晦没、享年五十六歳。美濃明知領主。元禄期から享保期にかけて活躍した。『大和物語』から和歌のみを抄出した『五部歌かゞみ』、二十一代集の各巻巻頭歌四百二十首を抄出した『巻頭和歌集』のほか、『類題六家集』などがある。

さて、藤原（遠山）伊清編**『類題六家集』**は、書名から明らかなごとく「六家集」を類題した撰集。写本と宝永元年（一七〇四）刊の版本の二種類とで伝存する。イ「秀歌撰型」に分類される、真名題の一次的撰集。序文の筆者・藤原全故（素竜）が北村季吟の門弟であった関係で、ここで扱うことにした。内容は版本によれば、四季・恋・雑部に部立され、二千七百五十七題（詞書のみの場合は除外）に、一万五千五百の例歌（証歌）を付す。例歌の内訳は、藤原良経・千六百六十八首、慈円・四千五百七十一首、藤原俊成・八百二十首、西行・千五百七十七首、藤原定家・三千六百七十四首、同家隆・二千六百九十五首のとおり。いずれも寛文年間（一六六一～七二）に上梓の版本「六家集」に依拠している。編纂目的は、中級程度の詠作者への参考書・実用書の提供にあったと推察される。

次に、加藤景範編『和歌実践集』の紹介に進みたいが、まずは編者の事蹟に触れておこうと思う。

加藤景範は享保五年（一七三〇）誕生、寛政八年（一七九六）十月十日没、享年七十七歳。号は竹里。有賀長伯に和歌を学び、その歌学を継承して一家をなした。『和歌実践集』『伊勢路の記』『和歌虚詞考』などの多くの著作がある。

さて、加藤景範編**『和歌実践集』**は刈谷市中央図書館などに伝存する寛政七年（一七九五）刊の第五巻五冊の版本が唯一の伝本。編者の加藤景範が有賀長伯の門弟であるので、ここで扱うことにした。歌題は四季・雑四季・雑部が八十四題、恋・賀・哀傷・離別・羇旅部が無歌題の大枠に分類され、これらの歌題下にほとんどすべてに詞書と「題しらず」の表示がなされている。ウ「歌学型」に分類される、仮名題・詞書の一次的撰集。例歌（証歌）数は二千三百六十首。原拠資料は勅撰二十一代集で、八代集からの採歌が十三代集のそれを凌駕する。八代集では『後拾遺集』『詞花集』『後撰集』『古今集』などが、十三代集では『続後撰集』『新後撰集』『新勅撰集』『玉葉集』『続拾遺集』などが各々、上位を占める。詠歌作者は読人不知・紀貫之・西行・和泉式部・伊勢・凡河内躬恒・赤染衛門・藤原公任・同元輔・大中臣能宣・伊勢大輔・紫式部・能因・藤原俊成らが上位の歌人。題しらず歌は二百五十八首に及ぶが、古今歌人と新古今歌人が突出している。成立は寛政三年（一七九一）の春。編纂目的は、編者の「初学に示す（二十一代集の）詞書の心得」の記述に窺知されよう。

次に、編者未詳の類題集の二編の論述に移ろうと思う。

まず、**『類葉倭謌集』**は大阪女子大学（現大阪府立大学）などに延宝五年（一六七七）刊の版本・第七巻七冊で伝存する。撰集資料のひとつに『春雨抄』（鱸重常編）があり、その序文の執筆者・林道春（羅山）が北村季吟と交流があった点を勘案して、ここで扱うことにした。ウ「歌学型」に分類される、仮名題の二次的撰集。具体的にいえば、年中行事などの典例に関わる用語・歌ことば・歌題（真名）・仮名句題に及ぶが、それらをいろは順に整然と配列する。

例歌（証歌）数は四千七百十九首。撰集資料は『夫木抄』『新撰和歌六帖』『新古今集』『古今集』『拾遺集』『堀河百首』『万葉集』『秋篠月清集』『千載集』『拾玉集』『年中行事歌合』『玉葉集』『春雨抄』『続古今集』『藻塩草』などが主要なもの。詠歌作者では、読人不知・藤原俊成・同定家・紀貫之・西行・寂蓮・藤原良経・在原業平・藤原家隆・凡河内躬恒・源俊頼・柿本人麿・遍昭・大江匡房らが上位の歌人。成立は、『歌枕名寄』（版本）の刊行年の万治二年（一六五九）から本集の刊記の延宝五年（一六七七）の間。編纂目的は、題詠歌の詠作者へ向けた本格的な歌語辞典の提供に認められようか。

最後に、**『故人證詞集』**を俎上に載せることにしよう。本集は目下、大阪市立大学学術情報総合センター森文庫にのみ、写本一冊で伝存する。ア「基本（分類）型」に分類される、一次的撰集。さきに紹介した『温知和歌集』と同様に、諸種の歌群を集成した雑纂形態の類題集。歌群ごとの歌題（欠く場合もある）が必ずしも、統一・整備されているわけではないが、四季・恋・雑部に部類されていると見なし得よう。内容は、第一部が『大納言為家集』『黄葉和歌集』、第二部が『拾遺愚草』『拾遺愚草員外』『壬二集』『秋篠月清集』『雪玉集』『山家集』『拾玉集』『李花集』、第三部が『祈雨百首』、第四部が『宗好詠草』の四部構成をとる。このうち、本集は『黄葉和歌集』の作者・烏丸光広の学統では「堂上派」に、『宗好詠草』の作者・岡本宗好の学統では「地下派」に各々、属しようが、ここでは編者が『宗好詠草』の成立時に近い時期に活躍していたことなどから判断して、後者の系統下にある類題集として取り扱うことにした。成立は岡本宗好の没年、延宝九年（一六八一）が一応の目安になろうが、成立時期は『黄葉集』の版行年の元禄十二年（一六九九）以降と推定されようか。編者未詳だが、編纂目的は、編者好みの多彩な関心を、中世・近世期の歌人の詠作で示すところにあったか、と憶測される。

以上が地下派和歌の系列に属する類題集の概要である。

四　県居派の諸流と江戸堂上派和歌の系列に属する類題集

ところで、古今伝授を排撃して堂上派和歌・歌学を批判する第一声をあげたのが、松永貞徳とも親交のあった上方の木瀬三之であるが、続いて江戸の戸田茂睡も『梨本集』で、二条派歌学の合理的でない点を批判したのは周知の事柄であろう。

他方、木下長嘯子の門弟・下河辺長流は、武家・商人・農夫・僧侶など、庶民の詠作による私撰集『林葉累塵集』『萍水和歌集』を刊行して、堂上派和歌に対し、復古革新の機運に溢れる在野の和歌の存在をアピールした。この長流と大阪曼陀羅院の住持になった頃に知り合った契沖は、長流が水戸徳川家に請われて着手した『万葉集』の注釈を引き継ぎ、見事、『万葉代匠記』として完成させたのであった。

これらの歌人の潮流は、堂上二条派和歌とは一線を画する点で特徴があるが、要するに、中世歌学からの脱却の機運が次第に高まるなかで、それは日本固有の古道の研究を目的とする国学樹立への助走的意味あいを担っていた、と言えようか。

契沖によって始められた『万葉集』研究は、国学の発達の基礎となった文献学的方法を確立させた点で特筆されようが、享保の頃に活躍した、京都伏見の稲荷神社の神官であった荷田春満は、霊元院の子・妙法院宮の学問所に仕えたのち、江戸に遊学して幕府に仕え、歌学の面で復古学を唱えた。その養嗣子・荷田在満は『国歌八論』を著し、和歌の本質・あり方をめぐって、田安宗武・賀茂真淵らと論争を引き起こしたが、歌学の興隆を促す点で貢献があった。春満は江戸への往還のとき、浜松でのちの賀茂真淵に遭遇したが、この春満との出会いは、真淵に当時の最先端をゆく国学という学問を学ばせる契機となった点で、大きな意義があった。

春満に入門して国学を学んだ賀茂真淵は元文三年（一七三七）、単身江戸に出て、以後終生、そこに住み、契沖の始めた国学研究を、歌学と作歌を中心とする国学として完成させる一方、万葉風を復興させて、人間の真情を率直に表現した「ますらをぶり」の歌を重視する歌論を展開し、『歌意考』『にひまなび』などの著作を残している。

真淵は晩年、浜町に新居を構え、これを「県居」と称したのでその一門は「県門」と呼ばれたが、真淵の死後の江戸歌壇は県門派が一世を風靡した。この県門派の諸流は多岐にわたるので、系統図で指し示してみよう。

県門
- 楫取魚彦門—門弟は二百人に及ぶ
- 加藤宇万伎門—上田秋成
- 加藤千蔭門—木村定良—一柳千古
- 村田春海門（江戸派）—岸本由豆流—高田与清—清水浜臣—小林歌城
- 本居宣長（鈴屋門1）—田中道麿—石原正明—藤井高尚—石塚龍麿—斎藤彦麿—長瀬真幸
- 本居宣長（鈴屋門2）本居春庭—本居大平—加納諸平
  ~加納諸平（柿園派）—佐久良東雄—伴林光平

ここで県門派の諸流の詳細については省略に従うが、この頃江戸では、享保年間（一七一六～三六）に、東下した中院通茂門下の松井幸隆の学統が定着し（江戸堂上派という）、この学統は県門派の勢いに押されてやや弱体化したものの、幕末までその門流は脈絡を保った。ちなみに、幸隆の門流は林直秀—柘植知清—石野広通の系統と、連阿—亨弁—萩原宗固・伊藤松軒の系統とに分かれるが、前者では上層武士層の活躍が、後者では町人層を巻き込んだ活躍が各々、目立っている。

なお、後者の系統に属する萩原宗固は、烏丸光栄・冷泉為村らに学んだ堂上派の歌人であったが、戸田茂睡よりやや遅れて江戸で活躍した、坂光淳静山の学統にも連なっている。ちなみに、静山は松平駿河守に仕えた歌人で、当代歌を撰集内容とする『和歌継塵集』『和歌山下水』などの私撰集を編纂している。

それでは、賀茂真淵および県居派の諸流と江戸堂上派和歌の系列に属する類題集には、どのような撰集があるであろうか。この点については、残念ながら編者の事蹟などが未詳である歌人が少なくないので、確固たる基準に基づいた系統分類になっていない不備があるかも知れない点を、断っておかねばなるまい。

まず、大江茂樹編**『和歌類葉集』**については、編者の事蹟がまったく不分明であるので、早速、紹介に移りたいと思う。本集は文化十四年（一八一七）の刊記本と無刊記本の二種の版本・上下巻二冊で伝存する。イ「秀歌撰型」に分類される、真名題・仮名題による二次的撰集。内容は三私家集で、『藤原清輔家集』が四百七十首、『源三位頼政集』が六百八十二首、『金槐集』が百七十四首収載される。四季・恋・雑部に部立され、都合千三百二十六首。歌題は真名題が中心で、それに仮名題・詞書が添加されるという構成だが、勅撰集と『堀河百首』の配列方法が手本になっている。ところで、『源三位頼政集』の収載歌は賀茂真淵が抄出し、上田秋成が所持している伝本に依拠した旨、本集は巻末で触れているので、本集をここで扱うことにした。成立は序文の文化七年（一八一〇）が示唆するが、清輔の一部の詠歌が文化十年（一八一三）刊の『六条家二代和歌集』から抄出されているので、文化十年から同十四年一月の間となろうか。編纂目的は、編者の好尚により格調の高い三歌人の詠歌を、当代歌人に示したかった点にあろうか。

次に、楳嶋編**『名家拾葉集』**は大阪市立大学学術情報総合センターに伝存する、寛政十二年（一八〇〇）刊の版本二冊が唯一の伝本。ア「基本（分類）型」に分類される、真名題を中心に仮名題・詞書を添加した一次的撰集。四季・餞別・羇旅・哀傷・恋・雑・神祇・祝言部に部立され、「題しらず」「春の歌に」などの一般化された詞書を除くと、三百二十九の歌題に、六百四十五の例歌（証歌）が付される。編者の「楪鴋」は架空の人物か。なぜなら、本集は実は、坂光淳静山編『和歌山下水』から七十八首を除外した詠歌を収載する、完全復刻版（盗作）であるからだ。ちなみに、本集の収載歌人の一人である萩原宗固が坂光淳静山の学統にあるので、ここで扱うことにした。詠歌作者は東常縁・細川幽斎・読人不知・服部成淳・杉若柯求・大竹勝敝・渡辺友益・萩原貞辰（宗固）武井真基・小森俊経・沢庵らが上位の歌人。本集の成立時期は寛政十二年だが、もとの『和歌山下水』は享保十七年（一七三二）に成立、刊行されている。高井八穂・榛原保人編『類題名家和歌集』の先蹤をなす類題私撰集と位置づけられようか。

次に、聴雨庵蓮阿編『中古和歌類題集』『仮名類題和歌集』に移りたいが、まずは編者の革島蓮阿の紹介をしておこう。

聴雨庵蓮阿は明和五年（一七六八）誕生、天保六年（一八三五）三月二十日没、享年六十八歳。川島（革島）茂樹。幕府西の丸の同朋を勤める。清水浜臣の門弟となって国学を学び、和歌・歌学にも精通していた。『中古和歌類題集』『仮名類題和歌集』を編纂する。

まず、聴雨庵蓮阿編**『中古和歌類題集』**は文政二年（一八一九）の刊記本と無刊記本の二種の版本（上・下二冊）で伝存する。ア「基本（分類）型」に分類される、真名題の二次的撰集。清水浜臣の学統に属するので、ここで扱うことにした。刈谷市中央図書館蔵の無刊記本によると、四季・恋・雑部に部立され、三千五百六十七題に、五千七百八十四首の例歌（証歌）を付す。撰集資料は出典未詳歌十一首を除くと、『万代集』・私家集（六十一歌人）・『続詞花集』・自撰集（定家・家隆・隆祐の三集）・『秋風集』・『現存六帖』など。詠歌作者は俊恵・源俊頼・藤原隆祐・曾禰好忠・藤原顕季・同家隆・紀貫之・読人不知・源道済・藤原長方・順徳院・藤原定家らが上位の歌人。成立は文政二年より以前。編纂目的は自序から、文徴同主人の依頼で「中むかし」の詠歌による、中級向けの類題集の編纂にあったと認められよう。

次も同じ編者になる『**仮名類題和歌集**』だが、本集は刈谷市中央図書館に刊年不詳の版本三冊が伝存するのみ。内容は一詞書に一例歌（証歌）の形式で、九百十四首を収載。イ「秀歌撰型」に分類される、仮名題・詞書の二次的撰集。撰集資料は藤原公任撰『三十六人集』だが、柿本人麿・大伴家持・山辺赤人・在原業平・斎宮女御の詠歌は未収録。原拠資料の上位は『貫之集』『源順集』『兼盛集』『元真集』『中務集』『伊勢集』『躬恒集』『忠見集』『元輔集』『能宣集』のとおり。刊行年は文政元年（一八一八）と推定される。編纂目的は、中古の「みやび」の世界に憧れる和歌初心者へ向けた、真名題に代わる類題集の編纂、提供にあった、と推察される。

次に、松平定信編『独看和歌集』を俎上に載せたいが、その前に編者・松平定信の事蹟に及んでおこう。

松平定信は宝暦八年（一七五八）誕生、文政十二年（一八二九）五月十三日没、享年七十二歳。八代将軍徳川吉宗の子・田安宗武の三男。奥州白河藩主・松平貞邦の継嗣。寛政五年（一七九三）、寛政の改革を断行した。文武両道に通じた文化人で、著作も多い。和歌は清水浜臣に学び、父・宗武の万葉風とは異なって、新古今風を好んだ。「六家集」を愛誦し、これに『後鳥羽院御集』を加えた『独看和歌集』の編纂のほか、随筆『花月草紙』、図録『集古十種』がある。

さて、松平定信編『**独看和歌集**』は桑名市文化博物館などに、文政九年（一八二六）刊の版本・第十一巻十冊本で伝存する。六家集に『後鳥羽院御集』を加えた七集から編纂された類題集。イ「秀歌撰型」に分類される、真名題の一次的撰集。ただし、ア「基本（分類）型」の側面も多分にもつ。村田春海・清水浜臣の学統に属するので、ここで扱う。内容は四季・恋・雑部と贈答部（題欠）に部類され、二千二百六十九題に、一万四千九百七十九首を付す。収載歌は、混入する寂蓮と順徳院の各一首を除くと、藤原俊成詠・六百三十一首、同良経詠・千五百九十六首、慈円詠・三千七百三十六首、西行詠・九百五十首、藤原定家詠・三千百八十九首、同家隆詠・三千百三十七首、後鳥羽院詠・千七百三十八首のとおり。編纂目的は、跋文によって子孫の要請に応え、詠作段階の多少進んだ人びとへの手引き書の制作にあった、と知られよう。

次に、高井八穂編『古詩類題和歌集』『類題名家和歌集』（榛原保人との共編）の紹介に進む前に、編者の高井八穂の説明に及ぼうと思う。

高井八穂は目下、生没年未詳。高井宣風（一七四三〜一八三二）の子として、江戸に誕生。本居宣長の門弟で、加藤千蔭や田村春海らと親交があった。父の私家集『春雨集』を編むほか、類題集『類題名家和歌集』（榛原保人との共編）『古詩類題和歌集』を編纂した。

まず、高井八穂編**『古詩類題和歌集』**は学習院大学に写本が存するほかは、刈谷市中央図書館などに文化十四年（一八一七）刊の版本二冊が伝存する。ウ「歌学型」に分類される、仮名題・詞書による一次的撰集。編者が宣長の門下ゆえ、ここで扱うことにした。本集は四季・恋・雑部の本体と、四季・雑部の付属の画部の二重の構成を採り、前者が八百九十二首、後者が二百九十首の都合千百八十二首の例歌（証歌）を付す。歌題については、本体が詞書と仮名書きの歌題、付属が屏風歌の詞書になっている。原拠資料は、本体が『後撰集』『和泉式部集』『拾遺集』『後拾遺集』『夫木抄』『赤染衛門集』『伊勢集』『宇津保物語』『古今集』『新古今集』、付属が『貫之集』『兼盛集』『源順集』『忠見集』『能宣集』『高明集』『伊勢集』『長秋詠藻』『和泉式部集』『元真集』のとおり。詠歌作者は、本体が和泉式部・読人不知・伊勢・赤染衛門・紀貫之・平兼盛・凡河内躬恒・源俊頼・西行・源実朝・小野小町・藤原公任・源重之・清原元輔ら、付属が貫之・兼盛・順・忠見・能宣・高明・伊勢・藤原俊成・元真・和泉式部らのとおり。成立年時は文化十四年までか。編纂目的は、和歌の初心者が月次歌会で詠む題詠歌や画賛に付す詠歌を詠む際に、仮名題や詠作事情などを具体的に記した詞書を提示して、手引き書にするところにあった、といえようか。

次に、高井八穂・榛原保人編『**類題名家和歌集**』は、文化九年（一八一二）・天保十二年（一八四一）刊と無刊記の版本・第三巻三冊が刈谷市中央図書館などに伝存する。イ「基本（分類）型」に分類される、真名題の一次的撰集。編者の一人・榛原保人の事蹟を分明にすることが目下、できないが、もう一人の編者・高井八穂の学統と、以下に記す収載歌人の傾向から、江戸堂上派の撰集と判断して、ここで扱うことにした。内容は四季・恋・雑部に部類され、二千十九題に四千七十四首の例歌（証歌）を付す。撰集資料は目下、特定することを得ない。収載歌人は室町時代後期から江戸時代中期までの歌人だが、江戸堂上派の歌人が大半を占めている。上位に位置するのは高井宣風・本居宣長・松井幸隆・萩原宗固・木下長嘯子・伊藤松軒・習古庵亨弁・有賀長伯・似雲・加藤千蔭・賀茂真淵・松永貞徳・東常縁・荷田蒼生子・同東麿・沢庵・飯尾宗祇らの歌人。成立は文化八年（一八一一）までか。編纂目的は、両編者の序文によれば、編者の活躍していた当今、宣風が蒐集していた「故人」の「名家」の詠作に、宣風の詠作も添加して類題集を編纂したという。

次に、森広主・市岡猛彦編『三家類題抄』に言及したいが、まずは編者の両名に及んでおこう。

森広主は生年未詳だが、文政八年（一八二五）八月十六日没。尾張国名古屋に生まれ、信濃国飯田に住する。名古屋藩医であったが、和歌は本居大平・同春庭の学統に属し、終生精進した。

市岡猛彦は安永七年（一七七八）誕生、文政十年（一八二七）二月二十一日没、享年五十歳。尾張藩士。本居宣長に入門したが、宣長没後は、同春庭に師事して国学を学び、尾張門弟では代表的な存在であった。鈴木朗・平野広臣・鈴木春蔭らと歌会を催した。楫取魚彦の『古言梯』を増訂し、『雅言仮字格』『紐鏡うつし詞』の著書がある。

さて、森広主・市岡猛彦編『**三家類題抄**』は刈谷市中央図書館などに、文政五年（一八二二）の刊記本と無刊記本の版本二冊で伝存する。イ「秀歌撰型」に分類される、真名題の一次的撰集。藤原良経・同定家・同家隆の三歌人の詠作による類題集。内容は四季・恋・雑部に部類され、四百十六題に、千三百六首の例歌（証歌）を付す。各歌人の収載数は良経・三百二十首、定家・五百十五首、家隆・四百七十一首のとおりだが、実際には、二条為定・藤原家定らの詠歌が十四首混入している。撰集資料は三人の私家集のほか、『千載集』から『新後拾遺集』までの勅撰集（『続拾遺集』『新千載集』は除く）と、『為定藤河百首』『亀山殿七百首』など。成立時期は文政元年（一八一八）十一月。編纂目的は、新古今時代を代表する三歌人の詠作を部類して、中級程度の歌人たちに、参考資料として提供するところにあった、と言えようか。

次に、石津亮澄編『屏風絵題和歌集』に進む前に、編者の事蹟の説明に及びたいと思う。

石津亮澄は安永八年（一七七九）誕生、天保十一年（一八四〇）二月九日没、享年六十二歳。大阪に生まれ、曽根崎などに住した。はじめ尾崎雅嘉に師事し、のち本居大平の門弟になった。『中古和歌贈答集部類』『屏風絵題和歌集』などの編著がある。

さて、石津亮澄編『**屏風絵題和歌集**』は弘前市立弘前図書館などに、文政三年（一八二〇）刊の版本一冊が伝存する。ウ「歌学型」に分類される、仮名題・詞書などによる一次的撰集。編者が本居大平の学統に属するので、ここで扱うことにした。本集は四季・恋・賀・神祇・羇旅・釈教・雑歌の五百四十五首を収載する。歌題は勅撰集の詞書の中に、屏風歌・障子絵歌などの記述が見られるものから抄出されている。収載歌は勅撰二十一代集と『新葉集』とから直接採歌されているが、上位五位は『拾遺集』『新古今集』『後拾遺集』『新勅撰集』『新千載集』のとおり。詠歌作者のベスト・テンは紀貫之・平兼盛・清原元輔・大中臣能宣・凡河内躬恒・藤原定家・伊勢・藤原俊成・源順・藤原良経のとおり。版行は文政三年だが、その成立は文化十四年（一八一七）までさかのぼり得る。編纂目的は和歌の初心者に、屏風歌・障子絵歌などの詞書を提示して、画賛に載せるにふさわしい詠作の手本の制作にあった、と言えようか。

最後に、長沢伴雄編『類題和歌作例集』に進みたいが、まずは編者の長沢伴雄の事蹟の説明をしておこう。

長沢伴雄は文化五年（一八〇八）誕生、安政六年（一八五九）十一月二十七日没、享年五十二歳。紀州藩士・吉岡氏に生まれ、のち長沢政寛の猶子となる。有職家として重用されたが、安政二年（一八五五）、冤罪を被り、獄中で自刃した。和歌は初め本居大平に学んだが、長じて加納諸平と交誼を得、柿園派の重鎮として活躍した。類題集『類題和歌鴨川集』『類題和歌作例集』の編纂のほか、歌文集『絡石の落葉』がある。

さて、長沢伴雄編**『類題和歌作例集』**は刈谷市中央図書館などに、嘉永元年（一八四七）刊の版本第七巻四冊が伝存する。イ「歌学型」に分類される、真名題の二次的撰集。伴雄は柿園派の重鎮であったが、初め本居大平や同春庭らの率いる鈴屋派に属していたので、ここで扱うことにした。四季・恋・雑部に部類され、歌題千六百二十一題に、例歌四千百九十一首を付す。『遠嶋御百首』の一首を除く全歌が『夫木抄』から撰集されている。例歌のなかに「めづらしき詞書、耳なれぬ語」「俗言、方言」が存することから、仮名句題の性格も認められるが、基本は真名題の類題集。詠歌作者のベスト・テンは、藤原為家・読人不知・藤原定家・同信実・源仲正・衣笠家良・藤原家隆・西行・慈円・藤原基家のとおり。成立時期は千種有功の序文から、弘化四年（一八四七）四月ごろ。編纂目的は、和歌の初心者向けの、めづらしき詞書・耳なれぬ語・俗言・方言などの用語例の提供に、認められよう。なお、歌論史的には、「ただこと歌」を提唱した、小沢蘆庵の『布留の中道』の後塵を拝する類題集と位置づけられようが、前述の理由でここで言及したことを断っておきたい。

以上、ここに列挙した類題集については、筆者のかなり私意的な判断に基づく分類基準による杜撰な整理、結果の側面を否めまいが、次節で論及する「小沢蘆庵と香川景樹らの門流・桂園派和歌に属する類題集」と同様に、この期の類題集には、古典和歌よりも当代の詠作を撰集資料にする類題集のほうが多数を占めるので、この方面の精緻な類題集展開がなし得ないのも、やむを得ない仕儀ではあったと一応、認められようか。

五　小沢蘆庵と香川景樹らの門流・桂園派和歌に属する類題集

ところで、江戸の賀茂真淵に対して、京都で和歌革新の先駆者になったのは小沢蘆庵であった。江戸時代中期には、京都では武者小路・烏丸・冷泉・姉小路・芝山などの堂上派和歌の家があって、いわゆる旧派の和歌を指導していたが、寛政期（一七八九〜一八〇〇）には地下派の歌人たる、澄月・慈延・伴蒿蹊・小沢蘆庵の平安四天王などが現れた。就中、蘆庵は『古今集』を賞揚し、「ただこと歌」を提唱して京都に革新の息吹を吹き込んだのであった。

この小沢蘆庵の「ただこと歌」の主張を継承して、京都の歌壇に新風を興したのが香川景樹とその門流たる桂園派である。景樹は鳥取藩士の家に生まれたが、幼少時父に死別、二十歳には母と死別するなど、家庭環境に恵まれなかった。寛政五年（一七九三）、歌人を志し上洛、精進したのち、二条派地下の宗匠・香川景柄の養子となる。この頃、小沢蘆庵の知遇を得て深い影響を受けたが、さらに多くの歌人仲間とも交流が活発となって、享和元年（一八〇一）、念願の本居宣長との初の対面を実現させた。この頃から、賀茂真淵とは主張を異にする独自の歌論を構想し、真淵門の村田春海・橘千蔭ら江戸派としばしば論戦を戦わせた。その主張は、『万葉集』を理想とする真淵の尚古主義とは異なって、『古今集』の調べを重視する「調べの説」に端的に認められよう。その新風は、桂園派として歌壇に大きな勢力を示し、明治時代に入っても御歌所歌風の主流となったのは、周知の事柄であろう。ちなみに、景樹には、自撰家集『桂園一枝』のほか、歌論書『新学異見』『桂園遺文』『筆のさが』がある。

なお、香川景樹の門流・桂園派のなかには数多の歌人が輩出したが、双璧をなすのが備中の木下孝文と周防の熊谷直であった。

江戸時代後期の和歌は、以上のごとく、江戸の賀茂真淵、伊勢の本居宣長、京都の小沢蘆庵・香川景樹などの登場によって新生面が切り拓かれ、各々の門流が歌壇の主流を占めていたが、これらの歌壇の主流とは無関係に個性的な歌人たちが、幕末の地方には輩出して、多彩な彩りを添えていたのも事実である。越後の良寛、備中の平賀元義、筑前の大隈言道、越前の橘曙覧、筑前の野村望東尼、土佐の鹿持雅澄・大倉鷲夫などを拾遺しえようが、各人の和歌的動向などは一切、省略に従いたい。

それでは、この時期に生まれた類題集はどのような様相を呈しているであろうか。ちなみに、この問題については、すでに言及したように、この期には、古典和歌よりも当代の詠作を撰集資料とする類題集のほうが多数を占めるので、ここでは二つの作品しか紹介し得ないのは残念である。

その第一に該当するのが小沢蘆庵編『袖中和歌六帖』であるが、まずは編者の事蹟の紹介に移ろうと思う。

小沢蘆庵は享保八年（一七二三）誕生、享和元年（一八〇一）七月十一日没、享年七十九歳。摂津大阪で生まれたが、宝暦七年（一七五七）より明和二年（一七六五）まで鷹司家に仕え、以後、歌人としての生活に入った。和歌は冷泉為村に師事したが、安永二年（一七七三）ごろ、歌論・歌風の違いなどから破門された。この頃から、堂上派の中世歌風と真淵派の古代崇拝を否定し、「ただこと歌」を提唱、作為や技巧を排して、平易な言葉で真情を詠むことを主張した。この歌論は『布留の中道』『ふりわけ髪』で展開され、香川景樹の歌論にも継承された。家集に『六帖詠草』『六帖詠草拾遺』がある。

さて、小沢蘆庵編『**袖中和歌六帖**』は、寛政九年（一七九七）刊の版本が、上・下巻二冊本として宇部市立図書館などに伝存する。ア「基本（分類）型」に分類される、六帖題による二次的撰集。歌題五百五十題に、二千六百九十二首の例歌（証歌）を付す。歌題と撰集資料はほぼ、『古今和歌六帖』と『新撰和歌六帖』とである。詠歌作者の上位は、『古今六帖』では紀貫之・伊勢・凡河内躬恒・柿本人麿・大伴家持・素性などが占め、『新撰六帖』では藤原光俊・六条知家・衣笠家良・藤原為家・藤原信実の順。編者は跋文から小沢蘆庵。編纂目的は序・跋文から、携帯自由で、優雅で趣のある「六帖題」の制作にあった、と窺知される。成立は寛政八年正月、版行は同九年六月であったが、需要が高かったせいか、天保十一年（一八四〇）初春、書目を『類題和歌六帖』と改め、体裁も中本タイプの再版本として刊行されている。

最後に、染心斎編『**物名和歌私抄**』だが、編者の染心斎の事蹟が目下、分明でないのが残念である。しかし、染心斎筆の跋文によれば、先師が「風習斎長因」で、現在の師が「東塢大人」とあるので、染心斎が本抄編纂時に香川景樹に師事していたことは明瞭であろう。したがって、本抄をここで扱うことにしたわけだが、本抄はウ「歌学型」に分類される、特殊な題（物名）による一次的撰集。刈谷市中央図書館などに、文化二年（一八〇五）三月刊の版本一冊が伝存する。内容は、物名歌をいろは順に構成・編集し、四百四十四項目に例歌（証歌）五百七十七首を付すが、「国之名」が六十六項目で目立っている。撰集資料の上位に位置する作品は、『拾遺集』『人麻呂集』『古今集』『曽丹集』『続草庵集』『続後拾遺集』『新勅撰集』『桂山集』『躬恒集』『恵慶集』『続千載集』『風習斎家集』『土御門院集』『新拾遺集』『古今和歌六帖』『新千載集』『雪玉集』など。収載歌人は柿本人麻呂・曾禰好忠・読人不知・藤原輔相・頓阿・川井立牧・凡河内躬恒・恵慶・紀貫之・風習斎長因・源俊頼・土御門院・三条西実隆らが上位に位置する。成立は跋文から文化元年（一八〇四）八月、版行は刊記から翌年三月と知られる。編纂目的は、染心斎なる編者が「今昔」の物名歌を蒐集したものに、先師・風習斎長因の物名歌を添加して撰集した点に、窺知されよう。

以上、小沢蘆庵と香川景樹らの門流・桂園派和歌に属する類題集について、概略を論述したが、この期に属する類題集の存在が少ないので、不十分な叙述しかできなかった点、忸怩たる思いを否定できない。

本章では、近世類題集の史的展開を、近世和歌史の流れに沿った視点から概観してきたが、ここで改めて実感するのが、一概に類題集と称してもその実態は多種多様で、一筋縄では処理しえない、多彩な様相を呈しているという裾野の広さである。したがって、類題集の本質に迫る方法としては、冒頭で触れた、古典和歌を対象にした類題集を、真名題と仮名題・詞書の二種類の歌題の視点から分類・整理したのち、さらにそれらを細分化して種類別に整理したものを、一次的撰集と二次的撰集に分類するという、言わば個々の類題集の内実を具体的に究明しながら、それらを連結させることで、類題集の史的展開を図ろうと企図する方法・原理もまた、有効な手段として再確認されるであろうことは言を待たないであろう。

となると、改めてこのような視点から近世類題集を概観したとき、近世期には多彩な内容をもつ類題集が集積され、そこには類題集の壮大な、一大パノラマを見るごとき和歌の宇宙、すなわち「和歌曼陀羅の世界」の鳥瞰図が構想、展開されていたのではあるまいか、という推察が生じてくるのだ。

そこで類題集の形態をみると、それらは、基本的には、（一）六帖題、（二）勅撰集の部立に基づく細分化された題、（三）特殊な題、の三種類に分類されるが、同時に、各類題集にはこれらの三種類の歌題のもとに、種々様々な古典和歌が配されて、それらは各歌題の題意に即した適正・格好の例歌（証歌）ともなって、言わゆる文学的世界の展開を意図した勅撰集などの歌集とは異なった、ある面では多彩な和歌的世界の展開ともなっているのだ。すなわち、類題集は歌題に例歌（証歌）を付すという形式で、それが三種類に分類される各々の形態の類題集を構成するわけだが、この単純きわまりない、言わば禁欲的ともいうべき類題集の形態は、視角的にみて、幾何学的に整備された和歌の配列による絵図を想起させる体裁になっているとも言えよう。

ちなみに、「曼陀羅」とは、簡単にいえば、諸々の仏・菩薩を一定の方式に従って描き並べ、悟りの境地を絵図にしたものの謂だが、この仏教における「悟りの境地」を「曼陀羅」というビジュアルな表現によって表示する方法が、そのまま類題集における歌題に例歌を付すという枠組で、読者に提示するという類題集の方法と、まさに重層するわけだ。たとえば、（一）の六帖題では、『袖中和歌六帖』にみられるように、『古今和歌六帖』の歌題のもとに整然と例歌が付されて構成されている体裁が、（二）の勅撰集の部立に基づく細分化された題では、『類題和歌集』にみられるように、各部立の細分化された題のもとに整然と例歌が添加されて構成されている体裁が、（三）の特殊な題では、『物名和歌私抄』にみられるように、物名歌がいろは順に順序よく配列・構成されている体裁が各々、如実に提示するように、各類題集はまるで「曼陀羅」をみるごとく、視角的にも見事に絵図化された鳥瞰図となっているのだ。

序章の後半部で、歌題のみの体裁・構成でも「曼陀羅」に重層する側面があることを指摘したが、要するに、類題集の場合でいえば、「曼陀羅」の阿弥陀如来に相当するのが、撰者・編者であり、その中核に鎮座する撰者・編者が支配する、「曼陀羅」では諸仏に相当するのが、「一定の方式によって」整然と組織化された四季・恋・雑部などの部立・部類であり、その部立・部類の下部組織として、さらに細分化されて「描き並べ」られたのが基本題・組題などの歌題であって、このような次第で、類題集の組織・構成および配列には、仏教の「曼陀羅」の方法・原理が援用できるのである。ここに類題集の制作は、撰者・編者による「和歌曼陀羅の世界」の展開にあった、と極言しうるように愚考される。類題集研究は今後、このような視点の導入によって、さらに新たな地平が拓かれるものと期待するものである。

第二章　各論一　堂上派和歌の系列に属する類題集

第一章では、「総論」として、前著『中世類題集の研究』以降にまとめた近世関係の類題集のほぼすべてを対象にして、近世和歌史の流れに即してその展開の相を概観した。そして第二章から第五章では、それらの論考を「各論」として掲載して、「総論」の検証に具体的に供しようと、当初はおおよその見当を付けていたのだが、いざその目論見を実践しようとなると、分量があまりに大量すぎて、書籍の形態・体裁面からみても、利用者の利便性からみても、少々不具合な側面が生じてきたために、当初の予定をやや修正して、縮小せざるを得なくなった。その点、本書の刊行で、近世類題集の総決算を企図していた筆者の試みはやや後退したと言わざるを得まいが、それも現時点ではやむを得ない仕儀であろう。

というわけで、筆者がやむなく採った方策は、編者名の明記されている類題集については、その大半を「各論」で言及する一方、編者表記を欠く類題集については、今回は掲載を見合わせるという処理であった。

このような事情で以下に、後者に属する掲載誌（書）を中心に掲げておいたが、中には、編者の明記されている類題集に関する論考も含まれている。本書の利用者諸賢には、これらの論考を別途参看することで、筆者が本書で主張、展開している論証の補足、補完につとめていただきたいと切に願うものである。

まず、第二章の「各論一」で省略した論考は、次の九編。

a 「『公事』部の展開―『類題和歌集』の成立考」（『光華女子大学研究紀要』第三十二号、平成六・一二）

b 「北駕文庫蔵『類題和歌集』について―夏部の視点から」（『中世文学研究』第二十三号、平成九・八）

c 「和歌山大学附属図書館蔵『温知和歌集』の成立」（『京都光華女子大学研究紀要』第四十一号、平成一五・一二）

d 「『明題拾要鈔』の成立」（『光華女子大学研究紀要』第三十四号、平成八・一二）、『明題拾要鈔　上・下』（古典文庫第六〇八・六〇九冊、平成九・七、同九・八）

e「書陵部蔵『類題和歌』の成立」(『光華日本文学』第十号、平成一四・八)
f「『證歌集』の成立」(『古代中世文学論考』第十七集、平成一八・四、新典社)
g「臼杵図書館蔵『新類題和歌集』の成立—夏部の視点から」(『中世文学研究』第二十号、平成六・八)
h「松野陽一氏蔵『補缺類題和歌集』の成立—恋部二の視点から」(『光華女子大学研究紀要』第三十八号、平成一二・一二)

次いで、第三章の「各論二」で省略した論考は、次の二編。

i「『類葉倭謌集』の成立」(『光華日本文学』第十一号、平成一五・一〇)
j「『故人證謌集』の成立—付・『宗好詠草』翻刻と初句索引」(『京都光華女子大学短期大学部研究紀要』第四十五集、平成一九・一二)

続いて、第四章の「各論三」で省略した論考は、次の二編。

k「『和歌類葉集』の成立—清輔・頼政・実朝の詠歌享受史一断面」(『古代中世文学論考』第七集、平成一四・七、新典社)
l「長沢伴雄編『類題和歌作例集』の成立—〈付〉『めづらしき詞・耳なれぬ言葉』索引」(『古代中世文学論考』第十九集、平成一九・五、新典社)

最後に、当初は「第六章　付論 中世類題集の成立」のもとに、六編の論考を掲載する予定であったが、すべて掲載を断念した。その六編は、次のとおり。

m「中尾堅一郎氏蔵『夫木和歌抄』(春部一)の属性—新出の最古の書写になる巻子装本の紹介」(『古代中世文学論考』第十五集、平成一七・五、新典社)

n 「新出の『二八明題和歌集』について」(『ぐんしょ』再刊三十五集、平成九・一、続群書類従完成会)
o 「『題林愚抄』の歌題と撰集資料考―「郭公」関係の勅撰集歌を中心に」(『中世文学研究』第二十二号、平成八・八)
p 「『題林愚抄』の撰集資料―漢故事題の場合」(『岡大国文論稿』第二十二号、平成六・三)
q 「三手文庫蔵『百草和歌抄』の成立―『夫木和歌抄』享受の一断面(上)」(『夫木和歌抄　編纂と享受』平成二〇・三、風間書房)
r 「三手文庫蔵『百木和歌抄』の成立―『夫木和歌抄』享受の一断面(下)」(『夫木和歌抄　編纂と享受』平成二〇・三、風間書房)

このような次第で、本書で最初掲載を企図していた十八編は未掲載という仕儀になったが、しかし、これを全体の構造からみれば、関係のある論考を残らず集成する網羅主義的な構成内容とは一脈違った、ある種の精鋭主義的な内容展開が提示されたように愚考される。すなわち、近世類題集を網羅的に調査・検討してきた筆者の見解がすべて提示されたわけではない点、少々残念ではあるけれども、一応、筆者がこれまで従事してきた類題集研究の一端は示すことができたように思われる。各論を掲載するに際し、一言、弁解がましき発言を弄したことを断っておきたいと思う。

第一節　後陽成院撰『方輿勝覧集』の成立

一　はじめに

筆者は近時、室町期までの和歌、つまり古典和歌を収載する江戸期成立の類題集を対象に研究を進めているが、その研究過程で『類葉倭謌集』を採り上げて検討した際に（拙論「『類葉倭謌集』の成立」〈『光華日本文学』第十一号、平成一五・一〇〉）、当該集は撰集資料のひとつに、後陽成院撰『方輿勝覧集』を採用していることを知った。この『方輿勝覧集』（以下、本集という）については、和田英松氏『皇室御撰之研究』（昭和八・四、明治書院）や井上宗雄氏『中世歌壇史の研究　室町後期〔改定新版〕』（昭和六二・一〇、明治書院）などに考察があって、本集の成立についての見解が示され有益だが、ここには『和歌大辞典』（六一・三、明治書院）から当該項目を引用して、本集の概略を紹介しておこうと思う。

方輿勝覧集《はうよしようらんしふ》〘室町期歌集〙方輿勝覧・後陽成天皇方輿勝覧集・方輿勝覧和歌集とも。後陽成天皇は、慶長二1597年正月、この方輿勝覧集の初稿本かと目される『名所之抜書』を撰んだ。また、慶長一六年以降の某年に、この方輿勝覧集を撰んだ。いずれにしても、天皇最晩年の編纂かと思われる。なお、名所和歌に一際《ひときわ》関心の深かった後陽成天皇は『名所方輿勝覧』をも作っているが、この本と方輿勝覧集との成立順序は明白ではないとされる。本文としては列聖全集御撰集4に翻刻された書陵部本ほか七本が知られる。内容は、翻刻本によると「天香具山」（大和）から「千年山」（丹後）に至る名所の数三〇〇をあげ、その例歌を一八二〇余首示したもの。配列は雑纂形式である。なお、巻末に「追加」として「横川」から「鶉浜」（筑前）に至る二七の名所をあげ、その例歌を五五首示してある。おそらく当座の歌会や連歌の証歌のための編纂であろうが、資料的にも貴重なものである。（神作光一）

この神作氏の簡にして要を得た整理によって、本集の概要はほぼ明らかであるが、しかし、本集の歌題、撰集資料、詠歌作者などの具体的な内容については、さらに言及の必要があるように愚考される。

このような意味において、本節は、類題集の視点から改めて本集を採り上げ、詳細に具体的な検討を試みた、名所（歌枕）和歌を対象にした中近世類題集の成立研究であって、現在進めている一連の類題集研究の一翼を担う論考である。

二　歌枕（名所）の問題

『方輿勝覧集』は、追加の部分を除けば、天香具山から千年山までの三百の歌枕（名所）に千八百十八首の例歌（証歌）を掲げた名所歌集だが、この数値は宮内庁書陵部蔵の御所本（一五〇・三五一）を翻刻した『皇室文学大系　第一輯』（列聖全集御撰集四、昭和五四・七復刻版、名著普及会）によるものである。つまり、本節においては、『列聖全集』の復刻版を対象にして考察を進めたが、翻刻ミスは極力訂正を施すように努めた。

さて、本集に収録される歌枕（名所）の数が三百にのぼることについては、すでに言及したが、それでは、それらの歌枕は具体的にはどのようなもので、それらはどのような配列構成になっているのであろうか。そこで、これらの問題を明らかにするために、本集に収録される歌枕を以下に具体的に掲げ、本集の歌枕観を探る参考にしたいと思う。

天香具山（大和）・蚶方（出羽）・清滝（山城）・神道（伊勢）・鈴鹿（伊勢）・鳥籠山（近江）・宇都山（駿河）・信夫（陸奥）・十市（大和）・山田原（伊勢）・五十鈴川（伊勢）・三輪（大和）・（末之）松山（陸奥）・藤江（播磨）・白河（山城）・音羽（山城）・水無瀬（山城）・横川（近江）・野宮（山城）・淀（山城）・蘆屋（摂津）・宇治（山城）・有馬（摂津）・御裳濯川（伊勢）・須磨（摂津）・明石（播磨）・北野（山城）・嵯峨（山城）・交野（河内）・天河（河内）・淡路（淡路）・春日（大和）・小野（山城）・水豆野（山城）・片岡（山城・大和）・吉野（大和）・滋賀（近江）・足柄（相模）・相坂（近江）・三島（摂津）・富士（駿河）・難波（摂津）・豊浦寺（大和）・葛城（大和）・名児（名呉）・中川（山城）・並岡（山城）・嵐山（山城）・浅間（信濃）・龍田（大和）・立野（武蔵）・小倉（山城）・戸難瀬（山城）・松浦（肥前）・朝妻（近江）・伏見（山城）・広沢（山城）・安積（陸奥）・滋賀楽（近江）・真木（山城）・大井（山城）・井手玉川（山城）・野路玉川（近江）・玉河（武蔵）・野田玉河（陸奥）・生駒（河内・大和）・高安里（河内）・佐野渡（大和）・白河関（陸奥）・泊瀬（大和）・雲林（山城）・深草（山城）・六田淀（大和）・堀江（摂津）・片岡山（河内）・高志浜（和泉）・亀井（摂津）・餝磨（播磨）・芋生（伊勢）・壱岐松（筑前）・住吉（摂津）・遠里小野（摂津）・菅原伏見（大和）・血鹿塩竃（陸奥）・松崎（山城）・浮島原（駿河）・鳥羽（山城）・勢多（近江）・浜名橋（遠江）・武蔵野（武蔵）・清見（駿河）・高円（大和）・布引（摂津）・安達（陸奥）・活田（摂津）・鏡山（豊前・近江）・佐野（上野）・大淀（伊勢）・竹田（山城）・水茎岡（近江・土佐）・名取川（陸奥）・佐夜中山（遠江）・天橋立（丹後）・宮城野（陸奥）・不破（美濃）・野中清水（播磨）・飛鳥（大和）・若（紀伊）・野島（淡路・安房・近江）・角田川（下総・武蔵）・信太杜（和泉）・

与謝（丹後）・泉（山城）・遊廻岡（大和）・佐保（大和）・吹上（紀伊）・有乳山（越前）・奈古曽関（陸奥）・絵島（淡路）・更級（信濃）・鞍馬山（山城）・暗布山（山城）・浦島（丹後）・稲荷（山城）・田上（近江）・昆陽（摂津）・唐崎（近江）・因幡（美濃・因幡）・長等橋（摂津）・大原（山城）・石山（近江）・玉島（肥前）・粟田山（山城）・比良（近江）・高砂（播磨）・霞関（武蔵）・小塩付大原野（山城）・阿波堤（尾張）・引真野（三河）・甲斐嶺（甲斐）・高師（遠江）・伊吹（美濃）・平野（山城）・小余綾磯（相模）・室八島（下野）・門司関（豊前・長門）・武庫（摂津）・手向山（大和）・御津（摂津）・二見（伊勢）・高津（摂津）・阿武隈川（陸奥）・位山（飛騨）・鳴海（尾張）・夏箕川（大和）・山科（山城）・熊野（紀伊）・由良（紀伊）・入佐山（但馬）・松島（陸奥）・田籠浦（駿河・越中）・霞浦（陸奥）・伊勢（伊勢）・大江山（丹波）・緒断橋（陸奥）・守山（近江）・賀茂（山城）・浦初島（摂津・紀伊）・吹飯（和泉）・伊香保（上野）・海路山（越前）・狛（山城）・常磐（山城）・白山（加賀）・袖浦（出羽・筑前）・筑波（常陸）・岩瀬（大和）・虫明迫門（播磨・備前）・後瀬山（若狭）・田蓑島（摂津）・鹿島（常陸）・磯間浦（紀伊）・三室（大和）・益田池（大和）・志賀須香渡（三河）・辰市（大和）・八橋（三河）・染川（筑前）・有磯（越中）・許我渡（下総）・男山（山城）・布留（大和）・姨捨山（信濃）・真野（近江）・大沢池（山城）・諏訪（信濃）・鳰海（近江）・待乳山（大和・紀伊・下総）・生野（丹後）・武隈（陸奥）・石清水（山城）・網島（讃岐）・入野（未勘国）・御手洗川（山城）・大江（摂津）・香椎（筑前）・松尾（山城）・鳥部（山城）・糺（山城）・園原付伏屋（信濃）・三穂（駿河）・三笠山（大和）・亀山（山城）・大荒城杜付同浮田（不記）・青根峰（大和）・妹背（紀伊）・大河辺（大和）・神山（山城）・岩代（紀伊）・藤代御坂（紀伊）・神奈備（大和）・奈良師岡（大和）・貴船（山城）・桂（山城）・雄島（陸奥）・思川（筑前）・音無（紀伊）・阿太胡（山城）・青羽山（若狭）・猪名野（摂津）・野洲（近江）・歎杜（大隈）・吉備中山（備中）・大内山（山城）・朝原（大和）・清川原（大和）・小島（備前）・三香原（山城）・一志（伊勢）・籬島（陸奥）・櫃川（山城）・高間（大和）・木

〈表1〉歌枕上位一覧表

順位	名称	数値
1	山城	六一
2	大和	四三
3	近江	二七
4	摂津	二二
5	陸奥	二〇
6	紀伊	一四
7	伊勢	一一
8	播磨	八
9	美濃	七
同	駿河	七
11	信濃	六
同	下総	六
同	河内	六
同	筑前	六
15	武蔵	五
同	未勘国	五
17	相模	四
同	常陸	四
同	丹後	四
	計	二六六

枯杜（駿河）・磐手（陸奥）・真野萩原（大和）・真野菅原（陸奥）・涙川（伊勢）・芹河（山城）・関藤川（美濃）・比叡（近江）・粟津（近江）・高瀬（河内）・木幡（山城）・三井（近江）・奈良（大和）・御前（摂津）・打出浜（近江）・比治奇灘（播磨）・入日岡（未勘国）・堅田（近江）・金御獄（大和）・野上（美濃）・八塩（山城）・御垣原（大和）・鷲山（不記）・十府（陸奥）・筑磨（近江）・箱根（相模）・羽賀山（大和）・木曽（信濃）・橘小島（山城）・三尾（近江）・久米道（大和）・巣立（未勘国）・衣笠（山城）・紫野（山城）・今城（紀伊）・松賀浦島（陸奥）・飛火野（大和）・企救（豊前）・水江能野宮（出雲）・標茅原（下野）・三上（近江）・席田（美濃）・石上寺（大和）・長居（摂津）・印南野（播磨）・那智（紀伊）・鷺坂山（山城）・水無能川（常陸）・像見浦（紀伊）・寝覚里（美濃）・朝倉山付木丸殿（筑前・相模）・床浦（未勘）・御祓川（未勘国）・名越山（土佐）・御船山（大和）・津田細江（播磨）・滝清水（不記）

以上が本集に収載される歌枕（名所）三百箇所の具体的な表示であるが、これを数値の視点から整理すると、注記のない「大荒城杜付同浮田」「鷲山」「滝清水」の三箇所を除くならば、上位十七位は〈表1〉のごとくなる。

ここに整理した二百六十六の地域名は、本集に収載の名所のうち、約九パーセントをしめ、当然のことながら、未勘の国を除くと山城・大和・摂津・河内の畿内が断然他国を圧倒し、次いで近江・陸奥・美濃・信濃の東山道が続き、あとには伊勢・駿河・下総・武蔵・相模・常陸の東海道、紀伊の南海道・播磨の山陽道・筑前の西海道、丹後の山陰道が続くという、収載状況である。
ちなみに、三箇所以下の地域名の収録状況は、次のとおりである。
〔三箇所収録の名所〕三河・遠江・和泉・淡路・豊前
〔二箇所収録の名所〕出羽・上野・下野・尾張・若狭・越前・越中・備前・土佐・肥前
〔一箇所収録の名所〕飛騨・甲斐・安房・加賀・名呉（越中）・丹波・但馬・因幡・出雲・備中・長門・讃岐・大隈

ところで、本集に収録されている歌枕（名所）の配列をみると、『歌枕名寄』などの通常の名所歌集がそれを諸国別に部類しているのと異なって、神作氏が『和歌大辞典』で言及されたように、まさに「雑纂形式」である。本集の名所の配列の現状は確かにそのとおりなのだが、はたして三百という固定した数量のもとに選別された歌枕（名所）が、編者の編纂意図なしに、無秩序に配列されるということがあるであろうか。序文には「猶、いろはをもちて、集めて大成すべし」とあるので、本集は草稿本の性格をもつ歌集なのかも知れないが、それにしても、本集の初稿本と目される『名所之抜書』には、伊勢国の歌枕が「五十鈴川」「御裳濯川」のごとく連続して配列されているのに、本集がそれらを第二十四番めに「御裳濯川」を第十一番めに「五十鈴川」をあえて配列しているところには、何かしら編者の構成原理もしくは配列原理が働いているのではないか、と愚考されるからである。

そのように考慮して、本集の歌枕（名所）の配列を概観すると、歌枕（名所）の配列は、各名所に付された例歌（証歌）と無関係ではないように憶測されるのだ。たとえば、「清滝」（三・山城）の末尾の例歌の

1　亀山の峰たちこえて見渡せば清滝川ををとす筏師　（新拾遺・後嵯峨院・一八）

の1の詠と、それに連続する「神道」（四・伊勢）の冒頭の例歌の

2　鈴鹿川八十瀬白波わけすぎて神道の山の花を見しかな　（新勅・良経・一一九）

の2の詠とはまず、「清滝川」「鈴鹿川」での川の共通項が認められ、しかも、1の清滝川の属性である〝清澄〟感から、2では「白波わけすぎて」の措辞が1に応じているのである。また、「信夫」（八・陸奥）の末尾の例歌の

3　消えねただ忍の山の峰の雲かかる心のあともなきまで　（新古今・雅経・六一一）

の3の詠と、それに続く「十市」（十・伊勢）の冒頭の例歌の

4　雲かかる十市の里の蚊遣火は煙たつとは見えぬなりけり　（堀百・師時・六二一）

の4の詠は、「雲かかる」の措辞が共通するうえ、3の「消えぬ」「あともなきまで」と4の「見えぬ」の表現が同一内容を表示する措辞となっている。また、「横川」（十八・近江）の末尾の

5　世を厭ふ橋と思ひし横川にてあやなく君を恋ひ渡るかな　（千・仁昭・一一二八）

の5の詠と、「野宮」（十九・山城）の冒頭の

6　頼もしな野宮人のうゑる花しぐるる月にあへずなるとも　（新古今・順・一一二九）

の6の詠は、表現・措辞は共通しないが、5が仏門に入って、修行する身でありながら、憂き世を厭離する端緒となった横川の橋で出逢った稚児への断ち切れない思いを詠じている内容と、6が花に寄せて斎宮となった皇女への思いを表出している内容とは共通して、同種の趣を呈している。

以上、任意で、歌枕（名所）の配列が、各名所に付された例歌（証歌）と無関係ではないように推察される事例を数例掲げたが、だからといって、このような事例が必ずしも、本集のすべての歌枕（名所）の配列に認められるわけではない。しかし、本集が歌枕（名所）の配列を諸国別にしないで、外見を「雑纂形式」のように見せかけている背景には、以上指摘したような編者の配列・構成意図が一部、隠されているのではなかろうか。

三　撰集資料の問題

それでは、本集に採録されている歌例（証歌）は、どのような出典から抄出されているのであろうか。この問題について検討を進めてみると、本集には集付（出典注記）と作者注記がともに付されていて参考になるが、欠落する箇所も多いので全歌の出典を明確にすることができない点、残念である。しかし、次に示す

7　おもひやれ嵐の山のふもとにて雪降りうづむ柴の庵を　（嵐山・覚法法師・四〇九）

8　吹く風に鳴く音をそへて小夜千鳥誰か松浦の恨かたらむ　（松浦・中納言宣兼・四六〇）

9　夏と秋と行きかふをふの浦梨に片枝涼しき沖津汐風　（苧生・中務卿・六四二）

の7〜9の詠の出典は分明でないので除外して、それ以外の本集の収載歌千八百十五首のうち、本集に五首以上収載される撰集資料を提示すれば、次頁の〈表2〉のごとくなる。

なお、この〈表2〉には、前述したように集付を欠く例歌（証歌）が数多くあるので、それらの詠歌については筆者の調査によって明示したが、そのうち、その典拠を「歌枕名寄」とした出典については、たとえば「鞍馬山」の例歌、

10　霞たつ鞍馬の山のうす桜てぶりをしてな折りぞわづらふ　（雲珠桜・顕季・八九三）

の10の詠の注記に、本集が「六条修理大夫集」と記さないで、「雲珠桜」のごとき誤注を付している事情から、原拠資料とは異なる撰集資料の『歌枕名寄』を採用した点を断っておきたい。というのは、10の詠歌については、出典の『六条修理大夫集』の詞書には「於七条亭人人、桜の歌十首よみしに」（一五六）とあり、『夫木抄』には「花十首中」

〈表2〉五首以上の撰集資料一覧表

順序	集付	歌数
1	歌枕名寄	二〇九首
2	新古今集	一六九首
3	建保百首	一三九首
4	続古今集	九〇首
5	万葉集	七九首
6	千載集	七五首
7	新勅撰集	七二首
8	続千載集	五二首
9	新拾遺集	五一首
10	続後撰集	五〇首
10	続拾遺集	五〇首
12	玉葉集	四九首
13	堀河百首	四七首
14	古今集	四三首
15	新後撰集	四二首
16	拾遺集	四一首
17	風雅集	三七首
18	後拾遺集	三六首
18	続後拾遺集	三六首
20	後撰集	三四首
20	金葉集	三四首
20	新撰六帖	三四首
23	万代集	三三首
23	新千載集	三三首
25	最勝四天王院障子和歌	二七首
26	現存六帖	二五首
27	古今六帖	二〇首
27	新続古今集	二〇首
29	詞花集	一八首
30	正治百首	一七首
31	千五百番歌合	一五首
32	夫木抄	一四首
33	新後拾遺集	九首
34	拾遺愚草	八首
35	秋風抄	七首
36	六百番歌合	六首
36	雲葉集	六首
36	良玉集	六首
39	永久百首	五首
39	和歌一字抄	五首
39	建仁歌合	五首
計		一七四八首

とあって、「雲珠桜」なる語句を出典注記に有する撰集資料は『歌枕名寄』のほかには存在しないからである。

以上が本集に収載される五首以上の出典だが、この合計千七百四十八首という数値は、本集の収載歌千八百十八首の九十一・一パーセントをしめ、本集の収載歌のほとんどが〈表2〉に掲載した出典からの採歌であると知られる。すなわち、本集の最大の典拠は当然のことながら、『歌枕名寄』『建保名所百首』『景勝四天王院障子和歌』などの名所歌集であるが、これを歌集の形式面から分類すれば、次のごとくなろう。

その第一は、『古今六帖』『新撰六帖』『現存六帖』などの類題集で、その第二は『古今集』から『新続古今集』に至る勅撰集である。そして、『万葉集』『良玉集』『万代集』『雲葉集』『秋風抄』『夫木抄』などの私撰集と、

『堀河百首』『永久百首』『正治百首』『建保名所百首』などの定数歌が続くなか、『六百番歌合』『千五百番歌合』『建仁歌合』などの歌合と、定家の私家集『拾遺愚草』や歌学書『和歌一字抄』が添加されているという状況である。なお、収載歌の上限は『万葉集』の成立時の奈良時代、その下限は『新続古今集』の成立時の室町時代である。ちなみに、最大の出典とした『歌枕名寄』がもっとも流布したのは万治二年（一六五九）刊行の版本ではあるが、本集が参照したのは慶長十六年（一六一一）以前の写本類であることは言うまでもない。

ちなみに、四首以下の出典資料については、以下のとおりである。

〔四首収載作品〕　なし

〔三首収載作品〕　広田社歌合・拾玉集・中務卿家歌合・明玉集・不詳

〔二首収載作品〕　懐中抄・寛平歌合・玉吟集・現葉集・山家集・石清水歌合・仙洞歌合（建長二年）・洞院摂政家歌合

〔一首収載作品〕　一条大納言家障子和歌・為家千首・伊勢物語集注・殷富門院大輔集・家持集・貫之集・亀山殿歌合・匡房集・金槐集・九条殿御歌合・具平親王家歌合・玄々集・元輔集・源氏物語・現存集・弘安百首・後鳥羽院御時百首・後法性寺家歌合・斎宮歌合・散木奇歌集・日本紀・若狭守通宗朝臣女子歌合・神中抄・秋篠月清集・小町集・新宮歌合・新三十六人歌合・新葉集・草庵集・秋長詠藻・珍玉集・藤川百首・内大臣家百首・能因法師集・八条前太政大臣家歌合・文永将軍家歌合・宝治百首・法性寺左大臣家歌合・郁芳三品集・六花集

注

四　詠歌作者の問題

それでは、本集に収載される詠歌の作者はどのような歌人であろうか。この問題について検討を加えてみると、本集は『万葉集』の作者未詳、勅撰集の読人不知、『古今和歌六帖』『歌枕名寄』などの作者不記の詠作を多数収載しており、その数は百六十七首にも及んでいる。したがって、本集の総歌数の千八百十八首から作者不詳の百六十七首を減じた千六百五十一首を対象に、本集の詠歌作者の問題に言及してみると、おおよそ次のごとき結果が得られる。

まず、本集に収載される五首以上の詠歌作者を整理、一覧すると次頁の〈表3〉のごとくなる。

この〈表3〉をみると、詠歌作者が特定できる千六百五十一首のうち、六十・七パーセントをしめていることが知られよう。そこで、この〈表3〉から窺知しうる本集の傾向について言及すれば、おおよそ次のような特徴を指摘することができるであろう。その第一は、藤原定家・同家隆・同俊成・慈円・西行・後鳥羽院・藤原良経・飛鳥井雅経・寂蓮・藤原俊成女・源通光・同家長・藤原秀能・式子内親王などの新古今時代の歌人を圧倒的に多数採録していることである。その第二は、藤原為家・宗尊親王・六条知家・藤原信実・衣笠家良・藤原光俊・西園寺実氏・後嵯峨院・土御門院・二条為氏・祝部成茂・藤原行家などの後嵯峨院歌壇で活躍した歌人が目立つことである。その第三は、源俊頼・大江匡房・藤原仲実・神祇伯顕仲・源師時・同師頼・隆源・肥後などの『堀河百首』の歌人が、順徳院・藤原行能・同行意・同康光などの『建保内裏百首』の歌人が拮抗して収載されていることである。その第四は、曾禰好忠・清原元輔・恵慶などの『拾遺集』初出歌人、藤原公実・源経信・藤原忠通などの『金葉集』初出歌人、顕昭・後徳大寺実定・藤原隆信・同清輔・同長方・道因などの『千載集』初出歌人などの平安時代の歌人が、藤原道家・源実

〈表3〉　五首以上の収載歌人一覧表

順序＼内容	作者	歌数
1	定家	九三首
2	家隆	七七首
3	俊頼	五一首
4	俊成	四五首
5	順徳院	三七首
6	為家	三四首
7	宗尊親王	三一首
8	慈円	二九首
9	西行	二七首
同	後鳥羽院	二七首
11	良経	二五首
同	知家	二五首
13	雅経	一七首
同	信実	一七首
15	行能	一六首
16	人麻呂	一五首
同	匡房	一五首
同	家良	一五首
19	寂蓮	一四首
同	俊成女	一四首
同	光俊	一四首
22	好忠	一三首
同	仲実	一三首
同	顕昭	一三首
25	道家	一二首
同	実氏	一二首
同	後嵯峨院	一二首
28	貫之	一一首
29	能因	一〇首
同	公実	一〇首
同	実定	一〇首
同	実朝	一〇首
同	土御門院	一〇首
同	行意	一〇首
同	康光	一〇首
36	家持	九首
同	業平	九首
同	元輔	九首
同	恵慶	九首
同	隆信	九首
同	通光	九首
同	家長	九首
43	神祇伯顕仲	八首
同	師時	八首
同	清輔	八首
同	秀能	八首
同	為氏	八首
48	経信	七首
同	長明	七首
同	公経	七首
同	成茂	七首
同	行家	七首
53	忠通	六首
同	長方	六首
同	式子内親王	六首
同	有家	六首
同	実兼	六首
58	兼盛	五首
同	長能	五首
同	隆源	五首
同	肥後	五首
同	師頼	五首
同	道因	五首
同	守覚法親王	五首
同	宮内卿	五首
計		一〇〇二首

朝・西園寺公経など、後堀河院の『新勅撰集』に関係する歌人などと混合して収載されていることである。

この本集に収載される詠歌歌人の傾向は、ほぼ本集の出典資料に認められる傾向と符合するといえようが、ちなみに本集に収載される四首以下の収載歌人を列挙すれば、次のとおりである。

〔四首収載歌人〕　河内（前斎宮）・雅有・基家・国信・実伊・実行・実方・実雄・親隆・政村・丹後（宜秋門院）・仲正・忠定・道経・範宗・頼政・良暹

〔三首収載歌人〕　為兼・為仲・為道・伊勢大輔・越前（嘉陽門院）・紀伊・基俊・教実・兼氏・兼昌・顕輔・後宇多院・黒主・讃岐（二条院）・実経・実守・重氏・小侍従・小町・成助・赤人・大輔（殷富門院）・忠房・冬平・能宣・兵衛・兵衛内侍・隆親

〔二首収載歌人〕　阿一・安芸（郁芳門院）・為経・為継・贈従三位為子・為世・伊家・下野・加賀左衛門・伊基・覚性法親王・覚盛・覚法法親王・季経・季広・季能・亀山院・久明親王・躬恒・御匣（式乾門院）・教長・具親・経家・経光・経朝・兼実・兼澄・兼誉・顕国・元方・公蔭・公朝・公雄・行定・行平・光行・光範・後伏見院・国助・国冬・斎時・師賢・師俊・紫式部・資兼・実重・俊綱・順・小将（藻壁門院）・承覚法王・信平・素性・宗秀・宗宣・相模・大進（三宮）・大納言（七条院）・忠季・忠長・忠良・長時・定為・天智天皇・田原天皇・登蓮・邦省親王・頼綱・頼実・頼重・隆重・隆祐・旅人・和泉式部

〔一首収載歌人〕　阿闍梨・阿仏尼・あやもち・按察（鷹司院）・為教・為憲・従二位為子・為実・為秀・為正・為相・為相女・伊光・伊綱・伊通・伊平・惟岡・惟成・惟明親王・雨宮御歌・雲禅・永能・永範・越後（内大臣家）・円光院・円松・延季・奥麿・かたのの女・家経・家衡・伊房・嘉言・雅兼・雅言・雅朝・戒仙・懐能・覚延・覚助法親王・覚称・覚深・覚弁・桓瑜・間満・季景・季縄・季宗・季道・季茂・基光・基綱・基氏・基

嗣・基世・基政・基忠・徽安門院・宜秋門院・義家・義清・鏡女王・教経・業清・今道・金村・欣子内親王・具氏・具定女・堀河（待賢門院）・経久・経教・経継・経国・経嗣・経親・経正・経盛・経宗・経房・経明・景頼・継郷・兼家・兼宗・兼直・兼輔・兼房・賢子・権大納言内侍（後二条院）・顕雅・源恵・源寂・源信・源宗・厳教・公規・公衡・公脩・公世・公相・公長・公通・公任・公明・公猷・広方・行氏・行綱・行実・行貞・光吉・光信・孝基・孝善・幸平・厚見王・後醍醐院・後白河院・高宗・高倉院・興風・国基・国助女・国道・国平・国房・さねゆき・左近（三条院女蔵人）・采女・斎宮女・氏忠・市原王・師光・師信・師宗・師平・師輔・師房・資秀・資季・資賢・資仲・資明・実因・実泰・実能・寂縁・寂真・寂超・手持女王・周防内侍・秀長・秀茂・重政・重方・重茂・俊雅母・俊兼・俊宗女・俊忠・春日大明神・春誓・小式部内侍・小侍従命婦・少将内侍・少将弁局・尚長・彰子・乗功・信家・信生・信仲・信明・神退・神明御歌・真楯・真忠・親行・親守・親清女・親宗・仁昭・仁徳天皇・帥（鷹司院）・崇徳院・正宗・西音・成光・成実・成仲・成道・成保・性助親王・政綱・清少納言・清兼・清水観音・清晴・清範・聖徳太子・静円・静賢・静助法親王・静仁法親王・赤染衛門・宣兼・宣子・善算・禅助・禅性・宗行・宗子・宗長・村上天皇・大納言（七条院）・ちかねが女・中納言女王・虫麻呂・中務（斎院）・仲遠・仲敏・忠基・忠教・忠広・忠行・忠資・忠実・忠盛・忠宗・忠平・忠命・長家・長忌女・長算・長実・長俊・朝光・通具・通氏・通親・通成・通方・定円・定周・定通・定文・定方・天武天皇・冬基・冬教・湯原王・道慶・道玄・道済・道守・道助法親王・道信・道性・道静・道命・道瑜・敦賢親王・敦仲・敦隆・頓阿・内侍（前斎院）・能清・八条大君・坂上郎女・範永・範兼・範綱・項子・尾張・枇杷皇后宮・美作・敏行・浮舟・普光円院・福磨・弁乳母・輔弘・輔任親王・輔相・岑雄・満元・明朝・茂重・右京大夫（正親町）・友則・有間皇子・有慶・有長・有房・祐挙・祐見・祐盛・融・陽成院・頼

遠・頼氏・頼寂・頼信・頼宗・頼泰・頼仲・笠女郎・隆教・隆博・良教・良実・良清・良通・良平・覚朗

五　成立と編纂目的などの問題

さて、本集に収載される歌枕をはじめ、撰集資料や詠歌作者の問題をほぼ明らめたが、それでは、本集は何のために編纂されたのであろうか。この問題については、本集の冒頭に記された後陽成院の執筆になる次の序文に、

この三百の歌枕は、先名所の百首、当座の為の本として、又は一首にても、俊傑なるうたの名所は、よろづにわたるべし。且は連歌の証歌にもあらずといふべからずや。なほ、いろはをもちて、集めて大成すべし。愚鈍未練短才の用意なり。後の君子を俟つのみといふ事しかり。

／慶長寡人脱屣隠逸太上天皇誌

とある記述が示唆を与えよう。少々意味の把握しにくい措辞も含まれるが、本集のこの序文の趣意は、和歌の主要な歌枕をまず三百項目掲げ、その出典源は名所百首や歌合・歌会などで詠じられた作品、および一首でも歌枕を含む秀逸な内容の詠作の場合は、それを対象にして掲載する。そして、その編纂目的は主として、当座の歌会や歌合において証歌となりうる例歌を集成した、いわば歌枕の手引き書としての役割に認められようが、連歌の場合にも、その適用は例外とはならない。なお、本集は最終的には、いろは順に編纂改訂されるのが望ましいとするが、巻末には追加の記述があるのみ。

ところで、本集には、成長過程を示す三種類の書目が存在する実態について、井上氏は前掲の『中世歌壇史の研究 室町後期〔改定新版〕』で言及している。要約すると、後陽成天皇はまず、慶長二年正月、本集の初稿本と見られる『名所之抜書』（「慶長二稔孟春十又二萱春雨／従神武百数代末和仁廿七才」）を撰したが、同三年二月には廷臣に『名所和歌』を

撰進させ（『兼孝記』）、同五年にも近臣に『名所和歌』を選定させた（『御湯殿上日記』『時慶記』）が、これは『名所之抜書』の補訂作業であったのであろうか。続いて同十六年以降の某年、後陽成院は本集を撰進したが、書陵部には『名所方輿勝覧』（御歌所本、一五一・五二）なる伝本が存在し、該本は名所項目三百五箇所に、例歌を約千九百首掲載し、追加の記事を有するうえ、いろは順に分類した索引を付している。ちなみに、この索引について、前掲の和田氏『皇室御撰之研究』は、「こは後に分たせ給ひしものにや、後人のしわざにや詳ならず」と判断を保留しているが、これは後陽成院の作成と考えてよかろう。なお、この三種の成立順序は『和歌之抜書』→『方輿勝覧集』→『名所方輿勝覧』と推定されているが、筆者も井上氏の見解に賛同する。

要するに、この書目にこのような三種類もの同一内容の伝本が増幅されて存するのは、歌枕に関心が深かった後陽成院の歌学に対する造詣の深さをいみじくも提示していると言えようが、このような三種類も存する書目の性格を勘案して、本集の編纂目的に言及するならば、本集は当座の歌会や歌合において役立つ証歌の集成にその主眼があり、その編纂過程には、多分に学問的な性格が色濃く揺曳しているように推察されるであろう。

最後に、本集の名所（歌枕）和歌史における位相に言及すれば、おおよそ次のごとくなろうか。周知のように、地名が和歌に詠み込まれたのは『万葉集』を嚆矢とするが、それが歌枕として固定するのは平安時代に入ってからで、屛風歌や障子歌などの流行とも並行して、名所への関心が高まり、『枕草子』の地名類聚、公任の『四条大納言歌枕』（散逸）などの誕生を経て、『能因歌枕』などの名所集成書が出現するとともに、長久二年（一〇四一）、『祐子内親王家名所歌合』が披講され、名所題歌合の流行の先駆となった。鎌倉時代に入ると、『最勝四天王院障子和歌』のほか、『建保三年内裏名所百首』などの『名所題百首』が生まれる一方、『八雲御抄』（順徳院著）などの本格的な研究書も著されたのであった。

ところで、名所（歌枕）歌集の集成については、種々の形態があるが、編纂方法では、a『歌枕名寄』のような国別、b『五代集歌枕』のような山・峰などの種目別、c『袖珍歌枕』のようないろは順に分類される。また、選歌の範囲では、a『勅撰名所和歌抄出』『万葉名所部類』などのような特定の歌集に限定したもの、b『新撰歌枕名寄』のような広範囲から撰んだものに分類される。このように名所（歌枕）歌集の集成については、歌枕を詠歌に詠み込む際の手引き書としての役割を担っているために、鎌倉後期から南北朝期にかけて多量の書目が編纂されたが、さらに室町中期以降は、連歌師たちによって付合の手引き書の機能も兼ねて、大部な集成書も出現するに至ったのであった。それらの書目集成については、井上宗雄氏編「名所歌集（歌枕書）伝本書目稿」（立教大学『日本文学』第十六号〈昭和四一・六〉・十九号〈同四二・一一〉・二十三号〈同四五・三〉）があって、きわめて有益である。

このような名所（歌枕）歌集の集成史において本集の位相は、〈表2〉の撰集資料一覧表の第一位の出典が、本集と同種の『歌枕名寄』である実態が示唆するように、本集は、編纂方法ではaの国別に属し、選歌の範囲では b の広範囲から選んだものに所属することになろう。となると、『歌枕名寄』の成立については、『新編国歌大観　第十巻』の解題で「原初形態の成立は新後撰和歌集の直前で、以後中世を通じて増補や加筆が行われ、近世初期に至ってその一形態が板行されて一層流布したと考えられ」（福田秀一氏執筆）る由なので、万治二年（一六五九）板行の版本以前の写本に依拠してなされている本集への『歌枕名寄』からの採歌の実態は、本集が『歌枕名寄』の系譜下に属することを意味するが、成立年時の点からは、『歌枕名寄』に基づいて南北朝後期ごろに成ったと推定される『新撰歌枕名寄』の成立以降に位置することは言うまでもなかろう。

ちなみに、鎌倉時代末期以降の名所（歌枕）歌集集成の成立史を、年表的に列挙すれば、次のとおりである。

鎌倉末期　『名所歌枕』（編者不詳）

南北朝初期　『名所要歌集』（編者不詳）
延文四年（一三五九）頃　『勅撰名所和歌要抄』（編者不詳）
南北朝後期　『名所和歌抄出』（編者不詳）
長享二年（一四八八）以前　『名所和歌』（良俊追編）
文亀二年（一五〇二）　『名所方角抄』（宗祇編か）
永正三年（一五〇六）　『勅撰名所和歌抄出』（宗碩編）
永正頃　『名所名寄』（編者不詳）
慶長十六年（一六一一）以後　『方輿勝覧集』（後陽成院編）
元和三年（一六一七）　『類字名所和歌集』（昌琢編）
元和三年（一六一七）　『名所名寄』（智仁親王奥書）
万治三年（一六六〇）　『松葉名所和歌集』（宗恵編）
延宝元年（一六七四）　『続松葉和歌集』（宗恵編）
延宝五年（一六七七）　『机右鈔』（吉深編）
延宝七年（一六七九）　『名所小鏡』（編者不詳）
元禄五年（一六九二）　『勝地吐懐篇』（契沖編）
元禄五年（一六九二）　『勝地通考目録』（契沖編）
元禄十年（一六九七）　『類字名所補翼鈔』（契沖編）
元禄十一年（一六九八）　『類字名所外集』（契沖編）

宝永六年（一七〇九）　　　　『名所部類』（世外子編）

以上、年表として主要な名所（歌枕）歌集集成の書目を掲げたが、この整理を概観すると、『歌枕名寄』の系譜下にある本集とは別の系統に、『勅撰名所和歌要抄』『勅撰名所和歌抄出』などがあって、さらにこの両書を取り込んだ『類字名所和歌集』が本集成立ごろに成立し、その後、この『類字名所和歌集』に『勅撰名所和歌抄出』を増補した最大の名所歌集『松葉和歌集』が刊行される一方、『類字名所和歌集』をさらに補正した『勝地吐懐篇』『類字名所補翼鈔』『類字名所外集』なども編纂されるという、近世前期における名所（歌枕）類題集史が想定されるようである。したがって、このような名所（歌枕）歌集集成史のなかにあって、本集の位相にあえて言及するならば、本集はまさに『歌枕名寄』系統の集成書と、『勅撰名所和歌抄出』の増補本である『類字名所和歌集』とが編纂、刊行される交差点ともいうべき地平に位置づけられ、本書の意義もこのようなところに求めうると言えようか。

六　追加の問題

最後に、本集の巻尾に掲げられている「追加」に言及して、本節を終わりたいと思う。この追加の箇所には「横川」から「鶉浜」に至る二十八の名所（歌枕）に五十五首の例歌が付されている。この例歌を検討すると、

11　北野には難波の草か生ひざらむ唯松のみぞ飾なりける　（北野・菅家・三二〇）
12　西になる北野の松の木のまより心づくしの月ぞ秋なる　（同・同・同・三二一）
13　松浦潟しばしの程の旅ならむ北野ぞ常の住居なりける　（同・同・同・三二二）
14　なき名にはいかなる人の沈むべき誓ふ北野の神の恵に　（同・同・同・三二三）

15　北野とは人のつけたる名なりけり誠のうへは是ぞ松岡　（同・同・同・三四）

の11〜15の詠については、11〜15には「菅家」の作者表記があるものの、現時点では出典を特定できない。しかし、この追加の箇所の大略は、典拠と詠歌作者の視点から、次のように整理されよう。

まず、典拠面では、本集に集付（出典注記）がない詠歌のない場合、検索した結果によったが（その大半は『歌枕名寄』に収録）、それによると、第一位は『歌枕名寄』が十七首、第二位が出典不詳の五首（11〜15の詠）、第三位が『新古今集』の五首、第四位が『続拾遺集』『新千載集』『新拾遺集』『新続古今集』『石清水歌合』『万代集』、第五位が『遠近抄』『懐中抄』『金槐集』『堀河百首』『古今集』『古今六帖』『拾遺集』『新撰六帖』『新後撰集』『新後拾遺集』『千載集』『続後撰集』『続古今集』『仲実集』『風雅集』『万葉集』のとおりであって、〈表2〉で整理した傾向が、この追加においても確認される。

次に、詠歌作者面では、読人不知や作者不記を含めた作者不詳（『歌枕名寄』四首、『万葉集』『古今六帖』『懐中抄』『新拾遺集』各一首）を除くならば、第一位が道真の五首、第二位が仲実・仲正・頼政・為家の二首、第三位が家長・雅孝・基家・恵慶・顕氏・公長・公豊・行家・行能・好忠・幸清・後蔭・後鳥羽院・西行・師光・師継・時用妻・実朝・秀能・俊恵・俊成女・俊頼・小宰相・真縁・宗尊親王・宗頼・藻壁門院少将・待賢門院堀河・直氏・通具・肥後・輔仁親王・祐挙・良経の一首である。この詠歌作者の整理からみた傾向は、〈表3〉のそれと異なって、平安時代の歌人が上位を占めているようである。

七　まとめ

以上、『方輿勝覧集』の成立について、種々様々な視点から基礎的考察を加えてきたが、ここでこれらの検討から得られた結果を摘記して、本節の結論に代えたいと思う。

(一)　本集は三百の歌枕（名所）に千八百十八首の例歌を掲げた名所（歌枕）歌集だが、追加の五十五首を加えると、例歌の総数は千八百七十三首となる。

(二)　本集が掲げる歌枕を国別に掲げると、上位十位は、山城（六一首）、大和（四三首）、近江（二七首）、摂津（二二首）、陸奥（二〇首）、紀伊（一四首）、伊勢（一一首）、播磨（八首）、美濃・駿河（七首）のとおりである。

(三)　本集の撰集資料の上位十位は、『歌枕名寄』（二〇九首）、『新古今集』（一六九首）、『建保内裏名所百首』（一三九首）、『続古今集』（九〇首）、『万葉集』（七九首）、『千載集』（七五首）、『新勅撰集』（七二首）、『続千載集』（五二首）、『新拾遺集』（五一首）、『続後撰集』『続拾遺集』（各五〇首）のとおりである。

(四)　詠歌作者の上位十位は、藤原定家（九三首）、同家隆（七七首）、源俊頼（五一首）、順徳院（三七首）、藤原為家（三四首）、宗尊親王（三二首）、慈円（二九首）、西行・後鳥羽院（各二七首）である。

(五)　本集の成立については、成長過程を示す三種類の書目が存し、それらを成立順に掲げるならば、『和歌之抜書』（慶長二年成立）、『方輿勝覧集』（同十六年以降の成立）、『名所方輿勝覧』（同）のとおりであって、本集の成立は『名所方輿勝覧』に先立つ慶長二年以降の某年となろうか。

(六)　本集の編纂目的は、当座の歌会や歌合において、歌枕（名所）の題詠歌を詠む際に有効に役立つ証歌の集成に、その主眼があったように推察される。なお、連歌師への情報提供の目的もあったようだ。

（七）　本集の名所（歌枕）和歌集における位相に言及するならば、本集は『歌枕名寄』系統の歌枕歌集集成書と、『勅撰名所和歌抄出』の増補本である『類字名所和歌集』とが編纂、刊行される、言わば交差点ともいうべき地平に位置づけられるであろう。

第二節　後水尾院撰の類題集

Ⅰ　『一字御抄』の成立

一　はじめに

後水尾院の著作のうち、『類題和歌集』については、筆者は「後水尾院撰『類題和歌集』の成立――夏部の視点から――」（『光華女子大学研究紀要』第二十八集、平成二・一二、拙著『中世類題集の研究』〈平成六・一、和泉書院〉）、「北駕文庫蔵『類題和歌集』について――夏部の視点から――」（『中世文学研究』第二十三号、平成九・八）、「北駕文庫蔵『類題和歌集』の成立」（大阪大学『語文』第七十一輯、平成一〇・一〇、本書第二章第二節Ⅱ）、「版本『類題和歌集』未収載歌集成――北駕文庫蔵『類題和歌集』と比較して――」（『光華女子大学研究紀要』第三十六号、平成一〇・一二）などの論考を公表し、近時もこの集にかかわる「松野陽一氏蔵『補缺類題和歌集』の成立――恋部の視点から――」（『光華女子大学研究紀要』第三十八号、平成一二・一二）の論考を発表したが、同院撰『一字御抄』については、拙編著『明題拾要鈔上・下』（平成九・七、同・八、古典文庫）の解題で一部言及した程度であって、本格的な考察は今後の課題として残されていたのであった。

ところで、『一字御抄』については、福井久蔵氏が『大日本歌書綜覧　上巻』（大正一五・八再刊、国書刊行会）に、「**一字御抄**　二巻　同（後水尾院）／天地山海より鳥獣虫魚に至るまでの結題を八門に分ち、いろは順に列ね、証歌を載す。八巻本あり。元禄三年上板す」と、『明題拾要鈔』（『百題拾要抄』）と混同したごとき記事を載せているが、これは、尾崎雅嘉が『郡書一覧』に、「天地山海より鳥獣虫魚にいたるまで、結題の中の文字をいろはに分ちて、題詠の作例を考ふる書也。又題の虚字熟字等をも部類して、をの〳〵詠格の歌を引せたまへり。その引歌は古今集以下、雪玉、柏玉、碧玉等の時代まで見えたり」と記述している記事に依拠したのであろう。

次いで、和田英松氏が『皇室御撰之研究』（昭和八・四、明治書院）に、「天、地、山、川、内、外、前、後、惜、思、為、作等の字を設け、天には、晴天帰雁、社頭天、外には、簾外燕、野外草、思には、思花、冬旅思、為には、竹為師、為君祈世の類、あまたの題を類別して、廿一代集、及び其他の歌集より証歌を撰びて、作例を示し給ひし書なり。元禄三年の刊本にて、八巻あり。（以下省略）」と叙述しているが、これは『一字御抄』のほぼ正確な記述となっている。

そして、矢嶌正治氏が『日本古典文学大辞典　第一巻』（昭和五八・一〇、岩波書店）で、「**一字御抄**《いちじみしょう》　八巻八冊。和歌。後水尾天皇撰。写本の多くは『新撰一字抄』『勅撰一字抄』『和歌一字抄』とする。成立年未詳。【内容】天・地・山・麓に始まる類概念で歌題を分類し、各題中はその語を含む歌題を掲げ、勅撰集その他の歌集から作例を一首以上掲出している。例えば『地』の中には『地儀』『春地儀』『夏地儀』『落葉隔地』という四つの歌題と作例七首が記されている。類別のために括った題（ほとんどが一字題）は三八五題あり、和歌の百科全書的な手引書となっている。【諸本】写本は上下二冊本が多い。元禄三年（一六九〇）刊本が『一字御抄』と題されていて、八巻八冊。なお、元禄四年刊の本書の類書『百題拾要抄』七巻二冊は、宮内庁書陵部蔵。本書とは全く組織替えされていて、三四四題に分類されており、結題中の虚字、例えば『鶯出谷』『暁出月』『夕出月』等を『出』で括り、いろは順に配列したものである」と述べて、『一字御抄』と『百題拾要抄』との関係にも言及し、『一字御抄』について、辞典類の解説としては周到な叙述に成功している。

さて、後水尾院撰『一字御抄』への言及は、このように解題書や辞典類にその概略が記述される程度であったが、平成三年十二月一日、日下幸男氏が日本近世文学会秋季大会において「一字御抄の成立と伝本」なる研究発表を行い（活字では未発表だが、発表要旨が『近世文芸』第五十六号、〈平成四・七〉に載る）、さらに同氏が「後水尾院の文事」（『国文学論叢』第三十八輯、平成五・二）なる論考を公表して、『一字御抄』の本格的な研究は緒についたと言えよう。その意味で、日下氏の『一字御抄』研究に果たした役割は高く評価されるであろう。

ちなみに、日下氏の論考で明らかにされた要点を摘記すると、

・清輔の『和歌一字抄』と比較して、版本『一字御抄』が五一六七《マヽ》首であるのに対し、『和歌一字抄』は一一八八首（『新編国歌大観』）であり、『一字御抄』が参看した『和歌一字抄』は、上巻原撰本、下巻中間本の三康図書館本系統の本であろうこと。
・版本『一字御抄』の出典を、巻一の範囲ではあるが整理していること。
・成立は『一字御抄』が『類題和歌集』に先行すること。
・成立年次を、『円浄法皇御自撰和歌』と『類題和歌集』との間と推定したこと。
・伝本では、堂上一冊本系統の書陵部本（谷478）、堂上二冊本系統の聖護院本などが善本であること。

などの『一字御抄』の基本的事項に関する諸点である。この日下氏が明らかにされた『一字御抄』にかかわるいくつかの解明点は、現段階では貴重な成果と認定されるであろう。とはいえ、『一字御抄』の内容や成立の問題について

は、まだまだ全体的な視点から、今後解明しなければならない課題は多分に残されているようにも愚考される。
　そのような意味で、本項は後水尾院撰『一字御抄』について、この類題集がどのような編纂目的で制作され、どのような特質を持ち、従来の類題集とどのような点で異なり、どのような位相にあるのか等々、成立の問題を中心にして、いくつかの具体的事実を明らかにした。

二　書誌的概要

　さて、『一字御抄』の伝本については、『私撰集伝本書目』（昭和五〇・一一、明治書院）によれば、「寛文頃写」の『勅撰一字抄』（二冊）以下、三十四本の諸本が掲載されているが、本項では、江戸時代に広範囲に利用された版本『一字御抄』を対象にして考察を進めたので、まずは当該書の書誌的概要を、国文学研究資料館蔵のマイクロ・フィルムによって紹介しておこうと思う。

国文学研究資料館のマイクロ・フィルム番号　73―254／2
所蔵者　今治市河野美術館（333・663）蔵
撰　者　後水尾院
体　裁　大本（縦二六・九センチメートル×横二〇・〇センチメートル）　八冊　版本　袋綴
題　簽　一字御抄　一（～八終）
内　題　一字御抄第一（～巻第八）
匡　郭　なし

各半葉　半葉十四行（歌一行書き）、序半葉十三行、目録半葉二十行
総丁数　二百四十八丁（第一巻・三十二丁〈序一丁、目録三丁、本文二十八丁〉、第二巻・三十五丁〈目録四丁、本文三十一丁〉、第三巻・三十丁〈目録四丁、本文二十六丁〉、第四巻・二十八丁〈目録四丁、本文二十四丁〉、第五巻・二十七丁〈目録三丁、本文二十四丁〉、第六巻・三十一丁〈目録三丁、本文二十八丁〉、第七巻・三十二丁〈目録四丁、本文二十八丁〉、第八巻・三十三丁〈目録五丁、本文三十三丁〉）
総歌数　五千百六十九首（第一巻・七百二十五首、第二巻・七百七十六首、第三巻・六百四十一首、第四巻・五百八首、第五巻・五百八十八首、第六巻・六百八十五首、第七巻・六百六十首、第八巻・五百八十六首）
柱　刻　（一）ノ序・一ノ目録一・一など
蔵書印　小林蔵書（正方形）
序　　　あり（執筆者不詳）
刊　記　元禄三歳　庚午　十月吉日／御書物屋　出雲寺和泉掾

以上から、『一字御抄』は第一巻七百二十五首、第二巻七百七十六首、第三巻六百四十一首、第四巻五百八首、第五巻五百八十八首、第六巻六百八十五首、第七巻六百六十首、第八巻五百八十六首の、都合五千百六十九首を収載する、（1）比較的大規模の類題集と規定できようか。

三　歌題の問題

ところで、『一字御抄』の内容が、上記のごとき詠歌を収載する類題集であることには間違いないのだが、類題集

の性格となると、『日本古典文学大辞典』で「天・地・山・麓に始まる類概念で歌題を分類し、各題中はその語を含む歌題を掲げ、勅撰集その他の歌集から作例を一首以上掲出している。例えば『地』の中には『地儀』『春地儀』『夏地儀』『落葉隔地』という四つの歌題と作例七首が記されている」と記述されているように、結題のなかに含まれる一字ないし二字のキー・ワードから例歌（証歌）を引くことができる種類の類題集と規定できようから、ここでは『一字御抄』の特質を、歌題の視点から検討していこうと思う。そこで、以下に各巻に収録されているキー・ワード（実字ないし虚字）を列挙して、『一字御抄』の内容の紹介に及びたいと思う。

〔第一巻〕天　地　山　麓（径）路　駅　水　湖　海　泊　岸　洲　流　洛（都）寺　村　家（宅・屋・宿・亭・店・室）隣　門　軒　庭　砌　垣（墻・籬）　（一〜二十三）

〔第二巻〕閏　朔　暁　曙　朝　昼　暮（晩・夕）夜　明　暗　温（暖）涼（冷）寒　霽　方　東　西　南　北　艮　巽　坤　乾　中　人　客　友　主　伴　誰　独（孤）老　若　隠士　遊子　遊女　傀儡　海士　漁父　八乙女　商客　（二十四〜六十六）

〔第三巻〕浄侶（僧）上（辺・頭・畔）中　下　内　外　前　後　遠　近　長　短　動　静　見　聞　多　少　有　無　同　別　出　入　高　低（垂）古（旧）新　遅　早　始（初）終　浅　深　来　（六十七〜百二）

〔第四巻〕帰　昇　臨　送　迎　親　疎　山野　都鄙　東西　南北　昼夜　陰晴　老少　緇素　往反　高低　左右　貴賤　憂喜　視聴　親疎　遠近　浅深　是非　色香　紅白　管絃　嘶　厭　到　戴　傷　忩（忙）何　遙（遐）恥　払　亡　端　俄　匂　似　細　綻　隔　変　留　閉　封　解　飛　問　鎖　散　契　冒　各　自　逐　趣　度　纔　弁　忘　代（替）懸　傾　談　（百三〜百七十二）

〔第五巻〕芳（香・馥）蔵（隠）重　幽　依　呼　横　寄　対　向　為（作・成）作　立　尋　闌　染　添　底

聳　伝　常　連　告　尽　積　馴　半　猶（尚）　啼（鳴）　慰　靡　群　結　霑　浮　移（写）　埋　打

（百七十三〜二百十）

〔第六巻〕栽　薄　望　残　貽　延　掩　驚　折　落　帯　惜　思（憶）　重　砕　薫　悔　宿　漸（除）　破　易

待　招　勝　交　増　興　歴（経）　踏　毎　如　恋　籠　混　越　期　択　照　（二百十一〜二百四十九）

〔第七巻〕間　愛　憐　荒　当　遊　余　厚　洗　角　遍　鮮　盛　更　曝　避　礙（障）　妨　叫　爽　清　消

行　廻（繞）　乱　皆　満　知　随　滴　凌　生　滋（繁）　頻　辞　映　微　響　開　曳　久　比　脆

求　漏　催　翫　欲　澄　過　（二百五十〜三百一）

〔第八巻〕林　樹　叢　衣　袖　色　青　黄　赤　白　黒　緑　紫　数　一　二　三　四　五　六　七　八　九

十　雨　不厭　不到　不離　不払　不綻　不留（駐）　不解　不乏　不散　不分　不弁　不忘　不帰　不

語　不眠　不流　不失　不残　不起　不待　不異　不択（撰）　不改　不明　不定　不窮　不来　不如

不閑（静）　不知　不一　不言　不出　未晴　未落　未深　未飽　未遍　未聞　未開（発）　家々　村々

処々　年々　日々　夜々　時々　離々　色々　禁中　故郷　遠郷　水郷　仙家　山家　田家　言志　即時

（三百二〜三百八十四）

以上、煩を厭わず、『一字御抄』に収載される歌題のなかに含まれるキー・ワード（実字ないし虚字）のすべてを、各巻ごとに列挙したが、その総数は三百八十四に及んでいることが明らかになる。この数値は、この種の類題集の嚆矢とされる藤原清輔撰『和歌一字抄』（増補版、『日本歌学大系　別巻七』昭和六一・一〇、風間書房）が二百題を収録するのに対し、はるかにそれを凌駕した内容となっている。ちなみに、『一字御抄』が『和歌一字抄』に収録されているキー・ワード（実字ないし虚字）を掲載していないのは、

56副　85紅　103野亭　145不掃　173不依　174及　182不足　195第一　200証歌

の九題にしか過ぎないが、このうち、「200証歌」は題ではないので、結局、『一字御抄』が収載しないキー・ワードは八題ということになる。ということは、『一字御抄』が編纂に際して『和歌一字抄』を参看したであろうことは、疑いえないことであろう。（なお、『明題部類抄』〈慶安三年版本〉も参看された可能性はあろう。）

ところが、『一字御抄』と『和歌一字抄』の構成をみると、両者はまったく異なった構成、編集になっている。そこで、『一字御抄』の第一巻から第八巻までのキー・ワード（実字ないし虚字）の分類を、永正十五年（一五一三）ころの成立と推定される月村斎宗碩編『藻塩草』の部類方法を参考にして整理してみると、

第一巻＝天象・地儀・山類・水辺・居所に関わるもの。

第二巻＝時節（付方）・人倫に関わるもの。

第三巻＝気形部・人事部に主として関わるもの。

第四巻＝詞部に関わるものと、「い〜か」までの実字ないし虚字。

第五巻＝「か〜う」までの実字ないし虚字。

第六巻＝「う〜て」までの実字ないし虚字。

第七巻＝「あ〜す」までの実字ないし虚字。

第八巻＝地儀・木部・草部・居所に関わるものと、色彩語、数詞、「不」「未」を頭に持つ否定の熟語、畳語など。


のごとくなろう。ちなみに、このような分類方法で部類した先行の類題集を探索すると、延慶二（一三〇九）、三年ころの成立と推定される藤原長清編『夫木和歌抄』が想起される。この『夫木抄』の雑部は、天象・時節・方角・地儀・動物・植物・居所・雑物・神祇・釈教・人倫・人事の部門に四百十五題が部類されている。この『夫木抄』の雑

部の歌題のなかには、ここではいちいちの具体例は省略に従うが、『和歌一字抄』や『藻塩草』には見られない、『一字御抄』のそれとのみ符合する事例がいくらか見出されることから、『一字御抄』が歌題面で『夫木抄』の雑部を参看したことはかなり濃厚だと推断しうるのではなかろうか。

これを要するに、歌題の視点から『一字御抄』に言及するならば、『一字御抄』は清輔撰『和歌一字抄』を下敷きにして、さらに私撰集『夫木抄』の雑部や連歌学書『藻塩草』の部類方法を参考にし、『一字御抄』の編者の独自の編集方針に従って、本抄を編纂したと想定できるのではあるまいか。

四　詠歌作者と原拠資料の問題

さて、『一字御抄』の歌題面からの考察は以上のとおりだが、それでは、『一字御抄』に採録されている例歌（証歌）の詠歌作者と原拠資料は、どのようなものであろうか。ここではこの点に絞って、『一字御抄』の内容に迫ってみたいと思う。そこでまず、『一字御抄』に収載される例歌（証歌）はいかなる歌人の詠作であろうかについて検討してみると、『和歌一字抄』の「無名」、『古今和歌六帖』『弘安百首』『夫木抄』などの「作者不記」（都合、十六首）や、勅撰集の「読人不知」（十三首）などの場合は一括して取り扱うことにするとして、次の

1　深山路をかけて鳴つるほとゝぎすこゝろすむとや人の見るらん　（山路郭公・太政大臣・一一二三）

2　ながき夜をひとりある鹿のいねがてに妻こひわびて鳴あかす也　（暁鹿・百首・御製・七九九）

3　るいなほくはこぶ木こりのくるしさもやすく程よにわすれきぬらん　（樵夫・鞍馬寺法楽夢想・一四八二）

4　色もかも雨にぞたどるかねてみし花のひまなる青葉のみして　（雨後花・尭孝点・御製・一六三〇）

5　山ざとにすまぬ身ながら月にこそよのうきことも忘れてはみれ　（閑見月・一七五九）
6　わかれては又ことはまにゆく人のなごりも月のみじかよのかげ《空イ》　（夏餞別・一九〇六）
7　白雲の立なん道の行末もよぶかき月ぞそふおもひかな　（寄月餞別・一九〇七）
8　あすか河けふの淵瀬もいかならんさらぬ別れはまつほどもなし　（親愛自零落　存者仍離別・一九一四）
9　いたづらに過ぬばかりぞほとゝぎすきゝつといはんほどはなけれど　（郭公幽・永享十年四月廿八日・二七三五）
10　あき風のたよりばかりやなべてよのかずにはもれぬ蓬生のかげ　（幽栖秋来・二七三八）
11　暁の鳥の音ならでなく声をなにぞときけば秋の初かり　（初鴈幽・二七四三）
12　をのれよりつゐにもみぢぬ松ならめ木間にうすき月の色かな　（松月幽・二七四四）

の1～12の作者不詳の十二首を、『一字御抄』の総歌数五千百六十九首から減ずると、五千百五十七首の詠歌作者が明白になる。そこで、『一字御抄』に十首以上の収載歌人を整理、一覧してみると、次頁の〈表1〉のごとくなる。

この〈表1〉をみると、『一字御抄』の作者不詳の十二首を除いた五千百五十七首のうち、十首以上の収載歌人が三千九百六十五首をしめ、全体の七十六・九パーセントに相当することが知られる。この歌人収載状況を時代別に具体的に整理すると、その第一の特徴は、後水尾院歌壇で尊崇された三玉集の作者のうち、後柏原院・三条西実隆・下冷泉政為をはじめ、姉小路済継・上冷泉為広・飛鳥井雅親・三条西公条・姉小路基綱・下冷泉為孝・後土御門院・飛鳥井雅康などの室町後期の歌人が圧倒的多数をしめ、次いで、藤原定家・同家隆・慈円・藤原良経・飛鳥井雅経・藤原俊成・寂蓮・後鳥羽院・讃岐（二条院）・西行などの新古今時代の歌人と、源俊頼・藤原顕季・源行宗・藤原清輔・源頼政・同経信・大江匡房・白河院・藤原公実・源有仁・崇徳院・藤原実行・源仲正などの院政期の歌人が拮抗している点に、窺知することができるであろう。その第二は、花山院師兼・飛鳥井雅世・同雅縁・頓阿・宗良親王・冷泉

〈表1〉『一字御抄』に十首以上の収載をみる詠歌作者一覧表

	詠歌作者	歌数
1	後柏原院	六〇四首
2	実隆	六〇二首
3	政為	二五〇首
4	定家	一五三首
5	師兼	一三七首
6	俊頼	一二一首
7	家隆	一一六首
8	済継	一一二首
9	慈円	一一〇首
10	為広	一〇一首
11	為家	八七首
12	雅親	八四首
13	公条	七九首
14	雅世	六五首
15	順徳院	六四首
16	基綱	五七首
17	良経	五六首
18	顕季	五五首
19	雅縁	五四首
20	雅経	五三首
20	頓阿	五三首
22	行宗	五二首
23	清輔	五一首
24	為孝	四七首
25	宗良親王	四四首
26	俊成	四一首
27	範宗	四〇首
28	頼政	三八首
28	為尹	三八首
30	経信	三七首
31	肖柏	三三首
32	匡房	二八首
32	隆祐	二八首
34	後土御門院	二五首
35	寂蓮	二四首
35	後鳥羽院	二四首
37	後嵯峨院	二三首
37	為氏	二三首
37	耕雲(長親)	二三首
40	雅有	二一首
41	讃岐(二条院)	一八首
42	白河院	一七首
43	不記	一六首
44	公実	一五首
44	為藤	一五首
46	関白(和歌一字抄)	一四首
46	範永	一四首
48	有仁	一三首
48	崇徳院	一三首
48	実行	一三首
48	読人不知	一三首
52	土御門院	一二首
52	仲正	一二首
52	雅康	一二首
52	雅永	一二首
56	永源	一一首
56	良暹	一一首
56	為兼	一一首
56	為定	一一首
56	後宇多院	一一首
56	伏見院	一一首
62	西行	一〇首
62	経衡	一〇首
62	道家	一〇首
62	国基	一〇首
合計		三九六五首

為尹・肖柏・耕雲（長親）・飛鳥井雅永・二条為定などの南北朝期から室町前期にかけての歌人と、藤原為家・同隆祐・後嵯峨院・飛鳥井雅有・藤原道家などの後嵯峨院歌壇の歌人とが陸続している点に、その特徴が認められるであろう。第三の特徴は、順徳院・藤原範宗・土御門院などの土御門院・順徳院歌壇の歌人や、二条為氏・同為藤・京極為兼・後宇多院・伏見院などの鎌倉中期以降の歌人が続くなかに、藤原範永・永源・藤原経衡・津守国基などの平安中期以降の歌人が命脈を保持している状況である。

『一字御抄』に収載される主要歌人の収録状況は以上のとおりだが、ちなみに、同一撰者の『類題和歌集』と、同種の類題集『明題拾要鈔』の主要歌人の収録状況を、参考までに示してみると次頁の〈表2〉と次々頁の〈表3〉のとおりである。(2)

この〈表2〉と〈表3〉をみると、『類題集』も『明題拾要鈔』もいずれも、後柏原院・実隆・政為の三玉集の歌人を重視し、次いで慈円・家隆・定家などの新古今歌人、俊頼・頼政などの院政期の歌人、師兼・宗良親王・頓阿などの南北朝期の歌人に伍して、済継・為広・公条などの室町後期の歌人などを好遇している背景が知られよう。とはいえ、両者のうち、いずれの歌集と『一字御抄』の歌人収載状況が類似しているかとあえていえば、それは『明題拾要鈔』のほうである。というのは、次々頁の〈表4〉の『一字御抄』の上位二十位に限っての順位が『明題拾要鈔』のそれとかなり符合するからである。

この『一字御抄』と『明題拾要鈔』との近似性は、両者がともに、一字もしくは二字の実字ないし虚字から例歌（証歌）を探索する手引き書という性格の共通性に、起因しているのかも知れないが、歌人収載状況の視点から、『一字御抄』と『明題拾要鈔』とがかなり共通した性格を有する類題集であることは確実であるようだ。

ちなみに、『類題集』の上位二十位に収載されていない『一字御抄』の上位二十位の作者は、為広・雅親・公条・

〈表2〉『類題集』に十首以上の収載をみる詠歌作者一覧表

	詠歌作者	歌数
1	後柏原院	一一三首
2	実隆	一〇八首
3	慈円	八三首
4	家隆	七七首
5	俊頼	七三首
6	師兼	五九首
7	雅縁	五四首
8	宗良親王	五二首
9	定家	四九首
10	政為	四八首
11	為家	四七首
12	俊成	四〇首
12	良経	四〇首
14	為尹	三九首
15	顕季	三七首
16	耕雲（長親）	三五首
17	雅世	三四首
18	順徳院	三二首
19	肖柏	三〇首
20	済継	二九首
21	頼政	二六首
21	為氏	二六首
23	為世	二五首
23	雅親	二五首
25	寂蓮	二四首
26	後鳥羽院	二三首
26	公条	二三首
26	為広（宗清）	二三首
29	行宗	二一首
30	清輔	二〇首
30	隆祐	二〇首
32	頓阿	一九首
32	為孝	一九首
34	範宗	一八首
35	讃岐	一七首
35	行家	一七首
35	公雄	一七首
35	為遠	一七首
39	後嵯峨院	一六首
39	光俊	一六首
39	為重	一六首
42	基俊	一五首
42	後宇多院	一五首
42	為定	一五首
45	匡房	一四首
45	忠通	一四首
47	雅経	一三首
47	実雄	一三首
47	伏見院	一三首
50	西行	一二首
50	宗尊親王	一二首
50	実氏	一二首
50	為道	一二首
50	実兼	一二首
55	知家	一一首
55	為藤	一一首
55	為明	一一首
55	基綱	一一首
55	読人不知	一一首
60	師時	一〇首
60	雅有	一〇首
60	実数	一〇首
60	道嗣	一〇首
	合計	一七七一首

〈表3〉『明題拾要鈔』に二十首以上の収載をみる詠歌作者一覧表

	詠歌作者	歌数
1	後柏原院（勝仁親王）	六一五首
2	実隆（尭空）	五四四首
3	師兼	二三九首
4	政為	二二九首
5	慈円	一八二首
6	定家	一五七首
7	俊頼	一五五首
8	家隆	一一八首
9	為家	一一七首
10	頓阿	一〇二首
11	済継	一〇〇首
12	頼政	九九首
13	良経	九六首
14	為広（宗清）	九三首
15	公条（称名院）	八七首
16	雅経	七八首
17	雅親（栄雅）	七四首
18	雅世	七〇首
19	雅縁（宋雅）	六四首
20	順徳院	六二首
21	西行	六一首
22	清輔	六〇首
23	為尹	五七首
24	顕季	五五首
25	耕雲（長親）	五三首
26	行宗	五二首
27	俊成	五〇首
28	後鳥羽院	四九首
29	為孝	四六首
30	為氏	四三首
31	基綱	四二首
32	寂蓮	三六首
33	後嵯峨院	三四首
33	範宗	三四首
35	経信	三二首
36	小侍従	三一首
36	正徹	三一首
38	隆祐	二六首
39	讃岐（二条院）	二五首
39	後宇多院	二五首
39	為世	二五首
42	匡房	二三首
42	伏見院	二三首
44	長明	二〇首
44	実氏	二〇首
	合計	四二三四首

〈表4〉『一字御抄』の上位二十位の歌人と両集との対応比較表

一字御抄	類題和歌集	明題拾要鈔
1	1	1
2	2	2
3	10	4
4	9	6
5	6	3
6	5	7
7	4	8
8	20	11
9	3	5
10	26	14
11	11	9
12	23	17
13	26	15
14	17	18
15	18	20
16	55	31
17	12	13
18	15	24
19	7	19
20	47	16

基綱・雅経の五人であるのに対し、『明題拾要鈔』の場合は、基綱・顕季の二人のみである。また、『類題集』の上位二十位のうち、『一字御抄』のそれと異同する歌人は、宗良親王（八位）・俊成（十二位）・為尹（十四位）・耕雲（十六位）・肖柏（十九位）であり、『明題拾要鈔』のそれは、頓阿（十位）・雅経（十六位）である。

ここで、『一字御抄』の収載歌人に話題を戻して、『一字御抄』に収載される九首以下の歌人を列挙するならば、以下のとおりである。

〔九首収載の歌人〕　為義・為道・行家・後宇多院・知家（蓮性）・頼家

〔八首収載の歌人〕　嘉言・基俊・光俊・信実・宗尊親王

〔七首収載の歌人〕　為遠・為世・亀山院・尭孝・顕輔・師賢・実氏・実枝・実雄・親長・長実・隆信

〔六首収載の歌人〕　為忠・為富・家経・顕朝・後二条院・俊恵・俊成女・女房（広綱歌合）・忠度・通俊・道長

〔五首収載の歌人〕　為重・源顕仲・公教・公雄・光厳院・国房・師実・実教・実能・秀能・俊綱・仲実・長明・範兼・隆源

〔四首収載の歌人〕　為教・従二位為子・贈従三位為子・為実・為政・永福門院・家良・雅兼・雅光・雅俊・基忠・義孝・宮内卿・教秀・具氏・兼行・兼澄・元輔・源縁・後光厳院・後小松院・後伏見院・高遠・資仲・実雅・実兼・実定・俊宗・千里・通秀・通親・忠通・通堅・肥後（皇后宮）・弁内侍・頼実・隆経

〔三首収載の歌人〕　永胤・永実・越後（内大臣家）・覚延・貫之・季経・季春・教国・恵慶・経継・兼氏・兼昌・兼盛・兼宗・兼良・顕氏・公蔭・公経・公長・後白河院・高倉院・康資王母・三宮・師光・師季・時綱・実綱・実房・順・宣胤・宗成・泰時・忠教・忠継・通光・通成・定成・定房・道因・道済・道嗣・能因・能宣・頼宗・孝親・良基・良実・六条宮

〔二首収載の歌人〕　為季・為基・為経・為親・為理・伊衡・越前（嘉陽門院）・下野（四条皇太后宮）・花園院・家賢・家長・雅家・雅言・雅実・雅春・雅定・雅隆・覚助法親王・覚性法親王・関白皇太子傅・基氏・徽安門院・義教・九条前内大臣（石間集）・躬恒・教実・教定・堀河院・経任・兼実・顕家・顕親・藤原顕仲・顕統・顕房・公重・公清・公朝・公通・公冬・公任・公保・広紀・好忠・行盛・後村上院・後奈良院・高倉（八条院）・康盛・国信・済時・斎宮女御・師教・師継・師時・師忠・資平・時季・時房・実経・実継・実秀・実泰・実量・守覚法親王・周防内侍・俊定・俊房・小弁・信平・深守法親王・深草右大臣（文明十三年三月尽）・親王御方・親子・帥（鷹司院）・是則・成光・成助・政村・盛方・宗山・宗秀・相模・尊応・中務・仲綱・忠季・忠実・忠守・忠岑・忠房・長家・長国・澄覚法親王・通方・通陽門院・定信・定宗・冬教・冬平・道我・道興・道玄・道助法親王・道真・道全・敦経・文逸・邦高親王・邦省親王・輔仁親王・明快・茂重・有綱・資挙・頼綱・隆賢・隆資・隆頼・良通

〔一首収載の歌人〕　安芸（郁芳門院）・安成・安法・為益・為業・為顕・為持・為時・為秀・為正・為盛・為相・為仲・為敦・為邦・為量・一条（花園院）・一条（徽安門院）・一条（昭慶門院）・一条殿（文明十三年十月十六日）・伊勢大輔・伊通・伊平・惟平・永基・永助法親王・永成・円経・円憲・下野（後鳥羽院）・花山院・家定・賀房・雅為・雅綱・雅通・懐綱・覚胤法親王・覚照・覚盛・覚忠・菅宰相（栄雅点）・観意・基経・基長・基房・基隆・義子・義政・義忠・義通・義満・儀子内親王・橘□季・九条前内大臣（石間集）・久明親王・御匣（式乾門院）・京極大殿・教長・近衛（今出河院）・具行・具親・経国・経嗣・経章・経親・経正・経則・経仲・経定・経房・経有・経祐・景房・慶基・慶暹・慶増・慶範・兼季・兼経・兼光・兼弘・兼康・兼仙《弘イ》・兼直・賢阿・賢季・賢俊・賢良・顕昭・顕隆・憲実・元可・元夏・元長・元任・元方・勾当内侍・公賢・公衡・公資・公守・

公相・公宗女・公泰・公澄・公敦・広綱・光吉・光実・光信・光明院・孝善・行慶・行兼・行重・行済・行尊・行長・行念・幸清・後円融院・後京極（良経とは別人）・後醍醐院・康光・綱光・国助女・国冬・国道・国量・斎信・在良・之貫・師員・師経・師重・師俊・師信・師成親王・師長・師通・師頼・師良・資宗・資任・資有・持通・持方・時信・式部卿宮・式部卿親王・実為・実伊・実遠・実音・実顕・実彦・実光・実時・実秋・実性・実仲・実任・実方・実名・守子内親王・種氏・種成・重家・重経・重氏・重如・出雲（前斎院）・俊賀・俊忠・俊長・俊明・少将内侍（院）・勝資・浄弁・信兼・信玄・信綱・信定・信房・真光・深養父・新宰相（伏見院）・新大納言（延政門院）・人丸・尋継・正家・正徹・成元・成広・成高・成宗・成朝・成方・成茂・政平・清家・清雅・清正・清成・盛作・盛房・静賢・赤染衛門・宣旨（斎院）・宣親・前左大臣（石間集）・禅信・禅隆・善成・素意・宗遠・宗康・宗長（連歌師とは別人）・宗房・尊胤・尊守・尊珍法親王・尊道法親王・大進・大弐（太皇太皇宮）・大伴大納言やす丸・大夫典侍・醍醐天皇・丹後（宜秋門院）・中将（永福門院）・中納言（前斎宮）・中納言（待賢門院）・仲業・仲長・仲定・忠基・忠業・忠経・忠兼・忠元・忠衡・忠冬・忠藤・忠房親王・長季・長綱・長舜・長真・長清・長宗・長能・長方・直明王・通顕・通宗・通能・定為・定教・定助・定親・定誓・定長・定頼・貞高・貞時・貞常親王・貞明・殿下（和歌一字抄）・洞院上臈・登蓮・棟仲・道意・道性・道平・道良・敦叙・敦忠・内嗣・内実・二条院・能基・範雅・範憲・範玄・範光・敏仲・法守法親王・邦道・輔尹・輔雅・輔弘・輔昭・満季・満済・満政・満詮・妙法院宮（文明十四年三月二十四日）・無品法親王（石間集）・明信・茂成・右京大夫（建礼門院）・有教母・祐盛・頼季・頼慶・頼言・頼氏・頼資・頼成・頼長・頼通・隆淵・隆康・隆衡・隆国・隆俊・隆長・隆朝・隆博・隆輔・隆方・隆房・良教・良信・琳賢・六条殿（治承二年八月）・和泉式部

さて、『一字御抄』に収載される詠歌作者については以上のとおりだが、それでは、これらの詠歌作者はいかなる歌集から採録されているのであろうか。この問題について検討してみると、いわゆる特定の撰集資料は存在しないようだが、これらの歌人の詠歌が収録されている原拠資料については、『一字御抄』には集付（出典注記）が付されているので、その集付を欠く場合も、出典を探索しえた場合は、それを参考にして種類別に列挙すれば、次のとおりである。なお、『一字御抄』の集付は全歌に付されているわけではないので、原拠資料の具体的な数値については不問に付すことにした点を断っておきたいと思う。

〔勅撰集〕　古今集・拾遺集・後拾遺集・金葉集・詞花集・千載集・新古今集・新勅撰集・続後撰集・続古今集・続拾遺集・新後撰集・玉葉集・続千載集・続後拾遺集・風雅集・新千載集・新拾遺集・新後拾遺集・新続古今集・新葉集（準勅撰集）

〔私家集〕　赤染衛門集・顕季集・清輔集・散木奇歌集・源太府卿集・郁芳三品集・頼政集・二条院讃岐集・長秋詠藻・山家集・秋篠月清集・拾遺愚草・拾遺愚草員外・後鳥羽院御集・玉吟集・明日香井和歌集・拾玉集・瓊玉集・為家集・隣女集・草庵集・亜槐集・柏玉集・碧玉集・瑶樹抄（後柏原院）

〔私撰集・類題集〕　古今六帖・後葉集・和歌一字抄・石間集・新撰六帖・藤葉集・夫木抄・題林愚抄・続撰吟抄・摘題和歌集

〔定数歌〕　堀河百首・永久百首・久安百首・光台院五十首・洞院摂政家百首・難題百首（定家）・宝治百首・白河殿七百首・弘安百首・文保百首・伏見院三十首・亀山殿七百首・信太杜千首・師兼千首・永徳百首・為尹千首・宋雅千首・肖柏千首・文安三年八月百首・伏見院（殿）千首・文明千首・文明六年秋百首・永正九年一月百首・永正九年二月百首・永正十年九月百首・十首和歌（雅康）・菊十首（後円融院）・二十首（雅永・実隆）・三

十首（雅家・雅永・雅縁・雅世・基綱・実隆）・花三十首（実隆・政為）・五十首（実隆・後柏原院）・百首（実隆）・尊応千首・称名院千首・三光院千首

〔歌会歌〕　治承二年八月・正治二年六月二十三日・同二年十月四日・建仁元年三月二十九日・同元年十月十六日・建暦三年閏四月十四日・宝治二年十月十八日・元徳二年八月一日・永和二年九月十七日御会・永徳三年西園寺御会・応永九年正月十八日・同十九年正月十八日・同二十六年三月・永享九年十月二十五日・同十年四月十六日・同十年四月二十八日・同十年五月十九日・文安三年七月二十二日・同二年八月・同四年・享徳二年九月十日・同二年十月十八日・同三年正月十八日・同三年十月十八日・宝徳二年九月十八日・寛正四年・文明四年・同四年十一月二十八日・同七年・同九年七月七日・同九年八月十五日・同十三年・同十三年正月十八日・同十三年三月十八日・同十三年三月尽・同十三年六月十五日・同十三年六月十八日・同十三年九月一日・十三年九月十二日・同十三年九月十八日・同十三年十月十七日・同十三年十月十八日・同十三年十一月十八日・同十三年十一月二十日・同十三年十二月二十日・同十四年・同十四年大樹会・同十四年正月十八日・同十四年三月二十九日・同十五年二月十六日・同十六年三月二十八日・延徳元年九月五日・文亀元年三月十六日・同二年八月・同二年十一月・同二年十二月・同三年二月・同三年十一月・同四年・明応十年正月十三日・永正元年四月・同元年五月二十五日・同元年十月・同元年十二月・同二年三月・同二年後五月十三日・同二年八月・同二年九月十九日・同三年三月・同三年七月・同三年九月・同三年十一月二十一日・同四年・同四年三月・同四年四月・同四年九月・同五年正月十九日・同五年三月・同五年七月・同五年七夕・同五年九月・同五年十月・同六年・同六年正月十九日・同六年五月・同六年八月・同六年十月・同六年十月二十五日・同六年十二月・同七年三月・同七年四月・同七年五月・同七年八月・同七年九月・同八年三月・同八年七夕・同八年八月・同八年

九月・同八年重陽・同八年九月二十四日・同九年・同九年一月・同九年正月二十五日・同九年九月・同九年三月・同九年四月・同九年七月・同九年十二月・同十年正月二十一日・同十一年正月十九日・同十一年五月・同十一年七月二十五日・同十三年一月十一日・同十二年正月十九日・同十二年十一月・同十二年十二月・同十三年六月・同十三年九月一日・同十三年十月・同十三年十一月・同十四年十二月・同十四年十二月二十五日・同十五年九月二十五日・同十六年九月十四日・同十六年九月二十四日・同十七年・同十八年三月三十日・大永元年重陽・同二年・天文十一月二月・同十二年正月十九日・同十三年六月・畠山匠作亭十二月会・鞍馬寺法楽夢想・蒲生会・夢想愛宕法楽・一宮法楽・水無瀬宮法楽・住吉法楽・広田社法楽

〈歌合歌〉　広綱歌合・法性寺歌合・殿上蔵人歌合・法住寺殿歌合・広田社歌合・六百番歌合・正治二年仙洞歌合・正治二年十一月歌合・建仁歌合・建仁元年八月三日歌合・三百番歌合・新宮撰歌合・日吉社大宮歌合・建永五年七月二十五日歌合・建保二年歌合・建保四年八月二十四日歌合・建保五年九月歌合・影供歌合・文永二年歌合・康永詩歌合・文明二年歌合・文明九年七月歌合・文明九年七月七日歌合・文明十四年詩歌合・二十五番歌合（道賢）・五十番歌合（道賢）・将軍家百首歌合・百番歌合（雅康・基綱）

以上、『一字御抄』の原拠資料について、具体的にその名称を列挙したが、この整理をみると、勅撰集・私家集、私撰集、定数歌からの採歌が予想以上に少なく、いわゆる三玉集時代の公宴御会などの歌会歌や歌合歌からの採録が圧倒的多数をしめている実態が分明になる。ただ、この原拠資料の整理は例歌（証歌）の具体的数値を示しえていない点で、不備のそしりを免れまいが、〈表1〉で示した詠歌作者の出典面での動向を、ある程度知りうる手掛りにはなろうと思う。

五　成立時期と編纂目的などの問題

さて、『一字御抄』の成立時期について内部徴証の視点から言及すると、原拠資料である次の

13　あかずして君ぞよはひは椿さく巨勢の春野をよゝにかもみん　（椿葉伴齢・称名院・一二七八）
14　わか葉さすしら玉椿君が代にいく春ふへきかげのそふらむ　（同・為益・一二七九）
15　千とせへんためしにひかんあづさ弓やつおのつばき君がよのはる　（同・雅縁・一二八〇）
16　めぐみある君にをちぎれ玉椿千代をば八度のはるもかぎらで　（同・雅春・一二八一）
17　八千年をいかにつみてかかげあをぎなづなもはるの色さかへゆく　（同・後龍翔院前左大臣・一二八二）

の13～17の例歌に付された「天文十二（年）正（月）十九（日）」の日時が最新の日付けであろう。

ところで、『一字御抄』には、成立時期を示唆するもう一つの手掛りがある。それは次に掲げる

18　さそはれていづくにみよと梅花そこともいはずにほひきぬらん　（尋梅・題林・為道《遠イ》・二八六一）
19　帰るさも忘れて花をみるばかり分る山路もしをりをばせじ　（尋花・題林・四辻入道前左大臣〈善成〉・二八六五）
20　やま桜木ずゑに残るほどばかり庭にもつもる花のちるらん　（花半散・題林・光吉・三〇八七）
21　色かはる秋もすへ野の霜がれにうつろひのこるしらぎくの花　（残菊・題林・守子内親王・三三四七）
22　ひとりのみたゝずむほどにひさかたの月いでゝこそ影もつらけれ　（立待月・題林愚抄・頼政・三六八二）
23　人しれず立待るかな足引のやまよりいづるかつらおとこを　（同・同・為忠・三六八三）
24　東路のさやの中山しげくともはやぬけ出よたちまちの月　（同・同・源仲正・三六八四）

25　花ずりのころもぞ露にぬれにける月まつよひのたびの芝ゐに　(居待月・同・為忠・三六八五)
26　山賤の外面の庭にすゞみ出ていらぬさきにといづるつきかな　(同・同・頼政・三六八六)
27　たはれめがならびゐるまちの月をみてせながことをぞかたりあかする　(同・同・為業・三六八七)
28　立かへりおなじ野原にあくがれて花ももみぢも身にぞなれぬる　(春秋野遊・題林一・同〈定家〉・三九八六)
29　里わかぬかげにやならふほとゝぎす月にながなく声ぞふりぬる　(郭公遍・題林愚抄・前関白近衛〈道嗣〉・四〇三六)
30　里ごとに鳴ふりにけりほとゝぎすきかで恨る人もなきまで　(同・同・為遠・四〇三七)
31　ほとゝぎすやがて五月とふりぬるは忍びねよりやよにもらしけん　(同・同・為重・四〇三八)
32　めぐみある時しりがほにほとゝぎす人をもらさでいまぞかたらふ　(同・同・実遠・四〇三九)
33　鳴ころも待人あれやほとゝぎす里もらさじと遠ざかるまに　(同・同・国量・四〇四〇)
34　大井川なを山本は明やらでうぶねのかゞりかげにつれなき　(鵜川欲曙・題林・為道・四五〇八)

の18〜34の十七首に、「題林」「題林愚抄」と集付（出典注記）されている『題林愚抄』である。この類題集『題林愚抄』の詳細については、拙著『中世私撰集の研究』（昭和六〇・五、和泉書院）、同『中世類題集の研究』（平成六・一、和泉書院）を参看していただきたいが、『題林愚抄』の諸本については、意外なことに、写本で伝存する伝本がほとんどなく、大半は版本で流布しているのである。この版本『題林愚抄』に18〜34の十七首はすべて収載されているが、28の詠歌作者については、『題林愚抄』も『一字御抄』もともに誤謬を犯している。すなわち、28の詠歌作者は実は、定家ではなく、二条為定であるからだ。それが『一字御抄』に同（定家）と誤記されたのは、撰者が版本『題林愚抄』の掲載内容をそのまま無批判に採録したからではなかろうか。

なぜなら、『一字御抄』の「春秋野遊」の例歌（証歌）には28の詠の直前に、

35　おなじ野の霞も霧も分なれぬ子日のこまつ松むしのこゑ　（拾愚三・定家・三九八五）

の35の詠が掲載されていて、これは版本『題林愚抄』の「春秋野遊」の歌題のもとでは、出典注記を付さないで「定家」の詠として掲げられているからだ。すなわち、35と28の両首は実は、『藤川五百首抄』に収載される詠歌で、そこでは35の詠が定家、28の詠が為定の詠作と明記されているにもかかわらず、『題林愚抄』ではともに「定家」の詠として編者が誤謬を犯していたのだ。それを、『一字御抄』の撰者は『題林愚抄』がこの両首に集付を付していないために、35の詠が『拾遺愚草』にも収載をみるので、35には「拾愚」の注記を、28には原拠資料が知られないために「題林」の注記を各々、付したのである。要するに、ここには『一字御抄』の撰者の賢しらが認められるのだ。

このような次第で、『一字御抄』が参看した『題林愚抄』の版本は、『一字御抄』の版本の刊記に「元禄三歳」とあるので、寛永十四年・元禄五年・寛正四年の刊記を有する『題林愚抄』のうち、『一字御抄』が参照したのは、寛永十四年刊行の版本であることは間違いなかろう。ということは、『一字御抄』の成立年時の上限は、寛永十四年（一六三七）以降となるであろう。そして、『一字御抄』が刊行されたのが、刊記に「元禄三歳庚午十月吉日」とあるので、元禄三年（一六九〇）十月であることは、言うまでもなかろう。

それでは、『一字御抄』の成立時期の下限は何時になるであろうか。この点については、日下氏の前掲論考によると、聖護院本『一字御抄』の道寛親王奥書に「寛文七年」とある由だから、寛文七年（一六六七）より以前となろう。さらに、同じ後水尾院撰の『一字御抄』と『類題集』とを比較してみると、『類題集』が『一字御抄』を参看していることが実証されるので、『一字御抄』の成立時期は『類題集』のそれよりは以前となろう。ところで、『類題集』の成立時期は、尊経閣文庫本『類題集』に中院通茂によって、「右類題和歌集者、寛永末年於仙洞仰諸臣、所被類聚也」

と記述されている記事から、寛永末年（一六四三）ごろと憶測される。したがって、以上の諸点から『一字御抄』の成立時期を想定すると、寛永十四年（一六三六）から同二十年（一六四三）ごろまでの間と推定されるのではなかろうか。

次に、『一字御抄』の編纂目的は何であろうか。この問題については、『一字御抄』の序に、

此御抄は、太上天皇の御自撰也。太上天皇と申たてまつるは、人皇百九《（ママ）》代、御諱は政仁、後陽成院第二《（ママ）》皇子、御母は中和門院、近衛関白太政大臣藤原晴嗣公の女也。慶長元年丙申御誕生、同六年三月廿七日受禅、四月十二日即位、御在位十八年、寛永六年十一月八日譲位於御女。慶安四年五月六日落餝、延宝八年庚申八月十九日崩。御寿八十五歳、奉号後水尾院。

天皇萬機の御暇もろ〳〵の事をすて給はぬ余り、和歌の道に遊び給ふ。御落餝のゝち、もはら此道を事とし給ひ、風雅の遠玄を窮め給ふとや。或は貫之の後、此君まさに千歳の間に独歩し給ふといへり。

天皇刪正多しといへども、御心用ひられ、和歌の幽微を尽し給ふ事は、此御抄にとゞまれりとや。これをたふとび、これを翫ふべきにこそ。

と記述されているが、残念ながら、ここには『一字御抄』の編纂目的を窺知することはできないようである。すなわち、この序では、後水尾院が『一字御抄』を自撰したこと、院の事蹟ならびに院の歌人としての卓越性、『一字御抄』が院の最高の編纂物であることに言及するに留まっているので、外部徴証から『一字御抄』の編纂目的に触れた記述を探すと、『清水宗川聞書』に「法皇様の一字抄と云ものあり。題に一字づゝ心得られぬ有を、よく抄し給ひたる也。一札あり」とある記述を見出すことができる。ちなみに、『清水宗川聞書』の聞書者は不詳だが、宗川（慶長十九年に誕生、元禄十年、八十四歳で没）は飛鳥井雅章の弟子で、木下長嘯子とも親交があり、江戸に下ってからは、水戸家に

仕え、徳川光圀の命をうけて『正木のかづら』の編纂に携った人物である。ここには歌題について、曖昧でそれほど内容理解が得られないようなことが生じた際に、一字（実字ないし虚字）の視点から、具体的な歌題と例歌（証歌）の手掛りが得られるように配慮・工夫された歌題手引き書に、後水尾院撰の『一字御抄』なる便利な書物があると言及されている。ここに『一字御抄』の、和歌の初心者が題詠歌を詠む際の手引き書としての役割を認めることができようが、さらに『一字御抄』と編纂目的を同じくする清輔撰『和歌一字抄』に言及した記事を探索すると、藤原為家の『詠歌一体』に「難題は一字抄といふ物に注せり」とある記述や、今川了俊の『了俊一子伝』（弁要抄）に「三代集の歌の外に、つねに可披見抄物事」として、『三十六人集』を「歌心の必々付物也」と指摘した後、「又は詞のため稽古には初学抄、俊頼秘抄、顕注密勘、一字抄など也」と叙述した記事を拾うことができる。ここには『和歌一字抄』が結題の難題を詠作する際や、和歌の表現・措辞を練磨する際に、各々参考になる格好の書物であるとの見解が窺知されよう。

これらを総合して『一字御抄』の編纂目的に言及するならば、本抄は、歌題について、それが難解もしくは曖昧なために、的確な内容理解が得られないときに、一字もしくは二字（実字ないし虚字）の文字から、具体的な結題の種類と例歌（証歌）とが比較的容易に得られる手掛りを、題詠歌を詠作する初心者に提供することを目的に編纂され、さらに本抄を有効に活用すれば、和歌の表現・措辞を練磨する格好の参考書となりうる、実践的役割を担った作歌手引き書ということができるであろう。

最後に、『一字御抄』の和歌史における位相の問題であるが、この点について、広い視点で捉えるならば、類題集全体の問題として言及しなければならないのかも知れない。しかし、ここでは、もっと狭い視点、——一字もしくは二字の視点から引くことのできる作歌手引き書——からこの問題に言及するならば、それは藤原清輔撰『和歌一字抄』（原撰本）がこの種の類題集では嚆矢であって、次いでそれを増補した『和歌一字抄』（増補本）が集成された後は、この種の類題集は長らく編纂されることがなかった。それが、後水尾院歌壇が形成されるあたりから、題詠歌を詠作する機運が従来にも増して隆盛して行ったために、題詠歌を詠むうえで便利な作歌手引き書の制作の要請が高まって、その結果、三玉集の成立した頃の例歌（証歌）を多数収載した歌題手引き書である『一字御抄』が、後水尾院の命令一下、延臣歌人たちの協力のもとに編纂されたのであった。それが版本として刊行されたのが元禄三年（一六九〇）十月のことであったが、興味深いことに、この『一字御抄』が刊行されるや、翌年の元禄四年には、本抄の類書ともいうべき『明題拾要鈔』（百題拾要鈔とも）が刊行された。この『明題拾要鈔』については、前述の拙編著『明題拾要鈔　上・下』（古典文庫）に翻刻と解題を載せているので、それを参看していただきたいが、要するに、『明題拾要鈔』は、結題のなかに含まれる一字もしくは二字（実字ないし虚字）を、いろは順に連ね、各歌題に数首の例歌を掲げて、『一字御抄』をさらに利用しやすいように編纂しているのである。ということは、『一字御抄』の利用価値がいかに高かったかの実態を、『明題拾要抄』の出版は如実に物語る事例となるであろう。

ちなみに、『一字御抄』の巻第八の「言志」関係の歌題と例歌は、『明題拾要鈔』では巻一の「言」の箇所で言及され、両者には次のごとく掲載されている。

〔『一字御抄』の「言志」の事例〕

36　おぼろなる月みるよはぞしられけるはるのしるしもおひのならひと　（春月言志・雅世・五一六二）
37　七夕は初秋風の夕月夜あかぬものとやあひみそめけむ　（星夕言志・大永二・後柏原院・五一六三）
38　道しあらばあまのかはらにもみぢ葉のにほへるいもが船出みましを　（同・同・作者不記・五一六四）
39　としなみの八十瀬にちかき手向をばあはれかけずやあまの川長　（同・同・同・五一六五）

40　ちぎりこしあきはつきせぬ七夕のひとよも千代をなにかうらみん　（同・同・同・五一六六）
41　三日月の又在明になりぬるやうきよにめぐるためしなるらん　（月前言志・同・五一六七）
〔『明題拾要鈔』の「言」の事例〕
42　朧なる月みる夜半ぞ知れける春の印も老のならひも　（春月言志・雅世・一〇二）
43　命あればおほくの春に逢ぬれどことし計の花はみざりき　（花下言志・続古・顕輔・一〇三）
44　思ひ出る春の別に鳥も鳴花もなみだの色にいづらん　（同・柏玉・後柏原院・一〇四）
45　くれにけり又此まゝに下ぶしの花をば夢にみはてずもがな　（同・同・同・一〇五）
46　年〳〵の此春のみと思ひきて花につれなきみをば恨みず　（同・政為・一〇六）
47　七夕は雲の衣を引かさねかへさでぬるや今夜なるらん　（憶牛女言志・後拾・堀川右大臣・一〇七）
48　をり姫は初秋風の夕月夜あかぬ物とや逢みそめけん　（星夕言志・柏玉・後柏原院・一〇八）
49　道しあらば天の河原に紅葉〴〵の匂へるいもが出るみましを　（同・尭空・一〇九）
50　年波の八十瀬に近き手向をばあはれかけずや天の河波　（同・尭覚・一一〇）
51　契こし秋はつきせぬ七夕の一夜も千世を何かうらみん　（同・雅綱・一一一）
52　みか月の又有明に成ぬるや浮世にめぐる例なるらん　（月前言志・右近中将教長・一一二）

この両者を比較すると、『一字御抄』の三題の歌題と例歌六首のすべてが『明題拾要鈔』に採録され、しかも『明題拾要鈔』は『一字御抄』が欠落している四首（38～41）の作者表記も欠くことなく掲載している点で、『明題拾要鈔』の優秀性が認められよう。ここには『明題拾要鈔』が『一字御抄』を参照して、「言」に関わる結題とその例歌（証歌）を蒐集している痕跡が明瞭に認められようが、両者がともに同一撰者になる撰集であるか、否かの決定はにわかに下し難いように判断される。

そこで、この問題を明らめるために、結題に「暗」の一字を含む事例を掲げてみよう。ちなみに、「暗」の結題を含む結題は、『一字御抄』には巻第二に、『明題拾要鈔』には巻四に各々、次のように収載されている。

〔『一字御抄』の「暗」の事例〕

53　梅花夢にはまさるにほひともやみのうつゝに尋ねてぞしる　（暗夜梅・白川殿七百首・資有・九九八）

54　あやなしと思ひもはてず吹風にむめがゝかほる春のよのやみ　（同・師兼・九九九）

55　くらき雨のまどうちいるゝさよ風にぬれぬにほひや梅の花がさ　（同・永正八八・逍遙院・一〇〇〇）

56　くらければ色こそみえね梅花ありとばかりはしられぬるかな　（暗夜尋梅花・重如・一〇〇一）

57　花をこそおもひも捨めあり明の月をもまたでかへるかりがね　（暗夜帰鴈・新後拾・建礼門院右京大夫・一〇〇二）

58　ちりまがふ花は衣にかゝれどもみなせをぞ思ふ月のいるまは　（月入花灘暗・新拾・壬生忠岑・一〇〇三）

59　くらき夜に我待かねぬほとゝぎすたどる〳〵も初音きかせよ　（闇夜待郭公・源兼澄・一〇〇四）

60　よと、もに晴ずもあるかな木がくれて山人いかでありとしるらん　（山樹陰暗・無名・一〇〇五）

61　こひしくは夢にも人を見るべきをまどうつ雨にめをさましつゝ　（蕭々暗雨打窓声・後拾・大弐高遠・一〇〇六）

〔『明題拾要鈔』の「暗」の事例〕

62　梅の花夢には増る匂ひともやみのうつゝに尋てぞ知　（暗夜梅・白川殿七百首・資有・三四六二）

63　あやなしと思ひも果ず吹風に梅がゝ薫る春のよのやみ　（同・師兼・三四六三）

64　くらき雨の窓吹いるゝ小夜風にぬれぬ匂ひや梅の花がさ　（同・逍遙院・三四六四）

65　花を社思ひも捨め有明の月をもまたでかへる雁金　（暗夜帰雁・建礼門院右京大夫・三四六五）

66　くらきよに我待かねぬ郭公たどる〳〵も初音聞せよ　（暗夜待郭公・源兼澄・三四六六）

この両者を比べてみると、『一字御抄』が七題の歌題に九首の例歌を掲げているのに対し、『明題拾要鈔』は三題の歌題に五首の例歌しか掲載していない。この場合は、前述した「言」に関わる歌題と例歌の場合と異なって、参照される側の『一字御抄』のほうが、「暗夜尋梅花」「月入花灘暗」「山樹陰暗」「蕭々暗雨打窓声」の四歌題と、その例歌（証歌）四首を採録していない点で、歌題および例歌蒐集にあたって、網羅主義的な傾向が認められる『明題拾要鈔』としては不思議な現象である。

何故にこのような現象が生じたのか、その理由については目下、明確な説明をしえないが、それはともかく、歌題および例歌採録にあたって両者に差異が認められるのは事実である。そこで翻って、この二つの事例のみではあるが、この事例から両者が同一人物による撰集であるのか、否かの問題に言及するならば、やはり、両者は別々の撰者になる撰集であるとみるのが穏当であるように推測される。

ここで改めて、『一字御抄』の歌題手引き書のなかでの位相に言及すれば、それは院政期ころに成立したと推定される藤原清輔撰『和歌一字抄』と、元禄四年刊行の撰者不詳の『明題拾要鈔』との、いわば橋渡しの役割を担った類題集であったということができようか。

六　まとめ

以上、種々様々な視点から『一字御抄』の成立の問題に言及した結果、いくつかの基本的な問題点について、明白にすることができたので、以下にそれらの明らかになった成果を摘記して、本項の結論に代えたいと思う。

（一）『一字御抄』の伝本のうち、底本として利用した元禄三年版行の版本は、今治市河野美術館などに伝存するが、それによると、本抄は三百八十四種類の実字および虚字一字ないし二字を含む結題について、五千百六十九首の例歌（証歌）をもって、類題集仕立てにした作歌手引き書と規定できよう。
（二）歌題の配列は、厳密には依拠した典拠を特定しえないが、藤原清輔撰『和歌一字抄』を下敷きにして、私撰集『夫木抄』の雑部や連歌学書『藻塩草』の部類方法を参考にし、『一字御抄』の撰者は独自の編集方針に従って本抄を編纂したといえようか。
（三）詠歌作者の上位二十位を順番に掲げるならば、後柏原院、実隆、政為、定家、師兼、俊頼、家隆、済継、慈円、為広、為家、雅親、公条、雅世、順徳院、基綱、良経、顕季、雅縁、雅経・頓阿のとおりである。
（四）原拠資料については、勅撰集、私撰集、私家集、定数歌からの採歌が比較的少なく、三玉集時代の公宴御会などの歌会歌や歌合歌からの採歌が圧倒的多数をしめている。
（五）本抄の成立時期を憶測すれば、寛永十四年（一六三六）から同二十年（一六四三）ごろまでの間と想定されようか。なお、版本の刊行年時は元禄三年（一六九〇）十月である。
（六）本抄の編纂目的は、初心者が題詠歌を詠む際に、一字および二字の実字ないし虚字から、具体的な結題とその例歌（証歌）を、容易に知りうる手掛りの提供という実用的な役割に、求めることができよう。
（七）本抄に依拠して成立したと推測される同種の類題集に『明題拾要鈔』があって、それは本抄の異本であると考える向きもあるが、正しくは本抄の類書と考慮するのが妥当であるといえようか。
（八）本抄の歌題手引き書における位相に言及すれば、それは院政期ころに成立したと推定される藤原清輔撰『和歌一字抄』と、元禄四年刊行の撰者不詳の『明題拾要鈔』との、いわば橋渡しの役割を担った類題集であったということができようか。

注

（1）この収載歌数は、巻第八の「不帰」に欠落している例歌（証歌）の数は除外した数値である。

（2）〈表2〉については拙著『中世類題集の研究』の第四章第二節の「『類題和歌集』の成立――夏部の視点から――」を、〈表3〉については拙編著『明題拾要鈔』の解題を、それぞれ参照。

二　北駕文庫蔵『類題和歌集』の成立

一　はじめに

筆者はさきに「北駕文庫蔵『類題和歌集』について――夏部の視点から――」（『中世文学研究』第二十三号、平成九・八）において、北駕文庫蔵にかかる『類題和歌集』の性格について、夏部に限ってではあったが素描を試み、ついで「版本『類題和歌集』未収載歌集成――北駕文庫蔵『類題和歌集』と比較して――」（『光華女子大学研究紀要』第三十六号、平成一〇・一二）において、版本には収載をみないものの、北駕文庫蔵『類題和歌集』には収載される詠歌を一括集成して、初句索引を付して公表した。ともにあまりにも粗雑な作業報告の域を出ない代物ではあったが、前者では、北駕文庫蔵『類題和歌集』の性格について、北駕文庫蔵の（夏部について）『類題集』のみが掲載する証歌をみると、古今時代の紀貫之、『金葉集』の撰者である源俊頼、新古今時代の藤原家隆、後嵯峨院歌壇の洞院実雄などの詠歌もみえるけれども、そのほとんどは後土御門院歌壇で活躍した一条兼良・同冬良・尭孝・蜷川親元などの歌人や、文明年間以降に活躍した三条西公条・足利義政・同義尚・姉小路基綱・四辻季春・勾当内侍・尭胤などの歌人の詠歌が大勢をしめるなか、三玉集のうちの後柏原院の『柏玉集』と三条西実隆の『雪玉集』から抄出された詠歌が圧倒的多数をしめていることが知られよう。ここには、後水尾院宮廷歌壇に属する廷臣歌人たちの好尚の反映をみてとれようか。

と、一応の結論を提示し、また、後者では、北駕文庫蔵『類題和歌集』の部立全体にわたって、版本に未収載の詠歌を集成することができたのであった。

このようなわけで、とくに後者で北駕文庫蔵『類題和歌集』の版本に未収載歌の整理をなしえたいま、前者で夏部に限ってのみ示し得た北駕文庫蔵『類題和歌集』の性格についての結論が、はたして部立全体にも及ぶ結論といい得るのか、否かの検討をすることは必要・不可欠の課題と考慮されたので、この項で改めてこの問題を考えるとともに、成立の問題についても考察を加えたところ、以下のごとき具体的な見解を提示することができた。

二　詠歌作者と原拠資料の問題

さて、北駕文庫蔵『類題和歌集』（以下、北駕本『類題集』と略称する）が版本（元禄十六年刊行）『類題集』に未収載の例歌を千六百八十四首収載している実態については、前掲の拙論で言及したが、ここで再度部立別に示すならば、次頁の〈表5〉のとおりである。

〈表5〉 版本『類題集』未収載歌一覧表

春部上	一八五首		
春部中	一一七首	計	三八四首
春部下	八二首		
夏部上	九四首		
夏部下	一〇八首	計	二〇二首
秋部上	一三三首		
秋部中	一八七首	計	三九二首
秋部下	七二首		
冬部上	一九首		
冬部下	二首	計	二一首
恋部上	六七首		
恋部下	六首	計	七三首
雑部上	二七一首		
雑部中	二三七首	計	六〇六首
雑部下	一三八首		
公事部		計	六首
		合計	一六八四首

この〈表5〉によると、冬部・恋部・公事部の増補がやや少なめであるのに対して、そのほかの春部・夏部・秋部・雑部にはかなりの増補がめだつように思われる。

それでは、この北駕本『類題集』が独自に収載する千六百八十四首はいかなる歌人の詠歌であろうか。この点について調査をすると、作者注記に「無名」とあるものや作者注記が欠落している場合が百七首に及んでいるので、それらを減じた千五百七十七首のうちで、五首以上の詠歌が収載されている歌人を一覧すれば、次頁の〈表6〉のごとくなる。

この〈表6〉によって、全体の八十一・四パーセントがわずか三十九人の詠歌作者によってしめられている実態が明らかになるが、そのうち、御製・侍従中納言・按察使の具体的個人名を特定できない場合を除くと、源俊頼が平安期の歌人、藤原家隆が鎌倉期の歌人、耕雲（花山院長親）・頓阿が南北朝期の歌人である以外は、すべて室町期の歌人で、そのほとんどは文明年間およびそれ以降に活躍した歌人である。このうち「御製」がほぼ後柏原院をさすように憶測されるので、版本『類題集』が収載せず、北駕本『類題集』のみが収載するのは、三玉集のうちの『雪玉集』の作者たる三条西実隆と、『柏玉集』の作者たる後柏原院の詠歌によって圧倒的多数がしめられていると認められよう。ここに、後水尾院宮廷歌壇に属する廷臣歌人たちの和歌の

〈表6〉　五首以上の収載歌人一覧表

	詠歌作者	歌数
1	実隆	三五五首
2	後柏原院	二七五首
3	御製	七九首
4	尭孝	六八首
5	道堅	六一首
6	耕雲	四五首
7	義政	四三首
8	邦高親王	三七首
9	義尚	三一首
9	公条	三一首
11	雅親	二七首
12	為尹	二〇首
13	為富	一四首
14	尭胤	一三首
15	為広	一二首
15	親元	一二首
17	道永	一一首
18	政為	一〇首
18	侍従中納言	一〇首
18	雅康(二楽軒)	一〇首
21	親長	八首
21	為孝	八首
21	公敦	八首
24	頓阿	七首
24	季春	七首
24	雅世	七首
24	教国	七首
24	経尋	七首
24	実量(禅空)	七首
30	家隆	六首
30	元長	六首
30	後奈良院	六首
33	俊頼	五首
33	雅縁	五首
33	基綱	五首
33	勾当内侍	五首
33	信量	五首
33	按察使	五首
33	尊海	五首
	合計	一二八三首

好尚の反映をみてとれようが、なお〈表6〉の具体的内容について言及しておこう。

まず、最大の収録数が認められる三条西実隆の属する二条派の歌人の系譜では、頓阿以下、尭孝、実隆、三条西公条らの歌が採られている。天皇家では、後柏原院、後奈良院父子の詠が、伏見宮家では、貞常親王の子息である邦高親王・尭胤・道永らの歌が採られている。将軍家では、足利義政、義尚の父子の詠が採られている。和歌師範家では、飛鳥井家の雅縁、雅世の父子、雅世の子息である雅親・雅康の兄弟の詠が採られている。上冷泉家では、為富・為広父子、下冷泉家では、政為・為孝父子の詠が各々、採られている。そのほか、貴紳では、三条実量・公敦の父子、甘露寺親長・元長の父子の詠が各々、採られているごとくであるが、これらの事例以外は、歌人の名を掲げるのは省略に従うが、各々の歌人が単独で採られている。

〈表6〉から知られる、版本『類題集』には収載をみず、北駕本『類題集』にのみ収録される全体の歌数の八割強の詠歌作者の実態は、おおよそ以上のとおりだが、以下、四首以下の詠歌作者も掲げておこう。

〔四首収載の歌人〕雅行・旧院上﨟・教秀・資直・済継・増運・長淳・通秀・冬良・忍誓

〔三首収載の歌人〕阿仏尼・一位局・一位殿・以緒・永宣・兼顕・高清・西行・姉小路宰相・資益・実興・持通・俊量・宣胤・前内府・宗継・宗綱・宗良親王・尊応・道興・民部卿・隆康

〔二首収載の歌人〕安禅寺宮・以量・為家・為氏・覚助法親王・観修寺大納言・勧修寺中納言・季熈・宮御方・尭教・経顕・景光・公綱・公保・後鳥羽院・師兼・若上﨟・重経・重親・上﨟・俊恵・順徳院・仁悟・清輔・政顕・政嗣・忠富・忠留・定家・藤大納言・読人不知・範宗・兵部卿・右衛門督・祐雅・隆祐

〔一首収載の歌人〕安性宮・為世・為相・為明・為留・永継・永相・園宰相・雅永・雅経・雅俊・雅教・雅藤・覚恵・下冷禅門・菅宰相・貫之・季経・季種・季任・季□・基忠・義運・橘・教季・群馬・経季・経継・経守・経信・経房・恵慶・賢房・顕永・顕季・顕言・顕昭　源顕仲・顕長・顕朝・権大納言典侍・言国・源宰相・公音・公照・公澄・公隆・行家・行宗・広光・光広・後崇光院・三条院三条大納言・滋野井前宰相中将・資季・資通・実陰・実家・実教・実兼・実枝・実名・実右・実雄・秀経・持為・持統天皇・新中納言・新典侍・真景寺宮・崇光院・帥中納言・成実・成道・政長・宣秀・宣親・宗山・相広・尊鎮・大納言典侍・中山宰相中将・忠顕・長季・貞光院・貞敦親王・洞院上﨟・道賢・道勝・道法・曇花院宮・内府・入道左大臣・伏見院・富

仲・万秋門院・満兼・祐紹・融覚（為家とは別人）・頼景・頼政・頼通・理平・良経・冷泉前中納言

それでは、これらの詠歌作者はいかなる歌集に収載されているのであろうか。次に、版本『類題集』には載らず、北駕本『類題集』にのみ載る詠歌作者の原拠資料を掲げてみると、以下のごとくなる。なお、この整理は、北駕本『類題集』の集付が必ずしも正確になされていないので、原拠資料の頻出度を正確に把握するのが困難なため、以下には作品名をジャンル別に記すに留めたことを断っておきたい。

〔勅撰集〕後拾遺集・千載集・新古今集・新勅撰集・続後撰集・続古今集・続拾遺集・続千載集・風雅集・新千載集・新後拾遺集・新続古今集・新葉集（準勅撰集）

〔私家集〕清輔集・頼政集・散木奇歌集（俊頼）・山家集（西行）・明日香井集（雅経）・玉吟集（家隆）・秋篠月清集（良経）・郁芳三品集（範宗）・草庵集（頓阿）・続草庵集（同）・堯孝集・義尚集・亜槐集（雅親）・冬良集・雪玉集（実隆）・柏玉集（後柏原院）

〔私撰集・類題集〕続撰吟抄・摘題和歌集・点取類聚・一字御抄・百類半

〔定数歌〕白河殿七百首・亀山殿七百首・耕雲千首・信太杜千首（宗良親王）・宋雅千首（雅縁）・為尹千首・結題千首・千首（実隆）・千首（道勝）・延文百首・文明七年御百首・禁裏御百首（後崇光院）・難題百首（阿仏尼・実隆）・住吉法楽百首（義政）・百首（親元）・百首（為孝）・百首（実隆）・百首（義政）・百首（道堅）・五十首（道堅）・三十首（実隆）・三十首（恵空）・三十首（資直）・三十首（道堅）・飛鳥家二十首法楽・明応八年水無瀬法楽二十首

〔歌合歌〕年中行事歌合・康正元年十二月二十七日内府歌合・侍従大納言当座・文亀三年後月次当座・定綱朝臣家歌合

〈歌会歌〉文明七年御着到・文明九年十月二十日・文明九年十二月・文明九年・文明九年石清水月並五十首法楽・文明拾年八月十五日・文明十三年四月十八日・文明十三年六月十八日・文明十三年十月十八日・文明十三年十二月二十日・文明十三年十二月庚申・文明十三年御月次・文明十四年正月十八日・文明十四年二月十八日・文明十四年三月二十九日・文明十四年・明応十一（ママ）年七月七日御点取・永正二年八月・永正二年閏二月二十八日・永正三年三月二十五日・永正三年七月御月次・永正三年八月御月次・永正五年二月二十二日御法楽・永正五年八月・永正六年八月・永正八年三月・永正八年四月御月次・永正九年・永正九年二月・永正九年四月・永正九年十月二十四日・永正十年正月一日・永正十年二月二十日・永正十年八月二十四日・永正十一年三月・永正十二年二月二十八日・永正十二年七月・永正十三年・享禄元年九月二十五日・後奈良院御着到

この整理によって、北駕本『類題集』が利用した原拠資料の大略が窺知されるが、数的にみて意外に少ない作品数である。ということは逆に、ある特定の原拠資料によってほぼ収載された北駕本『類題集』の撰集過程を示唆すると言えようか。それはともかく、北駕本『類題集』の最大の撰集源は、院政期や新古今時代、それに鎌倉中期から南北朝期あたりまでに成立をみた歌集からの採歌が認められなくはないが、そのほとんどは室町期に成立した、私家集では三条西実隆の『雪玉集』と後柏原院の『柏玉集』、私撰集では『続撰吟抄』、類題集では『点取類聚』、歌会歌では文明年間と永正年間に催行されたものが圧倒的多数をしめ、〈表2〉に掲載した北駕本『類題集』の詠歌作者の動向を、改めて確認させるといえるであろう。

三　成立の問題

ところで、後水尾院撰『類題和歌集』の成立の問題については、拙著『中世類題集の研究』（平成六・一、和泉書院）で、和田英松氏が『皇室御撰之研究』（昭和八・四、明治書院）のなかで、『公規日記』寛文五年（一六六五）七月十一日の記事に、「仙洞法皇御仙之類題之事」なる記事がみえることから、「類題書写之事」に言及されている記述や、日下幸男氏が「尊経閣文庫本『類題和歌集』について」（『みをつくし』第三号、昭和六〇・六）で紹介された、尊経閣文庫蔵の当該写本の奥書に「右類題和歌集者、寛永末年於仙洞仰諸臣、所被類聚也。件御本、申出于所々書写之（中略）延宝第七黄鐘中浣特進源朝臣（花押）通茂」とある記事などから、『類題和歌集』の成立時期を、寛永二十年（一六四三）ごろと想定したのであった。

ところが、近時、『類題和歌集』の成立時期を示唆する写本が出現したのである。それは曼殊院旧蔵の写本で、このたび高尾精治氏のご架蔵に帰した逸品である。高尾氏からの私信を要約すれば、当該写本は、

高尾精治所蔵。曼殊院旧蔵。縦二十八・二糎・横二十・六糎。袋綴じ。題簽は「和歌類題集」。内題なし。近世初期写。十六冊。「曼殊図書之印」（鐘型）の印記あり。時代造り函があり、出し入れ口の外側に「類題十六策」、底部に「慶長八年外□（月カ）／和歌類題集十六策一函／曼殊院蔵」、函の内側に「慶長八年／曼殊院蔵／曼殊院住職写」と墨書きがある。四季・恋・雑・公事に部類され、総歌数二万九千百三首。

の由である。この函書きによれば、本書は「慶長八年（一六〇三）」に「曼殊院住職」によって書写された由で、これが事実とすれば、『類題和歌集』の成立は慶長八年以前となり、筆者の想定した寛永二十年をはるか四十年もさかの

ぼることになって、驚異的な発見ということになる。高尾氏から送付された一部のコピーによれば、書写を「近世初期」とする可能性は否定できまいが、目下現物は未見なので、いまは正確な判断は差し控えたいと思う。

それはともかく、該本の四季・恋・雑・公事の各巻頭と巻末各一丁の内容を、北駕本『類題集』のそれと比較・検討してみると、次のごとき異同が指摘される。

さて、両本は体裁面で一面十四行書きである点が完全に一致するうえ、内容面でも春上の巻頭、春中・春下の巻頭・巻末、夏上・夏下の巻頭・巻末、秋中の巻頭、秋下の巻末、冬上・冬下の巻頭・巻末、恋上の巻頭、恋下の巻末、雑上の巻末、雑中の巻頭・巻末、公事の巻頭・巻末の記事はほぼ完全に一致するが、そのほかの部立には次のごとき異同が認められるほか、題簽を「和歌類題集」（高尾本）とする点が、「類題」（北駕本）のそれと異なっている。

まず、高尾氏蔵の『類題集』に例歌を欠く事例や、歌題・例歌ともに欠く事例を掲げると、以下のとおりである。

本文は北駕本『類題集』によった。

1　よぶこ鳥鳴音に花や散ぬるらん林の木陰春ぞさびしき　（春上・林喚小鳥・義尚）

2　みそぎせむ日数もまたで涼しきは秋たつけふのか茂の波浪　（秋上・六月立秋・家集・雅親）

3　をきまよふ霜を花の、秋草はうらがれしらぬ色とこそみれ　（同・秋霜・忠富）

4　あきらけく清きみのりを秋のよの月にとゞめて観ぞ嬉しき　（秋中・寄月顕教・道永）

5　熊《ママ》もなき秋の光にさそはれて心の月のすみまさるかな　（同・寄月密教・御製）

6　月も此国は名高き秋津州に君が光ぞいたりいたれる　（同・寄月祝国・公敦）

7　石清水神の光もすむ月も世に曇なき君守るらし　（同・寄月祝国）

8　時を得て夜昼絶ぬたのしみも月に数そふ秋津州の民　（同・寄月祝民）

9　君がすむ同じ雲井の月なれば空にかはらぬ万代の影　（同・月前祝・続拾・前大納言為氏）
10　君が代に光をそへよ末とをき千年の秋の山のはの月　（同・同・同・従二位行家）
11　諸友に同じ雲井にすむ月の馴て千年の秋ぞ久しき　（同・同・新後撰・法皇御製）
12　幾千代もかく社はみめすむ月の影もくもらぬ秋の行末　（同・同・同・院御製）
13　しるべせよ人の心にすみ侘ぬ昔も今も秋のよの月　（秋下・秋懐旧・為家）
14　千早振神の心も白木綿を取かけて祈る我思ひかな　（恋上・恋木綿・尭胤）
15　身をうみのあまのうけなはくるとあくとみるめ計のめかれやはする　（同・恋本ノ・信量）
16　心ひくえにしはよらで朝夕に身は浮舟の綱手くるしも　（同・恋綱・邦高）
17　見せばやなゝこそは人の秋の日の影となるまでよはる我身を　（恋下・寄秋日恋・千首・耕雲）
18　我が心くるしと思ふ道よりぞ天つみ空も清くてらせる　（雑上・天・義尚）
19　さえくれし風はいづくにねぬるよの雪にふけ行空のしづけさ　（同・天象・実隆）
20　ことの葉の花そふ竹のその陰や草にも木にもあらで匂へる　（雑下・親王・尭孝）
21　水の色にしまぬはちすもあるものをなどきよからぬ心なるらん　（同・濁・義政）
22　むかし見し人やはあらぬ故郷に誰をしのぶの草は茂れる　（同・旧・冬良）
23　遠き代はさてもいかにと身の昔みしをさへ今しのぶこゝろよ　（同・同・雅康）
24　しらずそのいつをうつゝのある世とて夢てふ物におどろかるらん　（同・夢・逍遥院）
25　なき玉よ尋ねあふともまぼろしのするわざならばいかゞ頼まん　（同・幻・同）
26　時のまにきえてはむすぶ水の泡のありやなしやのはてをしらめや　（同・泡・同）

27 いくかへりおられぬ水の花の枝月のかつらに袖ぬらしけむ　（同・影・同）
28 ことはりをしらば仏のみ国ぞとならくのそこもつたへざらまし　（同・地獄・公敦）
29 なげくらむ子を思ふ道はしりながらさすが命にかへぬ哀を　（同・餓鬼・季春）
30 闇路にやまよひはつべき情をもしらぬ心の月の鼠は　（同・畜生・相広）
31 あはれなり車をゝもみなづむ牛に尚あげまきのむちをそへ行　（同・畜生界・逍遥院）
32 思へたゞ山の北なるわたつ海の底をすみかと闇ぞかなしき　（同・修羅・栄雅）
33 うき身世に生るゝ事のかたけれど法の道うるえにし社あれ　（同・人道・為富）
34 たのしみの千代万代に忘なよ終に五のおとろふる身を　（同・天上・御製）
35 いかなれば誰もながむる春秋の色をひとりのさとり成らん　（同・声聞・禅空）
36 世を遠く行てみ山のしるべかは花も木葉も同じ嵐は　（同・縁覚・尊応）
37 たのもしな身を忘ても世のためにすくふ心の限なければ　（同・菩薩・雅康）
38 如何ばかりをしへの道に仕てかおなじ仏の身とはなるべき　（同・仏・堯胤）
39 みな人の心のやみもはれやせむ遍く照すみ世のひかりに　（同・大日・千首・耕雲）
40 色にそむ心しやがて法なくは頼をかけよむらさきの雲　（同・阿弥陀・同）
41 ちるとみし鶴の林の花になど消ぬ匂ひを猶のこすらん　（同・釈迦・同）
42 ちりの世をおなじくすゝげ法の水くみてしらるゝちかひ也けり　（同・聖観音・同）
43 たえずすむ粉川の水のわかれにぞちかひの海の深さをもしる　（同・千手観音・同）
44 さはり有世をすくへばか蘆の葉のかりのすがたをみする也けり　（同・馬頭観音・同）

45　たのめたゞ十種四ぐさに説く法もひとへに救世とはしらずや　（同・十一面観音・同）
46　たぐひなきちかひに今もあふひ草つみをかしける身とはなげかじ　（同・准泥観音・同）
47　ちかひ有て行かふ六の道ならで四の苦みのこりしもせじ　（同・如意輪観音・同）
48　かひなしな人をわたさぬ法の船うき世の岸をこぎはなれても　（同・二葉・同）
49　今はたゞいにしへもなきさとりこそ世々の仏の親となりけめ　（同・文殊・雪玉）
50　かげひろきるりを光の国のうちにさこそ月日も涼しかるらん　（同・薬師・同）
51　露の身のうきを尋と今朝ごとに幾里かけて君は行らん　（同・地蔵・同）

以上の五十一首が高尾氏蔵『類題集』には収録をみない詠歌であるが、このうち、1・2・3・17の四首は高尾本『類題集』が歌題のみを掲げるものの例歌を欠く事例で、残りの四十七首は、該本が歌題と例歌の両方を欠く事例である。ただ、これについては後にも言及するが、13の「秋懐旧」の歌題には、北駕本『類題集』の「秋述懐」題の例歌が掲げられているけれども、13の例歌は高尾本『類題集』には収載されていない点が、多少事情を異にしている。この事例から両本の先後関係を想定するならば、高尾本『類題集』を北駕本『類題集』が増補した編纂過程は一目瞭然で、ここに高尾本から北駕本への方向が示唆されよう。なお、北駕本『類題集』が雑下の「夢」の題の24の例歌から「地蔵」の題の51の例歌にいたる部分を掲げているところには、この箇所が「無常」や「仏教」関係の歌題と例歌であるので、『明題和歌全集』などがこの領域をほぼカバーしているのに、『類題和歌集』のみがこの領域を欠落して不備・不足の内容になっている点を、もしかしたら補完しようとする営為が認められ、北駕本『類題集』の大きな特徴となっている。

次に、両本に指摘される異同に、「神日本磐余彦天皇」の題の例歌についての異同がある。すなわち、高尾本『類

題集』は、この歌題の例歌として、

52　白波に玉より姫のこし事は汀やつゐのとまり也けん　（秋下・新古今・大江千古）

の52の詠を掲げるのに対し、北駕本『類題集』は、次の

53　とびかける天の岩舟たづねてぞ秋津嶋には宮初めける　（同・新古今・三統理平）

の53の詠を掲げているのである。ところで、この両者の異同は、歌題の「神日本磐余彦天皇」にふさわしいのは52の例歌であって、53は『新古今集』に「玉依姫」の詞書のもとに掲載されている詠歌である。何故北駕本『類題集』がこのような誤りを犯したのか、ここで憶測を逞しうするならば、この歌題の例歌の第二句に「玉より姫の」なる措辞があったことと関係があるようだ。北駕本『類題集』の書写者は、おそらく『新古今集』のテキストを傍らに置きながら、52の詠を書写するはずであったのに、何かの拍子につい『新古今集』の「玉依姫」の詞書に目が止まり、うっかり53の詠歌（作者も）を書写してしまい、誤りを犯してしまったのではあるまいか。となると、両伝本の先後関係はもちろん、高尾本から北駕本へとなるのは言うまでもなかろう。

次に、両者の間に異同が指摘できるのは、次の『金葉集』に収載される、

54　いまよりは心ゆるさじ月かげのゆくへもしらず人さそひけり　（二度本金葉集・月の心をよめる・藤原家経朝臣・六七八）

の54の例歌についてである。すなわち、この54の詠の作者について、高尾本は「藤原家綱」と表記するのに対し、北駕本は「藤原家経」と注記しているのである。この場合、北駕本『類題集』の作者表記が正しいこと言うまでもないが、北駕本に正確な作者注記がなされた背景には、北駕本の書写者に正確な伝本の作成を志していた営為が認められ、ここで両伝本の先後関係を想定するならば、やはり高尾本から北駕本への方向が示唆されよう。

次に、両者の間に認められる異同に、歌題表記と集付（出典注記）に関する異同がある。まず、歌題表記については、北駕本『類題集』が

55　年〳〵にふりぬるものをたれか世に都の雪のけさの山のは　（雑下・新・逍遥院）
56　道は猶ふりぬる人に残してぞあらたまる世のしるべ共せむ　（同・旧・後柏―）
57　かしこしと今みることもふるき世のおろかなるにはえやは及ばん　（同・同・政為）

の55〜57の三首のうち、北駕本『類題集』が55に「新」、56・57に「旧」の歌題を付しているのに、高尾本『類題集』にはこれらの歌題がなく、「濁」の題の例歌になるという誤謬を犯している。

一方、集付（出典注記）については、北駕本が、

58　たがためと霞の衣年のうちに二むら山のたちかへるらん　（春上・雪玉・逍遥院）
59　いそのかみまだふるどしのしめのうちにいかなる春の越てきつらん　（同・同・同）

の58と59の詠に「雪玉」の集付を付しているのに、高尾本は集付を欠落しているのである。この事例もやはり、高尾本にない集付を、北駕本が補正したと考慮するほうが妥当であろう。となると、この事例からも、高尾本から北駕本への先後関係が示唆されようか。

最後に、両者の異同に、歌題と例歌の関係に異同が認められるという場合がある。すなわち、北駕本『類題集』は、すでに引用した13の詠に続いて、

60　雲のくにかげをならべて久堅の月ぞ千年の秋もすむべき　（秋下・秋述懐・続拾遺・山階入道左大臣）
61　かげなびく光をそへてこの宿の月も昔をうつすとぞみる　（同・秋祝・新千慶賀・権大納言公直母）

の60・61の二首を掲げ、60には「秋述懐」、61には「秋祝」の歌題を付しているが、高尾本は61の詠は北駕本と同じ

歌題だが（集付を「勅千」と誤記する）、60の詠に「秋懐旧」の歌題を付している。ところで、13の詠に北駕本が「秋懐旧」の歌題を付しているのは「秋述懐」の誤りであるが、60の詠に高尾本が「秋懐旧」、北駕本が「秋述懐」の歌題を付して各々、誤りを犯しているのは、両本の依拠した祖本が共通して誤った内容を伝えていたからであろう。したがって、この事例から両伝本の先後関係を想定することは不可能であろうと憶測されよう。

以上の検討で、高尾本『類題集』のほうが北駕本『類題集』よりも先に成立していたことがほぼ明瞭になった。したがって、ここで再度『類題和歌集』の成立時期について検討してみよう。

筆者はそもそも、本集の成立時期を、尊経閣文庫本『類題和歌集』の奥書記事によって、寛永二十年（一六四三）ごろと憶測したのであったが、このたび出現した高尾氏蔵『和歌類題集』（題簽）の函書には「慶長八年」（一六〇三）書写になるという記述があるのだ。この函書き記事から両者は別個の類題集ではないかとも憶測されようが、該本を北駕本『類題集』と比較すると、両者は同種の類題集と判明する。ところで、この類題集を後水尾院撰の『類題和歌集』とすると、後水尾院は慶長八年にはまだ八歳にすぎないので、尊経閣文庫本の中院通茂筆の「右類題和歌集者、寛永末年於仙洞仰諸臣、所被類聚也」の奥書記事と抵触することになる。すなわち、後水尾院が「仙洞」生活に入られたのは寛永六年（一六二九）であり、かつ「寛永末年」というのは寛永二十年（一六四三）であるから、この記事から『類題和歌集』の成立時期を、慶長八年とするのははなはだ不合理と言わねばならない。

もっとも、『類題和歌集』が後水尾院撰ではなく、尊経閣文庫本の通茂の奥書記事がまったくの荒唐無稽な内容となれば、話は別の問題ではあるが。それはともかく、現時点では、高尾氏蔵『和歌類題集』が北駕本『類題集』と比較・検討した結果、北駕本に先立つ優れた伝本であることは相違なく、憶測すれば、後水尾院撰『類題和歌集』の成立したころの内容を伝える貴重な伝本の可能性も否定できない、という程度の言及に留めておきたいと思う。

四　おわりに

以上、北駕文庫蔵『類題和歌集』について、版本『類題和歌集』に収録されず、北駕本にのみ収載される千六百八十四首の詠歌を通して、その伝本の性格をある程度明らかにするとともに、このたび出現した曼殊院旧蔵、現高尾精治氏蔵『和歌類題集』の四季・恋・雑・公事の巻首ならびに巻尾の各一丁分の記事を通してではあるが、該本の紹介と、該本と北駕本とを比較・検討することによって、いくつかの問題を明らかにすることを得た。

なお、後水尾院撰『類題和歌集』の考察では、このほか陽明文庫本、伊達文庫本、宮内庁書陵部蔵霊元天皇御手沢本、尊経閣文庫本などの伝本の調査や、これらの伝本の相互関係など残された課題は少なくないが、北駕本『類題集』について一応の結論を出しえたいまは、これらの問題は今後の課題とすることにしたいと思う。

〔付記〕

このたび出現した曼殊院旧蔵の『和歌類題集』について、情報を賜った現所蔵者であられる高尾精治氏と、マイクロ・フィルムではあるが参看賜った『類題和歌集』の所蔵者である北海学園大学付属図書館北駕文庫に、衷心より御礼申しあげる次第である。

第三節　霊元院撰『新類題和歌集』の成立

Ｉ　夏部の視点から

一　はじめに

筆者は過年、「『新類題和歌集』の成立――公事部の視点から――」（『光華日本文学』第二号、平成六・七、本書第二章第三節II）において、本集の成立の問題を、「公事」部をとおして歌題の問題、収載歌の問題、原拠資料と詠歌作者、成立時期と編纂意図などの視点から考察し、本集の公事部が歌題配列の面では後水尾院撰『類題和歌集』のそれに依拠している一方、歌題蒐集にあたっては独自の蒐集活動を試みて、『明題和歌全集』や『類題和歌集』が漏らしている例歌を採録している実態を明らかにした。また、「臼杵図書館蔵『新類題和歌集』の成立――夏部の視点から――」（『中世文学研究』第二〇号、平成六・八）においては、本集を、書誌的概要、撰集資料の問題、原拠資料と詠歌作者、歌題蒐集の傾向、成立時期と編纂目的、編者の問題などの視点から考察し、本集が『類題和歌集』と『新類題和歌集』とから、歌題・例歌ともに揃っている一組を抜き出して編纂し、成立時期の上限は享保十八年夏ごろ、編者は第十一代臼杵藩主稲葉雍通ではないかと憶測した。なお、「『続明題和歌集』の成立」（『中世文学研究』第一五号、平成元・八）

においては、上賀茂神社三手文庫に伝存する該本が霊元院撰『新類題和歌集』からの抄出歌で撰集された類題集であることを論証した。

このようなわけで、筆者は霊元院撰『新類題和歌集』については、いくつかの論考を公表したのであったが、本格的な取り組みとしては本節IIが相当するものの、それは、公事部に収載される歌題百三十三題と例歌百六首に限っての検討でしかなかったので、そこで得られた結論がはたして『新類題和歌集』のすべてに適応されるのか、否かについて多少の問題を抱かないわけではなかった。その意味では、このたびの考察も、その対象は「夏部」という限定された一部の考察対象でしかないが、しかし、『新類題和歌集』の夏部には三千首を越える例歌が収載されている点で、この場合は「公事」部のそれとはまったく趣を異にしているといわなければなるまい。

以下の論述は、このような意味で再度、『新類題和歌集』の成立の問題に鍬を入れてみた作業報告でしかないが、いくつかの具体的事実を得ることができた。

二　歌題の問題

さて、霊元院撰『新類題和歌集』の伝本については、『私撰集伝本書目』（昭和五〇・一一、明治書院）によれば、宮内庁書陵部そのほかに写本で四十七種類もの諸本が伝存する由であるが、ここには底本として利用した筑波大学付属図書館蔵の『新類題和歌集』（ル―二一九―一九）によって、その内容に言及しておきたい。

春　上	一三七四題	二二四六首
春　下	一六六五題	二四九八首

夏上	七二九題	一二八三首
夏下	一〇一二題	一七八〇首
秋上	一五五三題	二九四九首
秋下	二一五二題	四三八八首
冬上	一〇一五題	一七五九首
冬下	八二九題	一五五七首
恋上	一四九三題	二五七六首
恋下	六一六題	一七〇五首
雑上	一九三一題	三七七七首
雑中	六七六題	二五八二首
雑下・公事	一〇六六題	三一四九首
合計	一六〇八四題	三二六九九首

この整理によって、霊元院撰『新類題和歌集』は一万六千八百十四題の歌題に例歌（証歌）三万二千六百九十九首（例歌を欠く場合もままある）を掲載する膨大な類題集であることが知られようが、以下には、夏部の千七百四十一題三千六十三首を対象にして、種々様々な視点から検討を加えてみたいと思う。

なお、対象を夏部に限定したのは量的な観点からであって、それ以外の理由はまったくない。

それでは、『新類題和歌集』（以下『新類題集』と略称する）に収録される歌題はどのようなものであろうか。この点を明らかにするために、「盧橘」に関する歌題を例にあげてみよう。

次頁の〈表1〉のうち、Aは『題林愚抄』、Bは『明題和歌全集』、Cは『類題和歌集』、Dは『新類題和歌集』、Eは『部類現葉和歌集』を意味する一方、○は歌題と例歌をもとに掲載する場合、△は歌題は掲載するが例歌を掲載しない場合、×は歌題・例歌ともに掲載しない場合を意味する。

さて、この〈表1〉によると、「盧橘」関係の歌題収録状況は、中世に成立の最大の類題集『題林愚抄』と、それに依拠して成立した近世初期の『明題和歌全集』がともに十三題を収載するのに対し、近世初期の最大の類題集『類題和歌集』は四十九題を数え、圧倒的多数を誇っている。なお、伯水堂梅風編『部類現葉和歌集』は、『新類題集』の成立後の享保二十年（一七三五）に成立しているので参考までに掲げたが、この集の掲載する歌題数が二十七題であるのに対し、『新類題集』の歌題数が七十八題（例歌を掲載しない三十の歌題も含めた）であるのは驚異的で、本集の特徴を顕著に表している。ちなみに、『新類題集』が例歌を掲げていない歌題を除くと、四十八題となって、『類題和歌集』とほぼ同じ規模となる。ここに、『新類題集』が『類題和歌集』を手本にして歌題蒐集していたらしい背景が憶測されようが、「盧橘」関係の歌題について、さらに具体的に検討を加えてみよう。

まず、「盧橘」の属性について『和歌題林抄』（『日本歌学大系　別巻七』）から引用すると、

盧橘　花たちばな／花たち花のにほひにむかしを思ひいで、ふるさとの軒のしのぶによせて、心ざしをあらはし、おもひし人の袖のかにまがへ、匂ひをたづねて人のくるよしをいひ、郭公のやどゝとする心などもよむ。／さ月まつ花たち花のかをかげばむかしの人の袖のかぞする／たれか又花立ばなに思ひいでん我も昔の人となりせば／橘のかをなつかしみ時鳥はなちるさとを尋てぞとふ

のとおりである。ところで、勅撰集を撰集資料とした類題集に『二八明題和歌集』と『続五明題和歌集』があって、前者が「盧橘」「盧橘暮薫」「盧橘遠匂」「簷盧橘」「夜橘薫枕」の題を収録し、後者が「橘」「盧橘」「夜橘」「故郷橘」

〈表1〉「盧橘」関係の歌題収録状況一覧表

歌題	A	B	C	D	E
橘	×	×	○	×	○
盧橘	○	○	○	×	○
花橘に	×	×	×	×	○
花たちばな	×	×	×	×	○
盧橘初開	○	○	○	○	×
橘花盛	×	×	×	○	×
月前橘	×	×	×	△	×
月前盧橘	×	×	×	○	×
橘風	×	×	×	△	×
盧橘風	○	○	○	△	○
盧橘匂風	×	×	×	△	×
盧橘薫風	○	○	○	○	○
橘薫風	×	×	×	○	×
風静盧橘芳	×	×	○	△	×
橘散風	×	×	×	○	×
盧橘散風	×	×	×	△	×
雨中橘	×	×	×	○	×
雨中盧橘	×	×	○	○	○
盧橘雨重	×	×	×	○	×
盧橘露	×	×	×	○	×
盧橘年久	×	×	○	△	×

歌題	A	B	C	D	E
暁盧橘	○	○	○	△	×
暁更盧橘	×	×	○	○	×
曙盧橘	×	×	○	○	○
朝橘	×	×	×	○	×
夕盧橘	×	×	○	○	×
盧橘晩薫	×	×	○	△	×
盧橘暮薫	○	○	○	○	×
花橘夕薫	×	×	×	○	×
夜橘	×	×	○	○	×
夜盧橘	○	○	○	○	○
雨湿夜橘	×	×	○	△	×
暗夜盧橘	×	×	×	○	×
盧橘夜香	×	×	×	○	×
橘遠薫	×	×	○	△	×
盧橘遠薫	×	×	×	○	×
花橘遠薫	○	○	○	△	×
盧橘遥君	×	×	×	○	×
盧橘散	×	×	○	△	×
盧橘子低	×	×	○	×	○
故郷橘	○	○	○	×	○
海辺盧橘	×	×	○	△	×
禁中橘	×	×	×	△	○

歌題	A	B	C	D	E
禁庭橘	×	×	×	○	×
社頭橘	×	×	×	○	×
社頭盧橘	×	×	×	○	×
里橘	×	×	×	○	×
里盧橘	×	×	○	○	×
閑居橘	○	○	○	×	○
故郷盧橘	×	×	○	○	×
古宅盧橘	×	×	○	△	×
隣家盧橘	×	×	○	△	×
盧橘誰家	×	×	×	○	×
簾外橘	×	×	○	○	○
庭橘	×	×	○	○	○
閑庭橘	×	×	○	○	○
砌橘	×	×	○	○	○
盧橘近砌	×	×	○	○	×
盧橘薫砌	×	×	○	○	×
花橘薫砌	×	×	×	△	×
盧橘通	×	×	×	○	×
古砌盧橘	×	×	○	△	×
簷橘	×	×	○	○	×
軒橘	×	×	×	○	○
簷前橘	×	×	×	△	×

歌題	A	B	C	D	E
簷盧橘	○	○	○	○	○
軒盧橘	×	×	×	○	×
橘薫簷	×	×	○	△	×
盧橘薫簷	×	×	○	△	×
盧橘薫閨	×	×	○	△	×
盧橘薫簾	×	×	○	△	×
夜橘薫枕	○	○	×	×	×
橘薫枕	×	×	×	○	○
盧橘薫枕	×	×	○	○	○
盧橘近枕	×	×	×	△	×
盧橘薫夜衣	×	×	○	△	×
橘薫袖	○	○	○	△	○
盧橘薫袖	×	×	×	○	○
橘知昔	×	×	○	△	○
盧橘憶昔	×	×	×	○	×
対橘問昔	×	×	○	○	○
盧橘驚夢	×	×	○	○	○
旅宿橘	×	×	○	△	○
寄花橘述懐	×	×	○	△	×
名所橘	×	×	×	○	×
橘下憶蛍	×	×	×	○	×

「簷橘」「橘薫袖」の題を収録して、「盧橘」の歌題の模範となっている。『題林愚抄』と『明題和歌全集』も基本的にはこれらの二集を踏襲しているが、「盧橘初開」「盧橘風」「盧橘薫風」「暁盧橘」「閑居橘」の五題は二集に収録しない歌題である。これに対して、『類題和歌集』（以下『類題集』と略称する）はこれらの四集に未収載の歌題を三十四題収録して、歌題面で充実した類題集となっているが、その三十四の歌題とは「風静盧橘芳」「雨中盧橘」「盧橘年久」「暁更盧橘」「曙盧橘」「夕盧橘」「盧橘晩薫」「雨湿夜橘」「橘遠薫」「盧橘散」「盧橘子低」「海辺盧橘」「里盧橘」「古砌盧橘」「橘薫簷」「盧橘薫簷」「盧橘薫閨」「盧橘薫簾」「盧橘薫枕」「盧橘薫夜衣」「故郷盧橘」「古宅盧橘」「隣家盧橘」「簾外橘」「庭橘」「閑庭橘」「砌橘」「盧橘近砌」「盧橘薫砌」「橘知昔」「対橘問昔」「盧橘驚夢」「旅宿橘」「寄花橘述懐」のとおりである。以上に言及した歌題のうち、『新類題集』が収載しないのは「橘」「盧橘」「盧橘子低」「故郷橘」「閑居橘」「夜橘薫枕」の六題であるが、「風静盧橘芳」「盧橘年久」「盧橘晩薫」「雨湿夜橘」「橘遠薫」「盧橘散」「海辺盧橘」「古砌盧橘」「橘薫簷」「盧橘薫簷」「盧橘薫閨」「盧橘薫簾」「盧橘薫夜衣」「古宅盧橘」「隣家盧橘」「橘知昔」「旅宿橘」「寄花橘述懐」の十七題は歌題のみで、例歌を欠落している。

一方、『新類題集』のみが掲載している歌題は三十四題に及び、それは「橘花盛」「月前橋」「月前盧橘」「橘風」「盧橘匂風」「橘薫風」「橘散風」「盧橘散風」「雨中橘」「盧橘雨重」「盧橘露」「朝橘」「花橘夕薫」「夜橘」「暗夜盧橘」「盧橘夜香」「盧橘遠薫」「盧橘遥薫」「禁中橘」「禁庭橘」「社頭橘」「社頭盧橘」「里橘」「花橘薫砌」「盧橘通砌」「軒橘」「簷前橘」「軒盧橘」「橘薫枕」「盧橘近枕」「盧橘誰家」「盧橘薫袖」「盧橘憶昔」「名所橘」「橘下憶蛍」の題だが、このうち、「月前橘」「橘風」「盧橘匂風」「橘散風」「禁中橘」「花橘薫砌」「簷前橘」「盧橘近枕」の八題は歌題の提示のみで、例歌は未掲載である。

以上の検討から、『新類題集』の歌題掲載の実態をみると、「橘」「盧橘」などの単独題については省略する一方、結題については最大限網羅するという歌題掲載の方法・原理を確認することができようが、何故「盧橘子低」「閑居橘」の二題を掲げていないのかの理由は分明でない。ここに、『新類題集』が歌題掲載にあたって、基本的には後水尾院撰『類題集』に依拠しながら、諸歌集に掲載の歌題については、出来る限り網羅的に掲載して、古典和歌の例歌（証歌）を収載する類題集では最大の類題集の制作を企図していた撰者の編集目的を認めることができるであろう。

ちなみに、夏部に収載の「盧橘」関係の題を除くすべての歌題について、『類題集』と『新類題集』とを比較、検討してみると、次のごとき異同が指摘される。

まず、『新類題集』にはなく、『類題集』のみが収録する歌題（例歌を欠く場合も含む）は次のとおりである。

首夏・首夏朝露・首夏旅・更衣・山家更衣・羇旅更衣・新樹・新樹似秋・新樹染軒・卯花・薄暮卯花・船路卯花・杜卯花・卯花作垣・籬卯花・葵・郭公・尋郭公・待時鳥・人伝郭公・初郭公・聞郭公・初聞時鳥・始聞時鳥・遙聞時鳥・暁聞郭公・晩聞時鳥・待客聞時鳥・霍公留客・独聞郭公・月前郭公・雲外郭公・雨中郭公・雨後郭公・暁時鳥・郭公曙過・夕時鳥・夜郭公・郭公何方・時鳥数声・郭公未遍・郭公遍・郭公幽・山郭公・海上郭公・海辺時鳥・里郭公・時鳥驚夢・夢中時鳥・寝覚時鳥・羇旅時鳥・羇中時鳥・時鳥声老・早苗・早苗短・早苗多・薄暮早苗・五月五日・菖蒲・沢辺菖蒲・池菖蒲・古池菖蒲・五月雨・五月雨久・溪五月雨・故宅五月雨・古宅五月雨・水鶏・夏月・対泉待月・向水待月・対水待月・月前自涼・月前逐涼・依月夏涼・夏月冷・雨後月明・夏月易明・月夜自涼・竹林夏月・砂月忘夏・閑庭瞿麦・荒砌瞿麦・夏月・夏草深・鵜川・連夜鵜河・照射・照射欲明・峰照射・連峰照射・蛍・野亭蛍火・水辺蛍・蛍火透簾・蛍似玉・垣夕顔露・蚊遣火・隣蚊遣火・蓮・氷室・夕立・遠夕立・汀夕立・橋夕立・遠村夕立・蟬・雨後聞蟬・遠村蟬・泉辺納涼・晩涼如秋・松下晩涼・夜風似秋・松風暮涼・河風晩涼・納涼・納涼忘夏・深夜納涼・林納涼・路納涼・水辺納涼・樹陰納涼・夏祓・荒和

祓・六月祓及暁・樹陰夏風・夏杜・夏蓬陰・舟夏水・禁中夏佳趣

次に、『類題集』にはなく、『新類題集』のみが収載する歌題（例歌を掲げない場合を含む）は以下のとおりである。

首夏露・関首夏・浦首夏・首夏苔・首夏榊・水郷首夏・旅首夏・雨中更衣・禁中更衣・家々更衣・社更衣・田舎更衣・更衣日見卯花・遅桜稀・余花纔馥・余花葉裏稀・残花如春・残春薫風・夜思残花・夏山残華・鳥思残花枝・惜残花・枝空花落稀・望山恋花・対樹恋春花・未忘春花・春尽啼鳥急・鶯多過春語・鶯語渋漸稀・深谷夏聞鶯・夏木黄鸝・未忘春・未忘春意・卯月藤・新樹葉成陰・新樹間暁月・新樹夏風・雨後新樹・新樹朝露・朝新樹・連峰新樹・岡辺新樹・庭新樹・簷新樹・社頭新樹・新葉陰涼多・緑樹陰前・緑樹重陰・緑樹連村暗・山家林影多・新緑勝花・春条長是陰成・新竹滋軒・若竹・脩竹不受暑・笋・稍々笋成竹・迸笋侵窓・尋卯花・見卯花・卯花を思・雨中卯花・卯花露重・暁卯花・朝卯花・朝見卯花・夕見卯花・晩頭卯花・遥見卯花・山卯花・林卯花・径卯花・卯花失路・卯花蔵路・水路卯花・滝辺卯花・河辺卯花・浦卯花・古郷卯花・山里卯花・山家夕卯花・仙家卯花・隣家卯花・卯花為隣垣・墻卯花・垣根卯花・庭卯花・卯花蔵門・卯花似袖・名所卯花・懸葵・月前葵・朝葵・山朝葵・神山葵・水辺葵・毎家餝葵・珠簾葵・葵蔵老髪・祭後葵・傾心向日葵・雨中尋郭公・頻待郭公・待月与郭公・雨中待郭公・夕待郭公・夜待郭公・夏夜待郭公・夜深待郭公・山陰待郭公・山家待郭公・待郭公勝例・毎人待郭公・独待郭公・聞後待郭公・郭公遅・郭公遅語・伝聞郭公・郭公始聞・不尋聞郭公・幽聞郭公・郭公幽聞・聞郭公看月・探山聞郭公・隔山聞郭公・隔林聞郭公・向泉聞郭公・挿葵聞郭公・取早苗聞郭公・舟中聞郭公・聞郭公留山里・与客聞郭公・待友聞郭公・夢中聞郭公・側聞郭公・左右聞郭公・郭公鳴月・年々郭公・閏四月郭公・閏四月待郭公・郭公待五月・郭公暁過・夜半郭公・閑夜郭公・更天郭公・夜々郭公・二声郭公・郭公過・郭公来鳴・郭公処々・郭公声繁・送年不飽郭公・郭公忙・杜宇吽名・坂郭公・林間郭公・野外郭

公・水上郭公・河辺郭公・湖郭公・嶋郭公・社檀郭公・郭公山寺友・水郷郭公・閑居郭公・竹裏郭公・松上郭公・郭公鳴橘・南北郭公・神楽間郭公・馬上郭公・郭公借涙・郭公声旧・更恋郭公・名所郭公・旅郭公・旅泊郭公・六月思郭公・晩夏郭公・冥々子規叫・杜鵑声似哭・早苗頻・競採早苗・早苗夾路・川辺早苗・杜辺早苗・名所早苗・薬玉・蒲交早苗・菖蒲薫風・谷中菖蒲・沢菖蒲・里辺菖蒲・池中菖蒲・池辺菖蒲・池旧菖蒲繁・江辺菖蒲・沼蒲・海辺菖蒲・社頭菖蒲・故郷菖蒲・疎屋菖蒲・民戸菖蒲・袖菖蒲・袖上菖蒲・名所菖蒲・寄菖蒲祝・寄菖蒲蓬・寄菖蒲橘・寄菖蒲蛍・寄菖蒲枕・寄菖蒲笛・寄菖蒲船・寄菖蒲神楽・六日菖蒲・樗花・岡樗・梅雨送日・梅雨始晴・梅天風雨・杜梅雨・沼梅雨・軒梅雨・苦雨初入梅・暁五月雨・五月雨朝・深夜五月雨・五月雨渉日・五月雨送日・五月雨有余・谷五月雨・野五月雨・原五月雨・路五月雨・行路五月雨・野径五月雨・河辺五月雨・沢五月雨・沼五月雨・淵五月雨・海上五月雨・湖辺五月雨・嶋五月雨・湊五月雨・津五月雨・泊五月雨・山里五月雨・田家五月雨・幽栖五月雨・旧宅五月雨・都五月雨・船五月雨・旅行五月雨・旅舟五月雨・名所五月雨・松風五月雨・林中水鶏・海辺水鶏・渡水鶏・水村水鶏・里水鶏・家々水鶏・隣水鶏・隣家水鶏・寤寐水鶏・船中聞水鶏・旅泊水鶏・夏月を見・夏月秋近・秋近月明・月夜自涼・夏涼月・涼月白粉々・雨中夏月・暁更夏月・夏朝月・深夜夏月・対月恨夜短・惜夏夜月・山夏月・山中夏月・竹林夏月・夏野月・杜夏月・閣夏月・橋上月・池上夏月・水月如秋・夏月浮江・滝夏月・河夏月・夏河月・海路夏月・湖夏月・浜夏月・崎夏月・社頭夏月・山居夏月・閑居夏月・野亭夏月・閏夏月・庭夏月・夏夜月庭・松下夏月・松月似秋・夏月の前に友をまつ・暁夏月・旅泊夏月・惜夏月・常夏・石竹・対瞿麦・近見瞿麦・朝見瞿麦・嶋瞿麦・社頭瞿麦・山家瞿麦・野亭瞿麦・隣家瞿麦・庭上皆瞿麦・故籬瞿麦・月前夏草・夏草露深・夏草露滋・夏草滋・朝夏草・夏朝草・夕夏草・潤庭夏草・野径夏草・原夏草・路夏草・夏草隠路・夏草埋水・岸夏草・磯夏草・山家夏草・閑居夏草・夏庭草・垣

夏草・籬夏草・羇中夏草・名所夏草・雨後草深・夏朝草・山路草深・水辺草・水草停船・水草隔船・水草隠橋・江辺深草・旅の道ふかし・野草・夏野草・水辺野草・秋近思野花・夕鵜河・夜河・夜河篝・鵜河篝火・はやせの鵜河・短夜照射・照射厭雨・山路照射・射火・月前蛍・蛍火乱風・雨中蛍火・暁蛍火・深更蛍・晴飛蛍自照・山中蛍火・山路蛍・野辺蛍・野外蛍・行路蛍・蛍火遮路・橋辺蛍火・水上蛍飛・水辺蛍火・遠水蛍・蛍廻流・蛍照細流・池上蛍・沢辺蛍・沢蛍火・江辺蛍・夕江蛍・江辺蛍・江上蛍火・滝辺蛍・河辺見蛍・鵜河蛍・海辺蛍火・湊蛍・蛍照海浜・嶋辺蛍・社頭蛍火・古寺蛍・古郷蛍・水郷蛍・里蛍・野亭蛍・草庵蛍・古庭蛍・窓前蛍・閑窓蛍・蛍火入簾・簾外蛍飛・草間蛍・草上蛍・草中蛍火・叢中蛍・叢中蛍火・蘆間蛍・樹下蛍・竹間蛍・竹中蛍・竹裏蛍火・隔竹望蛍・船中蛍火・小扇撲蛍・蛍入定僧衣・蛍知秋・蛍待秋・旅蛍・旅宿蛍・名所蛍・夕顔露・夕顔暮露・山居夕顔・古宅夕顔・民戸夕顔・簷夕顔・夕顔懸簷・墻夕顔・籬夕顔・垣夕顔花・夕顔遶墻・扇上夕顔・近蚊遣火・雨中蚊遣火・蚊遣火煙・遙谷蚊遣火・野蚊遣火・海辺蚊遣火・村蚊遣火・山家蚊遣火・田里蚊遣火・民家蚊遣人・蚊遣火近蓮・月前蓮・蓮乱晩風・風荷嫋翠蓋・蓮露・荷浄納涼時・池見蓮・池上見蓮・古池蓮・白蓮満池・緑地紅蓮・蓮開水上紅・河風荷気馥・潭荷葉動・荷葉浮水・遠氷室・氷室朝風・澗底氷室・名所氷室・晩立・野径晩立・急雨・遠近夕立・夕立後月・夕立遶山・嶺夕立・夕立越峰・遠山夕立・麓夕立・原夕立・杜夕立・橋夕立・遠樹夕立・河夕立・河辺夕立・海辺夕立・嶋夕立・遠嶋夕立・里夕立・市夕立・山家夕立・庭夕立・簷夕立・漁村夕立・急雨過里・竹亭夕立・蝉声未遍・蝉声近・樹々風蝉声・風樹鳴蝉咽・雨後蝉声・日中聞蝉・夕聞蝉・蝉枝晩噪・夜蝉・暮山蝉・山路蝉・林項蝉・林中蝉・林下蝉・林近聞蝉・林門内蝉声・河辺蝉・社蝉・遠樹蝉・庭樹蝉・宮樹蝉・樹陰蝉声・緑樹蝉・梢蝉・松間蝉声・馬上蝉・蝉不待秋鳴・蝉去野風穐・葉密鳴蝉稠・夏扇・恋月翫扇・夏閨扇・漸忘扇・暑・見泉・月前泉・泉辺月・月照泉・終日対泉・向泉日

暮・夜向泉・泉辺夜漸深・澗底泉・深谷泉・関路泉・巌下泉・泉声到池尽・松陰泉・依泉客来・泉契下遐年・泉辺秋近・雨後谷心涼・潤路甚清涼・微涼漸至・玉階夜涼・臨晩有涼・雨余生晩涼・夏日晩涼・晩涼忘夏・水辺晩風・晩風如秋・晩風告秋・涼風如秋・暮風忘夏・樹風似秋・風生竹・山家涼風・窓風涼・夜風涼衣・林中邇涼坐・松風五月寒・竹風似秋・竹風晩涼・竹風夜吟・松下流水・水辺忘夏・水辺逐涼・水風知涼・水音夜涼・水近微涼生・水声秋あり・水風似秋・河水声涼・河風・河辺夕涼・樹陰・樹陰写水・樹陰忘夏・樹陰似秋・心静即身涼・納涼月・月前納涼・月下納涼・雨中納涼・雨後納涼・暁納涼・深更納涼・林下納涼・暮林納涼・路納涼・関路納涼・納涼水・滝下納涼・河納涼・海辺納涼・泉辺納涼・井辺納涼・山家納涼・木陰納涼・竹林納涼・行間納涼・晩夏納涼・晩夏雲・春過夏蘭・月前夏祓・暁夏祓・杜下夏祓・行路夏祓・水辺夏祓・瀬夏祓・社夏祓・夕荒和祓・河荒和祓・処々六月祓・六月祓及暁・雨中六月祓・山家六月祓・秋隔一夜・初夏・中夏・後夏・夏天・夏日斜・夏雲忽嵯峨・山雲夏亦繁・夏煙・夏暁風・夏朝天・夏朝風・夏朝雲・真昼・夏昼露・夏夕風・夏夕雨・夏夕露・仲夏告夜短・夏夜雨・夏夜煙・夏夜聞琴・夏焼山・夏山陰・山陰夏夕・夏山木・夏嶺松・夏岡・夏岡篠・夏杜・夏洛・行路夏・夏橋・野外夏露・夏夕野・夏関・水辺夏・水辺夏夜・夏江・夏池・夏滝水・夏山滝・夏河雨・河夏・夏湖・夏浦・夏居所・夏寺・夏古寺・故郷夏・山家夏・田家夏・田家待秋・夏庵・夏庭・夏杉・夏柏・夏篠・夏蓬滋・夏花・夏村鳥・夏烏・夏原獣・夏里獣・夏鹿・夏野虫・夏田虫・夏蛬・夏蛛・夏玉・夏床莚・夏夜衣・夏糸・夏鐘・夏門車・船中夏水・夏筏・夏河筏・夏燈・夏窓燈・夏羈旅・羈中夏虫・旅行夏・夏旅行・旅宿夏・夏別・夏餞別・夏思・夏遠情・夏幽思・夏眺望・夏遠望・名所夏・夏無常・夏神祇・河夏神楽・夏祝・みな月

以上から、具体的な論述は省略に従うけれども、『新類題集』が『類題集』を越えて、いかに類題集の決定版を制作しようと試みていたかが判明するであろう。

三　収載歌の問題

それでは、『新類題集』の歌題に付された例歌（証歌）はどのようにして採録されたのであろうか。ここで任意に「夕立雲」の題に付された例歌を、各類題集別に掲げてみると、次のとおりである。

1　なるかみも雲のいづくに成りぬらんよそに過行く夕立のそら　（題林愚抄・亀山殿七百首・御製〈後宇多院〉・二六三五）
2　うら風に雲もさわぎてなる神のひびきのなだを過ぐる夕立　（同・伏見殿千首・雅親朝臣・二六三六）
3　一村とみえつる雲の程もなくよもにみちゆく夕立の空　（類題集・師兼千首）
4　玉水の音は残りて夕立の跡すむ軒のうす雲の月　（同・為尹千首）
5　此さとにふらぬも涼しうきぐもの山のはつたふ夕だちの空　（新類題集・草庵集）
6　なる神のめにみぬ音もあまぐものよそに過行夕だちの空　（同・千首・宋雅）
7　夕立や山のあなたを過ぎぬらん高ねにかゝるくもの一むら　（同・文明千首・為広）
8　はつかなるあしたのくものかさなりて雨に成行夕だちの空　（同・亜槐集）
9　なる神の音をへだてゝ天雲のよそに成行夕だちの空　（同・御集・後花園院）
10　涼しさをよそにながめし天雲のほどなくこゝに夕だちの空　（同・五十音・逍遥院）

すなわち、『題林愚抄』と『明題和歌全集』には1・2が、『類題集』には1～4が、『新類題集』には5～10が各々、「夕立雲」の題の例歌として掲げられているが、この例歌蒐集の実態から、『題林愚抄』と『明題和歌全集』とが性格を同じうする類題集であるのに対し、『類題集』はこれらの両集に依拠しながら、さらに例歌を補充して、より充実した類題集にしようとしている編纂意図が顕著であるように憶測されよう。つまり、『類題集』は過去に成立した類題集を取り込んで、それらを含めてさらに発展した類題集の制作を企図している成立事情が窺知されるように思う。

これに対して、『新類題集』の場合は、先行の三類題集が掲げている例歌と一致する例歌は一首もなく、例歌の提示の面では先行の類題集とはまったく趣を異にする類題集ということができるであろう。すなわち、『新類題集』は例歌蒐集にあたっては、先行の類題集をまったく無視した編纂方針を採用しているのであって、この点、『新類題集』の例歌蒐集の方法には、従来の類題集とは異なった独自の方法原理を認め得るように思う。その例歌採用原理とは、5が頓阿の『草庵集』、6が宋雅（雅縁）の『宋雅千首』、7が文明十三年九月一日から百日間着到形式で行われた『文明千首』の為広の詠、8が雅親の『亜槐集』、9が『後花園院御集』、10が実隆の『雪玉集』の収載歌であることから示唆されるように、『新類題集』の撰者は歌題の証歌には各々、原拠資料にあたって、従来の類題集には収載しない詠歌を採録するという方法ではなかったろうか。この点に、従来の類題集が例歌採用にあたって、便利な撰集資料を活用したのとは異なる、『新類題集』独自の編纂方法を認め得るのだが、はたして『新類題集』は例歌採録に際して、直接原拠資料にあたっていたといい得るであろうか。次に、この点について言及してみよう。

まず、夏部ではないが、雑上部に収載の「鶴遐年友」の題の例歌を掲げてみよう。

11　年をへてなれそふ田鶴の数みれば我千世までもたのもしきかな　（林葉集）

12　のどかなる世は松風に打はぶきつるの毛衣霜や□　（後柏原院）

13　かぎりなき雲ゐにぞきく君がへん千世万代のたづのもろごゑ　（一人三臣・政為）
14　ゆく末をなを万代とよばふらし君が千とせの友づるのこゑ　（公宴続歌・季経）
15　のどかなる春の雲ゐにきこえける君が千とせの友づるのこゑ　（同・元長）
16　いく千世をかめの上なる山松にちぎりてか住ともづるのこゑ　（同・雅俊）
17　よはひなをかぎりなくとも友づるのすだつを千代のはじめとやみん　（同・永宣）
18　なれて見ん雲ゐの春もかぎりなき御代をわがよの友づるのこゑ　（同・済継）
19　君になをみぎりの松の千とせをもそへてともなふつるのもろごゑ　（同・冬光）
20　いく春も君に千年をちぎりをきてなを行末を友づるのこゑ　（同・言綱）
21　万代もかはらぬ君が友づるのあそぶくもゐのこゑのゝどけさ　（同・雅綱）

すなわち、『新類題集』は11～21の十一首を「鶴遐年友」の例歌に掲げているのだが、このうち、11が俊恵の『林葉集』、12が『柏玉集』『一人三臣』『公宴続歌』、13が『一人三臣』『公宴続歌』に各々、収載されるほかは、14～21はいずれも『新類題集』の集付（出典注記）のとおり、『公宴続歌』の「永正七年正月十九日和歌御会始」に掲載されており、これらの十一首を一括して「鶴遐年友」の例歌にしている撰集は目下、管見に入らないので、12の原拠資料は特定しえないが、これらの詠歌が各々、集付に明記の原拠資料から採録されたことは間違いないであろう。

次に、夏部に収録の「朝郭公」の題の例歌を引用してみると、

22　まちあかす今朝しもきなく時鳥こゝろながさのほどやしりけん　（千首・耕雲）
23　もし人の朝いするとや思ふらんしのびねもらすほとゝぎすかな　（同・為尹）
24　待あかすうらみもはれぬ朝ぐもりなをざりに鳴ほとゝぎすかな　（同・宋雅）

25　あやにくにまてばつれなしみじかよの朝いゝさむるほとゝぎすかな　（同・牡丹花）
26　み山をやよはに出つる時鳥あくるくもぢにはつねなく也　（同・師兼）

の22～26の五首を掲げることができよう。これらの五首も、22が『耕雲千首』、23が『為尹千首』、24と25が『詠千首和哥』（宋雅　牡丹花）、26が『師兼千首』に各々、収載されており、現在のところ、これらの五首を一括して「朝時鳥」の証歌にしている類題集は管見に入らないので、この場合も『新類題集』が各原拠資料から採歌していることは否定できないであろう。

次は夏部に「風樹鳴蟬咽」の題の例歌として掲げられている詠歌である。

27　山かぜの梢にさはぐならのはにしばしきこえぬ蟬の声かな　（古集句題百首・頓阿）
28　しばし又せみの諸声とだえしてならのはさはぐ山風ぞふく　（同・良春）
29　滝つせのひゞきはよはる山風に梢の蟬のこゑむせぶ也　（同・頓宗）
30　なく蟬の声は梢にとだえして風のみさはぐもりの木かげに　（同・周嗣）

すなわち、27～30の四首はいずれも、集付の注記のごとく『句題百首』に収録され、これ以外の撰集には見出し得ないので、この五首が原拠資料の『句題百首』から直接採歌されたことは明瞭であろう。

次は夏部に「蒲交早苗」の題の例歌として掲げられている詠歌である。

31　あやめ生るおなじ沼田におり立て五月をときと早苗とるらし　（結題千首・前内大臣〈政忠〉）
32　茂りあふ岡べのあやめ打なびきわさ田をかけてあさ風ぞふく　（同・義政〈尚〉）
33　早苗とるよどのに生るあやめ草かけぬもたごの袖に見えけり　（同・冬良）
34　山かげのぬまわにしげきあやめ草さなへにつゞく色ぞ涼しき　（同・逍遥院）

35　沢水にかりしあやめのひこばへやわさだのなへにたちまがふらん　（同・基綱）
36　小田つゞく沢のあやめに引そへて早苗まじりにふくあやめかな　（同・為広）

すなわち、31～36の六首は、文明十六年七月十六日に足利義尚によって催行された『結題千首』の詠であって、たとえば、34の詠が『雪玉集』に「結題五十首和歌」として単独で見出されることはあっても、一括して掲載されているのは『結題千首』以外にはないので、この場合も、『新類題集』が原拠資料の『結題千首』から直接採録したことは明らかであろう。

次に、夏部に収録の「寄菖蒲蓬」「寄菖蒲橘」「寄菖蒲蛍」「寄菖蒲枕」「寄菖蒲笛」「寄菖蒲船」「寄菖蒲神楽」「六日菖蒲」の各題の例歌を順次掲げると、次のとおりである。

37　枝かはすちぎりの末やよゝへてもあやめよもぎとむすぼゝるらん　（寄菖蒲蓬・隣女集・雅有）
38　軒ちかき花たち花もあやめ草たがひに袖の香にぞしみぬる　（寄菖蒲橘・隣女集・雅有）
39　おなじ江のちぎりしられてあやめ草軒ばにすだく夏虫のかげ　（寄菖蒲蛍・同・同）
40　枕とてむすぶばかりのあやめ草あやめもしらず明るゆめかな　（寄菖蒲枕・同・同）
41　笛竹のねやの枕のあやめ草一夜のあしと誰むすびけん　（寄菖蒲笛・同・同）
42　河舟のよどのにおふるあやめ草ひくてのなはに露ぞこぼるゝ　（寄菖蒲船・同・同）
43　わが袖のあやめの草のねにそへて引むすびぬるこも枕かな　（寄菖蒲神楽・同・同）
44　うらがれて袖にのこれるあやめ草とき過るねはわれのみぞなく　（六日菖蒲・同・同）

この、37～44の八首の典拠は、集付に明記されているとおり、雅有の『隣女集』であって、しかも、37の「寄菖蒲蓬」から43の「寄菖蒲神楽」までの歌題と例歌は『隣女集』のそれと配列順序まで完全に符合している点と、44の

「六日菖蒲」の歌題と例歌は同集の巻四（37～43は巻三）に収載の詠だが、「寄菖蒲神楽」の歌題に連続させているのは『新類題集』のみである点で、この歌群の歌題と例歌は、原拠資料の『隣女集』から直接採録されたと見做して差し支えあるまい。

なお、夏部の「卯花始開」「杣五月雨」「野夕夏草」「蓮露似玉」「晩風如秋」の題のそれぞれの例歌は、

45　咲にけりはつ卯花の白妙に空にしられぬ月とみるまで（卯花始開・摘題・光俊）
46　五月雨になを河音もたかしまのみをの杣山くもぞかゝれる（杣五月雨・摘題・頓阿）
47　露むすぶ夕になれば夏の野の草のしげみも分ぞかねぬる（野夕夏草・摘題・同〈為家〉）
48　小夜更てはすのうき葉の露の上に玉とみるまでやどる月かげ（蓮露似玉・摘題・鎌倉右大臣）
49　御祓河ながるゝ水のせをはやみ身にしむ風はさ夜立にけり（晩風如秋・摘題・小侍従）

の45～49の五首で、その出典は注記のごとく、『摘題和歌集』である。この五首がいずれも『摘題和歌集』に収載されているのは言うまでもないが、『新類題集』は47の詠の作者を、「為定」とせずに「同〈為家〉」として誤っている。何故このような誤りがなされたのか、その原因を探ってみると、『新類題集』が参看した『摘題和歌集』の47の直前の詠歌が、実は『新類題集』も掲げているのだが、

50　秋きなばかぜにもたえし草の原心とむすべ野辺の夕つゆ（摘題和歌集・為家・八一三）

の50の歌で、この詠歌は「為家」の歌なのである。すなわち、『新類題集』の撰者は、本来ならば47の詠作者である「為定」を筆録するはずであったのに、目移りか何かの拍子で、直前の50の詠の作者と勘違いしてしまい、このような誤記を犯したと憶測されるのだ。となれば、この詠作者の誤記は『摘題和歌集』を参照しなければ生ずるはずのない誤謬と判断されようから、ここに『新類題集』が原拠資料に依拠して、例歌採集を行なっていた背景が確認されよ

うか。

『新類題集』が例歌採録にあたって、直接原拠資料から採歌していたのではないかとの筆者の仮説を実証する事例は、このほかにも指摘しえないことはないけれども、おおよそ以上の検討事例からほぼ間違いない実態が窺知されたので、これ以上の事例は挙げないことにしたい。要するに、『新類題集』の例歌蒐集の方法・原理は、従来の類題集には収載しない例歌（証歌）を、直接原拠資料にあたって採録するという方針に見出し得るといえようか。

四　内　容——詠歌作者と原拠資料

それでは、『新類題集』の詠歌作者と原拠資料はどのようであろうか。幸甚なことに、『新類題集』には集付（出典注記）に比べて、作者注記はほぼ完璧に近い程度になされているので、まずは、詠歌作者について言及してみよう。

ちなみに、『新類題集』の夏部に収載の詠歌は、すでに言及したとおり、三千六十三首に及ぶが、そのうち、次の

51　山人は家ぢくれぬといそぐまでおなじ岡べにさなへとる也　（山田早苗・公宴続歌）

52　山かぜにうきぐも遠く吹こして一かたならぬゆふだちの雨　（晩立・家集）

53　時雨かとき丶なす蟬のもろ声に夕すゞしきもりのしたかぜ　（夕蟬・内裏御会）

54　鳴せみの声より外の夏もなし山風そよぐならの下かげ　（山蟬）

55　あかずのみむすぶ泉のすゞしさにこ丶ろをかへぬ人やなからん　（対泉避暑・公宴続歌）

の51〜55の五首のうち、55は三条西公条の詠なので、詠作者が分明でない四首を減じた三千五十九首を対象にして詠歌作者の問題に言及していきたいと思う。

そこで、次頁の〈表2〉は『新類題集』に十首以上の詠歌が見える作者について整理、一覧したものである。この〈表2〉をみると、これだけで夏部の詠歌のうち、七十一・〇パーセントを占めている。そして、圧倒的多数の例歌が、室町中期前後の歌人の詠歌で占められているなか、南北朝期、平安後期、鎌倉前・中期の歌人の詠歌がわずかに命脈を保っているという実態が把握できるであろう。すなわち、近世初期宮廷歌壇で重んじられた三玉集の作者のうち、三条西実隆が断然トップで、次いで後柏原院、下冷泉政為が続いている。次に、実隆の男・公条、後花園院、綾小路基綱が続くが、三条西家では公条の男・実枝が、皇室関係では百二代の後花園天皇、百三代の後土御門天皇、百五代の後奈良天皇が、綾小路家では済継が各々、それに続いている。

一方、南北朝期の歌人では二条派の頓阿がトップで、次いで曾孫の尭孝がそれに続き、あとは宗良天皇、周嗣、花山院師兼などが顔を見せている程度である。また、平安後期の歌人では覚性法親王、俊恵、西行などが名前を連ねている程度である。また、鎌倉中期の歌人では藤原為家、飛鳥井雅有、藤原顕氏、源有房などが、鎌倉前期の歌人では為家の父・藤原定家、同秀能、同家隆、寂蓮などの新古今歌人がその主要人物である。

ところで、室町期の歌人では、政為の男・下冷泉為孝、連歌師でもあった肖柏、雅有の子孫である飛鳥井雅縁、雅縁の男・雅世、雅世の男・雅親、雅親の男・雅俊などの飛鳥井家の人物、高倉永宣、上冷泉為富（九首収載）の男・為広、伏見宮家の後崇光院（三世）・邦高親王（五世）・貞敦親王（六世）、足利義政将軍、中山康親、甘露寺親長、親長の男・元長、元長の男・伊長などの甘露寺家の人びと、四辻公音・同季経などの四辻家の面々などであって、総じて、『新類題集』の例歌の主要人物は室町期の皇室、廷臣、寺院関係の歌人であると規定できようか。

ちなみに、九首以下の採録歌人を示すならば、以下のごとくである。

〔九首収載歌人〕　為富・季種・言継・広言・公順・俊頼

〈表2〉　十首以上の収載歌人一覧表

	詠歌作者	歌数
1	実隆	三一三首
2	後柏原院	二二二首
3	公条	一一九首
4	後花園院	九七首
5	政為	八一首
6	頓阿	六七首
7	基綱	六六首
8	覚性法親王	六二首
9	為家	六〇首
10	済継	五一首
10	肖柏	五一首
12	雅有	四七首
12	雅世	四七首
14	後土御門院	四四首
15	俊恵	四〇首
15	実枝	四〇首
17	永宣	三七首
18	為広	三六首
19	雅親	三五首
20	邦高親王	三九首
20	後奈良院	二九首
22	定家	二五首
22	雅縁	二五首
24	義政	二四首
25	康親	二三首
25	伊長	二三首
27	秀能	二一首
28	雅綱	二〇首
28	公音	二〇首
30	家隆	一九首
30	隆康	一九首
32	雅俊	一八首
33	実家	一七首
33	西行	一七首
33	貞敦親王	一七首
36	為孝	一六首
37	俊光	一五首
37	為重	一五首
37	後崇光院	一五首
37	尭孝	一五首
37	元長	一五首
42	四辻季経	一四首
42	為理	一四首
42	光経	一四首
42	寂蓮	一四首
46	田向重治	一三首
47	宗良親王	一二首
47	親長	一二首
47	為学	一二首
47	和長	一二首
47	為和	一二首
52	千里	一一首
52	仲正	一一首
52	実香	一一首
55	顕氏	一〇首
55	有房	一〇首
55	周嗣	一〇首
55	宣秀	一〇首
合計		二一七二首

〔八首収載歌人〕　雅業・覚綱・雅兼・尭胤・教国・経衡・慈円・守覚法親王・俊量・尚顕・道済
〔七首収載歌人〕　為尹・為定・後小松院・俊成・政忠・読人不知・頓宗・範永・良春
〔六首収載歌人〕　永基・旧院上臈・経信・彦胤・兼好・賢房・光忠・実胤・重親・秀房・常縁・宣胤・道永・邦輔
〔五首収載歌人〕　按察使・為業・為忠・義運・匡房・公瑜・国冬・惟方・実朝・守光・清輔・宗尊親王・冬光・範久・伏見院・隆永
〔四首収載歌人〕　為氏・雅経・雅康・亀山院・義尚・慶運・顕季・公兄・公保・公頼・後宇多院・持為・実右・順徳院・小侍従・信実・盛忠・宗祇・筑久・仲実・通秀・土御門院・内大臣（結題千首）・隆祐
〔三首収載歌人〕　一位殿・為経・為世・為盛・為相・永熈・永親・雅教・雅行・季綱・基俊・堀河（待賢門院）・顕朝・兼良・孝親・行宗・後二条院・国基・在良・時朝・四辻宰相中将・重有・勝光・常陸・仁悟・正親町院・禅空・宗継・長清・冬良・道什・範宗・右衛門督（文明千首）・祐雄・頼政
〔二首収載歌人〕　以緒・為兼・為信・為政・永継・雅永・嘉言・季春・基親・経家・経継・源顕仲・顕長・顕統・顕輔・兼秀・兼道・勾当内侍・高清・公任・行家・後嵯峨院・後鳥羽院・資賢・持和・時広・式部卿宮・実伊・実治・実定・若千代丸・俊賀・諸仲・信量・親隆・新宰相・成仲・政長・前源中納言（御着到）・宗藤・泰仲・知家・中院一位（文明千首）・忠富・長淳・通為・通堅・冬房・道応・道興・道堅・道助法親王・禖子内親王家美作・右京大夫（建礼門院）・右大臣（結題千首）・頼氏・頼輔・冷泉中納言（御点取）・連瑜・良守
〔一首収載歌人〕　阿仏尼・以重・以量・伊家・伊平・伊平女・為教・贈従三位為子・為秀・為冬・惟房・尹冬・尹豊・長豊・円雅・加賀左衛門督・雅顕・雅言・雅房・海住山大納言・覚胤・菅宰相（公宴続歌）・観意・季熈・季有・季雄・基孝・基春・基富・基福・基隆女・喜多院御室・御詠（住吉社法楽）・暁覚・教秀・教長・教定・

教房・今上（石間集）・今出川院近衛・具氏・経季・経光・経名・景家・顕昭・兼覚・源中納言（御着到）・公意・公枝・公賢・公晃・公脩・岡藤・孝学・高倉三位・広運・広橋中納言・広光・広有・公泰・公明・公雄・行尹・行子・行真・行房・綱光・光忠・皇太子傅・後京極（良経とは別人）・後九条家大夫・采女・さねする・三条（公宴続歌）・資季・資俊・資親・資定・資任・持通・姉小路宰相・実雅・実教・実継・実氏・実淳・実政・実縁・寂然・種平・秀茂・順徳院・女房（歌合）・助則・小弁・少将内侍・勝豊・章実・上総君（女房家歌合）・浄空・常信・心海・親教・親清四女・新大納言典侍（内裏御会）・新典侍・仁昭・正徹・成通・成茂・盛仲・盛直・清貞・清範・政基・静範・仙覚・前左大臣・禅助・増運・宗円・宗家・宗経・宗綱・宗成・尊鎮・尊良親王・知仁親王・中山宰相中将（公宴続歌）・仲業・仲忠・忠成・忠通・忠房・長景・長能・通胤・通永・通具・通経・通忠・通瑜・貞常親王・典侍（内裏御会）・登蓮・道家・南御方（内裏御会）・範基・中務卿親王家播磨（石間集）・富仲・輔親・法皇（石間集）・まさかた・猷円・祐教・有家・有忠・頼孝・頼資・頼重・頼通・隆信・隆富・良快・良経・良宗

さて、『新類題集』の夏部に収載される歌人の収録状況は以上のとおりだが、それでは、それらの歌人の詠歌が収録される原拠資料はどのような作品であろうか。この点については、『新類題集』の集付（出典注記）が収載歌の全部に付されていないために、その数値を正確に提示することができないので、やむを得ず、以下には原拠資料の名称をのみ、作品の種別ごとに掲げることにしておこう。

〔勅撰集〕　新拾遺集・新葉集（準勅撰集）

〔私撰集〕　雲葉集・今撰集・玄玉集・後葉集・秋風集・拾葉集・石間集・続現存和歌集・続撰吟抄・摘題和歌集・

藤葉集・夫木抄・万代和歌集・柳風集

〔私家集〕　亜槐集・為家集・為重集・為信集・為理集・園草・家経集・雅顕集・覚綱集・雅世集・季経集・亀山院御集・基俊集・義尚集・義政集・尭孝集・匡房集・玉吟集・金槐集・慶運集・経家集・瓊玉集・経衡集・経信集・顕季集・兼好集・顕氏集・源太府卿集・兼道集・顕輔集・建礼門院右京大夫集・後花園院御集・光経集・広言集・後二条院集・光俊集・称名院集・紅塵灰集・後鳥羽院御集・国基集・惟方集・在良集・沙玉集・山家集・散木奇歌集・拾遺愚草・拾遺愚草員外・拾玉集・拾藻抄・守覚法親王集・資賢集・時広集・時朝集・実家集・覚性法親王集・俊光集・順徳院御集・春夢草・常縁集・小侍従集・信実集・親清四女集・成仲集・盛仲集・成通集・清輔集・雪玉集・千里集・草庵集・続草庵集・宗家集・宗祇集・待賢門院堀河集・田多民治集・長景集・道済集・登蓮集・土御門院御集・如願法師集・柏玉集・範永朝臣集・伏見院御集・邦高集・有房集・頼氏集・源三位頼政集・頼輔集・隆祐集・隣女集・林葉集

〔定数歌〕　十首（実隆）・光台院五十首・天王寺五十首（実隆）・五十首（後花園院）・祈雨百首・堀河後度百首・広田社百首・古集句題百首・寂蓮百首・住吉社百首続歌・丹後守為忠朝臣家百首・難題百首（定家・為家・為定・阿仏尼）・御着到百首（雅俊）・百首続歌（宗継）・百首（雅俊）・一人三臣・亀山殿七百首・白河殿七百首・為尹千首・耕雲千首・結題千首・師兼千首・侍従大納言家千首（済継）・肖柏千首・信太杜千首・宋雅千首・文明千首・千首（高倉三位）

〔歌合〕　十番歌合・前摂政家歌合・多武峰往生院千世君歌合・女房家歌合・歌合（輔親）・詩歌合（実教）

〔歌会など〕　禁裏御会（雅永）・内裏御会（旧院上臈）・竹園月次（済継）・文明御会（旧院上臈）・逍遥院八十賀（公条）・公宴続歌・内裏着到（政為）・御着到（季種）・御着到続歌（俊量）・当座（資任）・御点取（重親）・御点取続

歌（俊量）・春日社法楽（済継）・住吉社法楽（義運）・内侍所御法楽（元長）・太神宮御法楽（広橋中納言）・住吉社法楽（為富）

以上の整理をみると、勅撰集はほとんど対象外であるなか、私家集が圧倒的多数を占め、次いで定数歌がそれに連続するという実態が窺知されようが、しかし、その数値はすでに言及したように、集付が全歌に付されていないために、正確には分明でない。したがって、『新類題集』にみられる原拠資料の多寡を知るためには、〈表2〉に示した収載歌人一覧表と照らし合わせながら想像するほかないが、ここで想像を逞しうするならば、『公宴続歌』『御点取類聚』『御着到百首』『続撰吟抄』『一人三臣』『将軍家千首』『文明千首』などの歌会歌、私撰集、定数歌などのほか、実隆、後柏原院、公条、後花園院、政為、基綱、済継、肖柏、雅世、後土御門院、実枝、永宣、為広、邦高親王、後奈良院などの室町中後期に活躍した歌人の関わった和歌行事に関係する詠草類を収載する歌書や私家集がその主要な作品であろうと憶測されようか。

五　成立時期と編纂目的の問題など

以上、『新類題集』の夏部について、歌題の問題、原拠資料と詠歌作者の問題などをめぐって、具体的に検討を加えてきたが、ここでは本集の成立時期と編纂目的について言及しておこうと思う。この問題については、幸甚なことに、烏丸光栄による跋文が『新類題集』には存するので、次に陽明文庫蔵の当該伝本（近・五四・一）から跋文を引用する。

這類聚は類題和歌集にもたれる題、歌、又は、題のみありて歌なきを、宝永の末、正徳のはじめ、霊元院御みづから勘あはされて先、夏部三百首ばかり御抜書ありしを、中院前内府・武者小路前大納言などに見せさせられて、連々勘出さるべきよし定られし後、公福卿・公野卿・光栄、其外院中伺候公卿雲客此道によれる輩、御人数として日々、此部類の御沙汰としをかさぬ。一首一首叡覧のうへ、定らるゝ題に出ざる題も、歌すくなきは入らる。六首あるよりは入られず。これに近代の歌なきは、近代歌を入らる。此たびの類聚も、題ばかりあるは、歌しかるべからずして入られねども、題の出たるゆへに、題ばかりを入られたるなり。享保十六年、やうやう終功ありて、同十七年、清書の案さだめらるべきよし、定られし。春の末より御くすりのことにて、八月に御事あり。伊勢のあまの舟流したる年もくれて、同十八年春、中務卿宮にて、中院前大納言などに仰合されて、此学案どもの宮へわたされたるを、かねてもくはしくうけたまはりたる輩に、清書すべきよしを定らる。為久卿・通夏卿・為信卿・実岑卿・公野卿・光栄六人也。各清書せられしを、宮より内裏えまいらせらる。はたとせあまり此事をうけたまはり、此度も清書せしともがらなれば、宮あはれびおほせられて、をのをのうつしをはりぬ。末代覚悟のため、此趣を書しるす。子孫まことにつゝしみあふぎて、みだりに外見すべからざるものなり。　光栄

この光栄の跋文によって『新類題集』の成立の問題に言及すると、宝永末年（一七一〇）から正徳年間（一七一一〜一六）の初めごろ、霊元院自身が編纂に着手し、「夏部三百首ばかり御抜書ありしを」、中院通茂、武者小路実陰などに見せたあと、三条西公福、武者小路公野、烏丸光栄、「其外院中伺候公卿雲客此道によれる輩」が、院の指示のもとに編纂作業を進めた結果、享保十六年（一七三一）に編纂作業は「終功」となった。したがって、『新類題集』の成立時期は享保十六年ということになろう。しかし、この段階は『新類題集』の草稿本が完了したというべきで、その後、同十七年（一七三二）、霊元院はその草稿本を清書すべく、「清書の案をさだめ」ていたが、同年八月六日不帰の客となってしまった。そこで、中務卿宮職仁親王が同十八年（一七三三）、霊元院の遺志を中院通茂に「仰合され

て」、「かねても（『新類題集』編纂のことを）くはしくうけたまはりし輩」、すなわち上冷泉為久・久世通夏・藤谷為信・押小路実岑・武者小路公野・烏丸光栄の六人に、清書すべき旨を命じられ、これらの六人によって清書された冊子が「（中務卿）宮（職仁親王）より内裏えまいらせら」れて、『新類題集』の完成本（奏覧本）はようやくにして完成をみたのである。それは霊元院が本集の編纂作業に着手して以来、ほぼ二十年を経ての所業であったため、「（中務卿）宮（職仁親王）（が清書に携わった六人に）あはれびおほせられ」て、感慨を禁じえられなかったのも当然の行為といえようか。

次に、編纂目的の問題については、歌題の視点から、「盧橘」関係の歌題を例に引き、「『新類題集』が歌題掲載にあたって、基本的には後水尾院撰『類題集』に依拠しながら、諸歌集に掲載の歌題については、出来る限り網羅的に掲載して、古典和歌の例歌（証歌）を収載する類題集では最大の類題集の制作を企図していた撰者の編纂目的を認めることができるであろう」と、すでに言及したのであったが、この推測はいみじくも、光栄の跋文に「類聚は類題和歌集にもれたる題、歌、又は題のみありて歌なきを、（中略）霊元院御みづから勘あはされて先、夏部三百首ばかり御抜書ありしを」とある記述と完全に符合し、『新類題集』が霊元院の編纂意図のもとに実現している実態が窺知されよう。また、光栄の跋文の「定らる、題に出ざる題も、歌すくなきは入らる」というのもまったくそのとおりで、この点は夏部のみではあるが、『類題集』にはなく、『新類題集』にのみ掲げられている歌題のすべてを整理、一覧した作業報告からも裏づけられよう。

一方、例歌蒐集の視点からは、「夕立雲」の例を引き、「『新類題集』は例歌蒐集にあたっては、先行の類題集をまったく無視した編纂方針を採用しているのであって、この点、『新類題集』の例歌蒐集の方法には、従来の類題集とは異なった独自の方法原理を認められるように思う。その方法原理とは（中略）、『新類題集』の撰者は歌題の証歌には各々、従来の類題集には収録しない詠歌を採録するという方法ではなかったろうか」と言及したのであったが、この点については、光栄の跋文には「六首あるよりは入られず。これに近代の歌なきは、近代歌を入らる」という程度の記述があるのみで、例歌蒐集についての原理的な記事は残念ながら見出しえない。しかし、実際には上述のとおりの原理方法で例歌（証歌）は採録されているのである。なお、「近代の歌なきは、近代歌を入らる」という記事は、「近代」の意味が、享保二十年の自跋をもつ『近代和歌部類』なる白木堂梅風編の類題集が慶長から正徳ごろまでの詠歌を収載していることから「江戸初期ごろ」の意となれば、『新類題集』には江戸初期に詠作された例歌はまったく収載していないので、作品の実際とは齟齬をきたすことになる。ただ、『新類題集』が収載するのは古典和歌である実態を勘案して、「近代」の意味を、古典和歌のなかでという制限のもとに定義するならば、本集は室町後期ごろの詠作を最新の例歌として多数収載しているので、その意味では符合することにはなろう。

ちなみに、本集には「題のみありて歌なき」場合がかなり指摘されるが、この点については、光栄の跋文では「題ばかりあるは、歌しかるべからずして入られねども、題の出たるゆへに、題ばかりを入られたり」と記述しているとおり、題のみあって例歌を欠く場合は、その歌題にふさわしい、適切な例歌を拾遺することがかなわないので、やむを得ず、そのまま題のみを掲げる結果となったわけである。

要するに、『新類題集』の編纂目的は、後水尾院撰『類題和歌集』の増補・改訂を企図して編纂するところにあったと要約できるであろう。そして、実際の『新類題集』は、歌題面では、基本的には『類題集』に依拠しながら、諸歌集の歌題を網羅的に採録して、古典和歌の類題集としては最大規模の類題集になっているし、また例歌（証歌）の面では、従来の類題集が簡便な類題集などの撰集資料を利用したのとは異なって、『類題集』に掲載をみない例歌を直接原拠資料から採録して、ユニークな類題集になりえているのである。ここに『新類題集』が質的にも量的にも従来の類題集をはるかに凌駕して、類題和歌集史のうえに輝かしい金字塔を打ち建てることができたと評し得るのではなかろうか。

なお、『新類題集』については、鈴木淳氏「武者小路家の人々――実陰を中心に――」(『近世堂上和歌論集』明治書院、平成元・四)、鈴木健一氏『近世堂上歌壇の研究』(汲古書院、平成八・一一)に、簡にして要を得た記述がなされていることを付記しておく。

六　まとめ

以上、『新類題集』の成立の問題について、夏部のみの視点からではあったが、種々様々な角度から検討を加えた結果、いくつかの問題点を明らかにすることができたので、以下に、それらの成果を摘記して、蕪雑な本項の結論に代えたいと思う。

(一)『新類題集』の伝本は、『私家集伝本書目』によれば、書陵部ほかに写本で四十七本ほどが伝存する。

(二)筑波大学付属図書館蔵の『新類題集』によって、その内容に言及すれば、本集は四季・恋・雑・公事に部立され、一万六千八十四題、三万二千六百九十九首を収載する大規模の類題集である。

(三)夏部の歌題を検討すると、後水尾院撰『類題集』をはるかに凌駕し、諸歌集にみえる歌題はほぼ網羅的に採録している。

(四)例歌(証歌)採録にあたっては、従来の類題集とは異なって、後水尾院撰『類題集』に収録をみない詠歌を、撰集資料を利用しないで、直接原拠資料から収載している。

（五）本集に収載される歌人で十首以上の収載をみるのは五十九人であって、そのうち、上位十位に入るのは実隆、後柏原院、公条、後花園院、政為、頓阿、基綱、覚性法親王、為家、済継、肖柏のとおりである。
（六）本集に収載される原拠資料の主要作品は『公宴続歌』『御点取類聚』『続撰吟抄』『将軍家千首』『文明千首』などの歌会歌、私撰集、定数歌のほか、実隆以下五位に示した歌人などのうち、室町中後期に活躍した歌人の私家集や詠草類である。
（七）本集の成立については、烏丸光栄の跋文からその大略が知られる。すなわち、宝永末年（一七一〇）ごろから霊元院自身が編纂に着手し、武者小路実陰、三条西公福らの助力を得て、享保十六年（一七三一）終功、同十八年、上冷泉為久、久世通夏、押小路実岑など六人によって清書が終了し、完成をみた。
（八）本集の編纂目的は、後水尾院撰『類題集』の増補、改訂にあったと推察される。
（九）完成した本集は、古典和歌を例歌（証歌）とする類題集のなかでは、質・量ともに従来の類題集を凌駕する優れた類題集となった。

〔付記〕
本項の完成後、日下幸男氏「『類題』『新類題』の成立とその撰集資料」（大取一馬氏編『中古中世和歌文学論叢』所収、平成一〇・一二、思文閣出版）に接することを得た。そのなかで、氏は国立歴史民俗博物館高松宮本のうち、『〔和歌題類聚〕』八冊、『〔和歌類題〕』一冊、『〔和歌類題集〕』十四冊の三点の記事に注目して、それらが『新類題』の草稿以前のメモないし草稿本ではないかと推定しているが、そのなかに『〔和歌題類聚〕』から『新類題』に利用されたらしい具体的作品名を網羅的に記した出典一覧を引用しているのは参考になる。しかし、それらの出典一覧は『新類題』を作成する準備段階のものと憶測されるので、完成された一個の作品のなかにいかなる出典資料が利用されているかの視点から検討された本項では、それらの出典一覧は一応参看はしたものの、改めて論を練り直すという考えには至らなかったために、本項は執筆当初のままの形で公表したことを断っておきたいと思う。

二　「公事」部の視点から

一　はじめに

筆者はさきに「『公事』部の誕生――『題林愚抄』の成立考――」（『中世文学研究』第十八号、平成四・八）なる論考で、「公事」部の誕生に果たした『題林愚抄』の意義に言及し、次いで、「『公事』部の展開――『類題和歌集』の成立考――」（『光華女子大学研究紀要』第三十二号、平成六・一二）なる論考では、「公事」部の充実、発展に『類題和歌集』（以下『類題集』と略称）がいかに大きく貢献しているかを、各々跡づけたが、しかし、『類題集』の続編とも位置づけられる『新類題和歌集』（以下『新類題集』と略称）の「公事」部についての考察は、今後の課題として残されたままの状況にあった。

すなわち、「公事」なる部立において、『類題集』のあとを継ぐ『新類題集』の果たす役割・意義においての検討は、『新類題集』自身の特性を明らかにする契機になると同時に、逆に、『類題集』の価値をよりいっそう高める契機になる可能性を秘めてもいるわけで、目下、『新類題集』の本格的な研究が管見に入らない現況においては、『新類題集』の「公事」部の検討は、近世類題集研究史のうえで避けて通れない課題と言いうるのである。

このようなわけで、以下は、『新類題集』の「公事」の部の検討をとおして明らめることのできた作業報告であるが、いくつかの具体的な提示と論述ができたように思う。

二　歌題の問題

さて、『類題集』の続編とも目される『新類題集』が収録する「公事」の部の歌題はいかなるものであろうか。まず、『新類題集』の収録する「公事」部の歌題を列挙すれば、次のとおりである。

(1) 四方拝　(2) 供屠蘇白散　(3) 朝拝　(4) 小朝拝　(5) 小朝拝列立所　(6) 元日宴
(7) 氷様　(8) 腹赤御贄　(9) 若水　(10) 献若菜　(11) 卯杖　(12) 臨時客
(13) 告朔　(14) 白馬節会　(15) 白馬　(16) 御斎会　(17) 女叙位　(18) 県召除目
(19) 除目　(20) 御薪　(21) 踏歌　(22) 踏歌節会　(23) 賭弓　(24) 内宴
(25) 外記政始　(26) 春日臨時祭　(27) 春日祭社頭儀　(28) 大原野祭　(29) 祈念祭　(30) 曲水宴
(31) 八幡臨時祭　(32) 旬　(33) 大神祭　(34) 平野祭　(35) 松尾祭　(36) 梅宮祭
(37) 灌仏　(38) 神祭　(39) 三枝祭　(40) 五日節会　(41) 武徳殿小五月　(42) 騎射
(43) 最勝講　(44) 賑給　(45) 献醴酒　(46) 月次祭　(47) 神今食　(48) 大祓
(49) 施米　(50) 広瀬龍田祭　(51) 盂蘭盆　(52) 相撲　(53) 相撲節　(54) 祈念穀奉幣
(55) 釈奠　(56) 献胙　(57) 北野祭　(58) 定考　(59) 放生会　(60) 夜半駒迎
(61) 深夜駒迎　(62) 深更駒迎　(63) 雨中駒迎　(64) 関駒迎　(65) 関路駒迎　(66) 逢坂関駒迎行向所

(67)駒牽　(68)甲斐駒引　(69)牽穂坂御馬　(70)武蔵駒牽　(71)信濃勅旨駒引　(72)上野駒引
(73)季御読経　(74)御燈　(75)不堪田奏　(76)九月九日　(77)重陽　(78)重陽日
(79)例幣　(80)撰虫　(81)十月更衣　(82)旬　(83)弓場始　(84)射場始
(85)維摩会　(86)残菊宴　(87)大乗会　(88)初雪見参　(89)五節　(90)五節舞姫
(91)五節参入所　(92)新嘗会　(93)新嘗祭　(94)吉田祭　(95)賀茂臨時祭　(96)賀茂臨時祭社頭儀式
(97)臨時祭　(98)還立御神楽　(99)内侍所御神楽　(100)内侍所御神楽儀式　(101)荷前　(102)節折
(103)追儺　(104)万機旬　(105)封事　(106)祈雨　(107)止雨　(108)大嘗会
(109)仁王会　(110)行幸　(111)御元服　(112)元服　(113)御賀　(114)詔書
(115)宣命　(116)恩赦　(117)牛車　(118)輦車　(119)天文奏　(120)奏慶
(121)御調　(122)貢調　(123)七夜　(124)産七夜　(125)稲荷詣　(126)猪子
(127)庚申　(128)闘鶏　(129)競馬　(130)遊宴　(131)宴遊　(132)宴遊待暁
(133)大唐商客

すなわち、『新類題集』の「公事」部は都合百三十三の歌題を収載しているわけだが、これを『明題和歌全集』と『類題集』のそれと比較すると、前者が九十九題であるのに対し、後者は百三十三題であるので、数量のうえからみて、ただちに『新類題集』は『類題集』を下敷きにしている背景が推測されるが、事実、そのとおりになっている。そこで両者の間に指摘される異同について言及すると、『類題集』が「重陽」「五節舞姫」の二歌題を重複して掲げているのを、『新類題集』が整理して掲げている場合と、『類題集』が「重陽宴」とする歌題を、『新類題集』が「重陽日」として掲げている場合のケアレス・ミスを除くならば、『類題集』のみが収録する歌題が十一題、『新類題集』のみが収載する歌題が十題である異同以外は、両者の収載する歌題は完全に符合している。

まず、『類題集』のみが収録する歌題については、(29)と(30)の間に「三月三日」、(30)と(31)の間に「石清水臨時祭」、(37)と(38)の間に「賀茂祭」、(50)と(51)の間「乞巧奠」、(59)と(60)の間に「駒迎」、(88)と(89)の間に「野行幸」、(93)と(94)の間に「豊明節会」、(98)と(99)の間に「仏名」「禁中仏名」「除夜仏名」、(103)と(104)の間に「公事」の歌題が各々挿入されているという具合である。これに対して、『新類題集』のみが所収する歌題は、(15)「白馬」、(31)「八幡臨時祭」、(53)「相撲節」、(97)「臨時祭」、(121)「御調」、(122)「貢調」、(125)「稲荷詣」、(126)「猪子」、(128)「闘鶏」、(129)「競馬」のとおりである。

このことから、『類題集』も『新類題集』もともに独自の歌題を有しているところには、それぞれに各自の特性が認められようが、「公事」部の歌題構成にあたって、論証は省略に従うけれども、『新類題集』が『類題集』のそれに依拠していることは明白であって、ここにも『類題集』の影響力の大きさが指摘されるといえようか。

三　収載歌の問題

さて、「公事」部の歌題構成の面で『新類題集』が『類題集』に依拠している実態は以上のとおりであるが、それでは、各歌題の例歌については、『新類題集』はいかなる出典資料から、いかなる歌人の詠歌を採録しているであろうか。この点について調査してみると、『新類題集』は『類題集』に採録されている詠歌は、一首も収録していないのである。その点、『新類題集』の撰者には苦心の跡が偲ばれるといえようが、その反面、『明題和歌全集』や『類題集』に収載されていない「公事」部の例歌を探索するのは困難を極めた模様で、『新類題集』に歌題のみ掲載して、例歌を掲げていない事例がかなりめだつ現象は、このことを証明するといえるであろう。

ちなみに、『新類題集』が例歌を欠き、歌題のみ掲げている箇所は九十八箇所にも達し、逆に、『新類題集』が歌題に例歌を付しているのは、次の三十五箇所に過ぎない実態である。

ただ、この三十五歌題のうち、「還立御神楽」に付された次の

1　ひめ小松はやすみぎりに諸人のかざしの花をさしそふるかな　（還立御神楽・為忠家〈後度〉百首・為忠）

2　つらゝゐるみたらし河もそこさえて山あひのころもかげやみゆらん　（同・同・顕広〈俊成〉）

3　うどはまの波の音をばたつれども猶しづかなるかものみたらし　（同・同・頼政）

の1～3の『為忠家後度百首』から採録の三首は、実は「臨時祭」の例歌であるので、結局、『新類題集』が歌題に例歌を付しているのは三十四箇所となる。すなわち、(1)「四方拝」、(6)「元日宴」、(9)「若水」、(11)「卯杖」、(12)「臨時客」、(15)「白馬」、(16)「御斎会」、(19)「除目」、(23)「賭弓」、(26)「春日臨時祭」、(29)「祈念祭」、(30)「曲水宴」、(31)「八幡臨時祭」、(38)「神祭」、(42)「騎射」、(47)「神今食」、(53)「相撲節」、(60)「夜半駒迎」、(61)「深夜駒迎」、(64)「関駒迎」、(76)「九月九日」、(79)「例幣」、(84)「射場始」、(89)「五節」、(95)「賀茂臨時祭」、(97)「臨時祭」、(103)「追儺」、(112)「元服」、(118)「輦車」、(121)「御調」、(123)「七夜」、(125)「稲荷詣」、(127)「庚申」、(128)「闘鶏」、(129)「競馬」のごとくで、『類題集』に比べて、『新類題集』が、例歌蒐集の面でも『類題集』には劣っていることは否定できないようである。

それはともかく、それでは、『新類題集』の撰者は、これらの三十四題の例歌をいかなる方法で採録したのであろうか。ここで『新類題集』の撰集資料は存したのか、否か、このあたりの問題を検討してみよう。そこで『新類題集』の「卯杖」の例歌を掲げるならば、次のとおりである。

4　日かげ草花のいろ〳〵むすびもてはつうの杖をいはひつけつる　（卯杖・為忠家〈後度〉百首・親隆）

5　玉つばきはつうの杖にきることは八千世の坂も君こえよとか　（同・同・顕広〈俊成〉）

6　卯杖つきむかしにかへるみちもがなさらにわかへて春にあふべき　（同・同・仲正）
7　いかにして日かげのいとをとりそへて千とせのう杖たてそめにけん　（同・同・為盛）
8　八千よまで君がつくべき杖なればしら玉つばきゆひそへてけり　（同・同・頼政）
9　幾度か千年こもれる卯杖つき君さかへゆく春にあふべき　（同・家集・大弐）
10　君がためときはの山の玉つばきいはひてとれるけふのう杖ぞ　（同・夫木・輔親）
11　諸人のはつうの杖をつく〴〵とおもふもひさし八千年のはる　（同・公宴続歌・祐雅〈雅世〉）

このうち、4〜8は『為忠家後度百首』の各々注記に示した歌人の詠、9が『二条太皇太后大弐集』の大弐の詠、10が『夫木抄』の輔親の詠、8が『公宴続歌』の祐雅（雅世）の詠で、いずれも「卯杖」の歌題のもとに収載されているので、『新類題集』は、これらの4〜11の八首を、類題和歌集などから一括抄出、掲載した可能性を示唆しよう。

事実、『新類題集』の「深夜駒迎」の例歌は、

12　待よひもや、すぎむらの木の間よりさしつるかげやもち月の駒　（深夜駒迎・為忠家〈初度〉百首・為忠）
13　あふ坂にこま引とめて月見るとやすらふほどに小夜更ぬらし　（同・同・同）

の12・13のごとくだが、『新類題集』が忠成の詠歌である13の例歌の作者を「同（為忠）」と誤注している背景には、『新類題集』が何か類題集などから採録したために生じた誤記の営為を想定しうるようだ。したがって、『新類題集』がはたして類題集などを撰集資料にしたのか、否か、『新類題集』の「九月九日」の例歌で検討してみよう。

14　おる人はよはひをのぶときくなべに散ことしらぬきくのはなかな　（九月九日・家集・道済）
15　雲のうへに待こしけふの白ぎくは人のことばの花にぞ有ける　（同・月清集・〈良経〉）
16　けふといへば八重咲きくを九重にかさねし跡もあらはれにけり　（同・拾玉・〈慈円〉）

17　さかづきにうかべる今日のかげよりやうつろひそむるしらぎくのはな　（同・玉吟・〈家隆〉）

18　君を思ふよはひをきくにつみかへて秋もかぎらぬ花とこそみれ《めイ》　（同・家集・寂蓮）

19　千よまでもひかりさしそへ九重にむかしをうつすきくのさかづき　（同・千首・師兼）

20　匂へなをけふ白ぎくの花の露かざしの袖の秋をかさねん　（同・続撰吟・後柏原院）

この14～20の七首は、14が『道済集』の道済の詠、16～18が『六百番歌合』の収載歌で、各々、15が良経、16が慈円、17が家隆、18が寂蓮の詠、19が『師兼千首』の師兼の詠、20が『続撰吟集』の後柏原院の詠であるが、10～18の四首が『六百番歌合』からの抄出歌でないことは、16の詠の第四句の「かさねし跡も」の措辞が、『拾玉集』では一致をみるのに、『六百番歌合』では「かさねしことも」とあり、異同が指摘されるうえに、『新類題集』の集付（出典注記）に、15が「月清集」、16が「拾玉」、17が「玉吟」、18が「家集（寂蓮集）」とあることは、これらの四首が各々当該私家集から直接採録された背景を物語っているのではなかろうか。そして、当面の歌群を一括収載する撰集が見出されないことも、『新類題集』が「公事」部の歌題の例歌蒐集にあたって、特定の撰集資料に依拠したのではなく、直接原拠資料から抄出した可能性を示唆するのではあるまいか。はたして、この推測を実証する証拠が、『新類題集』の「元服」の歌題の次の例歌である。

21　こよひゆふはつもとゆひのむらさきのま袖の色にはやもならなん　（元服・堀河院二度百首・仲実）

22　むらさきのはつもとゆひをむすぶより君がくらゐの山をしぞ思ふ　（同・同・常陸）

23　紫のはつもとゆひにむすびをかんつるばみの衣千とせふるまで　（同・同・大進）

24　本ゆひのこぞめの糸をくりかへし衣の色にひきやうつさん　（同・摘題・定家）

25　こむらさきいくよふるべき霜をかははつもとゆひにむすび置らん　（同・百首・逍遥院〈実隆〉）

26　ゆひたつるちひろの路の見るふさにいそひたび《本のマ、》くらべつるかな　（同・公宴続歌・兼良）

すなわち、21～26の六首は、21～24の四首が『堀河院二度百首（永久百首）』の収録歌で、21が仲実、22が常陸、23が大進、24が源顕仲の詠、25が『雪玉集』の「詠百首和歌　春日社法楽　大永五年十二月」の逍遥院（実隆）の詠、26が『公宴続歌』の兼良の詠であるが、不思議なことに、『新類題集』は24の源顕仲の詠に「摘題〈和歌集〉」の集付を付し、詠歌作者に「定家」の注記をしているのである。『新類題集』が何故このような誤注を犯したのか、ちなみに『摘題和歌集』をみてみると、そこには、まったく『新類題集』そのままの記事を見出しうるのである。ということは、『新類題集』が『摘題和歌集』を参看して、24の例歌を採録したことは間違いないと判断されるし、24以外の例歌はいずれも、当該歌集に『新類題集』と同じ歌題のもとに収載をみているので、これらの点から、『新類題集』が「公事」部の例歌を蒐集する際に、原拠資料に直接あたって採録したことは、ほぼ間違いないと言いうるのではなかろうか。

四　内　容――原拠資料と詠歌作者

それでは、『新類題集』の例歌の原拠資料と詠歌作者はいかなるものであろうか。まず、『新類題集』の収載歌百六首の原拠資料を調査してみるに、『新類題集』は、さきに掲げた10の輔親の詠の出典である「摂政家御屏風歌」を「夫木」としたり、「元日宴」の例歌である、

27　物《袖カ》かはすみはしの下にとしふりていくたび春をよそにむかへず《つカ》　（元日宴・夫木・兼宗）
28　立ちかはるとしの始はとよみきにかさねてたまふひろはたのきぬ　（同・同・季経）

〈表3〉『新類題集』の「公事」部における出典資料一覧表

詠歌作者	歌数
為忠家後度百首	二〇首
永久百首	一四首
公宴続歌	一四首
夫木抄	一二首
雪玉集	六首
拾遺愚草員外	四首
隣女集	三首
明応御着到和歌	三首
道済集	二首
大弐集	二首
為忠家初度百首	二首
寂蓮集	二首
秋篠月清集	二首
拾玉集	二首
為家集	二首
為重集	二首
続撰吟集	二首
江帥集	一首
忠度集	一首
寂蓮百首	一首
玉吟集	一首
兼好自撰家集	一首
師兼千首	一首
摘題和歌集	一首
後花園院御集	一首
紅塵灰集	一首
再昌草	一首
後柏原院御百首	一首
一人三臣和歌	一首
合計	一〇六首

の27・28の典拠が「六百番歌合」であるのに、「夫木」と出典注記（集付）しているので、本来なら撰集資料として扱われなければならない作品も、『新類題集』の集付どおりに扱うと、上掲の〈表3〉のごとき結果が得られよう。

なお、24は、前述したように『永久百首』の源顕仲の詠ではあるが、『新類題集』の集付のとおり「摘題和歌集」として処理した。この〈表3〉を概観すると、『新類題集』の「公事」部の出典資料は、院政期の『永久百首』『為忠家初度百首』『為忠家後度百首』などの定数歌、『大弐集』『忠度集』などの私家集や、室町中期以後の『公宴続歌』『明応御着到和歌』などの宮廷歌会歌、『雪玉集』『再昌草』『後花園院御集』『紅塵灰集』などの私家集、『続撰吟集』『摘題和歌集』などの私撰・類題集や、鎌倉後期の『夫木抄』、鎌倉中期の『隣女集』『為家集』、南北朝期の『為重集』『師兼千首』などの歌集、それに新古今時代の『拾遺愚草員外』『寂蓮集』『秋篠月清集』『拾玉集』『玉吟集』などの私家集であることが知られよ

〈表4〉『新類題集』における「公事」部の詠歌作者一覧表

詠歌作者	歌数
実隆	八首
為家	七首
頼政	五首
源顕仲	四首
俊成	四首
定家	四首
常陸	三首
為盛	三首
為業	三首
寂蓮	三首
雅有	三首
雅世	三首
道済	二首
忠房	二首
仲実	二首
大進	二首
大弐	二首
親隆	二首
為忠	二首
良経	二首
慈円	二首
藤原季経	二首
為重	二首
雅永	二首
義運	二首
後花園院	二首
後柏原院	二首
匡房	一首
輔親	一首
兼昌	一首
俊頼	一首
為経	一首
仲正	一首
忠成	一首
忠度	一首
兼宗	一首
実定	一首
兼実	一首
隆信	一首
家隆	一首
兼好	一首
師兼	一首
雅親	一首
四辻季経	一首
兼良	一首
元長	一首
資任	一首
公綱	一首
後土御門院	一首
公条	一首
政為	一首
為広	一首
為富	一首
合計	一〇六首

う。ここには、『題林愚抄』『明題和歌全集』『類題集』等に未収載の「公事」関係歌を集成しているために、出典資料に多少の偏りが認められるが、それでは、これらの出典資料にみえる詠歌作者はいかなる歌人であろうか。上掲の〈表4〉は、この点に関して、整理、一覧したものである。

この〈表4〉によれば、和歌を飛鳥井栄雅（雅親）に学び、一条兼良なきあと代表的歌人・歌学者となった三条西実隆をはじめ、飛鳥井雅永・実相院義運・後花園院・後柏原院などの室町中後期の歌人を筆頭に、藤原為家・飛鳥井雅有などの鎌倉中期の歌人、『為忠家両度百首』の源頼雅・藤原顕広（俊成）・同為盛・同為業・同親隆・同為忠など、『永久百首』の源顕仲・常陸・藤原忠房・同仲実・大進などの院政期の歌人、藤原定家・寂蓮・藤原良経・慈円などの新古今時代の歌人などが、その有力歌人と知られよう。

これを要すれば、『新類題集』の「公事」部の内容は、古くは頼政・俊成・常陸などの『為忠家両度百首』の歌人の詠から、定家・寂蓮・良経・慈円などの新古今歌人の詠、為家・雅有などの後嵯峨院歌壇の歌人の詠に、『公宴続歌』の飛鳥井雅世・同雅縁・同雅永・一条兼良・後花園院・烏丸資任・三条公綱・三条西公条・実相院義運など、『明応御着到和歌』の三条西実隆・甘露寺元長・四辻季経などの室町中後期の歌人の詠を加えて編集、構成されているといえるであろう。なお、この収載歌の傾向には多少の偏りがみられようが、詠歌作者は各々当代を代表する歌人であって、「公事」歌の証歌としての出来映えは十分保証されるであろう。

五　成立時期と編纂意図の問題など

さて、以上の検討から、『新類題集』の「公事」部の内容は、歌題は『類題集』のそれをほぼ踏襲しているが、歌題に例歌を付しているのはわずか三十四箇所にすぎず、逆に、歌題のみの提示にとどまっているのは九十三箇所に達しているという、多少の不備が指摘されるようだ。しかし、わずかといえば、歌題に付されている例歌については、いずれも当代における代表歌人の詠歌である点、その価値は低くはないと評価されよう。ということは『新類題集』の「公事」部は、『新類題集』の編纂意図に合致しているようにも理解されるのだが、はたして、『新類題集』の「公事」部は撰者の意図したとおりに達成されているのであろうか。この問題を検討するために、『新類題集』の跋文を、陽明文庫蔵の伝本（近・五四・一）から改めて引用して確認しておきたいと思う。

　這類聚は類題和歌集にもれたる題、歌、又は、題のみありて歌なきを、宝永の末、正徳のはじめ、霊元院御みづから勘あはされて先、夏部三百首ばかり御抜書ありしを、中院前内府・武者小路前大納言などに見せさせられて、連々勘出さるべきよし定られし後、公福卿・公野卿・光栄、其外院中伺候公卿雲客此道によれる輩、御人数として日々、此部類の御沙汰としをかさぬ。一首一首叡覧のうへ、定らる、題に出ざる題も、歌すくなきは入らる。六首あるより入られず。これに近代の歌なきは、近代歌を入らる。此たびの類聚も、題ばかりあるは、歌しかるべからずして入られねども、題の出たるゆへに、題ばかりを入られたるなり。享保十六年、やうやう終功ありて、同十七年、清書の案さだめらるべきよし、定られし。春の末より御くすりのことにて、八月に御事あり。伊勢のあまの舟流したる年もくれて、同十八年春、中務卿宮にて、中院前大納言などに仰合されて、此学案どもの宮へわたされたるを、かねてもくはしくうけたまはりたる輩に、清書すべきよしを定らる。為久卿・通夏卿・為信卿・実岑卿・公野卿・光栄六人也。各清書せられしを、宮より内裏えまいらせらる。はたとせあまり此事をうけたまはり、此度も清書せしともがらなれば、宮あはれびおほせられて、をのをのうつしをはりぬ。末代覚悟のため、此趣をしるす。子孫まことにつゝしみあふぎて、みだりに外見すべからざるものなり。　光　栄

すなわち、この烏丸光栄の跋文によれば、『新類題集』は宝永末年（一七一〇）から正徳年間（一七一一〜一五）の初めごろ、霊元院自身が編纂に着手し、夏部三百首を抜書した後、武者小路実陰・三条西公福・烏丸光栄らの助力を得て、享保十六年（一七三一）終功、同十七年清書にかかったが、院の崩御に遭い、一時中断。同十八年の春、上冷泉為久・久世通夏・藤谷為信・押小路実岑・武者小路公野・烏丸光栄の六人により清書、完成したことが知られよう。

そして、『新類題集』の編纂目的についても、この跋文から、『新類題集』は、後水尾院撰の『類題集』に漏れている歌題や例歌を提示することを基本方針にしているが、そのほか、『類題集』に歌題は掲げるものの例歌を欠く場合、また、歌題と例歌が提示されていても例歌が少ない場合、また、当代の例歌が掲げられていない場合は、各々、適当に例歌を増補、補充することで内容の充実に努めるが、しかし、傍線を付した箇所から明らかなように、『類題集』に歌題のみ掲げ例歌を欠く場合、適当な例歌を探索、提示できないときには、例歌の提示なしで、歌題のみ掲げる場

合もあることを断っているのである。

すなわち、『新類題集』の「公事」部が都合百三十三の歌題を掲載しながら、実際には、三十四の歌題にしか例歌を掲げず、九十九の歌題は例歌抜きの歌題のみの提示である実態は、この跋文の傍線部に示されている『新類題集』の撰者の見解が実践されていると見なしうるのである。ここには、例歌を古典和歌に限って提示しようとするとき、最新の歌集ほど、過去の撰集が掲載していない証歌・例歌を集成しようと試みたとき、とくにその歌題が特殊なものであればあるほど、困難が横たわっているという、撰集作業の内実を見せつけているのであり、『新類題集』の「公事」部の例歌蒐集が、『類題集』のそれに比べて、多少劣っている背景には、このような事情が存したのであろうと憶測されようか。

なお、『新類題集』の成立過程や成立時期、撰者の問題などについてはすでに言及したので、改めてここで要約はしないことにしたいと思う。

六　収載歌の紹介

以上の検討から、『新類題集』の「公事」部については、例歌蒐集などの面で、残念ながら、『類題集』のそれを凌駕するほどの出来映えではないと推断せざるを得ないようだが、しかし、わずかではあるが、三十四歌題に付している例歌はそれなりに価値があろうから、以下、参考までに、筑波大学図書館蔵の『新類題集』（ル―二一九―一九）から、本文中にすでに引用した詠歌は除外して、当該部分のみ紹介して、大方の参考に供したいと思う。

29　春のたつ雲井の竹のおきふしてよのためよもにさもいのるらし　（四方拝・隣女集・雅有）

30 あら玉のとしを雲ゐにむかふとてけふもろ人にみきたまふなり　（元日宴・月清集・〈良経〉）
31 百敷や春をむかふるさかづきに君が千年のかげぞうつれる　（同・拾玉三・〈慈円〉）
32 も、しきや袖をつらぬるさかづきにゑひをす、むる春のはつかぜ　（同・家集・寂蓮）
33 つきもせぬ君が八千世を幾かへりわかえてくまんはるのわか水　（若水・家集・兼好）
34 もろ人の松引きつれてくるやどに春のこ、ろはやまにざりける　（臨時客・家集・大弐）
35 夕がすみかものはいろにたな引て玉しく庭をわたるあをむま　（白馬・夫木・為家）
36 さがの山雲ゐの春に引そめてたえずもけふはわたるあをむま　（同・同・同）
37 御代ながく年もゆたかにまもるらんけふはいもゐのはじめなりけり　（御斎会・家集・同）
38 おほきなるいもゐのはじめけふこそは二の法のよをまもるらめ　（同・夫木・同）
39 御（い）もゐのはじめをけふと思ふにぞたかきむかしのこともしらる、　（同・同・同）
40 世のためにいのるしるしのはじめかないもゐの庭の春のひかりを　（同・同・同）
41 この秋はわがなもらすなみかさ山さのみしぐれに袖やぬるべき　（除目・隣女集・雅有）
42 春たてばあづさのま弓引つれてみかきのうちにまとゐをぞする　（賭弓・堀川院二度百首・〈源〉顕仲）
43 九重のうちにいるてふあづさ弓はるかに雲のほかにきく哉　（同・同・忠房）
44 春日野やかよへる袖も色そひぬかざしの花のはるのまつりに　（春日臨時祭・御集・後花園院）
45 うましとやみかさの山の神まつりけふのつかひの花のたもとを　（同・公宴続歌・祐雅）
46 あら玉のとしをいのると引駒のあともひさしき二月のそら　（祈念祭・拾遺愚草員外・〈定家〉）
47 も、の花ひかりをそふるさかづきはめぐるながれにまかせてぞ見る　（曲水宴・家集・匡房）

48　をそく﹅る岩間の水のさかづきにもろこしまでもけふぞしらる﹅　（同・同・為家）
49　神さびてなをやさしきはもろ人のあさくらかへす春のあけぼの　（八幡臨時祭・同〈家集〉・忠度）
50　たがさとに神まつるらん昨日けふさかきばとりてかへる山人　（神祭・隣女集・雅有）
51　神まつる卯月のみしめ一すじにそれとみむろの山かづらせり　（同・続撰吟・為広）
52　まつりするけふを待えて神山やかみのこ﹅ろをとるあふひかな　（同・御百首・後柏原院）
53　おく山にとるてふかものあふひ草みやこをかけて神まつるなり　（同・明応御着到・〈四辻〉季経）
54　晴きぬと神まつるらしさかきとるかげも涼しきかた岡のもり　（同・同・実隆）
55　あふひさへ二葉なりけりけふまつる下と上との賀茂の神がき　（同・同・元長）
56　葵草けふもろ人やかざすらん卯月をまちし神のまつりに　（同・公宴続歌・公綱）
57　おなじくはなのりて過よほと﹅ぎすひをりの空もや﹅くれぬめり　（騎射・為忠家〈後度〉百首・顕広〈俊成〉）
58　しきかはのやさしき物はあやめ草けふひきつる﹅まゆみなりけり　（同・同・為業）
59　えらびにはあやめやさしくさしそへてひだりのま弓今日やくるらん　（同・同・為盛）
60　あやめ草けふのゆづりに引そへておなじひをりのおりにあひぬる　（同・公宴続歌・浄空〈雅永〉）
61　みな月のつきかげしろきをみ衣うたふさゞなみよるぞ涼しき　（神今食・拾遺愚草員外・〈定家〉）
62　たゞゐらせ弓とるかたをかたひかんひだりすまひのつよくみゆれば　（相撲節・為忠家〈後度〉百首・為業）
63　けふさらにいつかぬきてのけしきまでけふとり〴〵の庭のおもかげ　（同・公宴続歌・後花園院）
64　あふ坂の山のはわけて入ぬれどかげかたぶかぬ望月のこま　（夜半駒迎・百首・寂蓮）
65　関までといそぎし道にくる﹅日も猶見えて行望月のこま　（関駒迎・家集・為重）

66　引とむるほどこそみゆる関の水うつれるかげのもち月の駒　（同・同・同）
67　山路をや引わたすらん関守の手なる丶弓のつるふぢの駒　（同・紅塵灰集・後土御門院）
68　みてぐらのたつやいすゞの河波に山のもみぢもぬさやたむくる　（例幣・拾遺愚草員外・〈定家〉）
69　神無月たつかの弓を引つる丶けふやまとゐのはじめなるらん　（射場始・為忠家〈後度〉百首・親隆）
70　みかきもりつきしあづちのいつしかとけふこそまとをかけはじめつれ　（同・同・為経）
71　紅葉する神無月よりあづさ弓引つれてみん春の花まで　（同・同・頼政）
72　あづさ弓いて引そへて神無月春の名にたつこ丶のへの庭　（同・公宴続歌・雅親）
73　乙女子がたちまふけふのためしにもうつすよしの丶山あゐのそで　（五節・〈雪玉集〉・逍遥院〈実隆〉）
74　みたらしや汀によするさゞ波をおしてもかへすをみの神かな　（賀茂臨時祭・夫木・後法性寺関白〈兼実〉）
75　小忌衣みたらし河にかげ見えて立まふほどにあけぬこのよは　（同・同・後徳大寺左大臣〈実定〉）
76　神山のみたらし河にかげ見えて大みやびとのかざす藤なみ　（同・同・季経）
77　あをずりの袖をつらぬるみたらしにかげも心もとまるけふかな　（同・同・隆信）
78　かざしこし桜もふじもむかしにてみたらし河をおもひこそやれ　（臨時祭・拾遺愚草員外・〈定家〉）
79　みたらしや色をふかむる山あいの袖うちふれる雲のうへびと　（同・公宴続歌・資任）
80　いかさまにかへりやはするとしの矢もあしのひとよにはるをへだて丶　（追儺・〈再昌草〉・逍遥院〈実隆〉）
81　おしまずやこよひなやらふあしの屋のあしからずしてくる丶一とせ　（同・一人三臣・政為）
82　中のえの門ひきいる丶小くるまのめぐみことなるあとをみるかな　（輦車・〈雪玉集〉・逍遥院〈実隆〉）
83　みつぎものにゐくはまゆのいとをもてくる手もたゆくそなへつる哉　（貢調・堀川院二度百首・俊頼）

84 すべらぎのたみやすらけく《かにイ》おさむればひまなくはこぶみつぎもの哉　（同・同・常陸）

85 みつぎもの時をたがへずあづさ弓いなかのつても春のまうけに　（同・百首・逍遥院〈実隆〉）

86 みつぎ物又やそなへんしたがへしむかしをいまに三のかぐらに　（同・公宴続歌・義運）

87 しらいとをむすべることにこよひまでいく万代のかずつもるらん　（同・同・大進）

88 鶴の子の千年をふべきはじめとは七日《夜》よりこそいはひそめけれ　（七夜・堀川院二度百首・〈源〉顕仲）

89 かぞふればけふこそ七夜あら玉のあくる日ごとにひかりそはなん　（同・百首・逍遥院〈実隆〉）

90 ことし生のちぎりかはらで万代を松は七日ぞやがて木だかき　（同・公宴続歌・祐雅〈雅世〉）

91 いなり山ゆきかふひとのさま〳〵におもふ心は神やしるらん　（稲荷詣・家集・道済）

92 いなり山しるしの杉をたづねきてあまねく人のかざすけふ哉　（同・堀川院二度百首・〈源〉顕仲）

93 いなり山しるしのすぎをはる霞たなびきつるゝけふにも有哉　（同・同・仲実）

94 いなり山《坂イ》かざしてとまるこゝろかなみな杉の葉をふけるいほりか　（同・同・忠房）

95 をそくとく宿を出つゝいなり坂のぼればくだるみやこ人かな　（同・同・兼昌）

96 いなり山《坂に》しるしの杉のさしはえて思ふこゝろをねぎぞかけつる　（同・同・常陸）

97 きさらぎのけふはじめの馬くるまいなりの山のみちぞさかゆく　（同・百首・逍遥院〈実隆〉）

98 いなり山祈るしるしの杉村に春のねがひやみづの玉がき　（同・公宴続歌・浄空〈雅永〉）

99 宿ごとにねぬよをまつるめざましにみだれあひつゝあそぶなる哉　（庚申・為忠家〈後度〉百首・為盛）

100 ながめあかぬ月と花との宿ならばねぬやこよひにかぎらざらまし　（同・公宴続歌・義運）

101 春雨のなごりの庭にぬるとてもあはする鳥のみのげたつらん　（闘鶏・為忠家〈後度〉百首・為業）

102　ぬりをきし鳥の羽がひのからしゆへからくもまくる君がかたかな　（同・同・頼政）

103　あづさゆみやたけこゝろはあふたびになれさへみゆる鶏のこゑ　（同・公宴続歌・為富）

104　ほどもなくとりつゞきても過るかなこれやひまゆく駒に有らん　（競馬・為忠家〈後度〉百首・顕広〈俊成〉）

105　駒のあしははやしと見るにまけぬるは人の心のをそきなりけり　（同・同・頼政）

106　左右のつがひのおさやかちまけをあらそひきほふ駒のあしなみ　（同・公宴続歌・公条）

七　おわりに

以上、『新類題集』の「公事」部について、主としてその成立面から検討を加えた結果、『新類題集』の「公事」部が、歌題配列の面では、後水尾院撰『類題集』のそれに依拠している一方、例歌蒐集にあたっては、独自の蒐集活動をし、それほど多くの数ではないけれども、『明題和歌全集』や『類題集』が蒐集しえていない例歌を蒐集している実態を明確にしたが、総じて、『新類題集』の「公事」部の類題和歌史における意義・役割などに言及すれば、たとえば、『新類題集』の「公事」部には、例歌を欠いたままの歌題の提示のみの箇所があまりにも多く存するなど、後水尾院撰『類題集』のそれを凌駕するほどの充実した内容になっていないので、それほど高く評価することはできないであろう。

それと同時に、本項では、「公事」部の検討から、『新類題集』の成立過程や編纂目的などにも言及して、一応の結論を得たが、この結論は「公事」部のみに限っての狭い範囲内でのものであるので、今後、「公事」部以外の部立についても十分な検討が必要であることは言うまでもない。

第四節　睡翁編『仮名句題倭謌抄』の成立

一　はじめに

筆者はこれまで中世に成立した私撰集および類題集を主要な研究対象として研究を進めてきたが、近時は、収載歌が古典和歌の範囲であれば、近世に成立した撰集もその研究対象として採り上げて考察を加え、撰者不詳の『明題和歌全集』や後水尾院撰『類題和歌集』、さらに霊元院撰『新類題和歌集』などについての論考を発表し、拙著『中世類題集の研究』（平成六・一、和泉書院）に所収したのであった。

ところで、それらの論考はいずれも形態的には真名による結題を歌題とする種類のものであったが、最近は、「高井八穂編『古詞類題和歌集』の成立」（『仏教文学とその周辺』平成一〇・五、和泉書院、本書第四章第四節）や、「石津亮澄編『屏風絵題和歌集』の成立」（『光華日本文学』第六号、平成一〇・七、本書第四章第七節）および「聴雨庵蓮阿編『仮名類題和歌集』の成立」（『中世文学研究』第二十五号、平成一一・八、本書第四章第二節）、さらに「加藤景範編『和歌実践集』の成立」（『光華女子大学研究紀要』第三十八号、平成一一・一二、本書第三章第五節）などの論考を公表するなどして、仮名題による類題集の研究にも及び、編纂目的、特質、位相などの視点からアプローチしはじめたのであった。

このようなわけで、仮名題による類題集についての考察は、まさに緒についたばかりの研究状況といわねばならないが、このたび考察の対象に選んだ『仮名題和歌抄』も、仮名題による類題集の延長線上に位置する類題集である。

ちなみに、『仮名句題倭謌抄』については、『和歌大辞典』（昭和六一・三、明治書院）に、「**仮名句題倭謌抄**《かなくだいわかせう》〔江戸期歌集〕洛北散人睡翁編。享保二（一七一七）年三月刊。『仮名題和歌抄』三巻、『句題和歌抄』二巻、計五巻五冊より成る。序で仮名句題の変遷を説明し、拾遺愚草・拾遺愚草員外・拾玉集そのほか近世にいたる歌集より句題和歌を集めて載せる。（柴田光彦）」と、また、福井久蔵氏編『大日本歌書綜覧　上巻』（昭和四九・五再刊、国書刊行会）に、「**仮名類句和歌集**　二巻写　睡翁／定家卿の比より足利時代にかけて仮名句題を部立して撰びたるもの。享保丙年仲春洛北散士睡翁の長序あり。かな句題の変遷を説けり。彰考館にはその撰にかかる浦之玉藻と題せる五冊の刊本あり。」と各々、言及されてはいるが、その詳細な具体的内容についてはまったく言及されていない現況にある。

したがって、本節の論述は、以上のような現況下にあって、例によっての蕪雑な作業報告の域を出ない代物ではあるが、従来、事典類以外にはまったく言及されることのなかった『仮名句題倭謌抄』について、この類題集がどのような編纂目的で制作され、どのような特質をもち、これまでの類題集とどのような点で異なり、どのような位相にあるのか等々について、おおよその検討を加えてみた試論である。

二　書誌的概要

さて、『仮名題和歌抄』の伝本については、享保二年（一七一七）三月刊行の版本が桑名市立文化美術館（秋山文庫）に、『仮名題和歌抄』と『句題和歌抄』とを合わせ持った『仮名句題倭謌抄』の版本が早稲田大学などに伝存するが、ここでは前者の伝本の書誌的概要について、国文学研究資料館のマイクロ・フィルムによって紹介すれば、おおよそ次のとおりである。

国文学研究資料館のマイクロ・フィルム番号　70―2／2　C2702
所蔵者　桑名市立文化美術館（秋山文庫）蔵
編　者　睡翁
体　裁　中本　三冊　版本　袋綴
題　簽　新撰和歌浦玉藻
内　題　仮名句題倭謌抄　仮名題和歌抄
匡　郭　単郭
各半葉　半葉十三行（和歌一行書き）、序半葉十行
総丁数　五十三丁（上巻十五丁、中巻二十丁、下巻十八丁）
総歌数　七百四十四首（上巻・二百六十二首、中巻・二百三十一首、下巻・二百五十一首）
柱　刻　仮名　上（～下）
序　　あり（睡翁・享保二年仲春）
刊　記　本書目（三冊）では無

以上から、『仮名題和歌抄』は上巻二百六十二首、中巻二百三十一首、下巻二百五十一首の都合七百四十四首を収載する、比較的小規模の類題集であると知られよう。

一方、『句題和歌抄』の書誌の概略を早稲田大学蔵の伝本によって紹介すれば、次のとおりである。

所蔵者　早稲田大学（へ4・1175）蔵
編　者　睡翁
体　裁　中本（縦二二・一センチメートル×横一五・八センチメートル）一冊　版本　袋綴
題　簽　仮名類句和歌集（後補）
内　題　（仮名句題倭謌抄　仮名題和歌抄）句題和歌抄
匡　郭　単郭（縦一七・六センチメートル×横一三・五センチメートル）
各半葉　半葉十三行（和歌一行書き）、（序半葉十行）
総丁数　三十三丁（上巻十二丁、下巻二十一丁）
総歌数　四百首（上巻・百三十七首、下巻・二百六十三首）
柱　刻　句題　上（・下）
序　　　あり（睡翁・享保二年仲春）
刊　記　享保酉年三月吉日

以上から、『句題和歌抄』は上巻百三十七首、下巻二百六十三首の都合四百首を収載する、そして、この両抄を合わせた「仮名句題倭謌抄」は、総歌数千百四十四首を収載する、比較的小規模の類題集である、と規定できようか。

三　内　容

（1）『仮名題和歌抄』について

それでは、『仮名題和歌抄』はいかなる内容の類題集であろうか。そこで、本抄のなかから、任意でいくつかの作品群を抄出し、内容の紹介、検討に入ろうと思う。

まず、本抄の上巻の巻頭部分を引用すれば、

『拾遺愚草員外』雑哥上　（あさがすみ　むめのはな／たまやなぎ　かきつばた）

春

1　あらたまの年を一とせかさぬとや霞も雲もたちはそふらん　（一）
2　さゆる夜はまだ冬ながら月影のくもりもはてぬけしきなるかな　（二）
3　かすが山てらすひかりに雪きえてわかなぞ春をまづはしりける　（三）
4　すぎがてにつめどたまらぬからなづなうらわかく鳴うぐひすの声　（四）
5　みやまぢや霞は雪の上とぢてなを雲うづむ草の庵かな　（五）

のとおりだが、これは藤原定家の『拾遺愚草員外』の雑歌上のなかから「あさがすみ」の歌語を、各歌の頭に据えて詠作する、所謂折句としての事例である。

次に、本抄の中巻の冒頭部分を引用すれば、

『清滝法楽之内』　永享十一年十二月廿六日／中納言雅世

むめのはな

6　むかしべや今もかはらでむめのはな匂ふなにはのおきつ春風　（二六三）

とこなつ

7　ともし火にまがふさゆりの色もあれど猶てりまさる床夏の花　（二六四）

をみなへし

8　なにかその露の契を女郎花あだなる野べに結びすてけん　（二六五）

のとおりである。この6～8の歌群は、詞書に示された歌語をそのまま詠作のなかに詠み込んだ、永享十一年十二月二十六日に催行された『清滝法楽』のなかから、飛鳥井雅世の詠歌を掲げた事例である。

次に、本抄の下巻の巻末に近いあたりの歌群を引用すれば、

貞享五年二月十日　『仙洞御夢想春日社御法楽』

御夢想

初春　御製

9　みえかねてかすむおのへのはなのかにまつもいろそふはるのあけぼの　（六〇八）

山霞　幸仁

10　みねたかみふりさけみれば春の日のひかりのどかに霞みそめつゝ　（六〇九）

夜梅　冬経

11　えじもはやうつしもとめん春日山かすみいろどるはるのよそほひ　（六一〇）

12　かぜさそふにほひはしるしおぼろ夜の月にわかれぬむめの木末も　（六一一）

春曙　俊広

13　ねぎごとをかくらん春とみかさ山さしてぞあふぐあけぼのゝ空　（六一二）

待花　〈作者欠〉

14　手をおりてさくべきほどをかぞへつゝいくかあらばと花をこそまて　（六一三）

のとおりだが、これは「貞享五年二月十日　仙洞御夢想春日社御法楽」での9の御夢想の詠を、折句にして詠じたものである。すなわち、10～14には9の夢想歌の初句のみを掲げたわけだが、この歌群は各歌題のもとに折句として結句までが詠まれている点が、前述の歌群と異同する点である。

最後に、本抄の下巻の巻末の歌群を引用すれば、

『名所和歌』　四季　恋　雑

春

音羽河　仙洞

15　をとは河関のこなたのはるかぜや雪げにまさる滝のみなかみ　（六四〇）

通村

16　をとは川こほりふきとく山かぜにいはなみたかく春やこゆらん　（六四一）

公規

17　雪こほりとけてまたれる音羽川をとにぞ水の春はしらるゝ　（六四二）

春日野　冬基

18　かすが野の雪まのわかなわかやかにいろづきそむる春はきにけり　（六四三）

葛城山　時成

19　青柳のかづらき山にたちそむる春のにしきか霞むしら雲　（六四四）

のとおりである。この歌群は歌枕を各句に詠み込んだ詠歌を、『名所和歌』から採録した事例である。

以上の事例の紹介によって、『仮名題和歌抄』は、従来かなり流布した真名題による類題集とも、詞書を主要内容

とする仮名題による類題集とも趣を異にする種類の類題集であることが知られよう。そのうえ、各歌群の例歌（証歌）は私撰集や私家集のほか、公宴続歌などの歌会歌や法楽和歌などの作品の一部をそのまま抄出して、掲載するという、かなり単純な編纂方法を採っている点も、本抄の特徴といえるであろう。

そこで、本抄に収載されている作品群を、以下に列挙して、本抄の内容を具体的に提示してみよう。

上　巻

ア『拾遺愚草員外』雑歌上（春＝あさがすみ・むめのはな・たまやなぎ・かきつばた、夏＝ほとゝぎす・とこなつ・はなたちばな、秋＝をみなへし・しのすゝき・ふぢばかま・はじもみぢ、冬＝はつゆき・をのゝすみがま・うづみ火、恋＝おもかげに・こひわびて・うちもねず、雑＝あかつきは・つゆふかし・おもふこと）（定家）

イ『賦百字百首』拾玉集第二　一時半詠之云々（春・二十首＝あさがすみ・むめのはな・たまやなぎ・かきつばた、夏・十五音＝ほとゝぎす・とこなつ・はなたちばな、秋・二十首＝をみなへし・はなすゝき・ふぢばかま・はじもみじ、冬・十五首＝はつゆき・おのゝすみがま・うづみ火、恋・十五首＝おもかげに・こひわびて・うちもねず、雑・十五首＝あかつきは・つゆふかし・おもふこと）勒句百首の一具に定め、羽林結構也。同年同月同日翌日一時半之間詠之。自已半至于午四点也。（慈円）

ウ『拾遺愚草』下　建久七年の秋、内大臣（良経）殿にて、文字をかみにをきて廿首哥の中に、秋十（をみなへし・ふぢばかま）定家

エ『拾遺愚草』下　同年内大臣殿にて、文字をかみにをきて、廿首よみしなかに（たびのみち）（定家）

オ『詠四十七首和哥』建久二年六月、月あかゝりし夜ふくるほどに、大将殿より、いろはの四十七首をつかはして、御使につけて奉るべきよし侍しかば、やがてかきつけ侍し（春・夏・秋・冬・各十首、恋七首）権少将（定家）

中　巻

カ　『清滝法楽之内』永享十一年十二月廿六日　中納言雅世（むめのはな・とこなつ・をみなへし・ふぢばかま・はつ雪・おもかげに・うちもねず・あかつきは・おもふこと）

キ　『年月不知』（をみなへし・はじもみぢ・をの丶すみがま・おもかげに・うちもねず・つゆふかし）右は連続せずといへども、こ丶に記し侍る（雅世）

ク　『文明十三年七月十八日御会』題者　雅康（をみなへし＝一位局・後土御門院・義尚〈二首〉・為富、はなす丶き＝勝仁親王・邦高・冬良・道興・勾当内侍、ふぢばかま＝禅空・増運・政資・為広・信量・旧院上臈・実隆・栄雅・公躬・道永、おもかげに＝持通・尊応・尭胤・雅康・親長、こひわびぬ＝勝仁・禅空・為広・基綱・増運、うちもねず＝後土御門院・義尚・信量・栄雅・為広、あかつきは＝親長・一位局・道永・尊応・邦高、つゆふかし＝冬良・雅康・持通・栄雅・公躬、おもふこと＝実隆・尭胤・義尚・道興）

ケ　『永正九年九月御百首之内』出題　政為卿（あさがすみ＝実隆・政為、むめのはな＝後柏原院・雅俊、かきつばた＝済継、とこなつ＝後柏原院、をみなへし＝実隆、はなす丶き＝済継、ふぢばかま＝雅俊、はじもみぢ＝政為、をの丶すみがま＝実隆、うづみ火＝政為・後白河院、おもかげに＝同、あかつきは＝済継、つゆふかし＝実隆、おもふこと＝雅俊・政為）

コ　『家集之内』（あさがすみ＝後柏原院、むめのはな＝同・実隆、うづみび＝後柏原院、あかつきは＝同）

サ　『寛文七年九月十三夜新院御当座』（はなす丶き＝雅章・資冬・通茂・時久・宗量、はじもみぢ＝雅喬・道寛・弘資・昭房・霊元院、うちもねず＝宣勝・経慶・公綱・隆慶・時量、おもふこと＝雅房・経尚・隆豊・霊元院・道寛）

シ　『同十二年二月二十四日禁裏御月次』二十首題所々漏脱在之（あさがすみ＝〈一首欠落〉・季信・隆豊・季保・雅章、むめのはな＝霊元院・公規・光雄・誠光・英仲、たまやなぎ＝経光・員従・資兼・〈作者表記なし〉・基共、かきつばた＝時方・〈二首欠落〉・公量・定淳、ほとゝぎす＝雅喬・実光・意光・淳房・兼豊、とこなつ＝実維・〈作者表記なし〉・雅章・季保、はなたちばな＝氏信・〈一首欠落〉・隆尹・有維・季経・雅喬、をみなへし＝公綱・実光・〈一首欠落〉・時方・〈一首欠落〉、しのすゝき＝冬仲・行豊・基共・宗量・重条、ふぢばかま＝淳房・誠光・〈一首欠落〉・基共・兼連、はじもみぢ＝資茂・〈一首欠落〉・実富・当治・公規、はつゆき＝方長・員従・兼豊・〈一首欠落〉・霊元院、をのゝすみがま＝意光・豊長・隆慶・〈一首欠落〉・光雄・氏信・隆尹、うづみ火＝〈一首欠落〉・公量・英仲・公綱、おもかげ＝資行・実維・冬仲・公規、こひわびて＝兼連・有維・実富・方長・〈一首欠落〉、うちもねず＝霊元院・経光・氏信・行豊・雅章、あかつきは＝定淳・〈一首欠落〉・宗量・豊長・資行、つゆふかし＝公規・季信・〈一首欠落〉・定淳・重条、おもふこと＝〈一首欠落〉・当治・光雄・資廉・雅喬）

ス　『天和三年十一月廿五日御当座』（はつゆき＝基煕・行豊・定経・員丸、をのゝすみがま＝実富・霊元天皇・時量・隆慶・意光・定淳、うづみ火＝長義・実種・光雄・保春、あかつきは＝資冬・基煕・霊元天皇・幸仁・通茂）

セ　『貞享三年二月廿二日　新院御一周忌御会』（あさがすみ＝仙洞・冬経・意光・嘉延・光雄、かきつばた＝基煕・資茂・雅豊・時量・実種、こひわびぬ＝保春・経尚・実富・長義・通茂、おもふこと＝員丸・雅喬・〈一首欠落〉・隆慶・幸仁）

下　巻

ソ　『拾遺愚草』下　大将（良経）殿にて、秋の比、よゐの僧の経よむを聞て、れいのこの文字をかみて（ママ）をきて、秋のうた（なもめうほうれむぐゑきやう）（定家）

タ　『後柏原院御集』文亀元年九月廿八日、後土御門院御一回忌、弥陀の名号を上にをきて（なむあみだぶ）御製　後柏原院

チ　『雪玉集』入道前太政大臣二七日念仏の中に、思ひつゞけし（なむあみだぶつ）実隆

ツ　『雪玉集』九月一日故大納言殿正忌に、六字の名号を、四季の述懐によせてよみ侍りける（なむあみだぶ）同

テ　『春夢草』十輪院前内府通秀公うせ給し時、南無地蔵大菩薩の字を、十首の上にをきて詠之（なむぢざうだいぼさつ）肖柏

ト　『春夢草』道泉数十年、心のへだてなく和哥の道に心ざしあさからぬを、思ひがけぬことにてなくなり侍し初七日に、不動明王の文字十首にをきてよみ侍し（なむふどうみやうわう）同

ナ　『天文十八年五月四日、贈左大臣義晴追善』六字名号を、句のかみにをきてつらね侍る折から、郭公のをとづれ侍るも、やどにかよはゞとあはれにて（詞書中略）（なむあみだぶ）藤原前久関白殿

ニ　『書写山快祐法印七回忌追善六字名号和哥』（なむあみだぶ）藤原公夏

ヌ　『前大納言雅春卿追善和哥』諸法実相といへる字を、冠にをきてよめる（しよぼうじつさう）釈道澄

ネ　『陽光院三十三回忌追善の歌』（そくしんじやうぶつ）興意法親王

ノ　『後水尾院御集』九月の末つかた、思ひもあへず倚廬にうつろひしかば、たゞ夢のうちながら、なぐさむべきかたなきかなしさに、仰をねむじ侍りけるに、諸法実相といふことをおもひ出て、句のはじめにをきて、いさゝか愁吟の思ひをのべけるならし　後陽成院崩御の御時也（しようぼうじつさう）御製後水尾院

ハ　『新広義門院かくれさせ給ひける時、六字名号御歌』（なむあみだぶ）後水尾院

ヒ　『後陽成院の霞の和歌』（しようぼうじつさう）平時慶平松

フ　『延宝五年二月廿九日　後十輪院廿五回忌』心経のおくに（しむぎやう）道晃

ヘ　『元禄七の年神無月十日あまり五日といふ夜、青蓮院宮尊澄親王、四十あまり四とせの春秋、かぎりある夕の露はかなきはなを数ならで、にはかにうつせみの世をはやうせられけるなごりのかなしさ、やるかたなければ、経陀羅尼よむいとま、せめては心のなぐさめにもやと、みだの宝号をかしらにすへて、思ひをやまと言の葉にのべ

はへりぬ。』狂言綺語といふとも、讃仏乗の種とならむかし（なむあみだぶ）基凞

ホ『貞享五年二月十日　仙洞御夢想春日社御法楽』御夢想＝みえかねてかすむおのへのはなのかにまつもいろそふはるのあけぼの（初春＝東山天皇、山霞＝幸仁、夜梅＝冬経、春曙＝敏広、待花＝〈作者欠落〉、惜花＝輔実、暮春＝時成、時鳥＝宗条、夏月＝経慶、夕立＝家凞、初秋＝実業、荻風＝惟庸、初鴈＝経光、秋夕＝尚仁、野月＝冬基、江月＝為茂、菊露＝実陳、落葉＝公規、千鳥＝定誠、雪朝＝時方、祈念＝兼凞、契恋＝東山天皇、逢恋＝行豊、別恋＝雅光、久恋＝為綱、恨恋＝基凞、暁鶏＝資廉、松＝通誠、窓竹＝実陰、旅宿＝雅豊、神祇＝基福）

マ『名所和歌』四季・恋・雑　春（音羽河＝仙洞・通村・公規、春日野＝冬基、葛城山＝時成、三嶋江＝為茂、芦屋里＝仙洞・雅豊・公晴、伊勢海＝基長・兼豊、大淀浦＝豊長、宇津山＝通茂、田籠浦＝義延・為久、吹上浜＝康綱、高砂＝淳房、末松山＝兼凞・光栄）夏（美豆野＝仙洞、大井川＝尚仁・通村、信田杜＝後西院・同・意光、天香具山＝実陰、猪名野＝実陰、大江山＝光雄、御裳濯河＝通茂、松浦山＝通村・実業、須磨＝道晃）秋（常磐杜＝後水尾院、宇治川＝共方、立田山＝幸仁・道晃、三室山＝通村・同、伊駒山＝誠光、泊瀬山＝相尚、明石浦＝雅喬、野嶋崎＝意光、清見関＝長義、武蔵野＝公晴、白河関＝定誠、宮城野＝通村）冬（小塩山＝行豊、清滝川＝経光、交野＝光広・通村、住吉浦＝通誠・通躬、田蓑浦＝基凞・通茂、鏡山＝通村・同、浮嶋原＝時方、因幡山＝経慶、有乳山＝公長、安達原＝重条・相尚）恋（伏見里＝通村・基福、石瀬杜＝光雄・為綱、益田池＝幸仁、二見浦＝兼凞、鳴海浦＝後西院・同・為綱、阿波手杜＝道晃・同、礒間浦＝輔実、浜名橋＝経光、高師浜＝雅光、筑波山＝通村・光雄、名取川＝時方、袖浦＝通村）雑（鳥羽＝後水尾院・通村、交野＝道晃、芳野川＝義延、住吉＝後西院・資慶、布引滝＝宗尚、長柄橋＝尚仁、立田＝道晃、逢坂関＝基凞・後水尾院・通村、鏡山＝後水尾院・同、鈴鹿川＝実業、白菅＝光広、佐夜中山＝〈作者欠落〉、不尽＝同・同、黒髪山＝同、須磨＝道晃、三保＝資慶、飾摩市《（ママ）》＝惟庸、明石＝光広、冨士＝通村・実業）

以上、『仮名題和歌抄』に収録される作品群を紹介したが、この整理によって、本抄にはア～マの都合三十一の作品が収載されていることが知られよう。ちなみに、これらの三十一作品を内容（主題）別に概観してみると、

A　折句として詠む
　a　和歌の句題を折句とする場合（ア・イ・ウ・エ・ク・サ・シ・ス・セ）
　b　いろは歌を折句とする場合（オ）
　c　名号や題目など仏教関係の語を折句とする場合
　　1　南無妙法蓮華経（ソ）
　　2　南無阿弥陀仏（タ・チ・ツ・ナ・ニ・ハ・ヘ）
　　3　南無地蔵大菩薩（テ）
　　4　南無不動明王（ト）
　　5　諸法実相（ヌ・ノ・ヒ）
　　6　即心成仏（ネ）
　　7　心経（フ）
　d　夢想歌を折句とする場合（ヘ）
B　各句として詠む
　a　和歌の句題を各句とする場合（カ・キ・ケ・コ）
　b　歌枕を各句とする場合（マ）

のように、折句として詠まれる場合と、和歌の一部（各句）として詠まれる場合の二通りに分類されるが、本抄では

前者が後者を凌駕している実態が知られよう。

ちなみに、本抄に収録される各作品は、藤原定家や慈円などが活躍した新古今時代から、後水尾院や霊元院などが中心となって営まれた近世堂上歌壇の盛行、推移した貞享年間ごろまでのものである。

(2)『句題和歌抄』について

次に、『句題和歌抄』はいかなる内容を有する類題集であろうか。この作品についても、いくつかの作品群を抄出して、内容の紹介、検討に入ろうと思う。

まず、本抄の上巻の巻頭部分を掲載すれば、

『拾遺愚草』下／建久六年秋比、大将殿にて、末句十をかきいだして、よむべきよし侍しに、当座

荻の上風　　定家

20　しほるべきよもの草木もをしなべてけふよりつらき荻のうは風　（一）

萩の下露

21　とればけぬわくればこぼる枝ながらよしみやぎ野の萩の下露　（二）

秋のよの月

22　こしかたはみなおもかげにうかびきぬゆくすゑてらせ秋のよの月　（三）

秋の夕霧

23　いざこえしおもへば遠き故郷をかさなる山のあきの夕霧　（四）

のとおりだが、これは定家の『拾遺愚草』の下巻から、句題として掲げた「荻の上風」「萩の下露」などの歌句を

「末句」にもつ詠歌を採録した事例である。

続いて下巻の冒頭部分を紹介すれば、

古今／はるたつけふの　後西院

24　一夜あけて春たつけふの神がきに名にあふ松もかすみあひつゝ　（一三八）

25　かすみけりはる立けふの波間より見えし小嶋もそことなきまで　（一三九）
基凞

26　のどけしな春たつけふの朝日影いでゝたかねに霞むひかりは　（一四〇）
通茂

27　きのふまで春はとなりにへだてこし中垣よりやとしはこえぬる　（一四一）
後（撰）／としもこえぬる　仙洞

（中略）

28　雪きえぬ山もかすみて君が代のめぐみあまねき春やみすらん　（一四七）
拾（遺）／山もかすみて　道晃

のとおりだが、これはその作品名を特定することはできないが、三代集にみえる句題（歌句）を、各句に詠み込んだ詠作群であって、詠歌作者は後西院歌壇に関係する堂上歌人たちである。なお、本抄の下巻はこの作品群がすべてである。

以上が『句題和歌抄』の主要な作品群の内容だが、本抄は『仮名題和歌抄』とは異なって折句形式の作品は収録を見ず、いずれも句題（歌句）を各句として詠作に詠み込んだ事例ばかりであるようだ。そこで、以下に本抄の収録する作品群を、具体的に提示してみよう。

上　巻

あ　『拾遺愚草』下　建久六年秋比、大将殿にて、末句十をかきいだしてよむべきよし侍しに、当座（荻の上風・萩の下露・秋のよの月・秋の夕霧・さをしかの声・初鴈のこゑ・うづら鳴也・衣うつなり・夕ぐれの空・暁のそら）定家

い　『拾玉集』　古今一句をこめて、うたよみしに（木のめも春の・たえてさくらの・春の山風・いたりいたらぬ・池の藤波・ふり出てぞ鳴・山ほとゝぎす・空もとゞろに・にごりにしまぬ・かたへ涼しき・わが身ひとつの・月のかつらの・はつかりがねぞ・ひとりある人の・庭もまがきも・秋なき波の・ぬさと手向て・衣手さむし・雪げの水に・なべてふれゝば・つゐにもみぢぬ・袖ぞしるらん・鳴やさ月の・むなしき空に・我やゆかんの・ぬるゝがほなる・わが手枕の・しぎのはねがき・人のこゝろの・いもせの山の・夜はにや君が・嶋がくれゆく・おぶの下草・なにはのみづに・なしとこたへて・おもひつきせぬ・たみのゝ嶋に）慈鎮和尚

う　『玉吟集』　古今一句をこめて、春の哥よみしに（花いろ衣・うぐひすの声・霞の袖に）古今一句をこめて、夏の哥よみけるに（板井の清水・はな立花の）古今一句をこめて、秋の哥よみしに（心づくしに・田をつくればか・たなゝしを舟・しばし水かへ・袖かとまがふ・おらぬ日ぞなき・岩きりとをす・ふかくそめてし）古今一句をこめて、冬哥よみ侍しに（うつろひ残る・しぐるゝ空の）古今一句をこめて、恋哥よみ侍し時（逢にしかへば・わが名はたてじ・たてれをれども・かたもかたこそ・たはぶれにくき・たてぬきにして・するさへよりこ・関しまさしき）古今一句をこめて、哥よみ侍けるに（床は草ばの・よこをりふせる・波とゝもにや・身はいやしくて・今の仰の・うきたびごとに・身のいたづらに・なにぞはありて・さかゆく時も）家隆

え　『永正元年十二月御百首中』　勅題古今集句（春たつけふの＝後柏原院、ころも春雨＝実隆、春の野に出て＝政為、花

ぞむかしの＝為広、ちる花ごとに＝宣親、かたへ涼しき＝政為、たなばたつめの＝為広、萩の下葉も＝後柏原院、やどる月さへ＝実隆、冬ぞさびしき＝政為、なにかつねなる＝宣親、ちとせのためし＝為広、たびゆく人を＝実隆、ゆふつげ鳥は＝政為、かつみる人に＝後柏原院、おもひおもはず＝実隆、夜ぶかくこしを＝為広、たが名はたゝじ＝定親）

お　『永正三年後十一月御百首中』　勅題後撰集句（おふるわかなを＝政為、おぎのやけ原＝実隆、はなのあるじや＝御製後柏原院、花もてはやす＝為広、夏のころもに＝雅俊、秋のなぬかの＝政為、ねを鳴むしの＝為広、色なき露は＝御製、鹿たちならす＝実隆、かきねの菊は＝雅俊、まづ初雪を＝政為、つゝむ思ひの＝御製、逢ぬなげきや＝実隆、いとふにはゆる＝政為、などいつはりと＝為広、いかに契し＝雅俊、軒の玉水＝実隆、ゆきかふ鳥の＝御製、谷のこゝろや＝雅俊、ひじりの御代の＝為広）

か　『同（永正）五年六月御百首中』　勅題拾遺集句（としたちかへる＝政為、わかなつむべく＝宗清、花みてかへる＝御製、ぬるとも花の＝実隆、このさみだれに＝済継、あへるたなばた＝宗清、空ゆく月の＝御製、みやこの月を＝政為、かりのつかひに＝実隆、はるのとなりの＝済継、いはで物おもふ＝御製、なみだをのごふ＝政為、いひはなたで＝済継、なきてわかれし＝実隆、わが名はたちて＝宗清、みねのしら雲＝実隆、草のまくらに＝御製、こゝのがさねの＝政為、松と竹との＝宗清）

下　巻

き　『（作品名不詳）』　（古今〈以下「古」と略す〉はるたつけふの＝後西院・基凞・通茂、後〈撰〉〈以下「後」と略す〉・としもこえぬる＝仙洞・兼凞・道晃、古・かすみにこめて＝穏仁・道晃、古・かすみをわけて＝雅直、拾〈遺〉〈以下「拾」と略す〉・山もかすみて＝道晃、拾・このめはる風＝為経・通統、後・はつうぐひすの＝兼凞、後・なくうぐひすの＝資慶、古・うぐひすさそふ＝実晴・窓光、後・おふるわかなを＝俊広・為久、古・わかなつみけり＝光雄、後・きえあへぬ雪の＝道寛、後・梅のはつはな＝惟庸・重孝、拾・いづれをむめと＝通茂、後・柳のまゆぞ＝隆量・長義・光和、古・春のやなぎか＝経光、拾・かきねのやなぎ＝後西院、後・荻のやけ原＝広道、古・ころも春雨＝定誠、古・鴈かへるなり＝時量・資茂、後・春のながめは＝雅喬、拾・まづさく花や＝季永、古・花やをそきと＝共綱、古・けふこそさくら＝仙洞、後・花もてはやす＝雅草・為綱、後・花のときはも＝基凞・弘資・経音、古・花のところは＝道晃・光雄、古・花をしみれば＝宗量、拾・花のしづくに＝道晃、後・花のあるじや＝後西院、後・花のたよりに＝雅直、拾・ちりくるはなを＝光題、拾・ちりつむ花の＝道晃、後・すみれのはなの＝隆方、拾・はるの山田を＝宗顕、後・春のかぎりの＝基福・実業、拾・春のかぎりは＝公業、後・夏のころもに＝為清・〈作者欠落〉・行豊、拾・夏はみどりの＝実種・通誠、後・なをうのはなの＝嗣孝・宗尚・相尚、拾・さける卯花＝後西院、古・あなうのはなの＝公信、古・あふひてふ名を＝公起、後・ほとゝぎすさへ＝実陰・為信、拾・などほとゝぎす＝方長、古・はなたちばなに＝通村・俊広、拾・此さみだれに＝雅喬、拾・夏のくさ葉に＝季通、後・なでしこのはな＝隆業、古・とこ夏の花＝言行、後・よるはほたるの＝道晃・光雄、古・夏はうつせみ＝基時、後・風のすゞしく＝輔通・窓光・宗条、古・河辺涼しき＝雅直、古・かたへすゞしき＝基定、後・夏ばらへする＝実起・経慶・淳房、後・はつあきかぜは＝基凞・資慶、古・あきのはつ風＝経慶、後・秋の七日の＝尭然・通茂・時方、拾・あへるたなばた＝弘資、古・たなばたつめの＝後西院、拾・荻の葉ならば＝国久、後・しのすゝき＝後水尾院、後・まねくをばなに＝信方・公晴、古・なびくあさぢの＝道晃、後・野べのあさぢは＝雅光、後・ねをなくむしの＝頼孝・定基、拾・はたおるむしの＝雅喬、古・松むしの音に＝有維、古・萩のした葉も＝嗣孝、後・鹿たちならす＝重条・季賢・実守、後・おのへの鹿は＝資清、拾・いろなき露は＝永慶、拾・あかつき露に＝道晃、後・月のうへより＝時成・弘資、後・やどる月さへ＝道晃・後西院、拾・てる月かげの＝長時、後・月をあはれと＝隆長、後・ながるゝ月の＝尭然、拾・月はうき世の＝通茂、拾・みやこの月を＝後西院、後・有明の月を＝弘資、後・有明の月の＝嗣孝・景忠、古・初かりがねぞ＝資行、拾・なきゆく鴈の＝資時・為茂、拾・たつ秋霧は＝永房・公澄、後・霧立わたり＝公継、後・かきねの菊は＝道晃・相尚、〈古〉・菊のかきねに＝季定、〈後〉・あかぬもみぢの＝後西院・致季、〈後〉・袖ももみぢと＝実業、古・紅葉のにしき＝資冬、〈拾〉・紅葉をわけて＝後西院、〈後〉・過ゆく秋や＝〈作者欠落〉・為条・基長、〈拾〉・秋のかたみを＝通茂、古・しぐれぞ冬の＝輔実・俊広、〈古〉・しぐれ〳〵て＝道晃、〈拾〉・木のはながるゝ＝雅直、〈古〉・かれゆくを野の＝公親、〈古〉・をく初霜を＝隆量、〈後〉・こよひの霜に＝光雄、〈後〉・袖のこほりは＝資行、〈後〉・さむきあしたの＝有胤・季通・公央、古・すむをし鳥の＝兼仍・尚長、古・衣手さむし＝道晃・資忠、拾・あられふりしけ＝雅喬・通躬、拾〈実は「後」〉・雪ははなとぞ＝時方・基時・雅豊、後・雪にまじりて＝仙洞・永貞、古・雪ふりしきて＝資茂、拾・雪をたもとに＝通茂、後・たれすみがまの＝後西院・窓光・公野、〈後〉・としはくれにき＝時成・通茂・実陰・通夏、〈古〉・としのくれぬる＝定淳、〈古〉・春のとなりの＝資慶、〈後〉・つゝむおもひの＝綱平・光雄・為条、〈古〉・忍ぶることぞ＝弘資、〈拾〉・みぬ人こふる＝雅喬、古・かつみる人に＝雅房、〈後〉・待くらすまの＝実維・実種、〈後〉・人まつよひの＝実昭、〈後〉・恋しきせにぞ＝具家・雅光、〈後〉・しゐて恋しき＝道福・輝光、〈後〉・いとふにはゆる＝実起・宣定、〈後〉・とはぬはつらき＝実業・康慶、〈後〉・いかに契りし＝隆典、〈後〉・身をぞうらむる＝為継・雅豊、〈後〉・夢にだにみぬ＝経光、〈後〉・おもへばくるし＝道晃、〈後〉・いひははなたで〈後〉＝通茂、〈後〉・あはでとしふる＝資慶、〈古〉・おもひ思はず＝道晃、〈拾〉・いたづらぶしを＝通茂、〈拾〉・あらばあふ夜の＝資慶、〈三代集になし〉・うきにつけては＝通茂、〈古〉・たえずなみだの＝通純、〈後〉・あはぬなげきや＝資慶、〈後〉・などいつはりと＝俊景、〈古〉・逢夜はこよひ＝定輔、〈後〉・あひみて後ぞ＝長義・具起、〈後〉・かへるあしたの＝尭然、〈後〉・わがかねごとの＝教広、〈古〉・をのがきぬ〳〵＝通茂、〈後〉・したふなみだの＝雅章、〈拾〉・なきてわかれし＝通茂、〈後〉・あひおもふ人の＝時量、〈古〉・ゆきてうらみん＝俊清・公規、〈後〉・わすれがたみに＝秀信、〈後〉・あかつきおきを＝行豊・兼賢、〈後〉・尾上の小松＝通誠・雅直、古・我ゐる山の＝道晃、〈拾〉・かさなる山を〈は〉＝道晃、後、谷のこゝろや＝仙洞・相賢、〈拾〉・谷のむもれ木＝道晃、古・野なる草木ぞ＝道晃、後・汀のあしの＝範量、後・まさ木のかづら＝隆豊、〈後〉・たづも鳴なる＝実種・永貞・実積、

〈古〉・ゆふつげ鳥は＝頼孝、古・たびゆく人の＝宗条・基勝、古・たびゆく人を＝経慶・通福、古・なにかわかれの＝宗量、〈後〉・みやこわするな＝豊長、〈後〉・のきの玉水＝雅喬、〈後〉・草の戸ざしの＝永俊、後・うかべるふねの＝道晃・経慶・後・あしかりをぶね＝道晃、〈後〉・舟こすしほの＝季賢、〈後〉・塩やくあまの＝季信、古・ふるさとの人の＝経尚、古・うきこそまされ＝季信、古・夢かとぞおもふ＝仙洞、〈古〉・おもひつきせぬ＝窓光、古・としへぬる身は＝道寛、〈古〉・たえずなみだの＝公規、〈古〉・はかなき世をも＝基熈、〈古〉・あるをみるだに＝経慶、〈拾〉・はかなき世をば＝雅直、古・さらぬわかれの＝通村、〈後〉・三世の仏に＝具起、古・神代のことも＝道晃・貞光、〈古〉・するの世までの＝資茂、〈古〉・ちとせのためし＝弘資、〈後〉・ひじりの御代の＝邦永・雅章・実業）

以上、『句題和歌抄』に収載される作品群について具体的に紹介したが、本抄にはあ〜きの七作品が収録されていることが知られよう。ちなみに、七作品を内容（主題）別に、『仮名題和歌抄』にならって分類すると、

B　各句として詠む

a　和歌の句題を結句に詠む場合（あ）

b　『古今集』に見える句題を各句として詠む場合（い・う・え）

c　『後撰集』に見える句題を各句として詠む場合（お）

d　『拾遺集』に見える句題を各句として詠む場合（か）

e　三代集に見える句題を各句として詠む場合（き）

のとおりである。ちなみに、本抄に収録される各作品は、藤原定家・慈円・藤原家隆などの新古今時代の詠作と、永正元年（一五〇四）から同五年（一五〇八）までの室町期の詠作、および後西院時代の江戸初期の詠作の三種類に分類される。

ここに『仮名句題倭謌抄』は、以上のごとき内容を有する『仮名題和歌抄』と『句題和歌抄』とを合わせもつ仮名句題の二重構造の類題集であることが確認されよう。

四　編纂目的・成立・編者の問題など

さて、『仮名句題倭謌抄』はおおよそ以上説明したごとき類題集であるが、それでは、本抄はいかなる意図で編纂されたのであろうか。次に、本抄の編纂目的について言及してみよう。幸い、この問題については、本抄の冒頭に、「仮名句題倭謌抄／序列」として「睡翁」なる人物による編纂意図に触れた記述があるので、それを以下に引用しておこう。

敷嶋のやまとうたは、神代のむかし、久かたのあまのうきはしのもとよりおこり、文字の数定まれることは、あらがねのつちにして、いづもやへがきにはじまり、豊芦原の国のならはしとなりて、このみちさかりになりにけるより、花・郭公・月・雪に題して、そのこゝろざしのゆくところを言葉にあらはすことになん。かゝれば、青によし寧楽のみかどの御代に、『萬葉集』を撰ばれて、くさ〴〵の題をのせらるゝといへども、四の時のつゐでをわかたれず。

醍醐のみかどの『古今集』より、部立を定めたまひ、物名の一巻には、草・木・鳥・虫・うつはもの・所の名にいたるまで、題して、その名をかくしよむことをしらしめらる。これは人まろ家集に、六十余の国の名をかくして詠ぜられしや、はじめならん。

神号を題することは、大江千古が詠に見え、人物を題し、経文を題することは、『後拾遺集』に見えたり。詩の句題は、大江千里が詠をもととして、百首によまれしは、京極黄門を権輿とや申べき。

抑、和哥の句題といふ事は、彼黄門、建久の比秋、右大将家にて、「荻の上風」といふより「暁の空」といふまで、末の一句を、十かき出して詠ぜられしや、はじめならん。相続いて、吉水和尚、壬二位、『古今集』の一句を題して詠ぜらる。それより連綿して、後柏原院の比より、三代集の句題をもて、四季・恋・雑に組てよむことになれり。

又、仮名題は、『古今六帖』にみえ侍れど、題の文字を一字づゝ、初めの句の上にをかるゝことは、これも建久のころにや、京極黄門「あさがすみ」といふよりはじめて、四季・恋・雑の百首を詠ぜらる。しかれども、巻頭ばかり題の物をよまれて、其ほかはことものをのみつらねられたり。

題の物を一首〳〵によまれし例は、吉水和尚結構ありしよりはじめて、文明のころよりさかりにもてあそばれて、浜千鳥あとたえぬことゝなりぬ。

そのほか、切字を初めの句の上にをかるゝことも、京極黄門の詠ぜられしより、世々のためしとなり、夢想の和哥にも、切字をもはらをくことゝなりぬる
しかるに、仮名題、句題のうた、代々の勅撰にのせられねば、初学の人、そのおもむきをしらず。かた田舎には、この名目をさへ知る人まれなり。

よて、此道にふける末学・同志の人にみせしめんとて、はゞかりの関の人めをかへりみず、水茎の岡の露に筆をそめて、和哥のうらの玉藻をかきあつめ、五巻となしぬ。

おそらくは、てにはのたがひや侍らん。又、闕たる哥の侍ることは、写本のまゝにうつしはべる。全本を見あたりたまはん人は、これを補ひ給ひてんかし。

享保酉年仲春良辰　洛北散人睡翁謹誌

すなわち、この序文は、和歌の起源から筆を起こし、「花・郭公・月・雪」などの四季の景物を題に「志の赴くところを言葉にあらはすことに」なったのが和歌であって、「寧楽の帝の御代に、『萬葉集』が撰ばれ」たが、まだ部立はなかった。それが「醍醐の帝の『古今集』より、部立が定」まり、「草・木・鳥・虫・器物・所の名」を「隠し詠む」「物名」の部が設けられたが、これは『人麻呂歌集』にみられる「畿内五ケ国」「東海道十五ケ国」以下の「国を隠して詠ぜられし」詠法に示唆を得たものであろう、と説いて、この「物名」の詠法が仮名句題和歌の出発点の趣を呈すると目論んでいるのが、この序文の草者・睡翁の口吻である。ちなみに、睡翁は「神号を題」とした詠が『日本紀竟宴和歌』の作者大江千古の歌に、「人物を題し、経文を題」とする詠作が『後拾遺集』に、漢「詩の句題」和歌が大江千里の詠に各々、見出されることを指摘している。

そして、いよいよ睡翁は仮名句題の問題に触れ、それが本格化したのは、藤原定家が「建久の比秋、右大将（藤原良経）家にて、『荻の上風』といふ（句題）より『暁の空』といふ（句題）まで」を、「末の一句（結句）」に「詠ぜられ」たのが嚆矢と説く。さらに、これを受けて、慈円や藤原家隆などが「『古今集』の一句を題して詠」じて、永正年間まで「連綿」するが、その後、「後柏原院の比より、三代集の句題をもて、四季・恋・雑に組て詠むことになった」と説く。これらは、すなわち仮名句題を各句のなかに詠み込むという詠法である。

一方、仮名題は『古今六帖』にすでに認められるが、「題の文字を一字づゝ、初めの句の上に」置いて詠む、いわゆる「折句」としての詠法は、藤原定家が「『あさがすみ』といふ（句題）よりはじめて、四季・恋・雑の百首を詠」じて以来、慈円などもこの詠法を楽しんだが、「文明のころよりさかりにもてあそばれ」るようになり、貞享年間にまで及んでいる、と睡翁は説いている。なお、「夢想の和哥」も折句として詠まれるに至った、と付記している。

以上が序文の草者・睡翁が言及した仮名句題の変遷についての概略だが、それでは、睡翁は本抄の編纂目的について、どのように言及しているのであろうか。この点については、睡翁は「仮名題、句題の歌、代々の勅撰（集）に載せられねば、初学の人、その趣を知らず。片田舎には、この名目をさへ知る人まれなり」と言い、「よって、此道に耽ける末学・同志の人に見せしめんとて」、この書目を編纂したと言及している。すなわち、本抄の編纂意図は、勅撰二十一代集には、仮名句題の和歌を一括して掲載することがないので、和歌の初心者や片田舎の人は、仮名題という知見さえ持たない状況にある。ゆえに、和歌の道にひたすら耽ける、いわゆる後進の士たちのために、一肌脱いで、仮名句題による詠作例を集成して、その手本とするべく編纂を思い立ったというのである。

本抄の編纂目的は以上のように規定できようか。

次に、『仮名句題倭謌抄』の成立時期の問題だが、この点については、本抄は、序文の執筆年時を、睡翁が「享保酉年仲春」と記し、刊記に「享保酉年三月吉日」とあるので、その成立を享保酉年（二年）三月と認定することができるであろう。

次に、『仮名句題倭謌抄』の編者の問題だが、この点についても、本抄には、序文の執筆者として「洛北散人睡翁」なる人物の署名が明記されているので、「睡翁」なる人物を編者に想定して誤りはなかろう。ただし、「睡翁」なる人物の事蹟についてはまったく不詳である。ちなみに、『和学者総覧』（平成一・第三刷、汲古書院）には「1480　宇《ウ》都《ツノ》宮《ミヤ》綱《ツナ》根《ネ》　〔通〕字一大夫　〔号〕睡翁　尾張海東郡　元治1・3・16　70余」、および「3847　蔵《クラ》田《タ》茂《シゲ》穂《ホ》　〔姓〕小宮山・藤原　〔通〕純七・友太夫　〔号〕睡翁　佐渡相川　嘉永6・8・6　43」なる「睡翁」と号する人物に関わる記事を掲載しているが、両名ともに「洛北散人」とは別人のように判断されるので、『仮名句題倭謌抄』の編者の「睡翁」の動向を知ることは、現時点では不可能であるようだ。

最後に、『仮名句題倭謌抄』の近世仮名類題集における位相に言及すると、次に掲げる近世仮名類題集の刊行についての年譜が参考になろう。

享保二年（一七一七）　仮名句題倭謌抄（睡翁編）
文化十四年（一八一七）古詞類題和歌集（八穂編）
文政元年（一八一八）　仮名類題和歌集（蓮阿編）
文政二年（一八一九）　中古和歌類題集（蓮阿編）
文政三年（一八二〇）　屛風絵題和歌集（亮澄編）

この年譜によると、いわゆる仮名題による類題集が流行しはじめるが、文化期後半から文政期にかけてと知られるが、そのような仮名題類題集の出版状況のなかで、『仮名句題倭謌抄』は古歌の一句を題とする「仮名句題」の集成である点で、オーソドックスな仮名類題集と多少性格を異にする類題集といわねばなるまいが、これらの類題集に百年も先行するのである。この事実から、本抄は近世仮名類題集の嚆矢と認定することができ、それなりの評価は否定しえないであろう。

ところで、仮名類題集は本抄に限らず、そのほかのそれも、現存伝存する伝本の数量が、真名題の類題集に比べて、極端に少ないようである。これは近世において仮名類題集がそれほど流布していなかった実情を端的に物語る現象であろうが、それでは、仮名類題集は何ゆえにそれほど流布しなかったのであろうか。

この問題については、目下、確固たる理由を説明しえない状況にあるが、憶測を逞しうすれば、南北朝期に成立した和歌の組題を集成した『明題部類抄』なる作品が慶安三年（一六五〇）に刊行され、この慶安版『明題部類抄』には、その組題のすべてにひらがなによるルビが付されているので、和歌を詠作する初心者が仮名題による詠作を試みようとしたときに、あるいはこの版本『明題部類抄』を参看したために、仮名類題集の需要がそれほど高まらなかったのかも知れない。あるいは、中古以来の歌学書の流布や、そのほか『和歌題林抄』や『種心秘要抄』などの歌題集成書などの出版もこの時期には盛行しているので、仮名題の詠作が必要になった際には、あるいはこれらの書物をひもといて、代替させたのかも知れない。いずれにせよ、仮名類題集が江戸期に想像以上に流行しなかったのは確かであって、その流行しなかった理由については、今後の課題と言わねばならない。

五　まとめ

以上、『仮名句題倭謌抄』の成立の問題について、種々様々な視点から基礎的な考察を加え、いくつかのことを明らかにしえたので、以下に、それらの成果を摘記して、不充分ながら本節の結論に代えたいと思う。

(一) 『仮名句題倭謌抄』は、『仮名題和歌抄』三巻と『句題和歌抄』二巻とから成る、仮名題による類題集である。

(二) 『仮名題和歌抄』は、桑名市立文化美術館秋山文庫などに版本として伝存し、総歌数七百四十四首（上巻・二百六十二首、中巻・二百三十一首、下巻・二百五十一首）を収載する。

(三) 『句題和歌抄』は、『仮名題和歌抄』三巻を合わせもつ『仮名句題倭謌抄』が早稲田大学などに版本として伝存し、総歌数四百首（上巻・百三十七首、下巻・二百六十三首）を収載する。

(四) 『仮名題和歌抄』は、藤原定家の『拾遺愚草』『拾遺愚草員外』や慈円の『拾玉集』の「賦百字百首」から『貞享五年二月十日　仙洞御夢想春日社御法楽』『名所和歌』までの都合三十一の作品を収載し、それらの作品群は仮名の句題を、折句として詠む場合と、各句として詠む場合の二種類の詠法に分類される。

（五）『句題和歌抄』は、藤原定家の『拾遺愚草』や慈円の『拾玉集』から『永正五年六月御百首中』や書名不詳の十二の作品群を収載し、それらの作品群は各句として詠む詠法に限定される。

（六）『仮名題和歌抄』三巻と『句題和歌抄』二巻とを合わせもつ『仮名句題倭謌抄』の編纂目的は、その序文によると、和歌の道に耽ける後進の同好の士のために、仮名題による詠作例を一括、集成して、その手本とするべく編纂を企図したようである。

（七）『仮名句題倭謌抄』の成立時期は、序文と刊記に記す記述から、享保二年（一七一七）と規定できよう。

（八）『仮名句題倭謌抄』の編者は、序文の記事から「睡翁」と規定しうるが、この「睡翁」なる人物の事蹟などは目下のところ、まったく不詳である。

（九）『仮名句題倭謌抄』の近世仮名類題集における位相に言及するならば、本抄は、オーソドックスな仮名類題集の嚆矢である『古詞類題和歌集』に百年も先行する意味で、その意義は図り知れないものがあろう。

第五節　飛鳥井雅章編『数量和歌集』の成立

一　はじめに

筆者は近時、古典和歌を例歌（証歌）として収載する、近世に成立した類題和歌集の研究を進めているが、近世期に成立した類題集の種類たるや種々様々で、まさに多彩な様相を呈していると言えようか。そのような多彩を極める近世類題集のなかで、筆者のまだ手を染めていない領域は数限りないが、近時、とりわけ興味・関心を抱いて検討しはじめたのが、数量を主題にした飛鳥井雅章編『数量和歌集』（以下「本集」と呼ぶ）なる類題集である。

ちなみに、本集は『和歌大辞典』（昭和六一・三、明治書院）に、

数量和歌集《すうりやうわかしふ》〔江戸期歌集〕飛鳥井雅章撰。承応二1653年成立。宝永四1707年書写本が書陵部に伝わる。上下二巻。数量にゆかりのある項目（古歌仙・中古歌仙以下前後十五番歌合までの五〇項目）によって、中古・中世の詠一五〇〇首を収める。【参考文献】『図書寮典籍解題　続文学篇』宮内庁書陵部（昭25養徳社）　（河地　修）

のごとく、簡にして要を得た紹介がなされ、この記事はまことに有益な情報提供であったが、最近、川平ひとし・大伏春美両氏編『影印本 鴫の羽搔』（平成一七・一二、新典社）が出版され、名数・数量についての総合的な見解が示され

るに及び、このテーマ（主題）については飛躍的な進展を遂げるに至ったように愚考される。

すなわち、『数量和歌集』については、日下幸男氏が『近世古今伝授史の研究　地下篇』（平成一〇・一〇、新典社）の「五　狭山の文人―北条氏朝年譜―」において言及された成果を評して、川平氏は、同集の注目すべき諸点を、

・第一に、下巻に見える飛鳥井雅章の、承応二年（一六五三）の本奥書、（中略）から、後水尾院の勅命により飛鳥井雅章が編したという成立事情と、江戸初期堂上における数量和歌への関心のほどを知りうること。

・第二に、下巻に見える貞享二年（一六八五）風観斎長雅の奥書中の、（中略）文言や、平間長雅より同集を借りて精写している北条氏朝の書写奥書（宝永四年（一七〇七））から、堂上圏の知的所産が地下へどのように珍重されながら受容されていたかを知りうること。

と、二点に要約して示したうえで、同氏はさらに、「名数・数量と和歌表現」の章立てのなかで、この問題について、諸方面から『鳴の羽搔』の史的展開をめぐらし、同集の意義や価値を定位されたのであった。

以上のごとく、本集は「名数」「数量」の視点からの、日下・川平の両氏および前掲著書の共編者たる大伏春美氏らの精力的な調査、研究によって、その本質がほぼ極められたと評し得ようが、しかしながら、本集を角度を変えて類題集の視点からながめたとき、そこにはまた、本集に対する異なった見方、見解が展開できるのではなかろうか。

本節はこのような立場から、『数量和歌集』を改めて俎上に載せ、本集がいかなる編纂目的で制作され、いかなる点で従来のオーソドックスな類題集と異なり、さらに近世類題集における位相は奈辺にあるのか等々、基礎的な検討を加えた作業報告である。

二　書誌的概要

さて、『数量和歌集』の伝本については、『私撰集伝本書目』（昭和五〇・一一、明治書院）によれば、

343　数量和歌集

数量和歌集　二　写　東北大　正徳六年写本の写

数量和歌集　二　宝永四、北条氏朝写　書陵部御歌所本（二一〇・七一六）

のとおりで、目下、それほど多くの伝本が伝播されていないことが判明する。そこで、ここでは宮内庁書陵部に伝存する、紙焼写真によって提供を受けた「書陵部御歌所本（二一〇・七一六）」を底本にして、その紹介に及べば、おおよそ次のとおりである。

所蔵者　宮内庁書陵部　蔵（二一〇・七一六）

編著者　飛鳥井雅章

体　裁　大本（縦二八・五センチメートル、横二一・〇センチメートル）二冊　列帖装

題　簽　数量和哥集　上（下冊欠）

内　題　数量和歌集　上（下）

目　録　あり

各半葉　十行（和歌一行書き）

各丁数　百四十一丁（上冊・六十丁、下冊・八十一丁）

総歌数　千五百三十五首
奥　書　飛鳥井雅章原奥書（下冊巻尾・承応二年〈一六五三〉九月）
　　　　平間長雅原奥書（同・貞享三年〈一六八六〉三月）
　　　　北条氏朝書写奥書（上冊巻頭）
識　語　北条氏朝（下冊巻尾・宝永四年〈一七〇七〉三月）

以上から、本集は承応二年（一六五三）九月、飛鳥井雅章によって編纂された、総歌数千五百三十五首を収載する、小規模程度の少々特異な類題集と規定されるであろうか。

三　内容面の問題

それでは、本集が収載する千五百三十五首の詠歌は、どのような作品の収載歌であろうか。ここではこの問題に言及するために、本集が収める作品群を、本集の掲げる目録などを参照しながら、以下に仮番号を付して列挙してみよう。その際、『鴫の羽搔』との比較にも及んでおこうと思う。

上巻

(1)　古歌仙〔△〕　(2)　中古歌仙〔○〕　(3)　新撰歌仙〔△〕　(4)　釈門歌仙〔×〕
(5)　女房歌仙〔△〕　(6)　古六歌仙〔△〕　(7)　新六歌仙〔△〕　(8)　九品之和歌〔○〕
(9)　新百人一首〔×〕　(10)　八景歌〔○〕　(11)　南京八景〔○〕　(12)　近江八景〔○〕
(13)　修学院八景〔○〕　(14)　新古今三夕〔○〕

下巻

(15) 詠三躰倭歌〔○〕	(16) 庚申之夜五首〔×〕	(17) 七猿〔○〕	(18) 物名二首〔×〕
(19) 十波羅密〔×〕	(20) 五妃〔×〕	(21) 六観音〔×〕	(22) 釈教五首〔×〕
(23) 釈教五部〔×〕	(24) 十二類歌合〔×〕	(25) 十二月花鳥〔○〕	(26) 十二月屏風和哥〔×〕
(27) 五行〔△〕	(28) 方角〔△〕	(29) 五色〔△〕	(30) 花紅葉　四季ノ月〔×〕
(31) 松岳鶴亀ノ祝〔×〕	(32) 春夏秋冬恋祝〔×〕	(33) 二十一代集巻頭和哥〔△〕	(34) 畠山匠作亭　十二月和歌〔○〕
(35) 七夕七首〔×〕	(36) 六道哥〔×〕	(37) 五波羅密〔×〕	(38) 十地〔×〕
(39) 十界哥〔○〕	(40) 五常之歌〔○〕	(41) 日吉七社〔×〕	(42) 神祇十首〔×〕
(43) 釈阿九十賀屏風哥〔×〕	(44) 水無瀬殿九月十三夜恋十五首哥合〔×〕	(45) 十躰和歌〔○〕	(46) 十躰〔△〕
(47) 和歌十體〔×〕	(48) 前十五番歌合〔×〕	(49) 前十五番歌合〔×〕	(50) 六哥仙古今序〔×〕

以上、本集に収録する各作品を個別に列挙したが、『鳴の羽掻』との比較に付した記号のうち、〔○〕は両者が共通する場合、〔△〕は両者間で一部共通する場合、〔×〕は本集が収録する作品が『鳴の羽掻』には未収録の場合を、各々示している。

以下、本集に収録する作品の性格について概略を示しておこう。

まず、(1)の「古歌仙」の場合は、『鳴の羽掻』が志香須賀文庫蔵の『古三十六人歌合』（各歌人一首）を採用するのに対し、本集のそれは歌人によって三首から十二首を収載する広本『三十六人歌合』の系統だが、『新編国歌大観第五巻』所収の書陵部蔵の伝本（五〇一・一九）と比較するに、前者が収載する伊勢の十首と大伴家持の三首を収載しない一方、後者が未収録の次の1~64の六十四首を収載する。

1　立田川紅葉ゞながるかみなみの三室の山に時雨ふるらし　（左・柿本人丸・二）
2　乙女子が袖ふる山のみづがきのひさしき世よりいはひそめてき　（同・同・三）
3　白露もしぐれもいたくもる山は下葉のこらず色付にけり　（右・紀貫之・一四）
4　むすぶ手の雫ににごる山の井のあかでも人に別れぬる哉　（同・同・一五）
5　吉野川岩波たかく行水のはやくぞ人をおもひ初てし　（同・同・一六）
6　住吉の松を秋風吹からに声うちそふるおきつしら波　（左・凡河内躬恒・二八）
7　伊勢の海のしほやくあまの藤衣なるとはすれどあはぬ君哉　（同・同・二九）
8　神なびの三室の山のくずかづらうら吹かへす秋は来にけり　（同・同・三七）
9　かさゝぎのわたせる橋に置霜の白きをみれば夜ぞ更にける　（同・同・三八）
10　百敷の大宮人はいとまあれや桜かざしてけふもくらしつ　（右・山辺赤人・四二）
11　花にあかぬ歎はいつもせしかどもけふのこよひに似る時はなし　（左・在原業平朝臣・四四）
12　月やあらぬ春や昔の春ならぬ我身ひとつはもとの身にして　（同・同・四五）
13　たのめつゝあはで年ふる偽にこりぬ心ぞひとはしらなん　（同・同・四七）
14　石上ふるの山辺のさくらばなうへけん時をしる人はなき　（右・僧正遍昭・五一）
15　天つ風雲の通ひ路吹とぢよ乙女のすがたしばしとゞめむ　（同・同・五三）
16　皆人は花の衣に成にけりこけの袂よかはきだにせよ　（同・同・五四）
17　われのみや哀と思はん蛬鳴夕かげのやまとなでしこ　（左・素性法師・五七）
18　音にのみ菊の白露よるはをきてひるは思ひにあへずけぬべし　（同・同・五八）

19　ゆふされば蛍よりけにもゆる共光みねばや人のつれなき　（右・紀友則・六二）
20　東路のさやの中山中〳〵になにしか人をおもひそめけん　（同・同・六三）
21　したにのみこふればくるし玉のをのたえてみだれん人なとがめそ　（同・同・六四）
22　侘ぬれば身をうき草のねを絶てさそふ水あらばいなんとぞ思ふ　（右・小野小町・七一）
23　あまのすむ浦こぐ舟のかぢをたえよをうみわたる我ぞかなしき　（同・同・七二）
24　みじか夜の更行まゝに高砂のみねの松風吹かとぞきく　（左・中納言兼輔・七五）
25　あふさかのこのした露にぬれしより我衣手は今もかはかず　（同・同・七六）
26　みかの原わきて流るゝ泉川いつみきとてか恋しかるらむ　（同・同・七七）
27　物思ふと過る月日もしらぬまにことしもけふに果ぬとぞきく　（左・権中納言敦忠・八四）
28　伊勢の海の千尋の浜にひろふとも今はなにてふかひかあるべき　（同・同・八五）
29　身にしみておもふ心の年ふればつゐに色かも出ぬべきかな　（同・同・八六）
30　けふそへにくれざらめやはと思へども絶ぬは人の心なりけり　（同・同・八八）
31　とのもりのとものみやつこ心あらば此はるばかり朝ぎよめすな　（左・源公忠・九四）
32　夢よりもはかなき物は夏の夜の暁がたの別成けり　（右・壬生忠岑・九八）
33　袖にさへ秋のゆふべはしられけり聞しあさぢが露をかけつゝ　（左・斎宮女御・一〇二）
34　なれゆくもうき世なればや須まの蜑の塩焼衣まどを成らん　（同・同・一〇三）
35　ぬる夢に現のうさも忘られて思ひなぐさむ程ぞはかなき　（同・同・一〇四）
36　子日する野べに小松を引つれて帰る山路に鶯ぞなく　（右・大中臣頼基朝臣・一〇八）

37　鳴鴈は行か帰かおぼつかな春の色にて秋の夜なれば　（同・同・一〇九）
38　秋はぎの花さきにけり高砂の尾上のしかは今やなくらん　（左・藤原敏行朝臣・一一三）
39　夏刈の玉江のあしをふみしだきむれゐる鳥の立空ぞなき　（右・源重之・一一七）
40　筑波山は山しげ山しげゝれど思ひ入にはさはらざりけり　（同・同・一一九）
41　ほの〴〵と有明の月の月影にもみぢ吹おろす山おろしのかぜ　（右・源信明朝臣・一二六）
42　物をのみ思ひねざめの枕にはなみだかゝらぬあかつきぞなき　（同・同・一二七）
43　むら〳〵の錦とぞみるさほ山のはゝそのもみぢきりたゝぬまは　（左・藤原清正・一三二）
44　春ふかみ井手の川波立かへり見え《てカ》こそゆかめ山吹のはな　（右・源順・一三四）
45　名をきけば昔ながらの山なれどしぐるゝ商《アキカ》《はカ》 色まさりけり　（同・同・一三五）
46　いたづらに過る月日はおほかれど花見てくらす春ぞすくなき　（左・藤原興風・一四〇）
47　契りきなかたみに袖をしぼりつゝ末の松山波こさじとは　（右・藤原元輔・一四三）
48　大井川ゐぜきの水のわくらばにけふはたのめしくれぞまたるゝ　（同・同・一四五）
49　うしといひて世をひたすらにそむかねば物思ひ知ぬ身とや成らん　（同・同・一四六）
50　朝朗有明の月とみるまでによしのゝ里にふれる白雪　（左・坂上是則・一四九）
51　を《おカ》しかふす夏野の草の跡をなみしげき恋路にまどふ比哉　（同・同・一五〇）
52　咲にけり我山里の卯花はかきねにみえぬ雪とみるまで　（右・藤原元真・一五四）
53　夏くさはしげりにけりな玉ぼこの道行人もむすぶばかりに　（同・同・一五六）
54　新玉の年を送りて降雪に春共みえぬけふの空哉　（同・同・一五七）

55　恋しさの忘られぬべきものならばなにかはいける身をも恨ん　（同・同・一五八）
56　大井川その山風のさむければたつ岩波を雪かとぞみる　（左・三条院女蔵人左近小大君共・一六一）
57　沼ごとに袖はぬれけりあやめ草心に似たるねをもとむとて　（同・同・一六四）
58　こけむせる朽木の杣のそま人をいかなる暮におもひいづるは　（右・藤原仲文・一六七）
59　御垣守衛士のたく火のよるはもえひるは消つゝ物を社思へ　（左・大中臣能宣朝臣・一六九）
60　われならぬ人に心をつくば山下にかよはぬ道だにやなき　（同・同・一七二）
61　いづかたに鳴て行らんほとゝぎす淀のわたりのまだ夜深きに　（右・壬生忠見・一七四）
62　恋すてふわが名はまだき立にけり人しれずこそ思ひそめしか　（同・同・一七五）
63　忍ぶれど色に出にけり我恋は物や思ふと人のとふまで　（左・平兼盛・一七九）
64　ありしだにうかりし物をあかずとていづくにそふるつらさ成らん　（同・同・一九三）

次に、(2)の「中古歌仙」の場合は、本集は寛文元年版行の『歌仙部類』本を採用しているが、『鳴の羽搔』も同様に、本部類本を底本にし、両者は符合をみている。

次に、(3)の「新撰歌仙」の場合は、本集が権大納言基家の次の

65　秋ふかき紅葉のそこの松の戸はたがすむみねの庵成らん　（左・二八七）

の65の詠を第一首めに据えている異同を除けば、内閣文庫蔵『歌仙雑集』（二〇一・四二三）、書陵部蔵『歌仙類聚』（五〇一・五三〇）、安田徳子氏蔵『歴代歌仙集』などの伝本と符合するのに対し、『鳴の羽搔』は寛文元年版本『歌仙部類』本を採用している点で、両者間に異同が指摘されるが、『鳴の羽搔』の収載歌はすべて本集に収められている。

次に(4)の「釈門歌仙」の場合は、『鳴の羽搔』には収載されず、本集独自の収録作品だが、本集のそれは勧修寺僧

正栄海撰『釈教三十六歌仙』(『釈教歌詠全集　第三巻』昭和五三・九復刻第一版、東方出版)からの採録と判断されるので、翻刻はしないことにした。

次に、⑸の「女房歌仙」の場合は、『鳴の羽搔』が寛文元年版行の『歌仙部類』本に依拠しているのに対し、本集は志香須賀文庫蔵『群玉叢』所収の『女房三十六人歌合』からの所載で、両者間に異同が存するが、前者の収載歌はすべて後者に収録されている。

次に、⑹の「古六歌仙」の場合は、『鳴の羽搔』が書陵部蔵『名数和歌』所収の「古六歌仙」に依拠しているのに対し、本集は書陵部蔵の『歌仙類聚』本のそれを採用して異同するが、前者の収載歌はすべて後者に収録されている。

次に、⑺の「新六歌仙」の場合は、『鳴の羽搔』が依拠した伝本を目下、探索しえない一方、本集の依拠したとおぼしき伝本も特定しえない現況にある。ただし、本集に収載の当該詠歌は、『日本歌学大系　別巻六』(昭和五九・一一、風間書房)に『数量和歌集』所収本として本文が翻刻される一方、前者については、大伏氏が前掲書で、『日本歌学大系　別巻六』の「二〇　新六歌仙〔乙〕各七首中の一首にはどれかの歌が一致する。」と言及している。

次に、⑻の「九品之和歌」の場合は、現存伝本のいずれもが九品の説明文を掲げるのに対し、本集と『鳴の羽搔』の両者はともに、和歌のみを掲げるうえに、類従本が巻末に掲載する、

66　こずはこずこばこそこずはそをいかにひきみひかずみよそにこそみめ

の66の詠を掲げていない点で、共通する伝本に依拠しているようだ。ちなみに、両者が依拠した伝本を特定しえないが、奇しくも、表題を、現存伝本がいずれも「九品和歌」とするのに対し、両者は「九品之和歌」として符合している。

次に、⑼の「新百人一首」の場合は、『鳴の羽搔』が収録せず、本集の独自収載作品となる。そこで本集の依拠し

た伝本を探すならば、『続群書類従』（巻三百七十五）本が本集の収載歌のうち、藤原範長朝臣の、

67　有明の月も清水にやどりけりこよひはこえじ相坂の関　（五九六）

の67の詠と、次の平忠度朝臣の、

68　たのめつゝこぬ夜つもりの恨てもまつより外のなぐさめぞなき　（六四五）

の68の詠から、次の安嘉門院四条の、

69　さきのよにたれ結びけん下ひものとけぬつらさをみの契りとは　（六五四）

の69の詠までの十首の歌群を欠落しているのに対し、本集は書陵部蔵『歌書集成』所収の伝本と歌数のうえで完全に一致するうえ、本集の三条院女蔵人左近の

70　大井川杣の山風寒《のカ》けれ《き》ば《に》寒ければ立《打》岩波を雪かとぞみる　（五九三）

の70の詠の本文内容が書陵部本のそれと合致する一方、本詠の第二句から第四句に付された異文注記（校異）の「杣山かぜの寒けきに岩打波」（別掲）の措辞が、『続群書類従』本のそれと符合している点で、本集の依拠した伝本は、書陵部蔵『歌書集成』所収のそれであったと想定しうるであろう。

次に⑽の「八景歌」の場合は、『鳴の羽搔』が表題を「八景和歌」とするものの、両者ともに個々の歌人の詠歌を収載して共通するが、『鳴の羽搔』は個人別の収載である点、本集と異同する。そして、関係詠歌はともに、有吉保氏「中世文学の及ぼした中国文学の影響——瀟湘八景詩の場合——」（『日本文化の原点の総合的探究　1　言語・文学』昭和五九・三、日本評論社）に翻刻される一方、書陵部蔵『歌書集成』（一五五・一〇九）、国会図書館蔵『八景類聚』（わ九一九・八）にも収載されるが、そのようななかで、福井県立図書館松平文庫蔵『集書』（文三一一—六・三—一～三）は参考になる伝本といえよう。

すなわち、同本は「玉澗」の八景詩を掲げた後、「八景　定家卿ィ為相卿」「八景和哥為尹卿」「八景和哥　為兼卿」の端作りのもとに三人の詠作を歌人別に掲げているが、それに引き続き「八景和哥」の表題のもとに、後小松院・明魏・雅世・頓阿の四人の詠歌を歌題別に類聚した後、「八景和歌　逍遥院」（二首併記）を置いているのだ。

なお、この四人の歌題別の「八景和歌」類聚は歌題順が本集と異同するが、奇しくも「八景　定家卿ィ為相卿」の歌順とは完全に符合している。そこで、本集の「八景歌」の成立過程を憶測してみるに、まず編者は四人の歌題別「八景和歌」を中心に据え、続いて「八景　定家卿ィ為相卿」の詠作を置いたあと、実隆の二首併記の前歌を配列して、六人の歌人による「八景歌」を集成したのではなかろうか。この推測は『集書』本奥書に、「右之写者飛鳥井大納言雅章卿御筆也」の記述が見出されるので、おそらく正鵠を射ているといえるであろう。

これを要するに、本集の「八景歌」は、内容的にはすでに翻刻済みで周知のとおりだが、本節は類題集の視点から本集の見直しを試みているので、以下にこの歌群を翻刻して、大方の参考に供したいと思う。

○八景歌

遠浦帰帆　　　御製　後小松院

71　一葉かとまがひもはてず浦風のさそひてかへる沖の釣舟　（六六三）

明魏

72　秋風の声をほにあげてかへる也まつの江とをき興つ舟人　（六六四）

雅世

73　あまのすむ里ははるかの波路とておもふかたほにかへる舟人　（六六五）

頓阿

74　あま人のやどはそことも浪のうへにいそぐかた帆のさすがみえつゝ　（六六六）

定家

75　かぜむかふ雲のうき浪たつとみて釣せぬさきにかへるふな人　（六六七）

実隆

76　遙かにも漕かへるかな海士小舟猶此岸をおもふかたとて　（六六八）

洞庭秋月

77　水きよきなぎさのいさごあきらかにみがきてすめる月の影哉　（六六九）

78　すみのぼる心は空に成はてゝながき《め》わするゝ浪の上の月　（六七〇）

79　かぎりなきとを山本は見えわかで浪の千里《里》の月ぞさやけき　（六七一）

80　住庵は庭も尾上もへだてねば月せばから《まとよむカ》ぬあきの山かげ　（六七二）

81　秋にすむ水すさまじく小夜《風さへイ》更て月をひたせる興つ白波　（六七三）

82　月影のよるのさゞ波しづかにて氷の千里秋風ぞふく　（六七四）

平砂落雁

83　湊田もはやかりがねの秋ざれにあまとぶとも、をちの山本　（六七五）

84　ことうらも波ふく風やあら礒に又立かへりおつるかりがね　（六七六）

85　白妙のまさごにむれてゐる鴈は空とぶよりもかずやみゆらん　（六七七）

86　行末にむかふ浪路やとをからん洲嶋にやすむ雁の一行　（六七八）

87　先求食芦辺の友にさそはれて空行鴈も又くだる也　（六七九）

88 なをざりにかへらん波のみぎはかは友よぶかりも心ありけり　（六八〇）

江天暮雪

89 鷺のたつ江川ばかりの色ならでよそもくれえぬ雪の遠嶋　（六八一）

90 暮かゝる入江のあしは見えわかで波にうきたつ雪の一むら　（六八二）

91 風さへ《え》ていづれを雪と白波の入江くれゆく芦のむら立　（六八三）

92 礒山の梢は雪にしづまりてゆふべのなみにのこる塩風　（六八四）

93 芦のはにかゝれる雪もふかき江の汀の色はゆふべともなし　（六八五）

94 いつもみるみぎはの松の村立もたゞ夕波のうす雪の空　（六八六）

瀟湘夜雨

95 水上のにしなる嶺に雲かけて雨こそきほへ夜半のうら風　（六八七）

96 呉竹をそめし涙や残るらん礒のうきねの夜半のむら雨　（六八八）

97 袖ぬらすかいの雫もわすれずようきねの波のよるの急雨　（六八九）

98 船とむる入江の波のあるゝ夜もいほしづかなる雨のうち哉　（六九〇）

99 舟よすも波に声《音》なき夜の雨の《を》苫よりくゞる雫にぞしる　（六九一）

100 竹の葉の色そめかへしなみだをも夜ながき雨の枕をぞしる　（六九二）

山市晴嵐

101 嵐こす《ふくイ》尾上の松は雪きえてふもとにくるゝさとの市くら　（六九三）

102 うることもあらしを分て何とかく朝日にいづる山の市人　（六九四）

103 あらし吹雲の衣手立わかれ山かげくれてかへる市人 （六九五）
104 松がえのひゞきを雨に聞なしてふらぬ嵐にさはぐ市人 （六九六）
105 松たかき里《もりイ》より上《上》の岑はれて嵐にしづむ山本のくも （六九七）
106 山かぜのたつにまかせて春秋の錦はおしむ市人もなし （六九八）

漁村夕照

107 夕附は《ハカ日カ》さし出る棹の入浪にあさりの舟はさとによりつゝ （六九九）
108 あしのやにかへる波路も程遠し入日をつなげ蜑のたく縄 （七〇〇）
109 曇りなき夕日のかげも遠近のあまのいそ屋やあらは成らん （七〇一）
110 長閑成夕の浪に舟うけてかすみをすくふ春のあみ人 （七〇二）
111 浪の色は入日の跡に猶見えて礒ぎはくらき木がくれのいほ《宿イ》 （七〇三）
112 海士の家むら〳〵見えて芦の葉に入日すくなきゆふぐれ《ぎりイ》の空 （七〇四）

遠寺晩鐘

113 嵐より声はちかけり雲ふかき桜のそこの山のいわ《り》あひ （七〇五）
114 今ぞうき雲の八重山われ住て人にきかせぬ入相のかね （七〇六）
115 雲ふかき山よりおくに聞ゆ也うきよのほかの入あひのかね （七〇七）
116 峯うづむ雲のはづれに寺見えて礒山ふかき鐘の音哉 （七〇八）
117 暮かゝる霧よりつたふ鐘の音に遠方人も道いそぐ也 （七〇九）
118 詠縄《佗か》ぬ尾上のかねの夕けぶりしも夜もまれの夢もありしを （七一〇）

次に、⑾の「南京八影（景）」、⑿の「近江八景」、⒀の「修学寺（院）八景」の場合は、『鴫の羽搔』も収載し、両者ともに、本文内容に異同は見られないが、⑿の「近江八景」については、本集が詠作者の署名を注記しないのに対し、『鴫の羽搔』は「関白時嗣公　ィ近衛三藐院信尹公」と作者を明記する点で、異同している。この点、本集はさきに示した書陵部蔵『歌書集成』、国会図書館蔵『八景類聚』、福井県立図書館松平文庫蔵『集書』などの諸本と共通する側面をもつので、本集の依拠した伝本が示唆されよう。なお、⑾の「南京八影（景）」と⒀の「修学寺（院）八景」については、両者ともに異同は認められないが、⒀の「修学寺（院）八景」のなかに、本集の編者たる飛鳥井雅章の次の詠作がさりげなく見えるのは、興味深い趣向ではあろう。

松崎夕照　雅章卿 飛鳥井

119　影うすくのこる夕日の松が崎秋をおびたる風の色哉　（七三〇）

次に、⒁の「新古今三夕」の場合、『新古今集』の秋部上に、連続して掲載される結句に「秋の夕暮れ」の措辞をもつ歌群（三六一～三六三）をその内容とし、両者間に異同はないので、両者が依拠した伝本の特定をする必要はあるまい。

以上が本集の上巻（上冊）に収載される各作品の内容であるが、引き続き、下巻（下冊）が収載する作品の依拠した伝本などの検討をしていきたいと思う。

まず、⒂の「詠三躰倭歌」の場合、両者ともに、四十二首を作者ごとに配列している点で共通するが、歌風についての評語には異同がみられ、『鴫の羽搔』の評語と符合する伝本が見出されないなか、本集の評語は「歌学文庫本」に所収の伝本と一致するので、本集が依拠したのは当該伝本ではなかろうか。

次に、⒃の「庚申之夜五首」の場合は、『鴫の羽搔』が収録せず、本集の独自収載作品となる。ちなみに、これは建保五年（一二一七）四月十四日の夜、仙洞御所にて催された「庚申五首」に参加した慈円・藤原定家・同家隆の三人の詠を、歌題別に一括、収載したものである。なお、この作品群は上記三人の私家集に各々、収載されるが、本文異同のみ指摘されるので、以下に掲載しておきたいと思う。

○　庚申之夜五首

春夜　　前大僧正慈円

120 春の夢の覚る泪の袖の上に月やあらぬととふ人もなし（七八〇）

完《定》家

121 山の端の月待空《ソラ》の匂ふより花にそむくる春のともしび（七八一）

家隆

122 花ちらすみねの嵐も吹まよひ夕やみはらひ出る月かげ（七八二）

夏夜暁

123 夏の月に有明の山は淡路嶋住吉の松に風ぞすゞしき（七八三）

124 鳴ぬなり夕付《ゆふ》《木綿》鳥のしだり尾のおのれにも似ぬよはのみじかさ（七八四）

125 秋はまだとを山鳥のしだり尾のあまりて惜き有明の空（七八五）

秋朝

126 萩が枝に明行鹿も心せよ夜半の白露ほさでなかなん（七八六）

127 小倉山しぐるゝ比の朝な〳〵きのふはうすき《ぞ》四方の紅葉ば（七八七）

128 朝な〳〵人をわかれぬ衣手の思ひぬれぬも秋は露けき（七八八）

冬夕

129 大原や誰すみがまの夕煙こゝろぼそくて年も経ぬらん　（七八九）

130 ふりくらすよしのゝみゆきいくかとも春の近きはしらぬ里哉　（七九〇）

131 今はとてねぐら尋ねて《るイ》飛鳥のあすかのさともまよふ白雪　（七九一）

久恋

132 とことはにまよふならひを習とて恋こそ人の此世なりけれ　（七九二）

133 恋しなぬ身のお《を》こたりぞ年へぬるあらば逢夜の心づよさに　（七九三）

134 思ひかねつもればおふる月を見てつれなき人に年はへにけり　（七九四）

次に、⒄の「七猿」の場合は、両者ともに共通本文をもつが、表題を、本集が「七猿」とするのに、『鴫の羽掻』は「七猿和歌」とするうえ、詠作者も「慈恵大師」とする点で異同する。伝本は書陵部などに伝存するが、両者ともに特定するには至らない。

次に、⒅の「物名二首」の場合は、『鴫の羽掻』が収録せず、本集の独自収載作品となる。ちなみに、この作品を一括、独立させている歌書は存しないようなので、以下に紹介しておきたいと思う。

○物名二首

霞　柳　桜　　俊成

135 花の色のあかずみゆればかへらめやなぎさのやどにいざくらしてん　（八〇二）

月　鈴虫　紅葉

136 岑つゞき山べはなれずゝむしかもみちたどるなり秋の夕ぐれ　（八〇三）

さしぐし　ひかげ　　　　　　定家

137　神山にいく世へぬらんさかきばのひさしくしめをゆひかけてける　　（八〇四）

はんぴ　したがさね

138　すがまくらおもはんひとはかくもあらじたがさねぬよにちりつもるらん　　（八〇五）

すなわち、135・136の両首は、崇徳院主催の『久安百首』に出詠した「物名二首」で、『長秋詠藻』に収載される一方、137・138の二首は、「初学百首」（養和元年四月）の「物名」詠で、『拾遺愚草』に収録されている。

次に、⑲の「十波羅密」の場合も、『鴫の羽掻』が収録せず、本集の独自収載作品となる。ちなみに、本作品は慈円の『拾玉集』に収載される「釈教　十波羅密」（九二～一〇二）だが、これは五巻本『拾玉集』には収録をみず、版本『六家集』の七巻本『拾玉集』巻三の「十題百首」中の本文と本集は符合するので、当該伝本が本集の依拠した伝本と推測されようか。

次に、⑳の「五妃」の場合も、『鴫の羽掻』には収録されず、本集の独自収載作品となる。ちなみに、本作品は定家の「二見浦百首」の雑二十首の巻末歌群（一九六～二〇〇）と符合するので、本集は当該百首から抄出したのであろうが、伝本の特定はこの際、不必要であろう。

次に、㉑の「六観音和哥」の場合も、『鴫の羽掻』には収録されず、本集の独自収載作品となる。ちなみに、本集は当該作品を「為家卿」の詠作と注記するが、実は、『為尹千首』の雑二百首のなかに見出されるので、当該千首が本集の依拠作品となろう。ただし、本集が依拠した『為尹千首』の伝本を特定するには至らない。

次に、㉒の場合の「釈教五首」の場合も、『鴫の羽掻』には収録されず、本集の独自収載作品となる。ちなみに、この作品は、⑱の「物名二首」の俊成の詠作と同様、崇徳院主催の『久安百首』の詠出で、『長秋詠藻』の「雑歌廿首」（八三〜八七）に収載されるが、その伝本の特定はこの際、必要あるまい。

次に、(23)の「釈教五部」の場合も、『鳴の羽掻』には収録されず、本集の独自収載作品となる。ちなみに、この作品は、慈円の『拾玉集』に収められ、(19)の「十波羅密」と同様、五巻本『拾玉集』には収録されず、版本『六家集』の七巻本『拾玉集』巻四の「詠百首和歌」の中の「釈教」（二〇八〜二一二）と符合しているので、本集は七巻本『拾玉集』から、この作品を抄出したのであろう。

次に、(24)の「十二類哥合」の場合も、『鳴の羽掻』には収録されず、本集の独自収載作品となる。ちなみに、この作品は、『群書類従』（五〇四巻）に収載される本文内容と符合するので、本集は当類従に依拠して収載したのであろう。

次に、(25)の「十二月花鳥」の場合は、『鳴の羽掻』にも収載され、月ごとに花鳥をセットにして配列するのに対し、本集は「花」「鳥」とを分離して一月から十二までの詠歌を掲げるという構成になっている。ちなみに、この作品は「定家」詠作の注記があって、『拾遺愚草』に収載されるが、『新編国歌大観　第三巻』に収録の書陵部御所本（五〇一〜五一二）の「建暦二年十二月院よりめされし廿首」の中の「詠花鳥和歌　各十二首」と完全に符合しているので、本集が依拠した伝本は当該本ではなかろうか。

次に、(26)の「十二月屏風和哥」の場合は、『鳴の羽掻』には収録されず、本集の独自収載作品となっている。ちなみに、本作品は、『拾遺愚草下』の「寛喜元年十一月女御入内屏風和歌」の「月次御屏風十二帖和歌」（二〇八八〜二一二三）とほぼ符合するので（本集は冒頭の歌題「元日」を「子日」とする）、(25)の作品同様、書陵部御所本を本集が依拠した伝本と推定しうるであろう。

次に、(27)〜(29)の「五行」「方角」「五色」の場合は、本集が各々、「後京極」（藤原良経）と「定家」の詠歌を二首セットにして配列するのに対し、『鳴の羽搔』は定家の詠作のみを掲げる点で、異同が認められる。ちなみに、本集は良経の詠作を『秋篠月清集』雑部の「五行をよみ侍りける」の歌群（一四八五～九九）から、定家の詠歌を『拾遺愚草員外』の「十五首歌」の歌群（三七九～九三）から、各々抄出しているのに対し、『鳴の羽搔』は『拾遺愚草員外』からの歌群のみの掲載となっている。この場合、各伝本の特定は必要なかろうが、作品群の名称を各々、「五行和歌」「五色和歌」「五方」とするうえ、収載順序も本集と異同する点を指摘しておこう。

次に、(30)～(32)の「花・紅葉・四季ノ月」「松・竹・鶴・亀ノ祝」「春・夏・秋・冬・恋（ノ）祝」の場合は、『鳴の羽搔』には収録されず、本集の独自収載作品となる。ちなみに、これらの歌群は各々、主題別に「後京極」（良経）・慈円・俊成・西行・定家・家隆の六家集歌人の詠作を、一括集成したものだが、このような形態の集成は目下、管見に入らないので、以下に掲載しておこうと思う。

○　花・紅葉・四季ノ月

後京極
139 むかしたれかゝる桜のたねをまきて吉野を春の山となしけん　（秋篠月清集・一、九三九）

慈円
140 たつた山かへる思ひぞわすれぬるもみぢの色々《にカ》心そめつゝ　（拾玉集・一一八二、九四〇）

俊成
141 山桜咲やらぬ間は暮ごとにまたでぞみける春の夜の月　（長秋詠藻・二〇八、九四一）

西行
142 結ぶ手に涼しきかげをそふるかなしみづにやどる夏のよの月　（山家集・二四四、西行家集・一六一、九四二）

143　四方の空ひとつ光にみがゝ《が》れてならぶ物なき秋のよの月　定家　（拾遺愚草・六八八、九四三）

144　しがらきのまきの杣川氷してかげもながれぬ冬の夜の月　家隆　（壬二集・一四〇五、九四四）

○　松・竹・鶴・亀ノ祝

145　庭の石も岩となるべき君が代に生そふ松のたね《種》ぞこもれる　後京極　（秋篠月清集・一四〇四、九四五）

146　千代ふべき宿のまがきにうへつれば竹もや君を友とみるらん　慈円　（拾玉集・八八四、九四六）

147　君がうふる松にすむ鶴幾千世かのどけき宿になれんとすらん　俊成　（長秋詠藻・二八〇、九四七）

148　万代のためしにひかん亀山のすそ野の原にしげる小松を　西行　（山家集・一一七九、九四八）

149　百年にみそとせたらぬ岩ね松千代を待らし色もかはらず　定家　（拾遺愚草・二五三〇、九四九）

150　君が世は花もちとせの友として松と竹とに春風ぞ吹　家隆　（壬二集・五七四、九五〇）

○　春・夏・秋・冬・恋（ノ）祝

後京極
151 我宿は花にまかせてこの比はたのめぬ人の下またれつゝ　（秋篠月清集・一四、九五一）

慈円
152 我宿の思ひ出てこれ時鳥花橘の枝になかせて　（拾玉集・九一五、九五二）

俊成
153 月は秋あきは月なる時なれや空も光もそへてみやらん　（長秋詠藻・五三一、九五三）

西行
154 我宿に庭《雪》よりほかの道もがなとひこん人のあとつけてみん　（山家集・五三二、九五四）

定家
155 あらはれむそのにしきゞはさもあらで君がためてふ名をしたてずは　（拾遺愚草・二五七、九五五）

家隆
156 百千鳥さへづる竹の枝ごとにさかゆるふしもしげき宿哉　（壬二集・二九三四、九五六）

すなわち、この三種の歌群は各々、当該作者の私家集に連続して配列されず、個々に収載されている詠作を、本集の編者が各主題に従って抄出して、このような集成にしたのであろうと憶測されるので、各私家集の伝本の特定は不問に付した。

次に、(33)の「二十一代集巻頭和歌」の場合は、本集が表題どおりの内容であるのに対し、『鴫の羽掻』はさらに巻軸歌も加えて、「廿一代集巻頭巻軸和歌」をその内容としている。ちなみに、この歌群を収載するものに、書陵部蔵『八代集秀逸　二十一代巻頭和歌』（伏　五四四）があるが、本集よりも後代の成立であるので、本集が依拠した伝本の特定は目下、不可能であろう。

次に、(34)の「畠山道（匠）作亭　十二月和歌」の場合は、両者ともに収載をみるうえ、内容もほぼ一致するが、本集は『畠山匠作亭詩歌』の和歌のみを掲載するものである。ちなみに、『鴫の羽搔』が表題を「十二月和歌　畠山匠作亭」として本集と異同するが、本文内容は、稲田利徳氏の分類によれば、第一類系統の乙類に相当するようだ。

次に、(35)の「七夕七首」の場合は、『鴫の羽搔』が表題を「七夕七首和歌」として、「待七夕」（後土御門院）「七夕雲」（信量）「七夕霧」（洞院上臈）「七夕橋」（通秀）「七夕衣」（高清）「七夕舟」（親長）「七夕後朝」（実隆）の詠歌を掲げるのに対し、本集は端作りに「天文二七夕手向歌　雪玉集」とあるとおり、三条西実隆の『雪玉集』に収載される「天文二（年）七夕手向歌」（七夕月・七夕山・七夕川・七夕草・七夕鳥・七夕扇・七夕祝＝六三五六〜六三六二）を単独で収録している点で、異同している。

次に、(36)の「六道哥」、(37)の「五波羅密」、(38)の「十地」の場合は、いずれも『鴫の羽搔』には収録されず、本集の独自収載作品となっている。ちなみに、(36)の「六道哥」が『山家集』に「六道歌よみけるに」と詞書される「西行法師」の詠作（八七九〜九〇二）、(37)の「五波羅密」が『秋篠月清集』の「治承題百首」の「釈教」に収載される「後京極摂政」の詠作（四九五〜九）、(38)の「十地」が『拾遺愚草上』の「十題百首」（建久二年冬）の「釈教十」に収録をみる「定家」の詠作（七九一〜八〇〇）であるが、ここで各伝本の特定は必要ないであろう。

次に、(39)の「十界哥」の場合は、両者ともに『秋篠月清集』の「十題百首」（建久元年十二月）における「釈教十首」の「十界」に収録の「後京極摂政」の詠作（二九一〜三〇〇）を収載するが、これも本集が依拠した伝本の詮索は不必要であろう。

次に、(40)の「五常之哥」の場合は、『鴫の羽搔』が表題を「五常」とし、詠作者を「慈鎮和尚」として本集と異同するが、両者ともに慈円の『拾玉集』の「春日百首草」に収載される「五常」の詠作（二六九〇～四）である。なお、この歌群は『拾玉集』五巻本・七巻本のいずれにも収録されるが、これまで言及した事実から、本集が依拠したのは七巻本のほうであろうと憶測される。

次に、(41)の「日吉百首」、(42)の「神祇百首」、(43)の「院にて入道釈阿九十賀給はせける屛風哥」、(44)の「水無瀬殿九月十三夜恋十五首歌合」の場合は、いずれも『鳴の羽搔』には収録されず、本集の独自収載作品となっている。

まず、(41)の「日吉百首」は藤原良経の『秋篠月清集』神祇部の「日吉七社本地」に収載される詠作（一五八四～九〇）であり、(42)の「神祇百首」は慈円の『拾玉集』（七巻本）の巻三の「十題百首」の「神祇」に収載される詠作（私家集大成解題・一〇三～一一二）であるが、本集の依拠した各々の伝本についてはすでに言及済みなので、ここでは繰り返さない。

また、(43)の「院にて入道釈阿九十賀給はせける屛風哥」、(44)の「水無瀬殿九月十三夜恋十五歌合」は、ともに藤原良経の『秋篠月清集』に収載され、前者が「祝部」の詠作（一三七六～八八）、後者が恋部の詠作（一四三六～四六・四八・四九）と知られるが、本集は『秋篠月清集』がこの歌群に掲げていない、

157　何ゆへと思ひも入ぬ夕だに待お《出》しものを山のはの月　（夕恋・一〇六七）

の157の「夕恋」詠を、本来の「暮恋」の詠歌の代替として載せる一方、同集がこの歌群に掲げている「河辺恋」の次の、

158　はつせがは井でこすなみのいはのうへにをのれくだけて人ぞつれなき　（一四四七）

の158の詠歌を欠落しているので、本集が依拠した『秋篠月清集』の伝本の特定は困難であるが、ここには本集の編者の賢しらが働いているのかも知れない。

次に、(45)の「十躰和歌」の場合は、両者ともに収載し、その典拠は『三五記 鷺本』の「歌体事」の第一から第十の中の冒頭に示される歌体の例歌のみと知られるが、本集がその例歌を三首連続して掲載するのに対し、『鳴の羽掻』はそれを二分して、第一首と第二・三群（有心体のみ例外）に分割する点で、異同が指摘される。なお、『三五記』の伝本には群書類従本その他が存するが、本集が依拠した伝本を特定するのは難しいと言わざるを得ない。

次に、(46)の「十躰」の場合は、『鳴の羽掻』には収載されず、本集独自の収載作品となる。ちなみに、本集が依拠したのは『定家十躰』と判明するが、その伝本については特定しえないが、憶測すれば、書陵部蔵『定家物語』（二六六・二一一）に合綴されている伝本が、比較的近似しているように推察されよう。

すなわち、本集を、書陵部蔵の伝本と加持井御文庫旧蔵『定家十躰』とを中心にして比較を試みると、次のごとき符合と異同を指摘しうるからだ。このうち、本文異同・作者表記・詠歌の配列順序などの異同については、煩雑になるので省略するとして、ここでは作者注記と収載歌の有無の視点から検討してみよう。

まず、作者注記では、「有一節様」の次の、

159　みな人のそむきはてぬる世中にふるのやしろのみをいかにせん　（一三五七）

の159の詠の作者を、諸本は「徽子女王」と注記するのに、本集のみは「恵子内親王」（「此哥徽子女王也、如何」と傍注するが）として、誤注している。

また、収載歌の有無の点では、「濃様」の

160　思ひあれば袖に蛍をつゝみてもいはゞや物をとふ人はなし　（寂蓮・一三四一）

の160の詠を収載するのは、本集のみであるようだ。さらに、「有心様」と「面白様」の次の、

161　此河の入江の松は老いにけりふるきみゆきのあとや問はまし　（加持井本・坂上是則・一〇八）

162　やよしぐれ物思ふ袖のなかりせば木の葉の後は何をそめまし　（同・慈円・一八七）

の161と162の各首を、掲載していないのも本集のみであるようだ。ここに、本集の独自の属性が認められるが、次の事例は他の伝本と共通する側面を有している。

すなわち、本集が加持井御文庫旧蔵の伝本と共通するのは、次の

163　山里にちぎりし庵やあれぬらんまたれんとだに思はざりしを　（有心様・前大僧正〈慈円〉・一二〇八）

164　立田山梢まばらに成まゝにふかくも鹿のそよぐなる哉　（麗様・俊恵・一三五七）

の163と164の詠歌だが、この両首は、ともに書陵部蔵の伝本には収載されず、加持井本に収載されて、本集と共通する側面を有している。なお、「長高様」の次の

165　吹はらふあらしの後の高ねより木の葉くもらぬ《で》月や出らん　（丹後・一一六八）

の165の詠は、「此哥在見様、如何」の傍注が示唆するように、本集には「見様」（一二七八）の例歌としても採録されており、この点、加持井本とも共通するが、書陵部の伝本は、当該歌を「長高様」の例歌には掲載せず、「見様」の例歌としてのみ掲げている。

以上の事例から、本集が加持井本と共通する側面を有していることは明白であろうが、しかし、次の事例は、逆に、加持井本のみが収録する詠歌で、本集と書陵部の伝本とが収載しない点で、本集が書陵部の伝本と共通する側面を示唆しているのだ。

166　おもひいる身はふかくさのあきの露たのめしするゐや木枯の風　（加持井本・幽玄様・家隆・三九）

167　ゆくするゐは空もひとつのむさし野に草のはらよりいづる月かげ　（同・有心様・後京極〈良経〉・八七）

168　そむきてもなほうきものは世なりけり身ははなれたる心ならねば　（同・同・寂然法師・一〇二）

169　雲はみなはらひはてたるあきかぜを松にのこして月をみるかな　（同・見様・後京極・一七六）
170　月さゆるみたらし河にかげみえてこほりにすれるやまあゐの袖　（同・濃様・俊成卿・二三二）
171　おもひあれば袖にほたるをつゝみてもいはゞやものをとふ人はなし　（同・同・寂蓮法師・二三五）

この166から171の六首は、いずれも本集と書陵部蔵の伝本のみが共通して収載する詠歌であって、本集が加持井本との共通点を欠く事例となるのである。

これを要するに、(46)の「十躰」の場合は、本集と完全に符合する『十躰』の伝本を特定するのは困難と言わざるを得ず、ここでは証明を省略したがその他の条件も加えて総合的判断を下すならば、本集と比較的近似する性格を備えた伝本といえば、書陵部蔵の伝本（二六六・二一一）が想定されるのではなかろうか。

次に(47)の「和歌十体」、(48)の「前十五番歌合」、(49)の「後十五番歌合」、(50)の「六哥仙　古今序」の場合は、いずれも『鳴の羽掻』には収載されず、本集のみの独自収載作品となる。

まず、(47)の「和歌十体」は、さきに言及した(45)の「十躰和歌」が『三五記』の第一から第十の「歌体事」の冒頭部分のみの各三首を掲載するのに対し、『三五記　鷺本』の第一から第十の「歌体事」のなかのすべてを掲載するが、漢詩の部分のみは除外している。ちなみに、本集が依拠したと想定されるこの作品の伝本については、(45)の「十躰和歌」の場合と同様に、特定することは困難であるようだ。

次に、(48)の「前十五番歌合」と(49)の「後十五番歌合」の両作品はセットのもので、藤原公任撰と考えられるが、『新編国歌大観　第五巻』などに収録されている。ただ、本集が依拠した伝本の特定は難しいが、収録歌の点からは尊経閣文庫本ではなく、次の「後十五番歌合」の十四番左の

172　春きても《ぞ》人もとひける山ざとは花こそ宿のあるじ成けれ　（四条大納言・一五二六）

の172の作者を「四条大納言」と注記していることから推測すれば、書陵部蔵の「前後十五番歌合」（特・六六）の系統本が想定されるであろうか。

最後に、(50)の「六哥仙　古今序」の場合は、『古今集』の仮名序の「六歌仙」に言及した部分をその内容とするが、このうち、本集は、六歌仙各人の歌風の特色と、それに付された例歌（古注が付されている）のうち、第一首を掲載している。ちなみに、本集が依拠した『古今集』の伝本を想定することは、この部分からの検討だけでは、不可能とし か言いようがない。

以上、五十作品の概要について煩雑な記述に終始してきたが、本集が収載する作品は『数量和歌集』なる書名が示唆するように、表題の中に数値（名数）をもつか、直接には数値を欠くが、表題の中の表現・措辞から数値が示唆される作品に限定されている、と想定できるであろう。

四　編纂目的と成立などの問題

それでは、編者・飛鳥井雅章は、以上言及してきたごとき作品群の集成を通して、いかなる意図（主題）を表明しようと企図していたのであろうか。次に、本集の編纂目的は何であったのか、などの問題の検討に入ろうと思う。

ちなみに、この問題の解明に直接の示唆を与えるわけではないが、本集には次のごとき奥書、識語などが存するので、まずはその類を以下に引用しておこう。

①　飛鳥井雅章奥書（下巻）

右数量和歌集二冊者、依勅命、今撰進之者也。／飛鳥井一位／雅章在判／時承応二癸巳季秋九月上浣

② 平間長雅（風観斎）奥書（下巻）

這二冊者、自二堂上申出一、写留之訖。寔此道之詮要、奈加之哉。最可秘珎者也。／貞享二乙丑暦三月中浣／風観斎長雅／印

③ 北条氏朝書写奥書（上巻巻頭）

這上下巻者、自平間氏恩借来於江府、宝永四亥春、卒箇染筆。公私依多事、然本書有誤処、可正之旨、師言。亦未審定分、且記置等、雖似反古、早為令写得、不及清書也。／佐山主人草　氏朝
モトノヒネリバン也
下ニハ□□□□

④ 北条氏朝識語（下巻）

本ニと書ハ、元来有之処也。愚私など書ハ、氏朝隠筆也。不審等又けして付候所、或其儘にて書隠候分、且不知処、忽々雖尋出分。其通ニ打過候処も有。此分にても大様事済。依之先為可遣。果敢不加正改者也。／宝永四亥歳生下浣　氏朝

この①～④の奥書ないし識語の類をみると、当然とはいえ、本集の成立と書写の問題にほぼ限定された内容になっているので、まずは成立の問題から検討するのが穏当であろう。そこで本集の成立について言及すると、本集は、①から「勅命」によって「撰進」された成立事情が明らかになろう。その際、勅命者が誰かの問題は、承応二年（一六五三）時に在位の天皇は後光明天皇であるから、堀川貴司氏が『瀟湘八景』（平成一四・五、臨川書店）で「後光明天皇の命で編んだ」との説も成り立つが、ここは鈴木健一氏が『近世堂上歌壇の研究』（平成八・一一、汲古書院）で「後水尾院の命により」とし、日下氏（前述）も同意見である、後水尾院の勅命説のほうが、編者・飛鳥井雅章の和歌活動を考慮するならば、妥当ではなかろうか。

こうして出来上がった本集は、②から、貞享二年（一六八五）三月、平間長雅（風観斎）によって書写され、さらに

③と④とから、長雅書写本は宝永四年（一七〇七）三月、長雅の弟子たる北条氏朝によって転写されたという書写過程が明白になるが、ちなみに、長雅書写本は、東北大学附属図書館林文庫にも蔵され、それは同本書写奥書から、承徳元年（一七一一）九月、大宅近文によって転写されていることが知られる。

ところで、これらの奥書・識語類から直接には、明確な本集の編纂意図・目的を窺知しえないのだが、本集が後水尾院の命により飛鳥井雅章が編纂したとなると、日下氏が前掲著書で、「『一字御抄』、『類題寄書』、『類題和歌集』などの系列に属するものであろう。」と提示された見解が、本集の編纂意図を想定する際に、示唆を与えるように憶測されるであろう。となると、上記の後水尾院の関係書はいずれも類題集であるから、本集もそのような性格づけのもとに編まれた著作と考慮して支障はないであろう。したがって、この視点から本集に収録された五十作品を、改めて時系列の観点から概観すると、次のごとくなろう。なお、冒頭の番号は本集への収載順を示す。

6　延喜五年（九〇五）　「古六歌仙」
50　同年　「六歌仙　古今序」
17　寛和元年（九八五）より以前　「七猿」（七猿和歌、良源）
48　寛弘四年（一〇〇七）一月〜同五年二月　「前十五番歌合」（公任撰）
49　同年より以降　「後十五番歌合」（公任撰）
8　寛弘六年（一〇〇九）より以降　「九品之和歌」（公任撰）
1　同年〜長和元年（一〇一二）　「三十六人歌合」（公任撰）
22　仁平三年（一一五三）一月　「釈教五首」（俊成）
37　治承二年（一一七八）　「五波羅密」（良経）

36	同年ころ	「六道歌」（西行）
18	養和元年（一一八一）より以降	「物名二首」（俊成・定家）
20	文治二年（一一八六）	「五妃」（定家）
39	建久元年（一一九〇）十二月	「十界歌」（良経）
23	同二年（一一九一）	「釈教五部」（慈円）
42	同年	「神祇十首」（慈円）
19	同年冬	「十波羅密」（慈円）
38	同年	「十地」（定家）
15	建仁二年（一二〇二）三月	「詠三躰和歌」
44	同年九月	「水無瀬殿恋十五首歌合」
43	同三年（一二〇三）	「入道釈阿九十賀屏風歌」（良経）
41	元久元年（一二〇四）ごろ	「日吉七社」（良経）
14	同二年（一二〇五）ごろ	「新古今　三夕（歌）」
25	建暦二年（一二一二）十二月	「十二月花鳥」（定家）
46	建保元年（一二一三）より以前	「十躰」（定家十躰）
16	同五年（一二一七）四月	「庚申之夜五首」（慈円・定家・家隆）
27〜29	同六年（一二一八）より以前	「五行」「方角」「五色」（良経・定家）
40	同七年（一二一九）一月	「五常之歌」（慈円）

26	歓喜元年（一二二九）十一月	「十二月屏風歌」（定家）
3	天福元年（一二三三）七月ごろ	「新撰歌仙」（後鳥羽院御撰）
7	文暦二年（一二三五）三月より以前	「新六歌仙」
30	仁治二年（一二四一）より以前	「花・紅葉・四季ノ月」（六家集歌人）
31	同年	「松・竹・鶴・亀ノ祝」（同）
32	同年	「春・夏・秋・冬・恋（ノ）祝」（同）
2	寛元四年（一二四三）十二月より以前	「中古（三十六人）歌仙」
5	建長三年（一二一五）〜嘉元二年（一三〇四）	「女房（三十六人）歌仙」
45	正和二年（一三一三）以前	「十躰和歌」（三五記）
47	同年	「和歌十躰」（三五記）
4	貞和三年（一三四七）春	「釈教（三十六）歌仙」
11	永徳二年（一三八二）	「南京八景」
21	応永二十二年（一四一五）八月	「六観音和歌」（為尹）
24	永享十年（一四三八）六月より以前	「十二類歌合」
33	同十一年（一四三九）より以降	「二十一代集巻頭和歌」
34	文安五年（一四四八）十月ごろ	「畠山匠作亭　十二月和歌」
9	文明十五年（一四八三）十月	「新百人一首」
10	明応十年（一五〇一）二月より以降	「八景歌」

35　天文二年（一五三三）　「七夕七首」（実隆）

12　永禄五年（一五六二）　「近江八景」

13　承応二年（一六五三）九月より以前　「修学寺（院）八景」

この本集に収載する五十作品の時系列による整理をみると、平安時代の延喜五年（九〇五）に成立の6と50の『古六歌仙』と『六歌仙　古今序』とがもっとも古く成立し、次いで鎌倉時代の建久元年（一一九〇）成立の39の「十界歌」をはじめとする諸作品、南北朝時代の4の『釈教（三十六）歌仙』など、室町時代の24の『十二類歌合』など、中世期に成立をみた作品が大半を占めるなか、江戸時代に成立の13の『修学寺（院）八景』が最新の作品となる、という収載状況になろう。ただし、本集の成立時期は飛鳥井雅章が本奥書でいうとおり、「承応二年（一六五三）九月」であるから、最後に位置する『修学寺（院）八景』の成立時期を、堀川氏が前掲著書で想定している「万治二年（一六五九）」と設定することは抵触するであろうから、一応、「承応二年（一六五三）九月」以前としておくことにした。

ところで、この50作品を形式面から分類してみると、それは、A　秀歌撰、B　定数歌撰、の視点から二分類されるであろう。具体的には、

A　秀歌撰

①　歌仙歌合……「前十五番歌合」「後十五番歌合」「古歌仙（三十六人歌合）」「新撰歌合」「中古（三十六人）歌合」「女房（三十六人）歌合」

②　歌仙秀歌撰…「古六歌仙」（「六歌仙　古今序」）「新六歌仙」「新百人一首」

③　準秀歌撰……「九品之和歌」「詠三躰和歌」「（定家）十躰」「十躰和歌」「和歌十躰」

B　定数歌撰

①　部立別………「釈教五首」「五波羅密」「六道歌」「五妃」「十界歌」「釈教五部」「神祇十首」「十波羅密」「十地」「庚申之夜五首」「五常之歌」「六観音歌」

②　歌題等別……「七猿」「物名二首」「水無瀬恋十五首歌合」「入道釈阿九十賀屛風歌」「日吉七社」「新古今　三夕」「十二月花鳥」「五行」「方角」「五色」「十二月屛風歌」「花・紅葉・四季ノ歌」「松・竹・鶴・亀ノ祝」「春・夏・秋・冬・恋・祝」「十二類歌合」「二十一代集巻頭和歌」「畠山道（匠）作亭　十二月和歌」「七夕七首」

③　準歌題等別…「八景歌」「近江八景」「修学寺（院）八景」

のごとくなろうが、この整理には、まま無理な分類方法の側面も指摘されようか。

それはともかく、この整理から、本集のどのような性格が見えてくるであろうか。次に、本集の属性について検討を加えてみようと思う。そこで本集の表題の中の「数量」に言及すれば、川平氏が前掲書で触れているように、古辞書類が分類尺度として採用している「数量」なる概念が参考になろう。たとえば、『大谷大学蔵節用集』の「い」の「数量」門に「員数　一段　一端　一挺　一張　一対　一艘　一疋　一両　一剤　一銖　一緡　一結　一駄　一斤　一倍　一献　一唯　一隻　一管」、「佐」の「数量」門に「三宝　三教　三笑　三綱」、「比」の「数量」門に「一筋　一口　一腰　一刎」とあるのがその事例だが、ここには数量に係る語彙が羅列されている。

しかし、本集の「数量」の内容を吟味してみると、そこには単なる語彙の羅列を越えた編者の編纂意図に基づく、いわば本集の根幹をなす〝思想〟のごとき精神の反映が顕著であるように愚考される。

すなわち、本集は、さきに整理したように、大枠では「A　秀歌撰」と「B　定数歌撰」の二分類からなされた五十作品を収録しているが、これは別の視点からみれば、ある価値判断に基づいた尺度によって設定された「名数」なる概念と、既成事実に基づいた尺度によって設定された「数量」なる概念によって、これらの作品は選定された結果ともいうことができるようだ。たとえば、「新古今　三夕」「六道歌」などは前者、「二十一代集巻頭和歌」などは後者の事例に各々、相当しようが、一部には、特定の「数量」と「名数」なる〝枠〟の制約の中で詠じられた、「十界歌」「十波羅密」「五常之歌」「五行」「方角」「五色」などは両者に関係しようから、本集には、「数量」と「名数」のいずれかの単独の視点から蒐集された作品も存すれば、両者が複雑に競合関係にある視点から蒐集された作品も存するのだ、と幅広く把えるのが妥当なのかも知れない。

これを要するに、本集は「数量」の視点から和歌作品を蒐集するという基本姿勢に立って営為されたが、総体的には、「名数」に係る和歌作品の蒐集なる側面も有する結果になった、と言うことができるであろう。そうして、編纂なった本集は、主として平安時代から室町時代までの、以上論述したごとき編纂方針に従って、藤原公任撰になる秀歌撰と六家集歌人の詠作とが中核になった類題集となっているのである。

それでは、このような性格をもつ本集の編纂目的、役割はいかなるところに存するのであろうか。この問題については、類題集の大半が、本質的に和歌の初心者ないし中級の者たちに、和歌を詠作するうえで参考になるべき詠作の手本を提供するという実用面に存したのに対し、本集の役割は、和歌の詠作という実用面で寄与・貢献するというよりは、むしろ提供した作品をじっくり賞翫してもらうという、享受者層の嗜好に訴えるという鑑賞面での役割に、その本質が存するように推測されるのだ。この点、オーソドックスな類題集と趣を異にするが、本集の編纂目的は、このような「数量」という〝枠〟の中で詠作された和歌を、「名数」なる概念を導入しながら享受、鑑賞するに足り得る作品の蒐集というところに、存したのではなかろうか。

それでは、このような経緯で成立した本集の類題集史における位相はいかなるところにあるのであろうか。ここでは「名数」に係る方面の作品は川平氏の前掲書に委ねるとして、主として「数量」に係る視点から言及してみたいと思う。

そこで検討しなければならないのが、本集の成立の問題である。これについては、すでに言及済みであるので、ここで改めて詳細に触れることはしないが、本集が承応二年（一六五三）九月に飛鳥井雅章によって編集され、それが貞享二年（一六八五）三月、平間長雅によって書写された結果、この長雅書写本は宝永四年（一七〇七）三月、長雅の弟子・北条氏朝によって、また、承徳（一七一二）九月、大宅近文によって、各々、転写されていることだけは確認しておこう。ちなみに、日下氏によれば、氏朝は正徳二年（一七一二）、長雅の門弟たる水田長隣筆の本集と同類の書たる『中院三燈集』（書陵部蔵、三冊写本）を与えられた由だが、同氏は『和歌類略』（日下氏蔵、一冊写本）も同種の書である旨の指摘をするなか、宝永四年、『渚の玉』（版本）が上梓されたことも指摘していて参考になる。

ところで、本集とほぼ同種の性格をもつ書物に『数量和歌』なるものであって、この書の成立は分明ではないが、書陵部に『数量和歌　四三種』（伏・一二三、邦忠親王〈宝暦九年、二十九歳没〉写）が存するほか、歴史民俗博物館蔵（高松宮旧蔵）『数量和歌』写本一冊も伝存する。さらにこのほか、同種の作品群を挙げるならば、書陵部蔵『先代御便覧』（二六五・一一一三）写本二十八冊、同蔵津村正恭編『片玉集前集』（四五八・一）写本（安永以降十三年間の書写）百冊などが存するが、天和二年（一六八二）十二月、姉小路公量所蔵本を風早公前（公寛）が書写した内閣文庫蔵『歌書』（二〇一・三九〇）写本一冊、書陵部蔵『歌書集成』（一五五・一〇九）写本一冊、福井県立図書館松平文庫蔵『集書』（M九九一・一〇八・二五・1―二）二冊、斎藤報恩会蔵『歌仙和歌集』（A―Ⅳ２００）写本一冊なども、同類の作品群と認めることができるであろう。

ここには「数量」和歌関係の作品群への関心が、まず後水尾院歌壇における堂上歌人圏から始まって、それが地下歌人たちへと拡大していった、江戸初期堂上圏とその周辺あたりの歌人たちの興味と享受の様相が如実に窺知されるのだ。そのような「数量」和歌への興味・関心が堂上圏から地下圏へと広く浸透して行く近世初期の動向のなかで『数量和歌集』の位相に言及するならば、本集はそのような機運が兆しはじめる動静のなかにあって、この種の類題集の中ではほぼ嚆矢ともいえる位置にある、と評定できると言えるのではなかろうか。

五　まとめ

以上、飛鳥井雅章編『数量和歌集』の成立について、種々様々な視点から基礎的考察を進めてきたが、その結果明らかにすることのできたいくつかの要点を、摘記するならばおおよそ次のごとくなろう。

（一）本集の伝本については、書陵部と東北大学附属図書館に各々、伝存するが、本節では前者を対象にして考察を進めた。

（二）本集は北条氏朝が宝永四年（一七〇七）三月に書写したものだが、それによれば、上巻に、「古歌仙」「中古歌仙」「新撰歌仙」「釈門歌仙」「女房歌仙」「古六歌仙」「新六歌仙」「九品之和歌」「新百人一首」「八景歌」「南京八景」「近江八景」「修学寺（院）八景」「新古今　三夕」の十四作品、下巻に、「詠三躰倭歌」「庚申之夜五首」「七猿」「物名二首」「十波羅密」「五妃」「六観音」「釈教五首」「釈教五部」「十二類歌合」「十二月花鳥」「十二月屏風和哥」「五行」「方角」「五色」「花・紅葉・四季ノ月」「松・竹・鶴・亀ノ祝」「春・夏・秋・冬・恋・祝」「二十一代集巻頭和哥」「畠山道（匠）作亭　十二月和歌」「七夕七首」「六道和哥」「五波羅密」「十地」「十界哥」「五常之歌」「日吉七社」「神祇十首」「釈阿九十賀屏風哥」「水無瀬殿恋十五首哥合」「十躰和歌」

載する。

（三）　本集に収載する五十作品は、延喜五年（九〇五）成立の「六歌仙　古今序」「古六歌仙」など平安時代の作品が十七編、建仁二年（一二〇二）三月成立の「詠三躰和歌」など鎌倉時代の作品が二十三編、貞和三年（一三四七）春成立の「釈教（三十六歌仙）」など南北朝時代の作品が二編、永享十年（一四三八）六月以前に成立の「十二類歌合」など室町時代の作品が七編、承応二年（一六五三）九月以前に成立の「修学寺（院）八景」が一編となる。

（四）　本集の収録作品を形式面から分類すれば、A　秀歌仙　①歌仙歌合　②歌仙秀歌撰　③準秀歌撰　B　定数歌撰　①部立別　②歌題等別　③準歌題等別のごとく整理できようか。

（五）　本集は以上のごとき五十作品をその内容とするが、単純に本集の総歌数に言及すれば、千五百三十四首となる。ちなみに、本集の性格からみて、本集の詠歌作者の全体的把握の必要はないだろうから、本集の詠歌作者の大略に言及するならば、本集は六家集歌人と藤原公任撰の歌仙歌人を主要歌人としているようだ。

（六）　本集の編者は飛鳥井雅章（慶長十六年〈一六一一〉～延宝七年〈一六七九〉十月、六十九歳）で、成立年時は承応二年（一六五三）三月である。

（七）　本集の編纂目的は、「数量」という〝枠〟の中で詠作された和歌を、「名数」なる概念を導入しながら享受、鑑賞するに足り得る作品の蒐集、編纂するところに、存したのではなかろうか。

（八）　本集の近世初期の「数量」和歌史における位相に言及するならば、「数量」和歌への興味・関心が後水尾院歌壇における堂上圏から地下圏へと広く浸透して行くなかにあって、本集はほぼ嚆矢ともいえる位置にあった、と評定できるのではあるまいか。

第六節　河瀬菅雄編『和歌拾題』の成立

一　はじめに

数ある和歌文学作品の領域のなかで類題和歌集の研究については、筆者はこれまで、中世類題集では、『二八明題集』『続五明題和歌集』『題林愚抄』『摘題和歌集』『纂題和歌集』など、近世類題集では、『明題和歌全集』『類題和歌集』『続明題和歌集』などに言及し、[1]近時、その総括として、「中世類題和歌集の成立　上・下」（『中世文学研究』第十六号・第十七号、平成二一・八、同三一・八）を公表したが、まだまだこの分野においては、数多くの作品が手付かずのまま放置されている現況にある。

こうした類題集の研究状況のなかで、恵藤一雄が、「作例の哥あまた見侍らんには、『明題』『題林愚』などをみるべし」と、『題林愚抄』『明題和歌全集』を推薦する一方、「右の集にもれたる題多く侍れば、めづらしき題をもとめたらむとき、其心えがたきあらんは、（中略）此『拾題』は、哥の数多くはひき侍らねど、題残りなく集め給ひぬれば、作例を見んためにはことかゝずなむ有ける」と、その序文を草している、河瀬菅雄編『和歌拾題』は、時間的に『題林愚抄』『明題和歌全集』から連続する類題集であることと、収載歌がすべて中世以前の古典和歌でしめられている点で、ここらで一考してみるに値する作品と言えるであろう。そこで、『和歌拾題』の研究史に言及してみると、管見に入るところでは、本書を本格的に研究した論考はなく、わずかに有吉保氏編『和歌文学辞典』（昭和五七・五、桜楓社）や犬養廉氏他編『和歌大辞典』（昭和六一・三、明治書院）などの辞典類に、福井久蔵氏が『大日本歌書綜覧上巻』（昭和四三・五再刊、国書刊行会）で、「**和歌拾題**　一巻　河瀬菅雄　撰集家集より広く題を輯め、四季恋雑に分ち、例歌を挙ぐ。題の数六千に及ぶ。貞享五年門人恵藤一雄の序、進藤知雄の跋を加へて出板す」と記述している程度の記事を見出しうるくらいのものである。

こういうわけで、以下は、『和歌拾題』の秋部のみに限って、その実態と成立の問題を中心にして精査した結果、いくらか明確にしえた作業報告であるが、その大要を記して大方の参考に供したいと思う。

二　撰集資料の問題

まず、『和歌拾題』の書誌的概要に言及しておくと、次のとおりである。

本書は、三原図書館岩崎文庫蔵の版本で、第十六巻七冊の無刊記本である。題簽に「和歌拾題」（いずれも後人の墨書による貼付）、内題に、「和歌拾題」と書名を記す。第一冊は序（恵藤一雄）と目録で五十九丁、第二冊は第一～第三巻（春部上・中・下）で四十三丁、第三冊は第四・第五巻（夏部上・下）で二十八丁、第四冊は第六～第八巻（秋部上・中・下）で六十七丁、第五冊は第九・第十巻（冬部上・下）で三十九丁、第六冊は第十一・十二巻（恋部上・下）で五十三丁、第七冊は第十三～第十六巻（雑上・中〈名所〉・下〈賀〉・公事）と跋（進藤知雄）で百七丁を有する。書式は序と跋が各々、一面十行、九行書きであるが、本文は一面十四行書きで、頭に歌題、次いで集付（出典注記）、例歌、作者の体裁をとる。歌題、例歌ともに、先行作品に依拠した部分と、編者が増補した部分の二重構造になっているが、表面上は両者が融合された形で記されている。ちなみに、各部立の歌題数と増補された歌題数を列挙してみると（括弧内が増補された数）、春部上・三六六（一六六）題、春部上・三〇四（一一七）題、春部下・一四六（八五）題、夏部上・二四〇（八六）題、夏部下・二四五（一二七）題、秋部上・三七五（一九二）題、秋部中・三八六（一九一）題、秋部下・三九八（二三〇）題、冬上・四一五（二三〇）題、冬下・三五五（二〇八）題、恋部上・六一一（三七三）題、恋部下・三一一（一一六）題、雑部上・七六九（五五一）題、雑部中・五四九（四〇四）題、雑下・六七八（三二九）題、公事・一一三（一六）題の、都合六二七〇（三四二一）題で、増補された歌題の割合は五四・六パーセントである。次いで、収載歌数は春部上・四九一首、春部中・四二八首、春部下・二一九首、夏部上・三六七首、夏部下・三八二首、秋部上・五八一首、秋部中・六二四首、秋部下・六三六首、冬部上・五七八首、冬部下・五〇五首、恋部上・九一六首、恋部下・五四三首、雑部上・一〇八八首、雑部中・八〇〇首、雑部下・八二八首、公事・一四七首の、都合九一四二首である。刊行年時は弘化四年（一八四八）版本もあるが、無刊記本は、進藤知雄の跋文に「貞享五年（一六八八）」とあるので、この年に版行、成立はそれ以前と推察される。

さて、『和歌拾題』はおおよそ以上のごとき内容の類題集であるが、それではこれを従来の類題集と比較したとき、いかなる点に特色が認められるであろうか。ここで『和歌拾題』の秋部に限定してではあるが、例歌（収載歌）の撰集資料の視点から、本書の成立過程に言及してみたいと思う。そこで『和歌拾題』の秋部の例歌を検討してみると、「月前聞鴈」の例歌である『新古今集』の慈円の

1　大江山かたぶく月の影さえてとはだの面に落るかりがね　（秋部下）

の1の詠を、『和歌拾題』が「遠初雁」の例歌として再度掲げている理由は判然としないが、次の

2　さらでだに心うかるゝ夕暮の雲のはた手に秋風ぞ吹　(秋部中・秋夕雲・白川殿・為家)

3　終夜空をうつして行水にながれてふくる月のかげかな　(同・水辺月・新後拾・雅孝)

4　明ぬとはよひよりみつる月なれど今ぞ門田に鳴もなく成　(同・田家暁月・新後拾・俊平)

5　染まさる色こそ見ゆれ柞原けさの時雨のあとの一しほ　(秋部下・雨後紅葉・亀山殿・左大臣)

の2〜5の例歌は、『和歌拾題』の撰集資料を明らめる手掛りを提供するように思われる。すなわち、2は『白河殿七百首』の「融覚」(為家)の詠、3・4はともに『新後拾遺集』の「前大納言実教」、「仁和寺二品法親王守覚」の詠、5は『藤葉集』の「左大臣」(公賢)の詠であるが、2〜4については、『和歌拾題』は作者注記を、2は法名を俗名に直して注記し、3・4は各々、「雅孝」「俊平」と誤記する一方、5については、『和歌拾題』は出典注記を、「亀山殿」と記して誤っているのである。これらの『和歌拾題』の作者・出典注記をみると、2の書き替えの場合はともかく、3・4の誤注は、もし編者・河瀬菅雄が原拠資料に依拠してこれらの注記をしたのであれば、絶対に生ずるはずのない種類のものである。それがこのような誤注になっているということは、『和歌拾題』の編者が直接原拠資料に依拠したのではなく、歌題ならびに例歌を一括して収録する、所謂、類題集に依拠して採録している成立事情を意味するのではなかろうか。この視点に立って、種々の類題集との比較・検討を試みた結果、『題林愚抄』と『明題和歌全集』の二集が候補にあがるようである。すなわち、この推定を実証する事例をあげるならば、次の

6　山がつの柴のとざしの明ぬれば露もをきける朝がほの花　(秋部上・戸外槿・白川殿・為世)

7　片岡のすそ野ゝ暮に鹿鳴きて小萩色づく秋風ぞふく　(同・風前鹿・続拾・国経)

8　秋ふくる浅茅が庭のきり〴〵す夜や寒からし声よはり行　(同・庭虫漸衰・新千・為教)

9　はれず立峰の秋霧分きても思ひつきずや鴈の鳴らん（秋部下・霧間鴈・同〈続拾〉・隆祐）

の6~9の詠歌を指摘することができよう。ちなみに、6は『白河殿七百首』の「為氏」の詠、7・9は各々、『続拾遺集』の「津守経国」、「藤原隆博朝臣」の詠、8は『玉葉集』の「前右兵衛督為教」の詠であるのに、『題林愚抄』『明題和歌全集』の両集とも、6・7・9の作者注記を各々、「為世」、「国経」、「隆祐」と誤っており、8の出典表記も「新千」と誤注を犯しているのである。ここに『和歌拾題』の編者がこの両集のいずれかに依拠して採録した背景が想定されようが、この想定はさきに引用した2~5の場合にも適用しえよう。すなわち、2の作者表記は両類題集とも「為家」であり、3の作者も『題林愚抄』が「前大納言雅孝」、『明題和歌全集』が「雅孝」と誤注しており、5の出典注記も『題林愚抄』が「亀山殿五首」、『明題和歌全集』が「亀山殿七百首」と誤っているが、4の作者注記は両類題集とも「仁和寺二品法親王」と正確に記しているのに、両集とも、4の直後に「庭月」の例歌として、『新続古今集』の

10　払ひこし庭のよもぎの露のうへにとはれぬよはの月をみる哉（明題和歌全集・俊平・五〇〇五）

の10の「俊平」の詠を掲げているのである。つまり、『和歌拾題』の2・3・5の誤注は両集の誤記を、4の誤注は両集の当該箇所の直後の作者表記を、各々、転載した結果生じた誤注であったわけである。

ここに、『和歌拾題』に指摘される出典・作者表記に関する誤注の背景が明白になったと言えようが、それでは『和歌拾題』が依拠した類題集は両集のうち、いずれの類題集であったのであろうか。そこで、この問題の解決に示唆を与える事例を探してみると、次の『新千載集』の後伏見院の

11　けさの朝けね覚涼しき風立ていとはや秋の知れ初ぬる（秋朝・新古・後伏見院）

の11の詠が参考になるように思われる。すなわち、この11の両集の集付をみると、『題林愚抄』は「新千」と記すの

に、『明題和歌全集』は集付を欠落している。にもかかわらず、『和歌拾題』に「新古」の注記がなされた背景を憶測するに、『明題和歌全集』の11の直前の「閑庭露滋」の例歌に「新古」とあるので、無注記の11の詠も「新古今」歌と、河瀬菅雄が誤解して処理した結果ではなかろうか。ここに『和歌拾題』が依拠した類題集は『明題和歌全集』であろうと推測されようが、この点をさらに決定づけるのが、次の事例であろう。

12　いなば吹風の音せぬやどならば何につけてか秋をしらまし　（秋部上・田家早秋・拾・伊通）

13　人め見ぬやどの荻原をとづれて秋をば風の伝にこそしれ　（同・閑居秋風・同〈金〉・内大臣）

すなわち、12は『金葉集』（二度本）の「右兵衛督伊通」の詠、13は『新後撰集』の「三条入道内大臣」（公親）の詠であるのに、『和歌拾題』が集付を、12には「拾（遺集）」、13には「同（金葉集）」と付して、誤注を犯している背景を探索してみると、実は、『和歌拾題』の編者が『明題和歌全集』の誤った集付をそのまま採録している転載方法に起因していることが判明する。すなわち、この両首は『明題和歌全集』の集付には、12が「同（拾遺）」、13が「金」と記されて『和歌拾題』のそれと完全に符合しているうえに、『題林愚抄』には未収録の詠歌で、『明題和歌全集』にのみ収載されているからである。ちなみに、『題林愚抄』に未収録で、『明題和歌全集』にのみ収載される詠歌を『和歌拾題』がどれくらい収載しているかを調査してみると、秋部上に限っただけでも、三十九首に及び（12・13の詠は除く）、巻頭から順次五首掲げてみると、次のとおりである。

14　朝ぎりや立田の山の里ならで秋来にけりと誰か知らまし　（山家早秋・金・太政大臣〈兼実〉）

15　庭の面にひかで手向る琴のねを雲ゐにかはす軒の松風　（乞巧奠・玉・太政大臣〈実兼〉）

16　ほしあひの空の光と成物は雲ゐの庭にてらす灯　（同・続千・後京極）

17　物ごとに秋のけしきはしるけれど先身にしむは荻の上風　（荻・千・行宗）

18　荻のはに風の涼しき秋きては暮にあやしき物を社思へ　（同・玉・元真）

なお、このような事例は、秋部中に二十七首、秋部下に三十九首指摘することができるが、以上の論証から、『和歌拾題』の撰集資料に言及するならば、まず、『和歌拾題』が先行作品を一括蒐集している撰集に依拠している部分については、『明題和歌全集』がその撰集資料になっている、と明言しうるであろう。

それでは、『和歌拾題』の編者・河瀬菅雄が増補している部分の撰集資料は何であろうか。この問題を明らめるために手掛りを求めると、次の事例に逢着する。

19　立残す錦にいく村秋萩の花におく有宮城の〻原　（秋部上・萩漸盛・続拾・逍遥院）

20　なをざりに見し影いかに澄月の夜とは人の空めなりけり　（秋部中・明月如昼・散木・政為）

21　雲深きみどりのほらに澄月のうき世の中に影は絶にき　（同・寄月雑・新千・〈花園〉院）

22　よひ〳〵の夢路に誰か関すへて此宿ちかく衣うつらん　（秋部下・擣衣妨夢・散木・〈師兼〉）

23　月ならぬ星のひかりもさやけきは秋てふ空やなべて澄らん　（同・秋天象・新続古・〈実衡女〉）

24　立田山雲のはたてにかけておる秋の錦はぬきも定めず　（同・夕紅葉・同〈玉吟〉・定家）

すなわち、19は『続撰吟集』の実隆の詠、20は『碧玉集』の政為の詠、21・23は各々『風雅集』の花園院・実衡女の詠、22は『師兼千首』の師兼の詠、24は『拾遺愚草』の定家の詠であるのに、各々、注記のごとき誤った集付を付しているうえに、24の歌では原拠資料に「立田姫」とある初句を、『和歌拾題』は「立田山」と記して、歌意が不明瞭になっているのである。

また、次の

25　白妙の庭もまがきも玉ちりてす〻きをしなべ秋風ぞ吹　（秋部上・籬薄・白川殿・俊成）

26　池水に岩ほとならんさゞれ石の数もあらはに澄る月影　（秋部中・池月久明・続古・為有）

の25・26の両首は、25が『白河殿七百首』の師継の詠、26が『続古今集』の雅経の詠であるのに、これまた注記のごとく誤注を犯している。

また、次の

27　咲初る朝のはらのをみなへし秋をしらするいまにぞ有ける　（秋部上・月照草花・同〈御集〉・雅兼）
28　いなり山杉のいほりの明けぼのに窓よりかよふ棹鹿の声　（同・幽居聞鹿・玉吟・家隆）
29　秋の色は千種ながらにさやけきを誰かをぐらの山といふらん　（同・日望秋興・続後撰・是則）
30　秋の夜の月も猶こそ澄まされ世々にかはらぬ白河のみづ　（秋部中・月移河水・新後撰・為教）
31　またれつる秋は今夜と白河のながれも清くすめる月影　（同・同・同・憲実）
32　見てもまた老のなる身のかなしきに心ぞしたふ山の端の月　（同・関路惜月・〈白河殿七百首〉・忠継）
33　むかし見し蛍の影は何ならでわが世の月ぞ窓にかたぶく　（同・寄月夢・新続古・前太政大臣〈実冬〉）

の27〜33の七首は、27が『金葉集』（二度本）の雅兼の「草花告秋」の例歌、28が『玉吟集』の家隆の「秋窓鹿」の例歌、29が『続後拾遺集』の是則の「日望秋山」の例歌、30・31が各々『新後撰集』の「河水澄月」の例歌で、前者が為教、後者が憲実の詠、32が『白河殿七百首』の忠継の「老惜月」の例歌、33が『新続古今集』の実冬の「寄月往事」の例歌であるのに、各々、注記のごとき誤った歌題の例歌になっているうえに、27・29の両首は集付までも間違っているのである。

これを要するに、19〜33の事例は、出典・作者注記、歌題表記のいずれかの点で（複数の場合もある）、『和歌拾題』に誤注が指摘される場合であり、これはもし『和歌拾題』の編者がこれらの詠歌を直接原拠資料から採録したのであれば、まず起こるはずのない種類の記述であると言えよう。にもかかわらず、『和歌拾題』の編者が増補した部分にもこのような誤記が指摘されるということは、やはり、この部分も歌題と例歌を一括収載する類題集のごとき撰集から、編者が必要な箇所を抄出、転載した際に生じた誤写の可能性を想定せざるを得ないであろう。このような観点から諸類題集を探索したところ、『和歌拾題』の編者の増補した撰集資料として、後水尾院撰の『類題和歌集』（以下『類題集』と略称する）を想定しうるようである。たとえば、任意に『和歌拾題』の「野暁月」から「海上暁月」までの当該箇所を引用すると、

34　里遠き野中の庵の月影になきて夜ぶかき鳥の声哉　（秋部中・野暁月・続後〈撰〉・浄〈康〉光）
35　打はらひさゝ分る野べのかず〳〵に露あらはるゝ有明の月　（同・同・愚草・〈定家〉）
36　旅人は今ぞたつらんうねの野ゝ有明の月にたづぞなく成　（同・同・玉吟・家隆）
37　いつもかく有明の月のあけがたは物やかなしき須まのせき守　（同・関路暁月・千・兼覚）
38　諸ともにいつとはなしに有明の山のみをくる山路をぞゆく　（同・行路暁月・金・永縁）
39　あり明の月も清水にやどりけりこよひは越じあふ坂の関　（同・山路暁月・千・範永）
40　明ぬるか遠かた人はこえ過て河瀬の露に月ぞ残れる　（同・川暁月・御集・順徳院）
41　長夜も猶あかずとやみしま江の蘆間にやどる有明の月　（同・江暁月・新続古・〈通成〉）
42　難波がた入汐ちかくかたぶきて月よりよする沖つ白波　（同・海上暁月・新拾・為藤）
43　波のうへに移れる月はありながらいこまの山の峰ぞ明行　（同・同・同・為世）
44　やどしつる影もひとつに見ゆるまで月ぞかたぶく沖つ白波　（同・同・草庵・〈頓阿〉）

の34～44のとおりだが、これを『類題集』（元禄十六年刊の版本）の当該箇所と比較、検討してみると、『類題集』が

「野暁月」の歌題の次の

45　篠わくる野べの庵のとまをあらみあはでぬるよの月ぞ残れる　（順徳院）

の45の詠を一首多く収載している以外は、両集は完全に符合をみているのである。何故に『和歌拾題』がこの45の詠を収録していないかについては、編者の河瀬菅雄が編纂方針（後述する）に従って、「野暁月」の例歌は三首しか収録しなかったまでであろう。そこで、この推論が正鵠を射ているか否か、さきに掲げた19～33の事例で検証してみると、まず、19～24にみられる『和歌拾題』の出典注記の誤記は、19が『類題集』の当該歌の集付「続撰（吟）三」の誤写、20が『類題集』の「明月如昼」の最後の例歌の集付「散木」を、21・22が各々、『類題集』の当該歌の直前の「雑月」・「擣衣驚夢」の例歌の集付「新千」・「散木」を、23・24が各々、『類題集』の当該歌の誤った集付「新続古」・「同（玉吟）」を、『和歌拾題』の編者が、誤写あるいは転写したために生じた痕跡を残しているのである。なお、24の初句の「立田山」の本文異同も、『類題集』の本文そのものである。また、25・26の『和歌拾題』の作者注記の誤記も、25は『類題集』の「皇太后宮大夫」なる注記を、『和歌拾題』の編者が「俊成」と誤解したために、26は『類題集』の当該歌の二首前の「池月添光」の例歌の作者注記「為有卿」を、『和歌拾題』の編者が誤写した結果と推定されよう。最後に、27～33にみられる『和歌拾題』の歌題表記の誤りのうち、27は『類題集』の当該歌題の一丁前にある「草花告秋」の例歌がなぜ『和歌拾題』では「月照草花」の例歌に収められたのかの理由は判然としないが、『類題集』に『和歌拾題』とまったく同じように、集付も作者注記もあることは間違いない。また、29が歌題と集付を、『類題集』には各々「日望秋山」、「続後拾」とあるのに、「日望秋興」、「続後撰」と誤記している例と、33が集付を『類題集』には「寄月往事」とあるのに、「寄月夢」としている例は、両者ともに単なるケアレス・ミスによる誤写であろう。しかし、28・30・31・32は各々、『類題集』の当該歌の直前もしくは直後の歌題を、『和歌拾題』の編者が誤写したための誤記と推定されよう。すなわち、28は『類題集』の当該歌の歌題である「秋窓鹿」の直前の歌題「幽居聞鹿」を、30・31も同様に、『類題集』の当該歌の歌題たる「川水澄月」の直前の歌題「月移川水」を、32も『類題集』の当該歌の歌題である「老惜月」の直前の歌題「関路惜月」を、『和歌拾題』の編者が誤記しているのである。このように、『和歌拾題』の19〜33に指摘される歌題、集付、作者表記にかかわる誤記は、『和歌拾題』の編者が後水尾院撰の『類題集』に依拠した結果と判断することによって、すべて説明しうるのである。

ここに、『和歌拾題』の編者が増補した部分の撰集資料として、後水尾院撰の『類題集』を想定することができようが、それでは、秋部下の「名所鶉」と「秋懐旧」の場合はいかがであろうか。まず、『和歌拾題』の「名所鶉」の例歌は、次の

46　霧晴てあすも来て見ん鶉鳴石田の小野は紅葉しぬらん　（秋部下・名所鶉・続古・〈順徳院〉）
47　鶉なくかた野ゝみのゝ草枕いく夜かりねの数つもるらん　（同・同・続〈後〉拾・〈基氏〉）
48　ふし見山鹿の音おろす夕風にいなばが末にうづら鳴也　（同・同・拾玉・〈慈円〉）

の46〜48のごとくであり、また、同じく「秋懐旧」の例歌は、

49　老らくの我のみかげはかはれどもおなじ昔の秋の夜の月　（秋部下・秋懐旧・続古・忠信）
50　めぐりあふこぞのこよひの月みてやなき俤を思ひいづらん　（同・同・新後〈撰〉・実冬）

の49・50のとおりだが、この両題の例歌を『類題集』で検するに、『類題集』には歌題のみあって、例歌は一首も掲げられていないのである。ただし、「秋懐旧」の49・50の例歌は『明題和歌全集』の雑部中には掲げられている。ということは、『類題集』の他の伝本についてはいざ知らず、元禄十六年刊の版本『類題集』による限りでは、『和歌拾題』が『類題集』を参照した可能性は皆無となろうが、ただ、『和歌拾題』の編者による増補部分でも、「秋懐旧」の

場合のように、その典拠が秋部以外の歌題と収載歌については、『明題和歌全集』が撰集資料になっているようである。

ところで、『和歌拾題』の秋部上の「原露」から「枕露」までの歌題と例歌を引用すると、

51　あづま野ゝ空には雲の晴ぬれど袖にしぐるゝかやが下露　（秋部上・原露・千首・為尹）
52　あはれ誰もすそにかけし跡ならん露かはき行道のさゝ原　（同・径露・同〈千首〉・同〈為尹〉）
53　枕にも袖にも月のあひやどり軒端やあれて露の古郷　（同・故郷露・同・同）
54　雨そひし野分の行ゑ猶見えて露所せき岡のべの庵　（同・庵露・同・同）
55　みだすべき草ばの風もなかりけり露のしらすの庭の月影　（同・庭露・同・同）
56　中垣をこえたる荻のねわたりに一本わくる秋の白露　（同・草露・同・同）
57　かたきしにあまれる露のさがり苔玉ゆらふくな山の下かぜ　（同・苔露・同・同）
58　秋はたゞ露も泪もわかざりきおぼえず袖の雫おちけり　（同・袖露・同・同）
59　打しほれいとゞ露けきね覚哉かならず草の枕ならねど　（同・枕露・同・同）

の51〜59のとおりだが、これを『類題集』と比較、検討してみると、『類題集』には「原露」の例歌はなく、51の詠も収録せず、「径露」、「庭露」の例歌にも各々、52、55の詠はないが、それ以外の53・54・56〜59の例歌は『和歌拾題』と同じ歌題の例歌として収載されているのである。ということは、『和歌拾題』の編者が51〜59の九首を一括して『類題集』から抄出した可能性はまずなかろうから、この部分の撰集資料を探してみると、この部分の詠歌作者がすべて為尹である実態から、『為尹千首』が候補にのぼるであろう。はたして、『為尹千首』には、51〜59の九首が、連続して掲載されており、51は「野露」の例歌と知られよう。ここに、『和歌拾題』が為尹の詠歌を例歌として採歌

する場合、『類題集』に為尹の詠が収載をみている時には、勿論『類題集』から採録するが、そうでない場合には、『為尹千首』から直接抄出、採録するという『和歌拾題』の撰集過程が認められよう。となれば、『類題集』の第十五巻の「秋祝」の例歌のうち、『和歌拾題』が採録している次の

60　かげなびくひかりをそへてこの宿の月も昔をうつすとぞみる　（類題集・秋祝・勅・院大納言公直女）

61　山水に老せぬちよをせきとめてをのれうつろふしら菊の花　（同・同・拾愚下・定家）

の60・61の集付に「新千」とあるのも、『和歌拾題』の編者が原拠資料に当たって、『類題集』の「勅」を「新千」と訂正したものと憶測されようから、さきに引用した『和歌拾題』の46〜48の「名所鶉」の例歌も、『和歌拾題』の編者が直接、『続古今集』『続後拾遺集』『拾玉集』などの原拠資料に当たっての収録結果と推測されよう。この推測に立つならば、『和歌拾題』の秋部下の「櫨紅葉」の例歌である、

62　一め見し十市の村のはじ紅葉又時雨つゝあきかぜぞふく　（秋部下・櫨紅葉・夫木・〈順徳院〉）

63　山かぜの霧吹かくるほどなれやちらぬにはじの色ぞ消行　（同・同・千首・為尹）

64　うづら鳴かた野に立るはじ紅葉ちらぬばかりに秋風ぞ吹　（同・同・新古・〈親隆〉）

の62〜64の三首のうち、『類題集』が収録するのは63の詠のみだから、62と64の二首は、『和歌拾題』の編者が原拠資料の『夫木抄』と『新古今集』とから採歌されたものと考慮されるであろう。ここに、『和歌拾題』の編者が増補した部分の撰集資料に言及すれば、その大半は後水尾院撰の『類題集』と考えられるが、なかに、定数歌では『為尹千首』、私撰集では『夫木抄』、類題集では『明題和歌全集』、私家集では『拾玉集』、勅撰集では『新古今集』『続古今集』『新後撰集』『続後撰集』『新千載集』などを指摘することができるであろう。

以上を要するに、『和歌拾題』の撰集資料は、先行作品に依拠した部分については『明題和歌全集』が、編者の増

補した部分については『類題集』が大半をしめるが、そのほかには『明題和歌全集』『為尹千首』『夫木抄』『拾玉集』『新古今集』『続古今集』『新後撰集』『続後撰集』『新千載集』などが想定されるであろう。

三　内　容――原拠資料と詠歌作者

さて、『和歌拾題』の撰集資料については、以上のとおりであるが、それでは、『和歌拾題』の撰集資料のもとになった原拠資料はいかなる作品であったのであろうか。ここに参考までに『和歌拾題』の秋部に十首以上の収載をみる作品を掲げてみると、次頁の〈表1〉のとおりである。

この〈表1〉によると、定数歌、勅撰集、私家集からの採歌が大半をしめるが、まず、定数歌では『為尹千首』『白河殿七百首』『亀山殿七百首』『師兼千首』『為忠家後度百首』『宝治百首』の順で採録され、応永末年ごろから宮廷歌壇で指導的地位にあった冷泉為尹の『為尹千首』からの抄出歌が圧倒的多数をしめ、次いで後嵯峨院の仙洞御所で催された当座御会の集成である『白河殿七百首』、後宇多院が二条派歌人と亀山殿で催した探題歌会『亀山殿七百首』、南朝に関係の深い花山院師兼の『師兼千首』からの採歌がめだっている。また、勅撰集では『玉葉集』『続古今集』『続千載集』『新千載集』『新続古今集』『新拾遺集』『金葉集』『千載集』『新古今集』『続拾遺集』『新勅撰集』『後拾遺集』『風雅集』『続後拾遺集』『新後拾遺集』『新後撰集』『続後撰集』の順で採歌され、その範囲は神祇・釈教部を初めて独立させたり、三代集にはみられなかった歌題を新たに加えたりして、歌題面に新機軸を打ち出した藤原通俊撰の『後拾遺集』から、最後の勅撰集である飛鳥井雅世撰の『新続古今集』までの広範囲に及び、本集の最大出典源になっている。また、私家集では『順徳院御集』『玉吟集』『拾玉集』『拾遺愚草』『山家集』『秋篠月清集』『柏玉

〈表1〉『和歌拾題』の秋部に十首以上収載される原拠資料一覧表

作品	歌数
為尹千首	一二九首
玉葉集	八七首
続古今集	八六首
続千載集	七八首
新千載集	七一首
新続古今集	六三首
新拾遺集	六一首
順徳院御集	六〇首
金葉集	五九首
千載集	五八首
不　詳	五七首
玉吟集	五六首
拾玉集	五三首
新古今集	五一首
白河殿七百首	五一首
拾遺愚草	四八首
続拾遺集	四三首
新勅撰集	三六首
山家集	三六首
後拾遺集	三五首
風雅集	三三首
秋篠月清集	三〇首
亀山殿七百首	三〇首
師兼千首	二九首
柏玉集	二九首
草庵集	二八首
散木奇歌集	二七首
続後拾遺集	二六首
新後拾遺集	二六首
新後撰集	二四首
碧玉集	二四首
続後撰集	二三首
後鳥羽院御集	二一首
頼政集	一五首
清輔集	一二首
為忠後度百首	一一首
建保二年内裏歌合	一一首
藤葉集	一一首
永和二年九月十七日御会	一一首
和歌一字抄	一〇首
長秋詠藻	一〇首
六百番歌合	一〇首
為家集	一〇首
宝治百首	一〇首
延文七夕内裏御会	一〇首
合　計	一六九九首

集』『草庵集』『散木奇歌集』『碧玉集』『後鳥羽院御集』『頼政集』『清輔集』『藤葉集』『長秋詠藻』の順で採歌され、新古今時代の歌人の私家集と、三玉集のうちの後柏原院と冷泉政為の私家集、および院政期ごろの歌人の私家集などが主要な出典源になっている。

これを要するに、『和歌拾題』の原拠資料は、室町時代の定数歌や私家集などが主要な資料で、次いで院政期ごろから南北朝期にいたる勅撰集・私家集・定数歌などの諸歌集がめだつ原拠資料ということになろうが、なお、参考までに九首以下の原拠資料を掲げるならば、次のとおりである。

詞花集　九首、長明集　八首、続草庵集　七首、永和元年九月十七夜内裏御会・新葉集・亜槐集　六首、藤川百首・済継集・続撰吟集　五首、顕季集・隆祐集・雪玉集　四首、古今集・正治二年六月二十六日歌会・寂蓮集・建保二年内裏御会・建保五年九月右大臣家歌合・定資卿家歌合・後醍醐院内裏御会・延文百首　三首、永仁元年十五夜十首・雅世集・梶井宮御会・金槐集・堀河百首・元久宇治殿御会・建仁元年十四首・行宗集・弘安百首・拾遺集・千五百番歌合・忠度集・日吉大社大宮歌合・郁芳三品集・隣女集　二首、為広詠草・一人三臣和歌・永徳百首、延文元年十月五日内裏五首・延文五年十五夜御会・嘉元百首・雅兼集・経信集・恵慶集・現存和歌六帖・元徳二年九月十三夜三首・弘安三年内裏御会・周防内侍集・俊成卿女集・小侍従集・大和物語・道堅法師自歌合・伏見院三十首・卑懐集　一首。

それでは、『和歌拾題』の詠歌作者はどのような収録状況になっているであろうか。次頁の〈表2〉は『和歌拾題』の秋部に五首以上の収載をみる詠歌作者一覧表である。

この〈表2〉によれば、『和歌拾題』の秋部の詠歌作者の六十六・九パーセントが知られ、〈表1〉から窺知された『和歌拾題』の撰集傾向が詠歌作者の観点からもほぼ裏付けられよう。すなわち、『和歌拾題』に収録される詠歌作者の第一位は、応永二十二年（一四一五）将軍足利義持の命によって詠進した『為尹千首』の作者冷泉為尹で、次に、藤原定家・同家隆・慈円・藤原良経・西行・後鳥羽院・藤原俊成女などの新古今時代の歌人が続き、次に、近世堂上歌人に重宝された三玉集の作者のうち後柏原院・冷泉政為（三条西実隆の詠はなぜか少ない）、次に、源俊頼・同経信・藤原顕季・同公実などの『金葉集』歌人、藤原俊成・源頼政・鴨長明・藤原基俊・俊恵などの『千載集』歌人や、藤原為家・同為氏・後嵯峨院・藤原行家・宗尊親王・六条知家・藤原光俊などの後嵯峨院時代の歌人、それに御子左家の為家没後、為氏の跡を継ぎ、二条家と号した為世の系譜に属する二条為道・同為藤・頓阿・二条為定・同為遠・同

〈表2〉『和歌拾題』の秋部に五首以上の収載歌をもつ詠歌作者一覧表

作者	歌数
為尹	一二九首
定家	七七首
家隆	七六首
順徳院	六九首
慈円	六一首
後柏原院	四七首
政為	四三首
俊頼	四二首
良経	四一首
西行	三九首
頓阿	三五首
為氏	三四首
後鳥羽院	三〇首
師兼	二九首
為家	二六首
俊成	二六首
頼政	一七首
後嵯峨院	一七首
為世	一七首
伏見院	一六首
為道	一五首
清輔	一三首
経信	一二首
為藤	一二首
為遠	一二首
長明	一一首
後宇多院	一〇首
小倉実教	一〇首
俊成女	九首
知家	九首
為重	九首
白河院	八首
顕季	八首
行家	八首
為教	八首
宗尊親王	八首
為定	八首
為明	八首
公実	七首
宮内卿	七首
雅経	七首
隆祐	七首
信実	七首
亀山院	七首
実兼	七首
為兼	七首
花園院	七首
読人不知	七首
範永	六首
基俊	六首
行宗	六首
俊恵	六首
寂蓮	六首
道家	六首
光俊	六首
隆博	六首
後二条院	六首
公雄	六首
後醍醐院	六首
雅親	六首
為広	六首
有家	五首
頼家	五首
秀能	五首
資平	五首
通成	五首
雅世	五首
実隆	五首
合計	一二三二首

為明・同為重などの歌人などが続き、『為尹千首』との関連で参看されたと憶測される『師兼千首』の作者花山院師兼・後醍醐院などの南朝歌人がめだっている。

この『和歌拾題』の秋部における詠歌作者の視点からの整理は、〈表1〉から帰納された結論とほぼ同様の内容と判断されるので、改めて要約はしないが、ただ『和歌拾題』に収載される例歌とその作者の傾向についてのみ言及しておくならば、『和歌拾題』は撰集資料ともなっている『明題和歌全集』や『類題和歌集』のそれに近似しており、とくに『和歌拾題』が『為尹千首』からの抄出歌を大量に収載している点には、国立国会図書館蔵の元禄五年版本の『題林愚抄』（二〇二・八六）において、例歌を欠落している「寄浜恋」「寄潟恋」「寄檜恋」「寄芝恋」「寄鴈恋」「寄庵恋」「寄庭恋」「寄櫛恋」などの歌題に、該本の所蔵者とおぼしき手によって、各例歌が補入されている事例と共通する側面が指摘されて、興味深く思われる。というのは、『和歌拾題』の成立時期の貞享五年（一六八八）ごろと、元禄五年（一六九二）版行の『題林愚抄』に例歌が書き入れ、補入された時期とはほぼ近接しているわけだから、近世初期のこの時期に『為尹千首』がかなり流布して、人びとに大いに利用、活用されていたらしいことは容易に想像されるからである。ということは、『和歌拾題』に『為尹千首』からの抄出が多くみられる現象には、近世初期における歌集の享受のされ方が素直に反映されている痕跡が認められ、これを拡大していうならば、『和歌拾題』の歌題と例歌には、編者と時代状況との反映がかなり著しく認められると言えようか。

なお、参考までに、『和歌拾題』の秋部に収載される四首以下の詠歌作者を掲げるならば、次のとおりである。

〔四首収載歌人〕為義・為孝・丹後守為忠・従二位為子・為冬・為敦・永福門院・雅有・顕朝・後光厳院・後伏見院・実朝・実冬・実雄・親房・親隆・仲正・通光・範宗

〔三首収載歌人〕為実・為信・為親・為相・為有・家経・家長・雅兼・雅俊・覚助法親王・季雄・具氏・経衡・経任・恵慶・兼宗・神祇伯顕仲・公守・公親・公相・在良・資季・実氏・実泰・実能・守覚法親王・少将（藻壁門院）・小侍従・丹後（宜秋門院）・忠継・忠兼・長家・長実・通俊・貞時・道性・邦省親王・有忠・頼宗・隆信・隆親

〔二首収載歌人〕為経・為忠（為藤息）・為頼・為理・伊通・維貞・永縁・越後（内大臣家）・下野（後鳥羽院）・嘉

言・家良・雅光・雅成親王・雅冬・覚円・覚忠・貫之・基家・基綱・基氏・基任・義満・儀子内親王・教定・教良女・匡房・経顕・経継・兼氏・顕氏・顕輔・公教・公経・公賢・公時・公宗・公脩・公明・後白河院・行能・国助・国信・資明・師継・師忠・師房・師頼・時綱・実継・実行・実衡・実性・重経・順・俊定・俊平・小宰相・親子・崇徳院・忠教・忠定・忠度・通具・定雅・定資・土御門院・道因・能因・範兼・万秋門院・肥後・弁内侍・有教・頼之・頼実・隆教・良暹

〔一首収載歌人〕為基・為業・為顕・為衡・贈従三位為子・為守女・為善・為道女・為方・伊家・伊実・伊平・伊房・惟継・雲雅・永源・永助法親王・花山院・家賢・家清・家房・雅縁・雅家・雅教・雅正・雅定・桓守・覚円・覚懐・寛尊法親王・季経・季能・基雅・基之・基忠・基隆・義教・義持・義種・教実・業清・近衛（今出川院）・具行・具親・堀河（待賢門院）・堀河院・経国・経信母・経正・経則・経定・経平・経房・経有・経隆・継経・慶融・兼覚・兼季・兼行・兼実・兼昌・兼盛・賢阿・顕家・顕仲女・顕仲母・顕統・顕輔・憲実・憲房・元真・元長・元方・源縁・公蔭・公吉・公継・公行・公綱・公資・公清・公忠・公直母・公任・公能・光教・光厳院・光之・光庭・光明院・行盛・行尊・行忠・後円融院・後小松院・高広・高倉院・高定・耕雲・康光・国道・国平・左京大夫（永陽門院）・佐経・斎時・斎信・三宮・資仲・師賢・師季・師光・師行・師時・師実・師俊・師信・師成親王・師貞・師良・侍従乳母・持季・持元・持春・持信・持村・時直・時文・慈順・実尹・実音・実家・実光・実綱・実守・実俊・実仲・実文・実房・実名・実有・寂然・寂超・守子内親王・宗宣・宗秀・宗成・宗通・秀成・秀房・秀茂・周防内侍・重政・俊兼・俊光・俊盛・小弁・少将内侍・浄弁・親教・親長・深盛法親王・真阿・是則・正季・成賢・成実・成宗・成茂・成良・清忠・盛方・聖武天皇・静賢・摂津（二条太后宮）・宣子・素意・素性・素暹・尊胤・尊氏・大弐三位・大輔（殷富門院）・泰時・仲顕・仲綱・仲実・忠季・忠基・忠

守・忠信・忠盛・忠通・忠命・忠良・直義・長継・長綱・長真・長親・長方・長房・朝泰・朝村・朝仲・朝隆・澄覚法親王・通親・定為・定経・定房・定頼・貞重・典侍（新院別当）・冬教・登蓮・棟仲・道堅・道助法親王・道清・道命・能宣・能蓮・範玄・範忠・敏行・法守法親王・満元・躬恒・右衛門佐（皇后宮）・有果・有教母・有光・有宗・有長・頼実・隆淵・隆源・隆俊・隆昭・隆朝・隆長・了雲・良意・良基・良通・廊御方・和泉式部

四　成立時期と編纂目的および歌題などの問題

『和歌拾題』の撰集資料とその内容についての大要はおおよそ以上のごとくであるが、それでは、『和歌拾題』の編纂目的は何で、その成立時期は何時であったのであろうか。まず、『和歌拾題』の編纂目的について言及すると、『和歌拾題』は巻頭と巻末に各々、恵藤一雄の序文と進藤知雄の跋文とを掲載しているので、この序文と跋文がこの問題を考えるうえで、ある程度の示唆を与えるであろう。そこでまず、恵藤一雄の序文を掲げると、次のとおりである。

夫和哥は古の国のならはしとして、石上ふるきむかしよりつたはり、呉竹のよゝにたえずぞありける。此和哥拾題といへるは、わが師河瀬氏菅雄あつめをきたまひて、題をもとめ、哥よまむ便りにとおぼすなめり。先だちて、題のうたよせたる集どもいでたるあれど、部類にいでたる題のみつがひとつには侍らず。此集は題の多きこと、先集に出たるがみつに過たり。作例の哥あまた見侍らんには、明題・題林愚などをみるべし。それだに遠き題には、大かた哥一首をなんひき侍る。今哥よむべきに、右の集にもれたる題多く侍れば、めづらしき題をもとめたらむとき、其心えがたきことあらんは、いかゞはせむ。ふるき詠じをける思ひよらん便りにと思ふに、求むべきあらず。さりとて、たゞによみ出んもおぼつかなし。此拾題は哥の数多くはひき侍らねど、題残りなく集め給ひぬれば、作例を見んためにはことかゝずなむ有ける。題の心をよくまもりよめるをなんゑらみてあつめ給ひぬれば、一首にても題の心をさとししらんばかりには、うとかるまじくこそ覚え侍れ。これによらむに、いかならん題をさぐり得たらんとて、もれたるやあるべき。されば、もれたる題を拾ふといふ心をもて、和哥拾題と名付給ふ。ほまれを求めんとにはあらず、哥よまんに、かゝるくるしみは、たれもはたおなじことなりけりと、恕の道を思ひ給ふるにやあらんかし。先達のいひをけること有。歌よまん人はまづ題の心を思ふべしと。或人、此こといぶかし、といふ。いまだ題といふことのなき昔の人々は、何を思ひよりてよみいだせるにや。みな心を種として、みきく物につけていひだせるとなん、しかなり。されど、人みな物によそへよめるとのみ思ひて、その物なんたゞちに題なり、といふことをしらず。たとへば、花をみては、色香にあかぬ心を思ひめぐらし、千しほにそめる紅葉を見ては、なみだにきほへる袂の色をかこち、時鳥をきゝては、をのが時しることをおもひ、つゆしもを詠ては、身も草にをかぬばかりのはかなさを歎き、その外、月・雪・時雨のたぐひまで、みきく所いづれか題にもれたるやある。この故に、むかしの人のよみをけるには、おほくはみきく所、思ふことなどを、哥の前にかけり。されば、詞がきの哥は詞をよく思ふべし、といへることあり。これ題をおもふべし、といへるにおなじこゝろなればなり。だいといふことといできてより、手ならふ人々みなこれになむより侍るかし。此ことはりまでもくだ〳〵しけれど、老ぬればおなじことこそなどよめるたぐひ、われもそのかずにいりししるしに、つみゆるされ侍らんかし。敷島のみちに心ざしふかゝらんは、まさきのかづらながきよの末〳〵にいたりて、かゝることのいさをし、いかでしたはざらむや。／　　恵藤氏　一雄

煩を厭わず全文を引用したが、恵藤一雄が『和歌拾題』の役割および意義に言及している要点は、おおよそ私に傍線を付した箇所にあると認定してよかろう。すなわち、恵藤の口を借りて『和歌拾題』の編纂意図に言及すれば、こ

の集は、書名の由来が「もれたる題を拾ふといふ心をもて、和哥拾題と名付」けられた点にあることが象徴するように、例歌を多量に掲げるというよりは歌題の提示に重点を置いた類題集である。つまり、「此拾題は、哥の数多くは侍らねど、題残りなく集め」ている点に最大の特色が存するのであるから、もし「作例の哥あまた見侍らんには、明題・題林愚などを」参看したほうが正鵠を射ているといえようが、しかし、『和歌拾題』が収録している各歌題に付された例歌は、数は少ないとはいえ、いずれも「題の心をよくまもりよめるをなんゑらみてあつめ」られているので、「一首にても題の心をさとししらん」とする利用者には、最大の効果を発揮するであろうと言うのである。

これを要するに、『和歌拾題』の属性は、「これ（和歌拾題）によらんに、いかならん題をさぐり得たらんとて、もれたるやあるべき」の恵藤の賞賛的言辞に集約されようが、はたして『和歌拾題』は恵藤一雄がいうように歌題面で完璧な類題集となっているのであろうか。そこで、この点を確認するために、『和歌拾題』の秋部中の冒頭に配列されている「秋」との結題を例にとって、『和歌拾題』が先行作品に依拠して部類した部分について、各類題集間の比較を試みたのが、次頁の〈表3〉である。

ちなみに、〈表3〉の略号にふれておくと、Aは『二八明題集』、Bは『続五明題集』、Cは『題林愚抄』、Dは『明題和歌全集』のことで、○は当該歌題を収録し、×は未収録、△は（）のなかの歌題を収録していることを意味している。この〈表3〉をみると、

65　白露に風の吹しく秋の野はつらぬきとめぬ玉ぞちりける　（秋野露・玉〈後撰集〉・朝康）

の65を例歌にする「秋野露」の題だけは先行の類題集には収録をみず、この65の原拠資料の『後撰集』にも「（延喜御時、歌めしければ）」の詞書を付すのみであることから、あるいは『和歌拾題』の編者が新たに考案したのかも知れないが（ちなみに『類題和歌集』もこの題と例歌は収録していない）、それ以外の歌題はすべて『明題和歌全集』が収載し

ており、さきにこの部分の撰集資料として『明題和歌全集』を想定した推定が正鵠を射ていたものと再確認されよう。それはともかく、この〈表3〉からは、序文で恵藤一雄が言及している、『和歌拾題』の歌題面での完璧性をほぼ実証していると言えようが、ただ、『二八明題集』が次の

66　吹はらふ野はらの風の夕ぐれも袖にとまるは秋の白露　（秋夕露・続古今・実氏・一八三二）

67　山ざとのいな葉の風にねざめしてよぶかく鹿のこゑを聞哉　（田家秋興・新古今・師忠・一八五七）

の66～67を例歌にしている「秋夕露」「田家秋興」の歌題と、『続五明題集』が次の

68　月残る門田の面の明方の霧のうちなる鴫の羽がき　（秋日・新千載・後二条院・八八四）

69　蟬の声虫のうらみぞ聞ゆなる松の台の秋の夕ぐれ　（相思夕上松台立　思蟬声満耳秋・新続古今・定嗣・八九一）

70　をかべなるはじの紅葉は色こくてよもの梢は露の一しほ　（秋木・風雅・新室町院御匣・九〇二）

71　色かはる柳がうれに風過て秋の日さむき初鴈の声　（秋視聴・風雅・為基・九一〇）

の68～71を例歌にしている「秋日」「相思夕上松題立　思蟬声満耳秋」「秋木」「秋視聴」の歌題については、『和歌拾

〈表3〉『和歌拾題』の秋部中における「秋」との結題収録状況一覧表

歌題	A	B	C	D
秋朝	○	○	○	○
秋夕	○	○	○	○
秋夕雲	×	×	○	○
野径秋夕	○	×	○	○
野径夕秋	×	×	○	○
水郷秋夕	○	×	×	○
遠村秋夕	×	○	○	○
山家秋夕	○	×	○	○
閑居(中)秋夕	△	×	○	○
秋夜	○	○	×	○
秋夜雨	○	×	○	○
秋野	○	○	×	○
秋野露	×	×	×	×
秋海	○	×	×	○
秋里	○	×	×	○
田家秋寒	○	×	×	○
行路秋	○	○	×	○
山家秋	○	×	×	○
閑中秋	○	×	×	○
秋植物	×	×	○	○
秋雨	○	×	○	○
秋夕雨	×	×	○	○
秋霜	×	×	○	○
秋山	○	○	○	○
秋水	×	×	○	○
泛秋水	×	×	○	○
秋浦	○	○	○	○
秋田	○	○	○	○

題』はこの箇所には収録していないのである。しかし、「秋夕露」と「田家秋興」の題は各々、『和歌拾題』の秋部上の「露」と「秋興」との結題の歌題群のところで、また、「秋日」「秋木」「秋視聴」の題は、同じく秋部下の「秋天象」以下の歌題群の箇所で取り扱われており、『和歌拾題』の編者の遺漏ではないのである。ちなみに、『和歌拾題』の「秋天象」以下の歌題は、編者の増補箇所に当たるが、参考までに示しておくと、「秋日易暮」「秋夕草」「秋山曙」「居易初到香山」「寄野秋」「山路秋深」「山路秋過」「水辺秋」「川上秋」「秋海雲」「秋暁里」「故郷秋」「田家秋」「秋木」「秋鳥」「秋視聴」「秋思」「秋懐」「薄暮思秋」「秋色」「秋香」「秋声」「秋恨」「秋雑」「秋旅」「秋神祇」「秋述懐」「秋懐旧」「秋祝」のごとくであり、いずれの『類題集』にも収録される歌題である。となると、69の例歌の歌題のみを『和歌拾題』は収録していないことになるが、これは漢詩の二句が題となったもので、『和歌拾題』にも先に掲げた「居易初到香山」のように漢詩題を収載していなくもないが、この場合は、題としての特殊性を勘案して、『和歌拾題』の編者があえて収録しなかったと憶測して差し支えなかろう。ここに、『和歌拾題』の先行類題集が掲載している歌題収録状況に言及すれば、恵藤一雄がいみじくもその序文で言明しているように、『和歌拾題』は既存の歌題については、ほぼ遺漏なく網羅していると認められるであろう。

それでは、『和歌拾題』の編者・河瀬菅雄が増補した部分については、いかがであろうか。次に、『和歌拾題』の編者が増補した歌題のうち、秋部下から「鴫」と「鶉」との結題を例にとって、検討してみよう。そこで、この問題を多少異なった視点から考えるために、『和歌拾題』(略号A)と、『類題集』(同B)『新類題和歌集』(同C)などに収録する当該歌題との比較を試みたのが、次頁の〈表4〉である。

この〈表4〉のうち、符号について説明すると、○は増補部分にある歌題、×はない歌題だが、◎は『和歌拾題』の増補以前の部分に既に収録されている歌題で、△は当該歌集が例歌を示さず歌題のみを掲げている場合を意味して

〈表4〉『和歌拾題』の秋部下における「鴫」「鶉」との結題収録状況一覧表

歌題	A	B	C
鴫	◎	○	○
月前鴫	○	○	○
雨中鴫	×	×	○
霧中鴫	×	×	○
暁鴫	○	○	○
暁更鴫	×	×	△
曙鴫	◎	○	○
深更鴫	×	×	△
深夜鴫	×	△	×
杜鴫	×	△	△
野鴫	×	△	○
田鴫	○	○	○
秋田鴫	×	×	○
沢鴫	○	○	○
沢辺鴫	×	○	○
沢畔鴫	○	○	○
沢辺暁鴫	×	△	△
沢鴫近枕	×	×	○
寝覚鴫	○	○	○
寄鴫述懐	×	×	△
鶉	◎	○	○
聞鶉	×	×	△
月前鶉	×	△	○
雨中鶉	×	×	○
霧中鶉	×	×	△
霧中聞鶉	○	○	○
朝鶉	×	×	△
夕鶉	×	△	○
晩聞鶉	×	○	△
麓鶉	×	○	○
野鶉	○	○	○
野径鶉	×	△	○
野径夕鶉	×	△	△
野亭鶉	◎	○	△
田上鶉	×	×	△
水辺鶉	×	×	△
江鶉	○	○	○
江上鶉	×	△	△
江辺鶉	×	×	○
故郷鶉	○	○	○
里鶉	○	○	○
鶉鳴草花中	×	×	○
名所鶉	○	△	○

いる。この〈表4〉から、先に憶測した『和歌拾題』が歌題と例歌を増補した部分に、『類題集』がいかに深くかかわっているかが確認されようが、このうち、『類題集』が掲載していながら『和歌拾題』が抄出していない歌題はというと、「深夜鴫」「杜鴫」「野鴫」「沢辺鴫」「月前鶉」「夕鶉」「晩聞鶉」「麓鶉」「江上鶉」の九題に及んでいるが、ただし、「沢辺鶉」「晩聞鶉」「麓鶉」の三題以外は、『類題集』にも歌題のみの掲載だから不問に付すとして、問題はなぜこの三つの歌題と例歌を『和歌拾題』が収録していないのかの実態が、『和歌拾題』の編纂目的と係る論点となろう。そこで当該歌題と例歌を次に示すと、

沢辺鴫（柏〈玉集〉）　後柏原院

72 芹つみし山田の沢にたつ鴫の羽音も又や袖ぬらすらむ

晩聞鶉（明日香井集）　（雅　経）

73 詠やるすその、秋の夕露になくや鶉のとこのやまかぜ

麓鶉（陽明御会）　政為

74　うずらなくふもとの庵の通路はたえてやをのが床しめづらん

のとおりである。このうち、『柏玉集』にみえる「沢辺鴫」と、『明日香井集』にみえる「晩聞鶉」の題はともかく、「麓鶉」の題は、慶安三年版『明題部類抄』によると、『建長七年権大納言顕朝卿家野宮亭会千首』（光俊出題）にみえる題であるので、歌題としては著名なものの部類に入ると言えよう。一方、例歌を見ると、全歌がそうであるとは一概には評しえまいが、73の雅経の詠などは「晩聞鶉」の題の本意を表し得て妙なる歌といえようから、総じて、「沢辺鴫」の題は『和歌拾題』がすでに「沢鴫」の題を収録しているので採録されなかったのであろうが、「晩聞鶉」の題は珍奇な点で、「麓鶉」の題は伝統的な題という点で各々、『和歌拾題』に採録されてしかるべき歌題と認定しうるのではなかろうか。その点、恵藤一雄が代弁している『和歌拾題』の編纂意図と多少の食い違いが指摘されようが、しかし、撰集資料の検討ですでに言及したように、『類題集』が例歌を示しえないで歌題のみ掲げている「名所鶉」の題について、『和歌拾題』が『続古今集』『続後拾遺集』『拾玉集』から各一首例歌を付しているのは、編者の河瀬菅雄の手柄ということはできよう。ちなみに、例歌の問題に一言すれば、『類題集』から例歌を引く際にも、「暁鴫」「沢鴫」「田鴫」「野鶉」「江鶉」「里鶉」の六題の例歌については、『類題集』が掲げる次の、

75　ながきよのねざめの鴫よいく百羽かずへもやまずかずもつくさず（暁鴫・文明十三九・基綱）

76　夕ぐれと何かいひけむ鴫のたつ沢辺の月のあけがたのそら（沢鴫・師兼千首）

77　守あかす門田の面にたつ鴫はねぬよの数やよそにしるらん（田鴫・耕雲千首）

78　この比はまの丶秋はぎ打なびき露をへだて丶鶉なくなり（野鶉・郁芳三品集・範宗）

79　吹たびにをのが刈とも波こえて入江の風にたつうづら哉（江鶉・師兼千首）

80　更行ばいとゞふか草夜寒にて里のうづらのこゑしきる也　（里鶉・耕雲千首）

の75～80の詠を、いずれも『為尹千首』のそれと差し替えて、それぞれ次の、

81　鳥はなど八声に数を定むらん沢田の鴫は百羽かくなり　（暁鴫・為尹千首）
82　あはれをばたゞ夕暮に思ひしを鴫立沢の有明の空　（沢鴫・為尹千首）
83　水ほしてをしねかりほす跡なれやそなたにやがて鴫のこすらん　（田鴫・為尹千首）
84　深草の野べもつゞきてをのづから鶉や床にふしみ成らん　（野鶉・為尹千首）
85　入江成真野ゝ浦舟こぐ袖と尾花をみてやうずら立らん　（江鶉・為尹千首）
86　狩人の此方やわくる程ならん末野ゝ里にうずら鳴也　（里鶉・為尹千首）

の81～86のごとき例歌にしている点には、『和歌拾題』の編者の好尚による単純な例歌の入れ替えとも考慮されなくもなかろうが、ここはやはり、恵藤一雄が序文で代弁しているように、「題の心をよくまもりよめる（例歌）をなんゑらみてあつめ」た編者の努力の跡を認めるべきであろう。となると、『和歌拾題』の編者の手で増補・補充された部分にも、例歌の数的提示は少ないけれども、要所を押さえた例歌を持ち、「めづらしき題をもとめたらむとき、其心えがたきことあらん」利用者の要求に充分応えうる、類題集としてほぼ完璧な『和歌拾題』の属性を、認めることができるのではなかろうか。

ところで、『和歌拾題』の編纂目的については、巻末の跋文でも進藤知雄が次のように言及している。

此和謌拾題者、酔露斎菅雄先生之所編集而、専為会莚探題設矣。先是往々行于世之諸頗有類。此編者然載和歌繁而挙題略倩計、遺脱之所所謂存十一於千百者也。今若此書者、知品題甚富也。誠欲通和歌之心、普知題之由、九常可握翫。雖然韞匱而更不求善賭賣。時々応二三子需耳。茲洛下書林某再三請而不措。於是先生不得止而許

諸。／于時貞享五戊辰年南呂候予之謹跋。／　　　　　　　　　　　　　　　　　　進藤氏　知雄

すなわち、この『和歌拾題』は酔露斎河瀬菅雄の編集により、歌会などで題詠歌を詠ずる際に役立つものである。この集の類書は世間に多く横行しているが、例歌は大量に掲げているが、歌題の提示は少なく、せいぜい全体の一割程度にすぎない。それに比して、この集は歌題の数は多く、真に和歌の心にふれようとする際には、歌題の本意に精通しておくことが肝要だが、その需要には充分応えうる内容になっている。

進藤知雄による跋文は、おおよそこのような趣旨で、恵藤一雄の序文を簡略化した内容になっていると言えようが、この際重要なのは、この跋文の内容以上に、進藤知雄が跋文を記した期日である。なぜなら、この進藤知雄が跋文を草した期日こそ、『和歌拾題』の刊行年を示唆するからである。すなわち、貞享五年（一六八八）八月に、進藤知雄が記した跋文を『和歌拾題』が有しているということは、常識的に考えて、『和歌拾題』の成立時期はそれ以前と考慮されようから、ここに『和歌拾題』の成立時期を貞享五年八月より以前と想定されようが、その正確な年月日を特定することは現段階では不可能と言わざるをえない。

なお、編者の河瀬菅雄については、上野洋三氏が『日本古典文学大辞典　第三巻』（昭和五九・一、岩波書店）に、簡にして要を得た記事を載せているが、最後に、河瀬菅雄の閲歴について、先覚の成果を借りながら言及しておくと、次のとおりである。

江戸時代の歌人。諱を菅雄、号を酔露、庵号を的堂という。寛永四年（一六四七）に誕生し、享保十年（一七二五）二月二十五日に没、享年七十五歳。飛鳥井雅章の門人で、有賀長伯などと同じく、元禄期の地下歌学者として活躍した。天和二年（一六八二）地下歌人の詠による撰集『麓の塵』を、宝永六年（一七〇九）『続麓の塵』を刊行する一方、歌題と例歌を併せもった実作の詠作手引集ともいうべき『和歌拾題』を貞享五年に、『増補和歌

道しるべ』を元禄二年（一六八九）に、『まさな草』を同三年に刊行するなどして、当時の地下歌人の実作の指導にも当たったらしい。ほかに、歌枕に言及した『すが枕』『名所草期考』、古典の注釈書『古今見聞抄』『伊勢物語酔露抄』『百人一首さねかづら』、秘伝書『風雅集三曙四雪之口訣』『百人一首七首伝』などが写本で伝存し、家集に『酔露集』がある。

五　まとめ

以上、『和歌拾題』について秋部のみであったが、撰集資料、原拠資料と詠歌作者、成立時期と編纂目的および歌題の問題などの視点から、種々検討を加えた結果、おおよそ次のごとき結論を得ることができた。

（一）　撰集資料としては、先行作品に依拠した部分については『明題和歌全集』を、編者が増補した部分については『類題集』が大半をしめるが、ほかに『明題和歌全集』『為尹千首』『夫木抄』『拾玉集』『新古今集』『続古今集』『新後撰集』『新後拾遺集』『新千載集』などを想定することができよう。

（二）　原拠資料としては、室町時代の定数歌『為尹千首』『師兼千首』や『柏玉集』『碧玉集』などの私家集が主要資料で、次いで院政期ごろの『後拾遺集』から『新続古今集』までの室町期の勅撰集、『玉吟集』『拾玉集』『拾遺愚草』『山家集』『秋篠月清集』『順徳院御集』などの新古今時代ごろの私家集、後嵯峨院時代の『白河殿七百首』、後宇多院時代の『亀山殿七百首』などの定数歌などがめだつ作品である。

（三）　詠歌作者としては、応永期の歌人冷泉為尹が第一位で、次に藤原定家・同家隆・慈円・藤原良経・西行・後鳥羽院・藤原俊成女などの新古今歌人、次いで三玉集のうちの後柏原院・冷泉政為、次に源俊頼・同経信・藤原顕季などの金葉歌人、源頼政・鴨長明・俊恵などの歌林苑歌人、藤原為家・同為氏・後嵯峨院などの後嵯峨院時代の歌人、二条為世・同為道・同為藤・頓阿・二条為定・同為遠などの二条家（派）、花山院師兼・後醍醐院などの南朝歌人がめだっている。

（四）編纂目的は、例歌の数に重点を置くよりは、歌題の本意を的確に詠みえている例歌を少数掲げて、先行の類題集にもれた題をも増補・補充などして、歌題面において充実した類題集を提供することにあったと推測される。

（五）その歌題については、基本的には『明題和歌全集』から抄出し、それに漏れている場合は『類題集』や『為尹千首』から増補・補充して万全を期しているが、補充に際して、例歌も差し替えなどして、編者・河瀬菅雄の編纂目的が充分反映した著作となっている。

（六）本集の刊行時期は、跋文を草した進藤知雄の記事から、貞享五年（一六八八）と推測されるが、その成立時期については、現下、それ以前としか言えず、その正確な時期は特定できない。

なお、ここに摘記した結論は、『和歌拾題』の秋部に限っての検討から帰納された性質のものであるので、今後、秋部以外の部立についても精緻な分析、検討を積み重ねて、さらに検証しなければならないことは言うまでもなかろうが、しかし、秋部のみとはいえ一応の結論を出しえたいまは、これらの問題は今後の課題とするしかない。

注

（1）『二八明題集』については、「本妙寺蔵『一品経等法楽和歌』考」（『花園大学国文学論究』第十五号、昭和六二・一〇）、『続五明題集』については、『続五明題和歌集』（平成四・一〇、和泉書院）、『題林愚抄』については、『中世私撰集の研究』

（昭和六〇・五、和泉書院）の「序章　中世私撰集の撰集資料―『和歌題林愚抄』から『明題和歌全集』へ―」、「『題林愚抄』の成立―夏部の視点から―」（『光華女子大学研究紀要』第三十号、平成四・一二）、「公事部の誕生―『題林愚抄』の成立考―」（『中世文学研究』第十九号、平成四・八）、『摘題和歌集』については、『摘題和歌集　上・下』（平成二・一二、同三・一、古典文庫）、「『摘題和歌集』の編者考―細川高国の可能性―」（『語文』第五十九輯、平成四・一〇）、『纂題和歌集』については、「『纂題和歌集』の成立―時候・草類・人倫部の視点から―」（『光華女子大学研究紀要』題二十九集、平成三・一二）、『明題和歌全集』については、「『明題和歌全集』の成立」（『国語国文』第四十三巻第七号、昭和四九・七、『明題和歌全集』（昭和五一・二、福武書店）、『類題和歌集』については、「後水尾院撰『類題和歌集』の成立―夏部の視点から―」（『光華女子大学研究紀要』第二十八集、平成二・一二）、『続明題和歌集』については、「『続明題和歌集の成立』―撰集資料の問題―」（『中世文学研究』第十五号、平成元・八）、「『続明題和歌集』の性格―内容・成立時期・編者・編纂目的などの問題―」（『和歌史の構想』平成二・三、和泉書院）などの拙論を参看願いたい。

（2）　出典不詳の五十七首の詠歌作者にふれておくと、後柏原院、政為各十八首、為道八首、為孝四首、雅俊・時綱各二首、元長・持季・定家・肥後・隆昭各一首のとおりである。

第七節　宮部萬女・伊津子編『袖玉集』の成立

一　はじめに

公的な勅撰和歌集（勅撰集）に対して、個人が多数の歌人の詠歌を選定して編纂した歌集のことを私撰和歌集（私撰集）ということは周知の事柄に属するが、しかし、この私撰集にも実は多種多様な種類があって、『私撰集伝本書目』（昭和五〇・一一、明治書院）に掲載された書目をみると、おおよそ八百種以上にものぼっている。それは撰集にあたって、動機や目的が各撰集によって異なるための必然的な結果であろうが、同時に、各撰集の性格も種々多彩をきわめている。

ここで種々様々な性格を有する私撰集の種別について具体的に論述することは省略に従うことにするが、ここで考察対象にしたいのは、編者のある特定の歌道師範家の宗匠の撰集および詠作歌などに対する関心から編纂された私撰集についてである。それは、二条家三代集と呼ばれる『千載集』（藤原俊成撰）『新勅撰集』（同定家撰）『続後撰集』（同為家撰）の撰進にかかわった御子左家の宗匠たちの歌論、秀歌撰、自撰歌などをその内容とする近世期に成立した『袖玉集』なるものである。

ところで、『袖玉集』については、福井久蔵氏『大日本歌書綜覧　上巻』（昭和四九・五再刊、国書刊行会）にはその書目の記載がなく、前掲の『私撰集伝本書目』に「238　袖玉和歌集　古来風躰抄、二四代集、千載・新勅撰・続後撰の自撰歌を収める／袖玉和歌集　一　明和九刊　秋田県・東北大狩野文庫・宮城県伊達文庫・慶大・刈谷市村上文庫／袖玉集　一　刊　九大研究松濤文庫・久曽神昇」と記述されているが、今回底本とした宮城県図書館伊達文庫蔵本については、「宮城県図書館・伊達文庫歌書目録」（『東北文学論集』復刊第1号、昭和五二・一一2）に「467　袖玉集〔別↓袖玉和歌集〕板　16・9×12・7　126丁　安永2・出雲寺文次郎他刊　虫損有　伊911・268／41」と記述されており、概して伝本は稀少のようである。

ちなみに、本集については、『和歌大辞典』（昭和六一・三、明治書院）に、

袖玉和歌集《しうぎよくわかしふ》〔江戸期私撰集〕撰者未詳。識語に見える義正は宮部義正か。明和九1772年および安永二1773年の刊本が存する。古来風体抄所引の和歌（万葉～千載）、二四代集のほぼ全文、千載集・新勅撰集・続後撰集の撰者自撰歌より成る。総歌数は巻末注記によると、二四六一首。　（武井和人）

のごとく、簡にして要を得た記述がなされているが、その記事は、辞書の項目解説の制約のために、本集の概略を記すに留まっている。

そのようなわけで、本節は目下、所謂、古典和歌を収載内容とする近世期に成立した一連の私撰集ならびに類題集を総合的に検討を進めている関係で、格好の考察対象と考慮される『袖玉集』を俎上に載せ、その内実を具体的に検討してみた結果である。

二　書誌的概要

さて、『袖玉集』の伝本が比較的稀少である点については、前述したとおりだが、ここで底本とした宮城県図書館伊達文庫蔵本について、その概略を記しておこう。ただし、当該書は実見していないので、国文学研究資料館蔵のマイクロ・フィルムによって紹介すれば、おおよそ次のとおりである。

国文学研究資料館蔵のマイクロ・フィルム番号　90―183／1―C　C6479
所蔵者　宮城県図書館伊達文庫　蔵（伊911・268／41）
印　記　伊達伯観瀾閣図書印（扉の裏に）・宮城県／伊達文庫／図書館（巻頭に）
編著者　宮部萬女・伊津子
体　裁　小本（縦一六・九センチメートル、横一一・七センチメートル）一冊　版本　袋綴
題　簽　袖玉集（原形は剥落、後補のもの）
内　題　なし
扉　題　袖玉集　古来風躰　俊成卿撰／二四代集　定家撰／千載新勅撰続後撰自哥　俊定為／三卿撰
匡　郭　なし（字高一二・五センチメートル）
各半葉　十行（和歌一行書き）
総丁数　百二十七丁
総歌数　二千四百六十二首（古来風体抄・五百八十九首、二四代集・千八百八首、千載・新勅撰・続後撰自撰歌・六十五

首）

識　語　あり（伊津子　執筆時期不詳）

刊　記　あり（安永二癸巳春三月／京都書肆　出雲寺文次郎／同　吉田四郎右衛門／同　須原屋平左衛門／江戸日本橋壱町目御書物師　出雲寺和泉掾）

以上から、本集は版本で伝存する『古来風体抄』五百八十九首、『二四代集』千八百八首、『千載集』『新勅撰集』『続後撰集』自撰歌六十五首を収載する、都合二千四百六十二首の近世期に成立した普通程度の規模の私撰集と知られよう。

三　『古来風体抄』をめぐって

さて、『袖玉集』に収載される『古来風体抄』の五百八十九首は、いかなる性格を有するものであろうか。この問題について検討を加えるために、本集に収載される五百八十九首の出典を調べてみると、次のごとくである。

万葉集　一九三首　　後拾遺集　九五首
古今集　八四首　　金葉集　三九首
後撰集　四二首　　詞花集　三七首
拾遺集　五四首　　千載集　四五首

この内訳を『古来風体抄』の伝本のうち、初撰本・中間本・再撰本のいずれと合致するかを検討してみると、ほぼ初撰本『古来風体抄』と符合するようである。ちなみに、初撰本『古来風体抄』（穂久邇文庫蔵本）を底本とする『古代中世芸術論』（日本思想体系23　昭和四八・一〇、岩波書店）に翻刻の『古来風体抄』と本集のそれとを比較すると、『万葉集』と『拾遺集』において異同が指摘される。すなわち、『万葉集』では本集が一首少ないのに対し、『拾遺集』では本集が一首多く収載しているのである。まず、前者では、本集が収録しない万葉歌は

1　磐金之凝敷山乎越えかねて泣きは泣くとも色に出でんやも　（巻三・三〇四）

の1の詠だが、この1の詠を本集が収載していないのは、依拠した『古来風体抄』に当該歌が掲載されていなかったのではなくて、当該歌が「長屋王、駐馬寧楽山作歌」の題詞を有していたために、直前の

2　さほ過てならのたむけにをくぬさはいもをめかれずあひみしめとぞ　（二四）

の2の詠を書写したあと、1の詠も「長屋王」の詠作であったために、ついうっかり書写するのを忘れた痕跡を示すものと憶測されよう。

一方、後者では、本集が一首多く掲載しているのは、

3　しなてるやかたをか山のいひにうへてふせるたび人あはれおやなし　（三七一）

4　おやなめになれなりけめやさす竹のきみはおやなしいひにうへてふせるそのたび人あはれむべし　（三七二）

の3・4の箇所を、初撰本『古来風体抄』（穂久邇文庫蔵本）では、

5　しなてるや片岡山に飯に飢えて臥せる旅人あはれぶべし親なめに汝なりけめやさすたけの君は親なし飯に飢えて臥せるその旅人あはれぶべし　（初撰本・三九二）

の5のように掲載されていることから明らかなように、『拾遺集』では「親なめに汝なりけめ……」の部分は左注となっているために、歌番号が付されていないのであって、この両者間での数的異同は問題にならないと判断されるであろう。

ところで、本集が初撰本『古来風体抄』に依拠していることを実証する事例は、本集の内容面にも求められるようである。それは、次に掲げる（8の詠は本集に未収載）、

6　このまよりもりくる月のかげみれば心づくしの秋はきにけり　（古今・一八四）
7　萩が花ちるらんをのゝ露霜にぬれてをゆかむさよはふくとも　（同・二二四）
8　紅葉葉の流れて止まる湊には紅深き波や立つらん　（同・中間本・書陵部蔵）
9　うちはへて春はさばかりのどけきを花の心やなにいそぐらん　（後撰・九二）
10　宵のまにはやなぐさめよいそのかみふりにし床もうちはらふべく　（同・二〇四）
11　わたつみとあれにし床をいまさらにはらはゞ袖やあはとうきなん　（同・二〇五）
12　ひたぶるにいとひはてぬるものならばよしのゝ山にゆくへしられじ　（同・二〇六）
13　わが宿とたのむよしのにきみしいらばおなじかざしをさしこそはせめ　（同・二〇七）
14　見し夢のおもひ出らるゝをりごとにいはぬをしるはなみだなりけり　（同・二〇八）
15　よしの山峯のしら雪いつきえてけさは霞の立かはるらん　（拾遺・二二三）
16　春のくるみちのしるべはみよしのゝ山にたな引霞なりけり　（後拾遺・二七八）
17　春霞へだつる山のふもとまでおもひしらずも行こゝろ哉　（同・二八八）
18　おらばおしおらではいかゞ山ざくらけふをすぐさず君にみすべき　（同・二八九）
19　おらでたゞかたりにきたれやま桜風に散だにおしき匂ひを　（同・二九〇）
20　高砂の尾上のさくら咲にけりとやまの霞たゝずもあらなん　（同・二九四）
21　おもひいづることのみしげき野べにきて又春にさへわかれぬるかな　（同・二九六）

22　夏山のならのはそよぐ夕ぐれはことしも秋のこゝちこそすれ　（同・四〇一）
23　小夜ふかきいは井の水の音きけばむすばぬ袖もすゞしかりけり　（同・四〇二）
24　さよふくるまゝに汀やこほるらんとをざかるなりしがの浦波　（同・四一六）
25　おぼめくなたれともなくてよひ〳〵に夢にみえけんわれぞその人　（同・四三一）
26　恋わたるわが身のかたはつれなくてことうらにこそけぶり立けり　（同・四三三）
27　かへるさの道やはかはるかはらねどとくるにまどふけさのあは雪　（同・四三七）
28　浦かぜになびきにけりな里のあまのたくものけぶり心よはさは　（同・四四〇）
29　あらざらんこのよのほかの思ひでに今一たびの逢こともがな　（同・四四六）
30　さやけさはおもひなしかと月かげをこよひとしらぬ月にとはゞや　（金葉・四八四）
31　もえいづる草ばのみかはをがさはらこまのけしきも春めきにけり　（詞花・五一四）
32　風をいたみいはうつ波のをのれのみくだけてものを思ふ比かな　（同・五三〇）
33　くれなゐに泪の色もなりにけりかはるは人のこゝろのみかは　（同・五三三）
34　朝夕に花まつころはおもひねの夢のうちにぞ咲はじめける　（千載・五五五）

の6～34の二十九首にかかわるものである。ここでこの二十九首について、本集と『古来風体抄』の初撰本・中間本・再撰本との収録状況を一覧表にしてみると、次頁の〈表1〉のごとくなる。

この〈表1〉をみて、説明は一切省略に従うが、本集収載の『古来風体抄』歌がその諸本の収録状況において完全に符合を見るのは、初撰本であること一目瞭然であろう。ちなみに、江戸期にかなりよく流布した『古来風体抄』の伝本に、元禄三年・文化五年ないし刊行年不詳の版本があるが、これらの版本類はいずれも再刊本に属するので、こ

〈表1〉本集収載の『古来風体抄』歌の諸本における収録状況一覧

番号＼伝本	本集	初撰本	中間本	再撰本
6	○	○	○	×
7	○	○	○	×
8	×	×	○	×
9	○	○	×	○
10	○	○	○	×
11	○	○	○	×
12	○	○	○	×
13	○	○	○	×
14	○	○	○	×
15	○	○	○	×
16	○	○	○	×
17	○	○	○	×
18	○	○	○	×
19	○	○	○	×
20	○	○	×	×
21	○	○	○	×
22	○	○	○	×
23	○	○	×	×
24	○	○	×	×
25	○	○	×	×
26	○	○	×	×
27	○	○	×	×
28	○	○	×	×
29	○	○	×	×
30	○	○	○	×
31	○	○	○	×
32	○	○	○	×
33	○	○	×	×
34	○	○	×	○

の際、本集との関係は一切認められず、したがって、本集が依拠した『古来風体抄』の伝本は、初撰本『古来風体抄』であると認定することができるであろう。

　ただし、俊成自筆本やその影写本の『古来風体抄』の本文と本集のそれとの本文異同を検討してみると、すでに引用した『拾遺集』収載歌3・4の詠において異同が指摘される。まず本集は3の詠の第五句を「あはれおやなし」とするが、この措辞は再撰本の本文と一致するのに対し、初撰本は「あはれぶべし」の本文を掲げているので、この点、異同が指摘される。しかし、4の詠では本集の本文は完全に初撰本のそれと符合して、再撰本のそれとは異同している。また、本集の『後拾遺集』の収録歌である道命法師の26の詠は、その初句を「恋わたる」とするのに、俊成自筆の初撰本『古来風体抄』のそれは「しほたるゝ」とする点で、異同している。

　このような事例をみると、本集が依拠した初撰本『古来風体抄』の伝本を特定することは、現時点では困難であると言わねばなるまいが、これらの本文異同は本集の編者の賢しらが反映した結果とみなすならば、話は別問題に属しよう。

四 『三四代集』をめぐって

次に、本集の『三四代集』の検討に入りたいと思う。本集に収載される『三四代集』は千八百八首であるが、その内訳は、春・百九十三首、夏・六十九首、秋・二百十二首、冬・百五首、賀・五十三首、哀傷・九十五首、別離・四十二首、羇旅・六十三首、恋・六百十四首、雑・三百一首、神祇・二十六首、釈教・三十五首のとおりである。

ところで、『三四代集』の伝本には、大別して初撰本と再撰本の二系統があって、前者に属するのが大東急記念文庫蔵の『八代集抄』で、総歌数八百七十三首を収載するが、後者には、総歌数千八百九首を収める書陵部蔵の写本『三四代和歌集』（二一〇・六七四）や安永四年刊行の版本『三四代集』などの流布本と、総歌数千八百十一首を収載する樋口芳麻呂氏蔵の『八代知顕抄』なる異本とがある。したがって、本集の『三四代集』は収載歌が一首少ないけれども、即座に版本に代表される流布本系に属する『三四代集』と憶測されようが、この推定がはたして正鵠を射ているか否か、春歌で検証してみよう。ここで事例を春歌に限定したのは、実は一首少ないのが、

35　百千鳥さへづるはるは物ごとにあらたまれども我ぞふり行　（版本・三七）

の35の春の詠歌であることと、この問題を全歌にわたって検討をする必要を認めないからである。

さて、本集の『三四代集』の本文と、流布本系のそれにおいて本文異同が指摘される春歌は、次の十八首である。

36　吉野山みねのしら雪いつきえてけさは霞のたちかはるらん　（五九二）

37　ふる雪にみのしろごろもうちきつゝ春きにけりとおどろかれぬる　（五九七）

38　三芳野は春のけしきにかすめどもむすぼゝれたる雪の下草　（六〇一）

39　霞立木のめも春の雪ふれば花なき里も花ぞ咲ける　（六一二）
40　うぐひすの鳴つる声にさそはれて花のもとにぞ我はきにける　（六三三）
41　ひとりのみながめて散ぬ梅花しる計なる人はとひこで　（六四四）
42　春のきる霞の衣ぬきをうづみ山風にこそみだるべらなれ　（六五五）
43　わがせこがころもはる雨ふるごとにのべのみどりぞ色まさりけり　（六五七）
44　しら雲と見ゆるにしるしみよしの丶吉野の山の花ざかりかも　（六八四）
45　かづらきやたかまの山の桜ばな雲井のよそにみてや過なん　（六八五）
46　さくら花はるくは丶れるとしだにも人のこ丶ろにあかれやはせぬ　（六九七）
47　しらくものたなびく山の八重ざくらいづれを花と行て折まし　（六九八）
48　春ごとに花のさかりは有なめど逢みむことのいのちなりけり　（七一一）
49　こまなべていざ見にゆかんふる里は雪とのみこそ花はちるらめ　（七一六）
50　山ざくら散てみ雪にまがひなばいづれか花と春にとはなん　（七二一）
51　木のもとはしるもしらぬも玉ぼこの行かふ袖は花のかぞする　（七二七）
52　いたづらに過る月日はおもほえで花みてくらす春ぞすくなき　（七四〇）
53　あだなりと名にこそたてれ桜花年にまれなる人も待けり　（七四八）
54　今よりは風にまかせんさくら花散このもとに君とまりけり　（七五二）
55　あたら夜の月と花とをおなじくは心しれらん人にみせばや　（七五五）
56　こよひねてつみやかへらんすみれさくをの丶しばふは露しげくとも　（七六七）

57　こまとめて猶水かはん山ぶきの花の露そふ井手の玉河　（七七〇）
58　今もかも咲匂ふらんたちばなのこじまがさきの山吹の花　（七七一）

この36〜58の二十三首のなかの傍線を付した十九箇所に本文異同が指摘されるのだが、この箇所を流布本系の二本で対校してみたのが〈表2〉である。

〈表2〉『二四代集』春歌にみられる本文異同一覧表

番号	本文		本集	版本	書陵部
36	Aみね（峰）のしら雪	Bみねのしら雲	A	A	B
37	Aふる雪に	Bふ（降）る雪の	A	B	B
38	Aむすぼゝれたる	Bむすぼふれたる	A	B	A
39	A花ぞ咲ける	B花ぞち（散）りける	A	B	B
40	A我はき（来）にける	B我はきにけり	A	A	B
41	A人はとひこで	B人はとひこず	A	B	B
42	Aぬきをうづみ	Bぬきをうすみ	A	B	B
43	A色まさりけり	B色まさりける	A	B	B
44	Aしら（白）雲と	B白雲に	A	A	B
45	Aみてや過なん	Bみてやゝみ南	A	B	A
46	Aあかれやはせぬ	Bあかれやはする	A	B	A
47	A八重ざくら	Bさくら（桜）花	A	B	B
48	A逢みむことの	Bあひみんことは	A	B	B
49	A花はちるらめ	Bはるはちるらめ	A	A	B
50	Aまがひなば	Bまどひなば	A	A	B

51	A木のもとは	Bこの（此）ほど（程）は		A	B	B
52	Aおもほえで	Bおほけれど		A	B	A
53	A名にこそたてれ	B名こそたてれ		A	B	A
54	Aこ（木）のもと（本）に	B木のもとは		A	A	B
55	A心しれらん	Bあはれしられん	C哀しれらん	A	B	C
56	Aつみやかへらん	Bつまで帰らん	Cつみてかへらむ	A	B	C
同	Aをの丶しばふ（芝生）は	B小野の芝生の		A	B	A
57	A猶水かはん	Bいざ水かはん		A	B	B
58	Aこじまがさき（崎）の	Bこじまのさきの		A	B	A

この〈表2〉をみると、本集の『二四代集』が依拠した伝本を特定することは容易でないことが知られよう。ちなみに、「版本」とは安永四年刊行のそれを、「書陵部」とは前述した書陵部蔵の写本『二四代和歌集』を意味するが、本集と版本が共通本文を有するのが36・40・44・49・50・54の六例であり、書陵部本と共通するのが38・45・46・52・53・56・58の七例であるなか、本集独自の本文を有するのが37・39・41～43・47・48・51・57の九例である。なお、55と56は三本ともに異同するが、55はどちらかというと独自本文に、56は書陵部本に近しい関係にあると言えようか。

このうち、本集の本文の属性を比較的明瞭に示すのは39・45・46・51・52・55・56・57の八例であろう。ここでこれらの詠歌について詳細な分析をすることは省略に従うが、まず、39は『古今集』の貫之の詠（九）で、同集では詞書の「春雪のふりけるをよめる」に基づいて「花ぞちりける」とあり、本集とは異同している。ここを「花ぞ咲ける」とするのは、あるいは本集編者の作意による改変か。

この事例に類似するのが、51と55の場合であろう。51は『新古今集』の家隆の詠（一一三）で、同集が「このほどは」とするのを、本集が「木のもとは」とするのは、「このごろは、道を行き交う人の袖は花の薫りがする」の原歌の意味を、桜の「木のもとは」とする賢しらによる改変ではなかろうか。また、55は『後撰集』の信明の詠（一〇三）で、同集が「あはれしれらん」をするのを、本集が「心しれらん」とするのは、この措辞が「人」に連接するので、「心ある人」の連想でそのように改変したのではなかろうか。

次に、45・46・52・56・57の場合だが、これらの五首は典拠になった歌集の措辞を、本集がそのまま踏襲しており、この場合は逆に、版本の本文の賢しらによる改変が施されているように憶測される。まず、45は『千載集』の顕輔の詠（五六）で、同集などが葛城の高間の山の桜の花を自分には無縁なものとして、「通り過ぎることであろうか」とするのを、版本が「一生を終えることであろうか」の措辞にしているのは、少々オーバーな表現と言わねばなるまい。また、46は『古今集』の伊勢の詠（六一）で、同集などが三月に閏月になったので、桜に向かって「人の心に飽きられるまで咲こうとはしないのか」と呼びかけた「あかれやはせぬ」の措辞を、版本が「飽きられることはない」の意である「あかれやはする」の措辞を伝えているのは、これまた版本の本文の多少の行き過ぎた賢しらによる痕跡を残しているのではあるまいか。また、52は『古今集』の興風の詠（賀・三五一）で、同集が「無駄に過ぎる月日は気にかからないが」の意で「おもほえで」と表現しているのに、版本で「おほけれど」の措辞となっているのは、版本の書写者が結句の「春ぞすくなき」の「すくなき」との対比で改変した痕跡を残すものと考慮するのが妥当ではなかろうか。また、56は『千載集』の国信の詠（一〇八）で、これは『万葉集』の「春の野にすみれ摘みにと来し我ぞ野をなつかしみ一夜寝にける」（山部赤人・一四二四）の詠を念頭に置いての詠作だが、同集が「今夜は野原に寝て、明日菫を摘んで帰ろう」との意である「つみてかへらむ」とするのを、本集が多少の変更を加えて「つみやかへらん」の措辞にしているのは、許容範囲内であろうが、版本が「つまで帰らん」の措辞を掲載しているのは「こよひねでつまで帰らん」と読解するのかも知れないが、それだと下句の「をの丶しばふは露しげくとも」の措辞と抵触することになり、いずれにしても、版本の措辞は書写者の犯した勇み足と憶測されるのではあるまいか。最後に、57は『新古今集』の俊成の詠（一五九）で、同集は「なほ水かはむ」の措辞で流布しているのを本集も踏襲しているのに対し、版本・書陵部本がともに「いざ水かはん」の措辞を伝えているのは、たとえば、『古今集』の読人不知歌の「こまなめていざ見にゆかむふるさとは雪とのみこそ花はちるらめ」（一一一）の詠歌をはじめとして同じ措辞が数例認められる点からみて、両本の書写者が賢しらで改変した結果を残すものであろう。

以上の事例からみて、本集の『二四代集』の本文は、流布本『二四代集』に依拠していることは疑いなかろうが、その依拠した伝本を特定するのは困難である。

五　『千載集』『新勅撰集』『続後撰集』の自撰歌をめぐって

最後に、『千載集』（俊成撰）『新勅撰集』（定家撰）『続後撰集』（為家撰）の自撰歌について検討を加えてみよう。

まず、本集は『千載集』（俊成撰）の自撰歌として俊成の詠を三十七首を掲載しているが、そのうち、

59　いかにせむさらでうきよはなぐさまずたのめし月も涙落けり　（二四二四）

の59の詠は、実は藤原定家の詠歌であって、ここに掲載するのは適切でないので、『千載集』に収載される俊成の詠歌は三十六首ということになろう。ちなみに、この俊成の詠三十六首の本文の性格を明らかにするために、『千載集』との主な本文異同を調べてみると、次の六首に異同が指摘されよう。

60　須磨の関有明の空になく千鳥かたぶく月はなれもかなしき　（二四〇八）
61　百千たびうらしまが子はかへるともはこやの山はときはなるべし　（二四一三）
62　ともしするは山がすその下露やいるより袖はかくしほるらん　（二四一四）
63　住わびて身をかくすべき山里にあまりくまなき月のかげ哉　（二四二三）
64　ふりにけるむかしをしらばさくら花ちりの末をも哀とはみよ　（二四二七）
65　むさしのやほりかねの井もあるものをうれしく水のちかづきにけり　（二四三一）

すなわち、60〜65の六首の六箇所に異同が認められるのだが、これを一覧表にしたのが次頁の〈表3〉である。

この〈表3〉をみると、『千載集』の内部で揺れが認められるが、本集が比較的近しい関係にあるのは陽明文庫蔵の伝本と言えようか。ただし、この場合も『二四代集』の事例に窺知されたように、本集の編者の賢しらによる本文の改変がなされたのかも知れない。というのは、64や65の「ふりにける」、「ちかづきにけり」などの活用形の相違による異同はケアレス・ミスの可能性もなしとしないが、63の詠歌の場合、詞書にある「山家の月といへる心」にふさわしく、第四句の「あまりくまなき」の措辞に連接するのに適切なのは「夜半の月かな」の表現であろう。また、65の場合も、歌枕の提示に「……や……」の形式を使用する措辞も一般化しているので、本集が「むさしのやほりかねの井」とするのも一応、肯けるが、ここは諸本が一致して「武蔵野の堀兼の井」の本文を掲げているので、本集の措辞には編者の賢しらが反映しているように憶測されるのである。

これらの事例を編者による改変と仮に認めるとすれば、あとは60と61の詠に指摘される本文異同についてである。まず、60の場合は、結句が「なれも悲しや」の措辞だと、千鳥に呼びかけた疑問表現の趣となるのに対し、「なれもかなしき」の表現だと、千鳥を客体化し、詠嘆をこめた共感の趣になるであろう。また、61の詠は、浦島の子が箱を

〈表3〉『千載集』の俊成歌にみられる本文異同一覧表

番号	本文		本集	陽明	龍門	静嘉
60	Aなれもかなしき	Bなれもかな（悲）しや	A	A	B	B
61	Aときは（常磐）なるべし	Bみどりなるべし	A	A	B	A
62	Aい（入）るより袖は	B入るより袖の	A	A	B	A
63	A月のかげ哉	B夜半の月かな	A	B	B	B
64	Aふりにける	Bふ（古）りにけり	A	B	B	B
65	Aむさしのや	B武蔵野の	A	B	B	B
同	Aちかづきにけり	B近づきにける	A	B	B	B

開けて現実に戻ったのに対し、わが法皇の仙洞御所は永遠に常緑のままであろうと、神仙世界の不変を詠じた内容である。したがって、ここは「常磐」でも「みどり」でも、意味のうえではどちらでも通用しようが、「常磐なるべし」の本文を伝える伝本のほうが多いということは、この場合、そのほうが適切な措辞なのであろう。ということは、61の本文の場合、二種の本文のうち、本集が陽明文庫蔵本に符合をみるということは、編者の賢しらによる本文の改変の事例以外では、本集の編者は陽明文庫蔵の『千載集』を参看した可能性が高いということになるであろう。

次に、本集は『新勅撰集』（定家撰）の自撰歌として定家の詠歌を十五首掲載している。そこでこの十五首を検討してみると、いずれも定家の詠歌であるうえ、本集に掲載の定家の十五首の本文の属性をみるために、『新勅撰集』の諸本で本文異同を調査してみたところ、両者間には本文の異同はまったく認められないので、本集が依拠した『新勅撰集』の伝本を特定することは不可能であると言わねばなるまい。

最後に、本集は『続後撰集』（為家撰）の自撰歌として為家の詠歌を十三首を収載しているが、この場合は問題がないのであろうか。この点を検討してみると、実は、

66　いつはりの人のとがさへ身のうきにおもひなさる丶夕暮の空　（二四五九）

67　きぬ〴〵のわかれしなくはうきものといはでぞみまし有明の月　（二四六〇）

の66・67の二首は、二条為氏の詠歌であるので、本集に収載の為家の詠は十一首ということになる。ちなみに、本集の為家の詠歌十一首を、書陵部蔵の『続後撰和歌集』（四〇五・八八）の本文と対校してみると、次の、

67　老らくのおやのみるよといのりこしわがあらましを神やうくらん　（二四五七）

68　あふまでの恋ぞいのちになりにけるとし月ながきもの思へとて　（二四五八）

の67・68の二首の傍線部に本文異同が認められる。すなわち、67は書陵部蔵本では「神やうけけん」として、本集が現在推量の助動詞「らん」を使用しているところを、過去の推量の助動詞「けん」を使って異同している。また、68は書陵部蔵本では本集が「恋ぞいのちに」としているところを、「恋ぞいのりに」として異同している。ところで、本詠は「いのれどもあはざる恋」の趣を詠じた『千載集』の「うかりける人をはつせの山おろしよはげしかれとはいのらぬものを」（七〇八）の源俊頼の歌を念頭して詠まれた恋歌と推測されるので、ここは「恋ぞいのり」でなければならないことは明白であろうから、にもかかわらず、この句を本集が「恋ぞいのち」の措辞にしているのは編者の賢しらによる改変と憶測されよう。ちなみに、67の詠の第五句も、本集は「神やうくらん」としているが、書陵部本も「国歌大系本」もともに「神やうけけん」の措辞を掲げているので、この場合も、本集の編者の賢しらで「神やうくらん」と改められたと憶測されようか。

ということは、本集の『続後撰集』の伝本も、『新勅撰集』の場合と同様に、為家の詠歌のみという限られた材料

で、それを特定することは困難であると言わねばなるまい。

以上、本集に掲載をみる『千載集』（俊成撰）『新勅撰集』（定家撰）『続後撰集』（為家撰）の自撰歌について検討した結果、『千載集』は陽明文庫本に依拠した可能性が示唆される一方、『新勅撰集』と『続後撰集』については、その伝本を特定することは不可能と言わざるを得ないが、しかし、『新勅撰集』を除く二集にはともに、本集の編者の賢しらによる本文の改変が認められると言えるであろう。

六　編纂目的と編者の問題

それでは、『袖玉集』はいかなる目的で編纂されたのであろうか。この問題に言及する前に、本集に収録されている『古来風体抄』と『二四代集』、ならびに『千載集』『新勅撰集』『続後撰集』の編纂目的などにふれておきたいと思う。

まず、『古来風体抄』は藤原俊成が式子内親王の下命に応えて、「時代の移りゆくに従ひて、姿も詞もあらたまりゆく」なか、秀歌の基本を示そうとの意図で成された歌論書であることは周知の事実である。その具体例として示された詠歌は「かみ万葉より初めて中古、古今・後撰集・拾遺、下、後拾遺よりこなたざまの歌」いう明確な和歌史観に立って配列され、そこに俊成独自の和歌観と好尚とを窺知することができる点で、本抄は俊成の歌論的論述とは別に、高く評価される秀歌例の提示であろう。

次に、『二四代集』は藤原定家が自身の座右の書として詠作や論述に活用するために編纂された秀歌撰である。八代集のなかでは新古今歌がもっとも多く、『新古今集』の定家の撰者注記を有する詠歌の八割近くに及んでいる。また、収載歌のベスト・テンは柿本人麻呂五十六首、藤原俊成五十三首、西行五十首、紀貫之四十九首、在原業平三十八首、和泉式部三十七首、慈円三十二首、藤原良経二十八首、式子内親王二十七首、藤原俊成卿女二十六首のとおりで、そこには定家の和歌観と好尚の反映が著しい。ちなみに、この集には歌論書『秀歌体大略』や『近代秀歌』の詠歌のすべてが収載されているほか、『百人一首』のほとんどを含んでいる。

最後に、『千載集』『新勅撰集』『続後撰集』の三集については、これが御子左家の三代宗匠による撰進であるため、二条家三代集として規範的な地位を占めていたことは周知の事柄であろうから、これ以上の贅言は必要なかろう。

ところで、『袖玉集』には、巻末に、

古来風躰、二四代集、義正所持したるを、萬女／哥ばかりを書ぬきて、義直にあたへ、懐本と／せしを、かり得てうつし侍る／伊津子／堤景雅書写

のごとき識語を有しているので、本集の編者の手掛りが得られよう。すなわち、この識語の内容は、『古来風体抄』と『二四代集』については、宮部義正が所持していた伝本を、その妻である萬女が和歌のみを書き抜いて、両者の子息の直義に与えて、懐中に携行する小型本としていたが、それを「伊津子」が借り受けて書写した、という趣旨であろう。したがって、この二書の編者を想定すれば、宮部萬女ということになろうか。ところが、本書にはさらに、二条家三代集といわれた『千載集』『新勅撰集』『続後撰集』の三集が所収されているので、これについては、伊津子が追加ということになろうから、編者は伊津子ということになろう。となれば、『袖玉集』の編者としては、宮部萬女・伊津子の共編とするのが妥当ではなかろうか。

ちなみに、「伊津子」の事蹟についてはまったく分明でないが、「萬女」については、『和学者総覧』（平成三・一第三版、汲古書院）に、

10263 宮部萬女　[姓]浅井　江戸　天明8・6・5　51カ　冷泉為村・烏丸光胤・裏松固禅・日野資枝　宮部義正室

のとおり記述されているほか、『和歌大辞典』（昭和六一・三、明治書院）にも、

万女《まんじょ》〔江戸期歌人〕宮部。本姓は浅井。生年未詳―天明八1788年六月、五〇余歳。上州高崎藩士宮部義正に嫁す。義正および息男と共に冷泉為村の門に入ったが、のち三名ともに除名された。以後は烏丸光胤・裏松固禅・日野資枝らに点を受け、その歌風を慕う者が少なくなかった。詠歌は『三藻類聚』に収める。（荒川玲子）

のごとき記事を載せているので、萬女の事蹟の概略は知られよう。

なお、宮部義正については、『和歌大辞典』に、

義正《よしまさ》〔江戸期歌人〕宮部。享保一四1729―寛政四1792年一月二一日、六四歳。通称は喜右衛門・忠八郎・源八。三藻と号した。上野国高崎藩士。歌学を冷泉為村に受け、和学講談所に出仕し、将軍の師範を勤めた。義正聞書・歌学指要・三藻類聚などの著作のほか、『野べのかづら』そのほかの歌集がある。（川田貞夫）

の記事がみえ、また、息男の義直については、同辞典に、

義直《よしなほ》〔江戸期歌人〕宮部。生没年未詳（筆者注『和学者総覧』は「寛政6・4・3没、36歳」とする）。父の影響を受けて和歌をよくし、著述の『三藻類聚』に詠草が収録されているほか、『詠千首和歌』『三藻五百首』などの歌集がある。（川田貞夫）

の記述を掲載しているのが参考になる。

以上の言及から、宮部義正・萬女夫妻および息男の義直らは、霊元院から古今伝授を受け、烏丸光栄に和歌の指導を得た、冷泉家中興の祖であり、弟子に小沢蘆庵・石野弘道・萩原宗固・柳原保光らをもつ上冷泉為村（正徳二年〈一七一二〉―安永三年〈一七七四〉、六十三歳）の学統の系譜下にあることが知られよう。

そこで、『袖玉集』に収録される『古来風体抄』『二四代集』および二条家三代集が、近世歌学史のなかで、いかなる処遇を受けているのかの点に言及してみよう。

まず、『古来風体抄』については、武者小路実陰述の『初学考鑑』に「風体を習は、古来風体俊成・詠歌大概定家・詠歌一体為家、これらこそ風体の本と心得べき事なり」とあるのをはじめ、二木充長記の『在京随筆』、広橋勝胤述の『広橋卿江畑中盛雄歌道伺』、日野資枝述・石塚寂翁記の『和歌問答』にもこの歌論書への言及があるが、冷泉為村述・宮部義正記に『義正聞書』に「一　古来風体・詠歌一体・夜の鶴、いづれも俊成卿・為家卿・阿仏の御作に候哉。／三品共にたしかなる御作に候。信仰すべきもの也」とあって、『古来風体抄』が為村に尊重されていた背景が裏づけられるであろう。

また、『二四代集』については、後水尾院述・霊元天皇記の『麓記鈔』には「二四代集を、古き衆はジシ代集と申し也」と名称についての記述しかみえないが、中院通茂述・松井幸隆記の『渓雲問答』には「一　詠歌大概御講釈の後に、此百余首の撰やううかゞひ申所に、二四代集より書出されたるとみへたり。歌の次第さみゆる也と仰」と、烏丸光栄述の『烏丸光栄卿口授』には「一　二四代抄は定家卿の御作候歟。仰。定家卿の直作也。不可疑」と、『詠歌大概』の収載歌の出典に言及したり、『二四代集』が定家の真作か否かの問題に言及しているなかで、『義正聞書』が「一　二四代集、常々見てよろしく御座候歟。／定家卿御撰の物にて、宜しき物也。随分そらに覚ゆるやうに常々可被見候」と述べて、『二四代集』を高く評価しているところには、為村の見識を窺知することができよう。

また、二条家三代集といわれる『千載集』『新勅撰集』『続後撰集』については、『麓木鈔』に「家三代集、古今覚たる後は人の口にある秀歌覚ゆべし」、「家三代集、続古今、続拾遺、新後撰集など、おもしろき歌共有」などと、飛鳥井雅章述・心月亭孝賀記の『尊師聞書』に「集は、三代集并二条家三代集にみるべし」などと、烏丸光雄述・岡西惟中記の『光雄卿口授』に「家の三代集は、千載集　新古今　新勅撰」などと記述される程度だが、『義正聞書』には「一　澄覚殿仰に、／三代集の歌、常々よみておぼゆる上に、解し難き歌次第に心得る様になる事也」とか、「一　澄覚殿に、／(中略)家の三代集の内にては続後撰、同じく机の上に置て費ごとにみるがよろし。とかく常々古歌をみてゐるが第一の稽古なる事なり」とか、「一　よし直始めて澄覚殿へ対面給りし時、仰られしは、／(中略)三代集、勿論当家の三代集・為家集熟覧いたし、歌の心は解せずとも、先覚ゆるを専に致べき由教へ給はり候」などと、「家の三代集」に言及されているのは、これらの集が御子左家の系譜下にある上冷泉家の中興の祖といわれる為村にとって、和歌習練の基本的テキストの意味があったからであろう。

以上の検討から、『袖玉集』が、御子左家の系譜下にある上冷泉家の中興の祖といわれる為村の学統に属する宮部義正・萬女および同義直などや、その関係者によって、編纂、刊行されている実態から、本書の編纂目的とその意義はおのずから明白になったと言えるのではなかろうか。

七　成立の問題

最後に、本集の成立の問題に言及しておこう。これまでの検討で明らかなように、本集は『古来風体抄』『二四代集』および二条家三代集と呼ばれた『千載集』『新勅撰集』『続後撰集』の撰者自撰歌によって構成されているので、その成立がこれらの作品の成立時期より以降であることは言を待つまい。ところで、本集に収載の『古来風体抄』の伝本については、初撰本であることは認定し得たが、その伝本を特定するまでには至らなかった。同様に、『二四代集』についても、流布本系統の本文に依拠していたらしいことは推断しえたが、その伝本を特定することは困難であった。また、二条家三代集と呼ばれた三本のうち、『千載集』については陽明文庫蔵本を参看したらしい可能性が高いことを追究しえたが、ほかの『新勅撰集』『続後撰集』については、本集が依拠した伝本を特定することは不可能であった。したがって、本集に収載される諸作品の成立から、本集の成立時期を決定することは、不可能といわねばなるまい。そこで、次に本集の成立時期を推測する手掛りになるのが、編者と想定される宮部萬女と「伊津子」なる人物の事蹟の検討であるが、これについても目下のところ、『袖玉集』に関わる記述は当時の文献にはまったく探索し得ず、「伊津子」なる人物に至っては、その伝記的事実さえ判明していない状況である。唯一の手掛りは、本集の刊記にみえる「安永二癸巳春三月」なる記述である。これによれば、本書の刊行年月日が安永二年（一七七三）三月であることは、疑いえない事実である。

したがって、ここに『袖玉集』の成立については、その成立は安永二年三月以前、その刊行年は安永二年三月ということになるであろう。

八　まとめ

以上、本節では『袖玉集』の問題について、種々様々な視点から検討を加えてきたが、ここでこれまでの検討の結果明白になった諸点を摘記すれば、おおよそ次のごとくなろう。

（一）　本集は宮城県図書館などに版本として伝存する、都合二千四百六十二首を収載する私撰集である。

（二）　その内訳は、藤原俊成撰の『古来風体抄』に収載される五百八十九首、同定家撰の『二四代集』に収載される千八百八首、『千載集』『新勅撰集』『続後撰集』の自撰歌六十五首のとおりである。

（三）　本集が依拠した『古来風体抄』の伝本は初撰本と推測されるが、その伝本を特定することはできない。

（四）　本集が依拠した『二四代集』の伝本は流布本系統のそれと推断されるが、その伝本を特定することは、『古来風体抄』の場合と同様に、困難である。

（五）　二条家三代集と呼ばれた三本のうち、『千載集』については陽明文庫蔵本を参看した可能性が高いと憶測されるが、『新勅撰集』『続後撰集』については、本集が依拠した伝本を特定することは不可能である。

（六）　本集の編者には、跋文の記事から、宮部萬女・伊津子の共編と想定されようか。

（七）　本集の編纂目的は、本集が御子左家の系譜下にある上冷泉為村の学統に属する宮部義正の妻・宮部萬女らによって編纂、刊行されている実態からみて、藤原俊成・同定家・同為家など、中世和歌の伝統を継承する宗家の人びとの選歌した詠歌や当人たちの詠作を蒐集して、和歌習練の基本的なテキストを制作しようとした営為に、認められようか。

（八）　本集の成立については一切不分明であるが、跋文の記事によれば、安永二年（一七七三）三月より以前と憶測される。また、本書の刊行時期は安永二年三月と認定することができる。

第八節　三島篤編『自摘集』の成立

一　はじめに

筆者はこれまで中世に成立をみた私撰集および類題集を中心として考察を進めてきたが、しかし、成立時期が近世ではあっても、それが室町時代までの詠歌、つまり古典和歌を主要内容とする類題集である場合には、それも考察対象に選んで検討を加え、『明題和歌全集』や後水尾院撰『類題和歌集』、霊元院撰『新類題和歌集』などに関する論考をいくつか公表してきたのであった。

このような姿勢で近世に成立した類題集を拾遺、発掘している際に、偶然知りえたのが『自摘集』なる類題集であった。この集については、有吉保氏編『和歌文学辞典』（昭和五七・五、桜楓社）に、

自摘集《じてきしゅう》　類題集。三島篤編。寛政九年（一七九七）刊。外題は「和歌自摘集」。寛政八年の序によれば、携行に簡便な袖珍本の形による類題集として編まれたもので、四季・恋・雑に部類。為氏、雅有ら鎌倉末期から為和・政為・雅俊・実枝ら室町末期に至る主として歌道家の人々の作を収める。

のとおり、簡にして要を得た解説がなされている。まさに筆者が研究対象にしている格好の文献資料である。

このようなわけで、江戸時代中期の成立ではあるが、このたび、本節では三島篤編『自摘集』を対象にして、この類題集がいかなる編纂目的で作成され、いかなる特色を有し、近世類題集の系譜のなかでどのような位相にあるのか等々、考察を試みたわけである。

二　書誌的概要

さて、『自摘集』の伝本については、寛政九年（一七九七）正月刊行の版本が刈谷市中央図書館などに伝存するが、ここで版本の書誌的概要について、国文学研究資料館蔵のマイクロ・フィルムによって紹介すれば、おおよそ次のとおりである。

国文学研究資料館のマイクロ・フィルム番号　30―121―3　C2978
所蔵者　刈谷市中央図書館　蔵（2079　3甲五・153）
編　者　三島篤
体　裁　小本　一冊　袋綴
題　簽　剥落（本来は、「和歌自摘集」とあった）
内　題　自摘集
各半葉　半葉七行（和歌一行書き）、序五行
総丁数　四十九丁（序二丁、本文四十七丁）
総歌数　六百三十二首（春之部九十八首、夏之部七十二首、秋之部百二十四首、冬之部八十六首、恋之部百二十九首、雑之

部百二十三首）

柱　刻　初丁（〜四十七丁終）

序　　　あり（三島篤・寛政八年）

刊　記　あり（寛政九年丁巳正月発行／皇都　葛西市郎・同　藤井孫兵衛・同　成田久左衛門・東都　北沢伊八　浪華　森本多助）

以上から、本集は春部九十八首、夏部七十二首、秋部百二十四首、冬部八十六首、恋部百二十九首、雑部百二十三首の都合六百三十二首を収載する、かなり小規模の類題集であることが知られよう。

三　撰集資料の問題

それでは、本集はどのような編纂過程を経て成立したのであろうか。この問題を検討するために、ここで春部から「花」に関係する例歌（証歌）を、次に引用してみよう。

1　咲ぬやといそぐ心の花かづら梢にかけぬ時のまもなし　（待花・尭孝・五三）
2　つぎて咲花の心をとにかくにかねてぞふるあかぬあまりに　（栽花・雅親・五四）
3　咲そめしこぞの山路とわけ入や心を花のしほりなるらん　（尋花・為広・五五）
4　はるふかくいかに見えけん梅の花八重さくのちのひとへざくらは　（初花・公条・五六）
5　けさはなをこずへひとつに咲そひて花こそ花にうづもれにけり（マヽ）　（盛花・雅世・五七）
6　ながめつゝ心にそむる色もかも猶いひしらぬ花ざかり哉　（見花・資慶・五八）

7　花にそむるこゝろのうちのかざしこそ老にやつれぬ色香成らん（ママ）　（翫花・基綱・五九）
8　をしなべて山はみながら花ならぬ色こそ見えね春の明ぼの　（暁花・定淳・六〇）
9　見るが内にひかりを花の色ぞゝふ遠山ざくら月出るころ　（夕花・基綱・六一）
10　咲ぬとやかりくらすよの夢にさへやがてまぎるゝ山ざくらかな　（夜花・為広・六二）
11　吹わくる風にぞ見えん咲花も八重にかさなる嶺の花ぐも　（嶺花・雅世・六三）
12　時しあれやみはむもれ木の谷の戸を立いでゝ花の春に逢ぬる　（谷花・実隆・六四）
13　しら雲とよそにはみえて咲花の遠里小野に匂ふはるかぜ　（野花・為氏・六五）
14　咲はなのにほひも空にとぢそふや霞の関の春のあけぼの　（関花・資慶・六六）
15　みよし野のよしの〳〵河の滝つ瀬にたえずもがなと花を見る哉　（滝花・為定・六七）
16　くるとあくと見てもめかれず池水の花の鏡のはるのおもかげ　（池上水・実有・六八）
17　すまのあまやきしわか木も陰ふりぬいくとしなみか花にこえけん　（海辺花・基綱・六九）
18　散かゝるはなのかゞみの山風にみぎはぞくもるしがのうらなみ　（湖花・雅世・七〇）
19　花をとふはるのあらしにかくれ家の軒ばのさくらしづかにぞ見る　（閑居花・同・七一）
20　よしさらばこがくれはてね散花もおほふ袖をば松にまかせて　（松間花・実枝・七二）
21　あかなくのわが心からはなもまた枕かすべき色にてれけり　（花留人・政為・七三）
22　そめざらばうつろふこともとばかりを心にかこつ花の陰かな　（惜花・基綱・七四）
23　明わたるたかねの花に風過てはるにわかるゝ横ぐものそら　（落花・雅親・七五）

この1～23の二十三首をみると、飛鳥井雅親・同雅世・姉小路基綱など同一歌人の詠歌が何首かあることに気づく。

そこで、これらの歌人の詠歌の出典を調査すると、雅世の四首のうち、5、19の二首は『雅世集』に本集と同じ歌題のもとに収載されているが、11・18の二首は同集にはみえず（18は『義政集』に本集と同題で収載される）、また、基綱の四首のうち、9・22の二首は『卑懐集』に本集と同じ歌題のもとに収録されているが、7・17の二首は同集には収められていない。ところが、雅親の二首はともに『亜槐集』に収録をみるが、2の詠は本集と同じ歌題下に収載されている一方、23の詠は本集の「落花」の歌題とは異なる「春曙」の題下に収められているのである。

ということは、これらの三人の事例からみて、本集が歌題と例歌（証歌）を採録するに当たって、原拠資料からそれを直接抄出した可能性はほぼありえないという編纂事情を示唆しよう。そこで想起されるのが、本集がこれらの歌題と例歌を抄出したのは類題集に依拠してなされたのではないかという推測である。このような視点から、1～23の二十三首を収録する類題集を探してみると、1・3～5・7・10・11・22・の八首は後水尾院撰『類題和歌集』に、9・12・13・15～18・20・21の九首は霊元院撰『新類題和歌集』に各々、本集と同じ歌題のもとに収録されているが、2・6・8・14・19・23の六首は両類題集には収載されていないことが知られる。ということは、本集の撰集資料として『類題和歌集』と『新類題和歌集』とを想定することは許されるであろうが、撰集資料を想定しえない六首については、どのように考慮したらよかろうか。ちなみに、この六首の詠歌作者は2・22が雅親・6・14が烏丸資慶、8が今城定淳、19が雅世である。このうち、6・14の二首は資慶の家集『秀葉和歌集』に、19は『雅世集』に各々、本集と同題のもとに収録されている。そして、2・23の二首についてはすでに言及したように、雅親の家集の『亜槐集』に収載をみるが、23の詠は本集とは別題のもとに収載されているし、8の詠も『新明題和歌集』に本集とは別題の「春暁花」のもとに掲載されている。なお、この四人のなかでもっとも若い定淳が元禄二年（一六八九）五月二十七日、五十五歳で没しているので（もっとも『新明題和歌集』の版本は宝永七年〈一七一〇〉刊だが）、これらの六首の詠作年時はいずれも『類題和歌集』『新類題和歌集』の成立時よりも以前と知られよう。にもかかわらず、この六首が両類題集に収録されていず、しかも雅親の2の詠が原拠資料とは別題で本集に採録されている事実を考慮すると、原拠資料から採録された可能性はほとんどなかろうから、これらの六首は元禄二年よりも以降に成立した類題集などから抄出された可能性が高いと憶測されのではなかろうか。目下のところ、『公宴続歌』や法楽和歌なども含めた広い範囲でその撰集資料を予想しているが、当該撰集を特定するまでには至っていない。まことに残念であるが、これらの問題については今後の緊急課題として、ねばり強い探索を持続していきたいと思う。

ちなみに、『新類題和歌集』からの抄出歌は三百五十五首（春部五十三首、夏部四十三首、秋部七十六首、冬部四十六首、恋部七十五首、雑部六十二首）で、五十六・二パーセントに相当し、『類題和歌集』からの抄出歌は十一首（春部八首、夏部二首、秋部一首）で、一・七パーセントに相当するが、撰集資料の不詳歌は二百六十六首（春部三十七首、夏部二十七首、秋部四十七首、冬部四十首、恋部五十四首、雑部六十二首）で、四十二・一パーセントに相当する。これをみると、撰集資料の不詳歌の割合がかなり高いと言わねばなるまいが、ここで参考までに撰集資料不詳歌の詠歌作者を掲げるならば、

資慶　七十八首、雅親　五十八首　為広　四十四首　実枝　二十五首、公条　十七首、雅世　九首、正徹　七首、為綱　六首、道興　三首、雅房・持為・実隆　二首、雅康・公理・資熙・実維・実業・重治・政世・宣淳・定淳・道堅・邦高親王・後水尾院・後西院　一首。

のとおりで、烏丸資慶・飛鳥井雅親・上冷泉為広・三条西実枝・同公条・飛鳥井雅世・正徹などが主要なメンバーであることが知られるので、撰集資料にはこれらの歌人を含む範囲内のものが想定されるであろう。

三　歌題の問題

『自摘集』の撰集資料の問題については以上のとおりだが、それでは、本集はこれらの撰集資料からどのような歌題と例歌（証歌）を、実際に収載しているであろうか。ここではまず歌題の問題について検討してみよう。そこで、本集では比較的多くの種類の歌題を収めている「郭公」関係の歌題とその例歌を、次に引用してみよう。

24　ちらぬ間の花にまぎれてまたざりし恨をやおもふ山ほとゝぎす　（待郭公・資慶・一一一）
25　ほとゝぎすおちかへりなく明がたの猶うとまれぬ短夜のそら　（郭公遍・雅親・一一二）
26　ほとゝぎす梢をうづむ白雲の空にまぎれぬ声のいろかな　（雲間郭公・公条・一一三）
27　郭公たがねぎごとにまぎれても聞をなげきの杜とやはいふ　（杜郭公・基綱・一一四）
28　さゞなみやとをざかり行一声はあかずながらの山ほとゝぎす　（湖郭公・尭胤・一一五）
29　心ある誰がねざめにかほとゝぎす松がうら嶋更てきつらん　（浦郭公・基綱・一一六）
30　郭公聞ずといはゞ山ふかみすむかひなしと人や思はん　（山家郭公・為定・一一七）
31　時鳥待とばかりの日数へて思ひのはてはみな月のそら　（郭公稀・公条・一一八）

本集に収録される「郭公」関係の歌題と例歌は以上の24～31の九題九首で、その歌題を掲げると、「待郭公」「郭公遍」「雲間郭公」「杜郭公」「湖郭公」「浦郭公」「山家郭公」「郭公稀」のとおりであるが、これをそのほかの類題集のそれと比較してみよう。

まず、後水尾院撰『類題和歌集』は「郭公」から「時鳥増述懐」の六十一題、霊元院撰『新類題和歌集』は「初尋郭公」から「杜鵑声似哭」の二百四題、河瀬菅雄編『和歌拾題』は「郭公」から「時鳥増述懐」の九十三題、有賀長伯編『歌林雑木抄』は「初尋時鳥」から「時鳥増述懐」の百二十三題、北村季吟編『増補和歌題林抄』は「尋時鳥」から「時鳥帰山」の四十三題のごとくであり、もっとも少ない『増補和歌題林抄』と比べても、本集は三十四題も少ないことが知られよう。

ところで、「時鳥」題の本意は、北村季吟編『増補和歌題林抄』によれば、

うのはなのかげにしのびねをなき、よもの山べにまよひいでゝ、はつねをまち、雨のゆふぐれには、なくべきものとうらみ、あけぼの、そらにもつれなしといひ、雲まの月のほのかなるねをしたひ、こぞのふるごゑきゝ、なれてもめづらしく、はな立花のやどをたづね、のきのあやめのかほるにも、おりからにきゝ、てもあかずなど、よむべし。

のとおりであるが、この記述からみて、本集に収載する「湖郭公」「浦郭公」などの歌題は、「郭公」題の本意を表す歌題とは必ずしも言いがたいように考慮されるので、数ある「郭公」関係の歌題のなかからこれらの九題の歌題が本集に掲げられているということは、そこに編者・三島篤の見解の反映が著しいように判断されよう。

となれば、本集には編者の歌題に対する好尚を含めて独自の歌題観が窺知されるように憶測されるので、ここで本集の掲げる歌題の全容を紹介することは、あながち無意味な報告とはいえないであろう。このような意味で、以下に本集に収載される歌題のすべてを引用すれば、次のとおりである。

春之部（九十五題）

年内立春・立春・立春天・早春・子日・霞・山霞・野外霞・海辺霞・湖霞・鶯・夕鶯・野鶯・竹鶯・沢若菜・春雪・野残雪・余寒月・余寒風・梅・梅風・雪中梅・行路梅・庭梅・軒梅・窓梅・柳・柳露・水辺柳・朝若草・路

若草・春草・早蕨・岡早蕨・春月・山春月・江春月・春曙・浦春曙・朝春雨・夜春雨・野春雨・帰雁・夕帰雁・湖帰雁・春駒・雉・雲雀・喚子鳥・待花・栽花・尋花・初花・盛花・見花・翫花・暁花・夕花・夜花・嶺花・谷花・野花・関花・滝花・池上花・海辺花・湖花・閑居花・松間花・花留人・惜花・落花・遊糸・遅日・桃・菫菜・蛙・苗代・躑躅・杜若・籬款冬・夕款冬・里款冬・松藤・池藤・暮春・三月尽・春天象・春雲・春夕・春山・春川・春鳥・春釈教・春祝

夏之部（六十八題）

首夏・更衣・朝更衣・遅桜・山新樹・岡新樹・卯花・夕卯花・岸卯花・里卯花・葵・待郭公・郭公遍・雲間郭公・杜郭公・湖郭公・浦郭公・山家郭公・郭公稀・早苗・菖蒲・苅菖蒲・簷菖蒲・盧橘・夜盧橘・簷盧橘・橘薫枕・樗・五月雨・山五月雨・杣五月雨・滝五月雨・湖五月雨・夏月・浦夏月・樹陰夏月・瞿麦・庭瞿麦・夏草・庭夏草・鵜川・嶺照射・蛍・水上蛍・江蛍・夕顔・垣夕顔・蚊遣火・池上蓮・氷室・夕立・野夕立・蟬・雨後蟬・扇・避暑・泉・納涼・夕納涼・麓納涼・六月祓・夏雲・夏夜・夏野・夏田・夏鳥・夏衣・夏旅

秋之部（百二十一題）

立秋・初秋風・初秋雲・早秋・新秋露・残暑・早涼・七夕・七夕天象・七夕風・七夕契・七夕別・七夕枕・七夕扇・荻・荻風・萩・萩露・野萩・女郎花・薄・薄滋・行路薄・浅茅露・苅萱・蘭・草花・折草花・月前草花・槿・虫・野虫・庭虫・松虫・鈴虫・蛬・鹿・夜鹿・野鹿・鹿声幽・秋夕・待月・三月月・絃月・望月・不知夜月・立待月・居待月・伏待月・廿日月・有明月・十三夜月・月前煙・月前露・深夜月・山月・嶺月・杜月・原月・関月・橋月・水辺月・江月・滝月・海辺月・湖上月・浦月・浜月・潟月・渡月・花洛月・古郷月・山家月・竹間月・松間月・社頭月・古寺月・寄月述懐・寄月懐旧・月前旅・旅宿月・旅泊月・寄月祝・初雁・嶺初雁・湖

上雁・田上雁・霧・夕霧・河霧・擣衣・野擣衣・田家擣衣・名所擣衣・鴫・沢鴫・江鶉・古郷鶉・葛風・菊・菊露・水辺菊・紅葉・柞・蔦・黄葉・紅葉遍・夕紅葉・嶺紅葉・岡紅葉・庭紅葉・暮秋・暮秋露・暮秋虫・九月尽・秋山・秋河・秋鳥・秋色・秋声・秋祝

冬之部（八十題）

初冬・初冬嵐・時雨・朝時雨・野時雨・山時雨・山家時雨・田家時雨・枕上時雨・落葉・谷落葉・橋落葉・庭残菊・朝霜・庭霜・枯野・木枯・寒松・寒草・寒草纔・寒芦・池寒芦・氷・湖氷・冬月・冬山月・衾・椎・千鳥・河千鳥・湖千鳥・浦千鳥・湊千鳥・水鳥・池水鳥・川水鳥・網代・網代寒・霰・野霰・古屋霰・霙・残雁・初雪・庭初雪・浅雪・深雪・遠山雪・嶺雪・野雪・原雪・関雪・行路雪・里雪・河辺雪・海辺雪・山家雪・閑中雪・竹雪・松雪・羇中雪・旅宿雪・鷹狩・狩場風・炭竈・炭竈煙・夜埋火・炉辺閑談・夜神楽・早梅・歳暮・歳暮近・歳暮雪・冬風・冬雨・冬山・冬色・冬声・冬旅・冬祝

恋之部（百十一題）

初恋・忍恋・初忍恋・聞恋・白地恋・通書恋・返書恋・尋恋・祈恋・祈久恋・誓恋・契恋・契久恋・契空恋・憑恋・不憑恋・不逢恋・逢不会恋・馴不逢恋・偽恋・待恋・契待恋・待空恋・逢恋・祈逢恋・逢夢恋・別恋・深更帰恋・従門帰恋・後朝恋・後朝（切）恋・顕恋・欲顕恋・増恋・逐日増恋・切恋・厭恋・被厭恋・悔恋・変恋・負恋・隠恋・近恋・遠恋・隔恋・隔遠路恋・片恋・思・難忘恋・恨恋・絶恋・絶久恋・春夜恋・夏夜恋・秋夜恋・冬夜恋・老恋・幼恋・恋涙・恋色・恋香・恋声・寄天恋・寄日恋・寄月恋・寄雲恋・寄風恋・寄煙恋・寄霧恋・寄雪恋・寄山恋・寄関恋・寄岡恋・寄杜恋・寄野恋・寄池恋・寄浪恋・寄江恋・寄川恋・寄淵恋・寄浦恋・寄浜恋・寄潟恋・寄橋恋・寄門恋・寄戸恋・寄墻恋・寄庭恋・寄床恋・寄草恋・寄木恋・寄竹恋・寄篠恋・寄花

恋・寄鳥恋・寄水鶏声・寄鳴恋・寄獣恋・寄虫恋・寄蛛恋・寄櫛恋・寄絵恋・寄硯恋・寄筆恋・寄箏恋・寄鏡恋・寄衣恋・寄車恋・寄枕恋・寄火恋・寄舟恋

雑之部（百十七題）

天象・星・風・雲・雨・煙・暁・朝・昼・夕・夜・山・嵐・野・野風・杣山・森・橋・関・河・滝・海・名所浦・磯波・磯巌・名所市・水郷・閑居・古寺松・古寺鐘・離別・旅・羇旅・旅行友・旅宿・旅夢・羇中山・羇中野・羇中関・羇中河・羇中浦・羇中渡・羇中枕・旅泊波・旅（泊）海夢・野宿・山家・山家風・山家雨・山家煙・山家夕・山家路・山家苔・山家松・山家鳥・山家夢・田家・田家煙・田家雨・田家水・田家鳥・路苔・巌苔・江葦・岡篠・竹・嶺・浦松・名所松・杉・門杉・榊・澗槙・桐・鶴・浦鶴・芦間鶴・名所鶴・鳥・暁更鶏・関鶏・鷺・獣・馬・猿・猪・虫・淵亀・瀬魚・書・弓・鏡・枕・舟・浦舟・鐘・燈・夜燈・朝眺望・海辺眺望・述懐・夜述懐・独述懐・懐旧・暁懐旧・懐旧涙・思往事・暁夢・夜夢・釈教・神祇・社頭・慶賀・祝言・寄道祝・寄国祝・寄鏡祝

以上、煩を厭わず、『自摘集』に収録される歌題のすべてを掲載したが、ここで本集に収載される歌題について、部立別に、慶安三年（一六五〇）刊行の版本『明題部類抄』に所収の各定数歌に認められる歌題との比較を試みたところ、ほぼ完全に符合をみる定数歌は皆無であった。したがって、『自摘集』の歌題収録に当たって、編者がほぼ全面的にマニュアルにしたと考慮される作品は存しないと言わねばなるまいが、編者が参考にしたと考えられる文献資料は存するように憶測されよう。それは撰集資料のひとつに想定した後水尾院撰『類題和歌集』である。

その理由は、近世前期ころに成立した類題集のなかで、たとえば、春部の冒頭は「立春」で始まる類題集と「歳内立春」で始まる類題集の二種類があって、前者に属するのは編者不詳の『題林愚抄』や長伯の『歌林雑木抄』などで、後者に属するのは『類題和歌集』『明題和歌全集』や『新類題和歌集』『和歌拾題』などのごとくである。ところで、本集は春之部の冒頭の歌題は「年内立春」「立春」「立春天」のとおりであるので、後者の類題集の系列下に位置づけられよう。となると、『類題和歌集』『明題和歌全集』『新類題和歌集』『和歌拾題』などが、本集が参考にした類題集として候補にのぼろうが、しかし、『新類題和歌集』は和歌の修練を多少積んだ人びとを対象にした類題集であって、たとえば「立春」「初春」「子日」などのような、一つの概念の単独題よりは、むしろ二つ以上の概念を結びつけた結題を主に掲載しているのである。実際に、本集が収録している「立春」「早春」「子日」などの歌題は『新類題和歌集』には掲載をみず、いずれも結題の形で掲載されている。また、『和歌拾題』でも、春部の最後は「三月尽」関係の歌題で、本集が収める「春天象」から「春祝」の歌題は掲載されていない。したがって、本集の編者が参考にしたと推測されるのは『類題和歌集』のほうである。

ちなみに、本集が収録している歌題のすべては『類題和歌集』に掲載されているので、ここで本集に掲載の歌題蒐集の方法について憶測するならば、編者は歌題採用に際し、自己の好尚も含めた編集方針に基づいて、『類題和歌集』のなかからこれと思う歌題を適宜、取捨選択して、自己の企図した類題集の実現に鋭意努力したと考えられるであろう。

四　詠歌作者と原拠資料の問題

本集に収録される歌題とその蒐集方法については以上のとおりだが、それでは、そのようにして蒐集された歌題に付された例歌（証歌）はどのようなものであったであろうか。次に、本集に収載された詠歌について検討してみよう。

〈表1〉『自摘集』に五首以上収載される歌人一覧表

	作者	歌数
1	三条西公条	九六首
2	烏丸資慶	七八首
3	上冷泉為広	七三首
4	飛鳥井雅親	六八首
5	飛鳥井雅世	五一首
6	三条西実枝	四九首
7	姉小路基綱	四七首
8	下冷泉政為	二〇首
9	三条西実隆	一三首
10	飛鳥井雅有	一二首
11	邦高親王	一一首
12	正　徹	七首
13	藤原為理	六首
14	尭　孝	五首
14	冷泉持為	五首
	合　計	五四一首

そこでまず、本集に収載されている例歌（証歌）の詠歌作者について、五首以上の収載歌人を整理、分類してみたのが、上掲の〈表1〉である。

この〈表1〉によって、本集に五首以上収載される詠歌作者は十五名で、収載歌六百三十二首の八十五・六パーセントを占めている実態が明らかになるが、意外に特定歌人の詠に偏っている感じを否めない。ここで本集に収載される歌人の傾向に触れておくと、まず、本集には、鎌倉中期から室町後期までの、所謂古典和歌の歌人と、近世前期の堂上歌人の二種類に分類されるように思われる。このうち、前者について時代の視点からいうと、飛鳥井教定の男で、所謂関東祇候の廷臣として宗尊親王に仕え、のちに伏見天皇に近侍し、永仁元年（一二九三）には勅撰集の命を受けた同雅有（一二四一〜一三〇一）が、これらの歌人のなかではもっとも古く、次いで、後二条院に近侍して、二条派に近い関係にあった藤原為理（生年不詳〜一三一六）がこの後に位置する。続いて冷泉為尹や今川了俊に師事し、『草根集』そのほかに、生涯四万首もの和歌を詠じたといわれる正徹（一三八一〜一四五九）や、その正徹と対峙し、頓阿嫡流あるいは二条派の道統を継いだ尭孝（一三九一〜一四五五）、および尭孝と親交が厚く、二条家歌学を体系的に摂取、当代歌壇の指導的役割を果たした飛鳥井雅世（一三九〇〜一四五二）、それに下冷泉家の祖で、家の説を一条兼良に授けた同持為（一四〇一〜五四）などがめだつ存在である。さらに雅世の男で、父の後見によって、次代の歌道師範としての地盤を固め、寛正期以降は持為・尭孝・正徹らの死去に伴って歌壇の地位が確立し、文明末期以降は歌壇の最高指導者となった飛鳥井雅親（一四一七〜九〇）と、同じく文明期の歌壇で活躍し、宮中や幕府から信任され、後花園院の寛正勅撰の寄人、足利義尚の文明打聞の寄人となった姉小路基綱（一四四一〜一五〇四）などがこの後に続く。そして、文亀・永正期以降、堂上和歌師範として活躍した上冷泉為広（一四五〇〜一五二六）と同じく下冷泉政為（一四四五〜一五二三）、それにこの二人とともに同時期に活躍し、後土御門・後柏原天皇の侍従を勤め、伏見院家の別当となった三条西実隆（一四五五〜一五三七）がこれに続いているが、為広の詠がこのなかでは突出している。この実隆の関係からか、本集には実隆の次男で、後奈良天皇に近侍し、『源氏物語』や『古今集』を進講して、正親町天皇にも古今伝授を行い、家の学統を継承した同公条（一四八七〜一五六三）の詠が最高位で収載され、同じく実隆の孫で、公条の嗣子であり、天正期には正親町天皇、誠仁親王の和歌の指導者となった同実枝（一五一一〜七九）の詠も多数収められている。また、貞常親王の皇子で、後土御門院の猶子となった邦高親王（一四五六〜一五三二）の詠がめだつのも、実隆の関係であろうか。

次に、近世前期の堂上歌人についてだが、この点については、祖父光広に歌学を学んだ後、後水尾院歌壇で研鑽を積み、寛文四年には、後西院・日野弘資・中院通茂らとともに後水尾院から古今伝授を受け、名実ともに当代を代表する歌人となった烏丸資慶（一六二二〜六九）が唯一の詠歌作者である。

要するに、本集に収載の詠歌作者の特徴は、古典和歌関係の詠歌作者では、室町期の歌道師範家にかかわる歌人が、近世前期の詠歌作者では、後水尾院・後西院歌壇で活躍した堂上廷臣歌人が各々、めだつ存在であると規定しうるであろうか。

ちなみに、後者の近世前期の詠歌作者である資慶の詠歌について付言しておくと、本集に収載される七十八首は「椎」「寄風恋」「夕」「羇中関」の各例歌である、

32　葉がへぬをたれか友なふ霜しろくおかのやかたにたてる椎しば　（椎・三二七）

33　つれもなき人に見せばや吹方になびく草木の風の姿を　（寄風恋・四五九）

34　雲の色も我のみかくやながむらんいつも夕は秋の空かな　（夕・五二一）

35　われも又八重山とをく行雲にをくれじとよばふ足がらのせき　（羇中関・五五〇）

の32〜35の詠であって、この四首については目下、典拠を明確にしえないが、この四首を除く七十四首はすべて資慶の家集『秀葉和歌集』に収載され、歌題も本集のそれと完全に一致している。したがって、資慶の詠歌については、本集の編者は原拠資料から抄出した可能性もなしとしないと憶測されようが、この憶測については、上記の32〜35の四首が抵触する。ただし、本集には、「庭残菊」の歌題の

36　木葉さへ埋みはてたる霜の下に秋を残せる庭のしらぎく　（資慶・三〇九）

の36の例歌のように、実は「資任」が正しい作者なのに「資慶」と誤記しているような作者誤記の事例が数例認められるので、この32〜35の四首がいずれも作者誤記となれば、話は別のことになろう。

それはともかく、この四首を除く他の七十四首をみると、およそ半数以上の四十首に詠作事情を記した詞書が次のごとく付されている。

院御月次に（42）

院御当座に（357・433・628）

里亭会に（284・527・626）

公宴水無瀬宮御法楽に（46）

公宴御月次に（100・313・424・435・442）

公宴御当座に（128・316・464・486）
公宴聖廟御法楽に（147・193・298・505・593・611・617）
公宴七夕御会に（180）
寛文元年御点取に（228・355・360・502・581）
万治二年御点取に（163・395・507）
万治三年御点取に（364・391・541）
石清水法楽の中（84・345）
院住吉社御奉納御法楽に（419）
住吉社百首中（367）

これらの詞書をみて、想像を逞しうするならば、本集の収載歌は『公宴続歌』『点取類聚』あるいは「法楽和歌」「奉納和歌」などの和歌集成書から、採録された可能性をうかがわせようが、現在、その作品を特定することが不可能であることは、前述したとおりである。

なお、本集に収載される四首以下の詠歌作者を記すならば、次のとおりである。

〔四首収載の歌人〕飛鳥井雅永・尭胤・三条実香
〔三首収載の歌人〕上冷泉為綱・飛鳥井雅康・同雅俊・姉小路済継・道永（仁和寺）・道興（聖護院）
〔二首収載の歌人〕下冷泉為孝・二条為定・上冷泉為富・飛鳥井雅綱・万里小路雅房・広橋兼秀・後柏原院・道堅（岩山尚宗）
〔一首収載の歌人〕五条為学・二条為氏・同為重・同為世・藤原為忠・上冷泉為和・高倉永宣・四辻季経・園基

富・慶運・今出川院経季・藤原顕広（俊成）・甘露寺元長・万里小路兼房・四辻公理・後水尾院・後西院・後土御門院・烏丸資任・慈運・花山院師兼・富小路資直・中御門資熈・藤原実家・西園寺実遠・正親町三条実雅・清水谷実業・西園寺実有・竹内重治・綾小路俊量・藤原信実・近衛政家　同政世・中御門宣胤・同宣順・藤原仲実・今城定淳・万里小路冬房・高倉保季・鷲尾隆康・藤原隆祐

以上、本集に収載の詠歌作者の大略について言及したが、それでは、本集に収載される例歌（証歌）の原拠資料はどのような作品であろうか。ここでは撰集資料の集付（出典注記）や、そのほかの資料によって知りえた知見を記しておこう。なお、資慶の家集や『秀葉和歌集』の詞書にみえる原拠資料については省略に従った。

為広集・為忠朝臣家両度百首・為定難題百首・為理集・一人三臣和歌・亜槐集・永久百首・御会（邦高親王）・御点取（基綱）・御着到和歌（季経）・歌会（為世）・雅世集・雅康続歌百首・亀山殿七百首・基綱三十首・基綱百首・慶運集・結題千首・公宴続歌・信実集・師兼千首・侍従大納言千首・住吉社法楽・春日社法楽・称名院集・実枝百首・実枝集・将軍家千首・秀葉集・新題林和歌集・水無瀬御法楽・雪玉集・石清水法楽・千首（為広）・七夕歌合（為広）・草根集・続撰吟抄・長享三年六月十日歌会・内裏女中月次続歌（邦高親王）・大神宮御法楽・着到百首（公条）・慕風愚吟集・飛鳥井家二十首続歌・日吉社百首・卑懐集・碧玉集・万代和歌集・隣女集

ここに記した本集に収録の例歌の原拠資料については、その頻出度はまったく無視して作品名のみを掲げたので、どの作品からの採録が多いのか、少ないのかの識別は不可能であるが、この点については、〈表1〉の詠歌作者一覧表が示唆するように、『公宴続歌』『雅世集』『卑懐集』『称名院集』『為広集』『続撰吟抄』『亜槐集』『碧玉集』『一人三臣和歌』『雪玉集』『実枝集』などの室町期のものと、近世前期では『資慶集』がめだつ存在である。

五　編纂目的などの問題

『自摘集』に収載の歌題および撰集資料、さらに詠歌作者・原拠資料などについては、おおよそ以上のとおりだが、それでは本集はいかなる目的で編纂されたのであろうか。さいわいこの問題については、編者の三島篤による序文が巻頭に掲げられているので、それを引用しておこう。

近き世、梓に行はれし哥書おほき中に、これを袖にして便よきは草庵集・千首部類などかず〳〵あれど、猶、蟬の羽のうすきたもとにも、さはりあらざらむを、此集のむねとし、月に花に其題をいさゝ、かづゝ、もかいあつめて、小冊となしぬ。ちかくつかへ奉る君のおほんめにもふれ奉りて、雪のわかなはつかなるも、「みづからつむ」の題号を、蒙り侍ることしかり。

寛政八のとし／辰の春　　三島　篤識

この序文によると、編者は、頓阿の『草庵集』や藤原為家、正徹などの千首歌を収める尾崎雅嘉の『千首部類』など、世に通行している簡便な袖珍本・掌中本以上の簡便で、しかも内容的に充実した類題集の編纂を企図し、制作を試みていたところ、近侍している「君の御目に触れ奉り」、「みづからつむ」集＝「自摘集」の題号を賜って、刊行に至った由である。

ところで、本集は歌題および証歌（例歌）の採録に当たって『類題和歌集』や『新類題和歌集』を撰集資料にしているごとや、収載歌人が鎌倉期から室町後期と、江戸初期の歌道家の専門歌人にほぼ限定されている実態などからみて、内容的には、専門歌人の詠歌を精撰された歌題に付していると要約できようから、和歌の初心者よりは多少進んだ段階の人びとを対象にして編纂されていると推測できるであろう。となると、『自摘集』は、和歌の詠作面において多少進んだ段階の人びとが携帯に至便な形態で、しかも内容的にも充実した類題集であることを目的にして編纂、刊行されたと規定することができようか。

なお、編者の三島篤については、序文によれば、江戸中期ごろに「君」（藩主か大名などか）に「ちかくつかへ奉」った廷臣などであろうが、その事蹟などは一切未詳である。ちなみに、三島姓で、時代的に符合する人物に、有栖川家の門人で「三島景雄」（一七二七～一八一二）なる国学者（自寛と号す）がいるが、当該者ではないし、『近世人物辞典』（昭和六二・一・青裳堂）に「篤　国学／大鐘与兵衛。名古屋の人。本居大平の門」なる記事があるが、これまた姓が異なる。そのほか『日本人名大辞典6』（昭和五四・七、平凡社）や、森銑三・中島理寿『近世人物録集成』（昭和五三・三、勉誠社）、『和学者総覧』（平成二・三、汲古書院）を初め、いく種類かの人名辞典などで探索したが、「三島篤」なる人物を探求することはできなかった。したがって、『自摘集』の編者の事蹟については、今後の課題と言わねばならないが、なお粘り強く探索していきたいと思う。

次に、『自摘集』の成立については、編者の序に「寛政八のとし／辰の春」とあるので、本集の成立を、寛政八年（一七九六）の春と推断しうるであろうし、出版年時は、刊記に「寛政九年丁巳正月発行」とあるので、寛政九年正月と規定することができるであろう。

なお、本集の近世類題集の系譜のなかでは、霊元院撰『新類題和歌集』を撰集資料としている点で、臼杵市立図書館蔵『新類題和歌集』や、上賀茂神社三手文庫蔵『続明題和歌集』の系列下に属する類題集と言うことができるであろう。

六　まとめ

以上、『自摘集』について、種々様々な視点から考察を加え、いくつかの問題点を明らかにすることができたが、ここにそれらの成果を摘記して、本節の結論に代えたいと思う。

（一）類題集『自摘集』の伝本は版本が一種類伝存し、刈谷市中央図書館などに蔵されている。

（二）本集は春部九十八首、夏部七十二首、秋部百二十四首、冬部八十六首、恋部百二十九首、雑部百二十三首の都合六百三十二首を収載する、かなり小規模の類題集である。

（三）本集の収載歌は、後水尾院撰『類題和歌集』と霊元院撰『新類題和歌集』とから主に採録されているが、なお、このほかに作品名を特定することはできないが撰集資料が存したようである。

（四）本集の歌題は、春部九十五題、夏部六十八題、秋部百二十一題、冬部八十題、恋部百十一題、雑部百十七題を数えるが、歌題収録に当たっては『類題和歌集』から、編者の編集方針に従って、取捨選択されたように推測される。

（五）本集に収載される詠歌作者の上位十位は、三条西公条、烏丸資慶、上冷泉為広、飛鳥井雅親、同雅世、三条西実枝、姉小路基綱、下冷泉政為、三条西実隆、飛鳥井雅有のとおりである。

（六）本集の収載歌の原拠資料については、『公宴続歌』『雅世集』『卑懐集』『称名院集』『為広集』『続撰吟抄』『亜槐集』『碧玉集』『一人三臣和歌』『雪玉集』『実枝集』などの室町期のものと、近世前期の『資慶集』がめだつ存在である。

（七）編纂目的は、和歌の詠作面において多少進んだ段階の人びとが携帯に至便な形態で、しかも内容も充実した類題集であることを目的にして編纂、刊行されたと規定することができようか。

（八）編者の三島篤については、現在のところ、一切未詳である。

（九）本書の成立は、寛政八年（一七九六）春と想定され、その刊行年時は同九年正月と認定される。

（十）本集の近世類題集における位相に言及すれば、臼杵市立図書館蔵『新類題和歌集』や、上賀茂神社三手文庫蔵『続明題和歌集』などの系譜下に属すると言えようか。

第三章　各論二　地下派和歌の系列に属する類題集

第一節　北村季吟編『増補和歌題林抄』の成立

一　はじめに

歌題集成書『和歌題林抄』については近時、中田武司氏・高梨素子氏・久曽神昇氏・佐藤恒雄氏[1]などによって、急速に研究が進展し、就中、成立の問題については、佐藤氏の「和歌題林抄」（『徳川黎明会叢書　和歌篇五』平成二・八、思文閣出版）の「解説」で、そのほぼ全容が解明されたと言えるであろう。まことに慶賀に堪えない次第だが、他方、この「和歌題林抄」を基幹にして、さらに歌題や例歌、歌句などを補充して版行された北村季吟編『増補和歌題林抄』については、いまだ手つかずの状況であると言わねばなるまい。ところで、筆者は近時、古典和歌を例歌として収載する近世の成立になる類題和歌集研究の一環として、後水尾院撰『類題和歌集』と密接な関わりをもつ『和歌拾題』（河瀬菅雄編）や『歌林雑木抄』（有賀長伯編）の検討を進めていた過程で、この『増補和歌題林抄』（以下、『増補題林抄』と略称する）も『類題和歌集』（以下『類題集』と略称する）と深く関連する歌書ではないか、という憶測を抱くようになって、この際、『増補題林抄』を詳細に考察してみる必要が生じたのである。

このようなわけで、本節は、『増補題林抄』の増補された部分についての、夏部のみに限った作業結果ではあるが、いくつか明らかにすることを得た事柄を報告することにした。

二　撰集資料

さて、『増補題林抄』を本格的に研究した論考はいまだ管見に入らないが、本抄を簡単に紹介したものとして、福井久蔵氏『大日本歌書綜覧　上巻』（昭和四九・五再刊、国書刊行会）に、

増補和歌題林抄　五巻　北村季吟／二巻の題林抄を増補し、頭書に詠み合すべき詞名所故事等を加へたもの。宝永三年上木。安永中再刊せり。◇季吟は正元の子、拾穂軒と号す。元和四年に生れ宝永二年没す。年八十二。飛鳥井雅章清水谷実業の教を受け、後松永貞徳の門人となる。幕府の和学方となり再昌院法印といふ。湖月抄、春曙抄、八代集抄等古歌古文の註釈家たり。

という記述がある。しかし、この記事は本抄の概略は示しえていても、具体的な内容の記述をほとんど欠くので、次に、架蔵の天保十二年正月刊の版本によって、多少の補足をしておこう。

本抄は、縦二十二・一糎、横十五・四糎の袋綴、十一冊の版本。縹色の表紙に題簽「頭書再刊増補和歌題林抄」、内題「増補和歌題林抄」とある。料紙は楮紙。匡郭は縦十九・四糎、横十四・〇糎。紙数は春（上の一）二十七丁（内、目録二丁）、春（上の二）三十丁（同）、夏（上の三）四十二丁（内、目録三丁）、秋（中の一）二十八丁（内、目録二丁）、秋（中の二）二十七丁（同）、冬（中の三）三十六丁（同）、恋（下の一）三十六丁（同）、恋（下の二）三十五丁（内、目録三丁）、雑（下の三）三十七丁（内、目録二丁）、雑（下の四）二十九丁（同）、雑（下の五）三十五丁（同）のとおり。一面を二分し、上部に歌句・歌枕・故事などを、下部に歌題の解説と証歌を掲げ、前者は十五行書き、

後者は十二行書きを原則とする。刊記は「宝永三丙戌歳菊月如意日／安永六丁酉歳文月如意日再刊／東都日本橋壱町目書林　須原屋茂兵衛／皇城五条通塩竈町書舎　北村四郎／天保十二年辛丑正月／書林　江戸日本橋通壱丁目　須原屋茂兵衛（以下省略）」。増補された歌題および証歌は、春（上の一）百五十二首、春（上の二）百九十五首、夏（上の三）二百七十八首、秋（中の一）百九十九首、秋（中の二）百八十六首、冬（中の三）二百十九首、恋（下の一）百八十首、恋（下の二）二百二十一首、雑（下の三）二百九首、雑（下の四）百七十五首、雑（下の五）百六十二首で、要するに、春三百四十七首、夏二百七十八首、秋三百八十五首、冬二百十九首、恋四百一首、雑五百四十六首の、都合二千百七十六首である。

以上が『増補題林抄』の書誌的概要で、おおよそ歌題・証歌面で二千百七十六もの増補がなされているわけだが、それでは、これらの増補はいかなる典拠に基づいてなされたのであろうか、本節では夏部のみではあるが、『増補題林抄』の撰集資料の検討に入りたいと思う。そこで、『増補題林抄』の歌題とその証歌を精査してみると、集付（出典注記）・作者・歌題の異同と証歌の有無の四つの視点から、この問題にアプローチが可能のようである。

（1）集付（出典注記）異同

まず、『増補題林抄』を集付の視点から検討してみると、次の

1　庭のおもは月もらぬまでなりにけり木ずゑに夏のかげしげりつゝ　（庭樹結葉・金葉・匡房・三二）
2　なつごろも立きる日よりけふまでにまつにきなかぬほとゝぎすかな　（未聞郭公・摘題・顕季・四二）
3　まちかねてまどろむ夢にほとゝぎすきくとみつるはうつゝなりけり　（時鳥驚夢・新後拾・定俊・六八）
4　つゝめどもかくれぬ袖のうらかぜにおもひみだれてゆくほたるかな　（浦蛍・千首・雅世・一六四）

5　水の面に夏の日数をかきやればまだきたもとに秋かぜぞ吹　（泉辺納涼・千載・俊成・二三四）
6　あさはかのわがことの葉もくれなゐのふり出てさけやまとなでしこ　（夏色・摘題・為広・二七三）

の1～6の集付に疑義が持たれよう。なぜなら、各歌の原拠資料を調べると、1が『新古今集』、2が『六条修理大夫集』、3が『和歌一字抄』、4が『雅世卿集』、5が『長秋詠藻』、6が『前大納言為広卿集』であるからである。そこで、何故にこれらの証歌に誤った集付が付されたのかを憶測するに、『増補題林抄』の集付に掲げられている「類題」と「摘題」の二つの類題集の名が示唆を与えるように思われる。このことに示唆を得て、まず『摘題集』を検討するに、『摘題集』が『類題集』の原拠資料になっていることは疑いえないが、『増補題林抄』の撰集資料になっていることを実証する事例は皆無である。それに反して、『類題集』は原拠資料として採歌されている痕跡を残すと同時に、『類題集』から一括抄出された形成も、随所に見出すことができるのである。そこで、1～6の歌を『類題集』（元禄十六年刊の版本、以下同じ）のそれと比較してみると、『増補題林抄』に付された誤注は、『類題集』における当該歌の前後の歌に付されている集付だからなのである。ここで『類題集』における当該歌の集付をみるに、1には注記はなく（直前歌も同じ）、二首前の「庭樹結葉」の例歌である、

7　をしなべて梢青葉に成ぬれば松の緑も別れざりけり　（庭樹結葉・金葉・院御製）

の7の詠の集付に「金葉」とあり、2にも注記はなく、直前と二首前の「子女待郭公」「念仏隙待郭公」の例歌たる、

8　めづらしといもにあふよは時鳥わく方もなくまたれける哉　（子女待郭公・摘題・小侍従）
9　にしのみかずゞをうちをく隙あればまたねかはるゝ郭公哉　（念仏隙待郭公・同・頼政）

の8・9の歌の注記に「摘題」とあり、3にも集付はなく、同じ「時鳥驚夢」の歌題下の直前の詠である、

10　夏の夜の夢ぢにきなく時鳥さめても声は猶残りつゝ　（時鳥驚夢・新後拾三・後鳥羽院）

の10の詠の注記に「新後拾三」とあり、4にも注記はなく、同じ「浦蛍」の歌題下にある直前の例歌たる、

11　いさり火の影かとみえて里の蜑のこぎ出る舟の蛍飛也　（浦蛍・千首・耕雲）

の11の詠の集付に「千首」とあり、5にも注記はなく、同じ「泉辺納涼」の歌題下にある直前の例歌である、

12　せきとむる山下水にみがくれてすみける物を秋のけしきは　（泉辺納涼・千載・法眼実快）

の12の詠の注記に「千載」とあり、6にも注記はなく、直前の「舟中夏水」の例歌である、

13　舟のうちにてる日のかげの涼しきは瀬がひの波のこほる也けり　（舟中夏水・摘・後京極）

の13の歌の集付に「摘」とあるのである。ここに『増補題林抄』の集付に誤注が付された背景を説明すれば、『増補題林抄』の編者たる北村季吟が『類題集』から当該歌を採録する際に、直前ないし二首前の集付を、目移りか何かによってそのまま転記した結果、生じた不祥事と憶測されるであろう。

ちなみに、次の

14　さきぬやといまこそとはめ山ざくらはるはつれなく見えしこずゑを　（尋余花・草庵・頓阿）

15　かぜはやみふるかとみればあま雲のよそになりゆく夕だちの空　（夕立風・草庵・頓阿）

の14・15の両首はともに頓阿の詠だが、この両首は『類題集』には、前者が「新続古」、後者が「続草（庵）」とあって、『増補題林抄』の集付とは符合しないのである（前者は『草庵集』にも）。しかし、この事例は、『増補題林抄』の編者が「頓阿」の名前に引かれて、故意に「草庵」の集名を付した賢しらと考えられるのではなかろうか。

また、『増補題林抄』には「文明」の集付が付された次の、

16　くれふかみいきもつきあへずみなと田にかづきのあまもとるさなへかな　（薄暮早苗・文明・為広・九六）

17　山かげや田子のをがさの夕かぜにすゝむともなくとるさなへかな　（山田早苗・同・為道・九七）

18　あくるかとみるも木ぶかき山路にはのこるともしやしるべなるらん　（照射欲明・文明・為孝・一〇四）

19　さま〴〵のほどにつけたるねぎごとも神やたゞすのみそぎなるらん　（貴賤夏祓・文明・為孝・二四四）

の16~19の四首があるが、この四首はいずれも『類題集』では無注である。このうち、16・18・19の詠の作者である「為広」と「為孝」は文明年間には生存しているが、17の詠の作者「為道」は文明年間には生存していない。にもかかわらず、このような誤注が付されたのは、憶測するに、16の証歌を載せる『類題集』の四丁表の一面には、「薄暮早苗」の証歌として「逍遥院」「為孝」「為広」「済継」の詠と17の詠が連続して配列され、いずれの歌にも集付を欠く一方、「田家早苗」の証歌である「逍遥院」の詠には「文明十三」なる集付が付されているので、この逍遥院の証歌に付された「文明」なる注記をみた『増補題林抄』の編者の季吟が、「薄暮早苗」の証歌群にも逍遥院の詠が含まれているために、この「薄暮早苗」と「山田早苗」の歌群を同じ作品群と曲解して、「為広」「為孝」「為道」の証歌に「文明」なる集付を付したのではなかろうか。

（2）作者異同

次に、作者表記の視点から、『増補題林抄』と『類題集』とを比較してみると、次のごとき異同を指摘することができる。

20　あしひきのやまほとゝぎすなれをまつさとをばかれずことゝひやせぬ　（里郭公・藤葉・国園《ママ》法皇・六六）

21　月くらき野中の松のかげの庵みかりもありとゆくほたるかな　（野亭蛍火・家集・〈作者表記なし〉・一五八）

22　ふみわけしその通路もいたづらにまよふ夏野のふか草のさと　（夏草深・新葉・定興《ママ》・一八二）

23　みな月の月みんとてや夏ばらへむかしはけふとさだめざりけん　（六月秡・宝治・定家《ママ》・二四九）

すなわち、『類題集』の作者表記では、20は「花園法皇」、21は「公条」、22は「実興」、23は「定嗣」のとおりで、いずれも『増補題林抄』の誤注となっている。しかし、これらの『増補題林抄』の間違った作者表記は、一見してその編者のケアレス・ミスと判断されようから、それほど問題にするには及ぶまい。ところが、『増補題林抄』の次の、

24　しばの戸にはるをもしらぬ身のうさはかへてもおなじあさごろもかな　（山家更衣・類題・為孝・五）

25　さみだれは雲まがちにぞなりにけるたえ〴〵月のかげもみえつゝ　（五月雨欲晴・禅林寺殿・〈作者表記なし〉・一五八）

26　とぶほたるおもひはふじとなる沢にうつるかげこそもえばもゆらめ　（沢蛍・新〈拾遺〉集・季雄・一六二）

27　いづれをかまづはみるべき池水に一かたならずにほふはちすば　（蓮旁連《ママ》・広綱歌合・貞行・一九〇）

の24～27の四首に関する作者の誤記あるいは欠落は、『類題集』を介在させないでは説明がつかない種類のものである。すなわち、24には「政為」、25には「忠継」、26には「公雄」、27には「兼行」と各々、作者表記されなければならないのに、上記のごとき誤記ないしは無表記になったのは、いずれも『類題集』からの転記の際に『増補題林抄』の編者が犯した転記ミスに起因している。

たとえば、24は『類題集』に「山家更衣」の例歌として載る当該歌の直前の歌である、

28　いかでよの花にも染ぬ苔衣たちかふる身の習ひ知らん　（山家更衣・為孝）

の28の詠の作者を誤写したもの、26は同じく「沢蛍」の例歌である当該歌の直後の歌である。

29　とぶ蛍さはべの水にやどる星の光にわかぬよはの蛍を　（沢蛍・亀山殿七百首・季雄卿）

の29の詠の作者を誤写したもの、27は同じく「蓮旁薫」の例歌である当該歌の直後の詠である、

30　かた〴〵に匂ひあひたる蓮かななべての花の香にもまぎれて　（蓮旁薫・広綱歌合長治元五廿・貞行）

の30の詠の作者を誤写したもの、25に作者表記がないのは、『類題集』の当該歌に作者表記がないのを、『増補題林抄』もそのまま踏襲した結果と推測されるのである。ここに作者表記の視点からみても、『増補題林抄』が『類題集』から採歌していることは間違いないであろう。

（3）歌題異同

次に、歌題異同の視点から、『増補題林抄』と『類題集』とを比較すると、作者異同の項ですでに言及した、27の証歌の歌題「蓮旁連《ママ》」は、『類題集』の「蓮旁薫」を『増補題林抄』が誤写した異同と憶測され、さほど問題にするには及ぶまいが、『増補題林抄』の次の、

31　たちばなの袖の香ばかりむかしにてうつりにけりなふるきみやこは　（故郷盧橘・新拾・定家・一四一）

32　あけぬまにみるもさむるもみじかよの夢をば夢といふほどのなき　（夏夢・千首・宋雅・二七四）

の31・32の両首の歌題はともに正確でなく、正しくは前者が「故郷橘」、後者が「夏夜夢」とあるべきだが、この異同は『類題集』に、前者が当該歌の直後に掲げられている「故郷盧橘」の題を、後者が当該歌の直前に配されている「夏夜」の題を各々、本抄が誤写したために生じた痕跡を残すものであろう。したがって、歌題異同の視点からも、『増補題林抄』が『類題集』に依拠していることは明白であろう、と言えよう。

（4）証歌の有無

これまで集付・作者・歌題の異同の視点から、『増補題林抄』が『類題集』を撰集資料にして成立していることはほぼ間違いないことを論証してきたが、しかし、『増補題林抄』に収載する次の十四首は、実は『類題集』には見出

すことができないのである。ということは、この実態からは『増補題林抄』の撰集資料に『類題集』を想定しえなくなるわけだが、この実態はいかに考慮したらよかろうか。

33　けふもなを名をばかへしなさくら麻のころもにはるの色はなくとも　（首夏更衣・雪玉・実隆・一一二）
34　しら玉とかざしにさせる神山の露はとる手にもろかづらかな　（葵露・雪玉・実隆・三六）
35　秋のいろやまだきみるらんうへわたすかど田のさなへ露ふかくして　（民戸早苗・雪玉・実隆・一〇二）
36　島がくれゆくほどならしうかひぶねきゆるとかみるかゞり火のかげ　（夜河篝火・同〈実隆〉・一一二）
37　なにはなるあしの八重ぶき空にだにひまこそなけれ五月雨のころ　（浦五月雨・柏玉・後柏原院・一三一）
38　くだけちりまろびあひつゝ蓮葉に玉もてはやす露の夕風　（蓮露似玉・雪玉・実隆・一九一）
39　朝まだきもるかげすゞしひむろ山月のこほりもこゝにのこりて　（朝氷室・雪玉・実隆・二〇七）
40　木かげゆく小川をきよみみそぎするもりのしめなはくるゝ涼しさ　（杜夏祓・雪玉・実隆・二四七）
41　世をいのるこゝろをうけばたがみそぎへだてはあらじかものみづがき　（社夏祓・碧玉・政為・二四八）
42　ひとむらとうへしもことしあづま屋のあまりにしげき庭のくれ竹　（新竹満軒・雪玉・実隆・二五二）
43　いつのまにねはふと見えし竹の子のこずゑにをよぶ陰となるらん　（梢々笋成竹・同〈雪玉〉・〈実隆〉・二五三）
44　みかきもるとのへにたてるあふち陰したふみなれしみちぞわすれぬ　（楞・新撰六帖・為家・二五八）
45　花のはるもみぢの秋もなにならずあふちかつちるもりの夕風　（杜楞・千首・為尹・二五八）
46　とふ人もゆきゝもさはるこすのとにはなさくあふちかげの露けさ　（戸外楞・類題・尭胤・二六〇）

以上の十四首が版本『類題集』には収載をみない『増補題林抄』の夏部の増補歌であるが、このうち、46の尭胤の詠にのみ「類題」の集付がある以外は（ちなみに、『歌林雑木抄』は「類」とする）、いずれも原拠資料と作者の注記があり、33〜36・38〜40・42・43の九首が『雪玉集』の実隆の詠、37と41の各一首が『柏玉集』の後柏原院の詠と『碧玉集』の冷泉政為の詠、44が『新撰六帖題和歌』の藤原為家の詠、45が『為尹千首』の冷泉為尹の詠であるが、為家の詠の典拠である『新撰六帖題和歌』を除くと、いずれも室町中期の作品である「三玉集」と『為尹千首』に限定されるのである。したがって、これらの十四首は『類題集』以外の撰集から抄出し、増補された可能性が生じてこようが、しかし、『増補題林抄』の集付に「類題」と明記しながら、版本『類題集』には未収載の46の詠は、実は北海学園大学附属図書館北駕文庫蔵の『類題和歌集』(写本十六冊)に収載をみているのだ。ちなみに、33〜46の十四首のうち、同集には33・34・38〜40・42・45・46の八首が収載されているので、この実態からみて、もしかしたら、本抄は、北駕文庫蔵の『類題集』から増補した可能性は多大であろう。そこで、『増補題林抄』に「類題」なる集付が付されている証歌を検討してみることにしよう。

一九　遠近卯花　実行　和歌一字抄　卯花はをちのかきねも
二四　卯花繞簷　三条大納言(公実)　和歌一字抄　山ざとはかやのかりぶき
二五　樹陰卯花　俊成　長秋詠藻　身をしればあはれとぞ思ふ
二六　卯花留客　雅光　和歌一字抄　卯花のさかりになれば
三〇　残花何存　為孝　未詳　かげかくす人もすさめぬ
三五　翫葵　雅親　享徳二九十八　あふひ草手にとりもちて
三七　葵懸簾　定親　永享十五十九　雲の上の日かげにむかふ
六一　郭公未飽　行尊　和歌一字抄　ほと丶ぎすたゞ一こゑの
六四　関路時鳥　雅世　雅世卿集　ほと丶ぎすなく音ぞそらに

八七　江菖蒲　隆祐　隆祐朝臣集　あやめ草ことしはかけぬ
一〇三　照射及暁　顕季　和歌一字抄　ともせどもこよひもあけぬ
一四四　盧橘驚夢　為家（阿仏尼）　難題百首　にほへたゞ夢にかはせる
一四九　雨後瞿麦　後徳大寺左大臣（実定）　林下集　よひの雨にしほれにけりな
一五七　澗底蛍火　済継　済継集　石まゆく水のほたるの
一六〇　水上蛍（海上蛍）　定家　拾遺愚草　みつしほにいりぬる磯を
一七六　夏月易明　雅世　雅世卿集　あまの川夏ゆく水や
一七九　砂月忘夏　政為　未詳　あけやすきそらにや夏を
一八六　川辺草滋（川辺草深）　頼政　頼政集　をぶねいるつたの細江に
一八七　野草花知夏　源緑法師　和歌一字抄　いはねども夏とはみえぬ
一九四　山家夕顔　重衡　未詳　夕がほの花さきかゝる
二〇八　夕氷室　忠度　忠度集　ひむろ山あたりのほかや
二三六　対泉忘夏　家経　和歌一字抄　したくゞる岩まの水の
二三八　泉辺遇友　行宗　和歌一字抄　思ふどちさそふいづみの
二五一　新竹　道堅　畠山匠作亭十二月会　ことしおひの竹も八千代の
二五六　岸辺牡丹　顕仲　和歌一字抄　あまそぎやきしべにさける
二六〇　戸外樗　尭胤　未詳　とふ人のゆきゝもさはる

ちなみに、この整理した二十六例の掲載方式に言及しておくと、最初の漢数字は夏部における仮番号、続いて歌題、作者、原拠資料、証歌の上二句の順であるが、この二十六首のうち、二六〇の詠歌はすでに言及したように、版本『類題集』のみが未収載だが、残りの二十五首は両類題集に収載を見ているので、この点からは撰集資料の特定はやや困難と言えるであろう。そこで、これらの詠歌の内容面に言及しておくならば、これらの証歌は『和歌一字抄』『長秋詠藻』『頼政集』『忠度集』などの院政期より以前の詠と、『隆祐集』『雑題百首』『拾遺萬草』『林下集』などの新古今時代後の詠と、『雅世卿集』『済継集』「享徳二年九月十八日会」「畠山匠作亭十二月会」などの室町中期以降の詠の三つの歌群に分類されよう。『類題集』の撰集資料および原拠資料の正確な整理は拙論「後水尾院撰『類題和歌集』の成立」（『光華女子大学研究紀要』第二十八集、平成二・一二）を参看願いたいが、要するに、『類題集』の原拠資料は院政期以前ごろから室町後期ごろまでの、所謂、古典和歌の作品群であるから、この『類題集』が収載する詠歌の実態と、さきに整理した版本『類題集』に未収載の『増補題林抄』収録の十四首とを比較、検討するに、後者の場合は、44の証歌のみが後嵯峨院時代の詠で、それ以外は「三玉集」を中心とした歌群であるので、松井幸隆編『三玉和歌集類題』（元禄九年ごろの成立）などの類題集も撰集資料の候補にのぼるであろう。事実、さきの残りの六首のうち、35・37・41・43の四首がこの『三玉和歌集類題』に収載されている。となると、残りの二首の撰集資料が分明でないが、この点は今後の検討課題である。

これを要するに、『増補題林抄』の夏部の撰集資料に、後水尾院撰『類題集』をその主要な供給源として想定しうることはほぼ間違いないが、なお『類題集』に未収載の証歌については、そのほとんどが『三玉和歌集類題』に収載をみると言えよう。

なお、刊記から、本抄の刊行年が、北村季吟（一六二四～一七〇五）の没した翌年の宝永三年（一七〇六）九月であることは、今更言うまでもない。

三　内容（一）——原拠資料と詠歌作者

『増補題林抄』の撰集資料については、ほぼ以上のとおりであるが、それでは、それらの撰集資料から抄出された詠歌と作者はいかなるものであろうか。次に、『増補題林抄』の夏部における増補された部分の原拠資料と詠歌作者の問題を検討してみよう。そこでまず、『増補題林抄』の夏部の証歌の原拠資料を整理してみると、次のごとくである。

雪玉集　二四首、師兼千首　一九首、柏玉集　一四首、和歌一字抄　一二首、亀山殿七百首・宋雅千首　九首、玉吟集・耕雲千首・信太杜千首　八首、風雅集　七首、拾玉集・白川殿七百首・新続古今集・未詳(2)　六首、新古今集・長秋詠藻・寂蓮集・玉葉集・為尹千首　五首、為家集・続千載集・藤葉集・草庵集・肖柏千首・称名院詠草　四首、拾遺愚草・順徳院御集・続古今集・新葉集・雅世卿集・文明千首　三首、散木奇歌集・讃岐集・源大府卿集・広綱歌合・秋篠月清集・新後撰集・新後拾遺集・新千載集・新拾遺集・清輔集・難題百首・伏見院(殿)千首・伏見殿北野御法楽・宝治百首・源三位頼政集　二首、為広卿集・栄雅千首・永享十年四月十六日会・永享十年四月二十八日会・永享十年五月十九日会・永享十年五月二十九日会・享徳二年九月十八日会・金葉集・後拾遺集・顕季集・済継集・山家集・詞花集・二階堂会・新撰六帖題和歌・千載集・前摂政家歌合・続草庵集・続後撰集・続拾遺集・続撰吟集・忠度集・長明集・畠山匠作亭十二月会・百番歌合・伏見院三十首・文安二年七月二十二日内裏御続歌・文安四年尭孝忌・文明四年十一月准后家百首、文明十年三月二十八日会・碧玉集・宝治歌合・明日香井和歌集・郁芳三品集・隆祐朝臣集・林下集・六百番歌合　一首。

この原拠資料の整理によって、『増補題林抄』の夏部のおおよその傾向が知られようが、それについての言及は、次の詠歌作者の整理をみたうえで、一括して触れようと思う。さて、その詠歌作者を整理すれば、次のとおり。

実隆　二四首、師兼　一九首、後柏原院　一四首、雅縁　一〇首、家隆・耕雲・宗良親王　八首、為世　七首、慈円　六首、俊成・寂蓮・為家・頓阿・為尹　五首、定家・雅世・肖柏・公条・政為　四首、顕季・行宗・雅経・順徳院・隆祐・為氏・為定・公雄・雅親・為孝　三首、俊頼・清輔・頼政・実定・良経・讃岐・公継・為道・為明・後花園院・雅康・為広　二首、阿仏尼・従二位為子・為清・為親・永福門院・花園院・家経・家賢・雅永・雅光・季雄・基氏・基俊・義教・匡房・教定・尭胤・尭孝・兼行・神祇伯顕仲・源縁・公賢・公実・公清・公通・光吉・行尊・後一条院・後宇多院・後嵯峨院・西行・資季・資広・資任・資連・師継・師嗣・実教・実興・実行・実雄・実量・宗継・宗秀・重経・重衡・重有・秀能・俊賀・俊兼・進子内親王・信家・親雅・親長・成実・済継・善成・禅信・大納言典侍（為子）・忠継・忠通・忠度・長明・通済・定嗣・定俊・定親・道因・道我・道堅・敦経・範宗・輔弘・有家・隆信　一首。

この原拠資料と詠歌作者の整理によって『増補題林抄』の夏部の増補部分の内容に言及すれば、まず、後水尾院歌壇で重視された「三玉集」のなかでも、三条西実隆の『雪玉集』と後柏原院の『柏玉集』からの採録が圧倒的多数であること、次に、南朝関係の歌人の手になる『師兼千首』『耕雲千首』『信太杜千首』（宗良親王）からの採歌が多いこと、次いで、応永中末期ごろ以降の宮廷歌壇で指導的役割をはたした飛鳥井雅縁や冷泉為尹の『宋雅千首』『為尹千首』からの抄出歌がめだつなど、南北朝以降室町後期ごろまでの私家集や千首歌からの採歌が主要な出典源になっていることである。次に、藤原家隆・慈円・藤原俊成・同定家・寂蓮・飛鳥井雅経などの新古今時代の著名歌人の詠をかなり収載する一方、後宇多院の亀山殿での探題歌会『亀山殿七百首』に参加した二条為世・同為定・小倉公雄や、同時代の二条派の重鎮頓阿などの抄出歌がめだっている。次いで、六条修理大夫藤原顕季・源行宗・同俊頼・藤原清輔などの院政期ごろの歌人の詠を証歌にして、仁平三年ごろに成立したとおぼしき清輔原撰の『和歌一字抄』からの採歌と、後嵯峨院の仙洞御所・白川殿で催された当座和歌御会の詠歌集成である『白川殿七百首』に入る藤原為家・同為氏などの詠歌が拮抗して収載されている点がめだつ程度である。

要するに、『増補題林抄』の夏部の増補部分に収載される証歌は、時期的には院政期前後から室町後期ごろまでに至るが、就中、南北朝期から室町後期までに集中しており、作品面では実隆・後柏原院などの私家集と、師兼・雅縁・耕雲・宗良親王・為尹・肖柏などの千首歌から抄出、増補された点に、その最大の特徴が窺知されると言えるであろう。

四　内　容（二）――歌題の傾向

それでは、『増補題林抄』の夏部の増補部分には、収録されている歌題の視点からみて、いかなる特徴が認められるであろうか。その点を明らめるために、「鵜河」の題を例に引くと、『和歌題林抄』には、

十二　鵜河　うぶね　よかは　うかひ　かゞり　おほゐ川　かつら川
夏はやみのころになれば、うかひぶねにのりてうつかふことのあるを、よかはともいふ。うかはともいふなり。
火をともしてつかふことなれば、月夜につかはぬこゝろをよむべし。又ひるつかふこともあり。／大井川いくせうぶねのすぎぬらんほのかにみゆるかゞり火のかげ／てる月の中なる河のうかひぶねいかにちぎりてやみをまつらん

とあるが、『増補題林抄』はこれに続いて、「雨後鵜川」「暁鵜川」「連夜鵜川」「夜河篝火」「瀬鵜川」「鵜舟廻島」「鵜舟多」「遠近鵜川」「山陰鵜川」の歌題を増補し、証歌（省略した）を付している。ちなみに、『類題集』の「鵜河」に関する結題を掲げてみると（『増補題林抄』と重複するものには○印を付した）、

○雨後鵜川　○暁鵜川　鵜川欲曙　深更鵜川　深夜鵜川　深夜鵜舟（例歌無）　終夜鵜舟（同）　夜々鵜舟　毎夜鵜河　○連夜鵜河　○夜河篝火　鵜川篝（例歌無）　○瀬鵜川　瀬鵜舟（例歌無）　○鵜舟廻島　○鵜舟多　○遠近鵜川　○山陰鵜川　名所鵜川

のとおりで、『類題集』が例歌を付さず歌題のみ掲げているものを差し引くと、本抄は『類題集』の網羅主義には劣るけれども、「鵜河」に関する結題の主要なものはほぼ収録しているとみてよかろう。この点、『増補題林抄』の増補部分が歌題の提示の面でも、ほぼその役割を果たしていると認められようが、それ以上に『増補題林抄』が作歌の実用面でその役割を十二分に発揮していると認められるのは、歌句の伝統的常套的措辞の提示であろう。それは同種の趣の歌学書『歌林雑木抄』と比較すれば、一目瞭然で、『増補題林抄』のこの点の優秀性は群を抜いている。

ちなみに、「鵜河」の題に関する歌句を掲げるならば、次のとおりである。

うかひ舟　う舟さす　う舟のかゞり　のぼるう舟（よひの程也）　くだすう舟（つかひくだる也）　う舟のさほ　う川のかゞり　夜河たつう舟　たかせさすう舟　下すはや瀬　暁やみのうかひ舟　ともすうかひ火　夜川のかゞり　河せのかゞり　う舟のたなは　う舟の綱　うなは手にまく　うかひの小舟　さばくたなは　せゞのかゞり　出しう舟　ゆくう舟　よはのうかひ舟　かひくだすう舟　う舟いざよふ　う舟よりくる　う舟にともす火　はやきうかひ舟　かゞりたく　う川をてらす　かづく鵜　あら鵜　ま鳥（うの異名也）　島つ鳥（同）　夕やみあかつきやみ　下つやみ　月影《（マ》をいとふ也《マ）》　月の下つ瀬　たかせさしこす　かゞりたき捨る　かゞり影しらむ　かゞりさす　波

まのかゞり　焼きすさぶかゞり　きゆるかゞり火　明やすき夜川　みをさかのぼるう舟　はやくも下るかゞり火
かつら人　山本めぐる　さしかへるう舟　月待てかへる　かつら女　後の世のやみ　世わたる道　のぼれば下す
せにふるあゆ　あゆふす瀬　あゆ子さばしる　鮎はしる　ふす鮎　かつらあゆ　せゞにすむ魚
〔鵜川名所〕うぢ川　よしの川　なつみ川　もがみ川　はつせ川　よど川　戸なせ　をぐらのふもと　松浦川
七瀬のよど

以上の六十三の歌句が「鵜河」に関わる古典和歌における常套的表現であり、この歌句のそれぞれの典拠の明示は省略するが、これらの歌句を有する詠歌にはまた、歌題表示が存するわけだから、その点を考慮すれば、これらの和歌のなかの歌句も、ある意味においては、間接的な歌題の提示でもあるわけである。それはともかく、これらの多量の歌句の提示は、『増補題林抄』が題詠歌を詠む必要のある人びとには、当該歌題にふさわしい歌句の常套的表現の実際を掲げるほうが、実作のうえでは、より一層の効果があがると判断しての編者の所業ではなかろうか。

要するに、『増補題林抄』を歌題の視点からみたとき、『増補題林抄』が古典和歌の世界を彷彿させる題詠歌を詠むうえで、証歌と歌句の両面で、充実した内容をほぼ備えていることは間違いなく、換言すれば、題詠歌の手引書としての実用的役割を充分果たしうる歌題集成書になっている、といえるであろう。

五　おわりに

以上、『増補題林抄』の夏部の増補部分について、撰集資料と歌題の視点から種々の検討を加えた結果、いくつかの成果をあげることができた。しかし、ここで得られた結論は、夏部においてのみ有効であるのかも知れないので、今後、そのほかの部立についての詳細な検討が必要なことは今更言うまでもない。また、『歌林雑木抄』や『和歌拾題』などの同種の歌学書との比較・検討などの余地が残されていることも明白であろう。

注

（1）　中田武司氏「『和歌題林抄』編者存疑」（『専修大学人文論集』第二十五号、昭和五五・六）・同「『和歌題林抄』解題」（専修大学図書館蔵古典籍影印叢刊『和歌題林抄』昭和五七・一一）、高梨素子氏「和歌題林抄の基礎的研究」（『文学研究科紀要』別冊第九集、一九八二年、早稲田大学大学院文学研究科）・同「種心秘要抄管見」（『研究と資料』第十輯、昭和五八・一二）・同「『和歌題林抄』（三類本）の翻刻」（『研究と資料』第十一・十二・十六～十八輯、昭和五九・七～六一・一二）・同「和歌題林抄（一類本）の考察―合成歌をめぐって―」（『国文学研究』第九十五輯、昭和六三・三）・同「『和歌題林抄』三類本の性格」（『和歌文学研究』第五十六号、昭和六三・六）、久曽神昇氏「和歌題林抄」（『日本歌学大系　別巻七』昭和六一・一〇、風間書房）参看。

（2）　この六首の詠歌作者を掲げると、政為（五・一七九）・為孝（三〇）・為道（九七）・重衡（一九四）・尭胤（二六〇）のとおりである。

第二節　有賀長伯編の類題集

Ⅰ　『歌林雑木抄』の成立

一　はじめに

江戸時代の地下の一流として、望月長孝（一六一九〜一六八一）、平間長雅（一六三六〜一七一〇）の学統を継承する有賀長伯に、歌学書『歌林雑木抄』があり、これが有賀家に伝わる『和歌世々の栞』『初学和歌式』『浜の真砂』『和歌八重垣』『和歌分類』『和歌麓の塵』とともに、所謂、有賀家七部書と称せられて、和歌の初心者に歌語の解説・実例歌の提示の面での実用・啓蒙書として重宝がられ、かなり版を重ねたらしいことは周知の事実であろう。このあたりの事情については、上野洋三氏「有賀長伯の出版活動」（『近世文芸』第二十七・二十八号、昭和五二・五）に詳しいが、『歌林雑木抄』の内容については、八嶌正治氏が『和歌大辞典』（昭和六一・三、明治書院）で、

歌林雑木抄《かりんざつぼくせう》〔江戸期歌学書〕有賀長伯（1661~1737）著。元禄九1696年長伯序、同年刊。八巻八冊。春上・春下・夏・秋上・秋下・冬・恋・雑各一冊。一例を掲げれば、万葉時代から室町末までの諸歌集から「春」「立春」などに関する歌の一句を標出し、例歌を掲げ、次いでその歌題を含む結題とその用例を掲げたもの。なお、

序に「天象地儀生類植物居所食服器材人事等は追加もて補はんとす」とある。歌林雑木抄増補（写本一冊）は清水浜臣（1776～1824）の著であるが、本文に書き入れてあったものを弘化四1847年、浜臣の門人岡本保孝（1787～1878）が別冊としたもの。

と記述されている程度であって、その詳細な考察は現在のところ管見に入らない状況にある。

（八嶌正治）

ところで、筆者は、『題林愚抄』『明題和歌全集』に連なる後水尾院撰『類題和歌集』から多量の詠歌を抄出して歌題の例歌にしている類題集『和歌拾題』についてあらあら検討を加えて、「『和歌拾題』の成立―秋部の視点から―」（『中世文学研究』第十九号、平成五・八、本書第二章第六節）なる論考を公表し、類題集における歌題の問題に言及したが、この『歌林雑木抄』なる歌学書は、はからずも『和歌拾題』と同種の類題集的性格を有するうえに、成立時期も『和歌拾題』のほぼ直後に連結している。したがって、『和歌拾題』の系譜下にあると考慮される『歌林雑木抄』の内実について詳細に検討を加えることは、中世類題集から近世類題集にいたる類題集の成立に関する史的展開を跡づける作業を進めている筆者にとって、けっして避けて通ることのできる問題ではなく、この書を精査することはまた、歌題研究のうえに大きな意義をもたらすものとも考慮されるであろう。

このようなわけで、本項は夏部の一部ではあるが、『歌林雑木抄』の撰集資料の問題を中心として検討を加えた結果明白になったいくつかの事柄を、以下に報告した次第である。

二　概　要

さて、『歌林雑木抄』の内容について、「洛陽書林／吉田四郎右衛門／元禄九丙子歳初冬吉日」の刊記を有する版本によって、具体的に記しておこう。

まず、『歌林雑木抄』の構成は、八嶌氏の指摘のように、「歌の一句を標出し、例歌を掲げ」ている部分と、「(提示した歌題と)その歌題を含む結題とその用例を掲げ」ている部分との二重構造になっているが、次に、その概要を歌題と歌数の面から具体的に示したのが〈表1〉である。なお、前者の歌数をA、後者の歌数をBの記号で示した。

〈表1〉『歌林雑木抄』収載歌の部立別歌句・歌題一覧表

〔春上〕

歌題	A	B
春	二五首	一五首
立春	一一首	二六首
年内立春	一〇首	二首
元日	二〇首	二首
初春	一一首	二九首
春氷	一四首	一〇首
子日	一四首	一一首
霞	六六首	七四首
鶯	八七首	八三首
若菜	五六首	二五首
残雪	一二首	二六首
春雪	六首	一一首
余寒	二一首	一五首
梅	七九首	一三二首
柳	四九首	六五首
合計	四八一首	五二六首

〔春下〕

歌題	A	B
若草	三一首	二一首
早蕨	一二首	一〇首
春曙	四首	二一首
春月	一八首	三五首
春雨	四五首	三〇首
帰雁	三三首	五〇首
春駒	二六首	七首
雉子	三一首	六首
雲雀	二八首	八首
呼子鳥	二〇首	七首
桜	一一五首	四一六首
野遊	一一首	三首
糸遊	一六首	三首
遅日	一六首	二首
三月三日	三三首	七首
燕	八首	一首
菫菜	二六首	一三首
蛙	三四首	四首
苗代	二四首	一〇首
躑躅	三一首	一一首
杜若	一六首	六首
山吹	二四首	二五首
藤	四八首	四一首
暮春	一二首	四二首
合計	六六二首	七七九首

〔夏〕

歌題	A	B
夏	七首	一四首
首夏	一五首	二七首
更衣	一〇首	八首
余花	一四首	八首
新樹	八首	一九首
卯花	一九首	四七首
葵	一二首	五首
郭公	六〇首	一二三首
早苗	三八首	一八首
牡丹	三首	二首
五月五日	九首	三首
菖蒲	一四首	一七首
橘	二一首	三三首
樗	一〇首	六首
五月雨	二九首	三六首
水鶏	六首	二一首
夏月	一五首	五二首
瞿麦	二五首	二四首
夏草	一八首	三一首
鵜川	二二首	一四首
照射	二〇首	一三首
蛍	二九首	五二首
夕顔	一三首	四首
蚊遣火	五首	一〇首
蓮	一七首	一一首
氷室	一七首	八首
夕立	一二首	二一首
蝉	一七首	二四首
扇	一二首	五首

歌題	A	B
泉	七首	二〇首
納涼	一七首	五六首
夏祓	三〇首	一二首
合計	五五一首	七四四首

〔秋上〕

歌題	A	B
秋	五首	一〇首
立秋	一六首	八七首
残暑	四首	一首
七夕	七七首	八四首
荻	一六首	四〇首
萩	三六首	五五首
女郎花	九首	一八首
薄	二四首	二四首
刈萱	六首	八首
蘭	四首	一三首
草花	一〇首	六五首
槿花	五首	一一首
小鷹狩	五首	一首
露	二四首	三七首
虫	二四首	七九首
鹿	二六首	六六首
秋夕	一三首	三三首
稲妻	五首	六首
雁	二四首	七三首
霧	三一首	五四首
合計	三六四首	七六五首

〔秋下〕

歌題	A	B
月	七七首	四三六首
野分	九首	三首
擣衣	三九首	五六首
鴫	七首	八首
鶉	一六首	一三首
葛	一六首	六首
菊	三八首	八八首
紅葉	五三首	一〇九首
暮秋	一〇首	五二首
合計	二六五首	七七一首

〔冬〕

歌題	A	B
冬	六首	五首
初冬	八首	一六首
時雨	一七首	五五首
落葉	一三首	八〇首
残菊	六首	一二首
霜	二一首	二九首
枯野	六首	四首
寒草	一四首	三一首
寒蘆	一四首	一六首
氷	二五首	四九首
冬月	七首	三七首
衾	一一首	四首
椎柴	四首	二首
薪	三首	一首
千鳥	三四首	二九首
水鳥	五七首	二四首
網代	一〇首	一一首
霰	一四首	三二首
霙	四首	一首
残雁	二首	三首
雪	六七首	一七五首
鷹狩	五六首	一五首
炭竃	一五首	八首
埋火	一六首	一二首
神楽	二九首	四首
仏名	八首	二首
早梅	五首	七首
歳暮	一九首	四九首
合計	四九一首	七一三首

〔恋〕

歌句（A）	歌題	B
二三五首	初恋	一首
	不言恋	九首
	言出恋	六首
	忍恋	一七首
	不聞恋	一首
	聞恋	一三首
	未対面恋	一首
	見恋	九首
	白地恋	一首
	遺書恋	一首
	違文恋	一首
	書恋	一九首
	尋恋	一首
	祈恋	一五首
	誓恋	一一首
	精進恋	三首
	契恋	三三首
	馴恋	一首
	一所恋	一首
	憑恋	八首
	誂恋	一首
	疑恋	六首
	不逢恋	二二首
	返迎車恋	一首
	不来恋	一首
	来無実恋	一首
	過門不入恋	一首
	不留恋	一首
	過門恋	一首
	過不告恋	一首
	不開門恋	一首
	立門空曙恋	一首
	違約恋	三首

偽恋	四首
待恋	一七首
逢恋	三八首
語恋	五首
別恋	一二首
帰恋	五首
後朝恋	七首
逢不遇恋	一首
別後会難恋	一首
一会後不合恋	一首
絶不逢恋	一首
与君後会知何日	一首
名恋	九首
顕恋	七首
増恋	二六首
切恋	二首
厭恋	六首
悔恋	四首
疎恋	一首
変恋	四首
催恋	三首
驚恋	二首
争恋	一首
負恋	一首
妨恋	六首
被嫉妬恋	一首
隠恋	七首
稀恋	五首
久恋	一首
旧恋	一首
遠恋	一首
近恋	一首
隔恋	一四首
知恋	六首
占恋	一首
片恋	五首
思恋	一二首
忘恋	八首
恨恋	一九首
絶恋	一四首
恋天象	一首
恋地儀	一首
恋雑物	一首
嵐前恋人	一首
恋雨	三首
霧中恋	一首
経月恋	一首
恋月	八首
暁恋	七首
恋朝	一首
昼恋	一首
夕恋	二首
暮恋	一首
月恋	七首
経年恋	一首
春恋	七首
夏恋	五首
秋恋	九首
冬恋	七首
恋暁	一首
夜恋	一一首
恋山	二首
関路恋	二首
行路恋	一首
河辺恋	二首
恋海	五首
故郷恋	一首
山家恋	三首
閑居恋	一首
旅恋	五首
旅泊暁恋	一首
隔我聞他恋	一首
秘知音恋	一首
恋恥傍輩	一首
秘従者恋	一首
思高恋	二首
思夫	一首
等思両人	一首
思三人恋	一首
両方恋	一首
障恋	二首
老恋	四首
幼恋	一首
不憚人目恋	一首
依恋被謗人恋	一首
人伝恋	一首
被慰人恋	一首
称他人恋	一首
聞談与人恋	一首
近隣恋	二首
対泉恋人	一首
恋自我下恋	一首
人恋我	一首
恋不依恋	一首
競人恋	一首
寝人恋人	一首
恋遠所人	一首
恋東西人	一首
爐辺女談	一首
恋隣女	一首
恋遊女	一首
恋下女	一首
被軽賤恋	一首
思移媒恋	一首
恋命	三首
恋不離身	一首
恥身恋	一首
恋情	四首
恋憂喜	一首
恋涙	一首
恋声	一首
夢恋	二首

寝覚恋	一首
面影恋	一首
恋余波	一首
楽恋	一首
難休恋	一首
貧恋	一首
欲盗恋	一首
馬上恋	一首
恋鬢	一首
恋硯	一首
舟恋	一首
恋長短	一首
恋終	一首
合計	六二三一首

〔雑〕

歌題	A	B
眺望	三四首	二四首
述懐	三九首	九八首
懐旧	一七首	四一首
別離	一三首	八首
旅	一五八首	一〇一首
旅泊	四三首	六首
海路	三首	二首
夢	二九首	二三首
無常	三三首	一二首
神祇	八五首	八五首
釈教	一一五首	一六首
祝	二五首	三〇首
合計	五九四首	四四五首

以上、『歌林雑木抄』に収載される例歌について、歌句の視点からその数値を具体的に列挙したのだが、ここで改めて部立別の概要に言及すれば、次の〈表2〉のとおりである。

この〈表2〉によって『歌林雑木抄』の部立別収載歌の傾向に言及するならば、四季の部についてはほぼ平均化しているようだが、恋と雑の部についてはやや歌数が少ない感じが否めない。この点については、有賀長伯自身もその感想を抱いていたらしく、恋部については、恋部の巻末に「右之外、寄恋は雑之部追加、天象・地儀・動物・植物・人倫・生類之部をわけて、其末に入」と断っているし、また、雑部については、序に「猶、天象、地儀、生類、植物・居所・食服・器材・人事等は追加をもて補はんとす」と増補の予定があることを付記している。このことは、長伯が『歌林雑木抄』の編纂にあたって、四季・恋・雑のどの部立においても、与えられた題意にもっともかなう例歌を万遍なく披露して、

〈表2〉『歌林雑木抄』収載歌の部立別一覧表

部立	A	B	合計
春上	四八一首	五二六首	一〇〇七首
春下	六六二首	七七九首	一四四一首
夏	五五一首	七四四首	一二九五首
秋上	三六四首	七六五首	一一二九首
秋下	二六五首	七七一首	一〇三六首
冬	四九一首	七一三首	一二〇四首
恋	二三五首	六二二首	八五七首
雑	五九四首	四四五首	一〇三九首
合計	三六四三首	五三六五首	九〇〇八首

題詠歌を詠む必要のある人びとに提供しようとしていた意図を明確に示すもので、ここに『歌林雑木抄』が例歌提示の面においてもほぼ均衡《バランス》のとれた構成内容になっていることを認めえよう。

三　撰集資料（一）――標記した歌句を含む歌群の場合

さて、『歌林雑木抄』の構成が二重構造になっていることについては、さきに言及したとおりであるが、それでは、八嶌氏が「歌の一句を標出し、例歌を掲げ」ている部分と説明している歌群の撰集資料は何であったのであろうか。ここでは〈表1〉などでAの記号で示した歌群の撰集資料について検討を加えてみたいと思う。そこで、任意に「葵」の歌題下にある例歌を引用すると、次のとおりである。

1　神よゝりいかに契りてみあれひくけふに葵をかざし初けん　（みあれひくけふにあふひ・類・俊成・二六四四）
2　玉くしげ二葉の葵明日よりや残るみあれの山の下ぐさ　（二葉の葵・同・雅世・二六四五）
3　そのかみのみかげの山のもろは草けふはみあれの験にぞ取　（諸葉ぐさ・現存六・中原師光・二六四六）
4　神祭るけふのみあれのかざし草長世かけて我や頼まん　（かぐしぐさ・夫木・前大納言資季・二六四七）
5　けふくればしどろにみゆる山賊のをどろの髪も葵懸けたり　（葵かくる・家集・俊頼・二六四八）
6　雲の上の日影にむかふ玉だれのこすの葵に緑そふ也　（こすの葵・類・定親・二六四九）
7　かけて祈るその神山の山人と人もみあれのもろかづらせり　（もろかづら・新勅・雅経・二六五〇）
8　葵ぐさ取やみかげの山べには月の桂もことにみえけり　（あふひ草とる・夫木・清輔・二六五一）
9　いかなれば日影に向ふ葵草月の桂も枝をそふらん　（日かげにむかふ・五社百・俊成・二六五二）

10　かも山のみあれを近み今社は神のみやつこ葵かるらめ　（あふひかる・夫木・為家・二六五三）
11　日影山生る葵のうら若みいかなる神のしるし成らん　（うらわかみ・堀百・師頼・二六五四）
12　翁さびけふぞむかしにさしかへる葵の若葉おいかけにして　（葵の若葉・夫木・源仲正・二六五五）

以上の十二首が「葵」の歌題下にある当該歌だが、ここで本抄の記載の体裁について触れておくと、一面は三段組で、まず上段に歌の一句が掲げられ（例歌に傍線を付した）、次いで中段にその例歌が示され（肩に集付を付す）、下段に詠歌作者が記されるが、なかに3の例歌の「諸葉ぐさ」の注として「葵は二葉なる故に、もろはぐさと云也」とあるように、歌材の注解が載る場合がある。しかし、ここには注解の記事は一切省略した。

さて、この十二首の典拠を調査すると、いずれも集付（出典注記）によって明白である。しかし、集付のなかには原拠資料を表す注記と、撰集資料を意味する注記の二種類の注記があって、いま後者の場合に属する集付の「類」のそれを、一応『類題和歌集』（以下『類題集』と略称する）の集付と想定して調査を進めてみると、この十二首は完全に二種類の撰集資料に包括される。すなわち、1・2・6・7は『類題集』（版本）に、3〜5・8〜12は『夫木抄』に収載され、前者については、『類題集』に、1が「葵」の題に「文治六女御入内御屏風下ノ社葵付タル所　俊成卿」、2が「葵」の題に集付は欠くが「雅世」、6が「葵懸簾」の題に「永享十五十九　定親」、7が「葵」の題に「新勅九参議雅経」の集付と作者注記を付して各々掲載され、また、後者については、『夫木抄』に、3が「葵、現存六　中原師光朝臣」（二四七九）、4が「光明峰寺入道摂政家歌、葵、秋風　前大納言資季卿」（二四七八）、5が「堀川院御時百首　俊頼朝臣」（二五一一）、8が「永万二年五月経盛卿歌合、月　清輔朝臣」（二四八〇）、9が「同〈文治六年五社百首、葵〉同〈皇太后宮大夫俊成卿〉」（二四九八）、10が「寛元三年結縁経百首歌　民部卿為卿」（二五〇九）、11が「夏歌中、堀川院御時百首　大納言師頼卿」（二五〇八）、12が「山家百首、葵蔵老髪　源仲正」（二五一二）のごとき詞書を付して各々、収録されている。ここに、「葵」の当該歌の撰集資料として『夫木抄』と『類題集』が候補にあがろうが、はたしてこの推定が正鵠を射ているのか否か、そのほかの歌題の例歌で検証してみよう。そこで「菖蒲」の題下にある関係歌を掲載すると、次のとおりである。

13　沢水にゑじのおり引あやめ草君が台に祝ひふくらし　（ゑじのおり引・家集・経信・二九一九）
14　玉にぬくけふのあやめは宿ごとの軒ばに誰か、けてみざらん　（玉にぬく・夫木・兵衛・二九二〇）
15　難波人あしまのあやめ芦のやにやがてそへてやけふはふく覧　（芦間のあやめ・五社百首・俊成・二九二一）
16　みづがきや五月のけふのみとひらきかざる菖蒲のかさへなつかし　（かざるあやめ・同〈五社百首〉・同〈俊成〉・二九二二）
17　あやめぐさ九ふしをやと、のへて玉のよどのにけふはふく覧　（こ、のふし・夫木・後徳大寺左大臣・二九二三）
18　君が代に引こそ、むれ谷陰の薬の菖蒲永き例を　（薬のあやめ・同〈夫木〉・為相・二九二四）
19　床の上に菖蒲の若ばかた敷てねをぐせねばやよはの短き　（菖蒲のわかばかたしく・新六・信実・二九二五）
20　有漏のみのかりの菖蒲の草枕此世は旅の夢ぞ悲き　（菖蒲のくさまくら・同〈新六〉・知家・二九二六）
21　橘にあやめの枕かほるよぞむかしを忍ぶ限り成ける　（あやめの枕・夫木・俊成・二九二七）
22　いかにせん今は六日の菖蒲ぐさ引人もなき我み成けり　（六日のあやめ・新六・衣笠内大臣・二九二八）
23　あやめぐさ引手もたゆく永きねのいかで浅かの沼に生けん　（ながきね・類・孝善・二九二九）
24　万代にかはらぬ物は五月雨の雫にかほるあやめ成けり　（さみだれの雫にかほる・同〈類〉・経信・二九三〇）
25　玉江にやけふの菖蒲を引つらんみがける宿のつまにみゆるは　（宿のつまにみる・同〈類〉・公実・二九三一）
26　あふことのひさしに生る菖蒲草たゞかりそめのつまと社みれ　（ひさしに生る・金葉・河内・二九三二）

以上の十四首が「菖蒲」の歌題下にある当該歌だが、この場合も20の例歌を除くと、『夫木抄』に、13が「家集、菖蒲を　大納言経信卿」（二六二二）、14が「禖子内親王家歌合、五月五日菖蒲　兵衛」（二六二五）、15が「同〈五社百首〉同〈皇太后宮大夫俊成卿〉」（二六四二）、16が「同〈五社百首〉同〈皇太后宮大夫俊成卿〉」（二六四三）、17が「文治六年女御入内御屏風　後徳大寺左大臣」（二六四七）、18が「寄菖蒲祝　参議為相卿」（二六四八）、19が「六帖題、新六一　信実朝臣」（二六六三）、21が「同〈千五百番歌合〉皇太后宮大夫俊成卿」（二六九六）、22が「同〈百首歌〉、新六一　衣笠内大臣」（二六六七）の詞書を付して各々、掲載され、また、『類題集』（版本）の「菖蒲」の題下に、23が「同〈金〉藤原孝善」、24が「金　前大納言経信」、25が「同〈金〉春宮大夫公実」、26が「堀川院百首　河内」の集付と作者注記を付して各々、収載されている。しかし、26の集付に問題があるのと、20の詠歌が両類題集に未収載である点で、この両類題集が当面の歌題の完全な撰集資料になるかというと、必ずしもそうとばかりは言えないのである。

したがって、20と出典を同じくする例歌を含む歌群を探すと、「更衣」の歌題下にある歌群に見出せるが、この十首ある当該歌のうち、八首については『類題集』と『夫木抄』のいずれかに分類されるが、次の

27　立かふるかとりのきぬの白がさね猶重てもうすき袖哉　（かとりのきぬ・新千・六条内大臣・二五一一）

28　けふといへば大宮人の白重春の色こそ立かはりぬれ　（大宮人の白重・新六・家良・二五一四）

の27・28の二首は、両類題集は収録していない。ちなみに、28が20と同じ『新撰六帖題和歌』に収載される歌だが、27が出典とする『新千載集』歌は、『類題集』にはこれとは異なる「前大納言経顕」の

29　別れにし花のかとりの夏衣春のかたみやなを残るらん

の29の詠が収載されている。なお、27の詠は『題林愚抄』と『明題和歌全集』には収録されている。ということは、

『新撰六帖題和歌』収載歌については、原拠資料から、勅撰集歌については、『題林愚抄』もしくは『明題和歌全集』から抄出された可能性が示唆されようが、さらにこの問題を追究するために、「余花 幷残花・遅桜」の歌題下にある当該例歌群を検討してみよう。

30　雲のゐる遠山鳥の遅桜心ながくも残るいろ哉　(遠山鳥の遅桜・続古・中務卿親王・二五二九)
31　夕日さすかた山陰の遅桜春に知れぬ雪かとぞみる　(片山隠の遅桜・後徳大寺左大臣・二五三〇)
32　残りけるみ山がくれの遅桜夏さへ風を猶やいとはん　(み山隠の遅桜・玉葉・常盤井太政大臣・二五三一)
33　せみのはの薄紅の遅桜折とはすれど花もたまらず　(薄紅の遅桜・御百首・順徳院・二五三二)
34　くち残る春の色とや山陰の青葉に沈む花の埋木　(青葉にしづむ・家集・前民部卿雅有・二五三三)
35　夏山の青葉まじりの遅桜初花よりもめづらしき哉　(青葉まじり・金葉・藤盛方・二五三四)
36　音羽山卯花がきに遅桜春となつとの逢坂の関　(卯花がきに遅ざくら・百首・慈鎮・二五三五)
37　吉野山一むらみゆる白雲は咲をくれたる桜なるべし　(咲をくれたる・家集・西行・二五三六)
38　うつしける青葉を風のへだてにてたゞ一枝の花ぞ残れる　(一枝の花・千首・宋雅・二五三七)
39　春はいかに契り置てか過にしとをくれて匂ふ花に問ばや　(をくれて匂ふ・新勅・肥後・二五三八)
40　道のべに散をくれたる花のえをたが為おらで誰残しけん　(散をくれたる・類・雅親・二五三九)
41　み山にはさも社あらめ夏かけて都に残る花のあやしき　(都にのこる・千首・肖柏・二五四〇)
42　猶残る弥生の後の山桜心ありける谷のした風　(弥生の後の山桜・禅林七百・公雄・二五四一)
43　ちりぬとて出しみ山の道かへて春にをくるゝ花や問まし　(春にをくるゝ、花・雅親・二五四二)

以上の十四首が『余花 幷残花・遅桜』の題下にある関係歌だが、このうち、33・34・36の三首が『夫木抄』に、41

～43の三首が『類題集』(版本)に、30・32・34・38の四首が『題林愚抄』と『明題和歌全集』に各々収載されているが、31・37・38・40の四首は、上記の類題集には収録をみないのである。ちなみに、これらの四首の原拠資料における歌題を明記すると、31が「夕尋残花」、37が「遠山残花」、38が「余花」、40が「残花」で、憶測するに、これらの四首は類題集に一括収載されていた可能性が強い。というのは、実は40の雅親の詠は『亜槐集』収載歌で、『歌林雑木抄』には「類」の肩注が付されているのに、『類題集』(版本)には収載をみないからである。となると、「類」なる集付が付されている作品は何かということが問題になるわけだが、実は『歌林雑木抄』には「類」の集付が付されながら、『類題集』(版本)に収載されない事例がかなり指摘されるのである。そこで、『歌林雑木抄』の集付に「類」とある歌を収録しているそのほかの類題集を探してみると、後水尾院撰『類題集』に歌題のみ掲げて例歌を欠く部分に例歌を補闕した類題集『類題和歌補闕』(『歌林雑木抄』よりも以後の成立ではあるが)を見出すことができるが、その『類題和歌補闕』の集付には「類聚」なる注記が付されており、この「類聚」なる集付は、『類題和歌補闕』が依拠した文献を一括掲げている「引用書」の記事から「類聚和歌集」と知られよう。ここに、『歌林雑木抄』に付された「類」なる集付は『類聚和歌集』のことではないかとの示唆が得られるが、現在のところ、残念ながら『類聚和歌集』なる歌集は管見に入らない。ただ、書陵部に『類聚和歌　永享八年後』(一五四・一)なる歌集があるが、本集は題聚に「永享八年後」とあるように、永享八年(一四三六)以降の「石清水社百首続哥」「春日社百首和歌」「石清水百首和哥」などの法楽百首を中心にした定数歌の集成であって、惜しくも『歌林雑木抄』の「類」なる集付のある歌は収載していないようだ。となると、今後とも『類聚和歌集』なる類題集のねばり強い探索が要請されるが、それはともかく、もしこの憶測があたっているとしたら、さきに掲げた27・28の例歌なども『類聚和歌集』に一括収載されていた可能性もなしとしないであろう。

これを要するに、『歌林雑木抄』のなかで、歌句を一首のなかに含む例歌を示した部分の撰集資料としては、『夫木抄』と『類聚和歌集』とが想定されようが、このうち、『類聚和歌集』については、目下のところ、現物を探索しえないでいるので確証はない。したがって、現時点では、たとえば「首夏」の歌題下にある、歌句を一首のなかに有する歌群では、十五首のうち、六首が『類題集』に、残りの九首が『夫木抄』に各々、完全に分類される事例からも明らかなように、『夫木抄』と『類題集』とが当面の撰集資料として密接に関わっていることは事実であるので、『類聚和歌集』に代わるものとして、ここでは一応、『類題集』を指摘しておきたいと思う。

ところで、『歌林雑木抄』のなかで、歌の一句を掲げて例歌を示した部分において、掲げられている歌句はいかなる基準によって選ばれているのであろうか。ちなみに、このような体裁の先行歌学書を示すならば、『万葉集』以下『堀河百首』時代ごろまでに詠まれた難解な歌句に自説を付した顕昭の『袖中抄』や、従来の諸歌学書の集大成ともいうべき順徳院の『八雲御抄』などが存するのは周知の事実だが、これらの諸歌学書で採りあげられている歌句と『歌林雑木抄』のそれとはいかなる関係にあるのであろうか。この問題を明らめるために、すでに引用した『歌林雑木抄』の「菖蒲」と「葵」の歌題下にある歌句について検討してみよう。重複するが、まず、「菖蒲」の歌題下にある歌句を改めて引用すると、次のとおりである。

　ゐじのおり引　玉にぬく　芦間のあやめ　かざるあやめ　こゝのふし　薬のあやめ　菖蒲のわかばかたしく　菖蒲のくさまくら　あやめの枕　六日のあやめ　ながきね　さみだれの雫にかほる　宿のつまにみる　ひさしに生る

この和歌の一部に含まれる歌句について、注解を付したり証歌として掲げている先行の歌学書を調べてみると、「玉にぬく」は『後拾遺抄』『顕注密勘抄』に、「ながきね（の）」は『袖中抄』『古今集注』（顕昭）『顕注密勘抄』に言及されているが、そのほかの歌句については言及している歌学書を探し得ない。となると、『歌林雑木抄』にみえる大半の歌句は、編者の有賀長伯の識見で選択された固有の歌句とも判断されようが、実は『歌林雑木抄』よりも後の成立になるが、北村季吟の編になる『和歌題林抄』を増補した『増補和歌題林抄』（宝永三年刊）には、次のごとき「菖蒲」に関係する歌句を列挙している。(1)

匂ふあやめ　こほるあやめ　けふのあやめ（五月五日也）　軒のあやめ（同）　むすぶあやめ（同）　かくるあやめ（同）　あやめの露　あやめの枕　薬のあやめ（谷陰の薬のあやめといへり、五月五日也）　あやめのかづら　あやめの花　あやめのわかば　あやめふく（五月五日）　あやめかる（同）　あやめかりふく　はなあやめ（の、字入ても）　あやめとる　ねざすあやめ　おふるあやめ　池のあやめ　沼のあやめ　宕のあやめ　かざるあやめ（五月五日、神にそなふるをいふ）　玉にぬく（五月五日）　六日のあやめ（せんなき事にいへり）　あやめの草枕　宿のつまにみる（軒のつまなり、それを妻にそへて）　五月雨の雫にかほる　ひさしに生る（ひさしにさす也）　長きためしにひく　あやめもわかぬ（そへてよめり）　五月の沼　沼水　あやめぞしげる　軒にやどかる　ながきあやめ　しげりあふもとのねざし　あやめの色　ゑじのおり引（禁中の御殿にふくあやめ也）　汀のあやめ　あやめに契る　ふるき江　み草ゐる池　をのが五月

このうち、傍線を施したのが『歌林雑木抄』と重複する歌題で、季吟の博捜ぶりが窺われるが、それでも『歌林雑木抄』の「芦間のあやめ」「こゝのふし」「ながきね」の歌句を、『増補和歌題林抄』は収録していない。ただ、「ながきね」の場合、『和歌題林抄』に「ながきねひく」なる歌句がすでに掲げられているので、季吟が、増補の部分にこの歌句を示さなかったのは当然の処理であるから、結局、長伯が独自に示した歌句は二句ということになろう。この実態ははたして『歌林雑木抄』の一般的な傾向なのか否か、次に「葵」の歌題下にある歌句で検討してみたいと思う。

これも再録になるが、「葵」に関する当該歌句は、次のとおりである。

　みあれひくけふにあふひ　二葉の葵　諸葉ぐさ　かざしぐさ　葵かくる　こすの葵　もろかづら　あふひ草とる
　日かげにむかふ　あふひかる　うらわかみ　葵の若葉

この歌句を先行の歌学書と比較してみるに、「みあれひき」が『五代勅撰』に、「うらわかみ」が『古今集注』（顕昭）『袖中抄』『顕注密勘抄』に、「もろかづら」が『和歌初学抄』『和歌色葉』『色葉和難抄』に、「もろはぐさ」が『和歌初学抄』『和歌色葉』に各々掲載されているが、そのほかの歌句について言及した歌学書は管見に入らない。そこでまた『増補和歌題林抄』にみえる「葵」に関する歌句を列挙してみると、次のごとくである。

　みあれの葵　かものみあれにあふひ（いひかけて）　世にあふひ草　かざすあふひ　かざし草　二ば草　あふひ草とる　あふひかくる　こすのあふひ　あふひかる（刈也）　あふひのわかば　日かげにむかふ　けふのあふひ（みあれの日也）　けふかけそふる　あひにあふひ（いひかけなり）　露の玉かづら（かくるゑん也）　二ばのかげ　神まつるたえぬみあれ　みあれひく　たのみをかくる（神にかくる也）　日かげになびく（むかふ心也）　かものみあれ（ともつゞけたり）　光になびく（日をいひかけたる也）　神がきにかくるとも　大宮人のかざすとも　かくるすだれ　ちよのかざし　わか草の二葉とも　葵の色　みどりのあふひ

これまた二重傍線部は『歌林雑木抄』の歌句と重複する事例であるが、『増補和歌題林抄』に「もろは草」「もろかづら」がないのは、すでに『和歌題林抄』に掲げられているからである。したがって、『歌林雑木抄』の歌句を『増補和歌題林抄』が有していないのは、「……けふにあふひ」と「二葉の葵」の二例のみだが、しかし、『増補和歌題林抄』には前者に「けふの葵」、後者に「二ば草」「二ばのかげ」「わか草の二葉とも」などの類似句があって、『増補和歌題林抄』の博捜ぶりが確認されよう。要するに、「葵」の場合にも、『歌林雑木抄』にみえる歌句は『増補和歌題林抄』にほぼ吸収されている実態が明瞭になるが、ここで翻って『歌林雑木抄』の掲げている歌句の意義に言及すると、『歌林雑木抄』が成立した時点では、『歌林雑木抄』にみえる歌句には、従前の歌句とも多少重複する事例も指摘されるが、大部分は編者の長伯の識見で提示した歌句ということができ、その点、長伯の歌学者としての手腕を認めることができるであろう。

ちなみに、長伯が『歌林雑木抄』に掲げる歌句の選択方法について憶測するならば、長伯は、先行の歌学書に掲げる歌語として定着している措辞を採用する一方、『夫木抄』と『類題和歌集』『類聚和歌集』などに収載されている和歌のなかから、当該歌題に相応した措辞を、歌学者・実作者としての長伯独自の立場から選択して、歌句として例歌とともに示したのではあるまいか。

四　撰集資料（二）——結題とその例歌を掲げる歌群の場合

次に、『歌林雑木抄』の二重構造のうち、八嶌氏が「その歌題を含む結題とその用例を掲げたもの」と要約された、所謂、類題集の体裁をとっている部分の撰集資料は何であったのであろうか。ここでは〈表1〉などでBの記号で示した歌群の撰集資料について検討を加えてみたいと思う。そこで、『歌林雑木抄』の夏部の当該歌群の詠歌を調べてみると、次のごとき問題点を含む歌が見出される。

44　卯花の色にや夏はしもとゆふかづらき山の谷の夕かぜ　（渓卯花・家集・逍遥院・二六一〇）
45　雪ならば分つる跡も有なまし道たどる迄咲る卯花　（行路卯花・亀山七百・定家・二六一八）
46　もり出る音にてぞ聞卯花のしづえしがらむ玉川の水　（卯花蔵水・類・無名・二六二一）

47　山里はかやのかりぶき軒をなみ隙やはみゆる咲る卯花　（卯花繞簷・三光院・二六三九）

48　葵草みあれをちかみ諸人のてに取持て行ちがふみゆ　（翫葵・類・無名・二六五八）

49　今は又ねに顕れぬ子規波こす浦のまつとせしよに　（海辺郭公・続拾・為家・二八一〇）

50　夏くさの心〴〵にふくみたる花をしいそげ庭の朝露　（庭夏草・同〈家集〉・同〈逍遥院〉・三二六八）

これらの44～50の七首をみると、44は『玉吟集』の家隆の詠なのに「逍遥院」の作者注記があること、45は『亀山殿七百首』の「光吉」の詠なのに「定家」の作者表記があること、46と48は、前者が『忠度集』の忠度の詠、後者が『続亜槐集』の雅親の詠なのに、ともに「無名」の注記があること、47は『和歌一字抄』の「三条大納言〈公実〉」の詠なのに「三光院」の作者表記があること、49は『続古今集』の「為家」の詠なのに「続拾」の集付が付されていること、50は『肖柏千首』の肖柏の詠なのに「同〈家集〉」の集付と「同〈逍遥院〉」の作者注記が付されていることなどの諸点に、疑義が持たれるわけである。したがって、何故に『歌林雑木抄』にこのような不都合が生じたのかを憶測してみるに、次に掲げる歌に付された集付・作者注記や歌題表記に、問題解決の鍵が潜んでいるように憶測される。

51　たのめつる人のあるらし橘の忍びにかほるたそがれの時　（夕盧《ママ》橘・同〈類〉・肖柏・二九八一）

52　小萩原まだ花さかぬみやぎのゝ鹿やこよひの月に鳴らん　（夏月如秋・千載・藤敏仲・三一三〇）

53　ふみ分しその通ぢも今更に迷ふ夏野ゝ深草の里　（夏草深・新葉・定興・三三二五）

54　里人の月をばめでぬすさび哉遠山本のよはのかやりび　（遠村・千首・為兼・三四五二）

55　蓮葉に今をく玉よみの露をやどさん後の光ともなれ　（荷露成珠・文明十三六十八・道堅・三四八五）

56　風はやみふるかとみればあま雲のよそに成行夕立の雲　（夕立風・続千載・頓阿・三五二八）

57　手に結ぶ泉の水の涼しさは秋をこえてや浪も立らん　（対泉避暑・亀山七百・為家・三六一一）

58　吹分る梢の月は影更てすだれにすさぶ風ぞ涼しき　（深夜納涼・同〈風雅〉・誉覚親王・三六五二）

すなわち、51は『春夢草』の肖柏の詠で、そこには「盧橘」の題が付されているのに、『歌林雑木抄』では「夕盧橘《ママ》」の証歌になっているのは、『歌林雑木抄』が51の詠を、原拠資料の『春夢草』から採歌したのではなく、類題集などの二次的撰集から採録した可能性を示唆するのである。同様に、52も『千載集』の敦仲の詠なのに、『歌林雑木抄』で「藤敏仲」の作者注記が付されているのは、依拠資料からの転載ミスであること、以下、53も『新葉集』の実興の作者名を「定興」と誤記したもの、54も『師兼千首』の作者名を「為兼」と誤写したもの、55も「文明十三年六月十八日会」の道興の詠の作者名を「道堅」と誤写したもの、56も頓阿の『続草庵集』の集名を「続千載」と誤記したもの、57も為家の詠を収録する『白河殿七百首』の集名を「亀山七百」と誤記したもの、58も『風雅集』の覚誉法親王の作者名を「誉覚親王」と誤写したものと、各々憶測され、その依拠資料を推定するに、原拠資料も考慮されなくはないけれども、51の事例などから考えると、二次的撰集である類題集のほうが妥当性を有するように思われる。そこで『歌林雑木抄』が依拠したと推定される『題林愚抄』『摘題和歌集』『明題和歌全集』『類題和歌集』などの類題集を検討してみるに、ここでは論証過程は省略するけれども、後水尾院撰『類題和歌集』がその依拠資料であることが判明する。事実、『類題集』には51～58の詠歌が収録され、52の作者表記を「藤原顕仲」と誤注している以外は、すべて正確な注記がなされているので、『歌林雑木抄』に指摘される誤注は、編者が『類題集』から転載する際に犯した不祥事と推断して、何ら差し障りはないであろう。

というのは、次に掲げる『歌林雑木抄』の歌題、集付ないし作者表記に関する誤注は、いずれも『類題集』を介在させることによって解決されるからである。

59　里なれて今ぞ鳴なる子規五月を人は待べかりけり　（五月時鳥・続古・太上天皇・二七七〇）

60　山ふかく尋て人は子規分つる雲の跡になく也　（行路郭公・続千・行済法印・二八〇七）
61　夕涼みそのまゝ松の陰しめてしばしぞみつる短よの月　（樹陰夏月・伏見院千首・雅経・三一七一）
62　我やどは庭も笆もをし分て今さかりなり撫子の花　（瞿麦満庭・類・肖柏・三二二三）
63　難波江のしげき芦間をこぐ舟は棹の音にぞ行方を知　（水草隔舟・千載・行宗・三二七〇）
64　夕立や雨もふるの、末にみていそぐ頼みはみわの杉村　（野径夕立・同〈類〉・為道・三五三三）

すなわち、59は『続後撰集』の太上天皇（後嵯峨院）の詠なのに、『歌林雑木抄』で「続古」の集付が付されているのは、『類題集』（版本）の当該歌の直前にある「卯月郭公」の例歌である、

65　榊とりしめゆふもりの時鳥卯月をかけて忍び音ぞ鳴　（卯月郭公・続古今・中納言為氏）

の65の詠の集付に「続古今」とあるのを、『歌林雑木抄』の編者が誤写した結果と推察されるし、また、『続千載集』に「夏の歌に」の詞書を付して載る法眼行済の60は、『類題集』（同）では「山路時鳥」の例歌になっているのに、『歌林雑木抄』では「行路郭公」の証歌になっているのは、『類題集』（同）の当該歌の直前歌である、

66　たどり行志賀の山路を嬉しくも我にかたらふ杜鵑哉　（行路時鳥・花園左大臣）

の66に付された「行路時鳥」の題を、『歌林雑木抄』の編者が誤記した営為と憶測されるし、また、61は『伏見院千首』の雅親の詠なのに、『歌林雑木抄』に「雅経」の作者注記がなされているのは、『類題集』（同）が当該歌の作者を「雅経朝臣」と誤記しているのを、『歌林雑木抄』の編者がそのまま転載した痕跡を示すものであるし、また、62は『顕季集』の題季の詠なのに、『歌林雑木抄』では「肖柏」の詠になっているのは、『類題集』（同）の当該歌の三首前の「庭瞿麦」の例歌である、

67　ほどもなきかきねの内の庭の面に山とうもろこしの撫子の花　（庭瞿麦・千首・肖柏）

の67の下句が、62の結句の「撫子の花」と同じであったために、『歌林雑木抄』の編者が目移りによって、67の作者を誤記した結果と憶測されるし、また、63は『詞花集』に「水草隔舟」の題で載る大蔵卿行宗の詠なのに、『歌林雑木抄』には「千載」の集付が付されているのは、『類題集』(同)の当該歌の直後の例歌である、

68　夏ふかみ玉江にしげるあしの葉のそよぐや舟のかよふ成らん　(水草隔船・千載・摘・法性寺入道前太政大臣)

の68の集付に「千載」とあるのを、『歌林雑木抄』の編者が誤写した痕跡であるし、また、64は『拾玉集』に「野径夕立」の題で載る慈円の詠なのに、『歌林雑木抄』では「為道」の詠になっているのは、『類題集』(同)の当該歌の直後の「路夕立」の例歌である、

69　いづくにかしばしすぐさんたか島のかち野にかゝる夕立の空　(路夕立・新千載夏・為道朝臣)

の69の作者を、『歌林雑木抄』の編者が誤記した結果を示すものであって、これらの事例から、『歌林雑木抄』の編者が依拠した撰集資料は後水尾院撰『類題集』であったことがほぼ裏付けられようが、この推定をほぼ確実にするのは、次の詠歌であろう。

70　いにしへにさばへなしける河上に麻のみそぎをせぬ人ぞなき　(荒和祓・堀百・肥後・三七四一)

これは『堀河百首』の「荒和祓」の題で詠まれた藤原顕仲と肥後との合成歌で、原拠資料の『堀河百首』では両者の歌に三首の隔たりがあるのに対し、『類題集』(同)では、両者の詠は次のとおり、

71　いにしへにさばへなしける神だにもけふの御祓になごむとぞ聞　(荒和祓・堀川百首・顕仲)

72　夏はつる夕になれば河かみにあさのみそぎをせぬ人ぞなき　(同・同・肥後)

の71と72の両詠は連続して配列されているので、『歌林雑木抄』が『類題集』に依拠したであろうことは明白であろう。すなわち、70の合成歌が生じた過程を憶測すると、『歌林雑木抄』の編者は、「荒和祓」の証歌として、『類題集』

から71の第二句まで転写してき、次いで第三句以下をつなぐ際に、何かの拍子に、連続する72の第三句以下を継ぎ足してしまい、作者表記もそのまま「肥後」としたのであろう。70の合成歌が生じた経緯は以上のとおりであって、ここに『歌林雑木抄』の撰集資料として『類題集』を想定しうるとした筆者の見解はほぼ誤りないものとして認められるであろう。

それでは、『歌林雑木抄』の夏部の、所謂、類題集の体裁をとっている部分の撰集資料は、すべて『類題集』なのであろうか。この問題に示唆を与えるのが、「樗」の結題とその証歌に関する歌群である。

73　花の春紅葉の秋もなにならず樗かつ散杜の夕風　（杜樗・千首・為尹・三〇一四）
74　尋ばやつるの林に春消し色なる雲にあふち散らん　（林樗・家集・正徹・三〇一五）
75　紫の一本樗ちらばおし里はみながらにほふやまかぜ　（山家樗・同〈家集〉・同〈正徹〉・三〇一六）
76　さく花の林をかざるあふち哉荒にし里に人は待ねど　（里樗・同〈家集〉・同〈正徹〉・三〇一七）
77　あふち咲宿はいづくと知ねども尋やせまし花の主を　（樗誰家・千首・師兼・三〇一八）
78　問人も往来もさはるこすの外に花咲樗かげの露けき　（戸外樗・類・尭胤・三〇一九）

ちなみに、この73～78の歌題と証歌の歌群を、北駕文庫本『類題集』（写本）のそれと比較してみると、『類題集』（写本）では、73・77・78の三首の題と例歌が『歌林雑木抄』のそれと符合するが、それ以外は、歌題の配列順は『歌林雑木抄』のそれと完全に一致するけれども、版本『類題集』ではいずれも例歌を欠いている。したがって、『歌林雑木抄』が『類題集』を下敷きにしている撰集事情は否定できまいが、証歌蒐集の視点からいえば、版本『類題集』を『歌林雑木抄』の撰集資料に想定するには少々不足の側面があろう。それでは、『類題集』に歌題と例歌をともに収録しながら、『歌林雑木抄』のそれとの間に異同が認められる場合があるのか、否か、この点を調査してみると、次のような事例も指摘されるのである。

79 初声をまつにぞか丶る郭公池の藤咲夏もきにけり　（首夏待時鳥・同〈家集〉・冬良・二五〇一）
80 いざといひて都のつとに草枕さそはまほしき子規かな　（旅宿時鳥・家集・逍遥院・二八三六）
81 またでき丶聞てもあだに思ふらん人にはあたら時鳥哉　（惜子規・同〈家集〉・同〈逍遥院〉・二八三七）
82 さしてその三笠の杜を頼めども猶袖ほさぬ五月雨の比　（杜五月雨・難題百首・阿仏・三〇六四）
83 落滝つさらせる布に数そひて又たが為ぞ五月雨の比　（滝五月雨・同〈類〉・逍遥院・三〇六八）
84 茂り行草を笆の島とみて汐がま近き庭の面影　（島夏草・家集・逍遥院・三二六七）
85 みしやその弓はり月の下つ瀬に今幾夜とかう舟さすらん　（毎夜鵜川・御巣・後柏原院・三三〇七）
86 はかなくて忍ぶにすがる蛍哉物も思ひのかくれやはする　（草蛍・千首・耕雲・三四一八）
87 此比やかやりたてそふ夕煙よそめ賑はふ遠の里人　（里蚊遣火・同〈家集〉・逍遥院・三四五四）
88 過やらで夕立すゞし川上や深きゆづはの村雲の空　（村夕立・類・義政・三五四二）

すなわち、これらの79～88の十首の『類題集』における歌題と例歌を検討してみると、版本には未収載のこの十首が、北駕文庫蔵の写本には、87の詠を除く九首が収載されている。ちなみに、版本に未収載のこれらの十首の歌題と例歌は、北駕文庫蔵の『類題集』（写本）では次のごとき内容となっている（79～86・88は除く）。

89 年毎にまたぬ夏のみさき立て心もとなきほと丶ぎす哉　（首夏待郭公・家集・讃岐）
90 折しまれしづ心なし郭公たびねの空に鳴声きけば　（旅宿時鳥・〈和歌一字抄〉・顕季）
91 哀さは思ひしことぞ時鳥鳴庵をばあさたちもせず　（同・〈家集〉・頼政）
92 諸友に旅ねする夜の時鳥梢やなれが庵なるらん　（同・讃岐集・讃岐）

93　声ならすしのだの森の子規いつ里なれて宿にきなかん　（同・同・同）
94　今よりはよがれよいかに時鳥秋にはあはじの思ひ有ども　（惜時鳥・〈御集〉・後柏原院）
95　わび人のほさぬためしや五月雨の雫にくたす衣手のもり　（杜五月雨・摘〈題和歌集〉・定家）
96　かきくらす日数もしらず柏木のもりて久しき五月雨の比　（同・〈同〉・為定）
97　吉野山雲さへふかきさみだれに滝つ河内の水まさるなり　（滝五月雨・千首・耕雲）
98　駒なべてのじまを過るかり人のゆくゑもみえず茂る夏草　（島夏草・禅林寺殿七百首・御製〈後嵯峨院〉）
99　うかひ舟月待いで丶かへるさやよをへてをよそ夕闇の空　（毎夜鵜川・〈家集〉・済継）
100　終夜すだく蛍の光にて草ばの露のかずやみゆらん　（草蛍・親孝卿）
101　みじか夜もあかしやかねん夕けぶり雨うちしめる宿の蚊遣火　（里蚊遣火・〈家集〉・逍遥院）
102　なべてた丶里一村のかやりびやたつるけぶりも雲霧の空　（同・〈同〉・政為）
103　かやり火の烟は残る夕立の雲は過ぬる遠の山もと　（村夕立・続古今夏・正三位知家）

以上の当該歌題および証歌についての『歌林雑木抄』と『類題集』との検討から、『歌林雑木抄』が撰集資料に採用したのは、版本『類題集』ではなく、北駕文庫などに伝存する写本のそれであった可能性が濃厚になったようである。この点は、版本『類題集』に例歌を欠落していながら、歌題のみを有している、その歌題と証歌を、『歌林雑木抄』が多数掲げている事例が多く存することからも証明されるであろう。この場合、『歌林雑木抄』が歌題について版本『類題集』から示唆を得た可能性は否定できまいが、版本『類題集』が例歌を欠き、歌題のみ掲げている場合の、その歌題に『歌林雑木抄』が付している証歌の数は百二十一首にのぼるのである。(2) ちなみに、この百二十一首に付されている集付は、

家集　六〇首、類　三四首、御集　一二首、集付なし　八首、百首　二首、広綱歌合・文明七・文明十三四十一・文明十七・〈為尹〉千首　一首。

のとおりで、このうち、「家集」は『草根集』『雪玉集』『慈照院殿義政公御集』、「御集」は『柏玉集』、「百首」は『経尋百首』『親元百首』が具体的な出典であり、「集付なし」は後柏原院（五首）・尭胤・為広（一首）の詠に関係しているが、「類」なる集付が付されている原拠資料は、現在のところ、『後土御門院御集』『草根集』『後花園院御集』『雪玉集』『尭孝法印日記』『常徳院詠』『称名院歌集』『春夢草』『十輪院御詠』『宋雅千首』などであるので、「類」は類題集の名称であろう。一方、この百二十一首の詠歌作者の内訳を示すならば、

正徹　四三首、実隆　二一首、後柏原院　二〇首、後土御門院　四首、道堅　三首、肖柏・尭胤　二首、為尹・為広・為孝・雅縁・義尚・義政・御製（不詳）・尭孝・経尋・勾当内侍・公条・公澄・後花園院・式部卿宮・実右・鷲尾宇相・親元・帥中納言・成方・禅空・増運・通秀・邦高親王・量光・冷泉中納言・作者表記なし　一首。

のとおりで、そのほとんどが室町中・後期の歌人であることが知られよう。

このように、『歌林雑木抄』が『類題集』以外の資料から採歌している事例は、多少ではあるが指摘でき、『歌林雑木抄』の選歌方法がけっして単純でないことを想定させるが、それにしても「類」なる集付の実態は何なのであろうか。この「類」なる集付を有する作品の実態については、「三　撰集資料（一）」でも言及したが、ここで改めてこの問題を考えてみるに、この百二十一首のうち「類」の集付をもち、『類題和歌補闕』にも「類聚」なる注記がなされている証歌を数えてみると、次のごとく二十七首も見出されるのである。

104　いとはやも春くれ竹の林にやひとよへだて丶夏のきぬらん　（林首夏・類・勾当内侍・二四九二）

105　立ちかへて薄き衣に夏のくるあかつき方の風ぞみにしむ　（暁更衣・類・御製〈後土御門院〉・二五二三）

106　散残る花こきまぜて薄くこく青ばもあかぬ夏山の陰　（山中余花・類・式部卿宮〈貞常親王〉・二五四六）

107　かり残すくさの緑はかの岡に茂れる木々の下枝成らし　（岡新樹・類・御製〈後土御門院〉・二五六九）

108　夕間ぐれねにくる鳥幾むれか茂る林にみを隠す覧　（林新樹・類・無名〈正徹〉・二五七一）

109　尋こし心のおくもみゆべきを初ねしのぶの山ほとゝぎす　（初尋時鳥・類・御製〈後花園院〉・二七二二）

110　ねぐらとふ習ひもしらで暮行ば猶あくがるゝ子規哉　（薄暮郭公・類・尭孝・二七七九）

111　五月雨に門田の早苗急ぎとれ晴ま待まに老も社すれ　（門田早苗・類・義尚・二八九八）

112　折しあればあかずみはしの桜にもつきて久く匂ふ橘　（盧《ママ》橘年久・類・〈公条〉・二九七七）

113　たのめつる人のあるらし橘の忍びにかほるたそがれの時　（夕盧《ママ》橘・同〈類〉・肖柏・二九八一）

114　いやましに猶とぞ匂へ荒はてゝ幾世もしらぬ宿の立花　（古宅橘・同〈類〉・冷泉中納言・二九九〇）

115　問人も往来もさはるこすの外に花咲樗かげの露けき　（戸外樗・類・尭胤・三〇一九）

116　さぞなげに軒の雫も草の庵朽行まゝの五月雨のころ　（庵五月雨・類・三〇八〇）

117　朝な／＼同じ岡べに苅くさのいつの人間に茂りそふらん　（岡夏草・同〈類〉・通秀・三二五五）

118　夕やみに下すう舟は月待て帰る習ひやうきせならまし　（終夜鵜舟・類・量光・三三〇五）

119　終夜もゆるほぐしは狩人のつみさへともに消てきぬらん　（終夜照射・類・宋雅・三三三九）

120　をのが思ひ昼間はいかに過しけん夕になれば蛍飛影　（夕蛍・類・帥中納言・三三八一）

121　さすとしもみえぬ鵜舟の篝火は遠き川せを行蛍哉　（鵜川蛍・類・道堅・三四〇四）

122　山本のこの間に薄き夕煙賤がゝやりや下むせぶらん　（夕蚊遣火・類・鷲尾宇相・三四五〇）

123　なびくとも誰名はたゞじ焼そへて煙にゆるせ宿のかやりび　（家々蚊遣火・類・肖柏・三四五七）

124　濁ある水よりいで、水よりも清き蓮の露の白玉　（蓮帯露・類・勝仁〈後柏原院〉・三四七六）
125　雲風のひゞきも早くみるが内に幾山こえつ夕立の雨　（夕立過山・類・逍遥院・三五三二）
126　山風の雲もひとつに重りてうらはの波にさはぐ夕立　（浦夕立・類・為孝・三五三九）
127　まし水に落そふ滝と聞ば又梢にひゞく蟬の諸声　（泉聴蟬・類・増運・三五七四）
128　草も木も動くとはみぬ照日にもならす扇の風は絶せぬ　（扇風・類・御製・三五九八）
129　静なる岩間の清水向ふよりまだこぬ秋の風通ふらし　（閑対泉石・類・邦高・三六二一）
130　難波江や芦のしげみの下くゞる音にも近き水の秋風　（名所納涼・類・道堅・三六六八）

この『歌林雑木抄』『類題和歌補闕』に各々「類」「類聚」の集付が付されている、104〜130の二十七首の目下判明する原拠資料を示すならば、105・107が『後土御門院御集』、108が『草根集』、109が『後花園院御集』、110が『堯孝法印日記』、111が『常徳院詠』、112が『称名院歌集』、113が『春夢草』、117が『十輪院御詠』、119が『宋雅千首』、125・130が『雪玉集』（129は道堅の詠）であるが、これらの原拠資料が判明する詠歌のうち、『歌林雑木抄』の歌題と原拠資料のそれを比較してみると（上段に『歌林雑木抄』の歌題、下段に原拠資料の歌題を掲げた）、

105	暁更衣	更衣	117	岡夏草	夏草
109	初尋時鳥	尋時鳥	125	夕立過山	夕立
111	門田早苗	早苗	130	名所納涼	難波江
112	盧（ママ）橘年久	盧橘			

のごとく、両者には異同が指摘されるのである。この両者の間に認められる歌題の異同は、『歌林雑木抄』の編者が原拠資料から証歌を採録する際に、歌題を改変させて収録したとも憶測されようが、『類題集』が撰集資料になって

いる事例をみる限り、撰集資料に掲げてある歌題をそのまま採用しているので、この場合も、『歌林雑木抄』の編者は「類」ないし「類聚」なる類題集から、修正なしの形で歌題を採録したと考慮するほうが妥当性を有するのではあるまいか。となると、「類」「類聚」なる類題集には、すでに言及したように『類聚和歌集』が想定されるが、目下のところ、このような類題集は管見に入らないこと、前述したとおりである。ただ、「類聚」なる名称を表題のうちに含む歌集として、さきに触れた『類聚和歌』のほかに、『点取和歌類聚』（樋口芳麻呂氏・天理図書館蔵）や『点取類聚』（樋口氏蔵）があり、樋口氏の「点取和歌類聚と点取類聚」（『和歌史研究会会報』第三十五・三十六合併号、昭和四四・一二）によれば、後者は前者の「草稿的、中間的段階の形態を示す伝本」であるらしく、前者の成立時期は「それ（宝永年間）以降（まもなくのころか）と考えられ」、その「撰者は通茂若しくは通茂周辺の人とみてよいかもしれない」由である。となると、『歌林雑木抄』の刊行が元禄九年であることと、『点取和歌類聚』と『歌林雑木抄』の原拠資料とした各作品との歌題については、おそらく異同が見られないことなどの点で、『点取和歌類聚』を『歌林雑木抄』の集付に「類」とする撰集と認めるにはやや抵触するが、さりとて、『歌林雑木抄』に「類」なる集付が付された歌人の詠は、おおむね『点取和歌類聚』に含まれている模様なので、『点取和歌類聚』を精査していない現時点では、『類題和歌補闕』がいう『類聚和歌集』と『点取和歌類聚』とが同一作品である可能性を、完全には否定しきれないということのみ言い添えておきたいと思う。

なお、『歌林雑木抄』が撰集資料を後水尾院撰『類題集』のみに依拠しているとは言い切れない証拠をもう一つ指摘するならば、版本『類題集』に歌題も例歌も収載しない事例が、『歌林雑木抄』の夏部の当該歌群に、次のごとく二十一例も指摘されることである。

131　花にあかぬたが泪をかそゝぐ覧青葉露けき朝朗哉　（首夏朝露・家集・逍遥院・二四八九）

132 たび衣薄き袂に成にけり古郷人もけふやかふらん　（首夏旅・類・義政・二四九六）
133 けふも猶名をばかへしな桜麻の衣に春の色はなく共　（首夏更衣・類・無名〈逍遥院〉・二四九七）
134 一村とうへしもことしあづまやの余りに茂き庭の呉竹　（新竹染軒・同〈類〉・実隆・二五七七）
135 をかのべやたれ我宿と卯花にかこふも涼し夏はきにけり　（岡卯花・類・無名〈逍遥院〉・二六一二）
136 釣人の川ぞひ小船さす袖のぬらさぬ波や岸の卯花　（船路卯花・類・無名〈勝光〉・二六一五）
137 卯花の雪もてはやす玉川の名にふりがたき里をしぞ思　（里卯花・家集・逍遥院・二六三〇）
138 白玉とかざしにさせる神山の露はとるてにもろかづらせり　（葵露・家集・逍遥院・二六五九）
139 更に猶五月きてさへ待侘ぬほと丶ぎすくる已が初ねは　（子規声遅・類・義政・二七二四）
140 住吉の小田の早苗は千早振神代に種をまきや初けん　（水郷早苗・類・禅空・二九〇〇）
141 袖のかもたが故郷に移し植てみしはむかしの軒の橘　（里盧《ママ》橘・類・二九八七）
142 玉簾すきま求て入風も花立花のかをさそふらし　（盧《ママ》橘薫簾・類・二九九六）
143 立花のこすの隙もるかばかりに昔をかけて忍べしやは　（簾外橘・文明十三・旧院上臈・二九九七）
144 とにかくに影も留めず明るよの竹の林のは分もる月　（竹林夏月・同〈類〉・雅康・三一六八）
145 白妙の真砂の月の霜のよを時ぞともなく飛蛍哉　（月前蛍飛・家集・正徹・三三七六）
146 橋くつる苔の上よりみえ初て蛍流る丶谷の下水　（故渓蛍・同〈類〉・宣胤・三三八六）
147 いつの世に岩ほに生る松が崎雪も氷の種となりけん　（名所氷室・同〈家集〉・正徹・三五〇七）
148 夕立は夢の渡りの雨風に浮てたゞよふ水の浮はし　（橋夕立・同〈類〉・逍遥院・三五四〇）
149 袖に吹林の風の秋の声日数ばかりぞなつの夕かげ　（林納涼・類・親光《ママ》・三六五五）

150　夏深き山路の夕日色くれて秋に涼きならの下陰　（路納涼・類・〈義尚〉・三六五八）
151　氷れるか夏もふか井のつるべ縄くり上る水に落る白玉　（井辺納涼・同〈家集〉・正徹・三六六四）

この131～151の二十一首は歌題・証歌ともに版本『類題集』には収録をみないので、『歌林雑木抄』の撰集資料になる可能性は皆無であるが、北駕文庫蔵の写本『類題集』には、145・147・151の三首を除く残り十八首が収載されるので、撰集資料の可能性は高いと推察されよう。それでは『歌林雑木抄』はこれ以外の三首の歌題と例歌をいかなる撰集から採録したのであろうか。この問題に示唆を与えるのが、『歌林雑木抄』に付されている集付であろうが、その集付は「家集」「類」「文明十三」の三種類に分類される。このうち、「家集」の具体的作品を探してみると、131・137・138の三首が『雪玉集』、145・147・151の三首が『草根集』であり、この二集と『歌林雑木抄』との間にはまったく異同は認められないので、この二集を『歌林雑木抄』の撰集資料に想定し得る可能性はあろうが、実隆の三首は『類題集』（写本）に、収載済みなので、『草根集』のみが対象となろう。なお、132・139の二首は『慈照院殿義政公御集』にも収載され、139の詠には『歌林雑木抄』との間に歌題・例歌の異同は認められないが、132のみは『慈照院殿義政公御集』の歌題が「旅首夏」とあって、『歌林雑木抄』の「首夏旅」と異なっているが、『類題集』（写本）の歌題は『歌林雑木抄』と符合しているので、『類題集』（写本）がこの二首の撰集資料として確認されるのだ。

ここに、『歌林雑木抄』の夏部の類題集的体裁をとる歌群の撰集資料としては、その基幹としてまず『類題集』（写本）が想定されるが、『類題集』に依拠していない場合、『草根集』『雪玉集』『柏玉集』などが想定されるであろうか。なお、目下、その現物が管見に入らないために、確言はできないが、『類聚和歌集』も『類題集』につぐ有力な撰集資料としてあげうることだけは、指摘しておきたいと思う。

五　内　容――原拠資料と詠歌作者

さて、『歌林雑木抄』の夏部の撰集資料については以上のとおりであるが、それでは、以上のごとき撰集資料によって採録された『歌林雑木抄』は、いかなる作者のいかなる作品からの収載であろうか。ここでは夏部の、『類題集』の体裁をとっている歌群に限ってではあるが、『歌林雑木抄』の原拠資料と詠歌作者の問題について検討してみたいと思う。

そこで当該歌群に属する七百四十四首の原拠資料の内訳を掲げるならば、次のとおりである。

雪玉集　六一首、草根集　四九首、和歌一字抄　四七首、出典不詳(3)　四五首、柏玉集　四四首、拾玉集　二九首、師兼千首　二七首、散木奇歌集　二五首、白河殿七百首　二二首、亀山殿七百首　二〇首、玉吟集・新続古今集一五首、玉葉集・宋雅千首　一三首、頼政集・続千載集　一二首、千載集・新古今集　一一首、清輔集　一〇首、順徳院御集・摘題和歌集　九首、後拾遺集・山家集・秋篠月清集・風雅集　八首、源大府卿集・寂蓮集・続古今集・続拾遺集・続後拾遺集・草庵集・新拾遺集・耕雲千首　七首、鴨長明集・二条院讃岐集・郁芳三品集・為家集・為尹千首　六首、長秋詠藻・拾遺愚草・隆祐朝臣集・新後撰集・新千載集・新後拾遺集・後土御門院御詠・常徳院御詠　五首、広綱歌合・金葉集・続後撰集・石間集　四首、顕季集・後鳥羽院御集・藤葉集・新葉和歌集・亜槐集・文明十三年六月十八日会・題林愚抄　三首、詞花集・慈照院殿義政公御集・春夢草・称名院歌集・新勅撰集・信太杜千首・続草庵集・多田民治集・忠度集・伏見院（殿）千首・明日香井集　二首、永享十年五月十九日会・永徳百首・延文百首・歌合・雅世卿集・寛正四年会・堯孝法印日記・江帥集・堀河百首・瓊玉集・経信集・経尋百首・公宴続歌・公澄集・後花園院御集・肖柏千首・済継集・親元百首・千首和歌・続亜槐集・仲正集・十輪院御詠・難題百首・二条太閤会・文明十三年会・文明十三年四月十一日会・林下集・隣女集　一首。

この原拠資料の整理を一覧すると、近世初期の後水尾院宮廷歌壇で重視された「三玉集」のうちの『雪玉集』『柏玉集』と『草根集』とが最大の出典で、次いで院政期ごろの『和歌一字抄』や『散木奇歌集』などの歌集、および『拾玉集』『玉吟集』などの新古今時代の私家集、南朝の定数歌『師兼千首』、後嵯峨院と後宇多院の仙洞御所での探題歌会『白河殿七百首』と『亀山殿七百首』などがそれに続いているが、このような『歌林雑木抄』の内容についての概観は、詠歌作者の整理を試みた後に言及することにしたい。そこで『歌林雑木抄』の夏部の類題集の体裁をとっている歌群の七百四十四首の詠歌作者を掲げると、次のとおりである。

実隆　六二首、正徹・後柏原院　四九首、慈円　二九首、師兼　二七首、俊頼　二六首、顕季・家隆　一六首、雅縁　一三首、頼政　一二首、頓阿　一一首、清輔・順徳院・為家　一〇首、行宗・西行・定家　九首、良経八首、俊成・讃岐・寂蓮・為氏・耕雲　七首、長明・範宗・為尹　六首、小侍従・隆祐・為世・雅親・後土御門院・政為　五首、忠通・後鳥羽院・後嵯峨院・行家・雅有・後宇多院・為道・公雄・義尚・道堅・肖柏・作者不詳(4)　四首、匡房・基俊・雅経・道家・資季・師継・為藤・宗良親王・済継・公条　三首、為遠・為親・為義・雅永・雅世・義政・堯胤・堯孝・経衡・経信・兼行・神祇伯顕仲・光俊・師時・実行・実朝・実定・宗尊親王・親長・崇徳院・成元・前関白左大臣・禅空・忠度・仲実・仲正・白河院・伏見院・邦高親王・良暹　二首、阿仏尼・安芸・贈従三位為子・為教・為広・為孝・為定・為冬・為相・永胤・永実・円照・家基・壊円・家経・覚誉法親王・雅光・雅康・雅頼・季経・季広・季雄・基綱・基氏・基忠・基任・義教・義満・御製（特定できず）・旧院上﨟・教経・教定・教良・具平親王・九条前内大臣・経嗣・経尋・経任・兼弘・兼良・兼澄・顕昭・顕朝・賢阿・源縁・公継・公賢・公実・公通・公任・公澄・光吉・光明院・勾当内侍・行親・行尊・行済・高倉院・綱光・後花園院・後京極（特定できず）・後光厳院・国信・国量・在良・氏久・氏村・師賢・師光・師賢・師仲・資通・資任・時親・式部（二条院皇太后宮）・式子内親王・実家・実夏・実教・実兼・実興・実秀・実性・実右・守覚法親王・宗宣・秀能・秀茂・鷲尾宰相・重衡・重保・承覚法親王・浄弁・俊賀・俊宗・俊定・親光・親雅・親元・親盛・信家・進子内親王・心円・成広・成実・成方・盛房・政平・清成・宣胤・正家・帥中納言・尊胤・増運・達智門院・忠継・忠守・長実・長方・通宗・通秀・定親・貞重・貞常親王・土御門院・冬良・道因・道興・道済・内実・能因・範忠・肥後・輔弘・輔親・明親・有家・有光・頼綱・頼宗・量光・隆経・隆信・良基・隆長・良信・冷泉中納言　一首。

この詠歌作者の整理をみると、『歌林雑木抄』の夏部の類題集の体裁をとる歌群の内容は、原拠資料の整理からも窺知されたように、やはり、「三玉集」のうちの実隆の『雪玉集』と後柏原院の『柏玉集』や、正徹の『草根集』など、室町中・後期の歌人の詠歌から圧倒的多数採録され、次いで、慈円の『拾玉集』や家隆の『玉吟集』などの新古今時代の歌人、南朝の師兼の『師兼千首』、耕雲の『耕雲千首』をはじめ、応永期ころ活躍した雅縁（宋雅）や為尹の千首歌、俊頼・顕季・頼政・清輔などの『和歌一字抄』に採録されている院政期ごろの歌人、二条家の正統な継承者で『草庵集』『続草庵集』を著わした頓阿、庇護者順徳院を失った後、後嵯峨院歌壇の重鎮となった為家などの詠歌が多数収載されているところに、その特徴をうかがうことができよう。そして、これらの『歌林雑木抄』に収載される歌題と証歌は、『歌林雑木抄』が依拠した後水尾院撰『類題集』（版本）に歌題のみ掲げて例歌を欠く部分について、加藤古風が増補した『類題和歌補闕』（版本）に、次の、

152　卯花の光に見れば夕月夜こがくれ多き山路ともなし　（暮山卯花・雑木・後柏原院・六一六）

153　卯花の咲るあはぢをあはとみて塩あひよくるせとの舟人　（渡卯花・雑木・正徹・六二〇）
154　きし高み垣ほつゞきの卯花に河べの里もうづむしら波　（水郷卯花・同〈雑木〉・同〈正徹〉・六二一）
155　いそのかみふるきをかたる友なれや哀と思へ山ほとゝぎす　（郭公久友・雑木・実隆・六三九）
156　けふといへばあやめをさへにふきそへていとゞ露けき草の庵かな　（葺菖蒲・雑木・堯胤・六四五）
157　紫のひともとあふち散ばおし里はみながらにほふ山風　（山家樗・雑木・同〈正徹〉・六六三）
158　最上河よはの幾瀬のなみ分て上ればくだるうぶねなるらん　（名所鵜河・雑木・為広・七一一）
159　ともしする山やまことに五月やみねぬに明ぬと夜を惜むらん　（山中照射・雑木・実隆・七一三）
160　山河のいはねをめぐり行水のながれを照し蛍とぶかげ　（蛍照回流・雑木・〈後柏原院〉・七二〇）
161　夕波のかへるもしらであしべよりなぎたる沖にゆく蛍かな　（海上夕蛍・雑木・正徹・七二三）
162　花にをく露の光はほのめきて入日すゞしきかきのゆふがほ　（垣夕顔露・雑木・同〈実隆〉・七二五）
163　くもらねど影見る池のひまもなし池の蓮の花のかゞみは　（見池蓮・雑木・後柏原院・七三二）
164　此里はふるがうちより日のかげのよそに晴間をみする空かな　（夕立晴・雑木・後柏原院・七三九）
165　なみのをともあらき磯辺の夕立に涼しくそよぐいせの浜荻　（海路夕立・雑木・実隆・七四二）

の152～165の十四首を、この『歌林雑木抄』から補闕していることからも明白なように、歌題・証歌の両面からみて、その模範になりうる種類のものである。ここに『歌林雑木抄』の編者・有賀長伯の和歌に対する好尚が知られようが、それは一方では、和歌の初心者に対する和歌の宗匠としての片鱗を示した結果かも知れないように思われる。

六　編纂目的などの問題

『歌林雑木抄』は以上のごとき内容を有する歌学書であるが、それでは、この歌学書の編纂目的は何であったのであろうか。この問題を究明するために『歌林雑木抄』を精査してみるに、幸いなことに、編者の長伯自身の手になる「序」が巻頭に掲げられているので、以下にこの序文を引用して、この問題を考える端緒にしたいと思う。

やまと哥は、三代集の艶言を本として、みゝなれぬ詞はこひねがはず、といへども、亦時にとりては、萬葉のふるき詞よりはじめ、よゝの堪能のこと葉のはやしをわけて、こかげの落葉をひろひ、耳にたつべき詞をもやすらかにつゞけなさば、をのづから一の風情ともなり、興あることにも侍らん。よりて、古哥の中にひとふしある詞あれば、そのよしあしをたどらず、四季・恋・雑の題をあげて、をの〳〵そのしたにあらはし、亦證哥のために、もろ〳〵のむすび題の哥を、次にしるし、全部八冊、『歌林雑木抄』となづく。猶、天象・地儀・生類・植物・居所・食服・器材・人事等は追加をもて補はんとす。凡制木良工は、そのふしなは本ものをえらぶ。彼童蒙のともがらは、證哥にまよひて、なをき木・まがれる枝のわかちなくは、却て、斧を用ゆるそまびとの毛を吹、疵をもとむるの罪さり所なからん。みるひと、幸に分別して、取捨せむことを、ねがふものをや。

元禄九丙子暦初冬吉辰　　　　無曲軒　長伯

すなわち、傍線を付した部分から窺知されるように、『歌林雑木抄』の編者・有賀長伯は、この序文で二つのことに言及している。その一つは、「古哥の中にひとふしある詞あれば、そのよしあしをたどらず、四季・恋・雑の題をあげて、をの〳〵そのしたにあらはし」という見解であって、これは古典和歌のなかに一箇所でも歌語として見るべき措辞・表現が含まれていれば、そのよしあしに関係なく、その措辞を上段に掲げ、次いでその措辞が含まれる歌題下に、その措辞を含む証歌を一首提示するというものである。たとえば、夏部の冒頭の例を示すならば、

○　夏

夏の日より　花ちりし春の嵐をゝし置て夏の日よりに吹せてしがな

（三百六十首中、よしたゞ・二四四九〈傍線引用者〉）

のとおりで、「夏の日より」が「ひとふしある詞」に、「夏」が「四季の題」に、「花ちりし……」の例歌が「をの〱そのしたに（例歌を）あらはし」に各々、相当するわけである。これは、歌語とその歌語を含む措辞を、例歌とともに提示して、和歌初心者への手引とする歌語辞典ともいうべきもので、その収録数は『増補和歌題林抄』と比較すると、やや少ないが、それは『歌林雑木抄』のほうが、それだけ基本的な歌語および歌語を含む措辞だけを提示しているからであろう。

そのもう一つは、「證哥のために、もろ〱のむすび題の哥を、次にしるし」という見解であって、これは一般的な歌題に関わる結題とその証歌を示した、所謂、類題集の体裁をとる内容になっている歌群についての言説である。この類題集の体裁をとっている部分こそ、『歌林雑木抄』を、面目躍如たる歌学書になしえていると評しえよう。なぜなら、『歌林雑木抄』が後水尾院撰『類題和歌集』などの類題集に依拠しているとはいうものの、『類題集』が歌題のみ有し、例歌を欠く場合においても、『歌林雑木抄』が適切な証歌を増補している事例は、これまで指摘したとおり、枚挙に遑がないのであって、歌題とその適切な証歌一首の提示という本書の基本的姿勢は、終始一貫して貫かれ、この種の類書をはるかに陵駕する内容になっているからである。そのうえ、たとえば、「尋時鳥帰路聞」の歌題には、

166　尋つるかひはなけれど子規かへる山路に一声ぞなく　（尋時鳥帰路聞・風雅・季経・二七五九）

の166の証歌が付されているが、この「尋時鳥帰路聞」の歌題の場合には、

時鳥の初音をこひて、こゝかしこ尋ねれど、えきかで、せんかたなくかへる道にて、聞いだしたる心也。

という注解までもが施されているところには、『歌林雑木抄』に単なる通常の類題集とは異なる特性を認めうるのであって、ここには、あくまで『歌林雑木抄』を、和歌初心者への実用的手引書にしようとする編者・有賀長伯の心配りが顕著に表れているように思われる。

これを要するに、『歌林雑木抄』の編纂目的は、歌語とその歌語を含む措辞および証歌の提示と、一般的な歌題に関わる結題とその証歌の提示の二つの側面を併せ持った。和歌の初心者への実用的手引書の供給という、一種の啓蒙的活動にあったといえるのではなかろうか。この結論は、今回精査の対象にした夏部以外の部立の検討を済ませた後に出すべき種類のものかも知れないが、夏部以外の部立の精査は今後の課題とすることにして、現時点では、一応、この結論をもって筆者の見解としておきたいと思う。

ちなみに、本書の刊行は、さきに引用した序文の記事と、刊記に「洛陽書林／吉田四郎右衛門／元禄九丙子歳初冬吉日」とある記述とから、元禄九年（一六九六）初冬であることは言うまでもない。

なお、『歌林雑木抄』の序文で、有賀長伯が「猶、天象・地儀・生類・植物・居所・食服・器材・人事等は追加をもて補はんとす」と言及している『和歌分類』[5]については、本節のII項を参照していただきたい。

注

（1）拙論「『増補和歌題林抄』の成立―夏部の視点から―」（『光華日本文学』創刊号、平成五・七、本書第三章第一節）参照。

（2）ちなみに、『歌林雑木抄』の当該歌百二十一首の歌番号のみ記しておくと、次のとおりである。二四五八・二四六〇・二四六一・二四六六・二四八四・二四八六・二四八七・二四九〇・二四九二〜二四九五・二四九八・二五〇〇・二五〇二・二

五〇三・二五〇五・二五〇九・二五一〇・二五二三・二五四六・二五六二・二五六五～二五六七・二五六九～二五七一・二五七五・二五八九・二六〇九・二六一一・二六一九・二六二四・二六二六・二七二二・二七二九・二七七九・二八〇〇・二八二八・二八九八・二九三五・二九三八・二九四七・二九七六・二九七七・二九七九・二九八一・二九八五・二九九〇・二九九四・三〇一四～三〇一七・三〇一九・三〇七三・三〇八〇・三〇九三～三〇九五・三一〇〇・三一〇四・三一一三・三一三八・三一四七・三一四八・三一五七・三一六一・三一六三・三一七二・三二一〇・三二一七・三二四八・三二五五・三三〇五・三三〇九・三三一三・三三三九・三三四一・三三七七・三三七九・三三八一・三三八九・三三九四・三三九五・三四〇〇・三四〇六・三四四三・三四五〇・三四五七・三四七六・三四七八・三四七九・三四八二・三五〇四～三五〇六・三五〇八・三五二七・三五三二・三五三七～三五三九・三五四一・三五六二・三五六四・三五六六・三五六七・三五七〇・三五七四・三五九八・三六二一・三六二二・三五四九・三六六八・三七三三・三五三四・三七三五・三七三八。

（3）出典不詳の四十五首の詠歌作者を掲げておけば、後柏原院・政為　五首、道堅・作者不詳　四首、為道・尭胤・済継　二首、為広・為孝・雅康・基綱・梶井宮（尊胤）・御製（特定できず）・勾当典侍・式部卿（貞常親王）・実右・実隆・鷲尾宇相・肖柏・重衡・親光・宣胤・増運・冬良・帥中納言・邦高親王・冷泉中納言・量光　一首のとおりである。

（4）作者不詳の四首は、いずれも集付に「類」とある詠歌である。

（5）拙論「有賀長伯編『和歌分類』の成立―巻四『居所部』の視点から―」（『中世文学研究』第二十一号、平成七、八、本節のII項）参照。

II　『和歌分類』の成立

一　はじめに

筆者は本節のI項「『和歌雑木抄』の成立」で、有賀長伯の歌学書『歌林雑木抄』について、夏部に限っての考察ではあったが、一応、筆者なりの結論を出すことができた。すなわち、撰集資料について、標記した歌句を含む歌群には『夫木抄』と『類題和歌集』を、結題とその例歌を掲げる歌群には『類題和歌集』および『雪玉集』『草根集』『柏玉集』などを想定し、また、その編纂目的は、歌語とその歌語を含む措辞および証歌の提示と、一般的な歌題に関わる結題とその証歌の提示の二つの側面を併せ持った、和歌の初心者への実用的手引書の供給という、一種の啓蒙的活動にあった、と想定することができた。ところで、有賀長伯は『歌林雑木抄』の序文のなかで、「猶、天象・地儀・生類・植物・居所・食服・器財・人事等は追加をもて補はんとす」と言及しているので、その「追加」に相当する、言わば『歌林雑木抄』の補遺編ともいうべき歌書の検討が次に要請されるのである。

すなわち、『歌林雑木集』の補遺編に該当するのが『和歌分類』である。ところが、『和歌分類』については、わずかに福井久蔵氏が『大日本歌書綜覧　上巻』（昭和四九・五再刊、国書刊行会）で、「**和歌分類**　七巻　同（有賀長伯）／天象、地儀、居所、草木、生類、器財、人倫等の部に分ち、證歌を挙げたもの。元禄十一年上板。享保三年再板」と言及されている程度であって、本書について本格的に論じた先覚は目下のところ、管見には入らない現況にある。

したがって、本項は『和歌分類』の巻四「居所部」に限定しての撰集資料の問題を中心にした作業報告にしか過ぎないが、ここで前項の補完をしておきたいと思う。

二　書誌的概要

さて、大阪女子大学（現大阪府立大学）蔵の版本『和歌分類』によって、まず、本書の書誌的概要に言及しておくと、次のとおりである。

大阪府立大学蔵。一六三五五番。版本。五冊・灰汁色無地の表紙に、題簽「和歌分類」を付す。内題は「和歌分類」。料紙は楮紙。巻頭に「仲野家蔵」「山崎文庫」の印記を押す。縦二二・四糎×横一五・六糎。匡郭（単）縦一七・二糎×横一二・三糎。柱「分類一天（項目を記す）一」。丁数は、第一冊（巻一・二）八一丁、第二冊（巻三）四五丁、第三冊（巻四）五〇丁、第四冊（巻五）五六丁、第五冊（巻六・七）八七丁。遊紙はない。書式は、一面一二行で、頭に歌句を置き、次いで集付（出典注記）、証歌（例歌）、作者注記の順で記す。第一冊には序があり、各巻巻頭に目録を付す。刊記に「元禄十一戊寅歳首夏上弦／京城　書肆　仲野六右衛門刊」と記す。

なお、本書の体裁について、巻五の「草木」部の事例ではあるが、「桐」の例で紹介しておくと、次のごとくである。

○桐

桐の葉おつる　信太杜　松に吹夕の風は昔にて桐のはおつるふるさとの雨

桐の一葉　桐は初秋に一葉ちりそむるよし、古詩にもつくれり。御（ママ）桐の一葉といふ。

千首　あぢきなや桐の一葉の落初て人の秋こそやがてみえぬれ　為尹

軒ばのきり　同　一葉ちる軒ばの桐の音よりもうきみに秋の先知れけり　師兼卿

●きりの落葉　八雲御抄

この事例をみてわかるように、『和歌分類』は『歌林雑木抄』とは異なって、標記した歌句に証歌（例歌）を付す歌群が中心となり、それに『八雲御抄』などに掲載される証歌を省略した歌句のみを列挙する付録の部分からなるという構成を採っている。したがって、『和歌分類』は、歌句の提示とその証歌を集成した、言わば歌ことば辞典ともいうべき性格をもつ歌書と規定できるであろう。

それでは、『和歌分類』はいかなる部類のいかなる項目のもとに、どの程度の証歌を収録しているのか、次に巻別に整理してみよう。

巻一　天象部　　四八六首

天　一二首、日　二四首、星　二五首、風并嵐・颪　九八首、雲　八三首、雨　三三首、火并灯　三二首、烟　四〇首、塵　一八首、暁　一九首、朝　二二首、昼　九首、夕　二四首、夜并闇　四七首。

巻二　地儀部上　五七四首

山並尾上　一一四首、山嶺并根嵩　二一首、杣　一七首、谷　三〇首、洞　一三首、坂　三首、岡　一二首、路一〇五首、駅　一三首、林　一〇首、森　六首、橋　四二首、野　二七首、原　九首、田並畠・畑　六六首、石并岩・巌・真砂　五三首。

巻三　地儀部下　五九七首

海　三四首、湖　一二首、浜　二〇首、潟　五首、浦　二三首、島　二〇首、湊　一三首、崎　七首、灘　三首、迫門　七首、泊　五首、津　三首、洲　一三首、滝　三四首、河　六四首、淀　五首、渡　八首、沖　一五首、磯并灘　二九首、淵　一一首、瀬　二六首、岸　二四首、江　二二首、池　一七首、沢　八首、沼　一二首、井　一九首、堤　五首、水　六四首、波　三六首、塩　三三首。

巻四　居所部　六八六首

国　三五首、都　一六首、禁中　二八首、故宮　二三首、故郷　三四首、水郷　二八首、郡　一五首、里　三五首、村　三首、山家　五六首、田家　二二首、寺　三一首、閑居并幽居　二二首、屋　四六首、市　六首、家　九首、宿　一三首、庵　四〇首、園　四首、軒　一八首、庭并砌　二四首、垣　五八首、籬　一八首、門　二三首、戸并

簾　四三首、窓　一四首、隣　一〇首。

巻五　草木部　　七一四首

草　三八首、芝　一〇首、萍　七首、藻　一六首、薦　五首、菅　二七首、芦　三二首、浅茅　一〇首、蓬　一七首、葎　六首、苔　一八首、忍草　四首、忘草　六首、思草　六首、鴨頭草　五首、萱　一三首、沼縄　五首、莫鳴草　五首、和布　三首、海松　五首、蔓　五首、鞭草　三首、浜木綿　三首、藍　六首、紅　六首、紫　一〇首、麻　六首、雑草　二三首、篠　二二首、竹并笋　六五首、木枝・梢・葉・根　二八首、松　七三首、杉　二九首、榊一三首、椿　一四首、柏　二〇首、楢　五首、桂　七首、槙　一〇首、檜　四首、栗　六首　桐　三首、栢　五首、楸　四首、梨　七首、李　五首、杏　二首、椎　八首、柿　三首、柴　二一首、桑　八首、榓　六首、槻　四首、雑木　四三首。

巻六　生類部　　四六〇首

鳥　二八首、鷹　三一首、鶴　三六首、鷺并鵲　二四首、鶏　一二首、烏　一三首、雀　七首、鳩　一一首、鵜六首、山鳥　八首、都鳥　二首、百舌鳥　七首、鷲　六首、雑鳥　二七首、竜　三首、虎　七首、熊　四首、猪八首、牛　一四首、馬　四六首、猿　一〇首、犬　六首、雑獣　一五首、亀　一二首、貝　三八首、蜻蛉　六首、蛛　一三首、繭　五首、蝶　五首、雑虫　一一首、魚　八首、鯉　五首、鮒　四首、鮎　九首、鯛　六首、雑魚七首。

巻七　器財人倫部　七九四首

酒并盃　一五首、薬　八首、文并書　一四首、絵　五首、硯并筆　六首、玉　三二首、金　八首、宝　一首、鏡一六首、太刀并刀劔　一四首、弓　一八首、箭　一三首、杖　六首、蹴鞠　五首、簑并笠　二四首、衣并絹袖裳一〇九首、布　八首、錦　一一首、帯　一六首、紐　一〇首、緒　五首、糸　一九首、綿　七首、鬘並髪　一五首、櫛　八首、枕　五五首、莚　一六首、床　一七首、簾　一二首、琴　一五首、笛　一二首、鐘　六首、車　一九首、筏　六首、船　一〇八首、船具楫・櫓・帆・碇　一四首、綱　二一首、縄　一三首、注連　八首、幣并木綿四手祓麻一七首、海士　九首、遊女并傀儡　一五首、樵夫并樵路　一二首、老　一九首。

これを要するに、『和歌分類』は巻一・天象部、十四項目・四百八十六首、巻二・地儀部上、十七項目・五百七十四首、巻三・地儀部下、三十一項目・五百九十七首、巻四・居所部、二十八項目・六百八十六首、巻五・草木部、五十四項目・七百十四首、巻六・生類部、三十六項目・四百六十首、巻七・器財・人倫部、四十五項目・七百九十九首の、都合、全七巻、二百二十五項目、四千三百十六首の歌ことば辞典ということになろう。

三　撰集資料の問題

さて、以上のごとき内容を有する『和歌分類』は、いかなる撰集資料から採歌して、このような歌語辞典に編纂されたのであろうか。この問題を考察しようとするとき、『和歌分類』全七巻のすべての項目にわたって検討するのが本筋ではあろうが、それは現在の筆者には手に余る作業量であるので、ここでは便宜的に巻四の「居所部」を対象にして、この問題を検討してみたいと思う。そこでまず、「故郷」の項目の歌語および例歌などを引用すると、次のとおりである。ちなみに、引用和歌に付した傍線は『和歌分類』にはなく、引用者が任意で参考までに付したものである。

○　故郷

1　人ふるすさとをいとひてこしか共ならの都もうき名也けり　（人ふるすさと・古今・二条・一七六〇）

2　み吉野の故郷人やをのづから世にかくれがの道を知らん　（古さと人・類・後柏原院・一七六一）

3　ねやの内の槙の板さへ苔むしてやつれはてたる草の故郷　（草のふる郷・貞応三年百首・民部卿為家・一七六二）

4　ふり残るひはだがはらも庭もせに木葉と散て野分吹空　（ふりのこるひはだがはら・一字抄・古郷野分・逍遥院・一七六三）

5　故郷のふはの中山日はくれて関屋さびしく秋風ぞ吹　（古郷のふはの中山・夫木・故郷の中に出・光俊朝臣・一七六四）

6　かりあけぬ道深草の里の名はあれにし後やいひ初けん　（ふかくさのさと・新六故郷・知家・一七六五）

7　塩がまの昔の跡はあれはてゝ浅ぢが原にうづら鳴也　（しほがまのむかしの跡・一字抄・故郷鶉・平忠度・一七六六）

8　くち残る柳むら〳〵色に出て古きみ垣の春をみせける　（ふるきみがき・同〈一字抄〉・古郷柳・逍遥院・一七六七）

9　葎はひ蓬が杣とあれはてゝ古にし里は人影もせず　（蓬が杣とあれはてゝ・堀後百・常陸・一七六八）

10　秋風の荻の葉すさぶ夕まぐれたが住すてし宿の笆ぞ　（すみ捨しやど・新続古・後京極摂政〈良経〉・一七六九）

11　末迄と契てとはぬ古郷に昔がたりの松風ぞふく　（昔がたりの松風・続拾・古郷恋・同〈後京極摂政〉・一七七〇）

12　ならのはの名におふ宮も今更に時雨降そふ秋の色哉　（ならのはの名におふ宮・類・古郷紅葉・雅経・一七七一）

13　古郷のみかきが原のはじ紅葉心とちらせ秋の木枯らし　（みかきが原・同〈類〉・同〈古郷紅葉〉・宮内卿・一七七二）

14　たをやめの袖はおしまず飛鳥河紅葉をよそによきて吹なん　（あすか・同〈類〉・同〈故郷紅葉〉・家長・一七七三）

15　駒なべていざみかの原古郷の紅葉は今も秋を知らん　（みかの原・同・〈類〉・同〈古郷紅葉〉・右大臣・〈道家〉・一七七四）

16　み吉野ゝ山の秋風さよ更て古郷寒く衣うつなり　（みよしの・新古・参議雅経・一七七五）

17　爪木こる跡も昔になりぬとや吉野の宮の今朝の初雪　（吉野の宮・一字抄・古郷初雪・寂蓮・一七七六）

18　さほ殿のさかゆるみればかげふれて古郷と社覚えざりけれ　（さほどの・堀後百・古郷・源朝臣兼昌・一七七七）

19　初時雨ふりにし里のしかすがに同じながらの山のはの雲　（ながら・一字抄・古郷時雨・〈雅経〉・一七七八）

20　はぎ原とみるぞ悲しき高円のおのへの宮の昔しらねば　（高円のおのへの宮・同〈一字抄〉・古郷萩・平忠度・一七七九）

21　時鳥たかつの宮にくれは鳥あやしき迄の声の色哉　（高津宮・同〈一字抄〉・古郷時鳥・慈円・一七八〇）

22　初せ河霞て音は菅原や伏みのさとの長雨の空　（すがはらのふしみ・同〈一字抄〉・古郷春雨・為広・一七八一）

23　めぐり行秋やはもとの秋の空月ぞ昔のしがの古郷　（しがの古道《（ママ）》・千五百番・後鳥羽院・一七八二）

24　よそにみしまゆみの岡も君ませ《すめイ》ばとこつ《ろイ》みかどゝとのゐするかも　（まゆみの岡・万葉・古郷哥・無名・一七八三）

25　忘草わがひもにつくかぐ山のふりにしさとを忘じがため　（かぐ山のふりにし里・万葉・無名・一七八四）

26　大原やふりにしさとに妹を置て我いねかねつ夢にみえつゝ　（大原のふりにしさと・同〈万葉〉・人丸・一七八五）

27　みのゝ国たきのゝ上に宮ゐせしあとに流れてたきぞのこれる　（たきのゝうへ・顕朝卿家千首・故郷・権少僧都玄覚・一七八六）

28　時鳥たれしのべとか大あらきのふりにしさとを今もとふらん　（大あらきのふりにしさと・夫木・古郷・定家卿・一七八七）

29　忍べ共いはぬ色なる山吹の花に恋しき井出の古郷　（井出の古郷・千五百番・後久我内大臣〈通光〉・一七八八）

30　夏かりの芦まの浪の音はして月のみ残るみほの古郷　（みほの古郷・同〈千五百番〉・寂蓮・一七八九）

31　いづみ河いつより人のすみ絶てくにの都はあれはじめけん　（くにの都・新続古・源兼氏朝臣・一七九〇）
32　露の袖霜のさむしろいかならん浅ぢかたしくをの丶古郷　（をの丶故郷・夫木・古郷秋・後京極摂政・一七九一）
33　けふよりも霞む山路に立のぼり三輪の故郷ほのかにぞみる　（三輪の古郷・同〈夫木〉・元真・一七九二）
34　藤原の故郷人になれるみを島松のえもさこそしげらめ　（藤原の故郷・同〈夫木〉・参議忠基・一七九三）

以上の三十四首が「故郷」に関わる歌語を内包する例歌であるが、これらの出典と詠歌作者名を明記しておくと、1が『古今集』の二条の詠、2・34が出典不明の後柏原院・藤原忠基の詠、3が『貞応三年百首』の為家の詠、4・8が『雪玉集』の実隆の詠、5が『文集百首』の光俊の詠、6が『新撰六帖』の知家の詠、7・20が『忠度集』の忠度の詠、9・18が『永久百首』の常陸・兼昌の詠、10・31が『新続古今集』の良経・兼氏の詠、11が『続拾遺集』の良経の詠、12・19が『明日香井集』の雅経の詠、13・14・15が『建保五年九月歌合』の宮内卿・家長・道家の詠、16が『新古今集』の雅経の詠、17が『寂蓮集』の寂蓮の詠、21が『拾玉集』の慈円の詠、22が『参議済継集』の為広の詠、23・29・30・32が『千五百番歌合』の後鳥羽院・通光・寂蓮・良経の詠、24・25・26は『万葉集』の詠で、24・25が読人不知歌、26が人麻呂の詠、27が『顕朝卿家千首』の玄覚の詠、28が『守覚法親王家五十首』の定家の詠、33が『天徳三年八月女房前栽合』の元真の詠のとおりである。ところで、これらの三十四首は原拠資料から抄出されて『和歌分類』に収載されたのであろうか。この点について検討を進めてみると、実は、『和歌分類』の編者は、集付（出典注記）に「類」「一字抄」「夫木」と注記する私撰集や類題集から、これらの例歌を一括して収録した可能性が生じてくるのである。すなわち、1・6・10・16の四首については、目下、撰集資料を特定することはできないが、2・9・11〜15・18・32の九首が後水尾院撰『類題和歌集』（版本、以下『類題集』と略称する）に、3・5・23〜31・33・34の十三首が藤原長清編『夫木抄』に、4・7・8・17・19〜22の八首が後水尾院撰『一字御抄』に各々、収載されているのである。なぜならば、3・5・27・34の四首は、現在のところ『夫木抄』にしか収載をみない詠歌であり、また、2の後柏原院の詠もまた、『類題集』にのみ見出される歌であり、また、各々時代を異にする歌人の詠である19~22の四首（19と21は同時代だが）が『和歌分類』に連続して配列されるには、「故郷」関係の結題を一括掲載している『一字御抄』に依拠しない限り、不可能であるからである。ということは1の『古今集』、6の『新撰六帖』、10の『新続古今集』、16の『新古今集』は原拠資料からの採録の可能性が高いが、そのほかの詠歌の撰集資料には『夫木抄』『類題集』『一字御抄』の三集を想定しうることを意味するであろう。

はたして、この推定が正鵠を射ているか、否か、さらに「故宮」に関わる歌語とその例歌で検証してみよう。

35　絶はてゝふりぬるみやの玉簾こにだにみたず成にける哉　（ふりぬるみや・新六・衣笠内大臣〈家良〉・一七三七）

36　月ひとり遥けき秋をふるみやにみし世かたらふかげぞすみ行　（ふるみや・続撰吟・貞敦・一七三八）

37　高円やあれのみ増る宮の内に残る昔の庭の松風　（荒のみ増る宮の内・百首御歌・土御門院・一七三九）

38　大和かもしき島の宮しき忍ぶ昔をいとゞ霧やへだてん　（しき島の宮・八幡別宮歌合・後京極摂政・一七四〇）

39　我大君のよろづ代とおもほしめしてつくらしゝかぐ山のみや万代に　略　（かぐ山の宮・万葉・〈人丸〉・一七四一）

40　高円の野の上の宮は荒にけりたゞしき君のみよとほりけば　（高円の野の上の宮・中納言家持・一七四二）

41　萩が花ま袖にかけて高円のおのへの宮にひれふるやたれ　（高円のおのへの宮・新古・顕昭法し・一七四三）

42　をばたゞの宮の古道いかならん絶にし後は夢のうきはし　（をばたゞのみや・百首御哥・土御門院・一七四四）

43　よそにみし古き梢の跡もなしひばらの宮の秋の夕ぎり　（ひばらの宮・百首・家隆卿・一七四五）

44　巻向の玉きの宮に雪ふれば更に昔の朝をぞみる

（まきもくの玉きの宮・後法性寺入道関白家百首・俊成卿・一七四六）

45　すが原や伏みの宮の跡ふりていくらの冬の雪つもるらん
（菅原やふしみの宮・一字百首・前中納言定家卿・一七四七）

46　荒にけり高津の宮の浅ぢ原猶玉じきの村雨つゆ　（高津宮・家集・鴨長明・一七四八）

47　やすみ知我大君のありがよひなにはの海はくぢらとる　略　（なにはの宮・万葉・無名・一七四九）

48　さゝ浪や大津の宮は名のみして霞たな引宮木守なし　（大津の宮・家集・人丸・一七五〇）

49　ひのくまのいりのゝ宮のさゆる日は河瀬氷て駒も渡さず　（入野の宮・夫木・光俊朝臣・一七五一）

50　古のながらの宮は跡もなし橋柱だにくちはつる世に　（ながらの宮・同〈夫木〉・権僧正公朝・一七五二）

51　くにみせし昔は遠く霞きぬ吉野の宮の春のよの月
（よしのゝ宮・弘長元年中務卿親王家百首・権僧正公朝・一七五三）

52　み吉野の秋つの宮の桜花幾世咲てか神さびぬらん　（秋津宮・夫木・法印尊海・一七五四）

53　たづの鳴芦べの浪に袖ぬれてあぢふの宮に月をみる哉
（あぢふの宮・〈建長七年顕朝家千首〉・少僧都玄覚・一七五五）

54　山城のつゞきの宮に物まうす我せをみれば泪ぐましも　（つゞきの宮・日本紀・読人不知・一七五六）

55　天地の神代はしらずかしはらの宮ゐは国の始也けり
（かしはらの宮・弘安元年百首・法印定円・一七五七）

56　あきつしまやまとの国のかしはらのうねびのみやに宮ばしら　略　（うねびの宮・万葉・中納言家持・一七五八）

57　橘の島のみやにはあかずともさだの岡べにとのゐしに行　（しまの宮・同〈万葉〉・〈人丸〉・一七五九）

以上の二十三首が「故宮」に関わる歌語と例歌だが、このうち、35・36・41の三首を除く残りの37～40・42～57の二十首はすべて『夫木抄』に収載されている歌ばかりである。したがって、この事実から、『夫木抄』を『和歌分類』の撰集資料の一つに想定しうることは、ほぼ間違いなかろうが、ここで決定的な証拠を示すならば、「寺」に関わる歌語とその例歌である、

58　白河や近きみてらの糸桜年の緒長く君ぞさかへん　（みてら・白川七百・花山院内大臣・一九六九）

の58の詠の作者注記についてである。ちなみに、これは『白河殿七百首』の師継の詠で、そこには「皇后宮大夫」と作者表記がなされて、『和歌分類』のそれとの間に異同が認められる。そこで、師継を「花山院内大臣」と表記している作品を探すと、唯一『夫木抄』が見出されるのみで、ここに『夫木抄』が『和歌分類』の撰集資料の一つであることは、まず疑いえないであろう。

なお、35の衣笠家良の『新撰六帖』については、「閨」の歌語とその例歌である、

59　茂れたゞねやのあれまの忍草しばし時雨も留る計に　（ねやのあれま・新六・知家・二一二〇）
60　冬きてはあねこがねやのたかすがき幾夜すきまの風は寒けき　（あねこがねや・新六・知家・二一二三）

の59・60の両首が出典の『新撰六帖』にしか収載をみないことから、また、36の貞敦の『続撰吟集』については、「山家」に関わる歌語とその例歌である、

61　をのづから道有けりな山がつのそのふの桃の花をしるべに　（山がつの園生・続撰〈吟〉・尭空・一八八九）
62　山里の外面の楸咲しほり夕立さそふ風の涼しさ　（山里の外面・同〈続撰吟〉・雅世・一八九〇）
63　遁きてね山の庵の秋の月浮世の夢は逃ざらなん　（ねやまの庵・同〈続撰吟〉・同〈雅世〉・一八九一）
64　しづかなる柴のと山のね覚にも猶思ふるや有明の空　（柴のとやま・同〈続撰吟〉・道堅・一八九二）

の61〜64の四首が連続して『和歌分類』に収載されていて、出典資料から直接採録された可能性が高いことから、ま

た、41の顕昭法師の出典たる『新古今集』については、「水郷」に関わる歌語とその例歌である、

65　三島江や霜もまだひぬ芦の葉につのぐむ程の春かぜぞ吹　（三島江・新古・水郷春望・左衛門督通光・一八一九）
66　夕月夜塩みちくらし難波江の芦の若ばをこゆるしらなみ　（難波江・同〈新古〉・同題〈水郷春望〉・藤原秀能・一八二〇）
67　み渡せば山本かすむみなせ河夕は秋となに思けん　（水無瀬川・同〈新古〉・同題〈水郷春望〉・太上天皇・一八二一）

の65〜67の三首を一括収録しているのが、『二八明題和歌集』と『明題和歌全集』であるが、『和歌分類』のそのほかの詠歌の収録状況からみて、この二集の撰集資料の可能性は低かろうから、総じて、35・36・41の三首は原拠資料から抄出したと推測されるのではなかろうか。

次に『類題集』がはたして『和歌分類』の撰集資料になっているか、否かを検証してみよう。そこで、「閑居」に関わる歌語とその例歌を、冒頭から五首と末尾から三首引用して検討を加えてみることにする。

68　残る松かはる草木の色ならで過る月日もしらぬ宿哉　（過る月日もしらぬやど・玉葉・閑居・同〈定家〉・一九八四）
69　とことはに身をもはなれぬ影だにも月入ぬればみえずなりぬる　（みをもはなれぬかげ・御室百〈首〉・同〈閑居〉・三条入道左大臣〈実房〉・一九八五）
70　木の葉分て庭にたゝずむ鹿のみぞ都にうとき友と成ぬる（庭にたゝずむ鹿・類〈題〉・同〈閑居〉・寂蓮・一九八六）
71　山陰や松のとぼそも埋れて月ぞさし入雪の枕に　（松のとぼそ・家集・同〈閑居〉・家隆・一九八七）
72　ことしげき栖をよそに結び置すゞのしのやの雨の夕ぐれ　（すゞのしのや・郁芳三品集・同〈閑居〉・範宗・一九八八）

73　誰かはと思ひ絶ても松にのみをとづれて行風もうらめし　（松にのみをとづる、風・新古〈今〉・閑居・有家朝臣・二〇〇三）
74　松に嵐浅ぢが露に月の影それより外に問人はなし　（問人はなし・玉葉・同〈閑居〉・従三位為子・二〇〇四）
75　わくらばに問れし人も昔にてそれより庭の跡はたえにき　（庭の跡たゆる・新古〈今〉・同〈閑居〉・定家朝臣・二〇〇五）

まず、68～72の五首は『類題集』の「閑居」の例歌として収録され、『和歌分類』が『類題集』から抄出したことはまず間違いなかろうが、この推測を決定づけるのが、68の作者表記を「同」としている『和歌分類』の編者の不用意さである。そこで、何故に『和歌分類』の「閑居」の最初の歌の作者に「同」なる作者注記がなされたのかを考慮すると、実は『類題集』には、68の詠の直前に定家の75の歌が置かれているので、68の詠は「同」の作者表記ですましているのを、ついうっかり『和歌分類』の編者がそのまま「同」と表記した結果であろうと憶測されるのである。このことから、『類題集』を、『和歌分類』の撰集資料の一つに加えうることは間違いなかろうし、また、73～75の三首も『類題集』に収載され、各々、原拠資料が異なるので、これらを一括収録する『類題集』から採録された可能性は高いであろう。

次に、『一字御抄』が『和歌分類』の撰集資料になりうるか、否かの確認であるが、この点についても、「禁中」「閑中」に関わる歌語とその例歌である、

76　西になる光もあかずすむ月の花のとぼその明がたの空　（花のとぼそ・家集・禁中月・逍遙院・一七〇九）
77　玉敷やみかきの竹の白露に虫の音しげき秋かぜぞ吹　（みかきの竹・一字抄・禁中虫・順徳院・一七三六）
78　さらぬだにはらはぬ庭の閑しきに一葉を散す秋風ぞふく　（はらはぬ庭・一字抄・閑庭秋来・州覚・一九九七）

の76～78の三首が『一字御抄』に収載され、76が「禁中月」、77が「禁中虫」、78が「閑庭秋来」の証歌になっているので、首肯されるであろう。

ここに、現時点で『和歌分類』の撰集資料として確認されるのは、藤原長清編の『夫木抄』と、後水尾院撰の『類題和歌集』『一字御抄』の三集であると言うことができよう。したがって、これらの三集に収載されない詠歌については、そのほかの撰集資料を目下、探索できない現況にあるので、原拠資料からの採録と憶測され、おそらくその可能性が高いであろう。

四　内　容――原拠資料と詠歌作者

さて、『和歌分類』の巻四「居所部」の撰集資料が以上のとおりであるならば、それらの詠歌の原拠資料と詠歌作者はいかなるものであろうか。次に、内容の検討に入りたいと思う。そこでまず、原拠資料についてだが、この点については、たとえば『和歌分類』が『夫木抄』『類題集』『一字御抄』なども集付に注記しているので、厳密な意味での探索が不可能なので、『和歌分類』の集付の指摘を重視しながら、集付を欠く場合は、筆者が調査した結果を加味して整理したのが、次の結果である。

夫木抄　一三一首、類題集　七七首、新撰六帖　五六首、続撰吟抄　三一首、万葉集　三〇首、玉吟集　二二首、新古今集　一四首、玉葉集　一二首、堀河百首・拾玉集　一一首、雪玉集・一字御抄　一〇首、永久百首・続千載集・為尹千首　八首、千五百番歌合・新千載集　七首、古今集・十題百首・拾遺愚草員外・宝治百首・風雅集・耕雲千首・柏玉集　六首、伊勢物語・五社百首・為家千首・貞応三年朗詠百首・続後拾遺集・新続古今集五首、千載集・山家集・秋篠月清集・明日香井集・続後撰集・白河殿七百首・弘長百首・現存六帖・草庵集・信太杜千首　四首、金葉集・三百六十首・郁芳三品集・後鳥羽院御集・順徳院百首・毎日百首・新後拾遺集・宋雅千首・詩歌合　三首、延文百首・嘉元百首・嘉禄二年百首・加茂社百首・寛喜元年女御入内御屛風・久安百首・経盛卿家歌合・建長八年百首歌合・建保三年名所百首・光台院五十首・散木奇歌集・師兼千首・承元元年長尾社歌合・称名院千首・続拾遺集・新後撰集・新勅撰集・草根集・洞院摂政家百首・土御門院百首・伏見院三十首・老若五十首歌合・六百番歌合　二首、いろは四十七首・雲葉集・永仁三年為相家歌合・永徳百首・永和元年九月十三日内裏御会・遠所御歌合・寛平御時后宮歌合・亀山殿七百首・祇園百首・顕朝卿家千首・建保三年道家家百首・建保五年歌合・弘安百首・弘長元年中務卿親王家百首・古今六帖・古今著聞集・後法性寺入道関白家百首・催馬楽・式部卿親王家御会・拾遺愚草員外・拾遺集・正治百首・続古今集・新拾遺集・信実集・新室町殿中宮入内御屛風・人丸集・水無瀬殿恋十五首歌合・題林愚抄・忠峯集・中務卿親王家五十首歌合・長明集・亭子院歌合・日本紀・年中行事歌合・八幡若宮歌合・文永二年詩歌合・文治三年十首・万代集・頼政集・隆祐集・不明一首。

なお、出典不明の一首は、「山家」の項の姉小路基綱の、

79　石の床苔の莚の夕嵐ちりの外なるちりはらふらし　（石の床苔の莚・同〈伏見院三十首〉・基綱・一九二八）

の79の詠であるが、79の集付は誤りである。

一方、『和歌分類』の巻四「居所部」の詠歌作者は、次のとおりである。

読人不知　三四首、為家　三三首、家隆　三二首、実隆　二六首、定家　二二首、信実・後柏原院　二一首、良経・慈円・知家　一八首、光俊　一六首、雅世　一四首、為尹　一三首、俊成　一二首、家良　一〇首、人丸・

雅経　九首、俊頼・西行・後鳥羽院・為広　七首、好忠・寂蓮・実氏・雅有・為相・耕雲　六首、範宗・仲正・順徳院・伏見院・宗良親王・基綱・公条・公朝　五首、匡房・清輔・隆祐・基家・宗尊親王・頓阿　四首、雅縁・雅俊・家持・兼直・源顕仲・公経・公実・後嵯峨院・師継・守覚法親王・肖柏・政為・忠峯・定円・土御門院・有家・頼政　三首、大宰帥為経・為氏・贈従三位為子・為実・為忠・為藤・永福門院・覚助法親王・経家・経信・兼盛・顕季・顕昭・顕朝・玄覚・高遠・後奈良院・国信・師兼・式子内親王・実兼・秀能・重之・俊綱・小侍従・帥（鷹司院）・正徹・忠通・忠定・忠度・通光・定為・道家・道堅・肥後（二条皇太后宮）・隆源・良基　二首、阿仏尼・按察使・為兼・為顕・為世・為明・為頼・尹源・憶良・雅行・雅光・花山院・懐綱・家長・額田王・季経・季子・季通・基忠・宮内卿・教家・教実・尭尊・金村・堀河（待賢門院）・経継・経通・経平・兼氏・兼昌・兼盛・顕氏・藤原顕仲・顕範・元真・玄賓・公蔭・公教・公任・公雄・行意・行親・行能・幸清・恒雲・後小松院・後生・後醍醐院・国依媛・西住・山田法師・資仲・師教・師時・師俊・師頼・時俊・実経・実家・実枝・実泰・実朝・実冬・実房・秀房・重家・実綱・州覚・俊恵・俊盛・常陸・心円・小大進・小町・清雅・済継・成仏・静證・聖武天皇・禅信・善真・宗円・宗清・増恵・尊海・大進（六条院）・大輔（殷富門院）・忠基・忠顕・忠房・長時・長明・通具・通親・定房・定敦・道誓・二条・能運・能清・能宣・範孝・保孝・資挙・頼氏・隆房・和泉式部・不明　一首。

なお、「読人不知」とした三十四首の内訳は、『万葉集』十六首、『夫木抄』が六首、『伊勢物語』が五首、『古今集』が二首、『古今六帖』『寛平御時后宮歌合』『亭子院歌合』『催馬楽』『源氏物語』が各一首のとおりである。また、作者不明の一首は、次の

80　なしつぼや言葉の花もふる雪のみのしろ衣あさ風ぞふく　（なしつぼ・類・一七二九）

の80の詠だが、その後の調査で、『永正六年十二月二十五日月次和歌御会』の「禁庭雪」題の「宗清」（為広）の詠と判明した。

この原拠資料と詠歌作者の整理を通じて『和歌分類』の内容に言及すれば、まず、出典では、伏見天皇の勅撰集撰進計画に伴って、撰者を望んでいた冷泉為相が永仁頃からその資料集めを藤原長清に依頼した際の所産とみられる『夫木抄』が圧倒的多数を占め、次いで、後水尾院撰の『類題集』と、『古今六帖』の題を中心にした歌題について、衣笠家良・藤原為家・同知家・同信実・同光俊の五名が各題一首ずつ詠作した『新撰六帖』がそれに続き、そのほかでは、主として室町中期の百首歌・御会歌・着到和歌・法楽歌などを蒐集し、天文十年頃までには成立をみたと目される『続撰吟抄』や、上代の最大の私撰集たる『万葉集』、新古今時代の藤原家隆の『玉吟集』なる私家集、および『新古今集』なる勅撰集、新古今歌風を継承する京極派の勅撰集たる『玉葉集』、堀河天皇の近臣で堀河院歌壇の指導者であった源俊頼・同国信が、藤原公実・同顕季・大江匡房らの宮廷歌人を加えて完成させた、最初の晴の百首歌である『堀河百首』などの諸歌集がめだつ存在である。

一方、詠歌作者では、『新撰六帖』の作者でもあった、後嵯峨院歌壇の藤原為家・同信実・同知家・同光俊・衣笠家良や、飛鳥井雅有などの歌人が筆頭であり、次いで、藤原家隆・同定家・同良経・慈円・藤原俊成・飛鳥井雅経・西行・後鳥羽院・寂蓮などの新古今歌人がそれに続き、さらに、三条西実隆・後柏原院・冷泉為広・姉小路基綱などの後柏原院時代の歌人が、その後に続いている。そして、飛鳥井雅世・冷泉為尹などの新続古今時代の歌人や、源俊頼・同仲正・大江匡房・藤原清輔・源顕仲・藤原公実などの院政期の歌人、人丸・家持などの万葉歌人、耕雲・宗良親王・頓阿などの南北朝の歌人、独創的な内容の百首を案出した平安中期の曾禰好忠、冷泉為相・伏見院などの伏見院歌壇の関係歌人の存在がめだっている。

なお、『和歌分類』は、歌ことばの提示とその証歌を掲載するのがその本来の役目であったが、ここに、証歌を掲載せず、歌語の提示のみを行っている歌ことばの蒐集は、いかなる作品から抄出しているのかを示すと、それはいずれも『八雲御抄』であって、それらの歌語の謂れや出典についての記述は、『明月記』『歌林良材抄』『日本紀』『古語拾遺』『狭衣物語』『万葉集』などに依拠している。この点、上野洋三氏が島津忠夫氏編『和歌史─万葉から現代短歌まで─』（昭和六〇・四、和泉書院）の「堂上と地下」のなかで、有賀長伯の著作にふれて、「これらは、全体として『八雲御抄』全六巻の領域をカバーするように組織だてられており、著者の意図が元禄における新『八雲御抄』をつくりあげることだったことが推測される」と言及されているのは、正鵠を射た見解であると言えるであろう。

五　成立年時と編纂目的などの問題

それでは、『和歌分類』の成立年時と編纂目的については、いかがであろう。この問題については、『歌林雑木抄』の序文のなかで、長伯自身が「古哥の中にひとふしある詞あれば、そのよしあしをたどらず、四季・恋・雑の題をあげて、をの〳〵そのしたにあらはし、亦證哥のためにも、もろ〳〵のむすび題の哥を、次にしるし、全部八冊、『歌林雑木抄』となづく」と言及し、つづいて、「猶、天象・地儀・生類・植物・居所・食服・器財・人事等は追加をもて補はんとす」と記述しているが、長伯は『和歌分類』の序文でも、次のように叙述している。

抑、『八雲御抄』は世の至宝として、古今才子称嘆之中にも、みつの巻の上・下・天地・草木・気形に至るを、古代の艶言を集めさせましませば、発其花於詞林なかだちとして、世人不握翫といふ事なし。されば、やつがれ彼『御抄』を本として、それより古のかたの哥をも、年比みるにしたがひ、補ひあつめて、数巻となし、蓬が窓、に深く納て、至愚の思ひを助くといへども、さいつ比、書肆のせちの乞によて、其中、四季の景物をぬきいで、全部令板行、『歌林雑木抄』と号す。今又、天象・地儀・居所・草木・生類・器財・人倫のたぐひをあつめて、七冊、『和歌分類』となづくれば、四季・恋・雑の哥を詠ずるにも、偏く入わたりて、いせの海清き渚のたま〳〵も拾ひ得たる詞あらば、浅香の沼の浅からぬ風情をうる便ともならん、と思ふことしかり。無曲軒

すなわち、『和歌分類』は「古代の艶言を集め」た『八雲御抄』を手本として、「それより古の哥をも、年比みるにしたがひ、補ひあつめて、数巻となし」、長伯自身の詠作の参考書としていたが、出版者が懇望するので、まず、四季・恋・雑の部を収めた『歌林雑木抄』の版行に及んだ。しかし、『歌林雑木抄』に未収録の「天象・地儀・居所・草木・生類・器財・人倫のたぐひ」の例歌の蒐集も、準備、完了になったので、『歌林雑木抄』の補遺として出版に及んだというのである。そして、『和歌分類』に収録した歌ことばは、これを利用した和歌の詠作者に、「浅からぬ風情をうる便ともならん」と、その効用に言及している。

ところで、『和歌分類』は『歌林雑木抄』の補遺とはいえ、『歌林雑木抄』が歌語を掲げ、その例歌を提示する部分と、その歌語を含む結題とその例歌を提示する部分の二重構造であるのと異なって、『和歌分類』は前者の場合を中心に、それに証歌を示すに及ばない歌語の提示を補足するという構造を採っている。たとえば、前者の場合は、

しりへにぬかづく　寺にまうで〻は、仏にこそぬかづくに、がきのしりへにぬかづくとは、詮なきこと〻也。又説、がきは餓鬼也。寺には餓鬼もつくりてあれば也。ほとけにはぬかづかで、餓鬼のしりへにぬかづく也。以上、歌林良材。

81　あひ思はぬ人を思ふは大寺のがきのしりへにぬかづくがごと　（しりへにぬかづく・万葉・無名・一九六七）

のごとく、「しりへにぬかづく」の証歌を『万葉集』からの抄出歌で示し、その歌語の注解を『歌林良材抄』の記事

を紹介することで行っている。

一方、後者の場合は、「庵」の項で、

●むすぶ　●つくる　●柴の庵　草の庵　●かりほ　●かりいほ　●下庵（木のかげなどにある庵也）　●山田の庵　●賤が庵　●した庵（松の下庵、竹の下いほ）　●庵はあれて　　以上不及證哥

のごとく記述されているとおりである。この前者の注釈内容と後者の歌ことばの事例をみると、その記述内容はそれほど質の高い内容とは判断されず、和歌の初心者への情報提供程度の内容と判断されようから、ここに『和歌分類』の編纂目的に言及すれば、『和歌分類』は、歌語とその歌語を含む措辞および証歌の提示を行い、和歌の初心者への実用的手引書を提供するという、一種の啓蒙的な役割を担っていた、ということができるのではなかろうか。したがって、『歌林雑木抄』の序に『和歌分類』のことを『歌林雑木抄』の「追加」と記述しているが、『歌林雑木抄』は勅撰集の部立構成にならって編集されており、『和歌分類』は『古今六帖』や『夫木抄』の構成原理に依拠して編纂されているので、両者は各々、独立した一個の作品とみなしたほうが適切であるように愚考される。

ちなみに、『和歌分類』の成立期については、刊記に「元禄十一戊寅歳首夏／京城　書肆　中野六右衛門刊」とあるので、本書の刊行が元禄十一年（一六九八）の初夏と判明するが、その正確な成立時期はそれ以前としか言いようがない。

なお、奈良女子大学付属図書館蔵の『増補和歌分類』（写本、一冊、六三・五一・二）は、表紙に「琴園おきな手沢本」とあることから明白なように、清水浜臣（一七七六～一八二四）の著作だが、巻頭の「おほむね」によると、

一　此一巻は、師のつねにくろきあかきすみもて倭哥分類のかしらに書付おかれたるを、今べちに清くかきあらためたるなりけり。すべて分類の増補と心得てよし。「〈」の印あるは分類に出たる名目也。印なきは師の新収の名

目なり。

一　さきに出すべきをあとに、あとに出すべきをさきにあげたるたぐひ少なからず。いとまあらむときに、あらたむべし。

一　此たぐひの詞、猶おほかり。みるにしたがひて、補入すべし。おのれおもひいでたる事有ば、つぎ〳〵上格に載べし。

一　此書を今かりに『増補倭哥分類』と名づく。そも〳〵師のいたりふかき御心には、なにばかりの事にもおぼさずありけんを、おのがどちの初学にはいとよきもの也、とおもへば、かくは物する也けり。あはれ、師の世にいまさば、まのあたり問聞ましものを、はかなき水茎の跡によりて、こゝろをひそむるもかなしや。

文政丙戌九月　保孝識

のごとくであって、浜臣の弟子の岡本保孝（一七八四～一八七八）が文政九年（一八二六）九月、浜臣の手沢本を清書して、一冊としたものであることが知られる。この岡本保孝の「おほむね」のなかの傍線を付した記述は、いみじくも『増補和歌分類』の編纂目的を表明した内容であって、筆者がさきに、『和歌分類』の編纂目的を、「和歌の初心者への実用的手引書を提供するという、一種の啓蒙的な役割を担っていた」と規定した記述を裏付けるものであろう。

六　おわりに

以上、有賀長伯編『和歌分類』について、巻四「居所部」に限ってではあったが、成立の問題を中心に検討を加え、撰集資料、原拠資料と詠歌作者、成立年時と編纂目的などの問題に一応の結論を出すことができた。その結論については、ここで改めて要約することは省略に従うが、さきに公表した『歌林雑木抄』の考察から導き出しえた結論とほぼ同じ結論になったように思われる。それは『和歌分類』が『歌林雑木抄』の補遺としての役割を担わされての版行であった編纂事情を考慮すれば、至極当然な結果であるとも評しえよう。この点、予想された平凡な結論といわねばなるまいが、なお、今後とも、巻四「居所部」以外の部の検討をさらに進めて、『和歌分類』の全体としての結論を出すべく、ねばり強い作業を持続していかねばならないことは、いまさら改めて言うまでもない。

第三節　修竹庵堯民編『新撰蔵月和歌鈔』の成立

一　はじめに

筆者はこれまで中世に成立をみた類題集についての論考を主に発表してきたが、近世に成立をみた類題集でも、中世までに詠まれた、所謂古典和歌を内容とする類題集については、それらも考察対象として研究を進め、後水尾院撰『類題和歌集』や有賀長伯編『歌林雑木抄』などについての論考を公表してきたのであった。

ところで、このたび、後水尾院撰『類題和歌集』と有賀長伯編『歌林雑木抄』をその主要な撰集資料にしたとおぼしき類題集の存在に計らずも遭遇したのである。それは『新撰蔵月和歌鈔』なる類題集で、当該書はすでに簗瀬一雄氏による簡略な解説と初句索引付きで翻刻され、『碧沖洞叢書　四・五』（昭和三七・一一、同三八・二、簗瀬一雄）に所収されている。このことは筆者にとってまことに慶賀の至りであるが、簗瀬氏の解説は、本文の直前に「修竹庵輯」と記されている編者についての考証が主で、それに書名と編輯意図、および成立の問題についての見解が軽く添えられている程度の簡略な考察であって、当該書の詳細な内容などについては、「出典及び作者名索引も製《（ママ）》作中であるが、一冊に合せるには分量が多すぎるので、別途発表の方法を考へてゐる」と断っておられるように、ほとんど言及されていず、今後の課題を多分に将来に残しているのである。

このようなわけで、『新撰蔵月和歌鈔』は、収載歌（証歌）が古典和歌で撰集されている類題集のなかでは、後水尾院撰『類題和歌集』や霊元院撰『新類題和歌集』などの類題集の系譜に連なるものとして貴重な撰集と評価されなければなるまい。したがって、本節は『新撰蔵月和歌鈔』の夏部に限って試みた成立の問題を中心にした拙い作業報告でしかないが、以下に具体的事実を記しておきたい。

二　撰集資料の問題

さて、『新撰蔵月和歌鈔』は目下のところ、簗瀬一雄氏ご所蔵の一本が伝存するのみの孤本である。その書誌的概要について、簗瀬氏は次のごとく言及されている。

架蔵本『新撰蔵月和歌鈔』は、美濃判（36.3×18.6㎝）袋綴四冊の写本である。伊勢の国学者小津久足（桂窓）の旧蔵書で、第一冊の表紙右肩に貼紙があり、それに「花廿四全四 西荘文庫 」とある。この蔵書印並びに蔵書分類番号の様式は、架蔵本『同類和歌抄』（碧沖洞叢書第十八輯）と全く同じである。

表紙は紺色で、左肩に白紙を貼り、題簽としてある。第一冊は「新撰蔵月和歌鈔目録／凡例」とあり、以下同様にして、第二冊は春／夏部、第三冊は秋／冬部、第四冊は恋／雑部となってゐる。

収載歌数は八〇六二首で、これを前記部立によって排列し、貼紙、補記など草稿本の様相を示してゐるが、ほぼ完成したものと認められる。

書写は一丁片面十行。各行は題、歌、作者名であり、歌の肩には集附が存すること翻刻の通りである。

この簗瀬氏の記述によって、『新撰蔵月和歌鈔』の概要がほぼ知られるが、八千六十二首の部立別歌数は、春部二千百三首、夏部七百八十八首、秋部千八百三十六首、冬部九百九十八首、恋部千四十八首、雑部千二百三十五首、公事部五十四首のごとくである。

なお、『新撰蔵月和歌鈔』の内容に多少の補足を加えるならば、『新撰蔵月和歌鈔』は簗瀬氏の言及のほかに、基本的な歌題について、その歌題の解説と関係する歌枕を掲げて、利用者に知見を与えている。たとえば、「行路蛍火」について、「類題、かゞり火にまがふ蛍をしるべにて此明暮に船出すらしも、殿下と有り。此歌水路やう也。但水路も行路と云歟。猶可考」と注解を付したり、「葵」について、「神山　松尾山　桂山　御祓山　二葉山　日影山　御影山　諸葉山　片岡　紫野　賀茂　御祖神　日吉」と関連する歌枕の指摘をしているという具合に。

それでは、『新撰蔵月和歌鈔』はいかなる撰集資料によって撰集されたのであろうか。この問題について、夏部七百八十八首を事例にして検討してみよう。そこで「夕立」関係の例歌（証歌）を掲げるならば、次のとおりである。

1　夕立の一村すゝき露ちりて虫の音そハぬ秋風ぞふく（夕立　晩立同・新後拾・僧正果守・二六五九）
2　日影にぞ又露はらふ草の上の風も残らぬ夕立の跡（夕立過・柏玉御集・二六六〇）
3　吹送る賀茂の山風ほどもなし雲の林にかゝる夕立（夕立早過・類・雅親・二六六一）
4　夕立の水まさ雲のはやすミて涼しくうかぶ三日月の空（夕立易過・千首・為尹・二六六二）
5　夕立の余波の雲を吹とめてしバしハ涼しならの下陰（夕立風・同・師兼・二六六三）
6　浦風に雲もさハぎて鳴神のひゞきのなだを過る夕立（夕立雲・伏見殿千首・雅親・二六六四）
7　波風のひゞきは爰も夕立の雲こそこゆれ海ごしの山（遠夕立・雪玉・二六六五）
8　雨よりも涼しかりけり夕立の雲の外なる山のみどりハ（山夕立・同・二六六六）

9　雲風のひゞきもはやくみるがうちに幾山こえて夕立の雨
（夕立過山・同・此題類題集歌なし。此歌雪玉夕立歌に見ゆ。幾山越えてなど早過るに叶へり。・二七六七）

10　降きほふ夕立見えて鵲の峯とぶよりもはやき雲かな　（嶺夕立・柏玉・二六六八）

11　過行や日影ハかゝえさし杉のくるすの小野の夕立の雨　（野夕立・雪玉・二六六九）

12　夕立や雨もふる野の末にみていそぐたのみハ三輪の杉村　（野径夕立・拾玉・二六七〇）

13　いづくにかしバしすぐさん高嶋のかち野にかゝる夕立のそら　（路夕立・新千・為道・二六七一）

14　とまるべき陰しなければはる〴〵とぬれてをゆかん夕立の雨　（行路夕立・玉葉・基氏・二六七二）

15　浜川や又一筋に成にけり入江ミちぬる夕立のあと　（河夕立・千首・肖柏・二六七三）

16　夕立の雲のたえ〴〵見ゆるよりやがて湊にさハぐ浦風　（湊夕立・同・師兼・二六七四）

17　潮はく鯨のいきと見えぬべし沖に一村くもる夕立　（海夕立・草根・正徹・二六七五）

18　鳴神ハ爰にひゞきて淡路島阿波戸はるかに過る夕立
（鳴夕立・沖つ舟苫ふく程も波の上。或磯山づたひ過る夕立などゝも。・幸仁・二六七六）

19　夕立ハ夢の渡りの西風に浮てたゞよふ水の浮橋　（橋夕立・雪玉・二六七七）

20　神無月かくこそ有しか夕立の雲も都の山めぐりして
（城外夕立・城外と出たる題ハいづれも都の外の心によめる也。洛中洛外と云におなじ。・正徹・二六七八）

21　蚊遣火の烟を残る夕立の雲ハ過ぬる遠の山本　（村夕立・続古今・知家・二六七九）

22　過るかといでミ（ママ）の原の夕立や遠里小野の雲の一むら　（遠村夕立・類題・為広・二六八〇）

23　いづミ川渡らぬさきの夕立に袖もほしあへず衣かせ山　（旅夕立・伏見殿北野御法楽・雅永・二六八一）

24　此里にふるがうちより日の影のよそに晴たる夕立の空

（夕立晴・此歌御集題夕立ニ入。今此題に雲相叶へり。仍暫載之耳。・後柏原院・二六八二）

すなわち、「夕立」関係の歌題および例歌は1～24の二十四首あるわけだが、この「夕立」の歌群がどのような方法で蒐集されたかを憶測するに、24の「夕立晴」の題歌に付された「此歌御集題夕立ニ入る」の注記によって、24の詠が原拠資料たる『柏玉集』から直接採歌された可能性はないと推断され、また、8の「夕立過山」の題歌に付された「此題類題集歌なし。此歌雪玉夕立歌に見ゆ」によると、8の詠は『類題和歌集』（以下、後水尾院撰『類題和歌集』は『類題集』と略称する）に見えないので三条西実隆の『雪玉集』から採歌したと判断されようから、『新撰蔵月和歌鈔』の編者は歌題および例歌蒐集に際して『類題集』を参看した可能性が示唆されよう。ちなみに、2の「夕立早過」の例歌に「類」、22の「遠村夕立」の例歌に「類題」と各々、肩注が付されていることもこの推定を裏付けよう。

そこで、『類題集』との比較を試みてみると、版本『類題集』に収載されるのは、1～7・12～14・21～23の十三首である。ちなみに、北駕文庫蔵の写本『類題』（題簽、目録題は「類題和歌集」とする）は9と19と24の三首を収載しているが、前述の9の「此歌類題集歌なし」の注記に符号するのは版本『類題集』であるから、『新撰蔵月和歌鈔』の編者が採用した類題集のテキストは版本のそれで、簗瀬氏が前著の「はしがき」で「『類題和歌集』は元禄十六年刊本を使用してゐるらしい」と推定されているのは正鵠を射ていよう。

ところで、『類題集』に収載されていない「夕立」関係の例歌はいかなる撰集から採録されたのであろうか。この点で示唆を与えてくれるのが『歌林雑木抄』の存在である。すなわち、「此題類題集歌なし。此歌雪玉夕立歌に見ゆ」の注記が付されている9の詠が「夕立過山」の題歌として掲載されたり、「此歌御集題夕立ニ入」（『私家集大成』にも『新編国歌大観』にも収録されないが）の注記を有する24の詠が「夕立晴」の題歌になっているのは、『歌林雑木抄』にまったく同じ体裁で載っているのを、『新撰蔵月和歌鈔』の編者がそのまま転載したと推測されるからである。

そこで『歌林雑木抄』との比較を試みてみると、2・9・12・14・17・19・20・24の八首が符合している。ここに『新撰蔵月和歌鈔』の編者が「夕立」関係の歌題および例歌を蒐集するに際して、『歌林雑木抄』を参照したことは明白であろう。

それでは、「夕立」関係の歌題と例歌のうち、『類題集』にも『歌林雑木抄』にも関連を有さない残りの六首はいかなる撰集から採録されたのであろうか。この点については、9と11の「山夕立」「野夕立」の題歌が各々、『雪玉集』、10の「嶺夕立」の題歌が『柏玉集』、15の「河夕立」の題歌が『肖柏千首』、16の「湊夕立」の題歌が『師兼千首』、18の「嶋夕立」の題歌が『公宴続歌』に各々、収載されているので、これらの六首については、『新撰蔵月和歌鈔』の編者は直接各々の原拠資料から採録したらしいと憶測されよう。

ここに、『新撰蔵月和歌鈔』の成立過程を推測するに、『新撰蔵月和歌鈔』の編者はまず、『類題集』と『歌林雑木抄』の両書から採録すべき歌題と例歌を選択、収載したあと、さらに遺漏のないように、そのほかの歌題と例題は直接原拠資料から蒐集して補訂し、完璧を期したものと考えられよう。

はたして、この推定が正鵠を射得ているか、否か、あと一例「氷室」関係の歌題と例題を採り上げて検討してみよう。『新撰蔵月和歌鈔』に収録される「氷室」関係の歌題と例歌は次のとおりである。

25　限あれば富士のみ雪の消る日もさゆる氷室の山の下柴　（氷室・新続古・順徳院・二六四九）
26　照す影ふせぎて寒る山風を思へバ是も氷室守かな　（氷室風・百首・経尋・二六五〇）
27　いにしへにかへる御代とて夏も猶山ハ氷室にさゆる朝風　（氷室朝風・康道・二六五一）
28　むすバでも涼しき物ハ氷室守山下水の流なりけり　（氷室涼・雪玉無題・二六五二）

29　氷室守太山の陰をミぬ程や涼しとハ思ふ宿のまし水　（氷室忘泉・同・二六五三）
30　常磐木の陰茂りあふ氷室山夏なき年のおほくも有哉　（氷室忘夏・千首・師兼・二六五四）
31　朝まだきもる影涼し日むろ山月の氷もこゝに残りて　（朝氷室・雑木抄に此題ニ師兼卿歌　常磐木の陰しげりあふを　朝まだきもるかげ涼し氷室山夏なき年の多も有哉と直して此題に入ル。甚よろしからず。・二六五五）
32　ひむろ山あたりの外やいかならん夕風涼しみな月の空　（夕氷室・此歌類題ニ作者忠度と註す。非也。雪玉歌也。・尭空・二六五六）
33　いつの世に岩ほに生る松が崎雪も氷の種となりけん　（名所氷室・家集・正徹・二六五七）
34　氷室守山ハさながら雲ゐぢをいかで都にへだてきつらん　（遠山氷室・雪玉・百首永正九一・二六五八）

すなわち、「氷室」関係の歌題と例歌は25～34の十首だが、この「氷室」関係の題歌においても、『新撰蔵月和歌鈔』の編者が『類題集』と『歌林雑木抄』を参看したらしいことは、31の詠の「雑木抄に……」の注記と、32の詠の「此歌類題ニ作者忠度と註す。……」の注記によって、各々、『新撰蔵月和歌鈔』の編者が『類題集』と『歌林雑木抄』の両歌集を参照していたことは明白である。

そこで『類題集』との比較を試みてみると、北駕文庫蔵『類題集』（写本）には25・26・28～32・34の八首が収載されるが、版本『類題集』には25・30・32・34の四首しか収録されていない。すでに言及したとおり、『類題集』のテキストには版本が採用されていたわけだから、『類題集』から『新撰蔵月和歌鈔』への採録は、したがって四首ということになる。

一方、『歌林雑木抄』との比較を試みてみると、26・28～34の八首が『歌林雑木抄』に収載されている。就中、33の詠は原拠資料の『草根集』のほかには『歌林雑木抄』にしか収載をみないし、31の詠に付された「雑木抄に此題ニ師兼卿歌……」の注記もまさにそのとおりであって、「氷室」関係の歌題と証歌の採用に当たって『歌林雑木抄』の果たした役割は大きいと言えるであろう。

なお、残りの27の「氷室朝風」の題歌のみは『類題集』にも『歌林雑木抄』にも収載をみないので、『新撰蔵月和歌鈔』の編者は、この歌の原拠資料が目下不詳ではあるが、おそらく原拠資料から採用したのであろう。

ここに、「氷室」関係の歌題と例歌の検討からも、『新撰蔵月和歌鈔』の編者が本鈔を編纂する際に、後水尾院撰『類題集』と有賀長伯撰『歌林雑木抄』とを基本資料として採用し、さらに補足資料として適宜、原拠資料を採用したらしい成立過程が確認されたと言えるであろう。

三　詠歌作者と原拠資料の問題

さて、『新撰蔵月和歌鈔』の撰集資料については、以上のとおりだが、それでは、本鈔はいかなる歌人の詠歌によって撰集されているのであろうか。この点について整理したのが、次頁の〈表1〉である。ただし、次の

35　時鳥思ひもかけず春なけバことしもまたで初ね聞つる　（季春郭公鳴証歌・一三二三）

の35の詠の作者のみは分明でないので、除外した。

この〈表1〉は五首以上の収載歌人を掲げたものだが、この整理によって、『新撰蔵月和歌鈔』の夏部の作者不詳歌を除く七百八十七首の八十六・七パーセントが明らかになる。そこで本鈔の収載歌人の傾向に言及すれば、次のとおりである。

まず第一の特徴は、後水尾院以下の宮廷歌壇に多大の影響を与えた、所謂三玉集の作者のうち、実隆と後柏原院の

〈表1〉『新撰蔵月和歌鈔』夏部の詠歌作者一覧表

詠歌作者	歌数
実隆	九八首
後柏原院	四九首
師兼	四二首
正徹	二五首
俊頼	一九首
頓阿	一九首
雅親	一八首
慈円	一七首
家隆	一六首
順徳院	一六首
為家	一四首
宗良親王	一四首
顕季	一一首
二条院讃岐	一〇首
通茂	一〇首
定家	九首
西行	八首
為氏	八首
耕雲（長親）	七首
為尹	七首
肖柏	七首
匡房	六首
頼政	六首
行宗	六首
寂蓮	六首
良経	六首
通村	六首
基綱	六首
為広（宗清）	六首
後西院	六首
清輔	五首
範宗	五首
長明	五首
為道	五首
雅有	五首
霊元院	五首
合計	五〇九首

詠が圧倒的多数を占めるなか、応永期ごろから宮廷歌壇で活躍した為尹、それに続く正徹、永正ごろ活躍した為広（宗清）・基綱・肖柏・雅親などの室町中・後期の歌人が主要な位置を占めていることであろう。

第二の特徴は師兼・宗良親王・耕雲（長親）などの南朝関係の歌人が、俊頼・顕季・二条院讃岐・匡房・頼政などの院政期に活躍した歌人や、慈円・家隆・定家・西行・寂蓮・良経・長明などの新古今歌人と拮抗して採録されるなか、御子左家為家の子息で、二条家を創始した為氏、その孫たる為道などの二条家、および頓阿などの二条派の歌人が、順徳院およびその歌壇で活躍した範宗などとともにめだつ存在であることであろう。

その第三の特徴は、後水尾院の子息である後西院、霊元院などの宮廷歌壇で活躍した通茂・通村などの堂上歌人の詠が、多少採録されていることであろう。

『新撰蔵月和歌鈔』の夏部に収載される歌人のおおよその傾向は以上のとおりだが、ちなみに、四首以下の収載歌人もこの際列挙しておこう。

〔四首収載歌人〕　雅世・基俊・公条・後鳥羽院・実陰・俊成・政

為・道晃
〔三首収載歌人〕　為遠・為子（贈従三位）・為重・為定・雅永・雅縁・経信・後京極（良経とは別人）・光広・幸仁・後水尾院・資季・師継・済継・隆祐
〔二首収載歌人〕　為義・為世・雅章・尭孝・経親・兼行・顕昭・源顕仲・光栄・行家・後嵯峨院・光俊・後土御門院・公雄・国信・実行・実朝・実定・小侍従・浄弁・親長・宗尊親王・知家（蓮性）・仲正・忠通・道堅・道済・能因・伏見院・幽斎（玄旨）・良暹
〔一首収載歌人〕　按察使（文明十三九一）・為教・為兼・為子（従二位）・為清・為藤・惟明親王・為茂・殷富門院大輔・永福門院・延政門院新大納言・壊円・家煕・雅喬・家経・雅経・家賢・嘉言・覚寛・覚誉法親王・雅顕・雅孝・雅康・杲守・雅俊・関白（和歌一字抄）・基家・輝光・基氏・基勝・義尚・季通・教定・季雄・教良・具氏・九条前内大臣（石間集）・具平親王・経慶・経顕・景綱・経嗣・経尚・経尋・源縁・兼煕・兼好・藤原顕仲・顕朝・兼豊・顕隆・光維・後宇多院・公起・光吉・公経・公継・公賢・康賢・綱光・公衡・康綱・弘資・行親・康道・公敦・行豊・資雅・持季・氏久・資賢・氏孝・師光・持之・実家・実起・実興・実兼・実秀・実性・実輔・実雄・時藤・師房・持房・重衡・秀能（如願）・秀茂・重名・重有・守覚法親王・俊成女・俊宗・承覚法親王・昭慶門院・信家・親雅・信実・進子内親王・親盛・清成・成任・政平・盛方・盛房・前関白左大臣（石間集）・前関白左大臣一条（石間集）・宗継・宗秀・藻壁門院・宗量・大納言典侍・忠継・忠通・忠度・長慶院中宮・長実・通宗・貞重・定親・道経・土御門院・読人不知・範永・文逸・邦高親王・輔弘・保春・満詮・満輔・明親・有家・有仁・右法・頼実・頼宗・隆康・隆信・隆弁・良基

『新撰蔵月和歌鈔』の収載歌人の概要は以上のとおりだが、それでは、これらの詠歌作者の詠歌が収載される原拠資料はいかなる作品であろうか。ここでは原拠資料の頻出度は、集付（出典注記）の注記が一定しておらず明確にしがたいので、原拠資料名のみを掲げることにする。

〔勅撰集など〕　拾遺集・後拾遺集・金葉集・詞花集・千載集・新古今集・続後撰集・続古今集・続拾遺集・新後撰集・玉葉集・続千載集・続後拾遺集・風雅集・新千載集・新拾遺集・新後拾遺集・新続古今集・新葉集

〔私家集〕　田多民治集・散木奇歌集・顕季集・清輔集・頼政集・忠度集・源太府卿集・山家集・二条院讃岐集・長明集・寂蓮集・長秋詠藻・後鳥羽院御集・明日香井集・秋篠月清集・拾遺愚草・拾玉集・玉吟集・隆祐集・順徳院御集・郁芳三品集・金槐集・為家集・瓊玉集・草庵集・兼好自撰家集・草根集・亜槐集・玄旨集・柏玉集・雪玉集・碧玉集・黄葉集

〔私撰集〕　遠近集・石間集・藤葉集・続撰吟抄・御撰近代

〔類題集〕　和歌一字抄・題林愚抄・摘題和歌集・類題和歌集

〔定数歌〕　堀河院百首・光台院五十首・宝治百首・白河殿七百首・弘安百首・伏見院三十首・亀山殿七百首・延文百首・耕雲百首・師兼百首・信太杜千首・為尹千首・宋雅千首・雅永千首・伏見殿千首・栄雅千首・肖柏千首・准后家百首・称名院千首・百首

〔歌合〕　広綱歌合・経房卿家歌合・六百番歌合・前摂政家歌合

〔歌会歌など〕　寛喜女御入内屏風・畠山匠作亭十二月会・永享十年四月十六日・永享十年四月二十八日・永享十年五月十九日・伏見殿北野法楽・文安三年七月二十日御続歌・享徳二年九月十八日・寛正四年・文明四年十一月二十八日・文明十三年四月十八日・文明十三年六月十八日・文明十三年九月一日・文明十三年十二月二十日・正保四年六月三日禁中御当座・寛文十年五月二十四日・寛文十二年五月二十一日

『新撰蔵月和歌鈔』の夏部における収載歌の原拠資料の大略は以上のとおりで、ここで改めて整理はしないが、さきに言及した詠歌作者の傾向で要約したのとほぼ同様の結果が出ているように推測できようか。

四　歌題の問題

次に、『新撰蔵月和歌鈔』の歌題にはいかなる傾向が認められるであろうか。そこで「新樹」関係の歌題を例にとって具体的に検討してみよう。

ちなみに、次に掲げた〈表2〉に説明を加えておくと、歌題の欄は「新樹」関係の歌題であり、Aは『新撰蔵月和

〈表2〉「新樹」関係の歌題比較一覧表

	歌題	A	B	C	D	E
1	新樹	○	○	○	×	○
2	新樹妨月	○	○	○	○	×
3	新樹風	○	○	○	○	×
4	新樹朝風	○	○	○	○	×
5	雨中新樹	○	△	○	○	×
6	新樹露	○	○	○	○	×
7	岡新樹	○	△	○	○	×
8	林新樹	○	△	○	△	×
9	谷鶯迷新樹	○	○	○	△	×
10	庭新樹	○	×	×	○	×
11	庭樹礎日	○	○	○	△	×
12	庭樹結葉	○	○	○	△	○
13	簷新樹	○	×	×	○	×
14	新樹葉成陰	○	×	×	○	×
15	朝新樹	○	×	×	○	×
16	社頭新樹	○	×	×	△	×
17	新樹（緑）勝花	○	×	×	△	×
18	緑樹陰前	○	×	×	○	×
19	雨中木繁	○	○	○	△	○
20	山新樹	×	○	○	○	○
21	深山新樹	×	△	○	○	×
22	遠山新樹	×	△	○	△	×
23	嶺新樹	×	△	○	△	×
24	杜新樹	×	△	○	○	×
25	庭樹結金葉	×	△	×	△	×
26	庭樹緑葉	×	△	×	△	×
27	庭樹緑滋	×	△	×	△	×
28	庭樹陰葉	×	△	×	△	×
29	樹陰似秋	×	△	○	×	×
30	新樹間暁月	×	×	×	○	×
31	新樹夏風	×	×	×	△	×
32	雨後新樹	×	×	×	○	×
33	新樹朝露	×	×	×	○	×
34	連峰新樹	×	×	×	○	×
35	岡辺新樹	×	×	×	○	×
36	新葉陰深多	×	×	×	○	×
37	緑樹重陰	×	×	×	△	×
38	緑樹連村暗	×	×	×	○	×
39	山家林陰多	×	×	×	○	×
40	春条長是夏陰成	×	×	×	○	×

歌鈔』、Bは『類題和歌集』（版本）、Cは『歌林雑木抄』、Dは『新類題和歌集』（筑波大学図書館蔵の写本、以下『新類題集』と呼ぶ）、Eは『和歌拾題』をさし、○は歌題・例歌（証歌）をともに有するもの、△は歌題表記のみで例歌を欠くもの、×は歌題・例歌ともに欠くものを意味する。

この〈表2〉をみると、『新撰蔵月和歌鈔』の歌題収録状況が一目瞭然で、本鈔がさきに撰集資料として『類題集』と『歌林雑木抄』に依拠しているとした結論が確認されよう。しかし、「庭新樹」「簷新樹」「新樹葉成陰」「朝新樹」「社頭新樹」「新樹勝花」「緑樹陰前」の七題については両書は収録していないので、この七題の設定は『新撰蔵月和歌鈔』の編者の独自の営為とも憶測されようが、いずれの題も『新類題和歌集』には所収されているため、本鈔の編者は『新類題集』からこれらの歌題を採用した可能性もなしとしないであろう。

ところで、『新撰蔵月和歌鈔』の「凡例」には、歌題についての編者の見解が多々詳述されているので、歌題の視点から本書の編纂意図などを探ってみよう。

まず、冒頭で「衆みな和歌を詠ずる時に至て題をえては必拾題の鈔をひらきて、やがて其題の證歌の心・詞憚所なく掠とりて我物良に思」っているのは「沙汰のかぎり有間敷事なり」と述べて、和歌の初心者が『拾題の鈔』を盲目的に信奉することに注意を喚起し、類題集は「すべて題林・明題或類題等、いづれも其題意をしらしめむためのみにして、此歌の心・詞をとり用ひて今の歌よむべき為にはあらず」とみなし、類題集について、題意を読者に提供する役割を持つのみだと規定する。

次いで、凡例では「類題和歌集にあらぬ題の歌をもて此題につけたるも少々み」えたり、「少々たがひあるには入替られ、又は一首の歌を、大略似たる様の題には二所計も載歌も少々有」るが、「是は其題に有らんよりは此題にて感も有ぬべき様の歌、又二所に入たるも互に感ある趣なり」と述べられ、後水尾院撰『類題集』には、原拠資料とは別の題が付せられていたり、同じ例歌が二つの題に付せられたりする事例がまま見られるが、それは歌題の題意にかなう視点からの転換で、そのほうが「感ある趣」を歌に付与するからだとして、『類題集』の編者の賢しらに賛意を表しているが、『歌林雑木抄』に対しては「此抄類題にならひてあらぬ題の歌をとり出て、類題、證歌無題に載て、肩付類題と注したれども、もとより類題には歌なし。此題にあらぬ題の歌を書載れば、題の文字さへなき程に古歌を思ふさまに斧斤をくはへて載之。出所類題と注す、荒涼の至り」と述べて、『歌林雑木抄』が『類題集』にならって、原拠資料とは別の歌題に証歌を付して「類題」と集付を付けているけれども、この処理は言語同断だと非難している。

たとえば、既に言及したが、『歌林雑木抄』については、31の例歌に「雑木抄に、此題ニ師兼卿歌　常磐木の陰しげりあふを　朝まだきもるかげ涼し氷室山夏なき年の多も有哉と直して此題ニ入ル。甚よろしからず」とある注記が、このことを証拠づけるが、『類題集』については、32の証歌に「此歌類題に作者忠度と註す。非也。雪玉歌也」と注を付しているので、『類題集』に必ずしも好意的でもないようである。

要するに、凡例の他の個所で「類題及他集歌の題付或写謬等有もの不少。是は本集によりて、委之由をたゞし」ているわけだが、実際には「何れには如其といへども、いづれの撰集如此」という見解の表示のとおりで、歌題すべての訂正はできなかったようである。

以上から、『新撰蔵月和歌鈔』の歌題の問題に言及すれば、本鈔は歌題の収録数では、『新類題集』にはやや及ばないものの、『類題集』や『歌林雑木抄』と比較すると、多少豊富になっていると言えようか。そして、『類題集』や『歌林雑木抄』の歌題の例歌（証歌）で、誤謬を犯しているものについては、できうる限り訂正を施して、より完璧を期そうとしている点は、本鈔の特徴と言えるであろう。

五　編纂目的・成立時期・編者などの問題

さて、歌題の視点から本鈔の編纂意図については、すでに多少論述したが、翻って本鈔の編纂目的について検討を加えてみよう。この点については、既に引用した「題林・明題或類題等……此歌の心・詞をとり用ひて今の歌よむべき為にはあらず」の叙述に明らかであろう。すなわち、本鈔は、一言でいうならば、和歌の「初学者」が「今の歌」――当代の和歌を詠むうえでの作歌手引書ということになろう。

そのためには、「本歌には、三代集・後拾遺・堀河院御百首作者迄。それも上手の歌とるべきよしなり」と述べたり、「基俊の説に、歌よまん時は人丸・赤人も心より出給ひぬれば、我等とてもしかなり」と叙して、「心」を重視せよと説いたり、歌枕を詠むときには、「名所なくは、一首成がたきは制の限にあらず。人もよく聞しり、古人作例も多からん所を尋て可詠也。……花にはいくたびも芳野・初瀬・志賀の里、紅葉には龍田、月には更科伯母棄・清見・明石・広沢・難波江にてたりぬべし」と諭したりして、実作上の注意を提示しているのである。

また、春部の事例だが、「早春衣」の題に注して、「題意ハ、余寒によりて衣手寒きよしをいひ、霞の衣うひたつとも、或ハ霞衣うすきとも、又ハぬきをうすみとも、またうらさゆるとも」と説いているのは、凡例で「題意弁がたからんとおぼしきは、其意を注して指南とす」と表明している実践であろうし、夏部で「牡丹」に注して、「牡丹、詞花集、季春歌の中に、新院位におハしましし時、牡丹をよませ給ひけるによミ侍ける。関白前太政大臣忠通公へ咲しより散はつる迄見し程に花のもとにて廿日へにけり　此歌始也。是より廿日草ともよめり。或ふかみぐさを此の歌に花の王たるともよめり。詞花、春の末なれば春なるべきに、類題、夏部に入らる。現存《(マヽ)》季春より夏かけて咲也。夏山吹の類なるべき歟」とあるのは、凡例で「立春より歳暮に至、月・花・鳥・雪・草木に至、いづれも景物、名所を大概注之」と記している実行であろう。

さらに、歌題について、「海上、海辺、海畔、或、松間、松上、松頭、或外字、此類すべて同事にして、唯海・松と計心得べし」と具体的な注解を付したり、「題をとりては先、其題の意を可レ明也。扨、其題に相応すべき縁語を求べき」と、作歌の技術論にまで及んでいる。

また、作歌の初心者の心掛けとして、「人の歌を見て、其心をも了解し、詞の続がらをも能みるべし。自はかくはえつゞけまじ、此心は及まじなどと了簡して、其上作者の心得をも問ひ聞て、自稽古の一助とすべし。しかる時は、自歌もよみ方上達して、傍人の歌もおもしろく成行ものなり」と、他人の歌を吟味、分析することの必要性を説いている。

そして、「初学、日夜随身すべき和歌の書」として、「古今・後撰・拾遺（是三代集）、是は初・中・後離るべからず」と述べ、三代集が和歌の必須の書だと説き、次いで「又、後拾遺集は末代矩模の集とかや。三代集の余日には能見つべし」と『後拾遺集』を参照すべき書としている。そして、「当時人々所レ携集には、頓阿草庵集（是も草庵類題便あり）、又、三玉集（是又、類題便あり）、此二集周ク行る。稀に為家卿集など玩ぶ人もあり」と述べて、頓阿の『草庵集』、後柏原院の『柏玉集』、実隆の『雪玉集』、政為の『碧玉集』の『三玉集』、為家の『為家集』が当代の人びとがよく参看していた書物だとして、「先達評して云。為家卿集はいさゝかぬるきよし、沙汰あれども、歌ざま尤も正風体にして、初学見習ふによろし。三玉は上手を尽して、手利《き》の仕立たらん衣裳のやうにて、手づゝなる初心は及ぶまじき風情もみゆるか。されども、今世の歌の姿、風情は専、逍遥院内府公をまなぶべきとぞ。又、草庵集はぬるからず。手づまを尽したらんやうにも見えず。げに当時俗相応の風情なるべければ、初学詠歌の定準なるべし」と説明を加え、最後に「正徹歌は異風なるやうなれば、風情をまなぶべからず。證歌等に引用ゆる事妨げなし」と述べて、正徹の歌は証歌に掲げるのは問題はないと結んでいる。

以上を要するに、『新撰蔵月和歌鈔』の編纂目的は、初心者が当代和歌にふさわしい詠作をするための作歌手引書を制作することにあったと言うことができようか。

次に、『新撰蔵月和歌鈔』の成立時期については、内部徴証から、

36　すむ鳥も春より後ハうしとなく散し昨日の花の林に　（林首夏・後水尾院・二一一〇）

の36の詠の原拠資料の「正保四六三禁中御当座」や、

37　ふる郷の野となる庭のをミなへし誰に心をよせて咲らん　（故郷女郎花・雅元・三三四四）

の37の詠の原拠資料たる「貞享元六廿五」や、

38　川の名のかつらの棹も取あへずあやな更行夏の夜の月　（水郷夏月・雅章・二四九八）

の38の詠の出典たる「寛文十（年）五廿四」や、

39　泊舟夢さへうとき此比の苫の雫もたえぬ五月雨　（泊五月雨・保春・二四四四）

の39の詠の典拠たる「寛文十二五廿一」や、さらに、

40　万代の春契るめり鶯の花に鳴ねハをのがことのは　（鶯花契萬春・霊元院・六二三）

41　見つ聞つ心ハ春にのばへまし花鶯を萬代までに　（同・関白家久・六二四）

の40・41の詠の原拠資料たる「享保十八正十八」が示唆を与えるであろう。

したがって、『新撰蔵月和歌鈔』の成立時期は、目下のところ、簗瀬氏が「明確なことは判らないが、凡例に記す

『近年、和歌雑木抄とかいふもの世に行れて郷党詠作の準縄と思へり。』の『和歌雑木抄』は元禄九年刊の『歌林雑木抄』のことであらうし、しば〳〵問題にされてゐる『類題和歌集』は元禄十六年刊本を使用してゐるらしいので、時代の凡その見当はつけ得るのである。更に、本文の記載事項中で、年次の新しいものに、享保十八年（正月、筆者注）十八日の、霊元院及び関白家久の歌（鶯花契萬春）があるので、享保末年から元文頃にかけて成立したものと考へてよいであらう。」と推測されている結論以上には出ないであろう。

となると、『新撰蔵月和歌鈔』の編者はいかなる人物であろうか。本鈔の第二冊の本文の直前に「修竹庵輯」と記されている人物が編者であることは間違いないのだが、この「修竹庵」なる人物の素性は目下皆目分明でないのである。この人物についても、簗瀬氏は「最近『国書解題』（下、二〇三二頁）に次の記載があることに気づいた。この修竹庵尭民は『新撰蔵月和歌鈔』の編者と同一人であるやうに思はれる。しかし、『類聚和歌弖尔乎波』なるものが示されてゐないので未見である」とされているが、その「修竹庵尭民」の可能性が高いのではなかろうか。この人物は『国書総目録　著者別索引』（昭和五一・一二、岩波書店）によれば、『類聚和歌弖爾乎波』のほか、『秀歌之体大略代講抄』（書陵部蔵、写本、明和七年成立、荒井尭民）の著者でもあるので、その蓋然性がなくはなかろうと推察されるからである。

なお、ここで憶測を逞しうすれば、『和学者総覧』（平成三・七第三刷、汲古書院）に「6234　竹内《タケウチ》　尭民《タカタミ》　称孫六・五兵衛　伊勢渡会郡　文化2・11・25（享年）50（歳）」とある人物は、その姓が「竹内」であるので、「竹」の縁で「修竹庵」と号した可能性もなしとしないであろうから、もしそうだとすれば、竹内尭民は文化二年（一八〇五）の没だから、宝暦六年（一七五六）の誕生となって、憶測した『新撰蔵月和歌鈔』の成立時期よりは多少時期がさがることになろうが、『新撰蔵月和歌鈔』の成立年時をややさげるならば、その可能性も生じてくるのではなかろうか。

六　まとめ

以上、『新撰蔵月和歌鈔』の成立について、夏部の視点からのみではあったが検討を加え、いくつかの成果を得ることができたので、以下に、それらの成果を摘記して、本節の結論に代えたいと思う。

(一)『新撰蔵月和歌鈔』なる類題集は、目下のところ、簗瀬一雄氏ご所蔵にかかる伝本が一本写本として伝存するのみである。

(二) 本鈔は、四季・恋・雑・公事の部立のもとに、春部（二千百三首）・夏部（七百八十八首）・秋部（千八百三十六首）・冬部（九百九十八首）・恋部（千四十八首）・雑部（千二百三十五首）・公事部（五十四首）の都合八千六十二首が収載されている。

(三) 撰集資料としては、後水尾院撰『類題和歌集』と有賀長伯撰『歌林雑木抄』とが想定されるが、これらの両類題集に未収録の例歌（証歌）については、原拠資料から採録したと憶測されよう。

(四) 例歌（証歌）となっている歌人ベスト・十五を掲げるならば、三条西実隆・後柏原院・花山院師兼・正徹・源俊頼・頓阿・飛鳥井雅親・慈円・藤原家隆・順徳院・藤原為家・宗良親王・藤原顕季・二条院讃岐・中院通茂のとおりである。

(五) 原拠資料については、(四)に掲げた歌人の私家集などが想定しうるが、ここで各ジャンルの成立時期が最新のものを掲げるとすれば、勅撰集などでは『新続古今集』『新葉和歌集』、私家集では『黄葉和歌集』、私撰集では『御撰近代』、類題集では『類題和歌集』、定数歌では『称名院千首』、歌合では『前摂政家歌合』、歌会歌では『寛文十二年五月二十一日会』のとおりである。

（六）歌題の傾向については、歌題数では霊元院撰『新類題和歌集』には及ばないが、『類題和歌集』や『歌林雑木抄』に比べると、多少豊富になっているなか、両類題集が誤謬を犯している歌題の例歌（証歌）について、可能な限り訂正を施している点は、『新撰蔵月和歌鈔』の特色と言えようか。

（七）編纂目的については、初心者が当代和歌にふさわしい詠作をするための作歌手引書を制作することであった、と要約できようか。

（八）成立時期については、簗瀬氏が「享保末年から元文頃に成立したものと考へてよいであろう」と推測された見解に賛同したいと思う。

（九）編者については、『類聚和歌弖爾乎波』や『秀歌之体大略代講抄』の著作を有する「修竹庵（荒井）尭民」を想定しうるであろうか。

（十）近世類題集の系譜のなかでは、『題林愚抄』や『明題和歌全集』、次いで後水尾院撰『類題和歌集』、有賀長伯撰『歌林雑木抄』、霊元院撰『新類題和歌集』の流れのなかに位置づけられるであろう。

第四節　藤原伊清編『類題六家集』の成立

一　はじめに

筆者は近時、成立時期が近世であっても、それが室町時代までの詠歌、つまり古典和歌を主要内容とする類題集であれば、それらも考察対象にしていくつかの論考を公表してきたが、本書第四章第三節の「松平定信編『独看和歌集』の成立」(『光華日本文学』第一三号、平成一七・八)も、このような視点に立っての論考のひとつであった。

ところで、それは、新古今時代の代表歌人である六家集の歌人に、後鳥羽院を加えた七人の私家集を対象にした類題集の考察であったが、その論考を調査・検討していた過程で逢着したのが実は、藤原伊清編の『類題六家集』なる類題集であって、そこでは『類題六家集』との比較・検討も一応、試みておいたのであった。ただし、該本は文政九年(一八二六)に刊行された『独看和歌集』よりも百二十年以上遡った、宝永元年(一七〇四)に上梓されているので、本来ならばまず、『類題六家集』を考察したのち、次いで『独看和歌集』を俎上に載せるべきであった。しかし、当面の筆者の関心が『新古今集』の撰者である後鳥羽院の家集をも加えた「七家集」にあったために、このような仕儀となってしまったわけである。

ちなみに、『類題六家集』については、『和歌大辞典』（昭和六一・三、明治書院）において、井上宗雄氏が、

類題六家集《るいだいろっかしふ》 『江戸期類題集』藤原伊清編。成立時期未詳。藤原全故序。秋篠月清集・拾玉集・長秋詠藻・拾遺愚草・壬二集・山家集の六家集の歌を、立春以下に部類したもの。宝永元1704年五月刊記の版本（一八冊、七冊ほか）が早稲田大学図書館・石川県立図書館李花亭文庫ほかに蔵する。　（井上宗雄）

と紹介されているが、本集についての詳細な検討は今後の課題と言えるようだ。

このようなわけで、筆者は遅まきながら、今回『類題六家集』を考察対象にして詳細な調査・検討を加え、本集の属性に鋭く迫ってみたいと考え、以下のごとき具体的事実を明確にすることを得た。

二　書誌的概要

さて、『類題六家集』の伝本については、写本として宮内庁書陵部御所本（一五〇・六七九）が伝存するが、ここでは宝永元年に上梓されて、当時広く流布した大阪女子大学（現大阪府立大学）蔵の版本を調査対象に選び、検討することにした。そこでまず、本集の書誌的概要を紹介すれば、おおよそ次のとおりである。

所蔵者　大阪府立大学付属図書館　蔵（911・14—R2—1～18）
印　記　「大阪女／子大学／図書」（正方形）
編　者　藤原伊清
体　裁　中本（縦二二・九センチメートル、横一六・〇センチメートル）十八冊　版本　袋綴
題　簽　類題六家集　春上　一（～雑五／終十八）

内　題　類題六家集巻之一（〜第十八）
匡　郭　単郭（縦二〇・七センチメートル、横一五・二センチメートル）
各半葉　十六行（和歌一行書き）序半葉十一行
総丁数　五百七十六丁（第一冊・二十八丁、第二冊・三十六丁、第三冊・二十八丁、第四冊・三十二丁、第五冊・二十三丁、第六冊・二十九丁、第七冊・三十七丁、第八冊・四十丁、第九冊・三十四丁、第十冊・二十九丁、第十一冊・三十三丁、第十二冊・二十六丁、第十三冊・十四丁、第十四冊・三十七丁、第十五冊・三十五丁、第十六冊・三十六丁、第十七冊・三十八丁、第十八冊・四十一丁）
総歌数　一万五千五首（春部・二千九十首、夏部千二百四十八首、秋部・二千四百首、冬部・千三百六十二首、恋部・千八百八十八首、雑部・六千十七首）
柱　刻　六家序・春上（〜雑五）
序　　あり（藤原全故　執筆時期不詳）
刊　記　宝永元年五月十八日版行／京御幸通三条上ル町／山本八郎右衛門／大阪かいや町筋糀町／吉田吉右衛門

以上から、本集は春部（巻一・二・三）・二千九十首、夏部（巻四・五）・千二百四十八首、秋部（巻六・七・八）・二千四百首、冬部（巻九・一〇）・千三百六十二首、恋部（巻一一・一二・一三）・千八百八十八首、雑部（巻一四・一五・一六・一七・一八）・六千十七首の、都合一万五千五首を収載する、かなり大規模の類題集と知られるが、本集は限定された六人の私家集のなかから部立別に部類された類題集であるので、本集の総歌数はさらに歌人の視点からも詳細に分析、細分化して示す必要があろうから、この視点に立って総歌数の整理、分類を試みるならば、次頁の〈表1〉のごとくなる。

この〈表1〉によって、本集は藤原良経の『秋篠月清集』から千六百六十八首、慈円の『拾玉集』から四千五百七十一首、藤原俊成の『長秋詠藻』から八百二十首、西行の『山家集』から千五百七十七首、藤原定家の『拾遺愚草』

〈表1〉　巻数および歌人別歌数整理分類表

巻＼歌人	良経	慈円	俊成	西行	定家	家隆	合計
巻一	五二	一五〇	一九	五八	一一五	一二二	五一六首
巻二	一一六	一七八	二九	一三六	一八一	一一九	七五九首
巻三	九五	二二一	四〇	二	二四四	二一三	八一五首
巻四	六八	一八二	三四	八三	一二〇	一三九	六二六首
巻五	八六	一八五	一八二	一四	一六	一三九	六二二首
巻六	五六	一三二	二六	九二	一一三	一一九	五三八首
巻七	一六五	一六三	一九	一二一	一九一	一三五	七九四首
巻八	一四七	二六三	五二	三四	三三四	二三八	一〇六八首
巻九	八〇	一八三	一八	六八	一二八	一五七	六三四首
巻一〇	九四	一九〇	三九	三五	二一三	一五七	七二八首
巻一一	八七	一五七	五〇	二三	二〇六	二〇九	七三二首
巻一二	一一八	一六〇	六五	一五	三〇二	六四	七二四首
巻一三				二一七		二一五	五三二首
巻一四	一〇四	四〇〇	二七	一〇四	三一六	二四一	一一九二首
巻一五	一四三	三六三	一一八	一四五	二八三	一二六	一一七八首
巻一六	五七	九五七	六六		一二〇		一二〇〇首
巻一七	一五一	一〇〇	三六	四三〇	三一五	一九九	一二三一首
巻一八	四九	五八六			四八七	一〇三	一二一六首
合計	一六六八首	四五七一首	八二〇首	一五七七首	三六七四首	二六九五首	一五〇〇五首

実態が知られよう。（同員外を含む）から三千六百七十四首、同家隆の『壬二集』から二千六百九十五首を各々、抄出して一書とした

三　体裁と成立過程の問題

さて、本集の版面には、出典資料、歌題や収載歌などがどのような体裁で掲載されているのであろうか。ここで、本集の「巻之六」（秋上部）に収録の「女郎花」題にかかわる記述内容を、体裁どおりに紹介して参考に供しよう。

女郎花
　秋の哥の中に
月清　風吹ば玉ちるのべに折ふして枕露けき女郎花哉　（三六〇一）
　堀河院題百首の中に
拾玉　世を捨る我墨染の袖ふれておるもやさしき女郎花哉　（三六〇二）
　楚忽第一膽百首の中に
　女郎花花の匂ひに秋立て情おほかるのべの夕ぐれ　（三六〇三）
　宇治山百首の中に
　女郎花いかなる花の姿かとみざらん人の我にとへかし　（三六〇四）
　堀河院御時の百首の題を述懐によせてよみける中に
長秋　身のうさをえてなづさはぬ女郎花花のなをさへおしと思へば　（三六〇五）
　奉和無動寺法印早率露膽百首の中に

拾遺　女郎花なびくまじきや秋風のわきて身にしむ色となるらん　（三六〇六）
　　　重奉和早率百首の中に
しの、めに別れし袖の露の色をよしなくみする女郎花哉　（三六〇七）
　　　百首の中に
女郎花おるもおしまぬ白露の玉のかんざしいかさまにせん　（三六〇八）
　　　堀河院題百首の中に
壬二　旅衣かたしくのべを朝立ばきぬ〴〵になる女郎花哉　（三六〇九）
　　　二百首の中に
おる袖に露をやどして女郎花よそにや忍ぶ秋の夕ぐれ　（三六一〇）
女郎花空行月のなになれや詠るのべに心すむらん　（三六一一）
　　　秋の哥の中に
山家　女郎花分つる袖と思はゞや同じ露にもぬるとしれゝん　（三六一二）
女郎花色めくのべにふれはらふ袂に露やこぼれかゝると　（三六一三）

ちなみに、多少説明を付加するならば、本集の版面では三段構成が採用されて、上段に「女郎花」などの歌題を掲げ、中段に「月清」などの出典を明示して、下段に一字下げの詞書を付すなどした和歌本文を掲載するという体裁になっている。

ところで、新古今時代の代表的歌人六人の私家集を何故に「六家集」と呼称するようになったのであろうか。この問題については、飯尾宗祇や猪苗代兼載などの連歌師が『新古今集』に関心を抱いた室町時代中期ごろから各々、

『自讃歌註』や『新古今抜書抄』などの注釈書を著し始めた営為とあいまって、同様の興味から、牡丹花肖柏が永正初年（一五〇四〜）、『古今集』の六歌仙（古六歌仙）に対する新六歌仙の袖珍本として、『六家抄』なる『新古今集』抄出歌による、一種の秀歌撰を編纂した営みと関連があるようだ。この時、概念として「六家集」なる呼称が生じたのであろう。ちなみに、『六家集』と『六家抄』との時間軸における先後関係については、『六家抄』のほうが先行し、この『六家抄』に触発されて、細川幽斎が慶長三年（一五九八）までに、六人の私家集を蒐集、書写して成ったのが『六家集』であった。つまり、幽斎の書写によって『六家集』が完成したとき、六集を一セットの家集群としての実態が具備されることになったわけである。

ただし、幽斎のものが最初か否かは不明で、それ以前に別種の『六家集』が存在した可能性は否定できないようだ。また、室町時代後期から江戸時代初期にかけて、これらとは別個の『六家集』が成ったことも事実であるが、とりわけ、寛文年間（一六六一〜七三）に、幽斎書写による『六家集』が版本として上梓されて以降、『六家集』が江湖に流布して広まったことは周知の事柄であろう。本節で考察対象とした『類題六家集』やその索引編である『六家集類句』、さらに、これに『後鳥羽院後集』を加えて成った『独看和歌集』などの類題集の出現は、このような『六家集』の時代的流行を反映した近世和歌史の一断面と把握できようか。

四　歌題の問題

さて、本集に収録されている歌題はどのようなものであろうか。この問題を検討するために、さきに引用した「女郎花」のそれを俎上に載せて検討してみよう。この秋部上の「女郎花」題の都合十三首を典拠（出典）の歌題と比較してみると、『秋篠月清集』と『長秋詠藻』の各一首、『山家集』の二首、『拾玉集』『拾遺愚草』『壬二集』の各三首はいずれも「女郎花」の題下に収録されているので、本集の編者・伊清は、典拠とした『六家集』から、当該歌題の詠歌をそのまま選出して、それらの詠歌をおおよそ『秋篠月清集』『拾玉集』『長秋詠藻』『拾遺愚草』『壬二集』『山家集』の順序に従って、『類題六家集』に配列、案配した背景が知られよう。

この歌題および詠歌に関する本集の編者の採択・配列原理が、そのほかの歌題の場合にも適応されているのか、否かを検証するために、もう一例、巻第十四所収の「雑哥一」の「松」の歌題と詠歌を次に引用して、検討を加えてみたいと思う。

1　住吉の神や誠にことのはを君につたへし松風のこゑ　（松・月清・九三一〇）
2　一時の色は緑に猶しかじ立田の桅みよしの丶花　（同・同・九三一一）
3　くやしくぞ月に吹よの松風を宿の物とも詠きにける　（同・同・九三一二）
4　宮ゐして年をつもりの浦なれば神さびにけり住吉の松　（同・拾玉・九三一三）
5　住吉の神さびわたる松風も聞人からの哀也けり　（同・同・九三一四）
6　千年迄葉がへぬ松の緑をば君が心の色とたとへむ　（同・同・九三一五）
7　吹そめし神代もいかに住吉の松の嵐の夕ぐれの空　（同・同・九三一六）
8　武隈の松に心をならへてぞみきとは人に語るべらなる　（同・同・九三一七）
9　ゐに書て今唐土の人に見せむ霞わたれるこやの松原　（同・同・九三一八）
10　我身こそなるをに立る一つ松よくもあしくも又たぐひなし　（同・同・九三一九）
11　あかぬ哉明くれみれど玉匣二見の浦の松の村立　（同・同・九三二〇）

12　はや晴よ松の奥こそゆかしけれ霧立わたる天の橋立　（同・同・九三一一）
13　海人の子も千世へぬべしと思らんかげにかくるゝ松がうら嶋　（同・同・九三一二）
14　小塩山小松が原の浅緑春の色をば神の恵みに　（同・同・九三一三）
15　千代ふとも解てやゝまん結つる身のうき方は岩代の松　（同・同・九三一四）
16　住吉の浦の梢に吹とめて波にもやどす松の秋風　（同・同・九三一五）
17　哀とや思ひ出らん住吉の松たのみこし藤の末□《ママ》を　（同・同・九三一六）
18　うかりけり昔の末の松山に波こせとやは思ひ置けん　（同・長秋・九三一七）
19　松風の梢の色はつれなくて絶ず落るは泪也けり　（同・拾遺・九三一八）
20　草の庵の友とはいつか聞なさん心のうちに松風のこゑ　（同・同・九三一九）
21　いかなりし梢なるらん春日山松のかはらぬ色をみるにも　（同・同・九三二〇）
22　波の上の松の気色もたぐひなく煙棚引しほがまの浦　（同・壬二・九三二一）
23　落つもる軒のあれまの松のはにあやなくさはる月のかげ哉　（同・同・九三二二）
24　いかなれば波も時雨も秋風もさびしきことは松の梢に　（同・同・九三二三）
25　久にへて我後の世をとへよ松跡したふべき人もなき身ぞ　（同・山家・九三二四）
26　爰を又わが住うくてうかれなば松は独にならんとすらん　（同・同・九三二五）

以上、雑歌一の「松」題の詠歌二十六首を引用したが、これを出典の六人の各私家集の歌題と比較してみると、25・26の西行の二首が、寛文年間に上梓の版本『山家集』に「庵の前に松の立てりけるを見て」の詞書を付して掲載されているほかは、良経・慈円・俊成・定家・家隆の各私家集に、「松」の歌題のもとに1～24の詠歌が収載されているのだ。しかも、本集に掲載されている各私家集の配列順をみると、「女郎花」題の場合とまったく同様に、『秋篠月清集』『拾玉集』『長秋詠藻』『拾遺愚草』『壬二集』『山家集』のごとく配列されている。ただ、西行の二首のみが詞書で歌題でない点、編者の配列原理に抵触するが、しかし、この場合、詞書の主題は「松」にあるわけだから、総じて、編者・伊清が確固たる配列原理に従って、本集の歌題と詠歌を採択、案配している編纂態度・姿勢をほぼ認めることはできるであろう。

となると、本集に採録をみる歌題は、原拠資料ともいうべき当該各私家集に歌題で明示されている詠歌を中心にして採択された範囲内での結果を提示していると言えよう。それでは、本集は実際に、どのような歌題を収録し、通常の類題集と比較した場合、どのような属性を有しているのか。ここですべての部立における歌題を掲げて検討を加えるのは無理なので、収録詠歌のもっと少ない「夏部」の歌題を次に掲げて、この問題を検討してみよう。

〔夏部上〕首夏・林首夏・更衣・貴賤更衣・春後思花・遅桜・立田河夏・二上山夏・三輪山夏・新樹・卯花・薄暮卯花・夜卯花・樹陰卯花・卯花遶家・暮見卯花・社卯花・社頭卯花・渓卯花・卯花隠路・舟路卯花・水辺卯花・葵・賀茂祭・郭公・ほとゝぎす・不尋聞郭公・待郭公・久待郭公・初郭公・初聞郭公・独聞郭公・暁聞郭公・近聞郭公・両方聞郭公・郭公初声・郭公数声・暁郭公・夕郭公・暮郭公・雨中郭公・雨後郭公・羇中郭公・羇旅郭公・古郷郭公・古宅郭公・山家郭公・遠山郭公・遠郭公・嶺郭公・杜郭公・海郭公・海上郭公・湖郭公・船中郭公・里郭公・市郭公・野郭公・岡郭公・更恋郭公・盧橘・花橘・はなたちばな・暁更盧橘・夜盧橘・盧橘驚夢・檐盧橘・盧橘薫簷・古郷橘・盧橘遍砌・早苗・早苗多・夕早苗・雨中早苗・雨後早苗・五月五日・菖蒲・朝菖蒲・池菖蒲・池朝菖蒲・古池菖蒲・沼辺菖蒲・沢辺菖蒲・夕採菖蒲・五月雨・初五月雨・庭五月雨・五月雨朝・山五月雨・山家五月雨・旅宿五月雨・杜五月雨・水鶏何方・深山水鶏・照射・ともし・夜々照射・所々照射・樹

陰照射・鵜河・深更鵜河・遠近鵜河・雨後鵜川・蚊遣火・隣蚊遣火・閑居蚊遣火・蛍・蛍火秋近・蛍火透簾・蛍照古郷・海上蛍・海辺見蛍・湖上蛍火・島蛍・江蛍・沢蛍・沢辺蛍・水辺蛍・水宿蛍・野蛍・澗底蛍火・蟬・夕蟬・雨後蟬・雨後聞蟬・馬上聞蟬・蟬声夏近・夏草・風前夏草・庭夏草・野夕夏草・夏草露・水辺草・旅行草深・瞿麦・とこなつ・久愛瞿麦・朝折瞿麦・籬瞿麦・撫子・雨中撫子・蓮・近見池蓮・夕顔・夕立・野径夕立・行路夕立・旅夕立・夏・夏暁・夏夜・夏月・海辺夏月・船中夏月・川上夏月・水路夏月・池上見月・池上夏月・雨後夏月・雨中夏月・山家夏月・田家夏月・名所夏月・夏野月・樹陰夏風・夏社・夏杜夕雨・夏旅暁雲・夏山相松・夏夕山・夏浦夕・行路夏・夏衣・行路夏衣

〔夏部下〕扇・松風忘扇・氷室・泉・深山泉・泉為夏栖・夏向泉・となりのいづみ・納涼・城下納涼・家々納涼・毎日納涼・泉辺納涼・樹陰納涼・山納涼・江上納涼・水辺納涼・松下晩涼・松風暮涼・水風晩涼・籬路晩涼・竹風夜涼・野亭水涼・樹陰流水・水辺涼自秋・草野秋近・野草秋近・涼風如秋・山家松風・山家待秋・閏六月・晩夏・荒和祓・家々夏祓・六月祓・（歌題ではないが）夏五首・夏七首・夏十首・夏十五首・夏十六首・夏二十首・題しらず

以上、本集に収録される夏部の歌題を整理したが、この夏部の歌題収録状況を概観すると、おおよそ類題集における歌題収載状況とほぼ符合するように推察されよう。ちなみに、「菖蒲」題を例に引くと、本集には、「菖蒲・朝菖蒲・池菖蒲・池朝菖蒲・古池菖蒲・沼辺菖蒲・沢辺菖蒲・夕採菖蒲」のとおりで、八題を数え、『独看和歌集』の場合とまったく符合する。ちなみに、さきに掲げた論考には「〈表2〉『菖蒲』関係の歌題収録一覧表」を掲げているので、この問題についての参考になろうから参看願いたいが、その要点を摘記するならば、後水尾院撰『類題和歌集』が二十一の歌題を収録して類題集としての充実ぶりを示しているなか、『二八明題和歌集』が「菖蒲・旅宿菖蒲」の二題、『続五明題和歌集』『纂題和歌集』が各々、「菖蒲」のみの一題、『題林愚抄』『明題和歌全集』が各々、「菖蒲・曳菖蒲・刈菖蒲・江菖蒲・簷菖蒲・袖上菖蒲・旅宿菖蒲」の七題、『摘題和歌集』が「菖蒲・尋曳菖蒲・夕採菖蒲・池朝菖蒲・古池菖蒲・沼辺菖蒲・旅宿菖蒲」の六題という収録状況であって、本集の「菖蒲」題の収載状況は、類題集のそれと比較してまったく遜色がないと言えようか。

なお、本集の歌題収録状態を部立別に整理してみると、以下のとおりだが、目次に歌題を別掲している『独看和歌集』とは異なって、本集の場合、とくに雑部に掲げられている歌題は、編者の歌題掲載原理が『独看和歌集』のそれと大幅に相違しているようなので、数値のうえで大きく異同している点を、断っておきたいと思う。

春部上	百六十二題	春部中	百八十九題	春部下	○題
夏部上	百七十四題	夏部下	三十五題	秋部上	百五十九題
秋部中	百八十五題	秋部下	五十八題	冬部上	二百三十一題
冬部下	三十七題	恋部上	百八十題	恋部中	五十九題
恋部下	○題	雑部一	百六十五題	雑部二	四百三十一題
雑部三	○題	雑部四	二百九十二題	雑部五	四百十題

合計　二千七百五十七題

ちなみに、参考までに本集の歌題収録状態を、主要な類題集のそれと比較してみると、次頁の〈表2〉のとおりである。

この〈表2〉によると、歌題の視点からみると、前述したとおり、後水尾院撰『類題和歌集』が数値のうえで突出している実態が明らかになるが（ただし、例歌を掲げず歌題のみ列挙する事例がかなりめだつ）、そのほかの類題集と比較

〈表2〉 主要な類題集などとの歌題数比較一覧表

集名＼部立	春	夏	秋	冬	恋	雑	合計
類題六家集	三四一	二〇九	四〇二	二六八	二三九	一二九八	二七五七題
独看和歌集	三五六	一九九	四二八	二七九	二五八	八九二	二二六九題
二八明題和歌集	三一七	一五一	三四五	一八二	二五九	九九二	二二四六題
題林愚抄	四〇八	二八二	五一五	三二六	四五二	五六八	二五五一題
明題和歌全集	四六七	二九三	五九〇	三三七	四五七	九七三	三〇〇七題
類題和歌集	二二五八	一一〇一	二四七〇	一二七九	一四七九	二二九八	一〇八八五題

した場合、『類題六家集』は雑部の歌題掲載に多少の問題があるとはいうものの、まったく遜色のない歌題収載状況であることを確認しうると言えるであろう。

五　収載歌の問題

以上、本集に収録される歌題が、編者・伊清の企図する一定の方法原理によって採択、配列され、数値のうえでも他の類題集に比して遜色のない類題集になりえている実態を確認したので、次に、本集の収載歌について、検討を加えてみたいと思う。

ところで、本集の収載歌がさきに、「寛文年間（一六六一～七三）に、幽斎書写になる『六家集』が版本として上梓された以降、『六家集』が江湖に流布し」たとした、その『六家集』から抄出して成ったであろうことは容易に想像がつくが、以下、その点に絞って言及してみたいと思う。

まず、『秋篠月清集』の伝本は、（一）定家本系統、（二）教家本系統、（三）両本混淆本系統に分類され、版本『六家集』は（三）両本混淆系統本に属する。このうち、（三）は（一）に収載されない（二）が収録する（日本大学図書館本による）、

27　都人やどを霞のよそにみて昨日もけふもの辺にくらしつ　（野遊）
28　何ゆゑとおもひも入れぬ夕だに待出しものを山のはの月　（夕恋）
29　わすれずよかりねに月をみやぎのの枕にちかきさをしかの声　（旅月聞鹿）
30　わすれずはあふよをまたん涙河ながるるとしのすゑをかぞへて　（寄歳暮恋）
31　むら雲におくれさきだつ夜はの月しらず時雨のいくめぐりとも　（時雨）
32　いそのかみふるの神杉ふりぬれど色にはいでず露も時雨も　（久恋）
33　もらしわびこほりまどへる谷川のくむ人なしにゆきなやみつつ　（忍恋）

の27～33の七首を収載するうえに、（一）を書写した静嘉堂文庫本のみが持つ、

34　なつは猶それもおそくやおもふらむ岩尾夏なるあまのは衣　（夏歌よみける中に）
35　うき枕夏の暮とやすずむらん杣やま川をおろすいかだし　（同）

の34の上句と35の下句を合成した、本来は二首であったはずの次の、

36　なつはなほそれもおそくやおもふらむそまやまがはをおろすいかだし　（同）

の36の詠歌を（一）は収載しているが、この点、（三）が（一）定家本系統と（二）教家本系統を混淆して収載する内実からいって、まさしく（三）両本混淆本系統の名称がふさわしい実態を伝えているといえよう。ところで、29の歌題は教家本には「旅月聞鹿」とあるが、『六家集』版本は少々措辞の異なる「聞旅月鹿」の題を掲げる一方、36の合成歌もそのままの措辞で収録、掲載していて、まさに（三）の伝本の内容を伝播しているのだ。そして、これらの事例は『類題六家集』にも、そのままそっくり反映しているので、この点から、『類題六家集』が『六家集』版本に依拠して制作されていることは、紛れもない事実と認定しうるのである。

次に、藤原家隆の私家集『壬二集』は、（一）古本系統、（二）六家集本系統、（三）広本系統の三系統に大別される。このうち、（一）は（二）が欠く「初心百首」「正治百首」「光明峰寺百首」「名所百首」「建保百首」の五編を有する一方、（二）が有する「大輔百首」「閑居百首」「二百首」の三編を書く伝本である。（二）は（一）とはまったく正反対の性格をもち、「初心百首」などの五編を欠く一方、「大輔百首」などの三編を欠くうえ、百首歌の配列構成が一部（一）とは異同する伝本である。（三）は（一）が欠く百首・二百首三編と（二）が欠く百首五編ともに有する伝本である。ところで、『類題六家集』の収載歌を検討してみると、事例は省略に従うが、（二）の系統の代表的伝本である『六家集』版本の収録状態と完全に符合をみているので、『類題六家集』が『六家集』版本に依拠していることは、疑う余地のない事実と認定しうるであろう。

次に、慈円の『拾玉集』については、（一）五巻本系統と（二）七巻本系統に大別される。このうち、（一）は（二）が収録しない「春日百首草」「難波百首」「送佐州百首」「健保仙洞百首」「正治第二度百首」「内大臣家百首」を有するが、（二）が有する「十題百首」と「廿題百首」を欠き、歌数五千八百余首を収載する。一方、（二）は（一）が収録する「春日百首草」以下の六種の百首を欠くが、逆に、「十題百首」と「廿題百首」の百首を有し、四千六百余首を有する。ところで、『六家集』版本は（二）七巻本系統の伝本であって、『類題六歌集』の収載歌を検討してみると、「春日百首草」「難波百首」「送佐州百首」「健保仙洞百首」「正治第二度百首」「内大臣家百首」の六種の百首からの抄出歌は皆無である一方、「十題百首」と「廿題百首」の百首からは採録しているのである。ここにはその具体例は一切省略するが、ここに、『類題六家集』が『六家集』版本に依拠していることは、紛れもない事実とみなしうるであろう。

次に、西行の『山家集』の伝本については、（一）陽明文庫本系統、（二）流布本系統、（三）松屋本系統（異本）の三種に大別される。このうち、（一）は室町後期ないし江戸初期の書写による最古写本で、歌数千五百五十二首。（二）は『六家集』版本の系統に属し、歌数千五百六十九首。ちなみに、（二）は（一）が収載しない次の詠歌（茨城大学附属図書館本による）を収録する。

37　解け初る初若水の気色にて春立ことの汲まれぬるかな　（春・立春の朝）
38　霞めども春をばよその空に見て解けんともなき雪の下水　（同・春来て猶雪）
39　香にぞまづ心占めおく梅花色はあだにも散ぬべければ　（同・梅を）
40　山川の波にまがへる卯花を立返りてや人は折るらん　（夏・水辺卯花）
41　時鳥聞折にこそ夏山の青葉は花に劣らざりけれ　（同・時鳥を）
42　五月雨の軒の雫に玉かけて宿を飾れる菖蒲草かな　（同・詞書略）
43　五月雨はいさら小川の橋もなしいづくともなく澪に流て　（同・詞書略）
44　月澄みて凪ぎたる海の面かな雲の波さへ立ちもかゝらで　（秋・月）
45　うれしきは君に逢ふべき契り有て月に心の誘はれにけり　（同・月前に友に逢ふ）

46　ひとり寝の寝覚の床の狭筵に涙もよほす蟋蟀哉　（同・虫の歌よみ侍けるに）
47　物を思ふ寝覚め訪らふ蟋蟀人よりも異に露けかるらん　（同・同）
48　我涙時雨の雨にたぐへばや紅葉の色の袖に粉へる　（同・寄紅葉恋）
49　神無月木葉の落るたびごとに心うかるゝ深山辺の里　（冬・夜紅葉を思ふ）
50　月出る軒にもあらぬ山の端の白むに著し夜半の初雪　（同・夜初雪）
51　有乳山険しく下る谷もなくかじきの道を造る白雪　（同・雪の歌よみけるに）
52　山里に家居をせずは見ましやは紅深き秋の木末を　（同・詞書略）
53　逢ふ事を夢成けりと思分く心の今朝は恨めしきかな　（恋・夢会恋）
54　亡き跡を外ばかり見て帰るらん人の心を思ひこそやれ　（雑・詞書略）
55　杣くだす真国が奥の川上にたつき打つべし苔小浪寄る　（同・題しらず）
56　錦をば生野へ越ゆる唐櫃に納めて秋は行くにか有らん　（同・同）
57　あくがれし天の川原と聞からに昔の浪の袖にかゝれる　（同・詞書略）
58　汲みてこそ心澄むらめ賤の女が載く水に宿る月影　（同・同）
59　更けて出る深山も峰の明星は月待得たる心こそすれ　（同・神楽に星を）

すなわち、37~59の二十三首を、（一）の伝本は収載せず、（二）が収録するのだが、この流布本系統の版本のみが収載する（二）に掲載の二十三首は、はしなくも『類題六家集』にすべて収載をみているので、この点から、『類題六家集』が『六家集』版本に依拠して採録していることは、いまさら言うまでもないであろう。

次に、定家の『拾遺愚草』の伝本については、（一）自筆本系統、（二）名古屋大学本系統、（三）版本『六家集』

本系統、㈣御所本『六家集』本系統に大別されようが、このうち、㈢は㈠・㈡・㈣がもつ押紙に記された二十七首（詠歌は省略する）と、次の

60　あともなしこぼれておつるしら雪の玉しま川の河上の里　（冬・河辺雪）

の60の詠を収載しないが、『拾遺愚草員外』の巻末に『藤川百首』を収録するうえ、「詠百首和歌／為家卿」として、藤原為家の『藤川百首』を付載している。

この視点から『類題六家集』の収載歌を検討してみると、本集は押紙の二十七首と60の詠歌を収載していないうえに、『藤川百首』関係の詠歌では、冬部の「湖上千鳥」の詠歌をみると、

百首の中に

61　拾遺　にほの海や月待うらのさよ衛いづれの嶋をさしてなくらん　（六〇七五）

62　為家　音たえてしがの浦浪氷るよは立もさはがで千鳥なく也　（六〇七六）

のごとく『藤川百首』の定家と為家の詠歌を連続して掲げているので、この本集の『藤川百首』の詠歌配列状態から推測すると、『類題六家集』が定家の詠歌をいずれの伝本に依拠して採録したかは一目瞭然で、ここに本集が定家の詠歌を収載するに際し、版本『六家集』を利用したことは疑いえないと推断しうるであろう。

最後に、俊成の『長秋詠藻』の伝本については、㈠俊成原撰本系統、㈡定家増補本系統、㈢第二次増補本系統、㈣第三次増補本系統に大別される。ちなみに、歌数は㈠が四百八十首、㈡が五百八十首、㈢が六百五十二首、㈣が七五二首のとおりで、版本『六家集』本は㈣の系統に属し、最大の収載歌を収めている。このうち、㈣の属性は、㈠〜㈢が収録する（まま例外がある）次の（㈢の伝本から引用する）、

63　たのめずは中中世にもながらへて久しく物はおもはざらまし　（六六）

64　雲のうへをおもひやりつつ望月のこまさへかげにひきあたりけり　（五八五）
65　春日野のけふの子日の松をこそ千世のためしに引くべかりけれ　（六一四）
66　春の日もひかりことにやてらすらむたまぐしのはにかくるしらゆふ　（六一六）
67　池水はしづかにすみて紫の雲立ちのぼる宿の藤なみ　（六二一）

の63〜67の五首と、「右大臣家百首」の直前にある、次の識語（（二）の伝本から引用する）、

此三巻治承二年夏依仁和寺宮召所被書進也、件草自筆近年依貴所召進覧未返給之間、為備忽忘更申請竹園御本令書留之、以件本又書之

寛喜元年四月廿二日　　正二位（花押）

を各々、収載していないことである。

これらの視点から『類題六家集』の内容を検討してみると、本集が「寛喜元年」の識語を採録してないのは当然としても、63〜67の五首をすべて採録していないという実態は、本集が俊成の詠歌を収載するに際して、（四）の伝本に依拠して編纂がなされた背景を示唆し、この点から、本集が版本『六家集』本を利用して編集作業を進めたであろうことは、疑いえないであろう。

以上、『類題六家集』に収載する六人の家集の詠歌が、いずれも版本『六家集』本に依拠して採録されていたらしい実態を明白にすることができたので、次の問題の検討へ進みたいと思う。

六　編纂目的と成立時期の問題

そこで問題となるのが本集の編纂目的である。この点については、さいわい本集は巻頭に、藤原全故による序を掲げているので、その序を次に引用してこの問題を考えてみたいと思う。

此《この》『類題六家集《るいだいりくかしゅう》』者《は》、後《ご》京極摂政殿をはじめ、慈鎮和尚《じちんくわしやう》、俊成卿、定家卿、家隆卿、西行上人、この六人の家の集の哥を同題に類《るい》し、寄《よせ》侍るもの也けり。後鳥羽上皇の御比ほひ、倭謌中興《こう》して謌人おほかる中に、この人〴〵すぐれて堪能《かんのふ》の佳名《かめい》を得給ひ、上代にもかよひ、この風《ふう》も大《おほき》に起《おこり》けるとぞ。尤萬世にかゞやきて、世にくまなくしれる事なれば、皆略《りやく》しけらし。まことに新《あたら》しき情《こゝろ》を求《もと》め、旧《ふる》き詞《ことば》を用《もち》ひ、風体《ふうてい》を倣《なら》ふたより、いづれか是にまさり侍らん。猶、常《つね》に握翫《あくぐはん》をば、哥のさま心あまれるかた、巧《たくみに》詠《じ》レ物《を》、かすかなる詞、有《ある》二逸興《いつけう》一体なるも、ほのかに其おもむき見えて、仰げばいよ〳〵高かるべしとなん。然ども、家の集煩雑《はんざつ》にして、かやすく見分《わき》がたく、見る人まれ〳〵なりけるとかや。故に、藤伊清雅吏右武《うぶ》のいとま、みづから類題《るいだい》し給ひ、四季・恋・雑とわかち、家々の集の名を、月清良経公、拾玉慈鎮、長秋俊成卿、拾遺定家卿、壬二家隆卿、山家西行、と、上にあらはしつゝ、すべて十八巻に編《へん》正して、ひめ置給ふけるある日、哥合の折から、やつがれ是を見侍て、其成功のおほいなる方を感ず。其故者《は》、わかの浦浪に心をよせ、其席にすゝむ人、あまたの書考合《かんがう》いとこゝろさはがし。又、いちはやき事に応《おふ》じがたし。又、見ずはむげなるべき書《しょ》也。しかあるに、『題林愚抄』『明題和哥集』等の類ひにして、初学の人も見やすく、しかも述而不《ず》レ作、むべなる哉。仍愚毫《ぐがう》をもて、これを書写し、遂二校合一、わがたすけともなし、同志のかた〴〵の需《もとめ》にしたがひて見せもし、童蒙のたよりにもなし侍き。藤原全故序す。

この藤原全故の序には、全故自身の見解が次のごとく叙述されている。すなわち、『六家集』の作者である「後京極摂政殿をはじめ、慈鎮和尚、俊成卿、定家卿、家隆卿、西行上人」たちは、「後鳥羽上皇の御比ほひ、倭謌中興《こう》して謌人おほかる中に、この人〴〵すぐれて堪能《かんのふ》の佳名《かめい》を得給ひ、上代にもかよひ、この風《ふう》も大《おほき》に起《おこり》ける」という、和歌史上において特筆される存在であり、このことは「萬世にかゞやきて、世にくまなくしれ」わたっている事実なので、このたびこれらの歌人の私家集に注目したが、予想に違わず、これら『六家集』の歌は、いずれも「まことに新《あたら》しき情《こゝろ》を求《もと》め、旧《ふる》き詞《ことば》を用《もち》ひ、風体《ふうてい》を倣《なら》ふたより、いづれか是にまさり侍らん」という属性を備えている点で、これにまさる家集はなく、それらの詠歌には「常《つね》に握翫《あくぐはん》をば、哥のさま心あまれるかた、巧《たくみに》詠《じ》レ物《を》、かすかなる詞、有《ある》ニ逸興《いつけう》一体なるも、ほのかに其おもむき見えて」秀作揃いの私家集といえよう。しかし、個々の私家集を利用するには「煩雑《はんざつ》にして、かやすく見分《わき》がた」いので、妙案を思案していたところ、この『六家集』を、藤原伊清が「みづから類題《るいだい》し給ひ、四季・恋・雑とわかち」、「すべて十八巻に編《へん》正して、ひめ置給ふ」ことを知ったので、「ある日、哥合の折」にそれを実見したところ、それはまさしく理想どおりの代物であった。そんなわけで、全故はこの『六家集』が、「わかの浦浪に心をよせ、其席にすゝむ人」にとって、『題林愚抄』『明題和哥集』等の類ひにして、初学の人も見やすく」、「童蒙のたよりにも」なるならば、と一念発起して、「愚毫《ぐがう》をもて、これを書写し、遂ニ校合一、わがたすけともなし、同志のかた〴〵の需《もとめ》にしたが」うべく、上梓したのだ、と言及している。

ところで、本集の「巻之一」の端作りには、「伊清彙／全故述」とあって、本集の成立、編纂過程が示唆されよう。ちなみに、『漢語林』（大修館書店、平成二・四）によれば、「彙」が「あつめる」の謂で、「彙纂」が「各種の事項を集め、分類して編集すること。また、そうして作った書籍」の謂であるので、伊清が『類題六家集』の編纂者となる一方、「述」が「先人の言行を受け継ぐ」の謂で「述作」が「先人の言説を述べ伝えること」の謂であるから、全故は

『類題六家集』の筆耕者ということになろうか。

それでは、本集の成立についてはいかがであろうか。この問題については、福井久蔵氏『大日本歌書綜覧　上巻』（昭和四九・五再刊、国書刊行会）に、「**類題六家集**　十八巻　藤原伊清／長秋詠草《ママ》、山家集、拾玉集、月清集、壬二集、拾遺愚草を類題とせるもの。古写本は六巻。寛永元年藤原全故の序を加へ、京と大阪とにて出板す」とある記事が参考となろう。はたしてこの序は寛永元年（一六二四）に全故によって記されたのであろうか。ここで藤原全故について検討してみると、全故は松尾芭蕉の『おくのほそ道』を清書した素竜本の筆者であるのだ。ちなみに、『日本古典文学大事典　第四巻』（昭和五九・七、岩波書店）によって素竜の事蹟に言及すると、

> **素竜**《そりゆう》　歌人・俳人・書家。柏木氏。本姓藤原、名全故《たけもと》、通称儀左衛門また藤之丞。素竜はその号。上代様の書家として芭蕉の依頼で元禄七年（一六九四）四月『おくのほそ道』を浄書し、跋文を書いたことで知られる。承徳六年（一七一六）三月五日没。享年は『積玉和歌集』中に六十一歳および五十四歳と数えられる二種の記事があり、いずれとも決めがたい。【事蹟】もと阿波藩士。（中略）元禄三年四月来阪した伊藤仁斎・東涯父子に謁見後まもなく江戸に下り、北村季吟・正立父子を訪ね、また野坡の同道で芭蕉に会い、風雅に意気投合したという。（中略）素竜は芭蕉の発案で歌書の講釈を一時業とし、（中略）本来の歌人として元禄十三年頃服部南郭と共に柳沢吉保に仕えた。以来、吉保の『楽只堂年譜』によれば荻生徂徠・北村季吟など諸学輩と共に歌会や詩会の機会に出座し、将軍綱吉来訪の元禄十五年十二月五日には『源氏物語』紅葉賀の一節を進講した。正徳四年十一月吉保没に際して追悼歌文を草し、追福歌会にも加わり、更に二代藩主柳沢吉里の歌道の師としてその作品は吉里の『積玉和歌集』に数多く見える。（後略）　（植谷　元）

のとおりである。この植谷氏の記述によって、全故が芭蕉の『おくのほそ道』を浄書した能書家・素竜であるという

知見を得たが、享年については、かりに六十一歳とすれば明暦元年（一六五六）の誕生、五十四歳とすれば寛文三年（一六六三）誕生となって、いずれにせよ、寛永元年（一六二四）に全故が序文を執筆したとする福井氏の見解は成立不可能となろう。ただし、『類題六家集』の筆耕が全故であるのは確実であるから、この場合、『大日本歌書綜覧 上巻』の「寛永元年藤原全故の序を加へ」の記述が誤っていると判断すべきで、正しくは「宝永元年…」と訂正しなければならないであろう。なぜなら、福井氏は全故の序文の執筆時期を「寛永元年」と記されているが、実は、版本には執筆年時の記述は存しないわけだから、この記述は刊記の「宝永元年」に依拠して推測された結果と憶測され、氏自身は「宝永元年」と記されていたものと推察されるからである。したがって、この箇所は、『大日本歌書綜覧 上巻』の出版社が「宝」を「寛」とみなして犯した誤植と判断するのがもっとも説得力をもつのではなかろうか。

ちなみに、編者の藤原伊清の事蹟については、『和歌大辞典』（昭和六一・三、明治書院）に言及があるので、ここにはその記事を紹介しておこう。

伊清《これきよ》《江戸期歌人》遠山。名は景。北湖と号す。出目・生没年未詳。元禄から享保（1688~1736）にかけて活躍した。伊勢物語・大和物語などから和歌のみ抽出した『五部歌かゞみ』、長秋詠藻・山家集などを類題した『類題六家集』、二十一代集の各巻巻頭歌四二〇首抽いた『巻頭和歌集』など、類題・類句集を主に編纂公刊している。また鶯・蛙それぞれを五〇首ずつ詠んだ『鶯蛙百首』の作もある。（渡辺守邦）

これらの知見によって、『類題六家集』の成立の問題を考えると、本集が版本『六家集』本に依拠して編纂されている実態については、すでに実証済みなので、本集が依拠資料としたはずの版本『六家集』本について検討を加えてみると、それは風月庄左衛門によって慶安三年（一六五〇）頃開版されたものの、寛文年間（一六六一~七二）ごろに版行されて流布したもののうち、慶安三年開版の版本は、全故の享年を五十四歳と想定した場合抵触するので、編者・全故はおそらく、寛文年間ごろに流行した版本『六家集』本を利用して、本集の編纂作業を進めていったのではなかろうか。となると、本集の成立時期は何時であろうか。この問題については、本集の刊行年時が刊記によって「宝永元年五月十八日板行」と確定しているので、その年時より以前であることは言を待つまい。ということは、本集の成立は、寛文十二年（一六七二）から宝永元年（一七〇四）五月十七日までの間ということになろうが、目下のところ、その成立年月日を特定することはできない。とはいえ、憶測を逞しゅうするならば、本集は、宝永元年か、その直前ごろには完成をみていたのではあるまいか。

最後に、『類題六家集』の近世期における位相に言及するならば、新古今時代の代表的歌人たる六名の家集の総称「六家集」が概念として定着したのは、永正二年（一五〇五）成立の『六家抄』によってであったが、これらの六人の家集が一具の家集群としての実態を備えたのは、前述したとおり、細川幽斎による書写によってであった。この幽斎本が江戸期に入って、慶安三年（一六五〇）頃に開版され、さらに寛文年間（一六六一～七二）にも版行されたが、その後、宝永元年（一七〇四）、版本『六家集』本を利用して藤原伊清編『類題六家集』が成ったわけだ。ちなみに、『六家集類句』はその索引である。そして、文政九年（一八二六）、『六家集』に後鳥羽院の家集を加えた「七家集」ともいうべき、松平定信編『独看和歌集』が上梓されたが、それに先立つ文政元年（一八一八）十一月、良経・定家・家隆の「三家集」ではあるものの、尾張の人で、鈴屋門下の森広主らによって、『三家類題抄』が上梓されている。

なお、『六家集』の利用価値について、伊清は『類題六家集』の序文で、『題林愚抄』や『明題和歌全集』の役割が和歌詠作の初心者への手引きにあることを指摘して、『類題六家集』もそのような役割もあるとの見解を披露しているが、寛文六年（一六六六）八月、烏丸資慶がその門弟に口授した『資慶卿口授』に、

惣じて『六家集』の内、何もよろしきながら、第一家隆卿の集を見るべしとぞ。彼卿の集は『壬二集』と云ふ

よし、彼の仰なり。飛鳥井殿にも左様に御となへ有りけるとぞ。

と叙述して、『六家集』は「何もよろしき」と総論的にその家集としての価値に言及しているが、資慶の好尚では「壬二集」が最高だとの見解を表明している。

これに対し、享保末（一七三五）から元文年間（一七三六～四〇）ごろの成立とされる『初学考鑑』（武者小路実陰述）には、

『六家集』後京極・慈鎮・俊成・定家・家隆・西行等也。その外、後鳥羽院御集・明日香井和歌集雅経・寂蓮家集等、人ごとに一向みぬもの多し。これ何事ぞや。尤、右の集など、初学の者のみ侍りて、一向にことわかり侍るまじけれど、学者已上の少してにをはをわかちたる人など、捨て置くべきものにあらず。

のごとく叙述されており、また、江戸期ごろの成立と推測される間宮永好の歌学書『八雲のしをり』には、当面の『類題六家集』に触れて、

また、『六家集類題』といふもの、近来いできたり。是もあしからず。されど、これらは取捨してみるべきものなれば、初心の人にはいかがあらむ。

のように本集の役割が叙述されているのだ。

これらの江戸期に成立をみている歌論書、歌学書に認められる『類題六家集』の効用・役割を総合して判断すれば、『類題六家集』は、和歌詠作の「初学」「初心」者向けの手引き書というよりは、むしろその段階を経た中級以上の実作者への参考書、実用書と考慮するほうが正鵠を射得ているのではあるまいか。

七　まとめ

以上、『類題六家集』について、基本的な考察を種々の視点から進めてきたが、ここでこれらの考察によって明らかにすることができた要点を摘記するならば、おおよそ次のごとくなろう。

(一)『類題六家集』の伝本については、『私撰集伝本書目』(明治書院、昭和五〇・一一)によれば、宮内庁書陵部に伝存する写本(御所本一五〇・六七九)一冊と、大阪女子大学(現大阪府立大学)・岡山大学・東北大学などに伝存する、宝永元年に版行された版本の二種類があるが、本節では、後者の大阪府立大学付属図書館本を考察対象とした。

(二) 本集は、大阪府立大学付属図書館蔵の版本によれば、装丁数が五百七十六丁の十八巻十八冊本である。

(三) 総歌数は、一万五千五首を数えるが、部立別に示すならば、春上・五百十六首、同中・七百五十九首、同下・八百十五首、夏上・六百二十六首、同下・六百二十二首、秋上・五百三十八首、同中・七百九十七首、同下・千六十八首、冬上・六百三十四首、同下・七百二十八首、恋上・七百三十二首、同中・七百二十四首、同下・五百三十二首、雑一・千百九十二首、同二・千百七十八首、同三・千二百首、同四・千二百三十一首、同五・千二百十六首のとおりである。また、歌人別に示すならば、良経・千六百六十八首、慈円・四千五百七十一首、俊成・八百二十首、西行・千五百七十七首、定家・三千六百七十四首、家隆・二千六百九十五首のとおりである。

(四) 本集に収録する歌題は、春上・百六十二題、同中・百八十九題、夏上・百七十四題、同下・三十五題、秋上・百五十九題、同中・百八十五題、同下・五十八題、冬上・二百三十一題、同下・三十七題、恋上・百八十題、同中・五十九題、雑一・百六十五題、同二・四百三十一題、同四・二百九十二題、同五・四百十題の都合二千七百五十七題であるが、春下・恋下・雑三の三巻は「春十首」などで、歌題を欠落している。ちなみに、この歌題数は、類題集『題林愚抄』のそれを二百題ほど上回っている。

（五）本集に収録される歌題は、少数の例外はあるものの、基本的には、原拠資料たる各私家集に明示されている歌題を採録、案配している、と認められる。

（六）本集に収載される詠歌は、寛文年間（一六六一～七二）に上梓された版本『六家集』本に依拠して採録されたと推断されよう。

（七）本集は、「巻之一」の端作り「伊清彙／全故述」によれば、藤原伊清が編纂していたものを、藤原全故が筆耕して版行に及んだと推断される。

（八）本集は、全故の執筆した序文によれば、『題林愚抄』や『明題和歌全集』のような役割を担った、初心者向きの『六家集』による類題集となるが、近世期における本集の利用状況は、初心者よりは中級程度の和歌詠作者へ向けた参考書、実用書との評価が一般的であったようだ。

（九）本集の近世期における位相に言及するならば、永正二年（一五〇五）成立の『六家抄』によって「六家集」が概念として定着した後、細川幽斎の書写によって「六家集」が一具の家集群としての実態を備えたのであった。この幽斎本が江戸期に入って、慶安三年（一六五〇）頃に開版され、さらに寛文年間（一六六一～七二）にも版行されて、宝永元年（一七〇四）、版本『六家集』本を利用して藤原伊清編『類題六家集』が版行されたのち、その索引たる『六家集類句』も刊行された。そして、文政九年（一八二六）、後鳥羽院の家集を加えた「七家集」ともいうべき、松平定信編『独看和歌集』が上梓されたが、それに先立つ文政元年（一八一八）十一月には、良経・定家・家隆の「三家集」が、尾張の鈴屋門下生・森広主らによって、『三家類題抄』として上梓されたりして、『六家集』が広く世に流布していたことが知られる。

（十）　ちなみに、本集の序文の筆者たる藤原全故は、松尾芭蕉の『おくのほそ道』を浄書した素竜であって、版本『類題六家集』は能書家・素竜の筆致を偲ばせうる逸品でもある。

第五節　加藤景範編『和歌実践集』の成立

一　はじめに

筆者はこれまで中世に成立した私撰集および類題集を中心にして研究を進めてきたが、しかし、成立時期が近世であっても、それが室町時代までの詠歌、つまり古典和歌を主要内容とする類題集である場合には、それも研究対象に選んで検討を加え、撰者未詳の『明題和歌全集』や後水尾院撰『類題和歌集』、さらに霊元院撰『新類題和歌集』などに関する論考を公表してきたのであった。

ところで、これらの類題集はいずれも形態的には真名による結題を歌題とする種類のものであったが、近時公表した「高井八穂編『古詩類題和歌集』の成立」（『仏教文学とその周辺』平成一〇・五、和泉書院、本書第四章第四節）や、「石津亮澄編『屏風絵題和歌集』の成立」（『光華日本文学』第六号、平成一〇・七、本書第四章第七節）、さらに「聴雨庵蓮阿編『仮名類題和歌集』の成立」（『中世文学研究』第二十五号、平成一一・八、本書第四章第二節Ⅱ）などの論考は、仮名題によって編纂された形態の類題集を対象にして、その編纂目的、特質、位相などに言及した論考であった。

このようなわけで、仮名題による類題集の研究は、まさに緒についたばかりの現況にあると言わねばなるまいが、このたび研究対象に選んだ加藤景範編『和歌実践集』も、これらの仮名題による類題集の延長線上に位置する類題集であって、類題和歌集の研究上、どうしても避けては通れない種類の類題集である。

ちなみに、本集は福井久蔵氏の『大日本歌書綜覧　上巻』（昭和四九・五再刊、国書刊行会）には「**和歌実践集**　一巻　加藤景範／二十一代集より詞書の歌を抜き、四季恋雑に分ち、終に詞書の心得を載す。寛政七年に成る。上木」と紹介され、また、『和歌大辞典』（昭和六一・三、明治書院）には「**和歌実践集**《わかじつせんしふ》〔江戸期私撰集〕加藤景範編。序があり、その終わりに詞書の心得について付録がある。成立は寛政七年（一七九五）七月。五巻一冊。二十一代集より詞書のある歌を選び、四季・雑・恋・賀・哀傷・離別・羇旅などに分類して、各歌にそれぞれ集付・作者名が記されている。（針原孝之）」と紹介されているが、その詳細な具体的内容についてはまったく言及されていない現況にある。

したがって、本節の論述は、以上のような現況下にあって、例によっての蕪雑な作業報告の域を出ない代物ではあるが、従来、事典類以外にはまったく言及されることのなかった『和歌実践集』について、この類題集がいかなる編纂目的で制作され、いかなる特質を有し、これまでの類題集といかなる点で異なり、近世類題集の系譜のなかでいかなる位相にあるのか等々について、おおよその検討を加えたものである。

二　書誌的概要

さて、『和歌実践集』の伝本については、『私撰集伝本書目』（昭和五〇・一一、明治書院）によると、寛政七年刊行の版本が刈谷市中央図書館・国会図書館・新潟県立図書館・宮内庁書陵部などに数本伝存するのみである。そこで、本節では刈谷市中央図書館蔵の該本を研究対象に採用したので、当本を国文学研究資料館蔵のマイクロ・フィルムによって紹介するならば、おおよそ次のとおりである。

国文学研究資料館蔵のマイクロ・フィルム　30・246／2、C6478

所蔵者　刈谷市中央図書館村上文庫　蔵（1805・5・3甲五）

編著者　加藤　景範

体　裁　大本（縦二六・一センチメートル、横一七・六センチメートル）五冊　版本　袋綴

題　簽　和歌実践集　一（～五）

内　題　実践和歌集　巻之一（～巻之五）

目録題　実践和歌集　巻之一（～巻之五）

匡　郭　短郭（縦二〇・七センチメートル、横一三・八センチメートル）

各半葉　十二行（和歌一行書き）　序半葉八行　凡例半葉十一行　付録半葉十二行

総丁数　二百三十丁（第一冊・五十六丁、第二冊・五十丁、第三冊・五十四丁、第四冊・二十六丁、第五冊・四十四丁）

印　記　村上図書（方形）

柱　刻　実践集序　実践集凡例　実践集目録・目一（～二）　立春　子日　実践集春・一（～五二）（以上巻一）

～実践集　疾病・一（～実践集・大尾）

序　　ありり（加藤景範　寛政辛亥〈三年〉の春）

刊　記　あり（寛政七年乙卯七月発行　浪華書肆　岩崎徳佐衛門／加藤源蔵／加藤清右衛門）

総歌数　二千三百五十九首（巻一・五百八十八首、巻二・五百十八首、巻三・五百五十七首、巻四・二百七十五首、巻五・四百二十一首）

以上から、本集は江戸時代中期ごろに版本によって流布した、二千三百五十九首を収載するやや大規模の類題集であったと言うことができようか。以下、本集の内容について具体的に論述していきたいと思う。

三　歌題の問題

さて、『和歌実践集』の書誌的概要については以上のとおりだが、本集の内容はいかなるものであろうか。この点の理解のために、巻一の冒頭一丁分の版面構成と記述を以下に引用してみよう。

実践和歌集　巻之一

春

古今　春立ける日よめる　紀貫之

立春　袖ひちて結びし水の氷れるを春立けふの風やとくらむ

後拾　正月一日よみ侍りける　小大君

いかにねておくる朝にいふことぞ昨日をこぞとけふをことしと

同　みちのくに侍りける時、春立日よみはべりける　光朝法し母

出て見よ今は霞も立ぬらん春はこれより過とこそきけ

新勅　題しらず　殷富門院大輔

命ありてあひみん事も定めなく思ひし春になりにけるかな

風雅　山里に住侍りける比

みるまゝに軒ばの山ぞ霞みゆく心にしらぬ春や来ぬらむ　永福門院内侍

この春部の冒頭の記述内容をみると、まず集付（出典注記）がきて、ついで詞書が続き、次に改行して、詞書より二字下げで勅撰集からの抄出歌（證歌）がくるという体裁になっていることが知られるが、さらにこの五首の歌群には「立春」なる、いわばこの歌群を統括する要約的な歌題が付せられている。この『和歌実践集』の記述方法は従来の類題集のそれと比べて、少々異なっているようだ。ここには出典注記と詞書が証歌よりも優位に立っていることが構造的に示されていると言えようが、換言すれば、この叙述方法にこそ本集の属性が示唆されているとも、逆に言えそうである。すなわち、ここには本集が勅撰集の詞書による類題集であるという性格を如実に看て取れようが、この性格こそが本集の本集たる所以となっている。そこで、以下には、本集の詞書が歌題としてどのように要約、凝縮されて表示されているかを見ることをとおして、本集の歌題的側面に具体的に言及していこう。

春部

立春・子日・霞・鶯・若菜・春雪・梅・桜・糸桜・落花・残花・畑やき・呼子鳥・桃・菫・蛙・款冬・藤・暮春・閏三月

夏部

首夏・余花・新樹・郭公・早苗・菖蒲・薬玉・忍び男を夏の月にたとふ・橘・瞿麦・夏月・雷・ひぐらし・晩夏

秋部

初秋・七夕・ひぐらし・秋花・虫・稲妻・鹿・秋興・秋夜・月・鴈・鶉・鴫・霧・菊・紅葉・暮秋

（以上、巻一）

冬部

初秋景趣・時雨・落葉・冬鹿・千鳥・水鳥・冬月・雪・炭がま・雑・歳暮

雑四季部

春・夏・秋・冬・公事・官職・人倫・和歌・書（手本・文をやりたがふ・文をかへす・草しをかく・物かゝぬ草し・文をやりて返す・文のかへしせぬ・むすめに草〈子〉を書てやる・人の父の書る集をかりてかへす・物語の奥に書・草しの奥に書・故人の書・古今集を書・前朝の御手本を奉る・故人の書に書添る・代筆にて哥を書出す・返哥を書なやむ・御製を給はりしおくにかき給ふ・求る主をしらで手本をかく）・絵（滝・花・鴈・河べに紅葉を見る・さび江・鳥・地獄・人の山寺に入・小たかゞり・稲をはこぶ・旅人紅葉の陰ゆく・法師死者をみる・なでしこ・七夕に女の水あみたる・松に藤・とこなつ・竹道の花・梅ある家を人とふ・渡りに時鳥を聞・盗にあふ・松根泉・網引・花の下に人々あつまる・たなばた祭・泉・水上月・冬野やく・七夕に琴ひく・僧の舟にのる・長柄橋柱・梅をとふ・山里の花・旅人の花みる・山里の紅葉・山郷の雪をとふ人有・山里の雪・老翁松鶴を伴ふ・梅の下水・桃花・長恨哥・車をとゞめて紅葉をみる・鷹人菊ある家にやどる・物語合・影像・山下に琴ひく・落花・藤花・紅葉・女の身なげんとする・花ある家をとふ・影像）・居所（河原院・家をうる・別荘へ久しくゆかぬ・庭のおもしろき・山居・庭の滝・河原院・松・旅館の滝・大覚寺の滝・庭の景難波にたり・山居をとはるゝ・法しの山住とぐまじき・山居をとはるゝ・旧居の松・家をうる・山居ひさしくしがたし・岩屋・山家月・山郷より都へいひやる・山居・旧居あるゝ・山家へいひやる・山居をとはるゝ・山居・山居の嵐・仙居・古寺月・山居・山居を思ひやる・山居・山居をとふ・故郷・山居・滝殿の跡・山居・覚・かねて山居の所を定む）・問尋（とひし人を留る・旅居問・友のとはぬを恨む・越なる人を問・近く住て消息せぬ・人をとふてあはず・網代をとふ・とはぬを恨む・とはるゝをよろこぶ・門過てとはぬをうらむ・とはぬを恨む・問し人の早くかへる・甲斐なる人をとふ・尋る人にあはず・とはぬを恨るにこたふ・旅立人をとふてあはず・山居をとふ・友を問て別れをおしむ・疎さを恨む・故人をとふにあはず・雪中に小野をとふ・東より都の人へやる・閑居

をとはれぬ・遠境の人を思ふ・約してとはぬ・山僧を問しにあはず・とひし人の帰さをいそぐ・山籠りをとふ・山籠りをとはぬ・人の歎をとふ・ゆかりに疎き・とひし後又とはぬを恨・とはぬを恨み只よろこびをいふ・山居をとふて世をなげく・梅咲家の主を問にこたへぬ）　　（以上、巻二）

恋部

賀部

年賀・うぶや・児を祝ふ・雑賀

哀傷部　　（以上、巻三）

離別部

物語してわかるゝ・近江へ・越路へ・越へ・住吉へ・下野・信濃・故郷へいそぐに物をやる・美濃へ・陸奥へ・伊勢へ・汚名を取て他国へ行・舟出・別後の歎き・みちの国へ・扇をやる・装束を贈る・浮島の松によする・子のながさるゝ・武隅松・月下の別・信濃へ・友の旅ゐせるかたへ行人に・筑紫へ・かうやくををくる・熊野へ行・別後都の秋を思ふ・旅立人を問てあはず・筑しにて親しくせし人にいひやる・舟出・出雲へ・物を贈る・旅宿をたつとてあるじにいふ・老の別・年の暮にわかるゝ・津国へ行といひて猶都に在人へ・国司に成て国へ行ををくる・いせへ行・陸奥へ・加賀へ・日向へ・旅宿の主によみてやる・渡唐・止宿せし方より帰る・つくしへ・東路へ・旅宿の別・宇佐使・九月尽の別・筑前守大二の別を惜む・子の入唐・頼めし程へてかへらず・衣を贈る・みちのくへ・つくしへ行に扇をたまふ・入唐・陸奥・都うつし・みちのくへ・退朝の別に御製を賜ふ・備中へ・伴はんの約たがふ・父の命にて遠国へ行人に・雨にて旅立とゞまる・世をのがるゝとて友にをくる・東へ下る人に・扇を贈る・備中へ・越路・難波にて人にわかる・旅立跡の事をいひ置・信濃へ・入唐の舟出・旅にて契

りし女のわかれ・川尻にての別・十月の別・君の祈り衆人にまさる

羇旅〔部〕

遠国より帰りて音せぬ・旅にて人を思ふ・海の波・女郎花ある所・舟路・住吉へ・旅より帰る・前斎宮伊勢に下り給ふ・みたけへ上る・行時休みし宿に帰りにもこんといふ・月みる・姨捨の月・堀江・旅なる人にいひやる・東国の任果て西国へ下る・霧に旅立・吹上浜・信濃のみさか・しがすか・象がた・かへる波を・塩やくを・月をみる・年の暮に上洛の舟出す・老て二たび筑前へ下る・同行去て独山居す・旅居の人に帰京をいそがす・遠人を思ふ・月をみる・帰洛をとゞめらる・伊勢忘井にて・海路の月・旅ねに終の宿りを思ふ・敷津に泊す・船中夕立・わかの松原・もろこしにて・明石のと・つくしより上る・同行にはなれて我行かたをあまにいひ置・寒さに爪木をいそぐ・十五夜故郷へいひやる・宿をかさぬ・浅香山・つくばね・やすの川・まがきの嶋・多武峰より京に出る・滝・橋・関・さやの中山　（以上、巻四）

雑部

疾病（病中に花をみる・病たいらぎてとへる人に・病をとはで門過るをうらむ・病を、そくとへるに・病をこたりてとふ・病をとふ・今はの御哥なるべし・病をとふにこたふ・病を問を謝す・病をとへるに・師の病をうれふ・病を奏せしにたまふ・病をとはぬにいひやる・乳母の病をとふ・病中に門前の車の音を聞てなげく・祈の印の賞を給ふ御謝）・懐旧（もとみし人のなく成し宿・昔をこふる・柿本墓）・述懐（盛衰に心なし・御遊にあふよろこび）・僧道（経供養の帰りに花をみる・修行に出る・山居とぐまじきといふに答ふ・僧の好色・僧の扇をおとせる・仏道に入・尼になれるに・法師に成て宮中をとふ・神に詣て仏にまいる・涅槃会・亀井・涅槃・菊によする釈教・修行しておとろふる・山居の僧にいひやる・子の為に願ふ事ならず・入道せしに法服を贈る・山路に遁世を思ふ・山居の人京へ出たるに・遁世する人へ・男の遁世せんといふを恨む・雨を祈てしるし有・一流法義・ひえの山への勅使・世をのがれんとするを人のとはぬ・法流・さがの往生院・万燈会・仏滅日・御願寺）・衣服（かりたる衣をかへす・染ぬ絹ををくる・袈裟・かづけ物・うらなきひたたれを乞・旅宿の女に契て帰る時、絹をやる・父の年賀に唐衣をくれるに・ぬぎ直し衣をとりにやる・古衣・僧衣をからんといふ・旅にて女に絹ををくる・旅立に衣を贈・かしたる帯を其まゝをくる・摺袴をみしといそぐに・人の袖のほころびをみて・かづけ物・蓑をかるに山吹をみず・衣をかりてかへさぬに・小袖を贈る・法衣をゝくる・深紅の色をとがめんとせし・雨に衣のぬれければ、唐衣をたまふ・法服を贈る・盗にあひし明日、人より衣を贈）・飲食（瓜・草薢《トコロ》ほるを・石葦・みる・もちゐかゞみ・おほみき・かざりちまき）・器物（琴・琵琶・笛・弓・太刀・鏡・扇・杖・杯・文台・碁・櫛・緌《オイカケ》・襪《シタウヅ》・鞠・下くら・数珠・独鈷・錫杖・鐘・鍋・日打・車・舟）・雑物（薫物・造花・文几の石）・草木（松・松たけ・杉・桂・楢・紅葉のをそきと桜のかへり花と・忘草・朝顔・とくさ）・鳥獣虫（鶴・鶯・郭公・都鳥・白鳥・牛・鹿・まて・蜘蛛・ひぐらし・ひる）・雑草（形みにくき・ぬれぎぬをほす・なき名立・白髪の女・水に影みる・はら立る人にいひやる・人のみしる・とがめ有て里にこもる・忍びて逢をみあらはす・人の恨みのとけがたき・つらき男の姉へ其うさを告しに、げにうからんといへるをよろこぶ・めなきをわらふに・男のみにくきを、人にはづるに・女のつどへる簾内へ男哥をいひ入る・五節の青摺の紐とけたるを結ばんとしての贈答・忍びありきを見あらはす・西行の山を出られしに・吉凶同時・童を思ふ・久しくとはぬをうらむ・述懐・奏せし事の宣旨のをそき・領地に付て訟へし事、願ひのまゝになる・盗を捕へて賞あり・歌うたふ人の声のかれたる・なぞ〳〵・善政を称す・春秋いづれ・日食を祈・墓所をしめ置）・神祇（伊勢・加茂・春日・大原・住吉・日吉・阿蘇宮・稲荷・熊野・貴船・小野・雨を祈る）

（以上、巻五）

以上の詞書についての叙述の整理から、本集は春部・夏部・秋部・冬部・雑四季部・恋部・賀部・哀傷部・離別部・羇旅〔部〕・雑部のとおり十一の部立に部類され、勅撰集の部立構成とほぼ同じ構成になっていることが知られようが、なかで「羇旅」だけが部立よりも一段低い扱いになっている点と、「雑四季部」を独立させて冬部に連続させている点に多少の異同が指摘されよう。なお、「雑四季」の部立のなかに、「公事」が包含され、さらに「人倫」「書」「絵」「居所」「問尋」など、本来ならば「雑部」に属する内容のものが含められている点も、少々趣を異にしていると言えようが、この部類方法は『夫木抄』の雑部にみられるそれと近似しているように憶測されるので、本集の部立の構成・組織は、基本的には勅撰集のそれに依拠しながら、『夫木抄』の雑部のそれによって補訂していると推測されようか。

ちなみに、本集は、春部から冬部においては、通常の歌題における内容の提示となっているが、雑四季部・離別部・羇旅〔部〕・雑部などにおいては、『夫木抄』の雑部の部類方法を参考にしながら、さらに細部にわたる内容の提示がなされているのに、恋部・哀傷部においては細部にわたる内容の提示がまったくなされていない点、詞書の内容提示の叙述の方法に統一性を欠くうらみがあると言わねばなるない。

ところで、本集に収録されている詞書とはどのような性格のものであろうか。この問題を明らかにするために、すでに引用した春部冒頭に示されている「立春」にかかわる詞書のみを、典拠を注記して再び掲げてみよう。

○　春立ける日よめる　（古今・紀貫之・二）

○　正月一日によみ侍りける　（後拾・小大君・一）

○　みちのくに侍りける時、春立日よみはべりける　（同・光朝法し母・二）

○　題しらず　（新勅・殷富門院大輔・一〇二八）

○　山里に住侍りける比　（風雅・永福門院内侍・一四一三）

これをみると、勅撰集から引用された詞書の内容は、「題しらず」の場合を除いて（この問題については後述する）、詠歌主体がどのような状況のもとに詠歌したかの点について、具体的に説明した趣になっていると言えるであろう。たとえば、「春立ける日よめる」の詞書には「立春」なる歌題が示されている感じがするけれども、それは詠歌主体が立春という日にこの歌を詠作したという、この詠歌における時間設定としてのみ機能する表現、措辞にしかすぎず、歌題提示としては機能していないのである。換言すれば、本集に採録されている詞書の性格は、なかに歌題とおぼしき詞書が指摘されるにしても、それが「……の心」などと歌題を示す表現形式になっていない限り、それは歌題提示にはなっていないと認識しなければならないわけである。本集の詞書の内容は、基本的には以上のごとく理解されるべきものである。

それでは、勅撰集の詞書から歌題として採られている場合の内容は、どのような性格を有しているのであろうか。この問題については、すでに拙論「撰集資料としての勅撰集歌――『明題和歌全集』収載の金葉歌の場合――」（『講座平安文学論究』第三輯、昭和六一・七、風間書房。拙著『中世類題集の研究』〈平成六・一、和泉書院〉所収）で言及したが、ここでは類題集に採られている「立春」なる歌題が、勅撰集の詞書ではどのように表現されているのかを、『二八明題和歌集』を対象にして検討してみよう。

そこで『二八明題集』に「立春」の題のもとに掲載されている詠歌をみると、『金葉集』から『続後拾遺集』までの十八首が採歌されているので、それらの詠歌に付されている勅撰集の詞書の内容を、次に示してみよう。

○　堀川院の御時百首歌めしけるに、立春の心をよみ侍りける（金葉・顕季～肥後・一～四）

○　百首の歌のなかに、はるの心を人にかはりてよめる（同・前斎宮内侍・五）

○　早春のこころをよめる（同・大宰大弐長実・六）

○　堀河院の御時百首歌めしけるに、はるたつこころをよめる（詞花・匡房・一）

○　はるたちこころをよみ侍りける　（新古今・良経・一）
○　たつはるのうたとてよみ侍りけり　（新勅撰・俊成・二）
○　たつ春の心をよみ侍りける　（続古今・定家・一）
○　右大臣に侍りける時、家に百首歌よみ侍りけるに、立春歌　（同・兼実・三）
○　春たつ心を　（同・土御門院・四）
○　はるたつ心をよみ侍りける　（続拾遺・為家・一）
○　堀河院に百首歌たてまつりける時、立春の心をよみ侍りける　（玉葉・俊頼・二）
○　春たつこころをよみ侍りける　（続千載・定家・一）
○　はるたつこころをよみ侍りける　（続後拾遺・為世・一）
○　立春のうたとてよみ侍りける　（同・為家・三）

以上の勅撰集における詞書の内容を概観すると、「立春の心を」「はるの心を」「立春歌」「立春のうた」のとおりで、要するに、「……の心（こころ）」の形、もしくは直接「（の）歌（うた）」と歌題を明記する形が採られていて、いずれの場合も、「立春」なる歌題としての立場が明瞭に提示された表現、措辞になっている。ここに類題集に歌題として採用される勅撰集の詞書の叙述形成が明確になり、この点、本集の詞書の叙述形式とはまったく異なっていると認めなければならない。

要するに、本集に採録されている詞書の内容は、一見すると、歌題を明示しているかのように見えるけれども、叙述の形式において本質的に異なっているわけである。となると、歌題を示唆する叙述形式で示された詞書を除外した詞書について概観すると、本集は二十一代集の詞書のほとんどを網羅的に採録しているように憶測されるので、その意味では、本集が二十一代集の詞書のみを対象にした「仮名題」に準ずる類題集としては、かなりユニークな内容を有する類題集になっているということができるであろう。

四　原拠資料と詠歌作者の問題

さて、本集が以上のごとき内容を有する、二十一代集の詞書をほぼ網羅的に蒐集して撰集された類題集であることは、以上の検討によってはほぼ明白になったといえようが、次に、視点を代えて、例歌（証歌）の観点から、この問題について検討を加えてみよう。

次に引用するのは『和歌実践集』春部の「題しらず」のもとに掲載されている『新後撰集』からの抄出歌である。

1　さく花の心づからの色をだにみはてぬほどに春風ぞ吹　（同〈新後撰〉・題しらず・範藤・一二三〇）
2　人とはぬ宿の桜のいかにして風につらくはしられ初けん　（同・同・祝部国長・一二三一）
3　咲なばと花に頼めし人はこでとふにつらさの春風ぞふく　（同・同・僧正範兼・一二三二）
4　雨はるゝ雲のかへしの山風にしづくながらや花のちるらん　（同・同・平時村・一二三三）
5　散やすき花の心をしればこそ嵐もあだにさこひそめけめ　（同・同・中臣資春・一二三四）
6　花だにも惜むとはしれ山桜風はこゝろのなき世なりとも　（同・同・よみ人しらず・一二三五）

この1～6の六首は注記のとおり『新後撰集』からの採録だが、『新後撰集』をみると、1～5の詠は一二五〇・一二五三・一二五六・一二五七のとおりで、同集の「題不知」の題下には

7　さけばかつちるもたえまのみえぬかな花より外の色しなければ　（紀淑氏・一二四九）

8　この春も又ちる花をさきだててをしからぬ身の猶のこりつつ　（澄覚法親王・一二五〇）
9　ながらへていけらば後の春とだにちぎらぬさきに花ぞちりぬる　（弁内侍・一二五二）
10　みなかみや花の木かげをながれけん桜をさそふ春の川なみ　（平貞時朝臣・一二五六）
11　ちりぬればふくも梢のさびしさに風もや花をおもひいづらむ　（法印雲雅・一二五八）

の7～11の五首がこのほかに掲載されているのだ。このような事例は、具体的な証拠を掲げるのは省略に従うけれども、このほかにもいくつか提示しうるのであって、その点からいうと、本集の編者・加藤景範は、勅撰集に掲載の詞書（題知らず）を有するすべての例歌を抄出しているかというと、そうではなくて、自己の設定した選歌基準に照らし合わせて選歌しているという選歌過程が示唆されよう。すなわち、ここには『和歌実践集』に収載される例歌は網羅的に採録されたのではなく、編者の好尚によって選歌されたという本集の編纂意図が示唆されているのである。

ところで、次の

12　我門のをくてのひだにおどろきてむろの苅田に鳴ぞ立なる　（夏・千載・題しらず・よみ人しらず・五三七）
13　伝へ置言のはにこそ残りけれおやのいさめの道芝の露　（冬・新後撰・題しらず・前大納言良教・九〇五）

の12・13の二首は、12が『千載集』の兼昌の詠（三二七）、13が『新後撰集』の長有の詠（一三九二）だが、作者表記に注記のごとき誤りが指摘されるのだ。何故に、このような誤謬が認められるのか、その理由を探索してみると、次のごとき理由が憶測されよう。すなわち、この誤記はそれぞれ、12の場合が『千載集』の当該歌の直後の詠、13の場合が『新後撰集』の当該歌の直前の詠の作者を、編者が目移りか何かによって、ついうっかり間違えた結果に基づいていると考慮するのがもっとも説得力を持つようである。ということは、本集が例歌（證歌）採録にあたって撰集資料にしたのは、『二八明題集』や『続五明題集』などの類題集ではなくて、まさに原拠資料である各勅撰集であったことを意味するであろう。

ちなみに、本集が集付を間違って注記した箇所がままあるので、それらの事例を示し、訂正すると、次のとおりである。なお、紙幅の関係で例歌の掲載は省略に従い、『新編国歌大観』番号を付記しておくことにするが、頭の番号は本集における仮番号である。

66　新続古→風雅（上西門院兵衛・一九六四）
67　同（二条太皇太后宮堀河・一九六五）
196　同（新後拾）→新続古（実方・一四六）
216　同（詞花）→千載（実定・五四）
217　同（長家・八二）
218　同（能因・九九）
219　同（義家・一〇三）
266　千載→新古今（村上天皇・一六四）
267　同（貫之・一六六）
670　同（千載）→新古今（和泉式部・七〇二）
671　同（良経・六九八）
672　同（隆聖・七〇〇）
682　金葉→詞花（崇徳院・五〇）
692　後撰→後拾遺（伊勢大輔・二一三）

（以上、巻一）

898　続後撰→続後拾（慶融・一〇九三）　（以上、巻二）
1463　同（金葉）→詞花（清昭・三五九）
1464　同（良暹・三六一）
1465　同（赤染衛門・三六二）　（以上、巻三）
1885　同（新古今）→千載（覚性法親王・一〇〇一）
1934　続古今→新後撰（行平・五八九）　（以上、巻四）
2165　新続古→千載（二条太皇太后宮式部・一一四二）
2230　続拾遺→後撰（駿河・一三〇八）
2231　同（後拾遺）→拾遺（如覚法師・一〇六三）
2320　後撰→拾遺（元輔・五〇二）
2336　同（新千載）→新拾遺（伊勢大輔・一四三九）
2337　同（政村・一四四二）　（以上、巻五）

それでは、本集の編者は、勅撰二十一代集の詞書を有する詠歌のなかから、いかなる詠歌を抄出したのであろうか、次頁に示した〈表1〉は、本集に収載される例歌（證歌）の勅撰集における部立別出典一覧表である。

この〈表1〉をみると、八代集からの採歌率が十三代集からのそれを陵駕している実態を提示しているが、八代集のなかでは、採録率からいって『後拾遺集』が筆頭で、ついで『詞花集』『後撰集』『古今集』が続き、あとは『拾遺集』『金葉集』『千載集』『新古今集』と続いていることが知られよう。また、十三代集のなかでは、『続後撰集』が第

〈表1〉本集収載の例歌（證歌）の部立別出典一覧表

集名＼部立	春	夏	秋	冬	雑四季	恋	賀	哀傷	離別	羇旅	雑	合計	採録率
1 古　今	30	8	48	9	27	7	7	18	12	12	51	229	20.61
2 後　撰	46	13	27	3	50	48	8	17	16	3	71	302	21.19
3 拾　遺	10	6	12	8	52	18	16	30	21	6	38	217	16.02
4 後拾遺	50	13	33	20	89	32	14	45	24	27	47	394	32.35
5 金　葉	12	4	7	3	18	8	3	11	8	1	25	100	15.04
6 詞　花	13	5	23	5	12	6	3	11	11	4	10	103	24.82
7 千　載	18	5	14	4	18	12	1	41	13	10	20	156	12.11
8 新古今	10	16	21	20	34	7	1	38	17	29	19	212	10.72
9 新勅撰	14	4	7		15	5	2	7	4	5	16	79	5.75
10 続後撰	9	7	6	2	15	5		13	4		21	82	5.94
11 続古今							1	8		2	6	17	0.88
12 続拾遺	8	1			9	2		10			11	41	2.81
13 新後撰	20		2	2	20	2	4	19	10	4	12	95	5.91
14 玉　葉	19	1	9	1	16	4	4	7	3	2	22	88	3.14
15 続千載		2		1	7			9	11		2	32	1.50
16 続後拾					1	1	1	7			9	19	1.40
17 風　雅	13			2	14	3	4	6			3	45	2.04
18 新千載	4			3	16	6	3	5			7	44	1.86
19 新拾遺	3	1	5		12	2	1	3		2	16	45	2.34
20 新後拾	1	3	1	3	7	1		10	8		5	39	2.51
21 新続古	3		1						6		10	20	0.93
合　計	283	89	216	86	432	169	73	315	168	107	421	2359	

一位で、ついで『新後撰集』『新勅撰集』『玉葉集』『続拾遺集』『新後拾遺集』『新拾遺集』などが続き、『続古今集』『新続古今集』が最低の採録集となっている。

ちなみに、「雑四季部」と「雑部」における細部の出典の一覧表を作成するならば、次頁の〈表2〉と次々頁の〈表3〉のとおりである。

ところで、当代歌壇の大御所であった源経信をさしおいての下命という事情もあってか、成立当初から種々の非難を受け、『小鰺集』と誹謗されたりもした『後拾遺集』が本集の出典源の筆頭であるのは驚きであるが、それはすでに言及したとおり、本集が、歌題を

〈表2〉 雑四季部における細部の出典一覧表

部類／集名	春	夏	秋	冬	公事	官職	人倫	和歌	書	絵	居所	問尋	合計
1 古今	1		3	2		2	2	2	2	4	2	7	27
2 後撰	4	2	7	8		3	6	1	4	2	3	10	50
3 拾遺	1		3	5	1	3	2	5	4	25	1	2	52
4 後拾遺	2	5	18	2	11	6	6	6	1	15	9	8	89
5 金葉		1			3	2	5	2			4	1	18
6 詞花		1	2			2	1	2	1		2		12
7 千載		1				3		1	2	1	9	1	18
8 新古今			4			3	1	4	2	3	5	12	34
9 新勅撰			2	1		1	2	7	1	1			15
10 続後撰						2		2	6		3	2	15
11 続古今													
12 続拾遺			1			1		7					9
13 新後撰		6	2	1		1		10					20
14 玉葉					1	1		7	3		1	3	16
15 続千載						2		2			3		7
16 続後拾								1					1
17 風雅	1					2		2			3	6	14
18 新千載			2			3	3	7		1			16
19 新拾遺						1		4	3	2	2		12
20 新後拾						1		5			1		7
21 新続古													
合計	10	16	44	19	16	39	29	77	29	54	48	52	432

示唆する以外の表現、措辞で叙述された内容の詞書を有するもの、すなわち、人物の関係やその時、その場の状況を重視した記載になっている詞書の表記を重視した結果であって、『詞花集』が第二位の地位をしめているのも『後拾遺集』の詞書の内容に近い叙述方法の詞書が多いのと、『詞花集』が後拾遺集時代の前代歌人を重視している点に起因しているし、『後撰集』が第三位に位置しているのも、まさに三人称で記述された詞書に、人物の関係やその時、その場の状況を重視した書きかたが認められるからである。

　要するに、〈表1〉に示される数値は、詞書からみた各勅撰集の属性をかなり顕著に物語っているように憶測されるので、以下、部立の視点から各勅撰集の特色について言及してみよう。

〈表3〉　雑部における細部の出典一覧表

部類／集名	疾病	懐旧	述懐	僧道	衣服	飲食	器物	雑物	草木	鳥獣虫	雑事	神祇	合計
1 古　今	2		36	1	3		4		3		2		51
2 後　撰	3		19	3	11		15	1	5	4	10		71
3 拾　遺			2	2	3	5	12	1		4	7	2	38
4 後拾遺	3	1	1	15	4	1	6		7	2	5	2	47
5 金　葉	1		5	3	2	2	7			2		3	25
6 詞　花		2	2						2		3	1	10
7 千　載	2		1	6			7				2	2	20
8 新古今	3	1		3	4		1		2		4	1	19
9 新勅撰	1	1	7	2			2	1	1		1		16
10 続後撰			8	3			2		3			5	21
11 続古今												6	6
12 続拾遺				5			1		3			2	11
13 新後撰		9		1							1	1	12
14 玉　葉	2	2			2	1	8	1	3	1	1	1	22
15 続千載												2	2
16 続後拾	1			1	1		3		1		1	1	9
17 風　雅							2				1		3
18 新千載				2			1				2	2	7
19 新拾遺			1	2		2	2		5	1		3	16
20 新後拾			1	1								3	5
21 新続古			1	3	1	1	4						10
合　計	18	16	84	53	31	12	77	4	35	14	40	37	421

まず、四季部のうち、上位に位置するのは、春部については『後拾遺集』『後撰集』『古今集』の順であり、夏部については『新古今集』『後撰集』『後拾遺集』であり、秋部については『古今集』『後拾遺集』『後撰集』であり、冬部については『後拾遺集』『新古今集』となっているが、いずれも特定の勅撰集に偏っている点にその特徴が指摘されよう。

次に、〈表2〉の雑四季部については、雑春では『後撰集』が、雑夏では『新後撰集』『後拾遺集』が、雑秋では『後拾遺集』『後撰集』が、雑冬では『後撰集』『拾遺集』が各々、めだっているが、雑秋の『後拾遺集』が突出している。また、公事では『後拾遺集』が他を圧倒しているが、これは同集の雑三〜雑五からの抄出歌を主要内容にしている点で、本集の編者の好尚の反映が認められよう。また、官職では『後拾遺集』が、人倫では『後撰集』『後拾遺集』が、比較的上位に位置するが、和歌では『新後撰集』『新勅撰集』『続拾遺集』『玉葉集』『新千載集』など、十三代集からの採歌がめだっている。また、書では『続後撰集』がめだち、絵では『拾遺集』と『後拾遺集』が他を圧しているが、絵に『拾遺集』からの採録が多いのは、同集に屛風歌の収載量が多いからであろう。また、居所では『後拾遺集』『千載集』がめだつが、問尋では『新古今集』『後撰集』が『後拾遺集』を陵駕している。

次に、人事に関しては、恋部では『後撰集』『後拾遺集』『拾遺集』『千載集』が他を圧倒しているが、就中、『後撰集』がめだつのは、日常的な恋の詠歌が多く、歌物語的な詠作が同集に多いことに起因しているのであろう。また、賀部では『拾遺集』『後拾遺集』が、哀傷部では『後拾遺集』『千載集』『新古今集』『拾遺集』が各々、他を圧しており、両部とも『古今集』以来の部立の一つであるのに、量的にこのような差異が認められるのは、編者の好尚による結果であろう。また、離別部では『後拾遺集』『拾遺集』『新古今集』が、羇旅部では『新古今集』『後拾遺集』『古今集』が各々、突出しているが、就中、『新古今集』がめだつのは、新古今時代ごろから現実の旅が増してきたのに相俟って、題詠歌による異空間を旅するという設定が詞書に増えてきたからであろう。

次に、〈表3〉の雑部では『後撰集』『古今集』『後拾遺集』『拾遺集』と四代集からの採歌が他を圧倒しているが、これを細部の視点からみてみよう。まず、疾病ではとくに顕著な傾向は窺知できないが、懐旧では『新後撰集』からの採歌がめだっている。また、沈淪や老いの歎きなどの私情を内容とする述懐では、『古今集』と『後撰集』とが他を圧倒しているが、勅撰集では詠作が急増する『新古今集』からの採歌が皆無である点、本集の特徴となっていよう。また、僧道（いわゆる釈教歌）では、初めて部立として独立した『千載集』を『後拾遺集』が上回っている点に、本集の特色が認められようか。また、衣服では『後撰集』がとくにめだつが、その理由は分明でない。また、飲食では例歌が少ないなかでは『拾遺集』がめだっている。また、器物では『後撰集』『拾遺集』からの採歌がめだっているが、十三代集では『玉葉集』がそれらに続いている。また、雑物・鳥獣虫の例歌は絶対数が少なく、特筆するに足りないが、草木では『後拾遺集』からの採歌がやや勝っている。また、雑事では『後撰集』『拾遺集』からの採歌がややめだつ感じだが、神祇では最低の採録率である『続古今集』からの採歌がめだつ程度で、とくに言及するほどの特徴は認められない。

本集が収載する各勅撰集の出典別収録状況は以上のとおりだが、それでは、それらの勅撰集から、本集にはどのような歌人の詠作が採られているのであろうか。次頁の〈表4〉は本集に収録される詠歌作者の一覧表である。

この〈表4〉をみると、本集の収載和歌の二千三百五十九首のうち、五十六・〇パーセントが五首以上の歌人でしめられている実態が明白になる。具体的にいえば、本集には読人不知の詠が圧倒的多数収載されていることにまず特徴を認めうるが、次いで、貫之をはじめとする伊勢・躬恒・兼輔・友則・遍昭・素性・忠峯などの『古今集』初出歌人が続き、さらに西行をはじめとする俊成・良経・定家などの新古今時代の歌人を間にはさみ、和泉式部・赤染衛門・公任・元輔・能宣・恵慶・実方などの『拾遺集』初出歌人、さらに伊勢大輔・紫式部・能因・道命・兼盛・相模・周防内侍・大弐三位・康資王母・小弁・定頼・花山院・良暹などの『後拾遺集』初出歌人などが陸続するなかに、俊頼・行尊・基俊などの『金葉集』初出歌人が散見されるという収載状況である。

要するに、八代集に登場する詠歌作者が、本集の例歌（証歌）の上位に位置する歌人ということになるであろうが、この点、〈表1〉の本集に収載される出典一覧表の結果をも確認しうる収載状況といえるであろう。

ちなみに、本集に収載される四首以下の詠歌作者は、次のとおりである。

〈表4〉　本集に五首以上収載される詠歌作者一覧表

	詠歌作者	歌数
1	読人不知	二六一首
2	貫之	八五首
3	西行	三三首
4	和泉式部	三二首
5	伊勢	二九首
6	躬恒	二八首
7	赤染衛門	二六首
8	公任	二五首
9	元輔	二四首
10	能宣	二二首
11	伊勢大輔	二〇首
11	紫式部	二〇首
11	能因	二〇首
11	俊成	二〇首
15	道命	一七首
16	兼盛	一六首
16	相模	一六首
18	周防内侍	一四首
18	兼輔	一四首
20	恵慶	一三首
20	俊頼	一三首
20	良経	一三首
23	友則	一二首
23	遍昭	一二首
23	行尊	一二首
23	定家	一二首
27	村上天皇	一一首
27	実方	一一首
27	大弐三位	一一首
27	康資王母	一一首
31	素性	一〇首
31	忠峯	一〇首
31	小弁	一〇首
31	定頼	一〇首
31	花山院	一〇首
31	基俊	一〇首
31	良暹	一〇首
38	貞文	九首
38	中務	九首
38	頼宗	九首
38	輔親	九首
38	実氏	九首
43	業平	八首
43	忠見	八首
43	道済	八首
43	弁乳母	八首
43	実定	八首
43	式子内親王	八首
49	順	七首
49	匡房	七首
49	永縁	七首
49	実頼	七首
49	道長	七首
49	中務（選子内親王家）	七首
49	清輔	七首
49	兼房	七首
49	後鳥羽院	七首
49	慈円	七首
49	為家	七首
60	人麻呂	六首
60	嘉言	六首
60	具平親王	六首
60	成助	六首
60	道綱母	六首
60	道信	六首
60	大輔	六首
60	馬内侍	六首
60	範水	六首
60	長家	六首
60	素意	六首
60	江侍従	六首
60	好忠	六首
60	経信	六首
60	顕輔	六首
60	実家	六首
60	寂然	六首
60	寂蓮	六首
60	実兼	六首
79	安法	五首
79	為善	五首
79	惟方	五首
79	雅正	五首
79	公経	五首
79	行宗	五首
79	国基	五首
79	斎宮女御	五首
79	出羽弁	五首
79	俊恵	五首
79	小式部内侍	五首
79	小町	五首
79	上東内院	五首
79	深養父	五首
79	成尋母	五首
79	選子内親王	五首
79	増基	五首
79	大輔（殷富門院）	五首
79	中将（上東門院）	五首
79	忠房	五首
79	長能	五首
79	朝光	五首
79	敦忠	五首
合計		一三三二首

〔四首収載される詠歌作者〕　贈従三位爲子・爲仲・因香・家隆・匡衡・慶範・兼長・顕昭・顕房・公実・後嵯峨院・篁・国助・重之・俊子・小将内侍（後深草院）・成仲・清正・宗尊親王・仲正・忠平・忠良・通俊・道玄・能有・伏見院・蓮生

〔三首収載される詠歌作者〕　伊尹・伊衡・為基・為顕・為氏・為世・為道・為頼・円融院下野（四条太皇太后宮）・加賀左衛門・家経・閑院・季通・紀伊（祐子内親王家）・堀河（待賢門院）・経衡・月花門院・兼澄・公忠・光俊・光善・行盛・後三条院・高光・国章・左近（三条院女蔵人）・師輔・資業・滋治・重家・俊忠・如覚・小侍従・小将井尼・信実・信明・崇徳院・是則・成茂・清少納言・則長・大弐（安嘉門院）・忠盛・朝範・通具・通親・道因・道真・道性法親王・肥後（京極前関白家）・美作（二条太皇太后宮）・兵衛（上西門院）・右京大夫（建礼門院）・有仁・頼通・隆衡・隆信・隆弁

〔二首収載される詠歌作者〕　阿仏尼・伊周・為相・為明・惟喬親王・惟明・憶良・下野（後鳥羽院）・花園院・雅通・雅定・壊円・覚円・関雄・紀式部・基顕・基政・基忠・義壊・義孝・教範・経国・慶暹・兼覧工・顕綱・顕房室・元善・元任・元方・源賢・源心・公教・公衡・公資・甲斐（前斎宮）・甲斐（太皇太后宮）・行平・幸平・後小松院・後白河院・高遠・高倉（八条院）・高弁・康秀・康貞女・国夏・国行・国平・三条院・四条中宮・師資・師光・師実・師尚・師通・師房女・資通・実経・実継・実行・実重・寂昭・修範・俊成女・駿河・順徳院・諸実・如円・小一条院・小侍従命婦・小大君・小町が姉・少将内侍・承仁法親王・深覚・新少将・親世・正家・正言・成範・斎信・政村・済時・静賢・静仁法親王・摂津（二条太皇太后宮）・千古・千里・宗貞・相如・尊氏・大弐（二条太皇太后宮）・泰時・醍醐天皇・中宮内侍・中興・中将尼・仲平・忠快・忠通・忠定・長国・長済・朝任・通宗・定方・東三条院・棟仲・道家・頓阿・内侍（永福門院）・内侍（前斎宮）・内侍（中

宮）・範兼・批把皇太后・敏行・武蔵・兵衛・弁内侍・輔尹・輔昭・輔仁法親王・木綿四手（高陽院）・明衡・明子・有仁室・祐春・瑒子内親王・頼実・頼政・頼朝・頼輔・隆経・連敏

〔一首収載される詠歌作者〕　愛宮・あこ・あるじの女・安貴王・伊家・伊賀少将・伊通・為道・伊望女・依子内親王・為経・従二位為子・為実・為守・為政・為長・為定・為藤・為道女・為任・惟岳・惟幹・惟規・惟成・惟済・一条院・一条院皇后宮・宇多院・永胤・永観・永実・栄海・越後（花園左大臣家）・越後（三宮家）・越前（後三条院）・円嘉・円玄・延光・遠久・翁・乙・かつみの命婦・加賀（待賢門院）加賀少納言・河内（前斎宮）・家基・家綱・家長・家良・嘉種室・雅縁・雅兼・雅顕・雅康・雅平女・雅有・賀朝・快覚・戒秀・覚寛・覚助法親王・覚性法親王・覚仁法親王・覚盛・覚宗・覚忠・閑院の御・寛伊・寛尊法親王・観意・季能・倚平・亀山院・基綱・基長・義家・義行・義国室・義仁法親王・儀同三司母・久世・御形宣旨・共政室・匡範・教定・玉淵女・近衛院・近衛太皇太后宮・欣子内親王・具氏・具親・空海・堀河（二条太皇太后宮）・堀河院・堀河女御・恵鎮・経円・経家・経重・経乗・経臣・経成・経長・経任・経輔・経房・敬信・景明・景房・慶融・瓊子内親王・潔興・兼家・兼芸・兼好・兼綱・兼材の恋人の母・兼氏・兼実・兼昌・兼俊女・兼宗・兼忠母・兼方・兼明親王・兼覧王母・憲基・顕季・神祇伯顕仲・顕忠母・元夏・元真・元明天皇・元良親王・玄上女・玄範・源恵・源昇・源承・戸々（遊女）・公蔭・公光・公豪・公守・公親・公世・公朝・公澄・公通・公雄・広縄・光源・光厳院・光孝天皇・光清・光朝・光頼・孝覚・孝標女・行尹・行家・行久・行氏・行成・行済・行朝・行念・行能・行範・行遍・行明親王・後光厳院・後朱雀院・後生女・後醍醐院・後二条院・後伏見院・高遠室・高真・高津内親王・高範・康貞女の女・興俊・興信・興風・豪子・国長・国冬・国房・黒主・今道・左京大夫・佐清・斎宮内侍・宰相（選子内親王家）・宰相内侍（後宇多院）・三河（宗尊親王家）・三河（法性寺入道前関

白家）・三条町・讃岐（二条院）・氏久・只皈・四条宰相・師尹・師季・師氏・師氏女・師時・師俊・師宗・師長・師房・師明・師頼・資信・資盛・資連・二条院・二条后・侍従（本院）・時雨・時綱・時村・時乂・時平・時房・時望室・滋幹女・滋包女・滋応・滋道法親王・式部（二条太皇太后宮）・実・実尹・実基・実教・実経女・実光・実綱・実国・実質・実時・実誓・実冬・実雄・実頼母・守覚法親王・守文・秀能・秋岑・修理・重時・重保・重茂・春風・俊蔭女・俊賢室・俊綱・俊宗女・俊定・駿河（祐子内親王家）・敦行・女・女の母・助信・小左近・小式乳母・小八条御息所・小弁命婦・少将内侍（藻壁門院）・尚侍・承均・承香殿女御・勝臣・勝範・常・上総（堀河院中宮）・上総乳母・浄意・心海・信寂・信生・信専・真願・進子内親王・新宰相（上東門院）・新左衛門・親・親元・親子（内侍朝臣）・親盛・親清女・親清女妹・仁覚・仁俊・仁祐・西住・成元・成源・成尋・成清・成忠女・成長・成通・成良・成平・清胤・清蔭・清子（命婦）・清昭・清忠・静仁親王・清範・清和院君・盛少将・盛方・聖・聖武天皇・静縁・静厳・瞻西・夕霧（中院右大臣）・節信・千兼女・宣旨（六条斎院）・蟬丸・全性・善・善信・善法母・禅心・善性・漸空・素覚・素暹・宋延・宋縁・宋円・宋興・守氏・宗成・宗通・相方・増覚・尊円・尊道法親王・大将御息所・大進（俊子内親王）・大夫（延子内親王家）・大頼・大和宣旨・泰光・達智門院・堪円・知家・致経・致平親王・筑前乳母（前斎宮）・仲文・忠家・忠行・忠資・忠能・忠命・長谷雄・長明・長有・鳥羽院・朝綱・朝勝・朝忠・澄覚・直幹・通方・通頼・定為・定家母・定雅・定輔・定房・定頼母・貞時・貞俊・貞範・土御門院・土御門院御匣殿・土佐・冬嗣・冬信母・冬平・東二条院半物河浪・棟仲・統理・藤三位・道雅・道雅女・道覚法親王・道洪・道兼・道綱・道昭・道甚・道平・敦家・敦固親王・敦敏・なびく・内匠（女蔵人）・能海・能清・範憲・範光・範藤・白河院・白女・八歳女・八条大宮・繁茂・肥前・備前典侍・扶幹・仏国・兵衛（待賢門院）・保昌・輔臣・輔相・法円・邦長・満

仲・妙・民部卿典侍（後堀河院）・民部内侍・命婦乳母・明日香采女・茂行・有家・有基・有季・有教・有助・有忠・有定・有長・有輔・有祐・祐臣・祐親・祐任・融・陽明門院・頼基・頼言・頼孝・頼氏・頼成・頼宗母・陸奥・降国・隆資・隆聖・隆博・隆方・隆房・隆祐・旅人・良心・良清・良勢・良珍・良房・琳賢・冷泉院・麗景殿前女御・麗子・列樹・蓮阿・和氏

五　編纂目的・編者・成立などの問題

さて、本集に収載される詠歌の原拠資料と詠歌作者の実態は、以上のごとくであるが、それでは、本集はいかなる目的で編纂されたのであろうか。この問題については、幸甚なことに、編者・加藤景範自身の手になる序文が巻頭に掲載されているので、次にそれを引用してみよう。

やまとの哥のふみ、類をもて題の哥集めたるは多かれど、詞書をもてよせたるは、梓にきざめるをいまだみず。定めある題の外に、難波の蘆の何くれと人の世にしげかるふしあるを、作例なき哥にあひては、またことのはの角ぐみそむる際などは、いかなる哥をかとうでんとおもひまどふもあなるに、其例をみむとて、代々の集に家の集等、求め出むとするも、水無瀬川の埋木をありて、ゆく水底に見あらはさむとすばかり、とみの用をなしがたし。初学これをうれふ。さるために、代々の集の詞書なるをあつめ、類を分ちて、実践集と名づけて、かの埋木たづぬるしるべとして、つのぐむ蘆のめをたすくるのみ。

寛政辛亥の春　　たかさと

これを要するに、真名による結題などの類題集や、仮名題による類題集などは、種々様々世間に流布しているようだが、詞書による類題集はいまだ（編者の）管見に入らない。したがって、ほぼ定型化した結題などの場合はともかく、それらに見られない歌題で詠作しなければならないようなときに、実際に手本となるべき参考歌が手許にないので、詠作の初心者などは、手当たり次第に勅撰集や諸々の家集などのなかに、しかるべき例歌がないものかと探索するけれども、適当な例歌を見出すことは困難であるようだ。そこで、編者が、これらの、いわば詠作の初心者のために、勅撰集のなかから、しかるべき詞書とその例歌（證歌）を蒐集し、部類して「実践集」と命名したのが本集である、ということになろうか。

ところで、本集は、序文でみずからが表明した編纂意図を実現、達成するために、実際にどのような作業を行っているかについて、「凡例」で叙述しているので、この点についても次に掲載しておきたい。

一　此書は、代々の集より挙る也。此内に、此書を節略して書たる所まゝあり。一字もたしたる事なし。有てまぎらはしく、しるて哥にかゝらぬ事は略す。

一　旧注有ても、解しがたき哥をのせず。

一　題しらずの哥も、実践とみえて、類題集などにもれたるをのす。哥合の哥も、其時の事情、わが身の述懐などの哥は、実践なれば載る有。

一　詞書は、すべて集を選べる人、其ことはりを書て、みかどへ奏覧するなり。されば、みづからの事書に、用ゐがたき事あり。たとへば、何々としてよめるといふは、よみけるといふを、つゞめたる詞なれば、我哥にも書べき詞なれども、よめるといへば、人の読たるをいふに、いひなれたれば、わが哥にはよみ侍ると書がよし。又人をとふて、主の宿にゐぬを、侍らざりければと書る有。是も、我人をとひしに、宿にあらで、後に其主へ贈る哥の詞書に、侍らざりければとは書がたし。おはさざりければと書べし。此類推て心得あるべし。

一　世俗の元服といふは、貴人の成人の、冠服《くはんぷく》をめさるゝ様をかりて、いふなり。貴人はこむらさき、初もとゆひなどよみ給へれど、庶人《しよじん》は、紫はよむべからず。初もと結はよみてもよし。又男女の袴着、かづきぞめなど、貴人の家になき事なれば、其哥とてはなし。貴人に、裳着《もぎ》といふ事あり。それも、哥に裳着とよめる事みえず。只行末を祝ふ心をよみ、或は、鶴・亀・松・竹、又時につけて、桜・桃・菊など、祝ふ心のよみそへらるべき物にてよめるが多し。其例にならふべきなり。

ここには五箇条にわたって、本集の編纂方針およびその実践、詞書における記述内容の把握の仕方、和歌を詠作する作者の属する階層（帰属と庶民）によって用語に差異のあることなどの点について言及されている。すなわち、第一は、本集に抄出されている詞書の記述方法についての言及であり、第二は、本集に収載する和歌の収載基準についての内容であり、第三は、本集に収録した「題しらず」歌についての収録基準と、歌合歌についてのそれに言及したものであって、この部分には本集に収載した詞書と例歌の収載基準が言及されている。

これに対して、第四は、詞書の記載内容には撰者の定められた記載方針による修正が施されていることを指摘した内容であり、第五は、詠作された和歌の用語には詠作者の属する階層による差異があることや、特定の景物によってある特定の意味合いを象徴させる詠みかたが存することなどに言及したものであって、この部分は詞書や和歌の内容についての理解の仕方に及んでいる。

このうち、歌合歌の場合はともかく、本集収載の「題しらず」歌に言及するならば、おおよそ次のとおりである。ただし、本集が「題しらず」歌としているもののうち、

14　かへりこぬ昔を今と思ひねの夢の枕の匂ふたちばな　（橘・式子内親王・三四五）

15　橘の花ちる軒のしのぶ草むかしをかけて露ぞこぼるゝ　（同・忠良・三四六）

の14・15の二首はともに『新古今集』に収載され（二四〇・二四二）、詞書には「百首歌たてまつりし時、夏歌」とあって、「題しらず」とはなっていないので、除外した。まず、題しらず歌の出典については、『古今集』から『新続古今集』の勅撰集から二百五十八首が抄出されている（ただし、五勅撰集からは未収録）ので、その詳細を具体的に紹介すれば、上掲の〈表5〉のごとくである。

〈表5〉「題しらず」歌の出典一覧表

集名	歌数
古今集	五五首
後撰集	二八首
拾遺集	一五首
後拾遺集	一二首
詞花集	一二首
千載集	一六首
新古今集	四七首
新勅撰集	一二首
続後撰集	八首
続古今集	三首
新後撰集	二七首
続後拾遺集	一首
新千載集	一首
新拾遺集	一二首
新後拾遺集	八首
新続古今集	一首
合計	二五八首

この〈表5〉によれば、本集収載の題しらず歌は、『古今集』からの採歌が首位であって、次に『新古今集』が続き、さらに『後撰集』と『新後撰集』がそれに続き、次いで『千載集』と『拾遺集』が続き、さらに『後拾遺集』『詞花集』『新勅撰集』『新拾遺集』が続くという収載状況であるが、この場合も、八代集からの採歌がその大半をしめ、十三代集では『新後撰集』、『新勅撰集』『新拾遺集』がめだつという程度である。

次に、題しらず歌の詠歌作者については、読人不知が八十九首で、全体の三十四・五パーセントをしめている。次いで、貫之が八首、和泉式部と西行が各七首、好忠と俊成が各五首、式子内親王と良経が各四首、人麻呂・伊勢・大輔（殷富門院）・家隆が各三首のとおりであって、二首以下の収載歌人は、次のとおりである。

〔二首収載歌人〕　基顕・匡房・紫式部・慈円・寂蓮・小町・相模・通具・道済

〔一首収載歌人〕　安貴王・伊家・伊勢大輔・為家・為藤・為道・惟成・遠久・下野・花山院・家長・嘉言・雅縁・快覚・関雄・基俊・躬恒・御形宣旨・具親・経家・慶範・慶融・月花門院・兼氏・兼昌・兼盛・兼宗・元善・公朝・行尹・行久・行念・

孝覚・後嵯峨院・高倉（八条院）・康資王母・興信・国夏・国長・国平・斎宮女御・只皈・師光・時綱・時村・実伊・実経・実時・重保・重茂・俊成女・俊頼・如円・小侍従・小町が姉・信実・信明・進子内親王・成仲・成通・政村・政平・清輔・盛方・蟬丸・素性・宗円・宗氏・増基・尊氏・泰光・泰時・大弐三位・忠能・忠平・長能・長有・朝勝・澄覚・通宗・定雅・道因・道信・道甚・道性法親王・道命・範兼・範藤・輔親・輔仁親王・友則・有仁・祐親・頼宗母・頼輔・隆衡・隆聖・隆祐

この整理によって、題しらず歌の詠歌作者の場合、読人不知が多いのは言うまでもなかろうが、それを除くと、やはり八代集の歌人がそのほとんどをしめている実態が明らかになり、本集の編者の編纂意図と合致することが知られよう。

以上から、本集の編纂目的に言及するならば、本集は、編者・加藤景範が、詠作の初心者の即戦力に役立つべく、勅撰二十一代集のなかから、しかるべき適当な内容をもった詞書とその例歌、および通例の類題集には未収載の「題しらず」歌、ならびに述懐性の強い歌合歌などを撰集対象にして選歌して、みずからの撰集意図に従って部類した、いわば詞書の作例集と規定できるのではなかろうか。

なお、景範の師匠にあたる有賀長伯の『和歌八重垣』に、「七　詞書の哥の事」として、当面の問題について言及しているので、参考までに架蔵の版本（明和五年刊行）によって紹介しておこう。

七　詞書の哥の事

詞書の哥は、題の哥とはいさゝか心持かはれり。しかる故は、題の哥は題の上に合せて、題をそらさぬやうによむ也。詞書はその哥の子細を詞に書て、哥の心を詞書にゆづり、又は哥の心を詞書にてたすくるやうにする也。ただし、それも詞書の中に題あるは、題の哥の詠格也。〔詞書の中に題あるとは、たとへば、新古今に「詞をつくらせて、哥に合せ侍しに、水郷春望といふことを」、かやうのたぐひ也〕詞書の哥とは、たゞその哥の故を詞に書たる也。さて、又詞書には「梅花」とありて、哥には「花」とばかり読るたぐひ多し。たとへば、新古今に、

二月まで梅花咲侍らざりける年、読侍りける　中務

〽知らめやかすみの空を詠つゝ花も匂はぬはるをなげくと

是、詞書には「梅」とありて、哥には「花」とばかりあり。又、古今集

やよひのつごもりの日、雨のふりけるに、藤の花を折て人につかはしける　なりひらの朝臣

〽ぬれつゝぞしゐて折つる年の内に春はいくかもあらじと思へば

是、詞（ママ）には「藤の花」とありて、哥には雨も藤花もなく、「ぬれつゝぞ」といふに、雨をもたせ、「折つる」に、藤花をもたせたり。これを、詞書にゆづるといふ。是、則、詞書の哥の一躰也。されど、初心の哥にかやうに読んとせば、一首ぬけがらになりて、落着しがたき哥になるべし。よく〳〵心つくべきこと也。此外時にとりての則興《そくけふ》・景望《けいぼう》の哥、人の許につかはす哥などの、題にてよまぬ哥はみな詞書たるべし。尤、其時の興《けう》・景気《りいき》が則、題ながら、なに〳〵と題をさだめて詠るとはことかはるべし。すべて初心の詞書は哥に読べき趣向をこと〴〵く書あらはせるゆへに、哥は詞書の再釈《さいしゃく》のやうに聞え、詮なきことになる也。よく〳〵心づかひすべき也。

ちなみに、編者の加藤景範については、鈴木淳氏によって、『日本古典文学大事典』（平成一〇・六、明治書院）に、

加藤景範《かとうかげのり》　歌人・和学者。通称友輔。字子常。号竹里。享保五年（一七二〇）～寛政八年（一七九六）一

〇月一〇日。七七歳。大阪の売薬商で、屋号小川屋喜太郎。父信成の感化を受けて、早くから和歌に親しみ、長じて中井竹山、三宅春楼等と協力して懐徳堂の学事に尽くした。歌は有賀長伯の師承に与し、地下二条派の宗匠として京阪に大きな勢力をなしたが、安永四年（一七七五）に公刊し、住吉大社に奉納した私撰集『蔵山集』は、その私意について小澤蘆庵から非難を浴びる。著述は『名所ついまつ』『和歌虚詞考』など初学者向け通俗学書を数多く手懸けたほか、『何世話』『かはしまものがたり』『間思随筆』等多岐にわたる。（鈴木淳）

と紹介されているが、多治比郁夫氏「加藤景範―懐徳堂の歌人―」（『大阪府立図書館紀要』第八号、昭和四七・三）に詳細な言及がなされているので、景範の伝記的事蹟についてのはこれ以上触れないことにしたい。

ただし、景範の和歌関係の事蹟についてのみ『国書総目録　著者別索引』（昭和五一・一一、岩波書店）から摘記すると、景範は『閑吟羇旅百首』『秋霜集』『証歌集』『新題百首』『奉納月次百首』『明和辛卯十月冷泉入道の君為村卿に奉る歌并詞書』『六吟百首和歌』（寛政四）『和歌虚詞考』（寛政元刊）『和歌三類集』（安永六刊）『和歌実践集編』（寛政七刊）『和歌浜裏』（安永六刊）『和歌美那礼棹』『和歌用字集』『和歌和文集』などの多くの著作を拾うことができる。

ちなみに、多治比氏が前掲論文で、景範の和歌活動に触れて、橘南渓の『北窓瑣談』に「浪花の加藤景範は、和歌の上手にて歌文のも委しゝとて、京都にても賞讃する人なり。近年は色々の歌書著述も多し。此頃、余、彼人の著述の和歌浜土産といふものを見しに、初心の人、和歌の会などに携ふるに重宝有益の書なり」なる記事を紹介されているのは参考になろう。ここには江戸時代中期以降の大阪で、和歌活動において有賀長伯の師説を継承して、地下二条派の宗匠として面目躍如たる景範の活躍ぶりが活写されていて興味深い。

ところで、『和歌実践集』の成立については、景範自身が、その序文に「寛政辛亥の春　たかさと」なる序文執筆時期と自署を明記していることから、また、刊記に「寛政七年乙卯七月発行／浪華書肆／岩崎徳左衛門・加藤源蔵・

加藤清右衛門」とあることからみて、本集の成立は寛政三年（一九七一）の春、刊行年月は同七年（一七九五）七月ということになろうか。

となると、寛政七年七月に刊行された本集は、近世類題集の成立史のなかでどのような位相にあるであろうか。この点について結論めいたことをいうならば、本集は極論すれば、勅撰集（二十一代集）の詞書による作例集と規定できようから、そのような性格を有する類題集の誕生がそれ以前に指摘しえない事実から、詞書による類題集の嚆矢と位置づけることができるであろう。

ちなみに、本集と類似する内容をもつ、いわゆる「仮名題」による類題集である高井八穂編『古詞類題和歌集』の刊行が文化十四年（一八一七）、聴雨庵蓮阿編『仮名類題和歌集』の刊行が文政元年（一八一八）、石津亮澄編『屏風絵題和歌集』の刊行が文政三年（一八二〇）である経緯をみると、本集がいかにこの種の類題集のなかでいちはやく刊行されているかが理解できるであろう。ここには、編者の加藤景範が和歌の入門書を刊行するに際して、どのような種類の歌書を供給すれば初心者の要請に応えうるかという、いわば教育指導者としての先見の明のあったことを指摘しえようか。『和歌実践集』の成立の意義は、おおよそこのような点に認めうるであろう。

六　付録の紹介

最後に、本集は巻末に、詞の選びかたから短冊・奉書の書きかたまで、いわば詞書についての実践的な諸心得を記して「初学に示す詞書の心得」を付録として掲げているので、参考までに次にそれらの記事を引用しておこう。

初学に示す詞書の心得

一　惣て詞書は、詞をかざらず、こと短かに、事のわけよく聞ゆるを、むねとし、（詞書ニテモ小序トモイフホドニ長キハ首尾に枕詞ナドアルモヨシ）哥にて聞えたる事を、詞書に書ぬやうにすべし、とあるやごとなき御方の、仰られし。げに、詞書にて哥の心残りなく聞えたるは、無下に拙し。ある人の詠草に、

〔詞書〕思ふどち、野山の花を、見ありきけるに俄に雨ふり出ければ、あたりのあばらやに、暫立より、雨を過す程、思ひつゞけ侍る

むらさめにおくある花をわけかねてしばし休らふ山の下廬

是は、詞書にて、よく聞えたり。哥の心とて別にはなし。哥はなくてもよかるべし、といひければ、明の日又、

〔詞書〕思ふどち花を見ありきて

おくまではまだわけやらでむらさめにあらぬ陰とふ花の山ぶみ

と改めてみせられし。是にて詞書もたち、哥は哥の風情有てよし。是にて初学の人、詞書の書かたを、こゝるえらるべし。

一　此篇に載る所、皆天子へ奏覧の書なれば、貴人名望《ナダカキ》の人の事をも、引下ゲて書る事多し。たとへば、「それの君のとひ給へるに」とあるべきを、「とひけるに」と書るたぐひ也。又「我哥の詞書によめる」と書べからず。「よみ侍る」と書べし。

一　詞書の哥を人々贈るには、短冊ならば、上を三四分計あけ、下は哥ノ頭字との間も三分計あけて、五行迄は書べし。五行にも余らば、奉書小たかの類に書べし。奉書ならば、詞書を、奉書の端二寸計あけ、上一寸五分計あけて書べし。哥は詞書より少し上ゲ、短冊の如く、上句下句の頭字を、揃へて書べし（二行）。墨つぎは、短冊に同じ。親しく交らふ中ならば、四行か五行七行に散して書もよし。上包は美濃紙にて、上書は、年賀ならば、

賀詞、寿詞、又は、賀《スル》二幾十《ヲ》一鄙詞《ヒシ》《イヤシキ》幾首と書もよし。下に、わが名乗を書。貴人へ贈るには、賀の字の上に、奉の字を添べし。わが名の上に、わが姓氏を書べし。婦人は、我名計を下に書べし。上には何ともかゝぬがよし。

一 産室へ贈る、祝の哥の上包には、生《ムマレタルコ》子男ならば、賀二弄璋《スロウシヤウヲ》一、（又生珠トモ）女ならば、弄瓦《ロウグハ》（又は夢蘭トモ）書てもよし。是も婦人は書ぬがよし。

一 世俗にいふ、小児の髪置、袴着、被初などは、高貴の御家になき名目なれば、其哥とては、撰集・家集にもみえず。されど、鄙野《ヒヤ》にもあらず。わけの立たる名なれば、詞書には書てもあしからず。哥は鶴・亀・松・竹などに寄て、祝のこゝろをよむべし。元服も同じ。（元服ハ貴人ナラデハナキコト也。今下ニテ云、元服ハ文字ノ義ニハカナハネドモ、久シクイヒナラハシキタルコトナレバ、上ニテノ名目ヲカリテ云モトガアルマジ）

一 人の婚姻を賀するには、何がしのぬしの、婚儀を（婚娶トモ）賀し侍りてと、詞書すべし。上包には、賀二某君ノ（サキノ人ノ字カ号カヲ書）成婚《ヲ》一（鄙詞《ヒシ》トカ和哥トカ）書べし。子の婚礼を賀して、其父へをくるには、賀《ス》二何氏ノ令嗣《レイシ》ノ婚娶《コンジュヲ》一と書。女の嫁せるを、其父へ贈るには、閨愛（閨秀トモ）の、結婚《ケツコン》と書べし。此外、賀にも悼にも、俗に通じがたき漢語は、書ぬがよし。賀詞、悼詞、と計書てもよし。

一 宅がへを賀するには、上に賀二卜居《ボクキヨヲ》一とか加二移居《イキヨヲ》一とか書べし。（俗に変宅ト云、決シテ書ベカラズ）新に修理して移るには賀二新居一と書もよし。

一 他所へ行人に贈るには、上に送別《ソウベツ》と書。行人の残し置返哥には、留《リウ》別と書べし。

一 人の剃髪を賀して、哥を贈る人有。世事をのがれて、行末長かれと祝ふはことはり也。剃髪は祝ふ事にはあらず。盛《セイ》年のさまを僧形にかふるなれば、いまはしき事にて、昔は歎きし事也。物語にもみえたり。考へみるべし。

一 木草の花を人に贈るに、哥を添るには、詞書に、庭の梅初て咲ければ、おりてまいらすとてとか、又は何かたへまかりしに、何の花豊也しを、みてのみやはとて、（是ハフミノ末ニ書カ、又常体ニ詠草ニ書テソフルモヨシ）又短冊に哥を書て、直に枝に結び付るもよし。短冊を竪《タテ》に二ツに折、それを又竪に二ツニ折、（ハヾ四分計ニナル）それを、枝ある物は枝、葉計の物は、葉を一ツ下に置、其上に右四ツ折の短冊を、真結びに一ツ結付べし。又短冊を其儘にて、詞書にかゝらぬ様に、上にあなをあけ、水引を通し、結付てもよし。

＊「四ツ折短冊付やう如此」の絵（省略）、「又短冊不折に其まゝにても結付る事あり、如此」の絵（省略）

ここには十項目にわたって、詞書についての諸心得と、その詞書を記した詠歌を他人に贈る際の、短冊、奉書の書きかたおよび上包の書きかたなどについて、具体的に記述されている。

七　まとめ

以上、『和歌実践集』の成立の問題について、種々様々な視点から検討を加えてきたが、ここでそれらの検討のすえ得られた結果を次に摘記して、本節の結論に代えたいと思う。

（一）『和歌実践集』の伝本は、刈谷市中央図書館・国会図書館・宮内庁書陵部などに伝存する、寛政七年版行の版本が唯一のテキストである。

（二）本集は巻一（春部・夏部・秋部）五百八十八首、巻二（冬部・雑四季部）五百十八首、巻三（恋部・賀部・哀傷部）五百五十八首、巻四（離別部・羇旅部）二百七十五首、巻五（雑部）四百二十一首の、都合二千三百五十九首を収載する類題集である。

（三）歌題は通常の類題集とは異なって、詞書のほとんどすべてを抄出したものに、「題しらず」とするものが添加されている。

（四）本集の出典資料は勅撰二十一代集であって、八代集からの採歌が十三代集からのそれを陵駕しているが、八代集では『後拾遺集』『詞花集』『後撰集』『古今集』などが、十三代集では『続後撰集』『新後撰集』『新勅撰集』『玉葉集』『続拾遺集』などが各々、採録率の高い歌集となっている。

（五）本集の採録歌人のうち、二十首以上の詠歌作者は、読人不知・紀貫之・西行・和泉式部・伊勢・凡河内躬恒・赤染衛門・藤原公任・清原元輔・大中臣能宣・伊勢大輔・紫式部・能因・藤原俊成のとおりである。

（六）「題しらず」歌は二百五十八首に及び、八代集からの採歌が大半をしめるが、そのなかでは『古今集』と『新古今集』とが突出している。

（七）編者の加藤景範は有賀長伯の師承に与した歌人であるが、江戸時代中期以降の京阪において地下二条派の宗匠として活躍した人物である。

（八）本集の成立は寛政三年（一七九一）の春であるが、その刊行は寛政七年（一七九五）七月である。

（九）本集は、編者加藤景範が晩年に数多く出版した和歌入門書のひとつであって、その編纂目的は、詠草の初心者に、勅撰二十一代集にみえるしかるべき適当な詞書とその例歌（證歌）、および「題しらず」歌を示すことによって、詠作する際の手本とするところにあった、ということができようか。

（十）巻末に、詞書についての諸心得を具体的に記した「初学に示す詞書の心得」を掲載している。

（十一）本集の近世類題集史における位相に言及するならば、高井八穂編『古詞類題和歌集』、聴雨庵蓮阿編『仮名類題和歌集』、石津亮澄編『屏風絵題和歌集』などの、いわゆる「仮名題」による類題集が流行するに先立つ、いわば詞書による類題集の嚆矢と位置づけられるであろうか。

第四章　各論三　県居派の諸流と江戸堂上派和歌の系列に属する類題集

第一節　楪鳩編『名家拾葉集』の成立

一　はじめに

筆者は近時、古典和歌を例歌（証歌）として収載する、近世期に成立した類題集の研究を進めているが、その近世期に成立をみた類題集の種類たるや種々様々で、一口にいえばまさに百花繚乱の様相を呈していると概観できようか。そのような多彩を極める近世類題集のなかで、筆者はこれまで多種多様な類題集の基礎的考察を手掛けてきたが、本節で検討対象として俎上に載せたのは、これまで対象としてきた類題集とは多少、趣を異にする種類のものである。すなわち、収載する例歌（証歌）の時代的範囲も室町期の和歌から近世初期の和歌が大半を占めるうえに、形態的にも純然たる類題集というよりは私撰集の側面も多分に具有する種類のもので、言わば、類題私撰集とでも呼称するのが妥当と憶測される撰集である。

その撰集とは『名家拾葉集』のことだが、本集は目下、版本で大阪市立大学学術情報総合センター森文庫に伝存するのが唯一の伝本である。それは『私撰集伝本書目』（昭和五〇・一一、明治書院）に、

名家拾葉集　二　寛政一二刊　大阪市大森文庫

のごとく記述されているとおりだが、現在のところ、手許の目録類にも、森文庫以外の所蔵機関を見出しえないのが現状である。ただし、版本によって刊行された本集が、何故にこのような伝播状況であるのか、その明確な理由を目下、探索しえないけれども、そのような伝播状況を反映してか、不思議なことに、その研究史をたどる際に通常、参看する福井久蔵氏『大日本歌書綜覧　上巻』（昭和四九・五再刊、国書刊行会）にも、その記事を見出すことができず、わずかに『和歌大辞典』（昭和六一・三、明治書院）に、

名家拾葉集《めいかしふえふしふ》〔江戸期私撰集〕撰者未詳。寛政一二1800年刊。一（ママ）冊。大阪市立大学森文庫蔵。作者には重之・常縁・玄旨・貞辰・元就ら、先代および当代の二条系歌人の詠歌を集め、四季・餞別・羇旅・哀傷・恋・雑の各部立によって分類したもの。　（大取一馬）

のごとき記述がなされた記事を拾遺することができる程度である。その意味で、この大取氏の記述は本集の概略を簡単に紹介した記述でしかないが、貴重な言及として評価されるであろう。しかし、本集の種々様々な視点からの充分な本格的な考察は、今後の検討課題として残されていることも事実であろう。

そのようなわけで、本節は、例によっての蕪雑な作業報告にすぎないが、従来辞典類以外にはほとんど言及されることのなかった『名家拾葉集』について、このたび、成立の問題を中心に据えて具体的に問題追究した拙い論考ではあるが、少々具体的な事実を指摘することができた。

二　書誌的概要

さて、『名家拾葉集』の伝本については、さきに触れたとおり、『私撰集伝本書目』（昭和五〇・一一、明治書院）の記述に見える、大阪市立大学附学術情報総合センター森文庫に伝存する寛政十二年刊行の版本が唯一のものと憶測されるので、この版本を底本として採用したが、まずは本集の書誌的概要に言及すれば、おおよそ次のとおりである。

なお、底本については、国文学研究資料館蔵のマイクロ・フィルムに依拠して調査したことを断っておきたいと思う。

国文学研究資料館蔵のマイクロ・フィルム番号　51・153／2　C7559
所蔵者　大阪市立大学学術情報総合センター森文庫　蔵　911・15／7MEI
編著者　未詳
体　裁　大本（縦二六・一センチメートル、横一八・三センチメートル）二冊　版本　袋綴じ
題　簽　名家和歌集
内　題　名家拾葉集巻之一（～巻之十二）
匡　郭　なし
各半葉　十二行（和歌一首一行書き）序九行
総丁数　六十三丁（上冊・二十九丁、下冊・三十四丁、遊紙＝上冊・一丁）
総歌数　六百四十五首（巻一春・百五首、巻二夏・七十五首、巻三秋・百二十四首、巻四冬・八十五首、巻五餞別　羇旅・

三十八首、巻六哀傷・二十二首、巻七恋上・二十七首、巻八恋下・三十九首、巻九雑上・六十一首、巻十雑下・三十七首、巻十一神祇・十七首、巻十二祝言・十五首）

柱　刻　なし

序　棋塢（寛政十二年十一月）

跋　なし

刊　記　寛政十二年申十二月／二条通富小路東入／京都書林　吉田四郎右衛門／心斎橋通北久太郎町／浪華　原喜兵衛

その他　ほ門／大六二二号／二冊ノ内／小竹園文庫（表紙ラベル）　911／MEI／森文庫（同）

以上から、本集は春百五首、夏七十五首、秋百二十四首、冬八十五首、餞別・羇旅三十八首、哀傷二十二首、恋上二十七首、恋下三十九首、雑上六十一首、雑下三十七首、神祇十七首、祝言十五首の、都合六百四十五首を収載する小規模の類題私撰集と知られよう。

三　歌題の問題

さて、本集が類題集としても、私撰集としても、かなり小規模の撰集である点については、以上の記述からほぼ明確になったと思われるが、もう少しこの点について言及しておきたいと思う。

まず、本集が類題集としての側面をもつと判断した理由は、巻五の恋下部のほとんどが「奇～恋」題であるうえに、たとえば巻一の春部の「梅」関係の歌題をみると、「霞中梅」「田家梅」「梅風を」「檐梅」「宿梅」「夕梅」「梅薫風」

「梅薫遠」（二七〜三四）のとおり、類題集の歌題配列基準に則って配列がなされている実態である。

一方、私撰集としての側面をもつと判断した理由は、巻五の餞別・羇旅および巻六の哀傷の各部が、ほぼ勅撰集と同様の詞書をもち、そのほとんどが実詠歌であることと、たとえば、類題集のごとき体裁をもつ巻一の春部のなかにも、「春の比、山ざとにて月を見て」（四二）や「花見にまかりて、漸〱暮方になり、人々哥よみけるに」（六〇）の事例に見られるごとき、勅撰集の詞書に類する記述が見られる実態などである。

そこで、本集はいかなる歌題を収録しているかの問題について、私撰集のごとき詞書や「題しらず」「春の哥に」などの一般化された詞書の事例などを除外して、本集が収録する歌題のすべてを、部立別に列挙してみると、おおよそ次のごとくなる。ただし、勅撰集を想起させる詞書のなかに歌題の明示がある場合、それは掲げることにした。

春部

春立心を・春のはじめに・湖上立春・橋霞・山霞・海辺霞・子日を・うぐひすを・朝鶯・隔霞聞鶯・谷鶯・雪中鶯・霞中梅・田家梅・梅風を・檐梅・宿梅・夕梅・梅薫風・梅薫風・梅薫遠・水辺春望・若木梅を・柳の哥に・行路柳・春月を・幽栖春月・春山曙・磯春草・初花を・山花・故郷花・行路花・朝花・夜思花・依花待人・翫花・名所花を・花柳交枝・松間花・柳先花緑・山花・落花の哥とて・花下忘帰・花時心不静・山落花・山花埋路・花落客稀・帰鴈・帰鴈消雲・天外遊糸を・庵春雨・苗代を・早蕨・夕菫菜・杜若を・蛙の哥に・牡丹・やまぶき・川山吹・岸山吹を・松下躑躅・藤の哥に・路辺藤・暮春の哥に・暮春花を・三月尽・閏三月尽

夏部

更衣・首夏朝・送春如昨日・尋余花・雨中木繁・久待子規・待郭公・杜郭公を・郭公頻・雨中郭公・郭公幽・暁子規・子規稀・卯花を・夕卯花・葵を・五月五日・夜盧橘・軒盧橘・五月雨を・五月雨久・橋五月雨・沼五月

雨・夏地儀・夏草・野夏草・なでしこ・夕顔・夕立・鵜川・雨後鵜川を・月添涼気・蟬声送風・雨後蟬・蟬声近秋・水辺蛍・叢蛍・池辺蛍・扇を・納涼・江納涼・松陰避暑・六月祓

秋部

秋のはじめに・初秋風・山家秋来・初秋露・初秋風・閑居秋風を・待七夕・二星適逢・七夕橘・七夕霧・乞巧奠・袖上露・露の哥とて・荻を・庭荻風・閑居荻・岡苅萱・風前簿を・女郎花・秋夕を・河月・行路月を・湖月・月前遠情・仲秋に・明月如昼・海辺月・湖上月・嶋月・江月・関路月・橋上月・月為友・月照滝水・月漸傾・河月似氷・稲妻・九月九日に・菊交簿・籬下虫・きり〴〵すを・夕虫・月前虫・鴈・暮山鴈・月前鴈・月前擣衣・聞擣衣・深更擣衣・里擣衣・旅宿擣衣・原鹿・旅宿鹿・暮秋鹿・田家鴫・野亭鶉・故郷鶉・風前鶉・麓鶉を・紅葉の哥とて・紅葉添雨・蔦掛松・関路紅葉・暮秋の哥に・暮秋夕・鐘声送秋

冬部

冬のはじめに・杜落葉・深夜時雨を・谷時雨・時雨知時・遠村時雨・原寒草・枯野・嵐吹寒草・枯野眺望・橋上朝霜・水郷寒芦・浦寒芦・冬浦月・あじろを・網代寒・氷始結・千鳥を・浜千鳥・浦千鳥・湖上千鳥・暁千鳥・笹霰を・初雪を・夜思山雪・松雪・閑中雪・雪待人・関路雪・塩屋雪・雪中竹を・雪のあしたに・野雪・夜神楽・野鷹狩・埋火・炭竈を・遠炭竈・歳暮雪を・年のくれに・歳暮思旧隠・年欲暮・老後歳暮・除夜に

餞別・覊旅部

美保・関路夕・旅宿月・月前旅行・さよの中山・旅行・雪中旅行・海辺旅宿・秋旅行・覊中野・雪中旅人を

哀傷部

無常の哥とて・哀傷の哥に

恋上部
初恋・見恋を・互忍恋・忍久恋・祈恋を・疑行末恋・泊遊女・通書恋・身をかへり見て・行末を契るの心を
恋下部
寄月恋・寄雨恋・寄雲恋・寄関恋・寄橋恋・寄山恋・寄煙恋・寄衢恋・寄獣恋・寄鏡恋・寄弓恋・寄莚恋・寄忍草恋・寄草恋・寄木恋・寄杉恋・寄鴛恋・寄枕恋を・寄櫛恋・寄玉恋・寄糸恋・たはれ女に別るゝの心を・寄山恋・寄書恋・祈神恋
雑上部
歳内立春・海辺霞・霞隔浦・雪中若菜・春のはじめに・雲雀を・横雲鴈・柳の哥に・蚊遣火を・垣夕顔・年内梅を・暁鶏・暁を・山家松・山家水・山家嵐・山亭人稀・閑居・田家煙・田家路・田家翁・田家雨・田家鳥・故郷庭・故郷草を・軒忍草・窓竹を・窓燈・暁遠情・水草隔舟・晩鐘・古寺鐘・夢
雑下部
雲鎖澗口・名所泊・浦漁舟・遠帆連波・湖上舟・谷樵夫・夕樵夫・被書忍昔・被書思昔・寄獣雑を・述懐・老述懐・風破暁夢
神祇部
社頭榊・社頭月・社頭燈・社頭榊・神祇哥とて・社頭松
祝言部
花契千年・春祝・菊契多秋・祝のうたに・寄道祝・松久緑・松延齢友・湖亭催興

以上、煩を厭わず、本集に収載する歌題およびそれに類するものを、部立別に掲げてみたが、恋下部や餞別・羇旅部、哀傷部などに多少偏りが指摘されるものの、大半は通常の類題集に見られるごとき歌題が満遍なく配列されているようだ。

ちなみに、『堀河百首』の春部二十首の歌題を掲げてみると、

立春・子日・霞・鶯・若菜・残雪・梅・柳・早蕨・桜・春雨・春駒・帰雁・喚子鳥・苗代・菫菜・杜若・藤・款冬・三月尽

のとおりだが、これを本集の春部の歌題と比較すると、本集は若菜・残雪・春駒・喚子鳥の四題を収録していないことが明白になる。

一方、歌題解説書『和歌題林抄』の夏の歌題二十三題を次に掲載すると、

更衣・卯花・余花・葵・時鳥・結葉・菖蒲・早苗・照射・鵜河・五月雨・盧橘・瞿麦・蛍火・水鶏・蚊遣火・夏草・蓮・氷室・納涼・泉・荒和祓

のごとくだが、これを本集の夏部の歌題と比較を試みると、本集は結葉・照射・水鶏・蚊遣火・氷室・泉の七題を欠いている実態が知られる。

以上、春部・夏部の二部立に限っての歌題収録状況の検討ではあったが、百首歌と歌題集成書のモデルである、『堀河百首』『和歌題林抄』と本集のそれとの比較を試みたところ、本集の一部に未収録の歌題が存することが確認されたわけである。この点、本集の編者の未熟な編纂姿勢を認めざるを得ないと評しえようが、しかし、本集の例歌の配列を精査してみると、本集には、意外に編者の編集面での行き届いた配慮が認められるようだ。

たとえば、春部から、いくつかの歌群を引用してみると、次のとおりである。

若木梅を　　　玄旨

1 いかにして昔のかには匂ふらんうえし若木の梅のはつ花　（春・三六）

題しらず　　　方円

2 玉嶋や梅がゝきそふ春風にこの川上とたれしたふらん　（同・三七）

春の哥とて　　　忠圃

3 庭の面はまだふるとしの色ながらはつかに見ゆる雪の下草　（同・三八）

柳の哥に　　　元就

4 青柳の糸くり返すそのかみはたがをだ巻のはじめ成らん　（同・三九）

行路柳　　　多門氏女

5 玉ぼこの道行人もくり返し春をぞしたふ青柳の糸　（同・四〇）

題しらず　　　よみ人しらず

6 吹みだす風の姿も見ゆるまでかづらき山になびく青柳　（同・四一）

春の比、山ざとにて月を見て

7 さゆるよの空だに月のかすまずは春ともいさやみねの白雪　（同・四二）

春月を　　　宗祇

8 霞む夜をならひときけば老が身のなぐさむ月は春のみや見ん　（同・四三）

幽栖春月　　　よみ人しらず

9 今は身のすむともなしの宿の月うき世にもれてかすまずもがな　（同・四四）

春山曙　直昌
10　をしなべて空に霞はたつた山まだ花ならぬ春の明ぼの　（同・四五）

礒春草　重時
11　日にそひて礒の若草うすくこく緑ふかむる春雨の空　（同・四六）

春の哥に　勝礟
12　過行もやすき習の春とだにしらず木末の花ぞまたるゝ　（同・四七）

常縁
13　つれもなき花に心をさきだてゝいくたびかゝる峯の白雲　（同・四八）

初花を　義一
14　咲添ん末の日数やこもりくのはつせの花の雲の一むら　（同・四九）

この1～14の歌群の歌題（詞書）表記をみると、1の「若木梅を」から14の「初花を」の題のなかに、「題しらず」（2・6）、「春の哥とて（に）」（3・12・13）、「春の比、山ざとにて月を見て」（7）のごとき、標準的な歌題とはいえない記述が見られるが、2の「題しらず」歌には、1の「若木梅を」の題に接続する「梅がゝ」の措辞を見出すことができ、それに続く3の「春の哥」には、「雪の下草」の措辞が『堀河百首』の「残雪」「若菜」の代替をしており、さらに6の「題しらず」の歌にも、前歌の「行路柳」に関係する「青柳」の歌ことばが見られ、続く7の詠には、詞書の「…月を見て」からわかるように、「月」（堀河百首・和歌題林抄にはない）の歌群（9まで）へと進むが、歌には「白雪」の措辞が見られる。また、11は「礒春草」の題歌だが、「若菜」に代わる「若草」の措辞が見られ、続く12・13は「春の哥に」の題歌だが、14の「初花を」以下の「花」に係る歌題に接続する「花」の措辞を含んでいるのである。

このように本集には、『堀河百首』の「若草」「残雪」の題は付されてはいないものの、詠作された和歌表現にそれに類する措辞がみられるのであって、これを一般化して言えば、本集は、明確な歌題表記を持たない詠歌の場合には、大袈裟にいえば、そこに編者の確固たる配列原理に基づいた、完結した美的空間を創造するための構成面での行き届いた配慮が認められるというわけだ。

この点を、夏部の事例を引いてさらに説明しておこうと思う。

五月五日によめる　友益
15 軒のみか五月の玉のひかりもて袖のあやめもわかれざりけり　竹之　（夏・一三一）

十首哥の中に　眠鷗越後住
16 をしなべてけふのためしと宿ごとにあやめを軒のつまに引らし　（同・一三二）

百首の中に　沢庵
17 おり立て山田の賤のわざながらけふも果なく早苗とるなり　（同・一三三）

18 かぞふれば遠き日数と思へども早苗とる手に秋風ぞふく　多門氏女　（同・一三四）

19 雨はる丶岡べの田面水こへて袖ほしあへず早苗とるなり　（同・一三五）

夜盧橘　勝敝
20 をり〳〵の夢も昔にかへるやと植てしのぶの軒のたち花　（同・一三六）

題しらず　　　　　　　　　　　安昌

21　したへども立ばかへらずかほりくるはなたち花の遠きむかしを　（同・一三七）

隆鎮

22　風さそふ盧橘の袖の香にむかしをしのぶさよの手枕　（同・一三八）

この15～22の歌群の歌題（詞書）表記には、15・16の「五月五日によめる」、17の「十首哥の中に」、18・19の「百首の中に」、21・22の「題しらず」など、標準的な歌題とはいえない記述が見られるが、しかし、15・16の「五月五日によめる」の詞書を付した詠歌には、ともに「あやめ」の措辞があって、直前の歌群（一二八～一三〇）に付された「葵を」の題に連接しており、17・18の「百首の中に」の詞書を付す詠歌にも「早苗」の措辞があって、直前歌の「あやめ」の歌ことばに接続しながら、次の20の「夜盧橘」の題歌に連繋するというように、巧妙な和歌の配列がなされていて、この点は、次の21・22の「題しらず」歌にも「はなたち花」「盧橘」の歌ことばが見出されて、そこには編者の心にくいばかりの歌題配列原理に基づいた編纂上の配慮が窺知されるのだ。

ここには本集の属性の一つである私撰集としての側面が如実に認められ、本集の歌題（詞書）面での特徴を十二分に発揮しているといえるようだ。

四　詠歌作者の問題

以上、本集の歌題について、種々様々な視点から検討を加えてみたが、本集に収載される詠歌作者について言及してみよう。

ところで、この問題を検討する前段階として、本集は、収載歌のすべてに作者表記を付していないので、作者表記のなされていない詠歌作者の決定が優先課題となるであろう。そこで、この問題を解決するために、玄旨（幽斎）と石井元政にかかわる歌群を組上に載せて、検討を加えてみたい。

愛宕山より月輪にまかりて（以下略）　玄旨

23　きのふけふ秋くるからに日ぐらしの声うちそふる滝の白波　（秋・二〇一）

七夕七首会興業の時、「待七夕」の心を

24　灯も猶九重の雲の上に秋のなぬかの星まつるらん　（同・二〇二）

田辺にて会に、「二星適逢」と云事を

25　天の川遠きあふせを契てや二つのほしの中に落らん　（同・二〇三）

この23〜25の三首の場合、23の詠には「玄旨」の作者表記が付せられているが、24・25の二首には作者注記は付せられていない。したがって、この三首の作者について調査してみると、いずれの詠歌も『衆妙集』（新編国歌大観本）の三二三・三二四・三三八番に収載されているので、三首ともに玄旨の詠作と知られるのだ。

また、次に掲げる、

身延山へ詣ける時、関にて（以下略）　元政

26　草枕夢やは見えんありし世の旅はたびともあらし吹夜に　（餞別・羇旅・四〇五）

三河国矢矧の橋をわたるとて

27　憂世には又ひかれじと梓弓やはぎの橋にかきつけて見ん　（同・四〇六）

富士の山を見て

28　よしさらば中〳〵くもれことのはの見てもおよばぬふじの高ねを　（同・四〇七）

29　それとみてあふげば空に朝な〳〵いよ〳〵たかしふじの白雪　（同・四〇八）

むさしに暫侍りける時、探題「旅宿月」を

30　月も又こと〻ひかはせすみだ川みやここひしきよ半の寝覚に　（同・四〇九）

の26～30の歌群のうち、作者表記が認められるのは、26の一首のみで、残りの四首はいずれも、作者表記を欠いている。そこで、これらの五首の作者について検討してみると、この歌群はいずれも『身延のみちの記』（寛文三年版本）の六・一一・一四・一七・三二番に収録をみているので、これらの五首はすべて石井元政の詠作と認定されるのだ。したがって、この玄旨と元政の事例から援用して、作者名不記の詠歌の作者を想定するならば、本集に作者表記が欠落している詠歌の場合、その直前に付されている作者が当該歌の作者である、と認定することは許されるであろう。つまり、本集の作者注記に関しては、勅撰集に適用されているのと同様の方法が採用されている、と認められるのではなかろうか。

このような認識に立って、本集に五首以上収載されている詠歌作者を、整理、一覧するならば、次頁の〈表〉のごとくなろう。

この整理によって、本集に収載される六百四十五首のうち、六十五・三パーセントの詠歌作者が五首以上の収載歌人と知られるが、その詠歌作者のほとんどが未知の歌人である実態は、残念としか言いようがない。ちなみに、和歌関係の事典・辞書類にその事蹟が掲載されている歌人について、略歴を示しておこう。

常縁　東氏。応永八年（一四〇一）～文明十六年（一四八四）、八十四歳。室町期の武人・歌人。美濃郡上の領主。古今伝授の創始者。

玄旨　細川氏。幽斎。天文三年（一五三四）～慶長十五年（一六一〇）八月、七十七歳。安土桃山期の武人・歌人・連歌師。田辺城主。三条西実枝から古今伝授を受ける。

貞辰　萩原宗固。元禄十六年（一七〇三）～天明四年（一七八四）五月、八十二歳。江戸期歌人。烏丸光栄らに和歌を学んだ堂上派。

〈表〉五首以上の収載歌人一覧表

	作者	歌数
1	常縁	四六首
2	玄旨	四三首
3	読人不知	三五首
4	成淳	二二首
5	柯求	一九首
6	勝敝	一七首
7	有益	一六首
7	貞辰	一六首
9	真基	一五首
9	俊経	一五首
11	沢庵	一四首
12	直昌	一二首
13	長之	一〇首
14	一五	九首
14	三柳	九首
14	清賢	九首
17	佳平	八首
17	義陳	八首
17	等和	八首
20	為昌	七首
20	惟足	七首
20	栄貞（越後住）	七首
20	春涛	七首
24	隆鎮	七首
25	詠之	六首
25	元政（深草）	六首
25	鎮喬	六首
25	保潔（史邦）	六首
25	頼永	六首
30	重昌	五首
30	政通	五首
30	忠欽	五首
30	鎮休	五首
30	方円	五首
	合計	四二一首

沢庵　但馬国山名氏の家臣の生まれ。天正元年（一五七三）～正保二年（一六四五）十二月、七十三歳。桃山・江戸期の歌人。臨済宗大徳寺の僧。

元政　石井氏。元和九年（一六二三）～寛文八年（一六六八）二月、四十六歳。江戸期の歌人。彦根侯井伊直孝に仕え、文武に励む。出家後、京都伏見深草に日蓮宗瑞光寺を開く。

惟足　吉川氏。元和二年（一六一六）～元禄七年（一六九四）十一月、七十九歳。江戸期神道家・歌人。後年、幕府に仕える。

頼之　遠山氏。生没年未詳。江戸期歌人。

政通　鷹司氏。寛政元年（一七八九）～明治元年（一八六八）、八十歳。江戸期歌人。孝明天皇の摂政となり、朝廷と幕府の交渉にあたる。

以上の九人が和歌関係の事典類に見出される人物だが、このうち、「政通」は本集の人物とは同姓別人と憶測されようか。そのようなわけで、本集の詠歌作者のうち、未知の人物が大半をしめるけれども、そのほかの本集の未知の人物などについては、実は、坂将曹（光淳）静山（一六六五～一七四七）編『和歌山下水』の「作者大略目録」に姓と通称を記した簡略な言及があるので、以下には、取り敢えず四首以下の歌人も一括して列挙した後、この問題に言及していこうと思う。

〔四首収載歌人〕　元就・杉山・辰政・宗茂・多門氏女・利永

〔三首収載歌人〕　安適・義一・久孝・金之・欽之・広矩・幸政・氏康（北条）・重之・瑞幸・政候・全之・宗元・宗祇・宗川・梅之・扮之・鳳山・茂道・勇道・柳之・柳女（鎮蕎妻）

〔二首収載歌人〕　安当・映豊・佳豊・関之・貴範・義政・義封・久茂・蕎之・景長・山之・氏郷（蒲生）・重共・重広・重常・順之（光淳女）・信玄（晴信）・正州・成長・政信・政凭・宗好・怠念（斎藤入道）・致朋・竹之・忠隆・直治・保躬・利香

〔一首収載歌人〕　安昌・惟恒・一輝・一乗・一平・員徒・永井能登守室・永律・演之・可春・可豊・萱雄・貴和・義重・義智・菊吸（越後）・菊子・久恒・吟之・堅桃・玄寛・光次・光淳・幸子・侍豊・重元・重時・俊普・升時・昭重・勝英・勝之・勝忠・勝澄・信盛・信美・槇之（隼人正妻）・深之・水雲（越後）・正盛・成直（光淳父）・政一・政慶・政宗（仙台）・政道・静林法師・仙寿院・素空・単嶺法師・治昌・忠欽・忠村・長敬・長江・直房・貞子・貞勝・藤ヶ枝・道虎・道寿・梅之女・眠鷗（越後住）・重晴・唯恒・遊女東路・友直・頼方・了尋・蘆吹

これらの人物のうち、和歌事典類などにその名の登場する人物を掲げるならば、おおよそ次のとおりである。

元就　毛利氏。明応六年（一四九七）～元亀二年（一五七一）六月、七十五歳。戦国期の歌人・武人・中国地方一帯を勢力下におく戦国大名。

氏康　北条氏。永正十二年（一五一五）～元亀二年（一五七一）十月、五十七歳。戦国期の武人・歌人。関東の覇権を掌握した。

宗祇　飯尾氏。応永二十八年（一四二一）～文亀二年（一五〇二）七月、八十二歳。室町期の連歌師・歌人。東常縁から古今伝授を受ける。

氏郷　蒲生氏。弘治二年（一五五六）～文禄四年（一五九五）、四十歳。安土桃山期の武人・歌人。近江国蒲生郡日野城主蒲生賢秀の長男。

宗好　岡本氏。生年未詳～延宝九年（一六八一）四月、ほぼ七十二歳。江戸期歌人。松永貞徳から古今集の秘伝を受ける。

萱雄　河瀬氏。正保四年（一六四七）～享保十年（一七二五）二月、七十九歳。飛鳥井雅章の門弟。

信玄　竹田氏。晴信。大永元年（一五二一）～天正元年（一五七三）四月、五十三歳。戦国期の武人・歌人。甲斐国の戦国大名。

政宗　伊達氏十七世。永禄十年（一五六七）～寛永十三年（一六三六）五月、七十歳。江戸期歌人。初代仙台藩主。

本集に収載される四首以下の収載歌人では、以上の八人が人口に膾炙した文化人と一応、認められようが、それにしても、本集に収載される詠歌作者のうちの大半が、動向不詳の人物である点については、すでに言及したとおりで不思議だが、以下には、前述の『和歌山下水』にその名が見える人物の情報を提供して、本集の詠歌作者の実態を少しても明確にするうえでの手掛りにしたいと思う。ただし、以下の『和歌山下水』の「作者大略目録」に掲げる九十九名全員の名は貴重だが、大半の動向を明らかにするのは今後の課題と言わねばなるまい。

作者大略目録

常縁 東野州
沢庵 大徳寺
元政 深草
惟足 吉川
鎮喬 河尻与四郎
茂道 玉虫甚之助
政候 諸星藤兵衛
勇道 宗円寺住
清賢 片柳郷左衛門
勝敞 大竹長左衛門
景長 大久保与十郎
一乗 猪子弥市郎
政朋 田中丹次
直治 酒井六郎左衛門
藤枝 直治妻

玄旨 細川
氏郷 蒲生
三柳 中山
柯求 杉若
安適 原氏
鎮休 榊原藤助
直昌 小木藤兵衛
槙之 高力隼人正室
唯（ママ）恒 高津七郎兵衛
宗元 三善氏
貞辰 萩原亦三郎
栄貞 相沢権衛門 越後柿崎
順之 光淳女
枌之 允庵妻
勝澄 戸田彦助

信玄 武田晴信
氏康 北条
友益 渡辺
宗川 清水
忠圄（ママ） 吉益玄忠
忠隆 水嶋伊兵衛
可豊 中根斎宮
広矩 太田伊左衛門
保躬 長岡七郎大夫
佳豊 市川久次郎
幸政 伴久米之助
政通 原新左衛門 相模之住
成淳 服部文蔵
忠村 興津平太
眠鷗 越後住

元就 大江
一輝 堀田河内守
宗好 岡本
宗茂 宗川子
隆鎮 河尻八郎衛門（ママ）
保潔 根津直宿
忠欽 水嶋伝左衛門
春濤 阿賀允庵
貴範 橋詰瑞養
利永 青山藤十郎
頼永 遠山平衛門（ママ）
為昌 兼松甚蔵濃州之住
俊経 小森仁兵衛 筑前之住
演之 甲州善光寺住
源之 勝澄妻

政宗 伊達
一平 河内守男
等和 中野
政一 小堀遠州
玄圃 多門伝八
一五 鈴木金平
鳳山 権律師日亮
長之 広矩妻
柳女 鎮喬室
佳平 市川万五郎
義陳 猪谷兵衛門
真基 武井半穴
詠之 田中検校
杉山 検校
重広 吉田典膳

義封射盛文吾　利香臼田喜平次 濃州住　成長間瀬平助　忠曠岡田判次郎　全之越後柏崎住
久茂竹内数馬　玄寛松井太郎《ママ》衛門　宗祇種玉庵　柳之松平大学頭殿家女　金之柳之同
梅之同　鈴之同　関之同　山之同　竹之同
政凭久保田佐助　映豊河村太《ママ》衛門　正州田中平蔵　勝忠井田嘉藤次　義一大内又市郎
杉之中村交安妻　信美小倉源之進　瑞幸吉祥珍平　喬之加藤久次郎室

以上、『和歌山下水』から、本集の収載歌人のうち、姓と通称を記した個人情報を提供したが、実は、この「作者大略目録」が本集の詠歌作者のすべてを網羅しているわけではないことを断っておかねばなるまい。

ところで、本集の「名家拾葉集」なる書目の「名家」について、手許の『日本国語大辞典 第十九巻』（昭和五一・一、小学館）によって検索すると、

①名望のある家柄。昔から有名な家筋。名門。

②公卿（くぎょう）の家格の一つ。文筆を主とし、弁官を経、蔵人をかね、大納言まで昇進できる家柄。羽林家（うりんけ）の下、諸大夫家（しょだいぶけ）の上に位する。日野・広橋・烏丸・柳原・竹屋・裏松（以上日野流という）、葉室・勧修寺・万里小路・清閑寺・中御門・小川坊城・甘露寺（以上甘露寺という）などの諸家の称。

③その道にすぐれた人。名声の高い人。名人。

④中国諸子百家の一つ。春秋戦国時代、名実を正し、是非を明らかにし、法術・権勢を重んじた学派。公孫龍子・恵施など。名（めい）。

のごとく定義されている。このうち、本集の書目にかかわりがあると考慮されるのは、①・③の場合であろうことは間違いなく、本集と②・④の関係は皆無といってよかろうか。

そこで、不充分ながら、さきに検討した本集の収載歌人について、その「名家」の内実について、分類、整理を試みてみると、おおよそ次のごとく種別できるようである。

その第一は、武家歌人であろう。そこで「武家」の謂を『国語大辞典』（昭和一二・一二、小学館）によって確認しておくと、「①武士の家筋。武門。また、中世以降の幕府・将軍家、およびそれに仕える守護、地頭、御家人以下の一般の武士の総称。武士。②室町時代、特に、幕府あるいは将軍家をいう。」となるが、この定義に従って本集の歌人のうち、該当者を収載歌数の多い順に列挙してみると、次のとおりである。

常縁・玄旨・元就・氏康・氏郷・信玄・政宗・宗川・一輝

なお、本集には女性の歌人の名もみえ、「遊女東路」（四七五）の例も存するが、「永井能登守室」（八）の事例が武家の妻であることからいえば、

多門氏女・柳之・菊子・槇之（高力隼人正妻）・幸子・仙寿院・貞子

などは、あるいは武家の妻の可能性が少なくないであろう。

次に、本集の収載歌人のうち、多く見られるのが、次のごとき僧侶歌人ではなかろうか。

沢庵・元政（深草）・静林法師・永律法師・演之・桑門了寿・単嶺法師・全之（越後柏崎住僧）・斎藤入道慈念・鳳山・勇道

そのほか、本集には「惟足」「重広」「信盛」「信美」「貞勝」などの神官、「直昌」「惟恒」などの医家、「梅之」「杉山」などの検校、「貞辰」「宗祇」「頼永」「菅雄」などをはじめとする歌人・連歌師のほか、「保潔」などの俳諧師が見出されるなか、「読人不知」の歌も三十五首に及んでいる。

これを要するに、本集の収載歌人の「名家」の実態については、その大半が素姓が分明でないうえ、読人不知歌も

多い点などから十二分に明確にしえないけれども、現時点で分明になった知見からいえば、その名家の多くは武家の出自であり、それに僧侶、神官、医家、検校などの職能が続くなか、名家の実態が正確に把えられない歌人・連歌師・俳諧師が陸続すると要約できるであろうか。

五　編纂目的と成立などの問題

以上、歌題の問題、詠歌作者の問題などについて言及してきたが、それでは、本集はいかなる目的で編纂され、どのようなプロセスを経て成立したのか。次に、このような問題について検討してみたいと思う。

まず、本集の編纂目的については、さいわいなことに、本集の巻頭に「楳嶋」なる人物によって記された序文が掲載されているので、以下に、それを引用して、その手掛りを得ようと思う。

からくにのひじりのゝたまひけむ、「かくれたるよりあらはなるはあらじ」といへる、いと〳〵めでたき言葉になむ。あめつちにありとあるよろづのことわりにかけて、つゆたがふまじくおぼゆ。ちかくこのふみを梓になせしも、さらにそのこゝろばへにぞありける。難波潟しげきあし辺に、ちひさき家をつくりてかくれすむ翁の、あくまでねぢけたるこゝろならひに、今の世のすき〳〵しきかたをばふつに思ひたへて、ひたぶるいにしへのみやびわざにのみ心をよするありけり。

おのれとし比、うらなくまじらひて、日は日とも、夜は夜ともかたりくらし、かたりあかしけるが、この翁世にめでたきものをひめにたり。この年月ふかくひめておほやけにすることをいなみけるに、からうじてたばかりおほせて、つひに世に広うせしは、むかし奥平の君のかきおき、しるしおけるなりけり。これかのひじりの言葉になむ。

つのくに　楳嶌　謹述

寛政十二年十一月

すなわちこの序文において「楳嶌」が言うことには、かれの懇意な翁の中に、「難波潟しげきあし辺に、ちひさき家をつくりてかくれすむ翁」がいて、その翁は常に、「いにしへのみやびわざにのみ心をよする」風流人であったが、秘宝ともいうべき「世にめでたきものをひめ」ていたのであった。その翁とここ数年来、「うらなくまじらひて」いるうちに、翁は心を開いて「この年月ふかくひめて、おほやけにすることをいなみける」逸品（めでたきもの）を、公開してくれたのであった。その「つひに世に広うせしは、むかし奥平の君のかきおき、しるしおける」、当面の『名家拾葉集』であったというわけだ。

ところで、この「翁」が誰であるのか目下、その素姓を明らかにしえないのは残念だが、「奥平の君」というのは、憶測すれば、三河国奥平に居住し、信昌の時に徳川家康に仕えて諸侯に列せられ、関ヶ原の戦いの後、美濃加納城十万石を賜り、その後、下野宇都宮、下総古河、出羽山形などに転封、享保二年（一七一七）、昌茂のとき、豊前中津城十万石を領するに至った奥平氏族に連なる者ではなかろうか。その奥平氏のなかで当該人物を憶測するならば、次の奥平昌高がその候補となるであろうか。ここで奥平昌高の事蹟を近時刊行された、竹内誠他編『日本近世人物事典』（平成一二・一二、吉川弘文館）によって紹介すれば、

おくだいらまさたか　奥平昌高　一七八一―一八五五　江戸時代後期の豊前国中津藩主。天明元年（一七八一）十一月四日、鹿児島藩主島津重豪の次男として江戸に生まれ、中津藩主奥平昌男の養嗣子となった。幼名富之進、九八郎、のち左衛門尉と改め豊海と号した。同六年九月、昌男の遺領を相続。寛政六年（一七九四）従五位下大膳大夫に叙任、のち従四位下に昇叙、文化十四年（一八一七）溜詰格侍従、同年九月溜詰となって、文政八年

（一八二五）家督を子昌暢に譲った。生来資質賢明で、文武稽古場「進修館」を設けて士風の刷新をはかり、河川・道路を修繕して治績大いに上がった。みずから国学・洋学に心を傾け、渡辺重名に国書・歌道を学び、文政二年鷹の歌百首を詠じて、『千代の古道』と題した。また、特に蘭学に深く傾倒し、和欄辞書を神谷源内に編纂させ、シーボルト東上の節は、親しく教えを受けた。安政二年（一八五五）六月十日、江戸邸に没す。七十五歳。品川東海寺清光院に葬った。（芳　即正）

のとおりだが、かれは歌道にも精進し、『千代の古道』なる歌集も編んでいる。

ただし、この人物がこの序文の「翁」のいう「奥平の君」である証拠はない。しかし、楳塢の言によれば、この「翁」が所持していた、「奥平の君のかきおき、しるしおける」「このふみ」――『名家拾葉集』――を「梓になせし」ことは、中国の昔の聖人が言ったとかいう、「かくれたるよりあらはなるはあらじ」なる格言の具現化に相当する営為となって、本集の出版はすなわち、「そのこころばへにぞありける」行為にほかならなかったというわけだ。ここに本書の刊行目的が窺知され、それは「かのひじりの言葉」の体現化ともいうべき意味をもつのであって、その点、この序文の記述から窺知される内容は、本集の編纂目的とは性格を異にする出版意図に属する種類のものだと言わねばなるまい。ここに本集の属性が認められ、それは本集が通常の類題・私撰集とは異質の歌集であることの表明、宣言であると言えようか。とはいえ翻っていうならば、本集の上梓が結果的には、ユニークな類題・私撰集の出現につながっていることだけは間違いあるまい。

それでは、序文の執筆者である「つのくに　楳塢」とはいかなる人物であろうか。ちなみに、『和学者総覧』（平成三・一、汲古書院）によれば、「楳塢」なる人物は見当らないが、「梅塢」なる者が次の三箇所に掲載されている。

1542　上野梅塢　[称]栄次　[字]子絹　[名]熙　大阪　明治42・9・3　78　書家

4236　五井純禎　［通］藤九郎　［字］子祥　［号］蘭洲・洌庵・梅塢　大阪　宝暦12・3・17　66　五井守任三子、懐徳堂教授、津軽藩に仕

9395　前田宗辰　［通］勝丸・犬千代丸・又左衛門・佐渡守・加賀守　［字］伯拱　［名］利勝　［号］梅塢・晧然斎・闇章堂　［諡］大応公　加賀金沢　延享3・12・12　54　加賀藩主

このうち、上野梅塢は寛政十二年には誕生しておらず、五井純禎は同年には生存していない点で、また前田宗辰は活動の拠点が「なには」ではなく、加賀金沢である点からいって、いずれも本集の序文の執筆者たる「楳塢」に該当する条件を満たしていないようである。ということは、本集の共同編者とも想定しうる「奥平の君」・「楳塢」なる人物の事蹟は、現時点では未詳というほかはあるまい。

次に、本集の成立の問題に言及するならば、すでに触れたように、本集には巻頭に「楳塢」なる人物の序文があって、そこに「寛政十二年十一月」とその執筆時期が銘記されているので、本集が寛政十二年（一八〇〇）十一月までに成立していたことは疑いえなく、ここに本年月を本集の成立時期と認定することができるであろう。

ちなみに、本集の巻末には「寛政十二年申十二月」なる刊記が存するので、本集の刊行年月を寛政十二年十二月と規定することができるであろう。

以上、『名家拾葉集』を額面どおり、純正な類題私撰集と認定して、当該歌集の序・刊記などの書誌的情報に基づいて、忠実に誠心誠意詳細に論述してきたのであったが、実は、その後の検討の結果、本集は、坂静山編『和歌山下水』のうち、一部を省略した形の、完全な盗作、復刻版であることが判明したのだ。その一部とは、同集（『近世和歌撰集集成第一巻』昭和六〇・四、明治書院）の巻之六「哀傷」の

十首哥の名家に待恋　　氏康

467 明るまで待てや見まし時のまに　かはるこゝろの又や替ると

の詠から、巻之七「恋哥上」の

秋恋を　　よみ人しらず

513 秋の風野辺の草木はしほるとも　たのめし中にふかずもあらなん

の詠までの四十七首と、巻之十二「祝言」の「柏木全故亭にて『子日催興』といふことを」の詞書に関わる「良照」の例歌（証歌）に相当する、

693 むれつゝもけふは初子の姫子松　ひくてに千代の春をかさねん

の詠から、同巻同部の

題しらず　　佳豊

702 時は今くもりなき世にすみわたる　月もこゝろのまゝの継橋

の詠の十首に加えて、「追加」の詠歌（七〇三〜七二三）の二十一首の都合七十八首が相当するわけである。これを要するに、本集は『和歌山下水』の体裁で版行したにもかかわらず、書目名のみは「名家拾葉集」として刊行されたのが、『名家拾葉集』なる類題私撰集であるわけだ。ちなみに、『和歌山下水』について概略するならば、坂静山（光淳）編。十二巻三冊。自序と門人・吉益玄忠（享保十七年）の跋をもつ。京都上坂勘兵衛刊。序と跋文によれば、宝永七年（一七一〇）に『和歌継塵集』を版行した後、古歌および当代歌による類題集を編んだという。総歌数七百二十三首。巻末に「作者大略目録」を掲げ、九十九名の姓と通称に及んでいる。

のとおりである。また、編者の坂静山については、上野洋三氏の知見を、『日本古典文学大辞典　第五巻』（昭和五九・

一〇、岩波書店）から引用しておこう。

坂静山《ばんせいざん》　江戸時代の歌人。名は初め常淳、後に光淳。通称幸助、また将曹。静山は号。寛文五年（一六六五）正月十日尾張愛知郡に生まれ、尾張徳川家の庶流に仕えたというが、浪人して江戸の大隅町などに住み、延享四年（一七四七）九月二十六日没、八十三歳〈墓碣〉。江戸市谷の禅慶寺に葬る。【事蹟】烏丸光雄の門人。宝永七年（一七一〇）に『和歌継塵集』を、享保十七年（一七三二）に『和歌山下水』を、元文四年（一七三九）に『和歌和泉杣』を編集刊行した。いずれも近世同時代歌人を中心とする撰集で、享保前後の江戸歌壇を知るための好資料である。（後略）　〔上野洋三〕

以上から『名家拾葉集』の実際上の成立の問題に言及するならば、本集は享保十七年（一七三二）初夏に、坂静山によって編纂され、同年中に版本として刊行された、その著作に関わる諸事象が本集の実質上のすべてであると規定されるであろう。なお、坂静山編『和歌山下水』がおよそ三十年後に、『名家拾葉集』なる書目の名を付して盗作、復刻された問題などについては、改めて検討を加えなければなるまいが、それらの諸問題については他日を期したいと思う。

最後に、本集の近世類題集における位相に言及するならば、本集に陸続する類題集として、文化九年（一八一二）に刊行された高井八穂・榛原保人編『類題名家和歌集』三巻三冊を指摘することができる程度である。ちなみに、『類題名家和歌集』は、常縁・宗祇・長嘯子など室町時代後期から江戸時代初期ころまでの約五十人の歌人になる詠歌を類題したもので、その成立過程に言及すれば、高井八穂・榛原保人が高井宣風の蒐集していたものを、四季・恋・雑部のもとに題ごとに類題して再編して、文化九年に上梓されたもので、宣風の子・高井八穂と榛原保人の序文が巻頭に掲げられている。

六　まとめ

以上、『名家拾葉集』について、種々様々な視点から基礎的考察を加えてきたが、ここでこれまでの検討をとおして得られた結果を摘記して、本節の一応の結論にしたいと思う。

（一）『名家拾葉集』の伝本は現在、大阪市立大学学術情報総合センター森文庫蔵にかかる版本二冊が唯一のものである。

（二）本集は総丁数六十三丁（上冊・二十九丁、下冊三十四丁）を数え、春百五首、夏七十五首、秋百二十四首、冬八十五首、餞別・羇旅三十八首、哀傷二十二首、恋上二十七首、恋下三十九首、雑上六十一首、雑下三十七首、神祇十七首、祝言十五首の、都合六百四十五首を収載する小規模の類題私撰集である。

（三）本集に集録される歌題は、百首歌と歌題集成書のモデルである『堀河百首』『和歌題林抄』と比較すると、ほぼ重なるものの一部に未収録の歌題が指摘される。

（四）本集に収載される詠歌作者の六十五・三パーセントは、五首以上の収載歌人によって占められているが、そのうち、上位十人は常縁・玄旨（幽斎）・読人不知・成淳・柯求・勝敵・有益・貞辰・真基・俊経のとおりである。

（五）本集の書名となっている『名家拾葉集』の「名家」の実態については、現時点では充分明確にしえないが、その多くは武家の出自であり、それに僧侶、神官、医家、検校の職能が続くなか、歌人・連歌師などの名がめだつ程度である。

（六）本集の編纂目的は「楳塢」の序文によれば、中国の昔の聖人の格言の具現化の意味を担っており、「楳塢」と親交のあった「翁」が「世にめでたきものをひめにた」る「ふみを梓になせし」ものが『名家拾葉集』であって、それは「奥平の君のかきおき、しるしおける」歌集であったわけだ。

（七）本集の共編者ともいうべき「奥平の君」も「楳塢」も現時点では、その素姓を明確にすることはできない。

（八）本集の成立時期は、文政十二年（一八〇〇）十一月、その刊行年時は同十二月と規定できるであろう。

（九）本集の近世類題集における位相についてあえて言えば、文化九年（一八一二）に上梓された高井八穂・榛原保人編『類題名家和歌集』（三巻三冊）の先蹤をなす類題私撰集と位置づけられるであろうか。

（十）なお、本集は実は、坂静山編『和歌山下水』の復刻版である実態が判明したので、本集の実質上の編者は坂静山、成立は享保十七年（一七三二）初夏、刊行年は同年中となることを言い添えておく。

なお、本集について検討しなければならない喫緊の問題は、『和歌山下水』と『名家拾葉集』の関係を中核とした版行上の考察であろうが、それらの残された問題は今後の課題にすることにしたいと思う。

第二節　聴雨庵蓮阿編の類題集

Ⅰ　『中古和歌類題集』の成立

一　はじめに

近世中後期の歌人・清水浜臣の門弟であった聴雨庵蓮阿（川島茂樹）の類題集については、筆者はさきに『仮名類題和歌集』を対象にして「聴雨庵蓮阿編『仮名類題和歌集』の成立」（『中世文学研究』第二十五号、平成一一・八、中四国中世文学研究会、本書第四章第二節Ⅱ）を公表し、当該集の基礎的考察からいくつかの成果を得たが、蓮阿にはもう一つ『中古和歌類題集』なる類題集が存するのである。この『中古和歌類題集』なる類題集は、『仮名類題和歌集』が仮名題による類題集であるのに対して、真名題による結題の本格的な類題集であって、蓮阿の類題集研究には欠かすことのできない文献資料である。

ちなみに、この『中古和歌類題集』については、いくつかの事典類に以下のごとき簡単な紹介記事が見出されるが、その記述には、少々不足の感じを免れない事実誤認の内容も指摘されるのだ。たとえば、『和歌文学辞典』（昭和五七・五、桜楓社）には、

中古和歌類題集《ちゅうこわかるいだいしゅう》　川島茂樹（革島。姓林。号聴雨庵蓮阿。国学者。天保六1835年三月二〇日没）編。文政二1819年刊。上下二巻。続詞花集・万代集・秋風抄と定家・家隆の家集より約一五〇〇（ママ）首を収集し類題別に分類したもの。

の記述がみられる一方、『和歌大辞典』（昭和六一・三、明治書院）には、

中古和歌類題集《ちゅうこわかるいだいしふ》〔江戸期類題集〕二巻一冊六〇四八（ママ）首。聴雨庵蓮阿（川島茂樹）編。文政二1819年刊。上巻に春・夏・秋部を、下巻に冬・恋・雑部を歌題別に収める。歌の多くは続詞花集・万代集・秋風抄から抜き出したもの。（造酒広秋）

のごとき記事が見られ、その記事の大略は共通するが、歌数については、五千七百八十四首と記すべきところを、両者ともに誤謬を犯しているうえに、本集（以下『中古和歌類題集』をこのように略称する）の役割、価値などには一切言及しないなど、残された検討課題は少なくないと言わねばならない内容になっている。

こういうわけで、本項の論述は、例によっての作業報告にすぎないが、従来事典類以外にはまったく言及されることのなかった本集について、この類題集がどのような編纂目的で制作され、これまでの類題集とどのような点で異なり、近世類題集の系譜のなかでいかなる位相にあるのか等々、基礎的検討を試みた報告であるが、いくつかの具体的事実を明らかにすることを得た。

二　書誌的概要

さて、本集の伝本については、『私撰集伝本書目』（昭和五〇・一一、明治書院）によると、東北大狩野文庫・宮内庁

書陵部・刈谷市中央図書館などに、文政二年刊行の版本と刊行年不詳の版本とが伝存する由である。したがって、本項においては、刈谷市中央図書館蔵の刊年不詳の版本を対象にして論述していくが、筆者は該本については未見であるので、国文学研究資料館蔵のマイクロ・フィルム（30―318／3）によって紹介すれば、おおよそ次のとおりである。

所蔵者　刈谷市中央図書館　蔵（2381／2／3甲五）
編著者　聴雨庵蓮阿（川島〈革島〉茂樹）
体　裁　中本（縦一七・〇センチメートル、横一〇・三センチメートル）二冊　版本　袋綴
題　簽　中古和歌類題集　上（下）
扉　題　聴雨庵蓮阿隠士輯／中古和歌類題集　一冊／皇都　書肆合梓
内　題　中古和歌類題集　上（下）
匡　郭　単郭（縦一三・三センチメートル、横一九・二センチメートル）
各半葉　十二行（和歌一行書き）
総丁数　二百七十八丁（上冊百三十八丁、下冊百四十丁）
総歌数　五千七百八十四首（春部・千二十九首、夏部・六百六十六首、秋部・千百九十五首、冬部・七百三首、恋部・千百十三首、雑部・千七十八首）
柱　刻　なし
序　なし
跋　聴雨庵蓮阿（執筆年時不詳）

刊　記（書肆　江戸日本橋南壱丁目　須原屋茂平／同弐丁目　山城屋佐兵衛／同　下谷池端仲　岡村庄助／同通本銀町　永楽屋東四郎／大阪心斎橋　河内屋喜兵衛板）

以上から、本集は春部千二百十九首、夏部六百六十六首、秋部千百九十五首、冬部七百三首、恋部千百十三首、雑部千七十八首の都合五千七百八十四首を収載する、中規模の類題集と知られよう。

三　歌題の問題

さて、本集が真名題による単独題・結題を収録する類題集であることについては、すでに言及したが、それでは、本集の収録する単題・結題はどのようなもので、どのような性格のものであろうか。この問題について検討するために、春部の冒頭部分から歌題と例歌を引用すれば、次のとおりである。

1　枝わかず匂ひやすらん梅花としのうちなる春のあしたは　（年内立春・家・兼澄・一）
2　数そふとなげくもしらぬ年のうちに急ぎたちぬる春霞哉　（俊頼・二）
3　あわゆきもまだふるとしにたなびけばころまどはせる霞とぞ見る　（三）
4　としのうちに咲にし梅にけふよりぞおのが春ともつげよ鶯　（元日・俊恵・四）
5　昨日みし梢の雪も鶯の鳴にしあれば花かとぞ見る　（五）
6　みしま江につのぐみわたる芦のねの一夜計に春めきにけり　（好忠・六）
7　打なびきけふたつ春のわか水はたが板井にか結びそむらん　（続・新院・七）
8　山ざとの柴のとぼそは雪とぢてとしのあくるもしらずや有らん　（肥後・八）

9　春霞たつといふ日をむかへつゝ年のあるじとわれやふりなん　（立春・万・忠見・九）
10　あら玉のとしは身にこそとまりけれ立かへるとはたれかいひけむ　（後法勝寺入道・一〇）
11　みむろ山谷にや春の立ぬらん雪のした水岩たゝくなり　（続・国信・一一）
12　あなし河ふる山かけてくる春のしるしとけさは水ぞぬるめる　（家・好忠・一二）
13　いつしかと朝日の影のしるきかなのどけかるべき千代の初春　（俊恵・一三）
14　うぐひすの声聞なへにあら玉のとしも春べと霞む空かな　（秋・信実・一四）
15　春たつと空にしるくもみゆるかないつしか今朝はあさ緑なる　（立春天・万・摂津・一五）

すなわち、1～3は「年内立春」の例歌、4～8は「元日」の例歌、9～14は「立春」の例歌、15が「立春天」の例歌であるが、集付（出典注記）の「家」は私家集、「続」は『続詞花集』、「万」は『万代集』を各々、意味する。そこで、これらの1～15の例歌は、集付（出典注記）からわかる原拠資料にはどのような歌題表記がなされているかを調査してみたところ、次のような結果が得られた。

まず、「年内立春」の題のうち、1は『兼澄集』では「（前略）ふるとしにせちぶんのはじめにてはべりし日、むめのはなをよませたりしに」と、2は『散木奇歌集』では「歳中立春」と、3は「おなじ（歳中立春）心をよめる」と記され、本集の歌題と符合するのは、2・3で、1は大幅に異なっている。次に、「元日」の題のうち、4・5はともに『林葉集』が典拠だが、そこでは4は「おなじ題（立春）」、5は「元日の心を」と記されている。6は『好忠集』では「春のはじめ」と、7・8はともに『続詞花集』が典拠だが、そこでは7は「（春たつ日よみ侍りける）」と、8は「む月のついたち比雪のふれりけるに、山里に侍りける人のもとにつかはしける」と記され、4が本集の歌題と一致する以外は、すべて異同している。次に、「立春」の題のうち、9・10はともに『万代集』が典拠だが、そこでは9は「(たつはるのこころを)」と、10は「右大臣のときの百首に」と、11は『続詞花集』では「堀川院御時百首歌たてまつりけるに」と、12は『好忠集』では「(春のはじめ)」と、13は『林葉集』では「(前略)立春の心を」と、14は『秋風抄』では「早春を」と記され、9・13が本集の歌題と符合するが、それ以外は異同している。最後に、「立春天」の題の15は、『万代集』では「早春のこころを」と記され、完全に異同している。

以上、本集に収録する歌題のうち、わずか四例にしかすぎないが検討を加えた結果、本集が掲載する歌題については、単独題・結題など、掲載されている歌題は典拠とした出典資料に掲載をみる歌題ではあるが、その例歌(証歌)採録に当たっては、原拠資料に当該歌題がそのまま記されている例歌を採録している場合もあれば、まったく異なる歌題の例歌を採歌している場合もあるほか、歌題表記がまったくなされていない例歌を採録している場合もあるなど、種々様々であって、そこには編者の賢しらが多分に反映しているという、例歌採用原理が認められるようである。

ところで、本集が収載している歌題の数とその内実を具体的に明白にするために、夏部に収録する「瞿麦」関係の歌題で検討してみよう。次頁の〈表1〉は、『新類題和歌集』(A)、『類題和歌集』(B)、『題林愚抄』(C)、『明題和歌全集』(D)と『中古和歌類題集』(E)とで当該歌題を整理、一覧したものである。

この〈表1〉をみると、各類題集の規模とその内実がある程度示唆されるが、ここで符号の説明をしておこう。まず、○は当該歌題と例歌をともに有する場合、△は当該歌題は有するものの例歌を欠く場合、×は当該歌題と例歌をともに欠く場合を表示している。これらの点を念頭において改めて〈表1〉を概観すると、霊元院撰の『新類題集』がもっとも多くの歌題(三十六題)を収載してはいるものの、例歌を欠く歌題が十五題に達している点は、類題集としての価値を少々減ずることになろう。とはいえ、「常夏」「石竹」の題は「瞿麦」と同一題とみなしても、「嶋瞿麦」「社頭瞿麦」(例歌なし)「山家瞿麦」「野亭瞿麦」「隣家瞿麦」「庭上皆瞿麦」「故籬瞿麦」の独自の歌題を収録している

〈表1〉「瞿麦」関係の歌題比較一覧表

歌題＼撰集	A	B	C	D	E
1 瞿麦	○	○	○	○	○
2 常夏	○	×	×	×	×
3 石竹	○	×	×	×	×
4 対瞿麦	△	×	×	×	×
5 近見瞿麦	○	×	×	×	○
6 月前瞿麦	△	○	×	×	×
7 雨中瞿麦	○	○	×	×	○
8 雨後瞿麦	△	○	×	×	×
9 瞿麦露	○	○	○	○	×
10 瞿麦帯露	○	○	○	○	×
11 瞿麦露慈	△	○	○	○	○
12 瞿麦匂露	△	△	×	×	×
13 朝瞿麦	△	○	×	×	○
14 朝見瞿麦	△	○	×	×	×
15 朝折瞿麦	△	○	×	×	×
16 夜思瞿麦	○	○	×	○	×
17 雨夜瞿麦	△	△	×	×	×
18 雨夜思瞿麦	△	○	○	○	×
19 翫瞿麦	○	○	×	×	×
20 愛瞿麦	△	△	×	×	×
21 久愛瞿麦	○	○	×	×	×
22 瞿麦夾水	△	○	×	×	×
23 嶋瞿麦	○	×	×	×	×
24 社頭瞿麦	△	×	×	×	×
25 古郷瞿麦	○	○	×	×	×
26 山家瞿麦	○	×	×	×	×
27 野亭瞿麦	○	×	×	×	×
28 隣瞿麦	○	○	○	○	×
29 隣家瞿麦	○	×	×	×	×
30 庭瞿麦	○	○	○	○	×
31 瞿麦満庭	△	○	×	×	○
32 庭上皆瞿麦	○	×	×	×	×
33 瞿麦副垣	△	○	×	×	×
34 籬瞿麦	○	○	×	×	○
35 故籬瞿麦	○	×	×	×	×
36 瞿麦勝衆花	○	○	×	×	○
37 閑庭瞿麦	×	○	×	×	×
38 荒砌瞿麦	×	○	×	×	×
39 庭思瞿麦	×	×	○	×	×
40 唐撫子	×	×	×	×	○
41 撫子色々	×	×	×	×	○
42 野撫子	×	×	×	×	○
43 惜撫子	×	×	×	×	○
44 見床夏	×	×	×	×	○
45 毎朝見撫子	×	×	×	×	○
46 独見床夏	×	×	×	×	○
47 撫子厭露	×	×	×	×	○

点は、近世期の最大の類題集としての属性を保持しているといえよう。次に、後水尾院撰の『類題集』が二十七題を収載して『新類題集』に続いているが、例歌を欠く場合が三例あるものの、「閑庭瞿麦」「荒砌瞿麦」の二題は『類題集』独自の歌題となっている。次に、編者不詳の『明題和歌全集』『題林愚抄』はともに、八題を収載するが、後者が「庭思瞿麦」の一題を独自に収録する以外はいずれも、『新類題集』『類題集』に収載される歌題ばかりで、両者はともにそれほど異彩を放つ存在とはなっていない。

　それに対して、本集の歌題収載状況は、歌題の収載数の点では『新類題集』『類題集』の半分以下で劣るけれども、『題林愚抄』『明題和歌全集』と比べると、二倍の収載率であるうえ、「唐撫子」「撫子色々」「野撫子」「惜撫子」「見常夏」「毎朝見撫子」「独見常夏」「撫子厭露」の八題は独自の歌題で、いずれの題にも例歌が掲げられている点、ユニークな類題集となっていると認められようか。

ここで、本集の部立別の歌題と例歌の収載数を示すならば、次の〈表2〉のとおりである。

〈表2〉本集の部立別歌題と例歌の収載数一覧表

内容＼部立	春部	夏部	秋部	冬部	恋部	雑部	合計
歌題	五七八題	四〇八題	八〇五題	四九二題	六〇七題	六七七題	三五六七題
例歌	一〇二九首	六六六首	一一九五首	七〇三首	一一一三首	一〇七八首	五七八四首

ちなみに、この本集の歌題と例歌の数値を、いま問題にしているそのほかの四類題集と比較してみると、次の〈表3〉のごとくなる。

〈表3〉そのほかの類題集の部立別歌題と例歌の収載数一覧表

〔新類題集〕

内容＼部立	春部	夏部	秋部	冬部	恋部	雑部・公事部	合計
歌題	三〇三九題	一七四一題	三七〇五題	一八四四題	二一〇九題	三六七三題	一六〇八四題
例歌	四〇四四首	三〇六三首	七三三七首	三三一六首	四二八一首	九五〇八首	三二六九九首

〔類題集〕

内容＼部立	春部	夏部	秋部	冬部	恋部	雑部・公事部	合計
歌題	二二五八題	一一〇一題	二四七〇題	一二七九題	一四七九題	二二九八題	一〇八八五題
例歌	五九四五首	二九六九首	六一九六首	三一七九首	五四九六首	五五九六首	二九三八〇首

〔明題和歌全集〕

内容＼部立	春部	夏部	秋部	冬部	恋部	雑部	合計
歌題	四七六題	二九三題	五九〇題	三三七題	四五七題	九七三題	三一〇六題
例歌	二一二二首	一三五四首	二三二一首	一三八三首	二三八四首	二八七九首	一二四四三首

〔題林愚抄〕

内容＼部立	春部	夏部	秋部	冬部	恋部	雑部	合計
歌題	四〇八題	二八二題	五一五題	三一六題	四五二題	五六八題	二五五一題
例歌	一六二七首	一二四三首	二〇〇六首	一三一〇首	二一七八首	二一九〇首	一〇六五四首

以上、四類題集について、形式的な外面からの概略的言及にのみ終始し、いたずらに数値ばかり列挙した感はまぬかれないが、これを、歌題および例歌の合計のみで本集と比較してみると、次頁の〈表4〉のごとくなる。

すなわち、この〈表4〉を一瞥すると、本集は例歌の収載率がその他の類題集に比して、きわめて少ないのに対し、歌題の収載数は突出して多いという実態が一目瞭然であろう。この点、本集が中規模の類題集であるにもかかわらず、独自の歌題を多く収録する点で、かなり個性的な類題集になっている属性を指摘できようが、この点をさらに明らかにするために、参考までに、本集の歌題を、部立別に巻頭と巻末各三題掲げておくと、次のとおりである。

春部＝年内立春・元日・立春〜二月・三月・閏三月

夏部＝首夏・山家首夏・首夏惜春〜四月・五月・六月

秋部＝立秋・立秋天・立秋露〜八月・九月・閏九月

冬部＝初冬・初冬惜秋・初冬天～十月・十一月・十二月

恋部＝恋・初恋・不言恋～奇注連恋・奇社恋・奇述懐恋

雑部＝天・天象・日～裳・箸・杖

〈表4〉本集と四類題集との歌題および例歌収載数一覧表

作品名	歌題数	例歌数
中古和歌類題集	三五六七題	五七八四首
新類題集	一六〇八四題	三三六九九首
類題集	一〇八八五題	二九三八〇首
明題和歌全集	三一〇六題	一二四四三首
題林愚抄	二五五一題	一〇六五四首

以上、本集が歌題の視点からみて、かなりユニークな類題集である側面をある程度明確にしえたが、それでは、本集に収載される例歌（証歌）はどのようなものであろうか。この問題について、まず、撰集資料の視点から検討してみたいと思う。

四　収載歌の問題――撰集資料の視点から

そこで、本集の収載歌について検討を進めてみると、本集の例歌はたとえば、春部の事例のみだが、実は、

16　風をいたみ先山べをぞたづねつるしめゆふ花はちらじとおもへば
（尋花・続・堀川右大臣・四一九、風前花・続・堀川右大臣・五一五）

17　霞にも雲にもたれかまがふらんたぐひもみえぬ峯の桜を（遥見山花・続・雅頼・四六二、嶺花・続・雅頼・五六六）

18　あはれにも春をわすれず匂ふかなあだなる花の心とおもふに
（憐花・続・賢知《ママ》法師・四八四、花自有情・続・賢智法師・七六八）

19　白雲と峰には見えて桜花ちればふもとの雪とこそなれ　（花雪・続・伊通・五〇七、麓落花・伊通・七〇五）
20　花みると苗代水にまかせつゝ打捨てけり春の小やま田　（田家花・続・小左近・六〇五、春田家・続・小左近・九七八）
21　花ならで心なぐさむかたもなき人こそせめて春はをしけれ　（春惜有花・続・実清・七七四、暮春・続・実清・八九四）
22　山吹の花のゆかりにあやなくも井出の里人むつまじき哉　（山吹・続・新院・八四一、春人・続・新院・九九八）

の16〜22の例歌に認められるように、重出歌がまま含まれているのだ（たとえば、四一九番と五一五番の例歌が重複のとおり）。したがって、以下に言及する本集の収載歌についての数値は、実数ではなく、延べ数であることを断っておかねばならない。

このような観点から本集の収載歌の実態を検討してみると、きわめて有益な示唆を与えてくれるのが、蓮阿自身の筆になる跋文の記事である。すなわち、跋文（全文は後掲する）では撰集資料について、「よに『続詞花集』『萬代集』『秋風抄』などいへるはいとおかしきふみなるを、（中略）これらの集をもとゝして猶たらざるには、家々の家集、はた定家中納言、家隆二位などの自撰集などよりぬき出て」と記述したうえ、具体的には各歌の頭に撰集名や私家集名を記した集付（出典注記）を注記している。この記事を参考にして、本集の撰集資料を特定するために、さらに検討を進めてみると、これも春部の事例のみだが、次の、

23　雪きえばゑぐのわかなもつむべきに春さへはれぬみ山べの里　（山家早春・万・好忠・五〇）
24　梓弓はるのしるしや是ならん霞たなびく高まどの山　（霞知春・万・資盛・九三）
25　梅の花匂はぬほどぞまたれける香をとめてくる鴬の声　（待鴬・万・右大臣・一四二）

26　片岡の雪まにきざすわか草のはつかにみえし人ぞ恋しき　（雪間若草・万・よし忠・三〇三）
27　道芝もけふははる〴〵青みはらおりゐるひばりかくろへぬべみ　（雲雀・万・好忠・三八二）
28　あはれにも空にさへづるひばりかな芝ふのすをばおもふものから　（雲雀・万・俊成・三八三）
29　春をやくひかりはおなじ梢にてわきて名にたつひ桜の花　（緋桜・現・為家・四〇四）
30　梢には今はながらの山桜はなちりてけり志賀のうら浪　（湖上落花・万・恵円・七一八）
31　浦近く梢をはらふ春風に花の苫ふくあけのそほ舟　（海辺落花・万・長真法師・七一九）
32　高砂の尾上の桜風ふけば花咲わたる浦のしら浪　（海辺落花・万・〈季能〉・七二〇）
33　白雲にまがへし花は跡もなしやよひの月ぞそらに残れる　（三月・万・入道前太政大臣・一〇二八）

の23～33の十一首には、出典注記に誤記が認められるのだ。すなわち、本集では23・26の二首に「万」の集付があるが、実は「後葉集」が正しく、同じく24・25・30～32の五首の「万」は「月詣集」が正しい注記であり、27・28の二首に付された「万」の集付は、実は「夫木抄」が正しく、29の詠の「現（存六帖）」は、実は「新撰六帖」の誤記であり、33の詠の「万」は、実は「新勅撰集」の誤記であるという具合である。したがって、本集に付された集付（出典注記）がすべて正確になされているとはいいがたいけれども、これらの十一首を除いた五千七百七十三首（実数ではなく、延べ数）の収載状況を調査すると、おおよそ次頁の〈表5〉のとおりである。

この〈表5〉によって、本集が『万代集』と個人の歌集（私家集）を主要な撰集資料として編纂している実態を窺知することができ、本集の収載歌からみた性格の一端が知られて興味深いが、このうち、私家集と自撰集の内実（内容）を具体的に示すならば、次のごとくである。

まず、自撰集については、編者が跋文で言及しているように、定家・家隆・隆祐の私家集が撰集資料になっているが、「自」の集付のもとには、これらの三歌人のほかに、後鳥羽院と寂蓮の私家集も撰集資料として加わっている。

次に、私家集について、個人名で私家集名を表示すれば、次のとおりである。

伊勢集・為仲集・家持集・家隆集（玉吟集）・雅経集（明日香井集）・貫之集・基俊集・躬恒集・匡衡集・興風集・経信集・建礼門院右京大夫集・兼昌集・兼盛集・兼澄集・兼輔集・顕季集・顕綱集・顕昭集・顕輔集・元輔集・公忠集・好忠集・後鳥羽院集・国基集・師季集・紫式部集・資季集・寂然集（唯心房集）・重之集・俊忠集・俊頼集（散木奇歌集）・順集・順徳院御集（紫禁和歌集）・小宰相集・小大君集・小町集・小馬命婦集・信明集・清正集・清輔集・赤人集・赤染衛門集・千里集・宗于集・相模集・中務集・仲綱集・仲実集・忠見集・忠度集・忠峯集・忠良集・長済集・長能集・長方集・朝忠集・定頼集・土御門院御集・道因集・道済集・能因集・能宣集・弁内侍集・友則集・頼基集・頼綱集・頼実集・隆祐集・俊恵集（林葉集）・和泉式部集

〈表5〉本集の撰集資料一覧表

撰集資料	歌数
万代集	二六五四首
私家集	一八四一首
続詞花集	六三〇首
自撰集	二六八首
秋風抄	二二七首
現存六帖	一五三首
計	五七七三首

以上が撰集資料の視点からみた本集の実態的特徴だが、次に、収載歌人の視点から本集の実態をみると、どのような特徴が見られるであろうか。この問題については、すでに試みた私家集の整理からある程度の傾向は窺知されようが、本集に収載される歌人の全体像については未知数であるので、次に、この点から本集の属性に言及してみようと思う。

五　収載歌の問題――詠歌作者の視点から

それでは、本集に収載される詠歌歌人の実態はどのようなものであろうか。この点について、撰集資料別に調査してみると、次のような結果を得ることができる。

まず、本集における『万代集』の詠歌作者の収載状況は、次頁の〈表6〉とおりである。

この〈表6〉の整理によって、本集に収載される『万代集』二千六百五十四首のうち、五十二・四パーセントが十首以上の歌人の詠歌で占められている実態が窺知されよう。ところで、『万代集』の主要歌人は、和泉式部（一二一首）を筆頭に、家隆・定家・後鳥羽院（各六七首）、西行・貫之（各五四首）、好忠（四三首）、俊頼（四一首）のごとくで、そのほか俊成・道家・実朝・相模・定頼・為家・土御門院・忠良・道済・隆信・匡房・順徳院・恵慶・良経・信実・躬恒・伊勢・実定・長方・花山院・小弁・基俊・覚性法親王・公任・実氏・行意・慈円・実経・俊恵など中古・中世の著名歌人が名を連ねていて、本集の主要な収載歌人との比較を試みるならば興味深いが、ここでは個々の撰集資料と本集との比較検討は省略することにして、最後に、全撰集資料の本集における歌人収載状況について、言及することにしたいと思う。

ちなみに、本集に『万代集』から抄出の九首以下の収載歌人を列挙すれば、以下のとおりである。

〔九首収載歌人〕基家・基良・具平親王・経衡・公継・孝標女・国信・式子内親王・順・赤染衛門・増基・丹波（宜秋門院）・道命・兵衛（上西門院）・弁内侍

〔八首収載歌人〕神祇伯顕仲・元真・元良親王・行尊・高遠・周防内侍・俊恵・成助・成茂・良実・六条（八条

〈表6〉『万代集』の十首以上収載作者一覧表

	作者	歌数
1	読人不知	七〇首
2	好忠	六一首
3	後鳥羽院	五七首
4	定家	五〇首
5	家隆	四三首
6	西行	三九首
7	貫之	三四首
7	実朝	三四首
9	俊成	三一首
10	土御門院	二七首
11	定頼	二六首
11	相模	二六首
13	恵慶	二三首
13	忠通	二三首
13	良経	二三首
16	匡房	二二首
16	顕輔	二二首
16	実定	二二首
16	順徳院	二二首
20	基俊	二一首
20	隆信	二一首
20	忠良	二一首
23	伊勢	二〇首
23	公任	二〇首
23	為家	二〇首
26	躬恒	一九首
27	花山院	一八首
27	小弁	一八首
27	師光	一八首
27	信実	一八首
31	実方	一七首
31	長方	一七首
31	経信	一七首
31	実氏	一七首
31	道家	一七首
36	和泉式部	一六首
36	下野	一六首
36	実経	一六首
36	公経	一六首
36	知家	一六首
36	行意	一六首
42	村上天皇	一五首
43	頼政	一四首
43	讃岐	一四首
43	寂蓮	一四首
43	覚性法親王	一四首
47	清輔	一三首
47	大輔	一三首
47	実房	一三首
47	顕昭	一三首
47	有家	一三首
47	慈円	一三首
53	醍醐天皇	一二首
53	小町	一二首
53	能因	一二首
53	兼盛	一二首
53	斎宮女御	一二首
53	高倉	一二首
53	少将	一二首
53	兼輔	一二首
53	俊頼	一二首
62	通光	一一首
62	俊成女	一一首
62	隆祐	一一首
65	中務	一〇首
65	行能	一〇首
65	重之女	一〇首
65	仲実	一〇首
65	嘉言	一〇首
合計		一三九〇首

院）

〔七首収載歌人〕越前・雅成親王・教実・兼直・高明・重之・重時・小宰相・素性・忠峯・道助法親王・頼宗

〔六首収載歌人〕伊家・家持・家長・季経・御匣・公能・光孝天皇・若水・少将内侍（後深草院）・摂津（二条太皇太

后宮）・中納言（好子内親王家）・朝忠・道綱母・馬内侍

〔五首収載歌人〕伊忠・河内・家良・堀河（待賢門院）・経家・慶政・元輔・公相・光俊・行家・師時・師俊・実雄・秀能・小侍従・小大進・信明・深養父・忠見・朝光・能宣・範兼・隆季・良暹・蓮生

〔四首収載歌人〕伊成・伊通・為仲・宇多天皇・雅経・雅定・覚忠・季広・基氏・業平・兼実・公実・光頼・高弁・興風・山田・師輔・資季・資実・実有・寂然・守覚法親王・重家・彰子・真昭・崇徳院・清慎公・千里・仲正・道経・範永・肥後・別当（皇嘉門院）・頼実・頼通

〔三首収載歌人〕安芸・按察・伊勢大輔・為長・家衡・加賀左衛門・桧垣嫗・懐子・紀伊・経正・兼経・兼宗・謙徳公・顕氏・公忠・師季・師継・師実・資子内親王・資隆・実家・実国・寂超・上総・親盛・成実・成宗・成範・政村・素俊・但馬（藻壁門院）・忠経・忠定・忠度・長時・通具・通俊・通親・通忠・定嗣・登蓮・道済・道時・道真・道信・敦忠・内侍（二条院）・梅壷女御・美作・遍昭・輔尹・頼基・頼氏・頼資・頼輔・良教

〔二首収載歌人〕伊平・為教・為綱・為忠・惟経・惟成・惟方・惟明親王・一条・永縁・円融院・雅兼・雅光・雅重・覚弁・宮内卿・匡衡・教長・駒・具親・慶増・経信母・経通・兼家・兼澄・兼覚・兼房・顕季・顕実・顕頼・五節・公基・公教・公衡・公猷・光行・行成・行遍・幸清・高光・康頼・国通・三河内侍・師頼・資季・資賢・資長・二条院・式部（禖子内親王家）・実綱・秀能・小式部内侍・信生・信通・新少将・人麿・是則・正家・清正・盛方・宣旨（六条院）・素覚・宗于・尊海・大弐（修明門院）・大弐三位・仲綱・忠季・忠教・忠兼・忠信・長家・長明・鳥羽院・通氏・枇杷皇太后宮・武蔵・輔仁親王・民部卿典侍・友則・隆家・隆方・隆房・良印・良暹・良平・蓮生・六条右大臣室・靫負・靫負乳母

〔一首収載歌人〕安麿・安法・伊長・為義・為経・為継・為氏・為真・為成女・為宗・為冬・為房・惟規・惟信・

惟親・惟範・印性・永観・永源・永実・永超・円経・延光・遠江乳母・遠仲・穏子・加賀・家経・家俊・雅通・戒覚・戒秀・戒善・覚円・覚延・覚綱・覚寛・覚成・希世・季宗・季通・季能・基俊女・基政・基貞・義懐・義孝・義忠・義通・御息所・教縁・教雅・教定・具実・堀河院・堀河女御・恵秀・経季・経光・経盛・経長・経朝・経定・経平・兼基・兼光・兼氏・兼澄・権大夫（七条院）・賢実・賢清・顕縁・顕信・顕仲女・顕房・元昭・元性・元方・源縁・公量・公通・甲斐・光成・孝行・行円・行資・行盛・行宗・行平・後二条院・後冷泉院・康光・篁・国房・黒主・左衛門・左衛門佐・佐渡・嵯峨天皇・斉信・宰相内侍・最智・在良・三河・三条院・讃岐（二条院）女・師重・師尚・師俊女・師忠・師通・資慶・資仲・資忠・資通・二条贈左大臣・侍従乳母・時昌・時信・時朝・時範・時房・時明・式部命婦・実位・実基・実行・実守・実政・寂念・修範・重基・重光・重之母・重氏・重資・重通・出羽・出羽弁・春誓・俊実・俊成母・俊忠・俊平・小左近・小大君・小命婦・少将乳母・勝命・浄意・浄覚・信円・信成・信忠・信濃・真如・親継・仁俊・尋範・帥（鷹司院）・成家・成清・成仲・政長・清忠・盛方妻・聖武天皇・静仁親王・宣経・選子内親王・膽西・禅寂・禅性・宗円・宗俊・宗尊親王・宗能・宗方・多・中宮上総・忠遠・忠兼・忠継・忠光・忠盛・町尼子・長綱・長実・長能・長頼・澄舜・通季・通成・通房・定雅・東三条院・道意・道勝・敦道親王・内蔵・能季・禖子内親王・白河院・伯耆・博雅・八条院・範円・範国・範宗・範輔・枇杷后・備前・敏行・文逸・文範・平城天皇・保季・保光・保重・輔恵・明教・明尊・右近・有教・有綱・有仁・有長・祐盛・陽明門院・頼経・頼信・頼朝・隆衡・隆親・隆誉・良算・良守・良助・良清・倫円・琳賢・冷泉院

次に、私家集の視点から本集への収載歌人の動向について、検討してみよう。この問題については、すでに具体的な私家集名を列挙しておいたので、本集の編者がどのような私家集に関心を抱いていたかについては、おおよその傾向は窺知されていたわけだが、ここで改めて、本集に収載される私家集のうち、十首以上の例歌（証歌）を収載する私家集を列挙するならば、〈表7〉のとおりである。

この〈表7〉の整理によって、本集に収載される私家集の総歌数千八百四十一首のうち、九十三・八パーセントが十首以上の収載歌をもつ私家集で占められている実態が明らかになろう。就中、堀河院歌壇の中心人物で『金葉集』の撰者でもあった源俊頼と、その子息で歌林苑を主催した俊恵の父子の私家集が圧倒的多数を占めるなか、平安中期最高の女流歌人であった和泉式部の集がこれに続き、さらに白河院歌壇の中核であった藤原顕季の集、『古今集』の撰者の中心人物で指導的役割を担った紀貫之の集が陸続するという様相を呈している。要するに、私家集の場合、順徳院の『紫禁和歌集』を除くならば、総じて平安時代の私家集が主要な撰集源となっていると言えるであろう。

ちなみに、九首以下の収載歌の私家集は、次のとおりである。

〈九首収載の私家集〉　兼澄集・重家集
〈七首収載の私家集〉　定頼集・建礼門院右京大夫集
〈五首収載の私家集〉　忠見集
〈四首収載の私家集〉　兼盛集・兼輔集・顕輔集・素性集
〈三首収載の私家集〉　家持集・忠度集・忠峯集・頼基集

〈表7〉　十首以上の収載歌をもつ私家集一覧表

	集名	歌数
1	林葉集	四五六首
2	散木奇歌集	二八八首
3	和泉式部集	二〇二首
4	顕季集	一二九首
5	貫之集	九一首
6	道済集	八九首
7	長方集	八〇首
8	好忠集	七六首
9	紫禁和歌集	七〇首
10	長能集	五〇首
11	国基集	三三首
12	順集	二四首
13	顕綱集	二二首
14	寂然集	二〇首
15	頼実集	一九首
15	元輔集	一九首
17	為仲集	一八首
18	能宣集	一六首
19	躬恒集	一五首
20	伊勢集	一〇首
合計		一七二九首

〔二首収載の私家集〕　興風集・兼昌集・小宰相集・信明集・赤人集・長済集・朝忠集・友則集・隆祐集

〔一首収載の私家集〕　壬二集・明日香井集・基俊集・匡衡集・経信集・顕昭集・公忠集・後鳥羽院御集・師季集・紫式部集・資季集・俊忠集・小大君集・小町集・小馬命婦集・清正集・清輔集・赤染衛門集・千里集・宗于集・相模集・中務集・仲綱集・仲実集・忠良集・土御門院御集・道因集・能因集・弁内侍集・頼綱集

次に、『続詞花集』の詠歌作者の収載状況は、次の〈表8〉のとおりである。

〈表8〉『続詞花集』の五首以上収載作者一覧表

	作者	歌数
1	読人不知	三四首
2	崇徳院	一五首
2	覚性法親王	一五首
4	匡房	一二首
5	俊頼	一〇首
6	赤染衛門	九首
6	経信	九首
8	道済	八首
9	能因	七首
9	行宗	七首
9	顕季	七首
9	堀河（待賢門院）	七首
9	俊成	七首
14	元輔	六首
14	肥後（京極前関白家）	六首
14	基俊	六首
14	顕輔	六首
14	二条院	六首
19	好忠	五首
19	嘉言	五首
19	通俊	五首
19	雅重	五首
19	顕方	五首
19	範綱	五首
19	教長	五首
19	俊恵	五首
合計		二一七首

この〈表8〉の整理によって、本集に収載される『続詞花集』六百三十首のうち、三十四・四パーセントが五首以上の歌人の詠歌で占められているという実態が知られよう。なお、『続詞花集』自体の主要歌人は、崇徳院（一九首）を筆頭に、覚性法親王（一六首）、元輔・道済・和泉式部（各一三首）、堀河（待賢門院）・赤染衛門（各一二首）のとおりで、以下、能因・匡房・俊頼・基俊・顕輔・実方・道命・経信・顕季・忠通・兵衛（上西門院）・俊成・好忠・行尊・行宗・教長・二条天皇（一一首から七首）などと続く。この収録状況はおおよそ、本集に収載の主要歌人の傾向とほぼ符合しているようだ。ちなみに、四首以下の詠歌歌人は、以下のとおりである。

〔四首収載の詠作者〕　為忠・永縁・雅光・経衡・公

行・公実・公重・忠季・長能・定頼・能宣・範永・頼通・隆縁

〔三首収載の詠作者〕伊通・為尭・越後・覚雅・季通・顕昭・神祇伯顕仲・公経・行慶・国基・国信・三河（法性寺入道前関白家）・資隆・実行・実清・重家・小大君・小大進・親隆・政平・相模・仲実・忠通・登蓮・道命・馬内侍・範兼・弁乳母・頼家・頼宗・和泉式部

〔二首収載の詠作者〕伊家・為真・惟成・維光・永実・家経・雅兼・雅定・雅頼・覚忠・季経・具平親王・経忠・兼房・賢智・顕綱・公通・公能・孝善・高遠・斎院中将・斎宮女御・三河内侍・師時・師俊・師頼・資業・時房・実国・実資・実重・実能・重如・俊重・俊宗・心覚・新少将・親重・成元・成助・成仲・成保・千元・静巌・摂津・宗子・大弐三位・忠盛・道経・道綱母・道信・白河院・兵衛（上西門院）・明兼・右衛門佐（高松宮）・祐盛・頼実・頼政・頼輔・隆資

〔一首収載の詠作者〕あこ丸・安芸・伊行・為言・為親・惟方・意尊・意尊母・永輔・栄職・越前・下野（四条太皇太后宮）・花山院・河内（前斎宮）・家郷・家俊・雅親・雅通・覚延・覚樹・寛暁・季遠・季行・紀伊・義忠・匡衡・教良女・教良母・興風・近衛院・堀河院・恵慶・経重・経章・経信母・経盛・兼文・顕国・顕房・源心・源信・公円・公保・行成・行尊・孝清・宰相（女御殿）・最慶・斎院師・斉信・済円・三宮・三条院・讃岐（二条院）・師賢・師綱・師尚・紫式部・資仲・治部卿（皇嘉門院）・時文・式部命婦・実源・実皷・実綱・実行室・実方・周防内侍・脩範・重之・出雲・俊憲・淳国・如覚・小左近・小侍従・小式部・小弁・少将井尼・勝超・浄円・心覚母・信宗・信通・親経・親佐・正家・成通・成範・西院皇后宮・盛家・盛清・静教・静賢・静蓮・石覚・石見・宣旨・宗延・宗家・宗国・増基・則長・大夫典侍・大輔（殷富門院）・但馬（規子内親王家）・中納言女王・仲正・忠兼・忠実・忠清・忠節・忠命・長実・長成母・澄蓮・通清・定信・道時・道清・道長・道

能・敦隆・能通・枇杷殿皇后宮・尾張（皇后宮）・美濃（皇后宮）・別当（二条太皇太后宮）・兵衛佐（崇徳院）・弁（関白家）・輔以・明賢・頼光・頼信・頼定・頼保・隆季・隆信・良覚・良経・良暹・涼国・冷泉（上西門院）

次に、自撰集（自撰家集）の詠歌作者の収載状況は、上掲の〈表9〉のとおりである。

この〈表9〉によれば、跋文では定家、家隆の名前を具体的に明示しているが、実態は藤原家隆・隆祐父子と同定家の詠歌で占められ、後鳥羽院と寂蓮の詠歌が付加されていることが知られよう。そして、それらの詠歌作者は、いずれも新古今歌人である。

〈表9〉自撰集の作者一覧表

	作者	歌数
1	隆祐	一三〇首
2	家隆	九二首
3	定家	三八首
4	後鳥羽院	七首
5	寂蓮	一首
	合計	二六八首

次に、『秋風抄』の詠歌作者の収載状況は、次頁の〈表10〉のとおりである。『秋風抄』の場合、総歌数が二百二十七首であるため、四首以上の収載歌人を整理、一覧したのが〈表10〉である。

この〈表10〉によって、本集の収載歌『秋風抄』二百二十七首のうち、五十三・七パーセントが四首以上の歌人の詠歌で占められている実態が知られよう。ちなみに、『秋風抄』自体の主要歌人は、道家・信実・家良・為家・知家・実氏・後嵯峨院たちだが、そのほか俊成女・尚侍家中納言・為氏・実経・行家・実雄・公相・良実・兼経と陸続する。ちなみに、本集への『秋風抄』からの入集状況はほぼ、その傾向と合致しているようだ。

なお、三首以下の収載歌人は、次のとおりである。

〔三首収載歌人〕　基良・兼氏・公相・弁内侍・帥（鷹司院）・隆祐・良実

〔二首収載歌人〕　伊忠・為経・為継・為頼・下野・具親・経平・慶政・兼経・兼直・資季・時朝・御匣（式乾門

〈表10〉『秋風抄』の四首以上収載歌人一覧表

	作者	歌数
1	道家	一三首
2	後嵯峨院	一二首
3	信実	一一首
3	家良	一一首
5	為家	九首
5	知家	九首
7	雅成親王	七首
7	実氏	七首
9	基家	六首
9	中納言（尚侍家）	六首
11	実行	五首
11	越前（嘉陽門院）	五首
11	小宰相（承明門院）	五首
14	少将典侍	四首
14	行家	四首
14	行能	四首
14	按察（鷹司院）	四首
合計		一二二首

院）・実雄・成実・少将（藻壁門院）・泰光・但馬（藻壁門院）・忠信・明珍・有長

〔一首収載歌人〕　伊嗣・伊成・伊平・為教・為景・季宗・季保・基綱・基氏・基政・顕氏・行実・孝行・最智・師光・実伊・重時・成茂・宣仁門院・宗氏・大納言典侍・忠兼・忠定・長尋・通成・通忠・定嗣・民部卿（前摂政家）・有教・新参（鷹司院）・隆親・隆専・良教

〈表11〉『現存六帖』の四首以上収載歌人一覧表

	作者	歌数
1	信実	一六首
2	知家	一二首
3	為家	一一首
4	家良	一〇首
5	実経	八首
6	俊成女	五首
6	隆祐	五首
6	少将（藻壁門院）	五首
9	後嵯峨院	四首
9	実氏	四首
9	基良	四首
9	按察（鷹司院）	四首
合計		八八首

最後に、『現存六帖』の詠歌作者の収載状況は、上掲の〈表11〉のとおりである。この場合も、収録歌数が百五十三首の少数であるため、四首以上の歌人を整理、一覧したのが、〈表11〉である。

この〈表11〉によって、本集の収載歌百五十三首のうち、五十七・五パーセントが四首以上の歌人の詠歌で占められている実態が明白になる。ちなみに、『現存六帖』の完本は伝存しないが、呉文炳旧蔵本（八百七十五首収載）における主要歌人は、信実（七〇首）、知家（六五首）、為家（六二首）、家良（五六首）、道家（三六首）、実経（二九首）、基家（二一首）、実氏（二〇首）、行家（一五首）、後嵯峨院（一二首）のとおりで、以下、真観・実雄・公相・良実・兼輔と続く。ちなみに、本集への『現存六帖』からの抄出は、『現存六帖』における収載状況とほぼ同傾向といえるであろう。

なお、三首以下の収載歌人は、以下のとおりである。

〔三首収載歌人〕　基家・公相・行能・雅成親王

〔二首収載歌人〕　為継・行宗・孝行・資季・御匣（式乾門院）・少将内侍・浄忍・随心・成茂・帥（鷹司院）

〔一首収載歌人〕　為経・越前（嘉陽門院）・円地・覚仁・基久・基氏・義淳・兼盛・顕朝・最智・実雄・重時・春撰・大弐（修明門院）・但馬（藻壁門院）・仲業・仲実・通成・定嗣・尾張・有長・隆俊・良実

以上、本集の収載歌五千七百七十三首について、収載歌人の視点から、撰集資料別に調査し、各撰集資料からみた本集の属性に言及したが、ここで本集の収載歌全体からみた収載歌人の傾向について、十首以上の収載歌人を整理、一覧したのが、次頁の〈表12〉である。

この〈表12〉によれば、本集に収載される五千七百七十三首のうち、十首以上の歌人が六十八・八パーセントを占める実態が窺知され、この歌人収載状況から、本集の歌人面からみた特徴をかなり明白にすることができるであろう。すなわち、本集の第一の特徴は、院政期の歌人で、三代集的な規範を越えて歌境の拡大と歌題面の清新さの開拓に専念し、組題百首をはじめて企図して『堀河百首』を成立させた源俊頼、俊恵父子の詠歌が圧倒的多数をしめて、他の歌人を凌駕している点であろう。この時期の歌人には、ほかに津守国基・俊頼の父源経信・藤原基俊・同忠通・崇徳院・賀茂成助などが名を連ねている。その第二の特徴は、新古今時代の歌人で、後鳥羽院から「建久のころほひより、名誉もいできたり。（中略）秀歌ども詠み集めたる多さ、誰にもすぎまさりたり。たけもあり、心も珍しく見ゆ」（後鳥羽院御口伝）と激賞された藤原家隆と、同じく後鳥羽院から「今度十首（嘉禎三年遠所十首歌）、故入道（家隆）がありし時よりも猶かさまさりて御覧ずる也」と激励された同隆祐父子の詠歌が、次いで多量に収載されている点である。

〈表12〉　本集の十首以上の収載歌人一覧表

	作者	歌数
1	俊恵	四六九首
2	俊頼	三一〇首
3	隆祐	一五一首
4	好忠	一四二首
5	顕季	一三八首
6	家隆	一三六首
7	貫之	一二五首
8	読人不知	一〇四首
9	道済	一〇〇首
10	長方	九七首
11	順徳院	九二首
12	定家	八八首
13	後鳥羽院	六五首
14	長能	五五首
15	信実	四五首
16	為家	四〇首
16	道家	四〇首
18	西行	三九首
19	俊成	三八首
20	定頼	三七首
21	国基	三六首
22	躬恒	三四首
22	実朝	三四首
24	順	三三首
25	顕輔	三二首
26	伊勢	三〇首
26	元輔	三〇首
26	相模	三〇首
29	覚性法親王	二九首
30	基俊	二八首
30	土御門院	二八首
30	知家	二八首
30	実氏	二八首
34	経信	二七首
35	忠通	二六首
35	為仲	二六首
35	家良	二六首
38	能宣	二五首
38	頼実	二五首
40	恵慶	二四首
40	寂然	二四首
40	良経	二四首
40	俊成女	二四首
40	顕綱	二四首
40	実経	二四首
46	隆信	二三首
47	和泉式部	二二首
47	実定	二二首
47	忠良	二二首
50	公任	二〇首
51	下野	一九首
51	公経	一九首
51	能因	一九首
51	斎宮女御	一九首
51	少将	一九首
51	崇徳院	一九首
51	赤染衛門	一九首
51	花山院	一九首
51	師光	一九首
51	小弁	一九首
61	実方	一八首
62	兼盛	一七首
62	行能	一七首
62	雅成親王	一七首
62	重家	一七首
66	行意	一六首
66	頼政	一六首
66	兼輔	一六首
66	後嵯峨院	一六首
66	基良	一六首
66	重家	一六首
72	村上天皇	一五首
72	讃岐	一五首
72	寂蓮	一五首
72	嘉言	一五首
76	清輔	一四首
76	大輔	一四首
76	小宰相	一四首
76	越前	一四首
76	弁内侍	一四首
81	実房	一三首
81	有家	一三首
81	慈円	一三首
81	小町	一三首
81	中納言	一三首
81	経衡	一三首
87	醍醐天皇	一二首
87	高倉	一二首
87	堀河	一二首
87	少将内侍	一二首
87	国信	一二首
87	道命	一二首
87	良実	一二首
94	素性	一一首
94	具平親王	一一首
94	兼澄	一一首
94	按察	一一首
94	通光	一一首
94	中務	一一首
94	兵衛（上西門院）	一一首
94	神祇伯顕仲	一一首
94	成茂	一一首
103	重家女	一〇首
103	仲実	一〇首
103	行宗	一〇首
103	肥後	一〇首
103	増基	一〇首
103	高遠	一〇首
103	成助	一〇首
103	忠峯	一〇首
103	忠見	一〇首
合計		三九七二首

そのほかの新古今歌人としては、藤原定家・後鳥羽院・西行・藤原俊成・同良経・寂蓮などが名を連ねる一方、隆祐と同時代の歌人としては、後嵯峨院時代の藤原信実・同為家・同道家・六条知家・西園寺実氏などが目立っている。その第三の特徴は、和歌の用語や語法の新奇さなど特異な措辞が目立つ『拾遺集』初出歌人の曾禰好忠の詠歌が数多収載されている点であり、この特徴は、本集の集名の『中古和歌類題集』と関係がありそうで、好忠のほかに名前のみえる「中古三十六歌仙」は、道済・長能・定頼・相模・恵慶・和泉式部・公任・能因・赤染衛門・実方・増基・高遠・嘉言・道命のとおりである。その第四の特徴は、紀貫之をはじめとする古今時代の歌人の詠歌が目立つ点である。この時期の歌人には、ほかに凡河内躬恒・伊勢などが名を連ねる一方、読人不知の詠歌も目立っている。

ちなみに、本集に収載される歌人は、その出典資料から知られるように、『続詞花集』が永万元年（一一六五）中の成立、『万代集』が宝治二年（一二四八）夏頃の成立、『秋風抄』が建長二年（一二五〇）四月の成立、『現存和歌六帖』が同年九月ごろの成立であることから、建長二年九月より以前に活躍した歌人たちであることはいまさら言うまでもない。

六　編纂目的と成立などの問題

それでは、本集はいかなる目的で編纂し、刊行されたのであろうか。この問題については、すでに断片的には多少言及してきたが、ここで改めて検討してみよう。

まず、本集の編纂目的については、編者の蓮阿が跋文で、次のように述べている記述が参考になろう。

ひと日ふみあきびと文微堂のあるじ、おのれにあつらへいへらく、「中むかしの哥をあまたつどへ、類題になしてよ」とあるに、「そはいかさまにしてよからむ」といへば、「よに『続詞花集』『萬代集』『秋風抄』などいへるはいとをかしきふみなるを、いまだすり巻に見えざるもあかぬこゝちのし侍れば、これらの集をもと、して、猶たらざるは、家々の家集、はた定家中納言、家隆二位などの自撰集などよりぬき出てあるが中に、ちひさきとぢ巻となさばいかゞあらん」といはるゝに、「そは世の哥人たちのため、いともめでたからん」と、うけがひ、やがて筆おこしてかくものせしなりけり。さて、物するに、哥ごとに集の名をしも、皆ながらしるさんもわづらはしかれば、かしらのもじひとつを、哥のかしらにあげつ。見む人、さこゝろえたまへといふは。聴雨庵蓮阿

この跋文を要約すれば、本屋の文微堂の主人からある日、蓮阿に「中むかしの歌」を数多く集めて類題集を刊行するように依頼があった。そこで蓮阿がその類題集の編纂方針について尋ねると、文微堂の主人からは、『続詞花集』『萬代集』『秋風抄』などは版本としてまだ刊行されていないので、これらの私撰集を基本にして、それに個人の私家集や藤原定家・同家隆の「自撰集」（自撰家集）などを補足して編纂してもらえるならば、「世の歌人たち」にとって格好の出版物ができるのではないか、と返答があった。このようなわけで、依頼主の要望に沿って蓮阿が編纂を試み、歌題と例歌（証歌）の間に、前記の集付（出典注記）の頭一字を付すという体裁の類題集『中古和歌類題集』を完成させたのであった、という趣旨である。

この跋文で編纂目的を示唆する記事としてまず注目されるのが、「中むかしの歌」による類題集の撰集資料として、父藤原顕輔撰の『詞花集』の集名を踏襲して六条家の伝統を世に宣揚すべく、子息の清輔によって撰集された平安後期に成立の『続詞花集』と、後嵯峨院時代の第十番めの勅撰集『続後撰集』（藤原為家撰）に対抗して、反御子左派のグループにより編纂された『万代集』『秋風抄』『現存和歌六帖』などの私撰集を、本集がそれぞれ撰集対象とするという記述内容であろう。ちなみに、この類題集で扱う「中むかしの歌」が、二条天皇から後嵯峨天皇のころまでの詠

作を意味することも、この跋文から確認される事柄であるが、蓮阿の当代に、版本として刊行をみていないという流布状態も、編纂条件として加味された事柄であった。

ところで、撰集資料として『続詞花集』が撰集対象に選ばれた理由については、それが御子左家の藤原俊成と拮抗する六条藤家の支柱であった清輔の編纂物で、その清輔の選歌眼が、当代歌人の詠歌をほぼ公正に採録している撰集内容から、後続の俊成撰の『千載集』や定家ら撰の『新古今集』の撰集源として活用される一方、勅撰集以上に当代の社会的現実を反映した撰集になっている属性が、編者の蓮阿には格好の撰集資料と把握されたのであろう。このことは、さきに言及したように、後嵯峨院時代の第十番めの勅撰集『続後撰集』（藤原為家撰）に対抗して、反御子左派のグループにより編纂された『万代集』『秋風抄』『現存和歌六帖』などの私撰集が、後嵯峨院時代以降の勅撰集の手ごろな撰集源として利用され、これらの私撰集からの採歌がかなりの量にのぼっている現象と、軌を一にしている重要な共通点と言えるであろう。

ちなみに、近世後期の歌学書『八雲のしをり』（間宮永好著）は、『万代集』について「歌の山口に入立に入るべき道おほかめり。（中略）新撰萬集・古今六帖・萬代集・歌仙家集、さては後堀河院の頃までの私撰・私家・百首・千首・歌合の類なども一わたりよむべし。」と、また、『秋風抄』についても「物語書の歌は一つ姿ありて、詞書の題、又は贈答の歌などよみ習ふに便よし。秋風抄――は古き物語の歌を集めたるものなれば、必ずみるべきものなり。」と言及しているが、ともに両私撰集の価値に触れる見解として参考にはなろう。

次に、藤原定家と同家隆の「自撰集」を撰集対象にしている理由については、両歌人が新古今時代を代表する巨匠であることから、いまさら贅言の必要はなかろうが、ただ近世期の歌学書のうち、心月亭孝賀が師の飛鳥井雅章の講説を記録した『尊師聞書』に、「資慶卿は拾遺愚草をはなたずみられしと仰せらるゝ也」と、烏丸光雄の口述を岡西惟中が記した『光雄卿口授』に、「拾遺愚草、故大納言（資慶）殿のつねに翫び給ひしとなり」と、三条西実教の歌道の言説を正親町実豊が書き留めた『和歌聞書』に、「通村公は近年は拾遺愚草を常に被見たると云々」と、各々、『拾遺愚草』に言及されている記述は参考になろう。とはいえ、『拾遺愚草』も『壬二集』も、霊元天皇が父後水尾院や道晃親王からの聞書を記した『麓木鈔』に、「家三代集、古今覚たる後は人の口にある秀歌覚ゆべし。新古今同前。長秋詠草《（ママ）》、拾遺愚草、玉吟、是等は先今の内は無用也」とみえるように、題詠の入門期の人びとへの参考歌集というよりは、題詠歌を詠作する準備がある程度整った段階の人びとへの参考歌集として位置づけられているように思われる。それは、『光雄卿口授』に、「拾遺愚草、かたのごとくよき物なれども、みる人によるべし」とか、武者小路実陰の口述を似雲が筆録した『詞林拾葉』に、「定家卿の拾遺愚草のやうに心がけたるよきなど丶、どこやらからいひ出て、歌の体うつくしげなし。拾遺愚草の体などは、いたりたるうへの事也。今時の未熟の者の左様心得ては、歌の体いかばかり角立てよろしからず」とか、萩原宗固編『雲上歌訓』に、「烏丸光栄公消息」として「惣て稽古教訓に、其段有之事に候。何の道も如此候。拾遺愚草は、熟覧吟味のことも、修行純熟之上の事にて免之事に候」と記述されている記事から明白であろう。

以上、蓮阿が企図した類題集の撰集資料について、各々、個別に検討を加えたみたが、いずれの撰集資料も、蓮阿が編纂目的とした「中むかしの哥」を収載する歌集として、所期した範疇を越えるものではなく、むしろこの時期に編纂する類題集としての属性を十二分にもつ撰集資料であることが証明されたと言えるであろう。

ところで、本集の成立時期の問題については、いかがであろうか。この問題については、出典資料の実態から後嵯峨院以降の成立であることは言を待つまいが、残念ながら、現時点では、内部徴証からそれを特定することは不可能である。ただ、本集の版本の刊行年時については、本項で底本とした刈谷市中央図書館蔵の版本が、刊行不詳の版本であるため不詳であるが、東北大学狩野文庫・書陵部御所本・松浦史料博物館などに伝存する版本には、文政二年（一八一九）の刊記が存するので、本書が文政二年に刊行され、流布をみたことは明白である。

ちなみに、本集の成立時期については、現在特定不可能であるが、編者の生存期間が筆者の推定では、本節IIの「聴雨庵蓮阿編『仮名類題和歌集』の成立」で言及しているとおり、明和三年（一七六六）に誕生し、天保三年（一八三五）に六十八歳で没している事情から、本集が刊行年の直前ごろには成立していたと推測することは許されるのではなかろうか。なお、蓮阿の『仮名類題和歌集』の成立については、筆者は、文政元年（一九一八）の成立と推定している。

最後に、本集の近世類題集成立史における位相に言及するならば、本集のごとき特定の限られた撰集資料による類題集は近世期にはそれほど多く出版されているわけではないが、ここで便宜的に出版略年表を掲げるならば、次のとおりである。

元禄八年（一六九五）　草庵和歌集類題（蜂谷又玄編）
元禄九年（一六九六）　三玉和歌集類題（松井幸隆編）
寛永元年（一七〇四）　類題六家集（藤原伊清編）
安永三年（一七七四）　古今和歌集類題（松井幸隆編）
寛政八年（一七九六）　五葉類題和歌（谷胤昌写）
　同　　　　　　　　　三槐和歌集類題（慈延編）
文化九年（一七九七）　山家集類題（松本柳斎編）
文化十年（一八二三）　草根集類題（安田躬弦編）

文化十四年（一八一七）　和歌類葉集（大江茂樹編）
文政二年（一八一九）　中古和歌類題集（蓮阿編）
文政五年（一八二二）　三家類題抄（森広主・市岡猛彦編）
文政九年（一八二六）　独看和歌集（松平定信編）

このうち、『五葉類題和歌』は『霞関集』（寛政七年〈一七九五〉頃の成立か）の作者、磯野政武・横瀬貞臣・近藤保好・同孟卿・津村正恭の和歌を類題したものだが、編者未詳。『三槐和歌集類題』は中院通村・同通茂・同通躬の三代の家集の類題集。『和歌類葉集』は源頼政・藤原清輔・源実朝の家集を部類したもの(1)。『三家類題抄』は新古今時代の藤原良経・同定家・同家隆の家集を部類した類題集(2)。『独看和歌集』は後鳥羽院と六家集の詠歌を部類したもの(3)。

ここで当該類題集の史的展開を略述する前に、古典和歌を例歌（証歌）とする近世類題集の大枠に言及するならば、まずその嚆矢が後水尾院撰の『類題和歌集』であり、その完結が霊元天皇撰の『新類題和歌集』であるとまとめて問題はなかろうが、これらの純正な類題集が隆盛する状況のなか、近世期には目的を異にする種々様々な類題集が刊行をみたことは周知の事柄であろう。このような類題集の成立状況のなかで、派生的に『古今集』や『源氏物語』などの単独の作品を撰集資料とした類題集が生まれることになったわけだが、それが『古今和歌集類題』であり、『源氏物語』の詠歌を部類し、類題集にしたのが『おきつ浪』であった。この系譜には、これらの類題集に先立って板行され、殊に堂上歌人に愛好された『草庵和歌集類題』があって注目されるが、以後、『山家集類題』や『草根集類題』などと著名歌人の単独作品の類題集の出版、刊行が陸続した。

ところで、単独歌人の家集の類題集化とともに、複数の歌人の歌集の類題集化も進み、『草庵和歌集類題』が刊行された翌年には、後柏原天皇の『柏玉集』、三条西実隆の『雪玉集』、下冷泉政為の『碧玉集』の三集を部類した『三玉和歌集類題』が刊行され、これが好評を博したため、寛政四年（一七九二）には再版も行われた。この系譜下には、このほか、『秋篠月清集』『拾玉集』『長秋詠藻』『拾遺愚草』『壬二集』『山家集』の六家集を部類した『類題六家集』[4]、および藤原良経・同定家・同家隆の家集で部類した『三家類題抄』、さらに『後鳥羽院御集』と六家集からの抄出歌で部類した『独看和歌集』などがあって、これらの三集はともに、新古今集歌人による類題集という共通点をもつ類題集である。

一方、『和歌類葉集』は前述したように、源頼政・藤原清輔・源実朝の家集による類題集であって、平安後期から中世前期に成立の家集による類題集であって、『続詞花集』『万代集』『秋風抄』『現存和歌六帖』などを撰集資料とする本集と多少共通する側面をもつが、中院通村・同通茂・同通躬三代の家集による『三槐和歌集類題』と、『霞関集』に収載される古学派の五人の歌人の詠歌による類題集である『五葉類題和歌』とはともに、当代の歌人による類題集であって、収載歌人の時代的差異が認められる点に、注意を払う必要があろう。

このようにみてくると、略年譜に掲げた類題集の多様な成立現象は、この時期がその時代的好尚を反映している結果と憶測されようが、そこで本集の位相に言及するならば、本集は、後続する『三家類題抄』と『独看和歌集』とがともに新古今時代の歌人の家集による類題集である点と、本集の直前に成立した、平安後期から中世前期に成立の家集を撰集資料にしている『和歌類葉集』とを勘案してみると、本集は、その撰集資料が、新古今集時代前後に成立した複数の私撰集を撰集資料にしている点で、直前の『和歌類葉集』を本集の直後以降に成立した両類題集を発展的に連続させる役割を一方に担っている反面、他方で、後続の両類題集がともに『新古今集』の有力歌人の家集による事実からみると、その連続性のなかに後嵯峨院歌壇における反御子左派の編者による私撰集が介在するという意味で、後続の両類題集との連続性を超越している側面も指摘されるであろう。

その意味では、本項は、内容面からみたとき、後続の両類題集の成立に一歩先立つ要素をもった類題集として、ややユニークな側面を有する類題集になりえていると認められるのではなかろうか。換言すれば、本集を、後嵯峨院歌壇における反御子左派の編者による私撰集を主要な撰集資料とするという内実からみて、近世期の成立とはいえ、この種の撰集資料をもつ類題集としては、比較的はやい時期に成立した類題集として認めることは許されるのではあるまいか。

七　まとめ

以上、聴雨庵蓮阿編『中古和歌類題集』の成立について、種々様々な視点から基礎的考察を加えてきたが、ここで本項で検討して得られた結果を箇条書きに摘記して示すならば、おおよそ次のとおりである。

（一）　聴雨庵蓮阿編『中古和歌類題集』の伝本は、文政二年（一八一九）刊行の版本と刊年不詳の版本の二種が伝存する。本項では、刈谷市中央図書館蔵の刊年不詳の版本を考察対象にした。

（二）　本集は総歌数（延べ数）五千七百八十四首を収載する中規模の類題集である。

（三）　本集に掲載される歌題については、単独題と結題とがあるが、典拠とした原拠資料に掲載される歌題と例歌（証歌）との関係をみると、原拠資料そのままの場合もあれば、原拠資料に歌題を欠く例歌を適当な歌題下に配置する場合もあるなど、種々様々なケースが認められ、そこには編者の賢しらが多分に反映しているように推測される。ちなみに、本集に採録される歌題の収載率は、『題林愚抄』や『明題和歌全集』に比べると、二倍の収載率であり、その点に本集の類題集としての属性を認めうるのではなかろうか。

（四）　本集の撰集資料は特定の私撰集を中心としており、収載歌数の多い順に具体的に示すと、『万代集』、各人の私家集、『続詞花集』、自撰集（定家・家隆・隆祐など）、『秋風抄』、『現存和歌六帖』などである。

（五）　本集における各撰集資料からの採録状況は、出典不詳の十一首を除いた五千七百七十三首のうち、『万代集』が二千六百五十四首、各私家集が千八百四十一首、『続詞花集』が六百三十首、自撰集が二百六十八首、『秋風抄』が二百二十七首、『現存和歌六帖』が百五十三首のとおりである。

（六）　本集に収載される歌人のベスト二十位は、1俊恵（二六九首）、2源俊頼（三一〇首）、3藤原隆祐（一五一首）、4曾禰好忠（一四二首）、5藤原顕季（一三八首）、6同家隆（一三六首）、7紀貫之（一二五首）、8読人不知（一〇四首）、9源道済（一〇〇首）、10藤原長方（九七首）、11順徳院（九二首）、12藤原定家（八八首）、13後鳥羽院（六五首）、14藤原長能（五五首）、15同信実（四五首）、16同為家・同道家（四〇首）、18西行（三九首）、19藤原俊成（三八首）、20同定頼（三七首）のとおりである。

（七）　本集の編纂目的は、編者の跋文によって知られる。すなわち、本屋の文微堂の主人からの依頼で、蓮阿が「中むかしの歌」を中心とした類題集の編纂を試み、題詠歌を詠作する歌人のうち、多少段階の進んだ人びとへの提供が主たる目的であったようだ。

（八）　本集の成立時期については、現時点では未詳と言わざるを得まいが、版本が流布したのが文政二年（一八一九）であることと、蓮阿の仮名題の類題集『仮名類題和歌集』の編纂が前年の文政元年に完了したらしい事情を勘案するならば、『仮名類題和歌集』に引き続いて、本集の編纂が始められたのではないかと推測することは許されるのではなかろうか。

（九）　本集の近世類題集成立史における位相に言及するならば、特定の撰集資料による類題集という性格の枠組のなかでは、本集は、本集の前後に成立した類題集をつなぐ役割を担う一方、後嵯峨院歌壇における反御子左派の編者による私撰集を主要な撰集資料とするという内実からは、撰集資料面で、後続の類題集の成立に一歩先立つ類題集として位置づけられるのではあるまいか。

（十）編者の蓮阿にとって、類題集の編纂という事業は、仮名題による『仮名題和歌集』の編纂に加えて、真名題による『中古和歌類題集』の編纂完了で、はじめて達成されたと意味づけられるのではなかろうか。

注

（1）拙論「『和歌類葉集』の成立」（『古代中世文学論考　第7集』平成一四・七、新典社）参看。
（2）拙論「森広主・市岡猛彦編『三家類題抄』の成立」（『光華日本文学』第十四号、平成一八・一〇）参看。
（3）拙論「松平定信編『独看和歌集』の成立」（『京都光華女子大学研究紀要』第四十二号、平成一六・一二）参看。
（4）拙論「藤原伊清編『類題六家集』の成立」（『京都光華女子大学研究紀要』第四十三号、平成一七・一二）参看。

II　『仮名類題和歌集』の成立

一　はじめに

筆者はこれまで中世に成立した私撰集および類題集を中心にして研究を進めてきたが、しかし、成立時期が近世であっても、それが室町時代までの詠歌、つまり古典和歌を主要内容とする類題集である場合には、それも研究対象に選んで検討を加え、撰者不詳の『明題和歌全集』や後水尾院撰『類題和歌集』、霊元院撰『新類題和歌集』などに関する論考を公表してきたのであった。

ところで、これらの類題集はいずれも形態的には真名による結題を歌題とする種類のものであったが、近時公表した「高井八穂編『古詞類題和歌集』の成立」（『仏教文学とその周辺』平成一〇・五、和泉書院、本書第四章第四節）や、「石津亮澄編『屏風絵題和歌集』の成立」（『光華日本文学』第六号、平成一〇・七、本書第四章第七節）などの論考は、「仮名題」によって編纂された形態の類題集を対象にして、その編纂目的、特色、位相などを明らかにした論考であった。

このようなわけで、仮名題による類題集の研究は、まさに緒についたばかりと言わねばなるまいが、このたび、研究対象に選んだ聴雨庵蓮阿編『仮名類題和歌集』も、『古詞類題和歌集』や『屏風絵題和歌集』と同様の「仮名題」による類題集であって、以上のような貧困な仮名題による類題集の研究状況にあっては、是非とも検討を加えておかなければならない書目と愚考されよう。

したがって、本項の論述は、例によっての作業報告にすぎないが、これまで辞書類以外にはまったく言及されることのなかった『仮名類題和歌集』に関して、この類題集がいかなる編纂目的で制作され、従来の類題集とどのような点で異なり、近世類題集の系譜のなかでいかなる位相にあるのか等々、について検討を加えたものであるが、多少の新たな事実を明らかにすることができた。

さて、『仮名類題和歌集』の伝本については、『私撰集伝本書目』（昭和五〇・一一、明治書院）によると、刈谷市中央図書館に刊行年時不明の版本が一本伝存するのみである。なお、該本については未見であるので、国文学研究資料館蔵のマイクロ・フィルムによって紹介すれば、おおよそ次のとおりである。

二　書誌的概要

国文学研究資料館蔵のマイクロ・フィルム番号　30―320／5

所蔵者　刈谷市中央図書館　蔵（2392・3・3甲五）

編著者　聴雨庵蓮阿（川島〈革島〉茂樹）

体　裁　中本（縦一八・〇センチメートル、横一一・九センチメートル）三冊　版本　袋綴

題　簽　仮名類題和歌集　上（中・下）

扉　題　仮名類題和歌集　全部　二《ママ》冊　皇都書肆　文政堂梓

内　題　仮名類題和歌集

匡　郭　単郭（天双）（縦一七・九センチメートル、横一三・一センチメートル）

各半葉　十行（和歌一行書き）序半葉十行

総丁数　八十二丁（上冊三十三丁、中冊三十丁、下冊十九丁）

総歌数　九百十四首（春の部・二百六十一首、夏の部・九十九首、秋の部・二百三十首、冬の部・百十八首、くさ〴〵の部・二百六首）

柱　刻　なし

序　　有聴雨庵蓮阿（執筆時期不詳）

刊　記　あり（三都書肆　江戸伝馬町二丁目　丁子屋平兵衛／堂草馬喰町四丁目　菊屋幸三郎／同両国米沢町三丁目　釜屋又兵衛／同京橋弥左衛門　大嶋屋伝右衛門／名古屋本町七丁目　永楽屋東四郎／大坂心斎橋通南久太郎町　秋田屋市兵衛／京都寺町通五条町　山城屋佐兵衛）

以上から、本集は春の部二百六十一首、夏の部九十九首（以上上冊）、秋の部二百三十首、冬の部百十八首（以上中冊）、くさぐ〵の部二百六首（下冊）の都合九百十四首を収載する、小規模の類題集と知られるが、恋の部については歌題および例歌（証歌）を欠くが、何ゆえ恋の部のみを欠くのかは分明でない。

三　撰集資料と原拠資料および詠歌作者の問題

『仮名類題和歌集』についての書誌的概要は以上のとおりだが、本集に収載する九百十四首はいかなる歌集から採録されたのであろうか。いわゆる撰集資料の問題だが、この問題に示唆を与えるのが、扉題の冒頭に記述されている「類題和哥集は世に多かれど、こは歌仙三十六人の家集がうちなるかんな題のみを、四の時についでたれば、この道に心よする人は、常にとり見たまふべき書ならんかし」の記事である。すなわち、本集は、藤原公任撰『三十六人集』から「かんな題」のみを抄出して四季に部類して一書としたというわけだが、それでは本集は『三十六人集』のいかなる伝本から抄出されたのであろうか。

そこで、この問題について調査してみると、本集は猿丸・小町・遍昭・敏行・素性・興風・躬恒・友則・忠峯・是則・兼則・兼輔・宗于・伊勢・貫之・公忠・敦忠・中務・清正・頼基・忠見・信明・元真・朝忠・仲文・順・元輔・兼盛・能宣・高光・重之・小大君の三十一人の詠歌を含むが、人麻呂・家持・赤人・業平・斎宮女御の五人の詠歌は収録していないことが知られる。

したがって、本集に収載される三十一人の詠歌を検討してみると、これら三十一人の詠歌は、ほとんど正保四年（一六四七）刊行の版本（歌仙家集）に依拠して採録されていることが判明する。

すなわち、次の

1　春きぬと人はいへども鶯のなかぬかぎりはあらじとぞおもふ　（春・はるのはじめ・忠峯・八）

2　あら玉の年をおくりて降雪に春とも見えでけふのくれぬる　（同・む月一日・元真・一〇）

3　やどちかくにほはざりせば梅花風のたよりに君を見ましや　（同・梅花おもしろかりけるとて、人のきたる・兼輔・六七）

4　桜花けふよく見てむ呉竹のよのまのほどに散もこそすれ　（同・せんざいの中に梅咲たるを・是則・一二九）

5　散ぬべき花見る時は菅のねの長き春日もみじかかりけり　（同・人のちる花見る所・清正・一六五）

6　はちす葉のにごりにしまぬ心もて何かは露を玉とあざむく　（夏・うかひの家のまへに河あり、うかぶ・遍昭・三三三）

の1～6の例歌については、1が書陵部蔵『忠峯集』（511・28）・西本願寺蔵『三十六人集』・書陵部蔵『三十六人集』・歌仙家集（正保四年版本）の本文と一致し、2の元真の詠が西本願寺蔵『三十六人集』・歌仙家集（正保四年版本）の本文と一致し、3が書陵部蔵『歌仙集』（511・2）・同『兼輔集』（501・145）・部類名歌集本・書陵部蔵『中納言兼輔集』（511・77）・歌仙家集（正保四年版本）の本文と一致し、4の是則の詠が書陵部蔵『三十六人集』（510・12）・歌仙家集（正保四年版本）の本文と一致し、5の清正の詠が西本願寺蔵『三十六人集』・歌仙家集（正保四年版本）の本文と一致し、6の遍昭の詠が西本願寺『三十六人集』・書陵部蔵『三十六人集』（510・12）・歌仙家集（正保四年版本）の本文と一致するので、『仮名類題和歌集』がいずれの伝本によって採録したのかは分明でない。

しかし、次の

7　ひく松のちとせの春は春日野のわかなもつまん物にやはあらぬ　（春・子日松ひき、わかなつむ所・よしのぶ・三六）

8　わがやどの梅がえになく鶯は風のたよりに香をやとめこし　（同・うぐひすのなきし日・朝忠・五二）

9　大空に散にし花や匂ふらん雲のはるとも見ゆるよひかな　（同・雨の降ける夜のよひに月のいるを・小大君・一〇〇）

10　時鳥初声きけばあぢきなくぬしさだまらぬ恋せらるはた　（夏・ほゝとぎすはじめて鳴をきく・素性・二八七）

の7～10については、7の能宣の詠が西本願寺蔵『三十六人集』では第二句を「ちとせのほどは」と、第五句を「ものにやあらぬ」とする点で異同が指摘されるが、書陵部蔵『三十六人集』と歌仙家集（正保四年版本）の本文とは一致し、8が『朝忠集』（小梶本）では下句を「はなのたよりに風やとめこし」とする点で本文異同するが、西本願寺蔵『三十六人集』と歌仙家集（正保四年版本）との本文は一致し、9が書陵部蔵『三十六人集』には収載されないが、書陵部蔵『小大君集』（501・92）・書陵部蔵『小大君集』（501・119）・『小大君集』（林家旧蔵）・歌仙家集（正保四年版本）との本文は一致し、10が冷泉家旧蔵『素性集』には収録されないが、尊経閣文庫蔵『素性集』と歌仙家集（正保四年版本）とでは本文異同はない。したがって、この四首に共通して関わるのが歌仙家集（正保四年版本）であるので、このことから『仮名類題和歌集』の依拠した伝本として歌仙家集（正保四年版本）が示唆されるのである。

そこでさらにこの点について、検討を進めてみよう。

11　はかなくもけふは山路にくらすかな帰らむほどに花はちるとも　（春・花見る所・兼盛・一一六）

この11は、書陵部蔵『兼盛集』（506・8）が初句第二句を「はかなくもけふは山ぢに〈はなみるところ〉」とし、結句を「花はちるとて」とする一方、西本願寺蔵『三十六人集』が第二句を「今日はいづちを」と、第五句を「はなやちるとて」として本文異同が指摘されるのに、歌仙家集（正保四年版本）とは完全に一致しているので、兼盛の詠は歌仙家集（正保四年版本）から採録されたと推断されよう。

12　追風のわがやどにしも吹こずはゐながら空の花を見ましや　（春・花のちりたるを家にて・伊勢・一六六）

この12は、西本願寺蔵『三十六人集』が第二句を「わがやどにだに」とし、島田良二氏蔵『伊勢集』が第二句を「我宿にだに」と、第四句を「ゐながらよその」として本文異同しているのに、歌仙家集（正保四年版本）とは完全に一致しているので、伊勢の詠が歌仙家集（正保四年版本）から採録されたことは明白であろう。

13　白河の松の色こきかげみればいづれかいろもかはらざりけり　（夏・しら河に涼にわたる・高光・三四〇）

この13の高光の詠は、西本願寺蔵『三十六人集』が第二句を「水のこだかき」と、下句を「うつれるいろもかへらざりけり」とするのに対し、歌仙家集（正保四年版本）とは本文が一致しているので、歌仙家集（正保四年版本）が高光の詠の典拠となるであろう。

14　ひこぼしがかげを見るよりおぼつかなほのかにてらす月の入らん（秋・たなばたまつりしたる所・忠見・三八六）

この14の忠見の詠は、西本願寺蔵『三十六人集』が初・第二句を「ひこぼしのかはをまつよは」と、第五句を「つきのいるかた」とし、書陵部『三十六人集』が初句・第二句と第五句を「ひこぼしのけさをまつよの」、「月はいくかぞ」として本文異同しているのに、歌仙家集（正保四年版本）とは第二句に「影を待つより」の異同が指摘される以外は完全に一致しているので、忠見の詠の出典として歌仙家集（正保四年版本）を想定し得る可能性は高いであろう。

15　水上に時雨降らし山川の瀬にも紅葉の色ふかく見ゆ　（冬・山河に紅葉ながる・したがふ・六一四）

この15の順の詠は、書陵部『三十六人集』が第二句を「あらし吹らし」とし、書陵部蔵『歌仙集』（511・2）が第二句と結句を「嵐吹らし」、「早くみゆれば」として本文異同するのに、歌仙家集（正保四年版本）とは完全に符合しているので、歌仙家集（正保四年版本）を源順の詠の典拠として間違いなかろう。

16　まれにのみあふとはすれど天の川ながれてたえむ物にしあらねば　（秋・七日のゆふべ・公忠・三七一）

この16は、書陵部蔵『公忠集』（501・54）・彰考館文庫蔵『公忠集』（巳・五）がともにこの詠を収載せず、高橋正治氏蔵『源公忠朝臣集』が第二句と第四句を「あふとはなきか」、「ながれてたのむ」とするが、歌仙家集（正保四年版本）とは一致をみているので、歌仙家集（正保四年版本）が公忠の詠の典拠となろうか。

17　川ちかみ住ひすればやまなづるのながれて千とせありとしらるゝ　（くさぐさ・つる州にたてり・頼もと・七七五）

この17の頼基の詠は、西本願寺蔵『三十六人集』が初句と結句を「みづちかみ」、「ありといはるゝ」とするのに、歌仙家集（正保四年版本）とは本文異同がない点で、歌仙家集（正保四年版本）が頼基の詠の出典になるであろう。

18　松をのみひきて帰らばうめの花おもふ心の残るらむかし　（春・子日女車に、梅の花をりにつかはす・元輔・三五）

この18は、尊経閣文庫蔵『元輔集』（二四・古）がこの詠を収載せず、書陵部蔵『元輔集』（501・126）が第二句と結句を「ひきてかへらむ」、「のこるらんかも」とするのに、歌仙家集（正保四年版本）とは本文異同がないので、元輔の詠は歌仙家集（正保四年版本）から採歌されたのであろう。

19　春たちて猶ふる雪は梅花さくほどもなく散かとぞおもふ　（春・はじめの春・躬恒・六）

この19は、書陵部蔵『躬恒集』（511・28）が第二句と結句を「けさふるゆきは」、「ちるかとぞ見る」、内閣文庫蔵『躬恒集』（201・434）・西本願寺蔵『三十六人集』が結句を「ちるかとぞ見（み）る」、書陵部蔵『躬恒集』（201・235）が「ちるかとぞ思めゆ《ママ》」とするのに、歌仙家集（正保四年版本）とは一致をみているので、躬恒の詠は歌仙家集（正保四年版本）からの採歌であろう。

20　雪ふかみ山のやま路やまよふらん春のむかひに今ぞこゆらし　（春・春たつに、まだ雪ふかし・重之・四五）

この20の重之の詠は、西本願寺蔵『三十六人集』などの諸本が収載しないなか、歌仙家集（正保四年版本）のみが収録している点で、歌仙家集（正保四年版本）を重之の詠の典拠にすることは許されよう。

21　行帰り野べにこだかき姫小松これも子日の二葉なりけり　（春・子日する所・信明・二五）

この21の信明の詠は、西本願寺蔵『三十六人集』・書陵部蔵『三十六人集』（501・117）が初句をともに「ゆきかへる」とし、前者が第四句を「これもねの日」とするのに、歌仙家集（正保四年版本）とは一致しているので、当版本を信明の詠の典拠にし得るであろう。

22　くらはしの山をたち見る夜ごもりに出つる月の光ともしき
（春・春の夜の月をまつに、山にかくれて心もとなし・猿丸・九九）

この22の猿丸大夫の詠は、書陵部蔵『三十六人集』が第二句以下を「山をたかみかよをこめていでくる月のひかりともしも」、書陵部蔵『猿丸大夫集』（501・68）が第三句を「夜こもゝに」とするのに、歌仙家集（正保四年版本）とは本文一致しているので、当該版本を猿丸の詠の典拠とみて支障はなかろう。

23　旅とほくわかるゝ人をおもふには心の色ぞあらはれにける　（くさ〴〵・ものゆく人に・敦忠・八二一）

この23の敦忠の詠は、西本願寺蔵『三十六人集』が第三句と第四句を「おもふみはころものいろぞ」とするのに、歌仙家集（正保四年版本）とは本文の異同が指摘されないので、当該版本を敦忠の詠の典拠と推定し得るであろう。

24　きのふよりをちをばしらずもゝとせの春のはじめはけふにぞ有ける（春・あつまりて元日酒のむ所・貫之・一一二）

この24の貫之の詠は、天理図書館蔵『貫之集』・伝行成筆自撰本切『貫之集』などには収載されず、歌仙家集（正保四年版本）系統の伝本にのみ収載するので、当該版本を貫之の詠の典拠と憶測されるであろう。

25　今はとてわかるゝ時は天川わたらぬさきに袖ぞひちぬる（秋・七月七日あかつきに・宗于・三九六）

この25の宗于の詠は、西本願寺蔵『三十六人集』が結句を「そでぞぬれぬる」とするのに、歌仙家集（正保四年版本）とは本文異同が認められないので、当該版本を宗于の詠の典拠とし得るであろう。

26　あり明の月の光をまつほどにわが世のいたくふけにけるかな（秋・月まつころ・仲文・五二〇）

この26の仲文の詠は、書陵部蔵『仲文集』（５０１・１１８）が第三句を「わが夜のいたく」とするのに、歌仙家集（正保四年版本）とは本文に異同が認められない点で、当該版本を仲文の詠の出典と考えることは許されよう。

以上、7～26の二十首の詠歌について、粗雑ではあるが本文異同の視点から検討した結果、能宣・朝忠・小大君・素性らの各詠歌については、歌仙家集（正保四年版本）から採歌されている可能性を充分想定することができることの示唆が得られた一方、兼盛・伊勢・高光・忠見・順・公忠・頼基・元輔・躬恒・重之・信明・猿丸・敦忠・貫之・宗于・仲文らの各詠歌については、歌仙家集（正保四年版本）から採録されていることを論証することができた。

しかし、次の歌人の詠歌については、歌仙家集（正保四年版本）を典拠に想定することに、多少の疑念が持たれるのである。すなわち、

27　秋たつとめにはさやかに見えねども風のおとにぞおどろかれぬる（秋・秋たつ日・敏行・三六一）

この27の敏行の詠は、西本願寺蔵『三十六人集』も歌仙家集（正保四年版本）も初句を「あき、ぬと」としている点で、歌仙家集（正保四年版本）を敏行の詠の典拠に想定することに抵触するのである。ただし、27の詠の詞書に

「秋たつ日」とあるので、『仮名類題和歌集』の編者がうっかりこれを初句に写し間違えた可能性が憶測されないことはなかろうが。

28　水の面にあやふきみだる春風や池の氷をけふやとくらむ　（春・はるたつ日・友則・一）

この28の詠は、西本願寺蔵『三十六人集』が第五句を「けさはとくらん」とする点で、本文異同が指摘されるが、歌仙家集（正保四年版本）もここを「けさはとくらむ」として、本文に異同が認められるのである。ここも『仮名類題和歌集』の編者の書写ミスと考慮すれば、問題は解消されるであろうが。

29　あやめぐさ人にねたゆとおもひしはわが身のうきにおふるなりけり　（夏・五月五日、さうぶにさして人に・小町・三三〇）

この29は、神宮文庫蔵『小野小町集』（文1204）が第二句と結句を「人にもたゆと」、「おもふなりけり」として本文が異同するが、歌仙家集（正保四年版本）も第三句と第四句を「思ひしを我身のうきと」としている箇所が異同する。この点、歌仙家集（正保四年版本）を小町の詠の典拠にするには疑義が持たれよう。ただ、詞書を「五月五日、さうぶにさして人に」とするのは当該版本であるので、この異同を『仮名類題和歌集』の編者の書写ミスと考え得る可能性は大いにあるであろう。

30　けふをらぬ人もさそはぬもみぢ葉によのま吹くる山おろしの風　（秋・野の紅葉見る・中務・五七二）

この30の中務の詠は、西本願寺蔵『三十六人集』が第四句を「よのまふきくな」、書陵部蔵『三十六人集』が初句と第二句を「けふを見ぬ人もさそはん」として本文異同が指摘されるのに、歌仙家集（正保四年版本）とは本文が符合しているので、当該版本が中務の詠の典拠に考えられよう。ところが、次の

31　神をだに祈をきかば打つれてたち帰りなんかもの川浪　（夏・うづきみあれ・中務・二六九）

の31の詠は、書陵部蔵『三十六人集』が第二・三句を「いのりをきてはうちむれて」として異同はするが、当該歌を収載している。しかし、西本願寺蔵『三十六人集』も歌仙家集（正保四年版本）もこの31の詠を収載していないのである（西本願寺蔵の第一三四首から第一四六首までの十三首を、版本は欠いている）。ということは、この31の詠に限っていえば、『仮名類題和歌集』は歌仙家集（正保四年版本）には依拠しているとは考慮されないのである。要するに、中務の詠に関しては、『仮名類題和歌集』の編者は、歌仙家集（正保四年版本）をも、書陵部蔵『三十六人集』などの伝本も利用していた背景が想定される一方、そうでない場合も一部認められるようだ。

以上の検討から、『仮名類題和歌集』の編者の依拠した公任撰『三十六人集』の伝本は、多少の例外は指摘されるが、ほぼ歌仙家集（正保四年版本）であったと認定することができるであろう。

ちなみに、『仮名類題和歌集』は夏之部には「みなづきばらへする所」の題下に例歌を欠く「中務」「伊勢」の作者注記のみの箇所があるが、この箇所を歌仙家集（正保四年版本）で補正するならば、次のとおりである。

32　きみがためいのるこゝろはみなかみもながるゝごとくけふやしるらむ　（みなづきばらへするところ・中務）

33　としなかにわれがなげきは成ぬれば世にみそぐともうせじとぞ思ふ　（六月にはらへするところに男きあひけり・伊勢）

それでは歌仙家集（正保四年版本）を撰集資料とする『仮名類題和歌集』に収載される九百十四首の原拠資料は、どのような入集状況であろうか。この点について調査、一覧したのが、次頁の〈表1〉である。

この〈表1〉をみると、紀貫之が圧倒的多数で第一位をしめ、次いで源順、平兼盛、藤原元真、伊勢の娘・中務、中務の母・伊勢、凡河内躬恒、壬生忠見、清原元輔、大中臣能宣と続くところに、『仮名類題和歌集』の編者の撰集意図の姿勢・傾向が窺知されるのだが、ここで、『仮名類題和歌集』が撰集資料とした藤原公任撰『三十六人集』の

〈表1〉『三十六人集』からの家集入集状況一覧表

	家集名	歌数
1	貫之集	二七一首
2	源順集	七二首
3	兼盛集	六九首
4	元真集	六三首
5	中務集	五九首
6	伊勢集	五六首
7	躬恒集	五一首
8	忠見集	四七首
9	元輔集	三五首
10	能宣集	三一首
11	重之集	二六首
12	頼基集	二〇首
13	清正集	一八首
14	是則集	一一首
15	公忠集	一〇首
15	信明集	一〇首
17	兼輔集	九首
17	忠峯集	九首
19	友則集	八首
19	素性集	八首
21	小町集	六首
21	朝忠集	六首
23	小大君集	四首
24	宗于集	三首
24	遍昭集	三首
26	猿丸集	二首
26	高光集	二首
26	敏行集	二首
29	興風集	一首
29	仲文集	一首
29	敦忠集	一首
合計		九一四首

享受史の概略を見ておこう。

さて、『三十六人集』が歌論書にその名を表わす早い時期のものに、藤原定家の『詠歌大概』があるが、そこには詠作の手本となるべき作品として、

殊可見習者古今、伊勢物語、後撰、拾遺、三十六人集之内殊上手歌可懸心。（人丸、貫之、忠峯、伊勢、小町等之類。）

のごとく記述され、和歌の詠作者が「殊に見習ふべきもの」として三代集、『伊勢物語』のほかに『三十六人集』があげられている。この定家の見解は、頓阿の『井蛙抄』にも、「ことに見ならふべきは古今、伊勢物語、後撰、拾遺、卅六人の集のことなる上手の歌を心にかくべし。人丸、忠峯、伊勢、小町等がたぐひなり。」と引用されるほか、加藤千蔭の『真幸千蔭歌問答』にも「その歌のさまは、萬葉集、三代集、古今六帖、三十六人の歌集の中のよき歌をとるべし。」と受け継がれ、賀茂真淵の『県居歌道教訓』でも、三代集のほかでは「土佐日記・いせ物語・大和物語・古今六帖・三十六家集などもも て遊び給へ」と言及されている。

ちなみに、『三十六人集』は今川了俊の『弁要抄』では「三代集の歌の外に、つねに可披見抄物事」として「三十六人の集の家集等、伊勢物語、清少納言枕草子、源氏物語也。」のごとく指摘され、「これらは歌心の必々付物也」とされているが、了俊はさらに、『二言抄』では「古今歌已来三代集、并卅六人以下の家の集などに詠する詞を、則歌詞といひ、それに未詠をたゞ言といふべきにや」と言い、また、『師説自見集』では「歌言と云は、則、萬葉集、古今、後撰、拾遺、又は三十六人の家集などによめる歌の言を歌言と申にや」と言及して、『三十六人集』などの作品に詠まれた詞を「歌詞」「歌言」とも言っている。

この了俊が『三十六人集』などに詠まれている措辞を「歌詞」「歌言」と規定している背景には、二条良基・頓阿が『愚問賢注』で、「三十六人作者集も、(堀河)百首に及びたるはすくなし」といい、冷泉為満が『和歌講談』でまったく同様の見解を踏襲して、『三十六人集』を『堀河百首』に比して劣ると認定している見解があるとしても、おそらく本歌取りの修辞法の際、本歌になりうる条件として、真観が『簸河上』で、

唯こひねがふところは、十余代勅撰、三十六人家集などを抜きて優なる詞をとり、深き心を学び侍るべし。

と言及し、藤原基俊に仮託された偽書『悦目抄』でも、「唯こひねがはくは、(中略)萬葉集より此方三代の勅撰、三十六人の家集などを見て、其中にすぐれて幽なる詞をとり、深き心を学ぶべきなり」と、同様の見解を踏襲して、三代集や『三十六人集』が本歌になりうる優れた措辞、換言すれば「歌ことば」としての資格を有しているという、中世中期以降の歌人の言説が濃厚に認められよう。

要するに、公任撰『三十六人集』が「仮名題」による類題集たる『仮名類題和歌集』の撰集資料になった背景には、『三十六人集』が古典和歌のモデルともいうべき三代集にも比肩し得る優れた歌仙の家集で、優れた歌詞を内包する撰集であったという、『仮名類題和歌集』の編者の認識が明確にあった、ということができようか。

四　歌題の問題

さて、『仮名類題和歌集』の撰集資料と原拠資料の実態をほぼ明白にしえたが、本集の本命ともいうべき歌題については、どのようになっているのであろうか。その点の究明のために、歌数のもっとも少ない「夏之部」に掲載される歌題を、煩を厭わずすべて引用してみると、次のとおりである。

(1)せちぶんのつとめて、四月ついたち　(二六二)
(2)はじめのなつ　(二六三)
(3)四月、山里の花咲たる所に、旅人とまる　(二六四)
(4)卯花咲る所　(二六五)
(5)人の家の垣ねの卯のはな　(二六六)
(6)人の家にまへなる小柴垣に、いと白う卯花咲かゝりたり。月夜に　(二六七)
(7)うづきまつりの日　(二六八)
(8)うづきみあれ　(二六九)
(9)かもまつりのさるの日、みあれひく　(二七〇)
(10)かもまうで　(二七一)
(11)車にのりたる人、かもにまうづ　(二七二)
(12)おほみわのまつりのつかひ　(二七三)

⒀大神のまつりにまうづ　（二七四）
⒁神まつる所　（二七五〜二八〇）
⒂家の神まつる　（二八一）
⒃人のもとに時鳥まつ　（二八二）
⒄卯花咲る室に、時鳥まつ　（二八三）
⒅女どもの時鳥まつ所　（二八四）
⒆四月つごもりに時鳥まつ　（二八五・二八六）
⒇ほと丶ぎすはじめて鳴をきく　（二八七）
(21)橘に時鳥なく　（二八八）
(22)人の家の花橘に、ほと丶ぎすなく　（二八九）
(23)卯花咲るに、時鳥をきく　（二九〇）
(24)ほと丶ぎすきく家　（二九一）
(25)山ざとに郭公鳴たり　（二九二・二九三）
(26)男山里にゆくついでに、木のもとに時鳥きく　（二九四）
(27)郭公なく山に、女車ゆく　（二九五）
(28)くらまといふ所にまうでたりけるに、女どもまうであひたるに、時鳥声す　（二九六・二九七）
(29)山をこゆる人の郭公をき丶たる所　（二九八）
(30)月待て帰らむといひけるほどに、時鳥の声しば〳〵聞ゆ　（二九九）

(31)夜ふけて時鳥の一声鳴しに　(三〇〇)
(32)はやうすみし家に、時鳥をきく　(三〇一)
(33)たび〳〵ほとゝぎすをきく　(三〇二)
(34)道ゆく人ほとゝぎすきく　(三〇三・三〇四)
(35)旅人山のほとりにやどりて、時鳥きく　(三〇五)
(36)旅人はやしのほとりにやすみて、時鳥きく　(三〇六)
(37)よどのわたりに船あり、時鳥きく　(三〇七)
(38)をとこ女木のもとにむれゐたる所に、船にのりてわたる人あるが、およびをさして物いへるやうなり。其さま時
鳥をきけるに似たり　(三〇八)
(39)中のなつ　(三〇九)
(40)たかうなをる所　(三一〇)
(41)人の家に花橘ある所　(三一一)
(42)五月五日　(三一二〜三一四)
(43)五月五日、かうきく　(三一五)
(44)五月五日、馬ひきて見る　(三一六)
(45)五月五日、庭に馬ひかせて　(三一七)
(46)くす玉を女のがりやる。をとこにかはりて　(三一八)
(47)なでし子を人のがりやるとて、さ月五日、くす玉につけゝる　(三一九)

(48)五月五日、さうぶさして人に　（三二〇）
(49)五月五日、人の家にさうぶふきてあり。女ども時鳥きく　（三二一）
(50)五月五日、さうぶとよもぎ家にあり　（三二二）
(51)五月五日、田舎の家に女どもいそぐ。糸くり、さうぶふけり　（三二三）
(52)さうぶとれる所、まだかざせるもあり　（三二四〜三二六）
(53)五月ながあめ　（三二七）
(54)雨ふる日、田うゝる所　（三二八）
(55)ともしする所　（三二九・三三〇）
(56)うかふ　（三三一・三三二）
(57)うかひの家のまへに河あり。うかふ　（三三三）
(58)人の家の庭に蓮おひ、ぬなはおひたる　（三三四）
(59)法師のまうで来たる所に、蟬のなく　（三三五）
(60)あふぎのみだれたる　（三三六）
(61)すゞみする家　（三三七）
(62)すゞみする所　（三三八）
(63)川原にすゞみにまかりたり　（三三九）
(64)しら河に涼にわたる　（三四〇）
(65)人の木のもとにやすめる　（三四一）

(66)石井のある所　（三四二）
(67)みなづきばらへする所　（三四三〜三五二）
(68)河づらにはらへする家　（三五三）
(69)川づらにてはらへする所　（三五四）
(70)なつばらへ　（三五五）
(71)はらへする所に、男きあひたり　（三五六）
(72)はらへしたる女を見る　（三五七）
(73)なつかぐら　（三五八）
(74)かぐらする所　（三五九）
(75)河のほとりにかぐらす　（三六〇）

以上(1)〜(75)が『仮名類題和歌集』の「夏之部」における歌題のすべてであるが、これを通常の「真名題」に置き換えてみると、(1)(2)が「首夏」、(3)は代替する歌題が見当たらないが、「四月」の措辞でこの位置に配列されたのであろう。次いで(4)〜(6)が「卯花」、(7)〜(11)が「賀茂祭」、(12)・(13)が「大神祭」、(14)・(15)が「神祭」、(16)〜(38)が「時鳥」、(39)が「中の夏」(五月)、(40)が「呉竹」、(41)が「廬橘」、(42)〜(45)が端午の節句の「五月五日」、(46)・(47)が「薬玉」、(48)〜(52)が「菖蒲」(ちなみに、〈43〉を除く〈42〉〜〈45〉には「あやめ草」が詠み込まれている)、(53)が「五月雨」、(54)が「早苗」、(55)が「照射」、(56)・(57)が「鵜河」、(58)が「蓮」、(59)が蟬、(60)が「扇」、(61)〜(65)が「納涼」、(66)が「泉」、(67)〜(72)が「六月祓」、(73)〜(75)が「夏神楽」という具合に連続する。

この歌題配列状態を概観すると、四月から六月へかけての、所謂「夏」の季節の推移、ないしは年中行事の催行次第に従って、歌題が展開されているという内的秩序を見出すことができ、そこに『仮名類題和歌集』編者の歌題に対する姿勢・態度が窺知されるであろう。この編者の歌題への統一原理は、なかに真名題による歌題からみて、やや異質な感じを受ける歌題も見出しうるが、しかし、ほぼ真名題の典型と認定されている『堀河百首』の「夏部」の二十題と比較すると、『仮名類題和歌集』が収録していない歌題が「衣更」「蛍」「蚊遣火」「氷室」の四題にしかすぎないことを考慮すれば、かなり熟慮した結果であると想像されよう。公任撰『三十六人集』からの歌題採録の選択基準についてては目下、精査していないので、明言はできないが、少なくとも採録された歌題の配列状態に関しては、『仮名類題和歌集』の編者が確固たる配列基準に基づいて歌題配列、構成を実践していたことは認められるであろう。

五　編纂目的、成立の問題など

それでは、『仮名類題和歌集』はいかなる目的で編纂し、刊行されたのであろうか。この点については、すでに「三　撰集資料と原拠資料および詠歌作者の問題」で多少言及したが、ここで改めて考えてみよう。

さて、この問題については、編者の聴雨庵蓮阿が自序で次のごとく論述している。

八千ぐさに／にほふ花野をわけなゝむ／たねとなるべき実さへむすべり

『三十六人集』のうちなるかな題の哥のかぎりを、四の時のついでにぬき出むとするに、此哥仙集といふものはしも、契沖師などもいはれし如く、作者よりはじめていとおぼつかなき事どもおほかれば、いまくはしくかうがへたゞして物しなむとはおもふ物から、そもとみのわざにはなしがたく、いとまいるわざのみか。こはたゞ中むかしのみやびこのみたまはむ人たちの、哥まなびのつどひなどに、かいなでの真字題もおかしからじなどのをりからの儀ども、なすべきのみのしわざにしあれば、すべては此本のまゝにぬき出つ。されば、いま哥ごとに作者を出すといへども、こはたゞ其集の名としも心うればたりなむか。また勅撰の集、その外々のにも、此集の哥の出しなどに、いさゝかたがへることゞものあなれど、今本のまゝにても一本とて用ふべき事にしあれば、かにかく今本のまゝにものしつるを、見む人ことたらずと、なおもひたまひそ。　聴雨庵蓮阿／とみにしるす。

すなわち、蓮阿によれば、本集の編纂意図は、中古（平安時代）の「みやび」を好み、理想とする人びとが歌会などに参加した際に、通り一遍の「真字題」では満足のゆく詠作を得られないとき、優雅で、情趣深い和歌的世界を詠みうる「仮名題」の情報提供を企図して、『三十六人集』から歌題とともに例歌（証歌）を「本のまゝにぬき出つ」ということである。換言すれば、先に引用した扉題の傍らに、「こは歌仙三十六人の家集がうちなるかんな題のみを、四の時についでたれば、この道に心よする人は、常にとり見たまふべき書ならんかし」と添え書きしてあるとおりである。

ところで、これまた前に引用したが、定家の『詠歌大概』のなかで、「三十六人集之内殊に上手の歌心に懸くべし。人丸、貫之、忠峯、小町等之類なり」と言及されているにもかかわらず、「人丸」の詠歌のみが『仮名類題和歌集』にはまったく採録されていないのは何故であろうか。定家のいうとおり、「貫之、忠峯、伊勢、小町等」の詠歌が多く『仮名類題和歌集』に収載されている実態は、すでに見たとおりだが、人丸の詠歌に限っては、採録が皆無なのだ。この点についてては実は、『柿本集』の詞書が「石見の国より来ける時に」、「さみの郎女あひ別れ侍りける時の」、「近江よりのぼりて、宇治川のほとりにて」、「吉野にみゆきする時の」などのように、歌会などで参考となる歌題をもたず、そのほとんどが実詠歌としての詠作内容になっているところに理由が求められる。これでは定家が賞賛した秀歌を『柿本集』が収載しているのは間違いないが、歌題の視点からみた場合には、『柿本集』は完全に失格である。『仮名類題和歌集』の編者が『柿本集』の詠歌を採録しなかった理由は、『柿本集』が「仮名題」の類題集の撰集資料になるべきふさわしい詞書をもっていなかったからである。したがって、『仮名類題和歌集』の編者は、詞書の視点からみて、もっとも豊富な内容を有する『貫之集』などから、多量の例歌（証歌）を採録して、その主要内容としたのである。

要するに、『仮名類題和歌集』の編纂目的は、中古（平安時代）の「みやび」の世界を好み、理想とする和歌の初心者が、歌会などに出席した際に、通り一遍の「真字題」の類題集では、自分の思ったとおりの和歌の詠作の手本にならないと考えたときのために、通常の真名題の類題集に代りうる、内容的に優れた「仮名題」による類題集の制作を試み、それをそれらの人びとに提供しようとした営為に求められるであろう。そこで、中古の代表的歌人の詠歌を一括収載する藤原公任撰『三十六人集』のなかから、歌会歌などを詠ずる際に、参考となるべき豊富な内容を詞書に有する歌人の家集を選び、その家集のなかから、しかるべき詞書と詠歌を抄出して、緊密な有機的な構造体とし、蓮阿は『仮名類題和歌集』と命名したのではあるまいか。

次に、『仮名類題和歌集』の成立時期は何時であろうか。この問題については、本集が刊記を有するものの刊行年月日を明記していないので、正確な成立時期は未詳といわねばならない。憶測すれば、本集の撰集資料がほぼ歌仙家集（正保四年版本）と推断されるので、正保四年（一六四七）以降であることは間違いない。ところで、聴雨庵蓮阿の事蹟については、『和歌大辞典』（昭和六一・三、明治書院）に、

茂樹《しげき》『江戸期歌人・国学者』川島または革島。本姓は林。号は善貞・蓮阿・聴雨庵。生年未詳—天保六1835年三月二〇日。幕府西の丸の同朋を勤める。清水浜臣の門に入って国学を修め、また和歌に長じた。とりわけ歌学の造詣が深く、『和歌言葉の千種』『すかその弁』などの著書がある。ほかに、仮名類題和歌集・中古和歌類題

集・和歌七宝題林抄・文苑玉露など多くの歌書を編纂した。（荒川　玲子）

のとおり、『日本人名大辞典』（昭和五四・七復刻版第一刷、平凡社）に依拠した記述がみられるが、このうち、生年月日については、『和学者総覧』（平成三・一第三刷、汲古書院）によれば、天保三年に六十八歳で死去している由なので、逆算して明和三年（一七六六）の生誕ということになろうか。となれば、『仮名類題和歌集』の成立年代は一応、明和三年から天保六年までということになろうが、ほかに成立時期を特定する材料はないものであろうか。そこで想起されるのが、『国書総目録　著者別索引』（昭和五一・一一、岩波書店）に、蓮阿の著作にふれて、

消息文梯〈文化一二刊〉須賀曾の弁〈文政九〉中古和歌類題集編〈文政二刊〉文苑玉露編〈文化一〇〉和歌七宝題林抄編〈文化一一刊〉

のごとく言及されている記事である。これによると、蓮阿の著作が版行されたのが文化九年（一八一二）から文政二年（一八一九）にかけての間となるので、『仮名類題和歌集』の版行もこの期間と推測されようか。

ところで、蓮阿にはもう一つ『中古和歌類題集』なる類題集があって、この書の刊行は文政二年（一八一九）である。そこで両者を比較、検討してみると、『中古和歌類題集』は、跋文の「世に『続詞花集』『萬代集』『秋風抄』などいへるはいとおかしきふみなるを、（中略）これらの集をもと丶して、猶たらざるは定家中納言、家隆二位などの自撰集などよりぬき出て」の記述から、『続詞花集』『萬代集』『秋風抄』などの私撰集に定家の『拾遺愚草』や家隆の『壬二集』などの私家集などを撰集資料として編纂された類題集とわかるが、その内容面から憶測するに、『仮名類題和歌集』を編纂した後の編纂物ではなかろうか。というのは、蓮阿の著作の刊行年時のうち、文化十二年（一八一五）から文政二年（一八一九）までに四年間のブランクがあり、しかも文化十四年（一八一七）には仮名題による高井八穂編『古詞類題和歌集』が刊行され、また、文政三年（一八二〇）刊行の『屏風絵題和歌集』に序文が大江広海

によって執筆されているのである。したがって、これらの状況証拠から憶測を逞しうして『仮名類題和歌集』の成立時期を想定するならば、本集は文政元年（一八一八）に版行されたと推断しうるのではなかろうか。

最後に、『仮名類題和歌集』は近世仮名類題集のなかで、いかなる位相にあるのであろうか、この問題に言及しておこう。そこで参考までに、仮名類題集の刊行について、簡略な年譜を掲げてみよう。

享保二年（一七一七）　仮名題和歌抄（睡翁編）
文化十四年（一八一七）　古詞類題和歌集（八穂編）
文政元年（一八一八）　仮名類題和歌集（成立年時は推定、蓮阿編）
文政二年（一八一八）　中古和歌類題集（蓮阿編）
文政三年（一八二〇）　屏風絵題和歌集（亮澄編）

このうち、『仮名題和歌抄』は古歌の一句を題とする「仮名句題」の類聚である点で、多少趣味を異にするが、そのほかは純粋な仮名題の類題集である。となると、文化期後半から文政期にかけて、仮名題による類題集の刊行が流行しかけている動向のなか、『仮名類題和歌集』はその一翼を担う類題集として位置づけられるであろう。

ところで、編者の聴雨庵蓮阿はすでに言及したように、和歌の学統では清水浜臣の門人であり、師の浜臣が村田春海の門下で、春海の師が賀茂真淵であるから、真淵の系譜下にあると一応、位置づけられよう。したがって、蓮阿が和歌の詠作にも秀でていたことは疑いえないが、師の浜臣も詠作面に『泊洦舎集』などの家集を残しているほかに、歌集の編纂や歌学研究などの著作が多数あり、『国書総目録　著作別索引』から主要な編著を抽出すると、

歌体独語　歌体或問　歌林雑木抄増補補　近葉菅根集編（文化一二年刊）　賢歌愚評評　県門遺稿編（文化八―文政六刊）　県門余稿編　県門略伝（文化八）　五題三詠評　古葉菅根集編　人名和歌抄編　万葉集考註　万葉集抄録　水

無瀬殿富士百首編　村田春郷歌集編（文化八）　六帖題四十首点取（寛政八）　和歌作者部類五言分編　和歌分類補　各題花詞編（文化一四）

のごとくである。師の浜臣のこのような和歌の詠作以外の業績をみると、近世歌人の多種多彩な才能に圧倒される感を禁じえないが、翻って考えてみるに、自撰家集などの自己の歌集の制作よりも、歌書の編纂や歌学書の制作などの方面に著作を多く残している弟子の蓮阿も、師の浜臣のこのような側面を継承しているように考慮されるであろう。

六　まとめ

以上、『仮名類題和歌集』の成立について、様々な視点から考察を加え、本集の基本的な問題点を明らかにし得たが、ここで改めて、考察した結果得られた成果について摘記すれば、以下のとおりである。

（一）『仮名類題和歌集』の伝本は、『私撰集伝本書目』によれば、刈谷市中央図書館に刊行不明の版本（三冊）が一本伝存するのみである。

（二）本集は聴雨庵蓮阿の編になる「仮名題」による類題集であって、春の部二百六十一首、夏の部九十九首、秋の部二百三十首、冬の部百十八首、くさ〴〵の部二百六首の都合九百十四首を収載するが、恋の部には歌題・例歌（証歌）が収載されない。

（三）本集の撰集資料は藤原公任撰『三十六人集』であるが、人麻呂・家持・赤人・業平・斎宮女御の五人の詠歌は収載していない。

（四）本集に収載される三十一人の詠歌は、そのほとんどが歌仙家集（正保四年版本）から採録されているようだが、中務の詠のみは、版本以外に書陵部蔵『三十六人集』も参照されていた可能性がある。

（五）本集に収載される九百十四首の原拠資料の上位十位と歌数は、『貫之集』二百七十一首、『源順集』七十二首、『兼盛集』六十九首、『元真集』六十三首、『中務集』五十九首、『伊勢集』五十六首、『躬恒集』五十一首、『忠見集』四十七首、『元輔集』三十五首、『能宣集』三十一首のとおりである。

（六）公任撰『三十六人集』が本集の撰集資料になった背景には、当集が古典和歌のモデルであった三代集にも比肩しうる優れた歌仙の家集であったと評価する、本集の編者・蓮阿の認識があったと考えられよう。

（七）本集に採録された「仮名題」について、夏の部に限っていえば、それが「夏」の季節の推移、ないし年中行事の催行の次第に従って展開されるという内的秩序を持ち、真名題の典型である『堀河百首』の夏の二十題と比べると、「更衣」「蛍」「蚊遣火」「氷室」の四題を欠くのみである。

（八）本集の編纂目的は、中古（平安時代）の「みやび」の世界を好み、理想とする和歌の初心者が、歌会などに参加して詠作する際に、通り一遍の「真名題」の類題集では、予期したとおりの詠作が得られないと困惑したときなどのために、それに代わりうる優れた「仮名題」による類題集の制作を試み、提供しようとした営為に求められようか。

（九）本集の刊行時期は文政元年（一八一八）と憶測されよう。

（十）本集の近世仮名類題集における位相は、仮名題の類題集の刊行が流行しはじめた文化期後半から文政期において、それ相応の一翼を担う類題集として位置づけられようか。

（十一）蓮阿の本集の刊行は、師の清水浜臣が詠作のほかに、多数の歌集の編纂や歌学に言及した著作をものしている両側面のうち、前者よりも後者を踏襲した結果の所産と考慮されるであろう。

第三節　松平定信編『独看和歌集』の成立

一　はじめに

筆者は近時、古典和歌を例歌（証歌）として収載する、近世に成立した類題集の研究を進めているが、近世期に成立をみた類題集の種類たるや種々様々で、一口で言えばまさに多彩な様相を呈していると規定されようか。そのような多彩を極める近世類題集のなかで、筆者は過年、源実朝・源俊頼・藤原清輔の三家集のみからなる、言わば撰集資料を特定の私家集に限定した類題集の考察を試み、「『和歌類葉集』の成立」（『古代中世文学論考　第7集』平成一四・七、新典社）を公表したが、そうした研究状況のなかで遭遇したのが、同種の類題集である松平定信編『独看和歌集』（以下、『独看集』と略称）である。この書目については、はやく福井久蔵氏『大日本歌書綜覧　上巻』（昭和四九・五復刻版、国書刊行会）に「新古今時代の大家なる六家集、及順徳院（ママ）御集を、春夏秋冬恋雑贈答と部立して集めたもの。北村季文の序及公の自跋あり。文政九年上板。◇定信は田安中納言宗武の子、白河の城主、四位少将、十一代将軍に仕へて老中の筆頭となり鋭意寛政の治をはかる。宝暦八年に生れ文政十二年に卒す。年七十二、守国公と諡す。著書極めて多し。」と、多少の誤謬を含むけれども一応の言及がなされていたが、近時、岡嶌偉久子氏によって、

> **独看和歌集**《どくかんわかしゅう》 十一巻。和歌。松平定信編。北村季文序。文政九年（一八二六）刊。【内容】六家集に『後鳥羽院御集』を加えて作った類題集。その分類は、例えば桜だけで二〇四題ときわめて細かい。書名は、そのまま、独り看るべきものという意。田内親輔（月堂）の『守国公御著述目録』には、ある日定信が立春の歌を詠んだところ、同じ詞つきの歌が『壬二《にみ》集』にあることに気づき、かくまで自分は年老いたかと驚いて、やがて六家集をことごとく類題し机辺に置いた、とある。これを「子ら孫らののぞめるまに〳〵うつしとらせんもわづらはしければ」〈奥書〉上梓を許したものである。定信は古典の書写を最も慰みとし、本書の外にも十種を超える類題集を編した。その中で唯一、本書の上梓を許したことからも、定信の六家集への傾倒がうかがわれる。中でも『秋篠月清集』を殊に好しとしたことが、田内親輔の『御行状記料』に見える。〔岡嶌偉久子〕

のとおり、『日本古典文学大辞典 第四巻』（昭和五九・七、岩波書店）に、成立事情などにも言及した解説が施されて、『独看集』の大略についてはほぼ分明になった。とはいえ、『独看集』の類題集としての具体的な内容や位相などについては、なお検討を加える余地が少なからず残されていると言わねばなるまい。

そのようなわけで、本節は、例によっての作業報告にすぎないが、これまで辞書類以外にはほとんど言及されることのなかった『独看集』について、成立の問題を中心に据えて考察を加え、いくつかの具体的事実を明らかにすることができたのは幸いであった。

二 書誌的概要

さて、『独看集』の伝本については、『私撰集伝本書目』（昭和五〇・一一、明治書院）によれば、「448 独看和歌集

松平定信　文政九年自跋」の項目のもとに、「文政九写」の東大南葵文庫蔵本が一本存する以外は、「文政九刊」「文政刊」「刊」の記事で明らかなように、文政九年刊行の版本が福島県立図書館以下に多数伝存している実態が情報提供されている。そこで、今回底本として選んだ「文政九年の自跋」を有する桑名市立文化美術館秋山文庫蔵の版本によって、本集の書誌的概要に言及すれば、おおよそ次のとおりである。

なお、底本については、筆者は未見であるので、国文学研究資料館蔵のマイクロ・フィルムに依拠して叙述したことを断っておきたいと思う。

国文学研究資料館蔵のマイクロ・フィルム番号　70－11／1
所蔵者　桑名市立文化美術館（秋山文庫）蔵
編著者　松平定信
体　裁　大本（縦二二・八センチメートル、横一五・八センチメートル）十冊　版本　袋綴じ
題　簽　独看和歌集　春上　一（春下　二～雑下　十）
内　題　独看和歌集　巻第一（巻第二～巻第十一）
匡　郭　なし
各半葉　十五行（和歌一首一行書き）　序・跋六行
総丁数　五百七十九丁（巻第一・四十六丁、巻第二・四十九丁、巻第三・五十六丁、巻第四・四十丁、巻第五・五十九丁、巻第六・五十九丁、巻第七・七十六丁、巻第八・七十丁、巻第九・六十七丁、巻第十・〈巻第十一〉・五十七丁）
総歌数　一万四千九百七十九首（春上・千百六十八首、春下・千三百七首、夏・千五百四十四首、秋上・千七十八首、秋下・千六百五十一首、冬・千七百十七首、恋・二千五十五首、雑上・千八百三十一首、雑中・千八百四十八首、雑

下・二百八十三首、贈答・四百九十七首）

柱　刻　なし

序　　北村季文（文政九年四月）

跋　　松平定信（文政九年九月）

刊　記　なし

以上から、本集は春上部千百六十八首、春下部千三百七首、夏部千五百四十四首、秋上部千七十八首、秋下部千六百五十一首、冬部千六百十七首、恋部二千五十五首、雑上部千八百三十一首、雑中部千八百四十八首、雑下部三百八十三首、贈答部四百九十七首の都合一万四千九百七十九首を収載する、大規模の類題集と知られるが、雑下部のなかには漢詩一編が含まれている点を断っておかねばならない。

三　歌題の問題

さて、本集が特定の歌人の詠歌のみを収載するかなり大規模な類題集である点については、以上の記述からほぼ明らかになったと思われるが、それでは、本集はいかなる歌題を収録しているであろうか。ところで、本集が各歌題のもとに、六家集からの各人の詠歌と『後鳥羽院御集』の詠歌によって、配列構成された類題集であることについては、さきに触れたとおりだが、その体裁は一首一行書きで、頭に収載歌人の家集の略称が「壬」（『壬二集』）のごとく記され、ついで歌題が「年内立春」のように記されたあと、当該歌人の詠歌が例歌（証歌）として添えられるという版面である。そこで、これらの詠歌に付せられて歌題について、まずその数量を各歌題別に掲げると、次のとおりである。

なお、贈答部については、歌題ではなく、詞書が示されている関係で、ここには省略する。

春上部　百八十九題　春下部　百六十七題
夏部　百九十九題　秋上部　百六十五題
秋下部　二百六十三題　冬部　二百七十九題
恋部　二百五十七題　雑上部　四百三十五題
雑中部　二百題　雑下部　百十五題
合計　二千二百六十九題

この『独看集』に収録されている歌題数はかなりの数量と判断されるので、ちなみに、主要な類題集との比較を試みてみると、おおよそ〈表1〉のごとくである。

ちなみに、『類題和歌集』の雑部の数値は「公事」に関係する歌題を含んでいるが、この〈表1〉によって、『独看集』の歌題数には、『類題和歌集』を除くならば、他の類題集のそれに比べてそれほど差異のないことがほぼ認めら

〈表1〉　主な類題集との歌題数比較一覧表

部立／集名	春	夏	秋	冬	恋	雑	合計
独看和歌集	三五六	一九九	四二八	二七九	二五八	八九二	二二六九題
二八明題和歌集	三一七	一五一	三四五	一八二	二五九	九九二	二二四六題
題林愚抄	四〇八	二八二	五一五	三二六	四五二	五六八	二五五一題
明題和歌全集	四七六	二九三	五九〇	三三七	四五七	九七三	三〇〇七題
類題和歌集	二二五八	一一〇一	二四七〇	一二七九	一四七九	二二九八	一〇八八五題

れるであろう。

それでは、『独看集』に収録される歌題は、原拠資料の六家集に掲げられているそのままの歌題なのであろうか。その点について調査してみると、次のごとき調査結果が得られる。この問題を明らかにするために、任意に「霞」題と「野」題の結題の事例を揚げてみると、

1　むさしの丶荻のやけはらかき分てをちかた人のかすみゆくらん　（壬・野霞・三二一五）
2　梅が丶はかすみの袖につ丶めどもかやはかくる丶のべのゆふかぜ　（御・野辺霞・三二一六）
3　春日野のかすみの衣山風にしのぶもじ摺みだれてぞゆく　（遺・野径霞・三二一七）
4　はるたつといふばかりみしいづくとて行手にかすむのべのあけぼの　（壬・同・三二一八）
5　立なれ《るゝ》しとぶひの守をのれさへ霞にたどるはるのあけぼの　（遺・野外霞・三二一九）
6　松の雪きえぬやいづこ春のいろに都の丶べは霞ゆくころ　（同・同・三二二〇）
7　夕がすみはらひもあへずうづもれぬの中にたてる松の春風　（壬・同・三二二一）
8　春の行弥生ののべの浅みどり霞のひまもかすみしにけり　（同・同・三二二二）
9　夕がすみかたをかのべをつ丶めども猶こぼる丶はうぐひすのこゑ　（拾・野外晩霞・三二二三）

の1～9のとおりである。このうち、1と4の詠の歌題は、本集では各々、「野霞」「野径霞」とあるものの、原拠資料の『壬二集』ではともに歌題を欠き、「春歌とて」「春歌」とするのみである一方、2・3・5～9の七首の歌題は、原拠資料にも本集と同じ歌題が付せられている。ということは、本集に収録の歌題は必ずしも、原拠資料そのままの歌題であるとは限らないことを意味しているようだ。

そこで次に、「春雪」の歌題が付せられている本集の例歌を掲げて、この問題をさらに検討してみよう。

10　よしの山春たつみねのかすみよりことしははなとふれるしらゆき　（御・春雪・五六四）
11　さくらばな枝にはちるとみるまでに風にみだれてあは雪ぞふる　（同・同・五六五）
12　百千鳥なけども雪はふるさとのよしの、やまのあけぼの、そら　（同・同・五六六）
13　かすめどもよしの、ゆきの猶さえて松のはしろきふるさとの春　（同・同・五六七）
14　春のきて猶ふるゆきはきえもあへず杉のはしろきみわの曙　（同・同・五六八）
15　山ざくら今かさくらんかげろふのもゆるはるべにふれるしらゆき　（月・同・五六九）
16　よしの山ゆきちるさともしかすがに槙のはし《の》ろき春風ぞふく　（同・同・五七〇）
17　淡雪の今もふりしくときは山をのれ消てや春をわくべき　（遺・同・五七一）
18　心あてにわくともわかじ梅のはなちりかふさとの春のあはゆき　（同・同・五七二）
19　消なくにまたやみやまをうづむらんわかなつむ野も淡雪ぞふる　（同・同・五七三）
20　さゆる日のみくさのしものきえがてにまだ降うづむ春のあは雪　（壬・同・五七四）
21　かすみたつかたの、みの、かりごろもはらふともなき春のあは雪　（同・同・五七五）
22　うぐひすのしるべの風もかひぞなき雪ばかりさく窓の梅が枝　（同・同・五七六）

この10〜22の十三首が「春雪」題の例歌であるが、実はこの十三首以外にも、本集は22の詠に続いて『壬二集』収載の五首を掲げている点を断っておきたい。ところで、この十三首について、原拠資料の歌題をみると、17と20の二首には「春雪」の題が付せられているが、そのほかの詠歌には、10が「春六首」、11・12・15・16・18・21・22の七首が「春」、13・14の二首が「春二十首」、19の詠が「春廿首」のもとに各々、掲載されているのだ。そのほか、例歌を掲げるのは省略に従うが、「早春」の歌題においても、「春雪」の場合とまったく同様の事例が指摘されるのである。

〈表2〉「菖蒲」関係の歌題収録一覧表

歌題＼集名	独看集	(1)	(2)	(3)	(4)	(5)	(6)	(7)
菖蒲	○	○	○	○	○	○	○	○
尋曳菖蒲	×	×	×	×	○	×	×	○
曳菖蒲	×	×	×	○	×	×	○	○
刈菖蒲	×	×	×	○	×	×	○	○
葺菖蒲	×	×	×	×	×	×	×	○
雨中菖蒲	×	×	×	×	×	×	×	○
菖蒲露	×	×	×	×	×	×	×	○
朝菖蒲	○	×	×	×	×	×	×	○
夕採菖蒲	○	×	×	×	○	×	×	○
水辺菖蒲	×	×	×	×	×	×	×	○
沢辺菖蒲	○	×	×	×	×	×	×	○
池菖蒲	○	×	×	×	×	×	×	○
池朝菖蒲	○	×	×	×	○	×	×	○
古池菖蒲	○	×	×	×	○	×	×	○
江菖蒲	×	×	×	○	×	×	○	○
江中菖蒲	×	×	×	×	×	×	×	○
沼辺菖蒲	○	×	×	×	○	×	×	○
簷菖蒲	×	×	×	○	×	×	○	○
閨菖蒲	×	×	×	×	×	×	×	○
袖上菖蒲	×	×	×	○	×	×	○	○
旅宿菖蒲	×	○	×	○	○	×	○	○
計	八	二	一	七	六	一	七	二一

ということは、本集は原拠資料の六家集および『後鳥羽院御集』からの例歌を掲げる際に、原拠資料に掲げる歌題と同じ歌題のもとにそれを配置する場合もあれば、原拠資料に歌題を欠く例歌の場合には、例歌の意味内容から判断して、しかるべき適当な歌題のもとにそれを収載するという、編者の賢しらによって配置される場合もあって、要するに本集には、二通りの例歌掲載の方法原理が認められるわけだ。

ただし、提示される歌題について検討してみると、ここではその具体的な事例を掲げることは省略に従うけれども、編者が新たに考案・案出した種類の歌題は皆無であって、本集に収録される歌題はいずれも、原拠資料にみられる歌題の再録であることが確認されるのである。

それでは、本集に収録される歌題は、いかなる種類のものであろうか。そこで「菖蒲」関係の歌題の収録状況を、標準的な類題集のそれと比較、検討してみると、上掲の〈表2〉のごとくなる。

ちなみに、「集名」覧の(1)は『二八明題和歌集』、(2)は『続五明題和歌集』、(3)は『題林愚抄』、(4)は『摘題和歌集』、(5)は『纂題和歌集』、(6)は『明題和歌全集』、(7)は『類題和歌集』であって、中世から近世初期に成立した代表的な類題集である。このうち、（7）の後水尾院撰『類題和歌集』が〈表2〉に掲げた「菖蒲」関係の歌題のうちでは、すべての歌題を掲載して、類題集として見事な達成、充実ぶりを発揮している実態が窺知されよう。そのような現状のなか、『独看集』がそれについで八題の歌題を掲載している実態は、本集が新古今時代の結題を中心に集成した類題集ではあるものの、〈表2〉に掲げた類題集のなかでは、歌題収録数の点で、他の類題集と比較して、決して遜色のない様相を呈していると言っても過言ではなかろう。

なお、参考までに「菖蒲」の属性について『和歌題林抄』から引用しておくと、

34　菖蒲あやめ草、ながきねひく、軒にひく、たもとにかく、ひくてもたゆく、よどのかくれぬ、つくま江、ぬま、うき

人しれぬまにおふとも、人の心のうきにおふとも、恋ぢにおふれば袂にねはかゝるとも、かくれぬにおふれば、名はあらはれぬとも、ながきねはひくてもたゆしとも、玉のうてなも、しづがふせやも、あまねくふくとも、草の庵にはふけどもみえわかぬとも、けふばかりのつまなればあだなりとも、あやめの枕をみれば、ふしなれたるせことも、たび心ちすともよむ。

つくま江の底のふかさをよそながらひけるあやめのねにもしるかな

あやめ草よどのに生る物なればねながら人はひくにぞありける

のとおりで、現在の「菖蒲《しようぶ》」を意味するが、「菖蒲」は沼や江に生育するので、本集の「菖蒲」の結題が「沢辺」「池」「古池」「沼辺」などの言葉と結合する事例を多く掲げているのは、「菖蒲」の単純、素朴な属性の反映であろうか。

四　収載歌の問題──伝本と詠歌作者

さて、本集が収録する歌題の問題については、おおよそ以上のとおりだが、それでは、それらの歌題に付されている例歌（証歌）については、いかがであろうか。そこで本集の収載歌を検討してみると、次に掲げる例歌（証歌）については、やや問題があるようである。すなわち、

23　人しれぬ恨にあまる波の上をそふる袖や須磨の関守　（恋・壬・寄関恋・一〇一四四）

24　玉しまや河せの波の音はしてかすみにうかぶはるのよの月　（雑下・遺・玉嶋河・一四四八一）

の23と24の例歌には問題があって、23は『寂蓮集』（三五二）に収載の寂蓮の詠であり、24は『順徳院御集』（六一六）に収録をみる順徳院の詠である。なお、本集が慈円の例歌として収録する贈答部の一四六五八番は実は、漢詩であるが、収載歌数に算入しておいたことを断っておきたいと思う。したがって、本集は後鳥羽院と六家集の歌人の例歌（証歌）を、一万四千九百七十九首収載する類題集ということになろう。

それでは、本集はこれらの七歌人の詠歌のうち、23・24の二首を除いた一万四千九百七十七首を、どのような内訳で収載しているのであろうか。幸いなことに、この問題については、本集には、跋文に定信みずからが「『建久の御集』を『御』（『後鳥羽院御集』とし、『拾玉』を『拾』、『拾遺』を『遺』とせし）」と注記するように、例歌の頭に集付（出典注記）を付しているので、各歌人の収録歌数はただちに判明する。ちなみに、そのほかの歌人のうち、俊成の『長秋詠藻』には「長」、良経の『秋篠月清集』には「月」、西行の『山家集』には「山」、家隆の『壬二集』には「壬」の記号が各々、付せられている。そこで、これらの集付を、実際に各出典資料に当たって逐一検討を加えてみると、

以下はほんの一例にしかすぎないが、たとえば、

25　としこゆる山のかひよりながむれば春と、もにもたつかすみかな　（春上・月・立春・一九）

の25の詠以下、

26　音羽山けさふくはるのはつ風によられて落る滝のしらいと　（同・同・同・四三）

の26の詠までの二十五首は慈円の詠歌であるので、当然、「拾」の集付が付されなければならないのに、良経の家集の「月」の歌群に収載されていたり、また、

27　つま木こる谷の北風ふきかへてけふより春と人にしらる、　（同・遺・同・五六）

の27の詠は後鳥羽院の歌であるにもかかわらず、定家の家集の「遺」の歌群に収められていたり、また、

28　ときはなる山の岩根にむすこけのそめぬみどりにはる雨ぞふる　（春上・御・春雨・九九九）

の28の詠は良経の詠歌であるのに、後鳥羽院の家集の「御」の歌群に収録されていたり、また、

29　山ざくらにほひをとめてたづねきぬちりなんみちをしほりにはして　（春下・遺・山路花・一八一九）

の29の詠は慈円の詠であるのに、定家の家集を示す「遺」の記号が付されているように、本集の集付（出典注記）には、これ以上の誤注の事例は省略に従うけれども、かなりの数にわたって誤謬が認められるのである。

なお、本集の集付に指摘される誤記の数は、『長秋詠藻』では二十九個所、『秋篠月清集』では三十一個所、『拾玉集』では二十九個所、『山家集』では二十八個所、『拾遺愚草』では百七十一個所、『壬二集』では二百十個所、『後鳥羽院御集』では五個所に及んでいる。ちなみに、この誤記が版木に彫られる以前に生じた誤りなのか、版木に彫る際に生じた瑕瑾なのかについては、判断しがたいが、おそらく後者の場合であろう。いずれにせよ、本集の集付には数多の誤注が認められることは否定しえない事実である。

〈表3〉各歌人の部立別歌数一覧表

歌人＼部立	春上	春下	夏	秋上	秋下	冬	恋	雑上	雑中	雑下	贈答	合計
俊成	四四	四七	六二	四二	五三	六五	九一	七五	九二		六〇	六三一首
良経	一二〇	一三八	一五八	九六	二二六	一七三	二〇七	二一一	一九二	三	七二	一五九六首
慈円	二七四	二九七	四〇八	二四七	三三三	三七六	三〇六	五七〇	七六〇	一九	一五六	三七三六首
西行	四五	一一二	七二	一四九	一二八	八二	二一七	二二	一〇七		一六	九五〇首
定家	二四二	三二九	三三三	八九	四〇〇	三七三	四四七	三七六	二六三	一五四	一八三	三一八九首
家隆	二六七	二四二	三一五	二三六	三一五	三三八	五九九	三六八	二八八	一五九	一〇	三一三七首
後鳥羽院	一七六	一四二	一九六	二一九	二〇六	二一〇	一八七	二〇九	一四六	四七		一七三八首

　そのようなわけで、本集に収載される例歌の歌人別の数値を知るに際して、本集に付された集付を単純に信じて数えるという作業では、正確な数値は得られないので、労力を厭わず、本集に収録される七人の歌人の例歌（証歌）数を、各出典資料に直接あたって検討、確認すると、〈表3〉のごとき数値を得ることができるのだ。

　本集に収載する、七歌人の一万四千九百七十七首の部立別収録歌数は〈表3〉のとおりだが、それでは、本集は七歌人の各私家集のうち、どのような伝本から採歌しているのであろうか。次に、本集が採用した各私家集の伝本について検討を加えてみよう。

　まず、俊成の『長秋詠藻』について検討を加えるために、春部上の「春雨」の例歌に当ってみると、

30　春にあはぬ身をしる雨のふりこめて昔のことの跡やたえなん　（長・一〇一三）
31　ながめするみどりの空も《に》かきくもりつれ〴〵まさる春雨ぞふる　（同・一〇一四）
32　ながめわびぬたれかはとはん山ざとのはなまつ比のはるさめのうち　（同・一〇一五）

の30～32の三首が、本集には掲げられている。この三首の出典を調査すると、国立国会図書館蔵の『長秋詠藻』（別・五一二・三一七、和歌文学大系・新編国歌大観の底本）には、30は一一二番、31は七番に収載されるが、32は未収録であって、『千五百番歌合』に収載をみる。そこで、この「春雨」題の歌群を類題集からの採録と想定して『題林愚抄』『明題和歌全集』『類題和歌集』などの代表的な類題集を検索してみるに、いずれの類題集もこの三首を収録していないことが知られる。したがって次に、六家集の詠歌を集成して、類題集に再編を試みている、藤原伊清編『類題六家集』との比較を試みると、かろうじてそこには30の詠を見出しうるのみだ。この事実は、本集の『長秋詠藻』の俊成の詠歌は、類題集などからの採歌ではなくて、純粋に『長秋詠藻』からの採録であることを示唆するであろう。

それでは、本集に収載の俊成の詠歌は、いかなる『長秋詠藻』の伝本から採録されているのであろうか。この問題を明らめるために、春部下から「春雨」題の例歌（証歌）を引用すれば、次のとおりである。

33　雲のうへの春こそ更にわすられね花はかずにもおもひ出しを《な》　（長・一四八四）
34　いまはわれよしのゝ山の花をこそやどのものとはみるべかりけれ　（同・一四八五）
35　くものなみいはこす滝とみゆるかなながれたるしら河のさと　（同・一四八六）
36　てる月もくものよそにぞ行めぐる花ぞこのよのひかりなりける　（同・一四八七）
37　よしの山花やちるらんあまの河くものつゝみをくづすしらなみ　（同・一四八八）
38　いくとせの春に心をつくしきぬあはれとおもへみよしのゝ花　（同・一四八九）
39　白妙にゆふかけてけり榊ばにさくら咲そふあまのかぐ山　（同・一四九〇）
40　たとへてもいはんかたなし山ざくら霞にかほる春の明ぼの　（同・一九九一）
41　君が代に春のさくらもみけるみを谷にくちぬと何おもひけん　（同・一九九二）

42　今ぞ《は》われよしの丶山にみをすてん春よりのちをとふ人もがな　（同・一九九三）
43　いかばかり花をば春もおしむらんかつはわが身の限とおもへば　（同・一九九四）
44　つらきかなどてさくらののどかなる春のこゝろにならはざるら《りけ》ん　（同・一九九五）
45　花にあかでつゐにきえなば山ざくらあたりをさらぬ霞とならん　（同・一四九六）
46　山ざくら咲より空にあくがるゝ人のこゝろや峯のしらくも　（同・一四九七）
47　みよしの丶花のさかりをけふみればこしの白根に春風ぞふく　（同・一四九八）
48　みにしめしそのかみ山のさくらばな雪ふりぬれど《ば》かはらざりけり　（同・一四九九）

この33～48の十六首を、さきの国立国会図書館本の『長秋詠藻』と比較、検討してみると、同本は、33～37の五首を五〇一番～五〇五番と連続して掲げるけれども、38～42の五首は掲載していない。続く43～48の六首については、同本は、一〇番・一一番・二一四番・九番・二一二番・四七四番の順序で収載している。ところで、38～42の五首は実は、『千五百番歌合』歌であって、単純に考えるならば、同歌合の順序では、一二三八番・二一六六番・二一九四番・三二二番・三五〇番のごとく配列されているので、本集がこれらの五首を連続して掲げるとなれば容易なことではあるまい。ただし、宮内庁書陵部蔵の『千五百番歌合百首』（五〇一・五五七）などによれば、この五首は七一七番～七二一番のように連続している。したがって、この場合、本集がこの歌合百首に依拠すれば、連続して掲載することはそれほど困難な所業ではなかろう。しかし、その場合、本集は二つの別個の資料から採録したということになろうか。

ところで、俊成の「春雨」題の十六首にはいずれも、「長」（『長秋詠藻』）の集付が付されているので、この事実は、本集が『千五百番歌合』の詠作も含んだ『長秋詠藻』の伝本から、これらの十六首を採録したことを物語っているのではなかろうか。となると、『長秋詠藻』の諸本は、第一類本（俊成原撰本系）、第二類本（定家増補本系）、第三類本

（第二次増補本系）、第四類本（第三次増補本系）に分類されるが、このうち、『千五百番歌合』の百首をもつのは、第四類本で、「六家集版本」がこれに該当する。ちなみに、この「六家集版本」は、『続国歌大観』や『校註国歌大系』に翻刻があり、その版本刊行は寛文年間（一六六一～七二）と推測されている。したがって、本集が依拠した『長秋詠藻』の伝本は、寛文年間に版行された「六家集版本」であったと推断しうるのではあるまいか。

次に、本集の藤原良経の例歌（証歌）は、いかなる『秋篠月清集』の伝本に依拠して採録されたのであろうか。この問題を明らかにするには、本集の次の例歌（証歌）が示唆を与えるようである。

49　ひとりねの夜寒になれる月みれば時しもあれや衣うつこゑ　（秋下・月・五二一一）
50　長月の末ばの、べはうらがれて草のはらよりかはるいろかな　（同・暮秋・六六一八）
51　みやこ人やどをかすみのよそにみてきのふもけふものべにくらしつ　（春下・野遊・二〇三六）
52　むらくもにをくれさきだつよはの月しらずしぐれのいくめぐりとも　（冬・時雨・六八四〇）
53　もらしわびこほりまどへる谷川の汲人なしに行なやみつ、　（恋・忍恋・九三二八）
54　なにゆへとおもひも入ぬ夕だに待出しものをやまのはの月　（同・夕恋・九九〇七）

すなわち、49～54の六首は、『秋篠月清集』の伝本の決定にかかわる詠歌だからである。ちなみに、『秋篠月清集』の諸本は、（1）定家本系統、（2）教家本系統、（3）両本混淆本系統の三種に大別され、（1）が『私家集大成3』『新編国歌大観3』などに、（2）が古典文庫などに、（3）が『続国歌大観』『校註国歌大系11』などに翻刻されている。ところで、本集の49・50の二首は、（1）には収載されるが（2）には収録をみない歌である一方、51～54の四首は逆に、（2）には収載されるものの（1）には収録をみない詠歌である。このような詠歌収載異同の認められる『秋篠月清集』の伝本状況のなか、本集が49～54の六首すべてを収載しているという実態は、本集が（3）の系統の伝本に依拠している事実を如実に物語るものである。ということは、本集が採用した『秋篠月清集』の伝本は、『長秋詠藻』の場合と同様に、（3）の寛文年間に版行された「六家集版本」であったと推断して間違いはないであろう。

次に、慈円の『拾玉集』の場合はどうであろうか。『拾玉集』の伝本については大略、（1）七巻本系統（流布本）と（2）五巻本系統（広本）に分類されるが、本集の収載歌はいずれの系統から採歌されたのであろうか。そこで本集の当該歌を検討してみると、この問題に示唆を与えるのが、次の例歌（証歌）であろう。

55　いつしかとおつる涙を時雨にて紅葉はじむる衣手のもり　（恋・拾・初恋・九二九五）
56　わが恋はほのめき初る夕附《月》夜くもらでみせば《ばや》有明のそら　（同・同・同・九二九六）
57　めぐみいづるわが恋草の春雨は袂よりこそふり増さりけれ　（同・同・同・九二九七）
58　恋やせしながめはおなじながめにて昨日にかはるゆふぐれの空　（同・同・同・九二九八）
59　わが恋は心づくしに行舟のけふこぎそむる淀のあかつき　（同・同・同・九二九九）
60　君がやどの荻の上ばのいかならんけふ吹初る恋のはつかぜ　（同・同・同・九三〇〇）
61　ながめつる月は板間にもり初て心の宿ぞ荒はじめぬる　（同・同・同・九三〇一）
62　あるかなきか心の末ぞ哀なるふつかの月に雲のかゝれる　（同・同・同・九三〇二）
63　君にけふしらせそめつるしるしにややがて涙のいろに出らん　（同・同・同・九三〇三）
64　茂りあはんすし《ゑ》をもしらず恋種の宿の籬にめぐみ初ぬる　（同・同・同・九三〇四）

すなわち、55～64の十首は、初恋の詠歌であるが、このうち、58～62の五首は（2）の伝本には収録されないが、（1）の伝本はこの十首をすべて収載しているので、この場合、本集は（1）の伝本に依拠して採歌がなされた背景を物語っていよう。となれば、本集は（1）の代表的伝本である「六家集版本」などから採録された可能性が示唆されるであろう。はたして、この推定が正鵠を射得ているか、否かをさらに検討してみると、本集に収載される冬部の「歳暮」と恋部の「遇不遭恋」の例歌（証歌）は、この推定に齟齬をきたすようである。次に掲げるのは両題にかかわる例歌の一部であるが、この点について言及しておこう。

まず、冬部の「歳暮」の例歌では、次の

65　身のうへにをくりむかふるとしなみをかけても人のさとらぬぞうき　（冬・拾・歳暮・八二四八）
66　山のおくに小指をおりてかぞふればあすより春もめぐりきにけり　（同・同・同・八二四九）
67　けふぞおもふとしはわがみにとまるものを春秋とてもげにわかれかは　（同・同・同・八二五〇）
68　今夜よりはるの門松立かくせつもればつらき年にちかはん　（同・同・同・八二五一）
69　としのくれてわがよもふけぬ山のはにかくれなはてそありあけの月　（同・同・同・八二五二）
70　おもふべしかゝればとまるとし月の六十にあまるわかのうらびと　（同・同・同・八二五三）
71　くる春をかぞふる袖もしほたれてわがとしなみはたもとにぞたつ　（同・同・同・八二五四）

の65～71の七首が、この問題に示唆を与えよう。すなわち、65・66の二首は両伝本ともに収載しているが、67～69首の三首は（2）の伝本に収載をみない一方、70・71の二首は（1）の伝本に収載をみないので、この場合、これらの七首が本集に採歌された際に、（2）の伝本に基づいて採歌されたと判断することは許されないであろう。

次に、恋部の「初恋」の例歌では、次の

72　恋をのみしかまのかちのあひ初てかへるべしとはおもはざりしを　（恋・拾・遇不遭恋・九六〇七）
73　ありしよを夢にみるまでしられにき君も心のなほかよふとは　（同・同・同・九六〇八）
74　さらにまた越てかへらぬあふ坂や人のおもひの花となるらん　（同・同・同・九六〇九）

75　こはいかにたえぬるかたはあらましに色やそふとていひしことのは　（同・同・同・九六一〇）
76　しばしこそわすれがたみのうつりがも夜比になれば遠ざかるん（ママ）　（同・同・同・九六一一）
77　契あれば又めぐりけり月かげをやどすにつけて袖のしら露　（同・同・同・九六一二）
78　まぼろしのなぐさめだにも有なまし別しのべのわかれ也せば　（同・同・同・九六一三）
79　わが恋は庭のむら萩うらがれて人をも身をも秋のゆふぐれ　（同・同・同・九六一四）
80　さてもいかにあひみぬさきを《に》厭しはよそはづかしきかたは也けり　（同・同・同・九六一五）

の72~80の九首が、この問題の参考になろう。すなわち、「遇不遭恋」の例歌の場合、72・80の二首は『拾玉集』のいずれの伝本にも収載をみるものの、74・76~79の五首は（1）の伝本には収録されない一方、73・75の二首は逆に、（1）の伝本には収録されていないので、恋部の「遇不遭恋」の例歌（証歌）の場合も、冬部の「歳暮」の事例とまったく同様のケースと判断されるので、本集が（1）の代表的伝本である「六家集版本」に依拠して採歌されたとは考慮しがたいと言わねばなるまい。となると、本集が参考にしたと考えられる『拾玉集』の伝本は、石川一氏『拾玉集本文整定稿』（平成一一・二、勉誠出版）の分類によれば、京都大学附属図書館・天理図書館・神宮文庫などに所蔵されている「改編五巻本系統（七巻本に無い歌を五巻本で補い、五巻本に改編したもの）」の伝本ということになるであろうか。ちなみに、この伝本の成立は、寛文年間以降ほどなくの頃と憶測されようか。

次に、本集収載の西行の例歌（証歌）はいかがであろうか。西行の私家集は通常、（1）『山家集』、（2）『西行上人集』（『異本山家集』）、（3）『聞書集』、（4）『聞書残集』の四種あるが、本集はこのうち、いずれの家集から採歌しているのであろうか。この問題を明らめるべく本集の例歌を検討してみると、次の例歌が示唆を与えるようだ。

81　かすめども春をばよその空にみてとけんともなき雪のした水　（春上・山・余寒・六二六）

82　春しれと谷のした水もりぞくる岩間の氷ひまたえにけり　（同・同・同・六二七）
83　香にぞ先心しめをく梅の花いろはあだにもちりぬべければ　（同・同・梅・七三四）
84　限あればかれ行のべはいかゞせん虫のね残せ秋の山ざと　（秋上・山・虫・四七〇七）
85　我よとは更行月を思ふらんこゑもやすめぬ蛬かな　（同・同・深夜聞蛬・四七九一）
86　月すみてなれたる海のおもてかなくものなみさへ立もかゝらで　（秋下・同・月・五七一九）
87　なべてなき所の名をやおしむらんあかしは分て月のさやけき　（同・同・名所月・五九八七）
88　玉かけし花のかつらもおとろへて霜をいたゞくをみなへしかな　（冬・同・寒草・七一二八）
89　たけのぼる朝日のかげのさすまゝにみやこの雪はきえみきえずみ　（同・同・雪朝眺望・八〇六三）

すなわち、81・82の春部上の「余寒」の二首、83の同じく「梅」の一首、84の秋部上の「虫」、85の同じく「深夜聞蛬」の各一首、86の秋部下の「月」、87の同じく「名所月」の各一首、88の冬部の「寒草」、89の同じく「雪朝眺望」の各一首の、都合九首が本集が採録した西行の家集の伝本と関係するのだ。ところで、これらの九首が直接かかわるのは、（1）と（2）の家集のみである。すなわち、（1）・（2）の両家集にかかわるのは、81・82・88・89の四首である一方、そのほかの83～87の五首は、（1）の家集に関係をもつのみである。ということは、これらの九首がすべて関係するのが（1）の家集であるから、本集が西行の家集から採歌したのは（1）『山家集』であることは間違いない事実となろう。

それでは、本集が依拠した『山家集』の伝本はどれであろうか。次に、この問題の検討を進めてみると、81・83・84・86の四首は実は、『山家集』の最善本と目されている陽明文庫本には収録をみず、「六家集版本」にのみ収載されているのだ。さらに、この事実を本文異同の視点から検討してみると、87の初句「なべてなき」は陽明文庫本では

「なべてなを」とあり、また、82・85・88の各第二句は「谷のした水」「更行月を」「花のかつらも」のとおりだが、それを陽明文庫本では各々、「谷のほそ水」「ふけゆく空を」「はなのすがたも」の措辞を掲げて異同している。ところで、これらの本文異同の個所において、本集に認められる表現・措辞はいずれも「六家集版本」のそれと符合をみているのだ。これらのふたつの事実は、本集が西行の家集から採歌する際に、「六家集版本」系統の『山家集』に依拠して例歌（証歌）蒐集がなされた背景を如実に物語っていようから、ここに西行の場合も、藤原俊成・同良経の場合と同様に、寛文年間に版行されたと推定されている「六家集版本」が、その撰集資料であったと想定してほぼ誤りはないであろう。

次に、本集は藤原定家の例歌（証歌）を、いかなる伝本に基づいて採歌したのであろうか。この問題に示唆を与えるのは、次の詠歌であろう。

90　古郷のあれゆく庭のつぼすみれたゞこれのみや春をしるらん　（春下・遺・菫・二一三二）
91　おもふどち春のかたみにすみれつむのはらのまとゐ雨ぞゝぼふる　（同・同・同・二一三五）
92　やへ葎秋の分入《わけ出る》風の色を我先にこそ《と写》鹿はなくなる　（秋上・遺・鹿・四八六五）
93　ふけまさる人のまつかぜ《まつかぜの》くらきよに山かげつらきさをしかの声　（同・同・同・四八七〇）
94　わすれじな秋のしら露敷妙のかり庵の床に残る月かげ　（秋下・遺・月・五五〇四）
95　そふのみとおもはぬ空のくるゝだに秋の夕はあはれならずや　（同・同・九月尽・六七〇七）
96　あともなしこぼれておつるしら雪の玉しま川の川かみのさと　（冬・拾（ママ）・川辺雪・七九八九）
97　たちなびく煙くらべにもえ増るおもひの薪身はこがれつゝ　（恋・遺・返事増恋・九六九二）
98　風しげみむすばぬさきの山のゐに夏なきとしと松かぜぞ吹　（雑上・遺・夏風・一〇四五七）

99　はづかしや花のいろかにさそはれてうき世いとはぬはるのやまぶみ　（同・壬（ママ）・春山・一〇七四八）

100　秋夜の月にこゝろやうかびけんむかしの人のふか《る》きいけみづ　（同・遺・秋池・一〇九二八）

101　なれをだにまつこともなしほとゝぎすわれよの中にとのみうれへて　（同・遺・夏鳥・一二〇七三）

すなわち、本集に収載の90～101の例歌のうち、96・99の詠に「拾」「壬」の集付（出典注記）が付されているが、『拾遺愚草』からの採歌であり、また、90・91・95・98～101の七首は実は、『拾遺愚草員外』に収録される詠歌であるので、本集が定家の例歌を採録するに当たっては、『拾遺愚草』と『拾遺愚草員外』とを別本扱いにしている、いわゆる『拾遺愚草員外』を含めない冷泉家時雨亭文庫本などの伝本を採歌対象にしたのではなく、『員外』も含めた『拾遺愚草』の伝本をその対象にした背景が想定されるであろう。ちなみに、97の詠は『藤川百首』に収載されるので、本集が依拠したと想定される伝本は、『藤川百首』を含む『拾遺愚草員外』が正編『拾遺愚草』に付加された伝本ということになって、『私家集大成』と『新編国歌大観』とが底本にしている書陵部御所本『拾遺愚草』（五〇一・五一二）と、『続国歌大観』などに翻刻されている「六家集版本」とが、その候補にのぼるであろう。そこで本集とこの系統の伝本とによって、本文異同を試みてみると、本集が92の第二句を「秋の分入」とし、第四句を「我先にこそ」とする箇所に、校合本は各々、「秋わけ出る」、「我先にとぞ」の本文を掲げている。このうち、本集の本文は「六家集版本」と符合する一方、校異のほうは書陵部本に一致している。ちなみに、本集が第四句の校異の箇所に「写」と注記しているのは貴重で、校合本に書陵部本などの写本を利用した経緯を明らかにしている一方、本集が採用した伝本は版本であった可能性を示唆するのではなかろうか。この推測を裏づけるのが本集の93の事例で、具体的には、本集が93の第二句を「人のまつかぜ」とする箇所に、校合本が「人まつかぜの」の本文を掲げている点はまさにこの推測を実証するであろう。ちなみに、本集が校異を掲げていない事例として94の第二句と97の初句の校異が指摘されるが、具体的には、本集が94の第二句を「秋のしら露」、97の初句を「たちなびく」と各々掲げて「六家集版本」の本文と符合をみている一方、書陵部本のそれは各々、「はぎのしら露」、「うちなびく」の措辞で、本集のそれと異同しているという具合である。したがって、本集が定家の例歌（証歌）を採録する際に、「六家集版本」を採用したであろうことは疑いえないのであるが、残念ながら、「六家集版本」の翻刻本である『続国歌大観』は、冷泉為村筆本『拾遺愚草』に欠脱している96の例歌（証歌）を掲載していないので、現時点では一応、この推測を保留にせざるを得まい。しかし、定家の私家集の場合も、そのほかの六家集歌人の場合と同様に、本集が「六家集版本」をその採歌対象にした可能性は高いであろう。

次に、藤原家隆の例歌（証歌）については、本集は家隆の私家集『壬二集』のうち、いずれの伝本から採歌しているであろうか。この問題を考えるために、「落花」の例歌を次に掲げてみよう。

102　よくみばや風のやどりやこれならん花ちりつもる谷のいはかげ　（春下・壬・落花・一九七六）
103　大空にかすみのそではにほへども猶はるかぜに花はちりけり　（同・同・同・一九七七）
104　世中をおもひつゞけてみる時はちるこそはなのさかりなりけれ　（同・同・同・一九七八）
105　あらしふく春のみゆきはよしの山すがのねしのぎ花ぞふりしく　（同・同・同・一九七九）
106　花のちる山かけてすむあま人はおもはぬなみにまたかへるらん　（同・同・同・一九八〇）
107　あすも猶きえずは有ともさくらばなふりだにそはん庭の雪かは　（同・同・同・一九八一）
108　旅ねするはなの木かげにおどろけば夢ながらちる山ざくらかな　（同・同・同・一九八二）
109　花のちる木のした風にふしわびてたれ又あくる空をまつらん　（同・同・同・一九八三）
110　うぐひすはほとゝぎすにもまちかへつちりぬる花のなぐさめぞなき　（同・同・同・一九八四）

111　花ちりてはてはものうきうぐひすもうらみかねたる春のあけぼの　（同・同・同・一九八五）

この102～111の十首が「落花」題の家隆の例歌だが、これらの十首は『壬二集』の諸本のなかで、どのような収録状況になっているであろうか。周知のとおり、『壬二集』の諸本は、（1）古本系、（2）六家集本系、（3）広本系の三系統に分類されるが、このうち、102～104・106の五首が、（1）の古本系に収載されない以外は、すべて三種の伝本に収録されている。この実態は、本集が（1）の伝本に依拠して採歌していない背景を示唆しようが、それでは、本集は（2）と（3）の伝本のうち、いずれの伝本に拠っているのであろうか。この点を明らかにするのが、次の本集収載歌であろう。

112　冬ながら花ちる空のかすめるはくものあなたに春やきぬらん　（春上・壬・年内立春・一）

113　天のとのあくるけしきのしるきかなはこやの山の千代のはつ春　（同・同・立春・七三）

114　浅みどりたがため分て此川のむかひのゝべにわかなつむらむ　（同・同・朝若菜・五五六）

115　さゆる日のみくさのしものきえがてにまだ降うづむ春のあは雪　（同・同・春雪・五七四）

この112～115の四首はいずれも、（2）の六家集系の伝本には収載されず、（3）の広本系にのみ収録をみる例歌である。ちなみに、本集は「六家集版本」に収録をみない「百首和歌 初心」「詠百首和歌 仙洞初度」「百首和歌 入道前摂政家初度」「百首和歌 内裏名所」「百首和歌 仙洞結句御百首」の五編からは採録していないので、以上の実態からみると、本集が家隆の家集から採歌する際に、（3）の広本系の伝本をその対象にしたことは間違いないと一応、推断しうるであろう。なぜなら、この推断は、本文異同の視点からみると、たとえば、109の第二句は本集が「木のした風に」とする措辞を、（1）が「やましたかぜに」、（2）が「木の下風に」、（3）が「山した風に」として（2）の伝本に符合する一方、113の第二句では本集が「あくるけしきの」とする措辞を、（1）が「あくるけしきの」とし、（3）が「あくる気色も」とするなかで、（1）の伝本と符合しているように、必ずしも、（3）の伝本の本文と一致をみない事例が指摘されるからである。しかし、114と115の初句は各々、本集が「浅みどり」「さゆる日の」とする措辞を、（1）の伝本は各々、「あさごほり」「さゆるひは」の本文を掲げているのに対し、（3）の伝本は各々、「朝みどり」「さゆるひの」の本文を掲載してほぼ、本集の措辞と符合をみているので、現時点では一応、本集は（3）の伝本に依拠して、家隆の例歌を採歌したのであろうと、憶測しておきたいと思う。となると、（3）の伝本では、室町末期ごろの書写になる、蓬左文庫蔵『玉吟集』（二〇七・九）が代表格であろうから、本集が（3）の伝本を参照した時期は、それ以降となろう。

最後に、本集は後鳥羽院の例歌（証歌）については、いずれの伝本から採歌しているであろうか。ちなみに、『後鳥羽院御集』の諸本は通常、（1）承応二年版本系、（2）列聖全集本系、（3）大阪大学研究室本系の三系統に分類されるが、本集の収載歌は（1）の伝本から採歌されているようである。それは次に揚げる、

116　いつしかとかすめる空のけしきにて行末遠しけさのはつ春　（春上・御・初春・一一二）
117　春のくる空のけしきは薄がすみ棚びきわたるあふさかの山　（同・同・霞・一九七）
118　深山べのまつの雪まにみわたせば都ははるのかすみなりけり　（同・同・霞・一九八）
119　春たてばかはらぬ空ぞかはりゆくきのふの雲のけふのかすみか　（同・同・早春・一三二）
120　冬と春とゆきあふさかの松がえにかすみをしのぎあは雪のふる　（同・同・早春・一三三）
121　春風のうぐひすさそふたよりにや谷の氷をまづはとくらむ　（同・同・初春・一〇六）
122　ときしらぬ山はふじとしき丶しかど春たつ空は先ぞかすめる　（同・同・早春・一三九）
123　から崎や氷になみの音こえて汀にのこるさよのまつかぜ　（冬・同・氷・七一九一）

124　大淀のうらかぜかすむあけぼのに雲ゐをかりの音づれて行
（雑下・同・大淀浦・一四二八四）

125　よる浪もあはれなるみのうらみさへかさねて袖にさゆるころかな
（雑下・同・鳴海浦尾張・一四二九一）

の116～125の十首によって明白になるであろう。すなわち、116～118の三首は『正治二年八月御百首』の詠歌、119・120の二首は『千五百番歌合』の詠歌、121・122の二首は『建保四年二月御百首』の詠歌、123は『建仁元年二月老若五十首御歌合』の詠歌、124・125の二首は『承元二年十一月最勝四天王院御障子歌』であって、これらの十首は（2）の伝本には収載されていないのだ。しかも、本集は（3）の伝本にのみ収録をみる、

126　時鳥軒のたち花にほふかにえや忍ばれぬをちかへる声

127　よしの山くもゐに見ゆる滝の糸のたえぬや花のさかりなるらん

の126と127の二首も収載していないので、これらの本集の例歌収録状況からみて、本集が（1）の伝本に依拠して後鳥羽院の例歌（証歌）を収録したことは、ほぼ疑いえない事実となるであろう。ただし、（1）の伝本の系統の書陵部蔵『後鳥羽院御集』（五〇一・六三九）には、本集が収載する『千五百番歌合』に収録の

128　ありそ海のやむときもなき浦かぜに浪がくれゆく海人のつり舟
（雑上・御・浦・一一〇六三）

の128の例歌を見出しえないので、この点、本集が（1）の伝本に依拠したことは即座に推断しがたいと言わざるを得まい。しかし、この128の詠は『千五百番歌合』収載歌であるので、現時点では一応、前述の推測を提示して、（1）の伝本が承応二年（一六五三）に版行されているので、本集が参照した時期はそれ以降となるであろう。

以上、本集が依拠した六家集と『後鳥羽院御集』の伝本について、種々様々な視点から検討した結果、藤原家隆の家集『壬二集』については、室町末期ごろの書写になる、蓬左文庫蔵『玉吟集』（二〇七・九）を想定したが、家隆以外の六家集の歌人の私家集の伝本には、いずれも寛文年間に刊行をみたとされている「六家集版本」を、また、後鳥

羽院の私家集の伝本には、承応二年版行の版本を、それぞれ想定することができるであろう。

五　編纂目的と成立時期の問題

本集に収載する例歌（証歌）の問題については、おおよそ以上のとおりだが、それでは、本集はいかなる目的で編纂されたのであろうか。この編纂目的の問題に示唆を与える手掛りを本集に求めると、幸いなことに、本集は北村季文の序文と、松平定信自身の執筆になる跋文を掲載している。そこでまず、北村季文の序文を引用すると、つぎのとおりである。

桑名の少将の君（注、松平定信）、致仕のゝちは、みづから風月とぞ名のりたまへる、げにその御なのりも、しるきみやびに、年月をおくり給ふが、ことに中つ世の哥の調べをこのみて、常に読吟し給ふ言の葉も、をのづから今の世のせんだちの口つきに似かよひたる事おほかる。中にはさながら同じ安《ママ》などの出来たるを、いとわづらはしくおもほして、かゝるおりふし見くらぶるれうにもとぞ、かの「六家集」を部類して、見るだにやすく、さぐるにちかき径をとめつゝ、八つの門をたて、十あまり一巻となんし給へる。かくこの度拾ひ分られたる松のはも、今一しほのいろまされとにやあらん。建久のみかどの御集をさへ、つとめてとり具し給ひしは、やむごとなき御言葉の、よにすぐれさせ給へるを、只かしこみてのみ打をかんは、いともほいなく、おぼすゆへ也けり。『三玉類題』など云ものも、近くはありとぞ承る。このみちはかゝるをこそ、かへりてひろきしわざとは申侍るなれ。是をしも文几の衣に老わざしびれて、三の戸のあけくれさらす橘の昔を、うつすかゞみとも見そなはすらんことは、この君のよみ御すさび給ふ詞のはしにも見え聞えぬべければ、又々所々さらに申べき事かはとて、うちをきぬ。『独看集』とよばる丶をば、その御こ丶ろのおもむきもて、みずから名づけたまへるなりけり。

文政九年卯月の初之間、本窓の青葉の木陰に対して記す。

法眼　季文（花押）

この北村季文の序文は、松平定信が文政九年、隠居してからは、和歌を詠作するなど、いわゆる風流三昧に明け暮れしていた、晩年の趣味的生活ぶりに言及している。とりわけ、定信は格調の高い中世和歌に心引かれて、自身が「読吟」する和歌の歌ことばのなかに、当代（近世後期）の和歌の師匠の詠みぶりと類似する措辞が多く見出される事例に驚愕したため、この際、新古今時代の「六家集」に『後鳥羽院御集』を加えた「中つ世」の歌集に特定した類題集を編纂して、机辺に置いておくと至極便益であろうとの考えから、実際に、春・夏・秋・冬・恋・雑・贈答の「八つの門」に「部類」した、十一巻の類題集を編纂し完成したが、みずからその名を「独看集」と命名したという。これは、岡嶌氏が田内親輔の『守国公御著述目録』を引いて、本集の編纂目的に言及している見解と、ほぼ共通する内容ではなかろうか。

ちなみに、この問題にかかわる記述として、次に定信自身の見解が次のように、跋文で展開されている。

これは和哥みる料にかいあつめしなれば、取捨もはゞからず。子ら孫らののぞめるまに〳〵うつしとらせんもわづらはしければ、かくはものせし也。建久の『御集』を「御」とし、『拾玉』を「拾」、『拾遺』を「遺」とせしなどは、みるらんものをのづからしりぬべし。文政九のとしかみな月しるす。

ここには、『独看集』は、定信みずからが和歌を詠作する際に、参考書として『後鳥羽院御集』以下、「六家集」の詠作を集成したのであるから、その編纂過程では原歌の取捨選択は、自己の好尚にまかせて行なった。しかし、その編纂した『独看集』を、わが子や孫たちの要請で、希望するとおりに本集を参照させてやるとしたら、それはたいへん面倒で、厄介なことなので、この際、思いきって版本として上梓することにした旨、定信は言及している。ここには、本集の編纂目的と編纂後の取り扱い（版行）についての二つの問題が如実に窺知されるように思量される。

ところで、本集の成立時期は何時であろうか。この問題については、さきの季文の序文のなかに、『三玉和歌集類題』に言及した記述がみられ、一応参考にはなろう。すなわち、『三玉集類題』は『柏玉集』（後柏原院）『雪玉集』（三条西実隆）『碧玉集』（冷泉政為）の三集を部類した、松井幸隆編になる類題集。元禄九年二月執筆の蜂谷又玄の跋文があり、刊記に「元禄九丙子年仲陽日」と記す。この元禄九年（一六九六）二月に版行された『三玉集類題』と、本集の序文の記された文政九年（一八二六）四月および跋文の記された同年十月の記事を勘案して本集の成立時期を推察すると、『三玉集類題』のなかの「『三玉類題』など云ものも、近くはありとぞ承る」の記述内容は、本集が成立した前後あたりと漠然と示す措辞ではあるが、編者の定信の生まれた宝暦八年（一七五八）をはるか遡る元禄九年のことであるから、本書の成立時期を特定しうる直接の根拠にはしがたいと言わねばなるまい。となると、本書の成立時期は、定信が隠居して風流三昧の生活に入った文政九年のうち、北村季文によって序文が物された文政九年四月を少しばかり遡るころくらいしか現時点では推断しえないであろうか。そうして、本集が出版、刊行されたのが同年九月以降と推断しうるのでなかろうか。

六　『類題六家集』（藤原伊清編）との比較

さて、『独看集』が上梓された文政九年をはるかに遡る、宝永元年（一七〇四）五月に、藤原伊清編になる、六家集の詠歌を「立春」以下に部類した『類題六家集』という類題集が版行されている。したがって、本書の成立が『類題六家集』と関係があるのか、否かの問題を検討するために、任意に両類題集から「早蕨（さわらび）」の例歌（証歌）

を列挙してみると、次のごとくである。

まず、『類題六家集』から当該歌を引用すると、

129　むさしのゝ草ばにまじる早蕨をげに紫の塵かとぞみる　（拾玉・詞書略・四〇四）
130　さわらびの折にしなれば賤のめがふご手にかくるのべの夕ぐれ　（同・同・四〇五）
131　春をへて片岡山のさわらびは折しれとてやもえ初けん　（同・同・四〇六）
132　なげかめやをどろの道のさわらび《本ノマヽ》跡を尋るおりしありなば　（長秋・同・四〇七）
133　岩そゝぐし水も春の声立て打や出つる谷のさわらび　（拾遺・同・四〇八）
134　わらび折おなじ山路の行ずりに春のみやすむ岩のもと哉　（同・同・四〇九）
135　谷せばみさかしき岩の下蕨いかにおるべきかけぢなるらん　（同・同・四一〇）
136　つま木にはのべの早蕨折そへて春のゆふべに帰る山人　（壬二・同・四一一）
137　あやなくも袖こそぬるれ春雨のふるのゝ原にもゆる早蕨　（同・同・四一二）
138　をしなべてもゆる草ばは緑にて紫深きのべのさわらび　（同・同・四一三）
139　なをざりに焼捨し野の早蕨は折人なくておどろとやなる　（山家・同・四一四）

の129～139のとおりである。

これに対して、『独看集』のそれは次のとおりだが、『後鳥羽院御集』のそれは省略に従ったことを断っておきたい。

140　つま恋るきゞすなくのゝしたわらび下に萌ても春をしるかな　（月・早蕨・八七二）
141　さわらびの折にしなれば賤のめがふごてにかくるのべのゆふぐれ　（拾・同・八七三）
142　かねてよりみるもものうきわらびかなおられしとてや手をにぎるらん　（同・同・八七四）

143　東路ややきすさびたる春のゝにさわらびあさるきゞすなくなり　（同・同・八七五）

144　世中をいとふおもひもさわらびももゆるけぶりはめにみえばこそ　（同・同・八七六）

145　春をへてかたをか山のさわらびは折しれとてやもえはじめけん　（同・同・八七七）

146　むさしのゝ草ばにまじる早わらびをげに紫のちりかとぞみる　（同・同・八七八）

147　のべごとにもゆるわらびのけぶりこそよもの山べのかすみなるらめ　（同・同・八七九）

148　なげかめやをどろの道のさわらびの跡をたづぬる折しありなば《にありとは にしあらば》　（長・同・八八〇）

149　わらび折おなじ山ぢの行ずりに春のみやすむ岩のもとかな　（遺・同・八八一）

150　岩そゝぐしみづも春の声たてゝ打や出つる谷のさわらび　（同・同・八八二）

151　山ざとのまがきの春のほどなきにわらびばかりや折はしるらむ　（同・同・八八三）

152　谷せばみさかしき岩の下わらびいかに折べきかけぢなるらん　（同・同・八八四）

153　さもあらぬ草ばも春はみなれけりさわらびあさる山のたよりに　（同・同・八八五）

154　つま木にはのべのさわらび折そへて春のゆふべにかへるやまびと　（壬・同・八八六）

155　あやなくも袖こそぬるれ春雨のふるのゝ原にもゆるさわらび　（同・同・八八七）

156　をしなべてもゆる草ばはみどりにてむらさきふかきのべのさわらび　（同・同・八八八）

157　枯野やきし煙を空に先だてゝ霞にむかふはるのさわらび　（同・同・八八九）

158　よしの山ちりしくはなの下わらびさくらにかへて折もゝのうし　（同・同・八九〇）

159　なをざりにやきすてしのゝさわらびは折人なくてほどろとやなる　（〈山〉・同・八九一）

この「早蕨」題における両類題集の例歌収載状況をみると、『類題六家集』が慈円・俊成・定家・家隆・西行の五歌人の詠歌を掲げているのに対して、『独看集』は六歌人すべての例歌（証歌）を収録しているが、これは『類題六家集』が良経の詠歌に「早蕨」題を欠くために、同集が五歌人の詠歌をのみ収載しているわけだ。ところで、『類題六家集』の収載歌はすべて『独看集』に収載されているが、家隆の156の詠は『壬二集』には「早蕨」の題下に収載をみるのに、『類題六家集』は同歌を掲載していないのだ。ちなみに、『独看集』が『類題六家集』に依拠して成立しているとしたら、『独看集』の「早蕨」題の例歌は、おそらく129～139の十一首であったであろうと推測される。それが、『独看集』には、これらの十一首のほかに、良経の140の歌をはじめ、慈円の142～147の四首、定家の151・153の二首、家隆の157・158の二首の都合九首が、さらに集成されている実態をみると、どのように考えるとしても、『類題六家集』が『独看集』の直接の依拠資料にはなりがたいであろう。ちなみに、本集に収載の七歌人の各家集の伝本の究明については、すでに「四　収載歌の問題――伝本と詠歌作者」においても言及済みであって、この点からも、『類題六家集』が本集の直接の撰集資料でないことは明らかであると言わねばなるまい。

　とはいうものの、『類題六家集』には、巻頭に藤原全故による序文が掲載されていて、この序文は本集の編纂目的を示唆する有力な資料的価値をもつものと判断されるので、参考までに以下に引用しておこうと思う。

此《この》『類題六家集《るいだいりくかしう》』者《は》、後《ご》京極摂政殿をはじめ、慈鎮和尚《じちんくわしやう》、俊成卿、定家卿、家隆卿、西行上人、この六人の家の集の哥を同題に類《るい》し、寄《よせ》侍るもの也けり。後鳥羽院上皇の御比ほひ、倭謌中興《こう》して謌人おほかる中に、この人〳〵すぐれて堪能《かんのふ》の佳名《かめい》を得給ひ、上代にもかよひ、この風《ふう》も大《おほき》に起《おこり》けるとぞ。尤萬世にかゞやきて、世にくまなくしれる事なれば、皆略《りやく》しけらし。まことに新《あたら》しき情《こゝろ》を求《もと》め、旧《ふる》き詞《ことば》を用《もち》ひ、風躰《ふうてい》を倣《なら》ふたより、いづれか是にまさり侍らん。猶、常《つね》に握翫《あくぐはん》をば、哥のさま心あまれるかた、巧《たくみに》詠《じ》レ物《を》、かすかなる詞、有《ある》二逸興《いつけう》一躰なども、ほのかに其おもむき見えて、仰《あふ》げばいよ〳〵高かるべしとなん。然ども、家の集繁雑《はんざつ》にしてか、やすく見分《わき》がたく見る人、まれ〴〵なりけるとかや。故に、藤伊清雅吏右武《うぶ》のいとま、みづから類題《るいだい》し給ひ、四季・恋・雑とわかち、家々の集の名を、月清良経公、拾玉滋鎮、長秋俊成卿、拾遺定家卿、壬二家隆卿、山家西行と、上《かみ》にあらはしつゝ、すべて十八巻に編《へん》正して、ひめ置給ふけるある日、哥合の折から、やつがれ是を見侍て、其成功のおほいなる方を感ず。其故者《は》、わかの浦浪に心をよせ、其席にすゝむ人、あまたの書考合《かんがう》いとこゝろさはがし。又、いちはやき事に応《おふ》じがたし。又、見ずはむげなるべき書《しょ》也。しかあるに、『題林愚抄』『明題和哥集』等の類ひにして、初学の人も見やすく、しかも述而不《ず》レ作、むべなる哉。仍愚毫《ぐがう》をもて、これを書写し、遂二校合一、わがたすけともなし、同志のかた〴〵の需《もとめ》にしたがひて、見せもし、又、童蒙のたよりにもなし侍き。藤原全故序す。

この藤原全故の序文には、六家集の作者である「後京極摂政殿をはじめ、慈鎮和尚、俊成卿、定家卿、家隆卿、西行上人」たちが、「後鳥羽院上皇の御比ほひ、倭謌中興《こう》して謌人おほかる中に、この人〴〵すぐれて堪能《かんのう》の佳名《かめい》を得給ひ、上代にもかよひ、この風《ふう》も大《おほき》に起《おこり》ける」という、和歌史上において特筆される存在であり、このことは「愚世にかゞやきて、世にくまなくしれ」わたっている事実なので、このたびこれらの歌人の私家集に注目したが、これら六家集の歌には、いずれも「まことに新《あたら》しき情《こゝろ》を求《もと》め、旧《ふる》き詞《ことば》を用《もち》ひ、風躰《ふうてい》を倣《なら》ふたより、いづれか是にまさり侍らん」という属性を備えている点で、これにまさる家集はなく、その詠歌には「常に握翫《あくぐはん》をば、哥のさま心あまれるかた、巧《たくみに》詠《じ》レ物《を》、かすかなる詞、有《ある》二逸興《いつけう》一躰なるも、ほのかに其おもむき見えて」いるという特性が指摘されると、全故の和歌観が表明されている。そうして、全故はさらにこれら六家集の当代における価値に触れて、これらの六家集が、「わかの浦浪に心をよせ、其席にすゝむ人」にとって、「『題林愚抄』『明題和哥集』の類ひにして、初学の人も見やすく」「童蒙のたよりにも」なるようにと思って、「愚毫《ぐがう》をもて、これを書写し」たと、その効用、役割にも言及している。

ところで、本集の近世期における位相に及ぶならば、新古今時代の代表的歌人六名の家集の総称「六家集」が概念として定着したのは、永正二年（一五〇五）成立の『六家抄』によってであったが（別に、付注本『六家集抜書抄』もある）、これらの六集が一具の家集群としての実態を備えたのは、細川幽斎による書写によってであった。この幽斎本が江戸に入って、寛文年間（一六六一～七二）に版行されたが、その後宝永元年（一七〇四）、藤原伊清編『類題六家集』が版本として刊行をみたのは前述したとおりだ。ちなみに、『六家集類句』はその索引である。そうして、文政九年（一八二六）、当面の松平定信編『独看集』が版行されたのであった。

なお、「六家集」の詠作上の利用価値については、寛文六年（一六六六）八月、烏丸資慶がその門弟に口述した『資慶卿口授』に、「惣じて六家集の内、何もよろしきながら、第一家隆卿の集を見るべしとぞ。彼卿の集は『壬二集』と云ふよし彼の仰なり。飛鳥井殿にも左様に御となへ有りけるとぞ。」と、「六家集」のなかでは『壬二集』が最高だとの見解を述べるものの、総じて「六家集」は「何もよろしき」と、その家集としての価値に言及している。

これに対して、享保末から元文頃の成立とされる『初学考鑑』（武者小路実陰述）には、「六家集後京極・慈鎮・俊成・定家・家隆・西行等集也。その外、後鳥羽院御集・明日香井和歌集雅経・寂蓮家集等など、人ごとに一向みぬもの多し。これ何事ぞや。尤右の集など、初学の者の見侍りて、一向にことわかり侍るまじけれど、学者已上の少してにをはをわかちたる人など、捨て置くべきものにあらず。」と叙述され、また、江戸後期ごろの成立と推測される間宮永好の歌学書『八雲のしをり』には、『六家集類題』に触れて「また『六家集類題』といふもの、近来いできたり。是もあしからず。されど、これらは取捨してみるべきものなれば、初心の人にはいかがあらむ。」と言及されて、ともに「六家集」を、和歌詠作の「初学」「初心」の段階を経た中級以上の実作者の参考書、実用書と位置づけている。これらの見解は『独看集』の効用、役割にも援用されるべき内容と判断されようか。

七　まとめ

以上、『独看集』の成立について、種々様々な視点から基礎的考察を進めてきたが、ここでこれらの考察によって明らかにすることのできた要点を、摘記するならば、おおよそ次のごとくなるであろう。

（一）『独看和歌集』の伝本については、文政九年写になる写本が東大南葵文庫に一本蔵される以外は、文政九年に上梓された版本が流布している。

（二）桑名市立文化美術館（秋山文庫）蔵の文政九年九月の自跋をもつ版本によれば、本集は総丁数五百七十九丁の第十一巻十冊本である。

（三）総歌数は一万四千九百七十九首を数えるが、部立別に示せば、春上・千百六十八首、春下・千三百七首、夏・千五百四十四首、秋上・千七十八首、秋下・千六百五十一首、冬・千七百十七首、恋・二千五十五首、雑上・千八百三十一首、雑中・千八百四十八首、雑下・三百八十三首、贈答・四百九十七首のとおりである。

（四）本集に収載する歌題は、春上・百八十九題、春下・百六十七題、夏・百九十九題、秋上・百六十五題、秋下・二百六十三題、冬・二百七十九題、恋・二百五十七題、雑上・四百三十五題、雑下・百十五題の、都合二千二百六十九題である。この歌題数は『二八明題和歌集』とほぼ同程度の規模である。

（五）本集の歌題の提示には、原拠資料に掲げる歌題はもちろん、原拠資料に歌題を欠く例歌の場合にも、例歌の内容に鑑みて、しかるべき適当な歌題のもとに、その例歌が配置されている。

（六）本集に収載される例歌（証歌）は、なかに寂蓮と順徳院の詠歌が各一首混入しているが、この二首を減じた一万四千九百七十七首の内訳は、俊成の詠が六百三十一首、良経の詠が千五百九十六首、慈円の詠が三千七百三十六首、西行の詠が九百五十首、定家の詠が三千百八十九首、家隆の詠が三千百三十七首、後鳥羽院の詠が千七百三十八首のとおりである。

（七）本集に収載される各歌人の家集の伝本については、家隆の場合、室町末期ごろの書写になる、蓬左文庫蔵『玉吟集』が想定されようが、家隆以外の六家集の歌人の伝本には、寛文年間に上梓をみたとされる「六家集版本」が想定されよう。なお、後鳥羽院の場合は、承応二年上梓の版本が想定されよう。

（八）本集の編纂目的は、編者・松平定信が和歌を詠作する際の備忘録的な役割を担わせて、「六家集」による類題集を制作したが、子孫の要請にその都度応対するのも煩わしいので、上梓したというもの。ちなみに、当時の歌学書によれば、「六家集」および『後鳥羽院御集』などは、和歌の詠作の段階が多少進んだ人びとへの参考とするにふさわしい証歌となりうる作例であったようだ。

（九）本集の成立は、文政九年四月を多少さかのぼるころと推察されるが、本集の版行時期は同年九月以降と推断されようか。

（十）本集に先だつ同種の類題集に、藤原伊清編『類題六家集』があるが、本集が同集を直接参看して編纂された可能性はほとんどないであろう。

（十一）本集の近世類題集史における位相に及ぶならば、永正二年成立の『六家抄』（牡丹花肖柏撰）を受けて、細川幽斎が「六家集」の書写本を作成したが、江戸の初期に入って寛文年間に、幽斎本「六家集」の版本が行われた。この一種の改編本が、宝永元年に上梓された藤原伊行編『類題集六家集』であったが、その後、文政九年に至って同種の類題集の版行をみたのが、松平定信編『独看和歌集』であったわけだ。

第四節　高井八穂編『古詞類題和歌集』の成立

一　はじめに

筆者はこれまで中世に成立した私撰集および類題和歌集を中心にして考察を進めてきたが、しかし、成立時期が近世ではあっても、それが室町時代までの古典和歌を主要内容とする類題集である場合には、それも考察対象に選んで検討を加え、『明題和歌全集』、後水尾院撰『類題和歌集』、霊元院撰『新類題和歌集』をはじめとして、河瀬菅雄編『和歌拾題』、有賀長伯編『歌林雑木抄』『和歌分類』、『明題拾要鈔』などに関する論考を公表してきたのであった。

ところで、これまで筆者が考察を進めてきた類題集はいずれも、形態的には真名による結題を歌題とする、所謂、純正な形式による類題集であったが、近世期に成立した類題集のなかには、「字形からいって〈仮名題〉」（『和歌文学大辞典』）によって編纂された形態の類題集もあって、このような形態の類題集に関する研究は目下、管見には入らない状況にある。

そこで筆者は本節では、こうした状況下にある類題集の一つである、高井八穂編『古詞類題和歌集』を対象にして、この類題集がどのような編纂意図で制作され、従来の類題集と比べてどのような特色を有し、近世類題集の系譜のなかでどのような位相にあるのか等々、考察を試みた結果、いくつかの具体的事実を明確にすることを得たので、以下に論述する。

二　書誌的概要

さて、高井八穂編『古詞類題和歌集』とはいかなる内容を有する類題集であろうか。ここで国文学研究資料館蔵のマイクロ・フィルムによって、本集の書誌的概要に言及すれば、おおよそ次のとおりである。

国文学研究資料館のマイクロ・フィルム番号　30―269／4　C5491。

所蔵者　刈谷市中央図書館　蔵（2046／2／3甲五）

編著者　高井　八穂

体　裁　中本二冊　版本　袋綴じ

題　簽　古詞類題和歌集　上（下）

内　題　古詞類題和歌集　上（下）

各半葉　半葉十五行（和歌一行書）、序・跋半葉八行、そのほか半葉十一行

総丁数　八十二丁（上巻・序等五丁、本文三十九丁、下巻・本文二十六丁、跋等三丁、広告九丁）

総歌数　千百八十二首（春部・百六十六首、夏部・六十四首、秋部・百二十七首、冬部・五十八首、恋部・三百一首、雑部・百七十六首、画部―春部・六十八首、夏部・三十八首、秋部・五十六首、冬部・五十三首、雑部・七十五首）

柱　刻　序　上一（～三十九畢）下一（～二十六畢）　跋

序　あり（岸本由豆流〈文化十四年六月二十二日〉・榛原安浦）
跋　あり（高井八穂〈文化十四年四月〉・正木千幹〈文化十四年七月七日奥書〉）
刊記　なし（序・跋とも文化十四年筆）

以上から、本集は通例の春部百六十六首、夏部六十四首、秋部百二十七首、冬部五十九首、恋部三百一首、雑部百七十六首の、都合八百九十二首を収載する本体と、付属の画部に属する春六十八首、夏部三十八首、秋部五十六首、冬部五十三首、雑部七十五首の、都合二百九十首を収録する二重構造の類題集であることが判明する。

三　歌題の問題

さて、本集は通常の類題集と異なって、八穂自身が跋文で「撰集・家集をはじめ、あるは日記・ものがたりぶみの中より、をかしきとおもふはしがきをとりて、日次の歌のむしろの題に、折々ものせしを」と述べているように、撰集や家集、それに日記・作り物語などから「をかしともおもふはしがき」（詞書の類）を抄出し、それに例歌（証歌）を付した類題集であるのだが、まずは本体の部における歌題の問題を検討するために、八穂がいかなる歌題を掲げているのか、春部の冒頭から二十題ほど抜き出してみよう。

イ　ふるとしに春立ける日よめる　（古今・元方・一）
ロ　正月一日をよめる　（実朝集・二）
ハ　年の始に人々多くあつまりたるところにて　（風雅・兼輔・三）
ニ　春たつに、まだ雪深し　（重之集・四）

ホ　春立日、雪のふりければ　（後京極〈良経〉集・五）
へ　正月七日、若菜人にやるとて　（赤染衛門集・六）
ト　人のもとに、わかなつかはすとて　（新千載・井手左大臣〈諸兄〉・七）
チ　女どもの沢に若菜摘をみてよめる　（詞花・俊頼・八）
リ　子日にまかりける人のもとに、おくれ侍りて遣しける　（後撰・躬恒・九）
ヌ　子日に男のもとより、けふは小松引になんまかり出るといへりければ　（同・読人不知・一〇）
ル　霜のうへのな　（うつほ・一一）
ヲ　はるをさとるくさ　（同・一二）
ワ　このめのはる　（同・一三）
カ　わづかなるこのめ　（同・一四）
ヨ　いしの火にとくる氷　（同・一五）
タ　わらびにきゆる雪　（同・一六）
レ　海の辺に雪の残りて侍をみて　（雅有集・一七）
ソ　山里をはじめてしむかすみ　（公任集・一八）
ツ　伊勢の二見の浦にて、海辺のかすみを　（夫木抄・西行・一九）
ネ　あしたの霞みどりなり　（うつほ・二〇）

この歌題表記（詞書）をみると、各歌題（詞書）は、基本的には勅撰集などが採用している季節の推移や年中行事の展開に従って配列されていると認められようが、歌題（詞書）そのものは、二種類に分類されるように推察される。

たとえば、イの「ふるとしに春立ける日よめる」や、ハの「年の始に、人々多くあつまりたるところにて」などの場合は、詠作の事情や状況などの作歌の背景を提示している事柄であるが、ロの「正月一日をよめる」や、ルの「霜のうへのな」などの場合は、所謂、歌題そのものと規定することができる事例である。ここに掲げた二十例の歌題（詞書）は、内容からみて、以上のように、二種類に分類され、前者に属するものは、ハ・ニ・ホ・ヘ・ト・チ・リ・ヌ・レ・ツ・ネなどであり、後者に属するものは、ル・ヲ・ワ・カ・ヨ・タ・ソなどであろうが、ニの「春たつに、まだ雪深し」や、ツの「伊勢の二見の浦にて、海辺のかすみを」の場合は、前者と後者の両方の側面を有していると も判断できるように憶測されよう。

ここで参考までに、イ～ネの例歌（証歌）を掲げるならば、次のとおりである。

1　としのうちに春はきにけり一とせをこぞとやいはん今年とやいはん　（イ）
2　けさみれば山もかすみて久方の天の原より春は来にけり　（ロ）
3　あたらしき年の始の嬉しきはふるき人どちあへるなりけり　（ハ）
4　雪深み山の山路やまよふらん春のむかひに今ぞこゆらし　（ニ）
5　よしの山猶しら雪のふるさとはこぞとやいはん春のあけぼの　（ホ）
6　かすがの丶けふ七くさのこれならで君をとふ日はいつぞともなし　（ヘ）
7　あかねさすひるはたゆたひぬば玉のよるのいとまに摘るわかなぞ　（ト）
8　賤のめがゑぐつむ沢の薄氷いつまでふべきわが身なるらん　（チ）
9　春の丶に心をだにもやらぬ身は若なはつまでとしをこそつめ　（リ）
10　君のみや野べに小松を引にゆくわれもかたみにつまんわかなを　（ヌ）

11　かすがの、雪まにおひし若なをば野もりはみきやけふつまんとは　（ル）
12　ことのねに春の草木のおどろくはおのれを人やひくとなるべし　（ヲ）
13　松のねにふす山人は野べをみるけふぞ柳のはにもしるらん　（ワ）
14　はるを浅み野べのこのめもまだしきをいづこよりつむ若なゝるらん　（カ）
15　春わかずさゆる河べのあしのめはいしより出る火にやもゆらむ　（ヨ）
16　雪とくる春のわらびのもゆればや野べの草木の煙いづらむ　（タ）
17　山のはゝ猶白雪のふりそひて波路ばかりぞ霞そめぬる　（レ）
18　春霞ほどへてたれか山里はうきよの外をとむるなるべし　（ソ）
19　波こすとふたみの松のみえつるはこずゑにかゝるかすみなりけり　（ツ）
20　鶯の羽風をさむみかすが山霞の衣けさはたつとも　（ネ）

このようにみてくると、『古詞類題和歌集』の本体の部においては、従来の類題集にはみられなかった種類の歌題（詞書）によって撰集された類題集ということができ、この点、かなりユニークな類題集であると評することができるであろう。

それでは、『古詞類題和歌集』の付属の画部における歌題はいかなる種類のものであろうか。次に、具体的に春部の冒頭から歌題（詞書）を十例ほど掲げてみると、

ナ　正月、わかなつむ所　（兼盛集・八九三）
ラ　正月一日、人の家にやり水、梅の花あり　（順集・八九四）

ム　正月、山ざとに梅花ある家を、男かいまみたり　（高明集・八九五）
ウ　正月、花中鶯あるところ、人の家あり　（俊成集〈長秋詠藻〉・八九六）
ヰ　二月、まつひき、若なつむ所　（夫木抄・能宣・八九七）
ノ　二月、山家、若なつむ所　（同・兼盛・八九八）
オ　二月、田つくり侍る所　（能宣集・八九九）
ク　二月、ゐなか家に、田かへす所に、かはづ鳴　（兼輔集・九〇〇）
ヤ　二月、人の家に、花ぞのあり　（宇津保物語・九〇一）
マ　二月初午、稲荷まうでしける所　（貫之集・九〇二）

のとおりである。これをみると、屏風絵の絵柄とおぼしき場面を、春の季節の推移の順に従って配列していることが知られるが、これは八穂自身が「凡例」で「ゑのことばゝ、別に四季をわかてり。また、月次の屏風のなど、その年号まではくはへず。たとへば、『正月、若菜つむ所』とあるより、あげつるなり」と述べている実践であるといえよう。

ちなみに、ナ〜マの例歌（証歌）を参考までに掲げるならば、次のごとくである。

21　あし曳の山かたへける家ゐには先人さきに若なをぞつむ　（ナ）
22　こほりとく風もつげつゝ梅の花行水にさへにほふなりけり　（ラ）
23　我やどの花はときはに匂ひなん人め恋しとおもはざるべく　（ム）
24　谷をいでゝ高きにうつる鶯は花さへやみのあかずなりけり　（ウ）
25　ひく松のちとせのはるはかすがのゝ若なもつまん物にやはあらぬ　（ヰ）

26　あしひきの山かたへける家ゐには先人さきに若なをぞつむ　（ノ）
27　雁がねぞ今かへるなる小山田のなはしろ水のひきもとゞめん　（オ）
28　さは水にかはづの声は老にけりおそくやうたん春の小山田　（ク）
29　うゑなぶる人ぞしるべき花園は幾世みるにか匂ひあくとは　（ヤ）
30　ひとりのみわがこえなくに稲荷山春の霞の立かくすらん　（マ）

このように、『古詞類題和歌集』の付属の画部の歌題（詞書）は、所謂、屏風歌といわれる詠歌を収載する歌集にみられる詞書の類であって、この点、本集の付属の画部は、従来の類題集にはみられない撰集内容となっており、本体と同様に、本集をユニークな類題集となしえていると言えるであろう。

四　原拠資料と詠歌作者の問題

『古詞類題和歌集』は歌題の視点からみると、前述したように、かなりユニークな側面を有する類題集であると言えるのだが、それでは、これらのユニークな歌題（詞書）はいかなる撰集などから採録されているのであろうか。従来の類題集の場合、主要な撰集資料から当該歌題にふさわしい詠歌を抄出して撰集される場合が多かったのだが、本集の場合は、例歌（証歌）のすべてに肩注が付されており、しかも「凡例」に続いて、「古今集　後撰集……紫式部日記　枕草紙（ママ）」など、百十三にのぼる出典が明記されているので、（注）本集は歌題（詞書）と例歌（証歌）を直接原拠資料から採録しているとも推測されようが、それぞれの依拠資料を調査してみると、二十一代集および『新葉和歌集』は正保四年版本が、私家集および『雲葉集』『住吉物語』『中務内侍日記』『紫式部日記』『枕草子』などは元禄二年刊の版本『扶桑拾葉集』が、『夫木抄』は万治三年版本が、『栄華物語』は明暦二年版本が各々、直接の採録資料と憶測されよう。

　したがって、次に、本体と付属のそれぞれの原拠資料を整理して示すならば、次の〈表1〉と次頁の〈表2〉のとおりである。

　この〈表1〉をみると、『古詞類題和歌集』の本体の部の主要作品は、『詞花集』を除く八代集と、中古三十六歌仙の主要歌人の私家集、および『宇津保物語』が中核となって、それに鎌倉期に成立をみた『金槐集』『続古今集』『夫木抄』『玉葉集』などの歌集が続いていると要約できようが、就中、『後撰集』について、「本集の特徴は、片桐が『宮廷女房社会において語り草となっていた歌語りなどを中心とする〈褻〉の歌の集成であった』とい」い、また「詞書表記では人物の関係やその場の状況を重視した書き方になってい」（有吉保編『和歌文学辞典』昭和五七・五、桜楓社）る『後撰集』収載歌と、それに続く〈晴〉の歌を中心に撰集されている『拾遺集』収載歌、および後撰・拾遺時代の歌仙三十六人のなかでは和泉式部の詠歌を圧倒的多数収録しているところに、本集の特徴を指摘することができるであろう。なぜなら、歌題（詞書）の特色で言及したように、本集には、歌題そのものを提示するほかに、詠作事情や状況などの作歌の背景を提示

〈表1〉　本体の部に十首以上の収載をみる作品

	作品	歌数
1	後撰集	一三一首
2	和泉式部集	八〇首
3	拾遺集	五四首
4	後拾遺集	三一首
5	夫木抄	三〇首
6	赤染衛門集	二八首
7	伊勢集	二七首
7	宇津保物語	二七首
9	古今集	二四首
10	新古今集	二〇首
11	兼盛集	一九首
11	玉葉集	一七首
13	金槐集	一五首
14	金葉集	一三首
15	続古今集	一二首
16	小町集	一一首
16	公任集	一一首
16	重之集	一一首
16	千載集	一一首
16	山家集	一一首
21	元真集	一〇首
21	清輔集	一〇首
	合計	六〇三首

する事例も多々見出し得、この歌題表記の事例が『後撰集』の詞書の内容とまさに符合するからであり、これらの詠歌には女文字（仮名）による題がしばしば見えるからである。

ちなみに、『古詞類題和歌集』の本体の部に認められる九首以下の作品を列挙するならば、以下のとおりである。

〔九首認められる作品〕中務集・忠見集・兼輔集

〔八首認められる作品〕貫之集・躬恒集・忠岑集・紫式部集・散木奇歌集・風雅集

〔七首認められる作品〕新後撰集・続千載集・新後拾遺集

〔六首認められる作品〕実方集・小大君集・康資王母集・大弐三位集・新勅撰集・続後撰集・続後拾遺集・新千載集・新拾遺集・隣女集

〈表2〉付属の部に三首以上の収載をみる作品

	歌集	歌数
1	貫之集	七八首
2	兼盛集	三一首
3	源順集	二三首
3	忠見集	二三首
5	能宣集	二一首
6	高明集	一六首
7	伊勢集	一四首
8	長秋詠藻	一二首
9	和泉式部集	一〇首
10	元真集	九首
11	中務集	七首
11	宇津保物語	七首
11	夫木抄	七首
14	栄華物語	五首
15	蜻蛉日記	四首
15	公任集	四首
17	拾遺集	三首
17	元輔集	三首
	合計	二七七首

〔五首認められる作品〕友則集・敦忠集・安法々師集・源賢法眼集・詞花集・続拾遺集・新続古今集

〔四首認められる作品〕清正集・経信母集・頼政集・玄々集・続門葉集・兼好自撰家集・新葉集

〔三首認められる作品〕遍照集・高明集・清少納言集・能因法師集

〔二首認められる作品〕栄華物語・海人手古良集・恵慶集・二条院讃岐集・守覚法親王集・住吉物語・信明集・蜻蛉日記・赤人集・宗祇集・相如集・長秋詠藻・定頼集

〔一首認められる作品〕　亜槐集・為頼集・雲葉集・猿丸集・今撰集・顕季集・行尊大僧正集・高光集・古侍中左金吾集・拾遺愚草・秋篠月清集・俊成卿女集・小侍従集・素性法師集・仲文集・中務親王集・中務内侍日記・枕草子・朝忠集・敏行集・弁乳母集・保憲女集・無窓国師集・頼基集

以上が『古詞類題和歌集』の本体の部分における詠歌作者の実態だが、それでは、付属の部の場合はどのような状態であろうか。

前頁の〈表2〉をみると、藤原公任撰『三十六人撰』の主要歌人の詠歌を中核として、俊成の『長秋詠藻』と、『蜻蛉日記』『栄華物語』『宇津保物語』などの散文作品がそれに続いているが、就中、正保版歌仙家集本系の前半四巻はすべて屏風歌といわれている『貫之集』と、同じ性格を有する『兼盛集』『源順集』などからの採録歌が圧倒的多数を占めているところに、付属の画部における例歌（証歌）の特徴を認めることができるであろう。

ちなみに、二首以下の収載作品を列挙するならば、次のとおりである。

〔二首認められる作品〕　恵慶集・散木奇歌集

〔一首認められる作品〕　経信母集・玄々集・兼輔集・公忠集・信実集・清正集・定頼集・弁乳母集・頼基集

『古詞類題和歌集』における本体、付属別の原拠資料の実態は以上のとおりだが、それでは、本集に収載される詠歌作者の実態はどのようなものであろうか。次頁の〈表3〉は、本体の部に十首以上の収載をみる詠歌作者の一覧表である。

この〈表3〉をみると、公任撰『三十六人撰』および範兼撰『中古三十六歌仙』に選ばれている歌人、就中、和泉式部・伊勢・赤染衛門などの女流歌人と、貫之・兼盛・躬恒などの男性歌人が中核となり、それに院政期の俊頼・新古今時代の西行や、それに続く実朝などが上位に位置づけられていることが知られるが、この傾向は原拠資料を一覧

〈表3〉　本体の部に十首以上収載される詠歌作者一覧表

	詠歌作者	歌数
1	和泉式部	九〇首
2	読人不知	七九首
3	伊勢	三四首
3	赤染衛門	三四首
5	記載なし	三一首
6	貫之	二六首
7	兼盛	二二首
8	躬恒	二〇首
9	俊頼	一七首
16	西行	一六首
11	実朝	一五首
12	小町	一四首
12	公任	一四首
12	重之	一四首
15	元輔	一三首
16	実方	一二首
17	元真	一一首
17	兼輔	一一首
19	紫式部	一〇首
19	中務	一〇首
19	清輔	一〇首
	合計	五〇三首

した〈表1〉から得られた結論とほぼ一致を見ているようである。

ちなみに、九首以下の収載歌人は次のとおりである。

〔九首収載される歌人〕　忠見

〔八首収載される歌人〕　清正・忠峯・能宣

〔七首収載される歌人〕　恵慶・大弐三位・康資王母・雅有

〔六首収載される歌人〕　遍照・友則

〔五首収載される歌人〕　安法・業平・源賢・相模・敦忠・兼好

〔四首収載される歌人〕　匡衡・具平親王・経信・定頼・道命・能因・弁乳母・頼政

〔三首収載される歌人〕　為頼・景明・兼覧王・行尊・高明・讃岐（二条院）・人丸・清少納言・相如・忠良・朝光・道信・馬内侍

〔二首収載される歌人〕　伊尹・覚基・紀伊・匡房・元方・好忠・師氏・実氏・守覚法親王・俊成・俊成女・俊宗女・小弁・順・信明・成仲・是則・赤人・宗祇・増基・中宮内侍・仲正・長谷雄・長能・定家・範永・敏行

〔一首収載される歌人〕　阿仏尼・為家・為基・為経・為兼・為憲・伊衡・維順女・為信・伊勢大輔・惟方・因香・永縁・永源・永成・猿丸・壊円・家経・覚助法親王・嘉言・家持・雅親・智朝・閑院の御・義宝・興俊・興

〈表4〉付属の部に四首以上収載される詠歌作者一覧表

	詠歌作者	歌数
1	貫之	七八首
2	兼盛	三二首
3	順	二三首
3	忠見	二三首
5	能宣	二二首
6	高明	一六首
7	伊勢	一四首
8	俊成	一二首
9	記載なし	一一首
10	元真	一〇首
11	和泉式部	一〇首
12	中務	七首
13	公任	六首
14	恵慶	四首
	合計	二六八首

風・基良・堀河院中宮・経基・慶暹・経高・月花門院・顕季・顕綱・健守・源少将・源信・謙徳公・兼茂・元良親王・建礼門院右京大夫・篁・高遠・公教・公光・高光・公衡・公誠・行成・江侍従・光俊・後醍醐院・高津内親王・孝標女・広平親王・国行・斎宮・斎信・最信・志遠・師賢・師俊・師通・実勝・実頼・時平・師輔・時望・釈迦院弥鶴丸・寂蓮・種村・駿河・俊定・後房・章経・上東門院（彰子）・小一条院・小町が馬子・小侍従・上総・上総大輔・上東門院小少将・諸兄・女房（栄華物語）・師頼・深覚・真幹・親元・親源・信実・新少将・親清女妹・真忠が妹・深養父・水無瀬女・すぐる・清蔭・成元・斎時・成助・成章・節信・前斎宮内侍・選子内親王・相秀・宗能・宗平・則長・素性・大進・大輔・致平親王・中興が女・仲平・仲文・忠房・中務親王・長家・長舜・朝忠・通親・定文・道因・道済・冬嗣・道風・登平・白河女御越中・坂上郎女・肥後・文貞公・輔尹・保憲女・輔弘・輔昭・輔文・まれよ・みねお・無窓国師・融・祐挙・右近・有仁・有文・頼基・頼綱・頼実・頼輔・隆経・隆房・廉義公・良経・わらは

次に、『古詞類題和歌集』の付属の画部の詠歌作者を整理して示すと、上掲の〈表4〉のごとくである。

この〈表4〉をみると、収載作品を整理した〈表2〉で整理したのと同様の結果が出ているようで、公任撰『三十六人撰』の歌人が中核となるなかで、就中、貫之・兼盛・順・忠見・能宣などが突出しており、中世歌人では俊成が唯一の歌人であるようである。ちなみに、三首以下の詠歌作者を掲げるならば、次のとおりである。

〔三首収載される歌人〕　元輔
〔二首収載される歌人〕　俊頼
〔一首収載される歌人〕　いづみ・花山院・経信母・謙徳公・兼輔・公忠・西行・信実・清正・定頼・弁乳母・輔昭・輔親・頼基

五　編纂目的の問題

以上、『古詞類題和歌集』について、歌題の問題、および原拠資料と詠歌作者の視点から内容面の考察を試みたが、ここでは本集の編纂目的などについて言及してみようと思う。

ところで、本集には岸田由豆流と榛原安輔による序文が冒頭に、編者・高井八穂《やつほ》の跋文と正木千幹《ちもと》の奥書が巻末に各々、掲げられているが、編纂目的などについての見解がもっともよく窺知される正木千幹の奥書（「古詞題集のおくがき」）を、まずは引用してみよう。

　哥をよむに、（ア）題をまうくる事、ふるくは『萬葉集』にこれかれみえ、後は『明題』『題林』のたぐひあれど、そはなべて真字もてしるしたるにて、たゞ仮名題なるははやく、『古今六帖』などなきにしもあらねど、それはた真字題を平仮名にうつしたるのみなれば、（イ）うひ学びの輩の、まのあたり花の木かげにうちあげ遊ぶあした、あるは、月にむかひて琴かきなすゆふべ、あるは、(ウ)くさ〴〵の絵などのそのこゝろ〴〵をとみによみ出むことは、ふるきはしがきの例などによらでは何をなすかにてかは、まなび出む。ただし、(エ)いにしへなるは、めのまへにありけむ事を、さながら物せしにて、題にまうけたるにはあらざめれど、今はそを常に題にもして学びえば、かのうひ学びの輩も、まのあたり花の木かげに打あげ遊ぶあした、あるは、月にむかひて琴かきなすゆふべ、あるは、くさ〴〵の絵などの其こゝろ〴〵をとみによみ出むこと、いと〳〵安かるべくこそ。こゝに高井八穂ぬし、年ごろ月並の類の集ひの題に、世々の撰集は更にもいはず、ふるき家々の集、ものがたりぶみ、草紙、日記などのうちより、をかしきはし書のことすくなゝる限りえり出ては、ものにかいつけおきしが、いとあまたになれりとて、こたびそを、四季・恋・雑にわかちてゑり、巻に物しつる、其いさをすくなからずなむ。さて、こをくりかへし見ば、かのうひまなびのともがらも、まのあたり花の木陰にうちあげあそぶあした、あるは、月にむかひて琴かきなす夕べ、あるは、くさ〴〵の絵などのそのこゝろ〴〵をとみによみ出む事、かたくはあらざめりかし。

　文化の十とあまり四とせといふとしのふみづきなぬかの日、さらしつるふみどもとりいれてのち、すこしきゆふ風をたもとにしめて、まさきの千幹しるす。（傍線引用者）

この千幹の奥書には、『万葉集』から『題林愚抄』『明題和歌全集』に至る題詠歌の史的展開が述べられるが、それらの作品の題はいずれも真字題であることを指摘する（傍線部(ア)）。ところで、和歌の初心者が「まのあたり花の木かげにうちあげ遊ぶあした、月にむかひて琴かきなすゆふべ」（傍線部(イ)）、すなわち、月次歌会などの席で詠む題詠歌を詠むには、これらの真字題による題（結題）では不充分で、真字題以外に適当な題と例歌が要望される。また、種々様々な絵の描かれてあるものに付す歌、すなわち色紙や扇子などに画賛として付す歌などを詠む際にも、真字題による題ではそれほど参考にならないので、しかるべき題と例歌が同様に、要請される。それでは、和歌の初心者が月次歌会などの席で詠む題詠歌、あるいは色紙や扇子などに画賛として付す歌などを詠む際に、何が参考になるかといえば、それには「ふるきはしがきの例などによらでは何をなすかにてかは、まなび出む」（傍線部(ウ)）と千幹は言う。すなわち、古歌の詞書には「めのまえにありけむ事を、さながら物せしにて」（傍線部(エ)）、つまり、古歌の詞書には、月次歌会などの席で詠むのにふさわしい状況を具体的に叙述した場面が数多く見えるので、そのような詠作の事情や状況などの作歌の背景を提示している詞書とその例歌（証歌）を具体的に示すならば、これこそ和歌の初心者にとって最高の手引き書になるであろうと、千幹は八穂の代弁をするのだ。この作歌の背景を提示しているのが、ほかならず「仮名題」による詞書なのである。そして、この詞書の示し方は、八穂自身が「凡例」で、「すべてことすくなゝるをもはらとし、ながきことばゝ、をかしとおもふもみなはぶきて、みじかきをのみとれり。哥はあまたあるはみな、一首づゝあげつ」と言及しているとおりである。なお、屏風歌などの「画」部の示し方も、八穂が「凡例」で、「ゑのことばゞ、別に四季にわかてり。また、月次の屏風のなど、その年号まではくはへず。たとへば、『正月、若菜つむ所』とあるより、あげつるなり」と言っているごとくである。

ところで、仮名題を提示したものには従来、『古今六帖』などの作品がないわけではなかったけれども、「それはた真字題を平仮名にうつしたるのみなれば」、この『古詞類題和歌集』を「仮名題」の嚆矢と評価しえるであろう。このあたりの事情を叙述したのが、岸本由豆流の序文であるので、次にそれを示しておこう。

春の山に鶯のなかぬあした、秋の池に月のうかばぬゆふべ、いづれかことのたれりとはせむ。かれもこれもたりとゝのひたるこそ、いときようある哥ながめにもすなれ。すべてもの、ことわりも又、かくぞあるべき。そもそ〳〵からうたあれば、やまと歌あり、真字あれば仮字あり、男文字あれば、女もじあり、をとこ絵あれば、女絵あるがごと、物ごとに、彼あればこれあり、此あればかれありてこそ、ものゝたよりとはするわざなれ。さるを、歌の題のみふるくより、真字題のみむねと用ひさせたまひて、後成恩寺のおとゞの『題林抄』、今川貞世の朝臣の『明題集』、この外ちかくも聞えたる『一字御抄』『類題和歌集』、また『新類題和歌集』これらみな、めでたくやごとなきふみなれど、真字題をのみむねとあつめさせたまひしかば、仮字題といへるもの、六帖題の外はなきがごとおもひなりぬるは、くちをしきわざならずや。もとより、察るに、仮字題あるにあらねど、ふるき集どものはしづくりぞ、おのづからの仮字題にはありける。しかはあれど、代々の撰集、家々の打聞、人々の家の集などにさしまじはりたるを、むかしより今にいたれるまで、えらびあつめたる人もをさ〳〵きこえざるを、このごろ高井やつほのぬし、たゞ文にもつゞりなされたるこそ、こゝちよきわざなりけれ。まことや、このふみをしもかの真字題の集どもにたぐへもたらんには、霞たなびく春の山にはつうぐひすのさへづるあした、水もくもらぬ秋の池にくまなき月のうかべるゆふべにこそ、あるべけれ。文化十四とせといふとしみな月廿日あまり二日といふ日、棣棠書塾にしるす。岸本由豆流。（傍線引用者）

すなわち、傍線部にみられるように、由豆流は題の史的展開として、まず一条兼良の『題林抄』を指摘し、次いで今川了俊の『明題集』をあげ、さらに近世に成立した後水尾院撰『一字御抄』『類題和歌集』と霊元院撰『新類題和歌集』などを指摘するが、いずれも「真字題」であって、仮名題でないのが残念だと言う。しかし、「仮字題あるにあらねど、ふるき集どものはしづくりぞ、おのづから仮字題にはありける」として、古い歌集（主に中古の作品をさす）の詞書が仮名題の代替になりうると提言している。その仮名題の代わりになりうる作品としては、すでに原拠資料を提示した〈表1〉によって明らかであるが、千幹は「こゝに高井八穂ぬし、年ごろ月並の類の集ひの題に、世々の撰集は更にもいはず、ふるき家々の集、ものがたりぶみ、草紙、日記などのうちより、をかしきはし書のことすくなゝる限りえり出ては、ものにかいつけおきしが、いとあまたになれり」といって、八穂の本書の執筆意図に言及している。すなわち、八穂は、和歌の初心者が月次歌会などの席で詠む題の参考になるものとして、勅撰集および私撰集などの撰集、和歌の伝統を伝える歌人の私家集、物語、随筆、日記などがあるが、それらの作品のなかから、日頃、短い詞書を選んでは覚え書きとして書き溜めていたものが、相当の数に達したので今回出版に及んだというのである。ちなみに、八穂が参考にした歌書などの作品が百十三にのぼることは前述したとおりである。

ここに高井八穂が『古詞類題和歌集』を刊行した編纂意図が明らかになろうが、それでは、本集の類題和歌集における位相はいかなるところにあるのであろうか。この点については、すでに類題集のほとんどが真名題のそれであるなかで、『古今六帖』『新撰六帖』などの六帖題のそれが存在する程度だが、それとて真名題を平仮名に置き換えているにすぎず、本格的な仮名題の類題集としては本集が最初の作品であると述べたのであったが、ここで視点を代えて、編者・高井八穂の事蹟に焦点をあてて考察してみよう。

さて、高井八穂については、『日本人名大辞典　第四巻』（昭和五四・七復刻版第一刷、平凡社）に、次のごとく紹介されている。

タカイヤツホ　高井八穂《たかゐやつほ》　徳川中期の国学者。江戸の人。宣風の子。通称弥十郎のち伊十郎と改む。国学に志して本居宣長の門に入り、加藤千蔭、村田春海らと親交があり、従ひ学ぶ者が多かった。生没年未詳。『古今仮名遣』『古詞類題和歌集』の著があり、また父の『言葉書類集』を編集し、また天保八年父の和歌を集めて『春雨集』を上梓した。（鑑定便覧　春雨亭書目録）

この記述によって、八穂は江戸中期の国学者で、歌道を日野資枝、萩原宗固から学んだ高井宣風の子で、本居宣長の門下生であったが、賀茂真淵の県居門の双璧であった加藤千蔭と村田春海らとも親交があった人物と知られよう。ところで、本集の編纂には父宣風の影響が多分に認められるように憶測されるが、あえて類題集に関して、八穂と師の宣長との接点を求めるならば、宣長の『排蘆小船』（『本居宣長全集』第二巻所収、〈昭和四三・九、筑摩書房〉）の「歴代変化」で、宣長自身の和歌史観を開陳している箇所を探しうるが、そこでは「近代ノ書」が『新古今集』を参照するより『為家集』や『草庵集』を参看せよと説く見解に対して、宣長は自身の意見を述べたあと、

> サテ、為家頓阿ナドノ集ヲミヨトアルハ、右ニ云ゴトク正風ナルユヘナレバ、トガアルマジキ事ナレドモ、ソレハ一人ノ風ニカタヨリテセバシ、ソレヨリハ題林愚抄ナドガマシ也、此抄ハヒロク古今《ココン》の歌ヲアツメテ、イヅレニモユキワタリテヨシ、カツ又ムゲニ近世ノ歌ナクテヨキ也、新続古今マデノ歌也、故ニナニトナクヤスラカ也、

のとおり、為家や頓阿の家集よりは『題林愚抄』のほうがましだと、『題林愚抄』の有効性を説いているのである。

『題林愚抄』については、拙著『中世類題集の研究』（平成六・一、和泉書院）を参看していただきたいが、要するに、『題林愚抄』は文明二年（一四七〇）より以前に成立した類題集で、主に平安後期から文安年間（一四四四〜四八）までの例歌を、勅撰集・私撰集・私家集・定数歌・歌会歌・歌合などから採録し、題詠歌の初心者などに詠歌手引き書として提供すべく制作されたものである。寛永十四年（一六三七）および元禄五年（一六九二）などの版本が伝存するが、宣長がこの『題林愚抄』なる類題集を推奨しているのは、久保田淳氏が「『排蘆小船』の和歌・和歌史観と中・近世歌学」（『文学』一九九七・冬）の論考のなかで述べられているように、「『歴代変化』は歌学びのための実践的、教育指導的要素を含んだ和歌史論」に基づく見解表明であったと言えるであろう。となると、宣長の門下生であった八穂が、自分自身で「歌学びのための実践」書として『古詞類題和歌集』の編纂を決意したのも、当然の成り行きとも考慮されようが、ここで『排蘆小船』の成立時期とおぼしき宝暦八年（一七五八）前後以降の類題集の成立を、略年譜に記してみよう。

宝暦十年（一七六〇）　芳雲和歌集類題（実陰編）成る。刊行は天明七年（一七八七）。

明和元年（一七六四）　新続題林和歌集（憐霞斎編）刊。

安永元年（一七七二）　類題六家集（伊清編）刊
安永二年（一七七三）　吟藻類題（実陰編）成るか。この年書写の写本あり。

安永四年（一七七五）　千首部類（雅嘉編）刊。

安永七年（一七七八）　五句類葉集（子春編）刊。

天明七年（一七八七）　漫吟集類題刊（長流ら編）。

寛政二年（一七九〇）　紅塵和歌集類題（蓮阿編）刊。

寛政八年（一八九六）　和歌掌中類題集（遠近廬主人編）・撰玉類題集（梅風編）・三槐和歌集類題（慈延編）刊。

寛政十二年（一八〇〇）　続撰吟和歌集類題（雅嘉編）刊。

文化七年（一八一〇）　和歌類葉抄（茂樹編）刊。

文化九年（一八一二）　類題名家和歌集（八穂・保人編）刊。

文政三年（一八二〇）　屏風絵題和歌集（亮澄編）刊。


これをみると、江戸中期ごろには、かなり類題集の刊行が頻繁であったようだが、『続撰吟和歌集類題』『屏風絵題和歌集』以外はいずれも当代歌人の例歌（証歌）による類題集である点が当時の出版事情を物語っているように思われる。このうち、『屏風絵題和歌集』は文政三年（一八二〇）の刊行だが、大江広海による序文が書かれたのが、期せずして『古詞類題和歌集』の刊行年と同じ文化十四年（一八一七）である点は、あるいは偶然の営為なのかも知れないが、この時期に屏風絵などに付すべき詠歌を詠むのに適当な類題集を要請する機運が生じていた可能性もなしとしない点で、興味深い現象と憶測されよう。

なお、『古詞類題和歌集』の刊行年時は、考察対象にした刈谷図書館蔵の版本に刊記がないので未詳ということになろうが、書陵部・神宮文庫などに所蔵される当該書には「文化十四年七月」の刊記が存するので、本集の刊行年時は文化十四年（一八一七）七月となる。

六　まとめ

以上、『古詞類題和歌集』の成立の問題について、種々様々な視点から考察を加えてきたが、ここでそれらの考察の結果得られた結果を摘記して、本節の結論に代えたいと思う。

（一）『古詞類題和歌集』の伝本については、学習院大学に写本が存する以外は、刈谷市中央図書館・東北大学・書陵部などに版本として伝存するものが唯一のものである。

（二）『古詞類題和歌集』は通例の形で、春部百六十六首、夏部六十四首、秋部百二十七首、冬部五十九首、恋部三百一首、雑部百七十六首の都合八百九十二首を収載する本体と、画部の春部六十八首、夏部三十八首、秋部五十六首、冬部五十三首、雑部七十五首の都合二百九十首を収載する付属の二重構造の組織になっている。

（三）本体の部の歌題表記（詞書）には、基本的に、詠作の事情や状況などの作歌の背景を具体的に提示している場合と、歌題そのものを仮名書きで提示した場合の二種類があるが、なお、両者を混合している場合もある。

（四）付属の部の歌題（詞書）は、所謂、屏風歌といわれる詠歌を収載する歌集にみられる詞書を提示している。

（五）本体の部の例歌（証歌）の原拠資料の上位十五位は、『後撰集』『和泉式部集』『拾遺集』『後拾遺集』『夫木抄』『赤染衛門集』『伊勢集』『宇津保物語』『古今集』『新古今集』『兼盛集』『玉葉集』『金槐集』『金葉集』『続古今集』のとおりである。

（六）付属の部の例歌（証歌）の原拠資料の上位十位は、『貫之集』『兼盛集』『源順集』『忠見集』『能宣集』『高明集』『伊勢集』『長秋詠藻』『和泉式部集』『元真集』のとおりである。

（七）本体の部の詠歌作者の上位十五位は、和泉式部・読人不知・伊勢・赤染衛門・記載なし・貫之・兼盛・躬恒・俊頼・西行・実朝・小町・公任・重之・元輔のとおりである。

（八）付属の部の詠歌作者の上位十位は、貫之・兼盛・源順・忠見・能宣・高明・伊勢・俊成・記載なし・元真・和泉式部のとおりである。

（九）編纂目的は、和歌の初心者が月次歌会などの席で詠む題詠歌、および色紙や扇子などに画賛として付す歌などを詠む際に、仮名題による詠作の事情や状況などの背景を具体的に記した詞書を提示して、手引き書となるべき類題集の制作にあった。

（十）編者・高井八穂は江戸時代中期の国学者で、本居宣長に師事し、加藤千蔭や村田春海と親交があったが、本書の編纂は師の宣長が『排蘆小船』のなかで『題林愚抄』を推奨している和歌観に連なる営為であった可能性もなしとしないであろう。

（十一）本書の刊行年時は、文化十四年（一八一七）七月である。

（十二）なお、本書刊行の三年後の文政三年（一八二〇）に、石津亮澄編『屏風絵題和歌集』が刊行されているが、この書の序文が『古詞類題和歌集』と同じ年に大江広海によって書かれている背景には、このような内容の類題集の出現がおのずから要請される機運が生じていたのかも知れない。

注

その出典名を具体的に引用すれば、次のとおり。

古今集・後撰集・拾遺集・後拾遺集・金葉集・詞花集・千載集・新古今集・新勅撰集・続後撰集・続古今集・続拾遺集・新後撰集・玉葉集・続千載集・続後拾遺集・風雅集・新千載集・新拾遺集・新後拾遺集・新続古今集・新葉集・夫木鈔・雲葉集・人丸集・躬恒集・素性集・猿丸集・家持集・業平集・兼輔集・敦忠集・公忠集・斎宮集・敏行集・宗于集・清正集・興風集・是則集・小大君集・能宣集・兼盛集・貫之集・伊勢集・赤人集・遍昭集・順集・元輔集・朝忠集・高光集・友則集・小町集・忠峯集・頼基集・重之集・信明集・元真集・仲文集・忠見集・中務集・大僧正行尊集・匡衡集・後京極月清集・西行山家集・俊成長秋集・定家拾遺愚草集・和泉式部集・紫式部集・清少納言集・赤染衛門集・公任集・清輔集・実方集・定頼集・高明集・頼政集・恵慶法師集・安法法師集・兼好法師集・賀茂保憲集・散木集・玄々集・二条皇太后宮大弐集・顕季集・続門葉集・隣女集・今撰和歌集・柳風和歌集・源賢法師集・夢窓国師集・守覚法親王集・中務親王集・経信母集・海人手子良集・古侍中左金吾集・能因法師集・藤原相如集・康資王母集・弁乳母集・二条院讃岐集・小侍従集・金槐集・俊成女集・宗祇集・亜槐集・為頼集・宇津保物語・住吉物語・栄華物語・蜻蛉日記・中務日記・紫式部日記・枕草紙（ママ）

第五節　高井八穂・榛原保人編『類題名家和歌集』の成立

一　はじめに

筆者は近時、古典和歌を例歌（証歌）として収載する、近世期に成立した類題和歌集の研究を進めているが、この期に成立した類題集の種類たるや種々様々で、一口で言えば、まさに多彩な様相を呈していると規定されようか。そのような多彩を極める近世類題集のなかで、筆者は過年、「『証歌集』の成立」（『古代中世文学論考　第十七集』平成一八・四、新典社）を公表し、その意義、役割などに言及したが、このたび、「『故人證謌集』の成立――付・『宗好詠草』翻刻と初句索引――」を脱稿することを得た。当論考は『京都光華女子短期大学部研究紀要　第四十五集』（平成一九・一二）に発表したが、この集は、古典和歌を主要内容とはするが、一部近世期の歌人の詠歌も含んでいる点、少々趣を異にする類題集と言えよう。

このような筆者の近時の研究状況のなかで、「証（證）歌（謌）集」なる呼称をもつ書目をさらに探索していた途上で逢着したのが、高井八穂・榛原保人編『類題名家和歌集』なる類題集である。ちなみに、本集は、福井久藏氏『大日本歌書綜覧　上巻』（昭和四九・五復刻版、国書刊行会）に、

類題名家和歌集　三巻　　高井八穂

文化九年刊行す。◇八穂は通称伊十郎、高井宣風の子、古詩類題を著し、又天保八年父の集春雨集を出す。

なる紹介がある一方、『和歌大辞典』（昭和六一・三、明治書院）には

名家和歌集《めいかわかしふ》〔江戸期類題集〕類題名家和歌集とも。榛原保人編。文化九1812年刊。三巻三冊。高井宣風の集めた常縁・宗祇・長嘯子ら約四七名の歌人の和歌を四季・恋・雑に部立し、題ごとに分類列記する。収載歌数は約四〇七五首。東京大学総合図書館に天保一二1841年刊行本があるほか、刊年不明本が国会図書館などに蔵される。（辻　勝美）

という記述がなされている。ここには、編者について異同が指摘され、本集がなお検討されるべき問題点を含んでいることを示唆している。ちなみに、この編者の問題については後述するが、現時点では取り敢えず、高井八穂と榛原保人の両名を編者に想定しておきたいと思う。

このように、本集はすでに、簡略ではあるがその大略が紹介され、有益な知見は得られるが、その内容を詳細に検討してみると、編者の問題のほか、本集には素性を明らかにすることを得ない歌人も含まれているうえに、近世期の歌人の詠作もかなり収載されている点で、『故人證謌集』と共通する側面をもつ点など、種々検討すべき課題も少なくないようだ。その意味では、本集は、近世期に成立した類題集として改めて、その具体的な内実や位相などについて検討が要請される類題集のひとつと言えるように思う。

そのようなわけで、本節は、例によっての蕪雑な作業報告にすぎないが、これまで辞典類以外にはほとんど言及されることのなかった『類題名家和歌集』について、成立の問題を中心に据えて考察を加えてみた論考であるが、いくつかの具体的事実を明確にすることを得たので、以下に論述する。

二　書誌的概要

さて、本集の伝本について、『私撰集伝本書目』（昭和五〇・一一、明治書院）によれば、

728　類題名家和歌集　高井宣風（八穂）　文化九年

類題名家和歌集　三　文化九年刊　慶大・明大毛利本五冊、別本か　帝塚山短大（911・一五・R四）

類題名家和歌集　三　天保一二刊　東大葵文庫

類題名家和歌集　三　刊　　刈谷市村山文庫

のごとき情報を得ることができる。そこで、今回底本に選んだ、臼杵市立臼杵図書館蔵の文化九年刊行の版本を対象にして考察を進めていきたいが、筆者は該本については未見であるので、国文学研究資料館蔵のマイクロ・フィルム（258・81・8）によって紹介すれば、おおよそ次のとおりである。

所蔵者　臼杵市臼杵図書館　蔵（和／55）

編著者　高井八穂・榛原保人

体　裁　中本（縦一八・三センチメートル、横一二・一センチメートル）　三冊　版本　袋綴じ

題　簽　類題名家和歌集　上（中・下）

内　題　名家和歌集春之部（～雑之部）

匡　郭　なし

各半葉　十一行（和歌一首一行書き）　序十一行

総丁数　百九十九丁（上冊〈序・春之部・夏之部〉・七十丁、中冊〈秋之部・冬之部〉六十一丁、下冊〈恋之部・雑之部〉六十八丁）
総歌数　四千七十四首（春之部・八百七十六首、夏之部・六百十首、秋之部・七百五十九首、冬之部・五百二首、恋之部・七百二十一首、雑之部・六百六首）
柱　刻　なし
序　高井八穂・榛原保人
跋　なし
刊　記　文化九年申《ママ》正月／本石町十軒店／萬笈堂　英平吉／大伝馬町／瑞玉堂　大和田安兵衛
印　記　大正八年／稲葉家／十月廿一日／寄贈（上冊見返し）
以上から、本集は春之部・八百七十六首、夏之部・六百十首、秋之部・七百五十九首、冬之部・五百二首、恋之部・七百二十一首、雑之部・六百六首の、都合四千七十四首を収載する、中規模の類題集と規定できようか。

三　歌題の問題

以上、本集の書誌的概要について言及したが、それでは、本集は類題集としていかなる属性を有しているのか、歌題の視点から検討してみたいと思う。

ところで、本集の版面の体裁は三段組で、歌題、例歌（証歌）、作者となっているが、例歌（証歌）に付せられた歌題について、各部立別に掲げると、

春之部　四百三十題　夏之部　二百七十題　秋之部　三百七十一題
冬之部　三百四十六題　恋之部　二百九十六題　雑之部　三百六題
合　計　二千十九題

のとおりである。ちなみに、本集の収録するこの歌題数がいかなる位相にあるのか、ここで標準的な類題集との比較を試みてみると、次の〈表1〉のごとくである。

この〈表1〉をみると、本集の歌題数は、『類題和歌集』『新類題和歌集』を除くならば、他の類題集に比べてそれほど差異のないことが認められようが、この点を、夏之部に収載する「瞿麦」関係の歌題で具体的に検証してみたのが次頁の〈表2〉である。

ちなみに、〈表2〉における略号は、「A」が『類題名家和歌集』、「B」が『二八明題和歌集』、「C」が『続五明題和歌集』、「D」が『題林愚抄』、「E」が『明題和歌全集』、「F」が『類題和歌集』を、それぞれ意味している。

〈表1〉　主要な類題集との課題数比較一覧表

集名＼部立	春	夏	秋	冬	恋	雑	合計
類題名家和歌集	四三〇	二七〇	三七一	三四六	二九六	三〇六	二〇一九題
二八明題和歌集	三一七	一五一	三四五	一八二	二五九	九九二	二二六九題
題林愚抄	四〇八	二八二	五一五	三二六	四五二	五六八	二五五一題
明題和歌全集	四七六	二九三	五九〇	三三七	四五七	九七三	三一二六題
類題和歌集	二二五八	一一〇一	二四七〇	一二七九	一四七九	二二九八	一〇八八五題
新類題和歌集	三〇三九	一七四一	三七〇五	一八四四	二一〇九	三六七三	一六一一一題

〈表2〉「菖蒲」関係の歌題比較一覧表

歌題／集名	A	B	C	D	E	F
菖蒲	○	○	○	○	○	○
尋曳菖蒲						○
曳菖蒲				○	○	○
刈菖蒲				○	○	○
茸菖蒲						○
雨中菖蒲						○
菖蒲露						○
朝菖蒲						○
夕採菖蒲						○
水辺菖蒲						○
沢辺菖蒲						○
池菖蒲	○					○
池朝菖蒲						○
古池菖蒲						○
江菖蒲	○			○	○	○
江中菖蒲						○
沼辺菖蒲						○
簷菖蒲				○	○	○
閨菖蒲						○
袖上菖蒲				○	○	○
旅宿菖蒲		○		○	○	○
計	三	二	一	七	七	二一

この〈表2〉に掲げたのは、中世から近世初期にかけて成立した代表的な類題集だが、このうち、「菖蒲」関係の歌題を二十一題収録している『類題和歌集』が充実した内容をみせるなかで、七題を掲げる『題林愚抄』『明題和歌全集』に続いて、本集が、一題の『二八明題和歌集』、二題の『続五明題和歌集』を陵駕して三題を収載している実態は、歌題収録数の点では、他の類題集と比較してそれほど遜色のない様相を呈していると言えるであろう。

ちなみに、参考までに「菖蒲」の属性について『和歌題林抄』から引用すれば、

34　菖蒲 あやめ草、ながきねひく、軒にひく　たもとにかく、ひくてもたゆく、よどの かくれぬ、つくま江、ぬま、うき

人しれぬまにおふとも、人の心のうきにおふとも、恋ぢにおふれば袂にねはかゝるとも、かくれぬにおふれば、名はあらはれぬとも、ながきねはひくてもたゆしとも、玉のうてなも、しづがふせやも、あまねくふくとも、草の庵にはふけどもみえわかぬとも、けふばかりのつまなればあだなりとも、あやめの枕をみれば、ふしなれたるせこも、たび心ちすともよむ。

つくま江の底のふかさをよそながらひけるあやめのねにもしるかな

あやめ草よどのに生る物なればねながら人はひくにぞありける

のとおりである。「菖蒲」が「しょうぶ」を意味することは言うまでもないが、『和歌大辞典』（滝沢貞夫氏執筆）によると、菖蒲が歌題として初めて登場するのは「寛和二年（九八六）六月十日内裏歌合」だが、「実作は菖蒲の根・引く・生ふ・掛くの言葉の縁による観念的詠で、条理《あやめ》・憂しによる恋愛感情・述懐の情をからませた詠はほとんどない。」由である。なお、本集が「菖蒲」の単独題のほかは「池」「江」との結題を掲げている点は、「菖蒲」の基本的・素朴な属性を示しているといえようか。

四　収載歌の問題――撰集資料と詠歌作者

さて、本集が総歌数四千七十四首を収載する、中規模程度の類題集であることについてはすでに言及したが、それでは、本集の収載歌はいかなる経過を経て本集に収載されたのであろうか。ところで、本集の掲載内容を紹介すると、歌題、例歌（証歌）、詠歌作者の順で、一行書きによって示されているが、ここに上・中・下冊のなかから任意に、「雪中鶯」（上）、「七夕橋」（中）、「憑誓言恋」（下）の例歌（証歌）と詠歌作者を引用してみよう。

雪中鶯（春之部）

1　花としもえやはみ雪の山かげにこゝろもしらぬうぐひすのなく　（宗祇・二一六）
2　ゆきは猶ふるすながらにうちとけてなく音はるなる谷のうぐひす　（宣長・二一七）
3　うちわたす竹田のはらの雪のうちに鶯なきぬはるの初声　（真淵・二一八）
4　消あへぬゆきの梢にいとはやも花やをそしと来なくうぐひす　（亨弁・二一九）

5　花とちるそのふのはるの白ゆきににほひをそふるうぐひすの声　（千蔭・二二一〇）

七夕橋（秋之部）

6　天川もみぢのはしはあはぬまのなみだのつゆやかけてそめけむ　（亨弁・一五四二）
7　かさゝぎのわたすあふせのあまの川それも一よのゆめのうきはし　（同・一五四三）
8　神代よりもみぢのはしを彦ぼしのわたれどにしき中はたえせず　（宣長・一五四四）
9　此ゆふべ玉ばしわたすあまの川ふりさけ見んに雲なかくしそ　（同・一五四五）
10　かさゝぎのわたせるはしにかたしきて秋さり衣つまやまつらん　（貞徳・一五四六）
11　あはぬまのなみだのしぐれそめてこそ紅葉のはしをけふわたすらめ　（玉山・一五四七）
12　ふりぬともそらにくだすなたなばたにかけしたのみのひとつたな橋　（蘆庵・一五四八）

憑誓言恋（恋之部）

13　はかなしやちゞの社にかけずともたゞ一ことにみえんまことを　（宗祇・二九二七）
14　千とせまで此ことのはもかはらじとかけてぞちかふ神がきの松　（宣長・二九二八）
15　いもとせの中にながるゝ川水のたえんよにこそ君とかれなめ　（千蔭・二九二九）

この1～15の三歌題のもとに配列されている例歌の原拠資料とその歌題を探ってみると、まず1～5の「雪中鶯」題下のうち、1と2の詠は各々、『宗祇集』（四）、『鈴屋集』（六七）に本集と同題で掲出される一方、3～5の詠は各々、『賀茂翁家集』に「うぐひすを」、『招嚀集』に「鶯」、『うけらが花初編』に「雪中鶯声」の題を伴って収載されているので、1～5の詠は、1・2が原拠資料の題と符号するものの、3～5の詠は原拠資料の題とは異同するという実態が知られよう。

次に、「七夕橋」題の6〜12の六首を検討してみると、6・7と10の詠は各々、『招聴集』（二九四・二九五）と『逍遥集』（二〇四八）に本集と同題で載る一方、8・9と11の詠は各々、『鈴屋集』（六〇〇・一七二七）と戸田茂睡編の私撰集『鳥の跡』（二九〇）に「七夕」の題で掲出されているが、12の詠は蘆庵の私家集『六帖詠草』『六帖詠草拾遺』に収載をみていない。この点、「七夕橋」題の例歌（証歌）は原拠資料と符合する場合もあれば異同する場合もある一方、撰集資料とおぼしき私撰集の歌題と異同したり、自身の私家集に欠く場合も指摘されて、種々様々の様相を呈しているようだ。

最後に、「憑誓言恋」題の13〜15の三首の場合は、13の詠が『宗祇集』（二一四）に本集と同題で載る一方、14と15の詠は各々、『鈴屋集』（一〇八七）と『うけらが花 初編』（一〇〇六）に「誓恋」題で収載されて、本集の例歌採録状況に、原拠資料が想定されたり、対象外であったりする実態が認められるようだ。

以上、本集に収載される任意に選んだ歌題と例歌を検討した限りでは、その撰集資料に私家集などの原拠資料を想定することは困難であり、また、11の例歌の典拠や、上野洋三氏編『近世和歌撰集集成 第一巻〜第三巻』（昭和六〇・四、同六二・七、同六三・一、明治書院）などを参照して調査しても、撰集資料に私撰集や類題集を想定することは不可能であって、総じて、現時点で本集の撰集資料を特定することは不可能と言わざるを得ないといえよう。

それでは、本集に収録される例歌（証歌）四千七十四首の詠歌作者はどのような人物であろうか。次に、この問題の検討から、本集の内実に迫ってみたいと思う。

次頁の〈表3〉は本集に収載される詠歌作者のすべてである。

この〈表3〉をみると、本集には総勢五十人の詠歌作者が収載されている実態が知られ、予想以上に特定の歌人層に限定されている事実に驚かされよう。そこで次に、本集の収載歌人五十人を、時代順に分類し、その生没年などの

〈表3〉「瞿麦」関係の歌題比較一覧表

	作者	歌数
1	宣風	五〇九首
2	宣長	二九三首
3	幸隆	二七四首
4	宗固	二五三首
5	長嘯子	二一六首
6	松軒	一九五首
7	亨弁	一八八首
8	長伯	一八六首
9	似雲	一八二首
10	千蔭	一六九首
11	馬淵	一六三首
12	貞徳(延陀丸)	一六一首
13	常縁	一一五首
14	蒼生子	一一二首
15	春(東)麿	一一一首
16	沢庵	一〇七首
17	宗祇	一〇三首
18	空阿	八七首
19	契沖	七八首
20	元(玄)政	五九首
21	芦(蘆)庵	五五首
22	重明	五〇首
23	桂山	四二首
24	長流	三一首
25	玉山	二九首
25	道灌	二九首
27	蒿蹊	二八首
27	慈延	二八首
29	信徳	二四首
30	信頼	二三首
31	古軒	二〇首
31	真清	二〇首
33	惟足	一五首
34	敬儀	一三首
35	影面	一二首
35	維(惟)損	一二首
37	清亭	一一具
38	澄月	一〇首
39	季吟	九首
39	諸鳥	九首
41	宜珍	八首
41	茂睡	八首
43	景栖	七首
43	忠次	七首
45	高門	四首
46	元就	三首
46	信遍	三首
48	いさ子	二首
49	在満	一首
49	重頼	一首
合計		四〇七四首

情報をも提供して、本集の性格に迫ってみたいと思う。

13　東常縁　生年未詳～文明十六（一四八四）年頃没か。
25　太田道灌　永享四（一四三二）年～文明十八（一四八六）年七月二十六日、五十五歳。
17　飯尾宗祇　応永二十八（一四二一）年～文亀二（一五〇二）年七月三十日、八十二歳。
46　毛利元就　明応六（一四九七）年～元亀二（一五七一）年六月十四日、七十五歳。
16　沢　庵　天正元（一五七三）年～正保二（一六四五）年十二月十日、七十三歳。

5　木下長嘯子　永禄十一（一五六八）年～慶安（一六四九）年六月十五日、八十二歳。
49　金森重頼　文禄三（一五九四）年～慶安三（一六五〇）年閏十月七日、五十七歳。
12　松永貞徳　元亀二（一五七一）年～承応二（一六五三）年十一月十五日、八十三歳。
43　榊原忠次　慶長十（一六〇五）年～寛文五（一六六五）年三月二十九日、六十一歳。
20　石井元政　元和九（一六二三）年～寛文八（一六六八）年二月十八日、四十六歳。
31　永井直清　天正十九（一五九一）年～寛文十一（一六七一）年一月九日、八十一歳。
24　下河辺長流　寛永二（一六二七）年～貞享三（一六八六）年六月三日、六十一歳。
33　吉川惟足　元和二（一六一六）年～元禄七（一六九四）年十一月十六日、七十九歳。
25　山名玉山　元和九（一六二三）年～元禄七（一六九四）年、七十二歳。
19　契　沖　寛永十七（一六四〇）年～元禄十四（一七〇一）年一月二十五日、六十二歳。
48　鷺見いさ子　元禄十五（一七〇二）年成立の竹内時安斎岑延編『清地草』に収載。
39　北村季吟　寛永元（一六二四）年～宝永二（一七〇五）年六月十五日、八十二歳。
41　戸田茂睡　寛永六（一六二九）年～宝永三（一七〇六）年四月十四日、七十八歳。
3　松井幸隆　寛永（一六二四年-四四）年頃～正徳（一七一一-一六）年頃か。
45　京極高門　万治元（一六五八）年～享保六（一七二一）年二月十七日、六十四歳。
15　荷田春麿　寛文九（一六六九）年～元文元（一七三六）年七月二日、六十八歳。
8　有賀長伯　寛文元（一六六一）年～元文二（一七三七）年六月二日、七十七歳。
49　荷田在満　宝永元（一七〇四）年～宝暦元（一七五一）年八月四日、四十六歳。

9　似　雲　延宝元（一六七三）年～宝暦三（一七五三）年七月八日、八十一歳。
7　亨　弁　生年未詳～宝暦五（一七五五）年七月二十日、五十歳前後か。
46　成島信遍　元禄二（一六八九）年～宝暦十（一七六〇）年九月十九日、七十二歳。
30　雀部信頬　宝暦十（一七六〇）年、『弖爾乎波義慣抄』を出版。
23　川合桂山　宝永五（一七〇八）年～明和三（一七六六）年七月二十日、五十九歳。
11　賀茂真淵　元禄十（一六六七）年～明和六（一七六九）年十月三十日、七十三歳。
4　萩原宗固　元禄十六（一七〇三）年～天明四（一七八四）年五月二日、八十二歳。
14　荷田蒼生子　享保七（一七七二）年～天明四（一七八六）年二月二日、六十五歳。
31　古　軒　天明六（一七八六）年、『星使のとき』を出版。
39　林　諸　鳥　享保五（一七二〇）年～寛政二（一七九〇）年八月十九日、七十一歳。
6　伊藤松軒　宝永六（一七〇九）年～寛政六（一七九五）年十月三十日、八十六歳。
29　唐崎信徳　元文二（一七三七）年～寛政八（一七九六）年十一月十八日、六十歳。
37　西山澄月　正徳四（一七一四）年～寛政十（一七九八）年五月二日、八十五歳。
21　小澤蘆庵　享保八（一七二三）年～享和元（一八〇一）年七月十一日、七十九歳。
2　本居宣長　享保十五（一七三〇）年～享和元（一八〇一）年九月二十九日、七十二歳。
27　慈　延　寛延元（一七四八）年～文化二（一八〇五）年七月八日、五十八歳。
27　伴　蒿　蹊　享保十八（一七三三）年～文化三（一八〇六）年七月二十五日、七十四歳。
35　村上影面　享保十五（一七三〇）年～文化四（一八〇七）年十一月十八日、七十八歳。

10　加藤千蔭　享保二十（一七三五）年～文化五（一八〇八）年九月二日、七十四歳。
34　田山敬儀　明和三（一七六六）年）年～文化十一（一八一四）年四月十九日、四十九歳。
18　空　阿　生年未詳～文化十二（一八一五）年一月十五日没。
22　小泉重明　宝暦五（一七五五）年～文政十（一八二七）年、七十三歳。
41　上田宜珍　宝暦四（一七五四）年～文政十二（一八二九）年九月二十五日、七十五歳。
1　高井宣風　寛保三（一七四三）年～天保三（一八三二）年一月二十九日、九十歳。
35　維(惟)損　生没年ほか未詳。
43　景　栖　生没年ほか未詳。
37　晴　亭　生没年ほか未詳。

以上、本集に収載される歌人を時系列によって列挙したみたが、大略すれば、室町期歌人と江戸期歌人の二系統に分類されよう。このうち、室町期において特筆されるのは、『古今集』の解釈に関する秘説を師から弟子へ伝える、いわゆる古今伝授が秘伝化され権威化されるに至った最大の功労者である、東常縁とその伝授者たる飯尾宗祇の詠作が大量に採歌されるなかに、当代の武将であった太田道灌と戦国大名たる毛利元就の両名が選出され、その詠歌が収載されていることであろう。

一方、江戸期においては、先述の古今伝授を、宗祇から継承して二条派伝授を確立した細川幽斎から相伝された、寛永以降の地下派の松永貞徳および弟子の北村季吟・石井元政、また貞徳と親交のあった木下長嘯子の詠歌が数多採録されるなか、少々時期は下るが武者小路実陰から伝授を受けた似雲の詠作も大量に収載される一方、古今伝授や制詞などに批判的態度を採った戸田茂睡の歌がみえるのは興味深いといえようか。なお、地下派の一流である有賀長伯とその弟子桂山の詠作も収載されている。

ところで、さきに触れた長嘯子に私淑して和歌を学んだ下河辺長流に、徳川光圀から『万葉集』の注釈の依頼があったが病気のために果たせず、親交のあった契沖にそれを譲った結果、契沖が『万葉代匠記』を鋭意、完成させたのは有名な話である。本集にこれらの長嘯子・長流・契沖の三歌人の詠歌が多数みられるのも本集の属性といえようが、この契沖の万葉研究が国学の基礎となった文献学的方法を確立し、京都伏見稲荷神社の神官であった荷田東麿やその学統下の県居派の賀茂真淵、その弟子筋の鈴屋派の本居宣長、江戸派の加藤千蔭たちに影響を与えたことは、周知の事柄に属しよう。本集にこれらの歌人の詠歌が数多く収載されているのは〈表3〉で示したとおりだが、ちなみに、本集には東麿の家系に連なる蒼生子や在満の名もみえている。

なお、冷泉為村門に入り宣長らとも親交があったが、安永二年（一七七三）頃、為村から破門された後、作為や技巧を排して、平易な言葉で真情を詠じる、いわゆる「ただごと歌」を提唱した小澤蘆庵に、西山澄月・伴蒿蹊・慈延の三人を加えて、当時平安四天王と称された歌人の詠作が、蘆庵の弟子田山敬儀の歌とともに、本集に採歌されている実態も見逃せないであろう。

以上、本集に収載される詠歌作者（歌人）の時系列の視点から、その属性に言及してきたが、そのような歌人収載状況のなかでも、本集をもっとも特徴づけるのは、江戸堂上派に属する歌人の詠作を大量に収載していることではなかろうか。

ちなみに、松野陽一氏『江戸堂上派歌人資料　習古庵亨弁著作集』（昭和五五・七、新典社）は、亨弁を中核に据えて江戸派堂上派歌人の動静を豊富な資料に基づいて明らかにした労作だが、そのなかで江戸堂上派の学統について、連阿門弟の亨弁の歌学書『再治視聴筆削抄出』（慶應義塾大学図書館蔵）に付載されている『関東歌道系伝』に言及した論

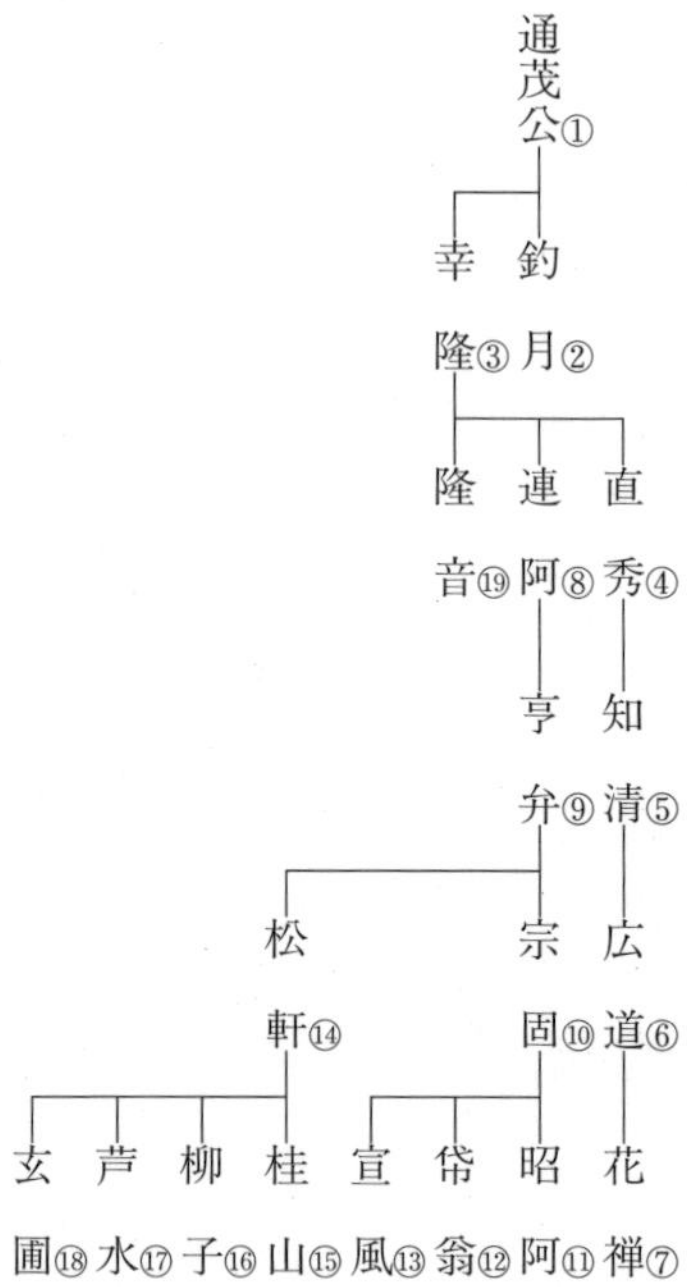

述は、とりわけ有益である。その『関東歌道系伝』を参照すると、江戸堂上派の人脈が上記のごとく系譜によって示されている。

この『関東歌道系伝』に示された江戸堂上派の学統は、松野氏によれば、京都で町奉行組与力を勤めながら、歌学を中院通茂に学んでいた松井幸隆が、晩年の正徳年間（一七一一～一六）頃に、太田資晴や六郷政晴の要請によって江戸に下って、歌学を相伝しはじめた点に、その始源が認められる由である。すなわち、『関東歌道系伝』には、総勢十九人による系譜が示されているわけだが、このうち、本集に収載される歌人は、③松井幸隆、⑨亨弁、⑩萩原宗固、⑬高井宣風、⑭伊藤松軒、⑮川合桂山の六人だが、本集に収録の詠歌数の順では、一位高井宣風、三位松井幸隆、四位萩原宗固、六位伊藤松軒、七位亨弁、二十三位川合桂山のとおりであって、ここに本集では、江戸堂上派歌人が圧倒的に上位を独占している実態が知られよう。

以上、本集の内実を詠歌作者の視点から探索し、ある程度の傾向を把握しえたが、それでは何故に、本集ではこのように江戸堂上派の歌人が優遇されているのであろうか。その点については、次の項で改めて詳細に論述することにしたいと思う。

五　編纂目的と成立などの問題

以上、歌題と詠歌作者の視点から、本集の内実について大略、検討してきたが、次に、本集の成立と編者などの問題について検討を進めたいと思う。

まず、本集の編纂目的に言及すれば、本集の巻頭に掲げられている、高井八穂と榛原保人の両名による個別の序文が、かなりの示唆を与えようと判断されるので、以下に、その序文を掲げておこう。

此集は世に名のきこえし人たちのよみ置給ふけりし歌を、父の年ごろあつめられしは、火のためにけぶりとなりにたり。はた、かく聞伝へにかいつらねられしを、人々うつしとらまくこふ。よて、筆の労をたすけんと、此三人の板にゑりてあたへむとす。

各故人のうちのみなり。人しらずうづもれんことをおしむとて、家々にひめをかれしをこふに、もとめがたくもれたるは、いとかひなし。ありのすさびによみをかれしを、かくい給ふは、よみ人のこゝろにもたがふべし。かくそうふならば、いかでよみ置給はむ。

聞つたへあるは、人の書をきしなどを、かく部類しければ、家の集などにたがふ事のなきにしもあらじ。さるは、補ひたまへかし。

父のうたはいなびてくはへざりしを、哥のたらはぬ処々のくさびにと、せちにそゝのかされて、御点たまはりしを、いさゝかくはへたり。七十にもみてる翁のわざ見ゆるし給ふべし。

こゝにもれしは、後編にくはふべし。後編は新古のわかちなく、だれのうたをもくはふべければ、ひめをかずして給ふべし。部類すれば、ちりぼはずしてつたはりぬらむ、と父のほいなり。

家の集などは、其人ひとりの哥にて、こと〴〵くは集もなく、後〳〵は人しれずなりぬべき事をいとなげかしく、こたびかく三巻として、のちにもつたはれとてなむ。

八穂

よに名のきこえし人たちのよみをかれ給ふけりしを、とし比翁のあつめられしは、火のためにけぶりとなりにたり。そがのちに、またかくのごとくきゝつたへにかきつらねられしを、人々うつしとらまくこふ。よて、をのれふんでの労をたすけむと、板にゑりてあたふ。

みな故人の哥也。人しれずうづもれんことを惜とて、家々にひめをかれしを、もとめられし中に、もとめがたくもれたるは、かひなし。

きゝつたへあるは、人の書をきしを部類しなければ、家の集などにたがふことのなきにしもあらじ。さるは補ひたまへ。

翁の哥はくはへざりしを、哥のたらはぬ所〴〵のくさびにと、せちにもとめてくはへたり。

こゝにもれしはまた後にあつむるに、いにしへ今のわかちなく加ふべければ、ひめをかずしてたまふべし。

かく部類すれば、ちりぼはずしてつたはりぬらむ、とおきなのほい也。

榛原　保人

この高井八穂と榛原保人の両名による序文の内容を吟味するに、不思議なことに、ほぼ同内容であることが知られよう。そこで、両名の序文を総合して要約してみると、本集は「世に名の聞こえし人たちの詠み置き給ひけりし歌を」、高井八穂の父・宣風が蒐集し、また、他人が「聞き伝へに書き連ねられし」歌稿を蒐集していたが、それらの情報を仄聞した「人々（がその歌稿を）写し取らまく（思って）乞ふ」ので、かれらの「筆の労を助けんと」企図して、

「此三人」（をのれ）が撰集して版行に至ったというのだ。ちなみに、八穂と榛原の序文では「板に選りてあたへ」た人物に異同があって、前者では八穂と榛原のほかにもう一人、都合「此三人」が、後者では榛原が各々、その任に当たったとしているが、八穂のいう三人に「宣風」を想定するのは無理と判断されるので、ここは一応、高井八穂と榛原保人の二人を編者に想定しておきたいと思う。

こうして蒐集された歌稿はいずれも「各故人の歌のみ」で、その蒐集に当たっては種々様々な事情があって一様ではなかったが、本集の「部類」に当っては、二人の編者は全体のバランスを考慮して、「哥の足らはぬ処々のくさびにと、（中略）御点たまはりし」詠作に限って、高井宣風の歌を付加したという。

ちなみに、本集に「漏れしは、後編」が予定されて、その「後編は新古の分かちなく、誰の歌をも加ふ」ことが目論まれているので、今回の本集および今後刊行予定の「後編」の編纂意図には、「家の集などは、其一人の哥にて、悉くは集もなく、後々は人知れずして」散佚してしまうことを懸念した高井宣風の「本意」が反映している、とこの序文は結ばれている。

これを要するに、本集の編纂目的は、編者たちの活躍していた当今において、高井宣風が鋭意蒐集していた、「故人」の「名家」（有名人）たちの詠歌を中核にして、それに現存の高井宣風の詠作も加えて「部類」された類題集を編纂して、当該歌の散佚を免れようとした営為に認められると言えるであろうか。

ところで、本集の成立の問題だが、この点については、編者の高井八穂と榛原保人が深く関わっているゆえに、その知見を求めるに、現在、後者については未詳の事柄に属するので、以下には、高井親子の宣風と八穂の情報を、『日本人名大事典　4』（昭和五四・七覆刻版第一刷、平凡社）から紹介しておこうと思う。

タカイノリカゼ　高井宣風《たかゐのりかぜ》（一七四三―一八三二）徳川中期の歌人。常盤井氏。通称伊十郎、八十郎、号を春雨亭といふ。信濃の人、江戸に住す。初め道具屋を業としたが、歌道を日野資枝、萩原宗固に修め、麹町に家塾を開いて和歌の宗匠となり、武蔵忍藩主阿部正由、川越侍従、日野資矩、外山光実らの愛顧を受け、歌名漸く高く、本居宣長、加藤千蔭、村田春海らとも風交があった。著書に『萬葉集残考』、歌稿『春雨集』がある。天保三年正月二十九日没す。年九十。（森繁）

タカイヤツホ　高井八穂《たかゐやつほ》　徳川中期の国学者。江戸の人。宣風の子。通称弥三郎のち伊十郎と改む。国学に志して本居宣長の門に入り、加藤千蔭、林田春海らと親交があり、従ひ学ぶ者が多かった。生没年未詳。『古今仮名遣』『古詞類題和歌集』の著があり、また父の『言葉書題集』を編集し、また天保八年父の和歌を集めて『春雨集』を上梓した。（鑑定便覧　春雨亭書目録）

このうち、高井八穂の生没年については、現時点では未詳に属する事柄だが、本集の成立については、刊記に

文化九年申正月

本石町十軒店

萬笈堂　英　平吉

大伝馬町

瑞宝堂　大和田安兵衛

の記述が存するので、本集の刊行年月が文化九年（一八一二）正月であることは言を待つまい。

ところで、本集の成立の問題に示唆を与えるのが、八穂の記した序文のなかの「七十にも充てる翁（宣風）のわざ」の文言である。この記事の内容を、宣風の七十歳の営為とみなすならば、驚くべきことに、それはまさに文化九年が該当するのである。となると、本集の刊行年月が同年正月であるわけだから、常識的に考えるならば、本集の成

立は、その前年の文化八年（一九一一）中には完成していたであろう、と推測されるのではなかろうか。

最後に、本集の近世中期ごろの類題和歌集成立史における位相に言及すべく、表題に「名家」なる用語を含む作品を列挙するならば、おおよそ次のとおりである。

(1)　名家揃（寛政十二年〈一八〇〇〉刊、杉野翠兄著、一冊）
(2)　名家拾葉集（同、楳嶋ほか編、二冊）
(3)　類題名家和歌集（文化九年〈一八一二〉刊、高井八穂・榛原保人編、三冊）
(4)　名家略伝（天保五年〈一八三四〉刊、山崎美成著、四冊）
(5)　名家発句類題集（天保八年〈一八三七〉刊、三志著、四冊）
(6)　近世名家集類題（天保十四年〈一八四三〉刊、鈴木重胤著、四冊）
(7)　今世名家文鈔（安政二年〈一八五五〉刊、月性編、八冊）
(8)　近世名家詩鈔（万延二年〈一八六一〉刊、関重弘・藤田亀編、三冊）
(9)　名家肖像集（成立年未詳、写本、二帖）
(10)　名家肖像大鑑（同、同、一冊）
(11)　名家画譜（同、丹羽桃渓編、刊本、一冊）
(12)　近世名家書画談（同、安西雲煙著、刊本、四冊）
(13)　名家手簡（同、山内香雪著、刊本、十九冊）
(14)　名家世系譜（同、写本、一冊）

⒂　今世名家発句集（同、文和編、写本、一冊）
⒃　名家短冊帖（同、梅価編、刊本、一冊）

ちなみに、「名家」なる用語を含む作品では、伝紀貫之筆になる、在原元方・清原深養父・坂上是則・藤原興風・同兼輔・源公忠など、平安時代の名ある歌人の家集の断簡を蒐集した『部類名家集』が、おそらくもっともはやい時期のものと憶測されようが、ここには近世期に成立したと推測される各分野の作品を列記したみた。すなわち、⑴・⑷などが伝記的な視点からのもの、⑵・⑶・⑹・⒃などが詠歌を集成したもの、⑸・⒂などが発句を蒐集したもの、⑺・⒀などが自由な散文の視点からのもの、⑻が漢詩を蒐集したもの、⑼・⑽・⑾・⑿などが主に画像の視点からのもの、⒁が系譜の視点からのものと、おおよそ分類できるようだ。

このうち、近世中期ごろの類題和歌集成立史に関係するのは⑵・⑶・⑹・⒃などの作品であろうが、ただ⑵の『名家拾葉集』についてはは少々問題が存するので、説明を付しておこう。それは拙論『名家拾葉集』の成立」（『京都光華女子大学研究紀要　第四十四号』平成一八・一二、本書第四章第一節）で言及したように、『名家拾葉集』なる類題集が実は、享保十七年（一七三二）に、坂静山編『和歌山下水』を一部省略した形で復刻した、完全なる盗作版であるからだ。何故にこのような不祥事が行われたかの問題については、現時点では筆者はその解明をなしえていないが、ともかく『名家拾葉集』が『和歌山下水』の完全なる復刻版であることは事実であるから、当面の問題からは『名家拾葉集』を除外して扱うのが妥当な判断といえるであろう。となると、文化九年（一八一二）に刊行された『類題名家和歌集』が「名家」なる用語を書名にもつ類題集としては最初の類題集になろう。ちなみに、この種の類題集の刊行は、ほぼ三十年が経過した天保十四年に版行れた『近世名家集類題』を待たなければならないわけだから、要するに、『類題名家和歌集』は、この時期におけるこの種の類題集のなかでは嚆矢の位相にあるといえるのではなかろうか。

六　まとめ

以上、『類題名家和歌集』について、種々様々な視点から基礎的考察を加えてきたが、ここでこれまでの検討・考察をとおして得られた結果を箇条書きに摘記して、本節の一応の結論にしたいと思う。

（一）『類題名家和歌集』の伝本には、現在のところ、いずれも版本ではあるが、文化九年刊、天保十二年刊、無刊記の三種類が存する。本節ではこのうち、臼杵市立臼杵図書館蔵にかかる文化九年版（三冊）を利用して論述した。

（二）本集は総丁数百九十九丁（上冊〈序・春之部・夏之部〉・七十丁、中冊〈秋之部・冬之部〉・六十一丁、下冊〈恋之部・雑之部〉・六十八丁）を数える。

（三）総歌数は四千七十四首（春之部・八百七十六首、夏之部・六百十首、秋之部・七百五十九首、冬之部・五百二首、恋之部・七百二十一首、雑之部・六百六首）で、中規模程度の類題集といえようか。

（四）本集に収録される歌題は、近世期に版行された類題集『題林愚抄』『明題和歌全集』と比較しても、まったく遜色のない規模と内容である。

（五）本集に収録される例歌（証歌）の撰集資料は、目下、未詳と言わざるを得ないので、撰集資料に原拠資料の私家集、および私撰集や類題集を特定することは不可能である。

（六）本集の詠歌作者のうち、百首以上の詠作が収載されるのは、高井宣風・本居宣長・松井幸隆・萩原宗固・木下長嘯子・伊藤松軒・習古庵亨弁・有賀長伯・似雲・加藤千蔭・賀茂真淵・松永貞徳（延陀丸）・東常縁・荷田蒼生子・同春麿・沢庵・飯尾宗祇などで、室町時代後期から江戸時代中期ころの歌人である。

（七）　本集の収載歌人のなかでは、江戸堂上派に属する歌人が大半を占めているところに、本集の属性が認められるようだ。

（八）　本集の編纂目的は、高井八穂と榛原保人の序文によれば、編者たちの活躍していた当今に、高井宣風が鋭意蒐集していた「故人」の「名家」たちの詠歌を中核にして、現存の宣風の詠作も加えた類題集を編纂し、当該歌の散佚を免れようとしていた営為に認められようか。

（九）　本集の編者には、高井八穂と榛原保人の両人が想定されるであろう。

（十）　本集は文化八年（一八一一）までには成立をみていたものと推定されるであろう。

（十一）　本集の刊行年月は、刊記から文化九年（一八一二）一月と規定できる。

（十二）　本集のように、書名に「名家」なる用語を含む近世中期ごろに成立した著作は、およそ十六編ほど見出しうるが、そのなかで類題集はほんの数編でしかないものの、あえてその類題集成立史に言及すれば、本集はそのなかでは嚆矢にあたる位相にあると言えようか。

第六節　森広主・市岡猛彦編『三家類題抄』の成立

一　はじめに

筆者は近時、古典和歌を例歌（証歌）として収載する、近世期に成立した類題集の研究を進めているが、近世期に成立をみた類題集の種類たるや種々様々で、それはまさに多彩を極める近世類題集の様相を如実に呈していると言えようか。そのような多彩な近世類題集のなかで、筆者の目下の関心は、特定の歌人の詠作による類題集の考察に集中しているが、さきに公表した拙論「『和歌類葉集』の成立」（『古代中世文学論考　第7集』平成一四・七、新典社）も、その趣旨に沿った試みで、それは源実朝・同俊頼・藤原清輔の三人の歌人の私家集のみからなる類題集の考察であった。それに続く、拙論「松平定信編『独看和歌集』の成立」（『光華日本文学　第十二号』平成一七・一〇、本書第四章第三節）も同種の試みで、『後鳥羽院御集』と藤原俊成・同良経・慈円・西行・藤原定家・同家隆の「六家集」の和歌からなる類題集の考察であった。また、拙論「藤原伊清編『類題六家集』の成立」（『京都光華女子大学研究紀要　第四十三号』平成一七・一二、本書第三章第四節）もまったく同趣旨の試みであって、これは「六家集」のみを撰集対象にした類題集の考察であった。

このような筆者の近時の興味・関心による類題集の研究状況のなかで遭遇したのが、今回俎上に載せた同種の類題集たる『三家類題抄』である。この書目については、はやく福井久蔵氏『大日本歌書綜覧　上巻』（昭和四九・五復刻版、国書刊行会）に、

三家類題抄　一巻　森広主

新古今時代の後京極摂政定家家隆三家の歌を抜き類題とせるもの。文政元年に成り、同五年版行。市岡猛彦の序あり。◇広主は尾張の人、鈴屋の門。

と紹介があり、近年も、『和歌大辞典』（昭和六一・三、明治書院）に、

三家類題抄《さんけるいだいせう》〔江戸期類題集〕森広主編。文政元1818年序、同五年刊。良経・定家・家隆の歌を選び出し、春・夏・秋・冬・恋・雑の部立のもとに編んだ類題集。春部九〇題・夏部三九題・秋部七五題・冬部五〇題・恋部九六題・雑部六六題を所収する。（片岡智子）

と、ほぼ『大日本歌書綜覧』に準拠したと思しき記述がみられるが、本抄の類題集としての具体的な内容や位相などの問題については、なお検討を加えなければならない課題が多分に残されていると言わねばなるまい。

そのようなわけで、本節は例によっての蕪雑な作業報告の域を出ない代物にすぎないが、これまで辞書類以外にはほとんど言及されることのなかった『三家類題抄』について、おもに成立の問題を中心に据えて考察を試みた拙論であるが、いくつかの具体的事実を明確にすることを得た。

二　書誌的概要

さて、本抄の伝本については、『私家集伝本書目』（昭和五〇・一一、明治書院）によれば、版本として「文政元刊」本が「静嘉堂・東大洒竹文庫・祐徳中川文庫」に、「文政五刊」本が「秋田県・学習院一冊・新潟大佐野文庫・石川県李花亭文庫・豊田高専・岡山清心女大黒川本・徳島県」に、「刊」（年不明）本が「秋田県・刈谷市村上文庫・本居記念館」に各々、伝存する由だが、本節では、刈谷市中央図書館村上文庫蔵の版本を底本として採用した。ただし、底本については、筆者は実見していないので、国文学研究資料館蔵のマイクロ・フィルムに依拠して考察を加えたことを断っておきたいと思う。

底本の書誌的概要は次のとおりである。

国文学研究資料館蔵のマイクロ・フィルム番号　30－320／1
所蔵者　刈谷市中央図書館（村上文庫）蔵
編　者　森広主・市岡猛彦
体　裁　中本（縦一八・二センチメートル×横一二・四センチメートル）二冊　版本　袋綴じ
題　簽　三家類題抄　上（下）
内　題　三家類題抄　三家類題（目録題）
匡　郭　単郭（縦九・九センチメートル×横九・〇センチメートル）
各半葉　十二行（和歌一首一行書き、目録一二行書き　歌題・作者一行書き　序六行書き）

総丁数　九十六丁（上・四八丁〈序・一丁、目録二丁、和歌本文・四五丁〉、下・四九丁〈目録・二丁、和歌本文・四五丁〉）
総歌数　千三百六首（春部・二百七十二首、夏部・百三十四首、秋部・二百三十五首、冬部・百三十七首、恋部・三百一首、雑部・二百二十七首）
柱　刻　なし
序　市岡たけ（猛）彦（記載年月なし）
跋　なし
刊　記　文政元年十一月あつめ終ぬ／森広主
　尾張　榊園社中蔵板
書入れ　瑤翠亭／酒井氏／蔵書（上・下巻裏表紙見返し、下巻表表紙見返し）

以上から、本抄は藤原良経・同定家・同家隆の三歌人の例歌（証歌）による類題集で、その部立別収録歌数は、春部・二百七十二首、夏部・百三十四首、秋部・二百三十五首、冬部・百三十七首、恋部・三百一首、雑部・二百二十七首の、都合千三百六首を収める、比較的小規模の類題集と規定されるであろう。

三　歌題の問題

さて、本抄が特定の歌人の例歌（証歌）のみを収載する、比較的小規模の類題集である点については、以上の記述によってほぼ明らかになったであろうが、それでは、本抄はいかなる歌題を収録しているであろうか。この点を明かにするべく、本抄の収録歌題のすべてを、部立別に具体的に列挙するならば、次のとおりである。

春部

立春・元日宴・初春・初春風・旅宿早春・子日・霞・暁霞・朝霞・野外霞・海辺霞・春江霞・江上霞・湖上霞・霞隔遠樹・鶯・雪中鶯・松間鶯・若菜・余寒・春雪・梅・霞中梅・月前梅・野外梅・梅移水・春夜樹・柳・野外柳・水辺柳・春草・春月・花洛春月・河上春月・春曙・山居春曙・春雨・春水・帰雁・暁帰鴈・鴈別花・海辺帰鴈・水郷春望・春日鷹狩・野遊・遊糸・花・初春待花・雨中待花・尋花・山花未遍・暮山花・月前花・花下送日・羇中花・栽花・花交松・花似雪・折花・河上花・関路花・閏月花・落花・河落花・湖落花・海辺落花・遅日・志賀山越・春朝山・春夜・春海・住吉春浜・菫・早蕨・山家蕨・呼子鳥・雉・雲雀・蛙・苗代・款冬・杜若・躑躅・藤・松藤・雨中藤・暮春・暮春柳・山家暮春・江上暮春　（九〇題）

夏部

首夏・首夏藤・更衣・卯花・行路卯花・残花・葵・郭公・嶺郭公・五月雨・早苗・水鶏・盧橘・故郷橘・菖蒲・照射・鵜河・夏月・夏草・夕立・瞿麦・夕顔・蓮・蛍・蛍火秋近・蟬・扇・納涼・家々納涼・樹陰夏風・野草秋近・水辺自秋涼・夏暁・夏日・夏夜・晩夏・二上山夏・夏動物・御祓　（三九題）

秋部

立秋・初秋・残暑・七夕・乞巧奠・七夕橋・七夕別・秋露・秋風・関路秋風・荻・故郷荻・萩・薄・稲妻・秋夕・秋田・鴈・月前鴈・月前聞鴈・鹿・暁鹿・谷鹿・野鹿・月前鹿・虫・尋虫声・鶉・鴫・月・待月・暁月・停午月・連夜見月・山家月・故郷月・古寺残月・田家月・月前竹風・野径月・野辺月・河月・滝月・広沢池眺望・海辺月・船中月・湖上月・依月思秋・駒迎・霧・河霧・海辺霧・古渡秋霧・秋雨・野分・秋山・秋海・擣衣・月下擣

衣・田家擣衣・擣衣幽・河辺擣衣・名所擣衣・菊・蔦・柞・紅葉・故郷紅葉・庭紅葉・遠村紅葉・古寺紅葉・霧中紅葉・河紅葉・秋霜・暮秋　（七五題）

冬部

初冬・時雨・時雨知時・暁時雨・海辺時雨・落葉・河落葉・冬雨・冬菊・寒草・寒草纔残・枯野・霜・山霜・松竹霜・霰・霙・冬河風・氷・池水半氷・冬田・冬月・湖上冬月・水鳥・千鳥・島千鳥・宿泊千鳥・鷹狩・野行幸・寒松・椎柴・神楽・五節・雪・山家雪・庭雪・遠村雪・海上雪・関路朝雪・雪中松樹低・炭竈・衾・埋火・山家如春・冬日・冬朝・冬夜・年内梅・歳暮・河歳暮　（五〇題）

恋部

初恋・忍恋・依忍増恋・聞恋・見恋・祈恋・待恋・待空恋・不逢恋・契恋・初逢恋・逢恋・夢逢恋・別恋・後朝恋・帰無書恋・遇不逢恋・増恋・返事増恋・暁恋・暁増恋・昼恋・夕恋・昼夜思恋・夜長増恋・片恋・負恋・恋恥傍輩・稀恋・久恋・契経年恋・被忘恋・被嫌賤恋・尋恋・尋不得恋・顕恋・変恋・絶恋・恨恋・旧恋・故郷恋・老恋・幼恋・山家恋・遠恋・近恋・暮山恋・深山恋・旅恋・羇中恋・旅泊暁恋・海辺恋・春恋・夏恋・秋恋・冬恋・歳暮恋・恋不離身・名所恋・雑恋・寄月恋・寄雲恋・寄風恋・寄煙恋・寄露恋・寄山恋・寄関恋・寄河恋・寄橋恋・寄海恋・寄網恋・寄水恋・寄草恋・寄葛恋・寄芦恋・寄鳥恋・寄獣恋・寄鏡恋・寄衣恋・寄夢恋・寄席恋・寄糸恋・寄玉恋・寄枕恋・寄帯恋・寄書恋・寄琴恋・寄笛恋・寄絵恋・寄船恋・寄俤恋・寄樵夫恋・寄海人恋・寄商人恋・寄遊女恋・寄傀儡恋　（九六題）

雑部

別・羇旅・月前旅・秋旅・冬旅・海旅・羇中眺望・寄中晩風・旅宿・旅宿風・旅宿冬・旅泊・鶴・鳥・獣・雑

虫・苔・滝・川・河水流清・海辺暁雲・眺望・浦松・山夕風・松風・竹・山・海・海路・市・山家・山家人稀・山家嵐・閑居・閑中燈・懐旧・寄海懐旧・寄水懐旧・述懐・神祇・祝・社頭祝・寄月祝・月契千秋・池月久明・寄山祝・寄道祝・釈教・地獄・餓鬼・畜生・修羅・天人界・人界・縁覚・巌王品・提婆品・如是相・如是性・如是本末・檀婆羅・禅婆羅密・舎利講・舎利（講）讃嘆・無常・雨中無常　（六六題）

以上の整理から、本抄に収録する歌題は、春部九十題、夏部三十九題、秋部七十五題、冬部五十題、恋部九十六題、雑部六十六題の、都合四百十六題であることが知られ、まさに小規模の歌題収録の実態が明瞭になろう。

ところで、本抄に収録される以上の歌題の内容はどのような属性を有しているのであろうか。ここで最初の組題百首で、後の百首和歌へも影響が大きく、和歌の習作・題詠の模範として重視された『堀河百首』の歌題内容と比較してみよう。周知のとおり、『堀河百首』は四季・恋・雑に大別され、歌題は春が「立春」〜「三月尽」二十題、夏が「更衣」〜「荒和祓」十五題、秋が「立秋」〜「九月尽」二十題、冬が「初冬」〜「除夜」十五題、恋が「初恋」〜「恨」十題、雑が「暁」〜「祝」二十題であるが、本抄の歌題内容とどの程度重出しているであろうか。

まず、春部では、『堀河百首』の「桜」「菫菜」題を、本抄が各々、「花」「菫」として掲げている歌題も同題と考慮するならば、本抄の歌題が『堀河百首』のそれと重複しないのは「春駒」「残雪」「三月尽」の三題となろう。次に夏部では、『堀河百首』の「荒和祓」題を本抄が「御祓」として掲げている歌題を、同題に考慮するならば、本抄に欠ける歌題は「蚊遣火」「泉」「氷室」の三題となろう。次に秋部では、本抄の歌題が『堀河百首』のそれと重複しないのは「女郎花」「刈萱」「蘭」「露」「槿」「九月尽」の六題である。次に冬部では、『堀河百首』の「炉火」題を、本抄が「埋火」として掲げている歌題も同題に考慮するならば、本抄に欠ける歌題は「寒蘆」「網代」「除夜」の三題となろう。次に恋部では、『堀河百首』の「片思」「恨」題を、本抄が各々、「片恋」「恨恋」として掲げている歌題も同題に考慮するならば、本抄に欠ける歌題は、「不被知人恋」「思」の二題となろう。最後に雑題では、『堀河百首』の「松」「旅」「祝詞」題を、本抄が各々、「浦松」「羇旅」「祝」として掲げている歌題も同題に考慮するならば、本抄に欠ける歌題は「暁」「野」「関」「橋」「田家」「夢」の六題となろう。

要するに、本抄と「堀河百首」との歌題の重出率は各々、春部八十五・〇パーセント、夏部八十・〇パーセント、秋部七十・五パーセント、恋部八十・〇パーセント、雑部七十・〇パーセントとなって、本抄は歌題の視点から、ほぼオーソドックスな歌題を収録、配列している実態が窺知されるであろう。

ちなみに、四季・恋・雑の歌題別に題意や故事を説き、証歌を掲げた歌題集成書である『和歌題林抄』（南北朝初期ごろ成立、穂久邇文庫本による）は、春二十七題、夏二十三題、秋二十二題、冬十八題、恋十二題、雑四十一題の、都合百四十八題を掲げているが、この『和歌題林抄』と本抄の歌題の比較を試みると、まず春部では、『和歌題林抄』の「梅花」「桜」「菫菜」「河津」「藤花」題を、本抄が各々、「梅」「花」「菫」「蛙」「藤」として掲げている歌題も同題に考慮するならば、本抄に欠ける歌題は「暁」「野」「関」「橋」「田家」「夢」の六題となろう。次に夏題では、『和歌題林抄』の「余花」「蛍火」「荒和祓」題を、本抄が各々、「残花」「蛍」「御祓」として掲げている歌題も同題に考慮するならば、本抄に欠ける歌題は「結葉」「蚊遣火」「氷室」「泉」の四題となろう。次に秋部では、本抄の歌題が『和歌題林抄』のそれと重複しないのは「草花」「女郎花」「刈萱」「蘭」「露」「槿」の六題である。次に冬部では、『和歌題林抄』の「爐火」題を、本抄が「埋火」として掲げている歌題も同題に考慮するならば、本抄に欠ける歌題は「寒蘆」「網代」「臨時祭」「仏名」の四題となろう。次に恋部では、『和歌題林抄』の「片思」「恨」題を、本抄が「片恋」「恨恋」として掲げている歌題も同題に考慮するならば、本抄に欠ける歌題は「思」「書」の二題となろう。最後に雑部では、『和歌題林抄』の「餞別」「旅」「松」題を、本抄が「別」「羇旅」「浦松」として掲げている歌題も同題に考慮するならば、本抄に欠ける歌題は「暁」「朝」「夕」「夜」「林」「野」「池」「道」「関」「寺」「禁中」「故郷」「隣家」「村」「雲」「雨」「猿」「老人」「友」「客」「遊女」「慶賀」「夢」「眺望」「遠情」「管弦」「上陽人」「王昭君」「楊貴妃」の二十九題となろう。なお、本集の『和歌題林抄』との重出率を算定すれば、春部七十・八パーセント、夏部八十二・六パーセント、秋部七十七・三パーセント、恋部八十三・三パーセント、雑部二十九・三パーセントとなって、雑部の重出率が極端に低い実態が窺知されよう。ということは、歌題の視点からみると、雑部の歌題にこそ逆に、本集の属性が顕著に認められることを意味し、雑部に収載される歌題のさらなる検討が要請されると言えようか。

この視点から本抄の歌題面での特性に言及すれば、雑部では「神祇」「釈教」のほか、「地獄」「縁覚」「嚴王品」「如是相」「檀婆羅」「舎利講」など、仏教語に関わる歌題に特徴が認められようが、なお、恋部でも「寄月恋」をはじめ「寄〜恋」の題が三十六題にも及んでいる点は、本抄の特徴と認められるのではなかろうか。

ところで、『堀河百首』の歌題を本抄が収載していない実態を整理したが、ここで四季・恋・雑の各部から、本抄が収録していない歌題を各一題ずつ任意に選んで、それらの歌題が実際に、良経・定家・家隆の家集に見出されないのか、否かを検証してみよう。そこで任意にピック・アップしたのが、春部が「残雪」、夏部が「蚊遣火」、秋部が「槿」、冬部が「寒蘆」、恋部が「思」、雑部が「田家」の歌題だが、はたして、これらの歌題は良経・定家・家隆の三家集に見出しうるのであろうか。この点について検討を加えてみると、

1　あふさかのすぎのこかげにやどかりてせきぢにとまるこぞのしらゆき　（秋篠月清集・残雪・良経・一〇〇六）
2　すずろなるなにはわたりのけぶりかなあしびたくやにかひたつるころ　（同・蚊遣火・良経・一〇九四）
3　あさあらしにみねたつくものはれぬればはなをぞ花とみよしのの山　（同・朝顔・良経・一〇二一）

4　さまざまの人のおもひのするゑやいかにおなじけぶりのそらにかすめる　（同・舎利講次に「思ひ」を・良経・一五四六）

5　鳴のたつ秋の山田のかり枕たがすることぞ心ならでは　（拾遺愚草・田家・定家・一九〇）

の1～5のとおりであるが、冬部の「寒蘆」の題は三家集には見出し得なかった。すなわち、1～4の例歌と歌題は『秋篠月清集』に、5の例歌と歌題は『拾遺愚草』に各々、掲載されているのであって、この事実からみれば、本抄が収録する歌題は必ずしも、原拠資料である三家集からすべて抄出、掲載されているわけではない、という本抄の編者の歌題蒐集の姿勢、方法原理が示唆されるようだ。

それでは、本抄に収載の歌題は原拠資料のそれといかなる関係にあるのか、次にこの問題について検討してみよう。そこで両者の歌題間の関係を検討してみると、ここではその具体的な事例は省略に従うけれども、ほとんどの場合、両者は一致をみていると認められる。しかし、次に掲げる例歌（証歌）のように、両者間に異同が指摘される事例もまま認められるのだ。

6　氷ゐし水のしら波岩こえて清たき河にはるかぜぞふく　（初春風・摂政・一三）

7　もしほやくうらの煙と見るほどにやがてかすめるすまの明ぼの　（海辺霞・摂政・二七）

8　難波づに霜をはらひし芦たづの立やかすみのはるの毛衣　（春江霞・〈家隆卿〉・三四）

9　いく里か月の光も匂ふらん梅さく山のみねのはるかぜ　（月前梅・家隆卿・七五）

10　梅の花匂ひをうつす袖の上に軒もる月のかげぞあらそふ　（同・定家卿・七六）

11　梅が香や先うつるらんかげきよき玉嶋河のはなのかゞみに　（梅移水・定家卿・八〇）

すなわち、6～11の六首は三歌人から各々二首を引用したものだが、本抄のこれらの六首はいずれも原拠資料では各々、6が「立春」(四〇四)、7が「霞五首」(一〇五)、8が「春江霜」(二一一六)、9が「春歌とて」(二〇五三)、10が「春廿首」、11が「玉嶋河」(一二〇二)のごとき歌題ないし部類表示をしているのである。何故に、このような異同が認められるのかについて憶測するに、11の歌題がとくに示唆を与えるようだ。すなわち、この11の詠は『内裏百首』の一首で、この百首は全歌に「名所」(歌枕)の固有名詞が付せられているからだ。ここで11の詠に本来付せられていた「玉嶋河」の題が、何故「海移水」の題に変更されたかについて、推察するならば、この11の場合、『内裏百首』の詠としては「玉嶋河」がその属性であったが、この詠作を、「かげきよき玉嶋河」に「梅が香や先うつるらん」の措辞から、玉嶋河に「梅が香」が「移る」とともに「映る」と、作者は「うつる」の語に両義性をもたせて、いわば共感覚的世界の詠出を試みている、と読解、鑑賞するとき、その最適な歌題としては「梅移水」以外には付しようがないのではなかろうか。11の詠の歌題変更の営為には、本抄の編者の賢しらが顕著に働いていると認められるのだ。この視点に立つならば、8の詠の場合も、作者家隆は「難波づに霜をはらひし芦たづ」が凜然と佇立する勇姿の描出を企図して「春江霜」の題を付したのであろうが、本集の編者は、それよりも「芦たづの立やかすみのはるの毛衣」の措辞から、春の属性に重点を置いて、「春江霞」の題を付したと考慮することができるのではあるまいか。

これを要するに、6～11の六首に指摘される歌題の改変・変更には、本抄の編者の賢しらが濃厚に認められると推断しうるようである。

それでは、このような歌題の変更ないし改変に、本抄の編者は何の意図を込めているのであろうか。この問題にいみじくも示唆を与えるのが、次の事例であろう。

12　里わかぬはるのひかりをしりがほに宿をたづねてきゐる鶯　(鶯・定家卿・四六)

13　遠近の匂ひは袖にしられけり槙のとすぐるうめの下風　(梅・定家卿・七二)

14　吹おくるおぼろ月よの春風に梅が香のみぞかすまざりける　（月前梅・家隆卿・七四）
15　梅の花匂ふ野べにてけふくれぬ宿の木末を誰たづぬらん　（野外梅・摂政・七八）
16　ちはやぶるかものみづ垣としをへていくよのけふにあふひなるらん　（葵・定家卿・二九〇）
17　思ひしれ有明がたのほと〻ぎすさこそはたれもあかぬなごりを　（郭公・摂政・三一三）
18　あやめ草ながきちぎりをねにそへて千世のさつきといはふけふ哉　（菖蒲・定家卿・三三五）
19　かぎりなき山ぢのきくのかげなれば露もやちよをちぎり置らん　（菊・〈定家卿〉・六一一）

ところで、この12〜19の八首は、原拠資料ではどのような歌題ないし詞書が付せられているのであろうか。12・13・16・18・19の五首は藤原定家の詠歌だが、この五首について、『拾遺愚草』の歌題ないし詞書をみると、12が「花中鶯ある所人家あり」（一八八三）、13が『人家幷野辺に梅さきたる所』（一八八四）、16が「加茂下御社館辺葵付けたる人参る所」（一八八九）、18が「菖蒲かりたる所　又人家に葺きたる所もあり」（一八九二）、19が「山中に菊盛に開きたる辺に仙人ある所」（一九〇三）のとおりで、この五首はいずれも「女御入内御屏風歌」のなかの「月次御屏風十二帖和歌」であることが知られる。そこで両者の歌題と詞書を吟味すると、「月次御屏風十二帖和歌」の詞書では、ほぼ全歌にわたって「〜〜所」なる体裁で、各月（季節）の属性が場所（空間）の視点から説明されているのに対して、本抄に付せられた歌題は、たとえば13の詠でいえば、原拠資料の「人家幷野辺に梅さきたる所」という空間的視点を、本詠の核心たる「梅」に転じて、作者が詠出した和歌の世界に迫るべく、編者の鑑賞眼によって改変されているのだ。

次に、藤原家隆と同良経の14・15・17の詠について、原拠資料の『壬二集』と『秋篠月清集』から、歌題ないし詞書を引用すれば、14が「霞歌よみ侍りし時」（二〇七一）、15が「人家幷野辺に梅さきる所」（一三四四）、17が「雲間郭公鳴渡る所」（一三五一）のとおりで、このうち、15・17の良経の二首は『拾遺愚草』と同様に、「女御入内御屏風歌」

からの抄出であるので、本集の編者の歌題変更、改正の姿勢・態度については省略に従いたいと思う。しかし、家隆の14の詠には本抄と原拠資料との間で、本詠の理解に本質的な相違が認められるので、一言しておこう。

まず本詠は、原拠資料の『壬二集』では「霞歌よみ侍りし時」とあるから、家隆が「霞」に立ち込められた「おぼろ月よ」の優美な姿の描出に主眼を置いていたことが読み取れようが、それに対して、本抄では本詠の本質を、編者が、霞に覆われた「おぼろ月よ」に「吹おくる」「春風に（よって）梅が香のみぞかすまざりける」という、「梅が香」の描出にあると読解、鑑賞した結果、「月前梅」なる歌題を付したと推察されるのである。この点に、本抄の編者の和歌観が如実に反映しているのだ。

これを要するに、12～19の事例には、原拠資料に付せられた散文的な詞書や曖昧な歌題表示の内容を、本抄の編者がみずからの和歌観で、各歌の和歌の本質を端的に示し得る歌題に設定、変更するという、文学的営為が認められるのだ。

それでは、各々、変更、改正された本抄の歌題は、まったく従来見られなかった歌題かというと、これまた事例は省略に従うけれども、『題林愚抄』などのオーソドックスな類題集に見出しうる歌題ばかりで、その点、本抄の編者が新しく考案した歌題は見出しがたいと言わねばなるまい。ただし、雑部に例外的に指摘される原拠資料に存する比較的長文の詞書については、本抄はたとえば、良経の次の、

20　さそはれぬ人のためとやのこりけんあすよりさきの花の白雪　（一二三六）

の20の詠に、

建仁三年春、上皇大内の花御らんじけるに、ちりたる花を御手箱のふたに入て、「けふだにも庭をさかりとうつる花消ずはありとも雪かとも見よ」とて給ひける御返し

のごとく詞書を付しているが、この本抄の詞書を、原拠資料の『秋篠月清集』のそれ（一〇一七・一〇一八）と比較してみると、原拠資料では、贈歌の「けふだにも……」の後鳥羽院の詠と答歌の20の詠とが独立して配置され、後鳥羽院の詠の詞書には「手箱蓋に入れて給ひけるに」の部分に異同がある一方、良経の20の詠には「御返し」の詞書が付されているごとくで、ほとんど異同は認められない体裁である。

あと一例、『新後撰集』に収載の定家の詠について検討すると、本抄は、

21　たのむかな春と君としまぢかくはみつばよつばのちよのとなりを　（一二七二）

の21の詠に、

年のくれにはじめて京極の家にうつりけるに、西園寺入道前大政《ママ》大臣より、「あたらしき春をちかしとさきくさのみつばよつばにかねてしらるゝ」とよみておこせける、かへし

のごとき詞書を付しているが、これを原拠資料の『新後撰集』の贈答歌（一五九一・一五九二）と比較してみると、さきの事例と同様に『新後撰集』では、贈歌の「あたらしき……」の詠と答歌の21の詠とがセットで配置され、西園寺公経の贈歌の詞書は、「前中納言定家、年の暮……侍りけるにつかはしける」、答歌のそれは「返し」のとおりで、詳しい説明は省略するが、両者はほぼ一致していると認められよう。

ここに原拠資料の比較的長文の詞書については、ほぼ原拠資料そのままの内容を掲載するという、本抄の編者の態度・姿勢が窺知されようが、しかし、本抄に掲げられている、

22　春をへてみゆきになるゝ花の陰ふり行みをもあはれとやおもふ　（一二三五）
23　花山の跡をたづぬる雪の色にとしふる道のひかりをぞみる　（一二六八）

の22・23の定家の詠に付せられた詞書の場合は、多少異なるようだ、すなわち、本抄は22の詠には「近衛司にて年久

しくなりて後、うへのをのこども大内の花見にまかれりけるに」、23の詠には「文治六年女御入内屛風に」の詞書を各々、付しているが、実はこの両首は、原拠資料では、22が『拾遺愚草』に「大内の花ざかりに、宮内卿藤少将などにさそはれて」の詞書（二一六九）が付され、23の詠は『拾遺愚草』の「入道皇太后宮大夫九十賀算屛風歌」（建仁三年八月被選定）の一首として掲載されているが、実は、この屛風歌は「屛風歌十二種 或本云 此草引失又忘却可尋之」の端作りから、四季の歌が「春　霞・若菜・花、夏　郭公・五月雨・納涼、秋　秋野・月・紅葉、冬　千鳥・氷・雪」の題で、詠じられてはいたものの、目下、伝存するのは「雪」題の23の詠歌（一九一七）のみであることが知られて、両歌の詞書の内容には、本抄と原拠資料の間に大幅な異同が指摘されるのだ。ちなみに、22の詠の場合、本抄のごとき内容をもつ『拾遺愚草』の伝本は目下、見出しえない一方、23の詠の場合には、本抄の編者が、原拠資料の表題を詞書の内容にしたという賢しらが認められようが、その際、原拠資料に「建仁三年八月被選定」と明記されている記事を、「文治六年女御入内屛風に」としたのは、本抄の編者の失態であって、22の詠の歴史的事実と異なる注記となってしまったようだ。

それはとにかく、雑部に指摘される比較的長文の詞書には、本抄の編者の賢しら（営為）が確認されるのは、否定できない事実であるようだ。

四　収載歌の問題

本抄の歌題の問題については、大略、以上言及したとおりだが、それでは、本抄の収載歌についてはいかがであろうか。次に、この問題について検討を加えてみたいと思う。ちなみに、本抄が春部・二百七十二首、夏部・百三十四首、秋部、二百三十五首、冬部・百三十七首、恋部・三百一首、雑部・二百二十七首の、都合千三百六首を収載する点については、すでに「二　書誌的概要」で言及したとおりである。

〈表1〉各歌人の部立別歌数一覧表

歌人＼部立	春部	夏部	秋部	冬部	恋部	雑部	合計
良経	六二	四二	五六	三一	七四	五五	三二〇首
定家	一〇八	四三	九二	五三	一三〇	八九	五一五首
家隆	一〇二	四九	八七	五三	九七	八三	四七一首
合計	二七二	一三四	二三五	一三七	三〇一	二二七	一三〇六首

ところで、その総歌数千三百六首を、本抄に掲載する作者表記に従って、各歌人別に整理、一覧すると、上掲の〈表1〉のごとくなる。

この〈表1〉によって、三歌人の私家集との比較を試みると、良経の『秋篠月清集』(天理図書館蔵本)が千六百十一首、定家の『拾遺愚草』『拾遺愚草員外』(書陵部御所蔵本)が三千七百五十五首、家隆の『壬二集』(蓬左文庫蔵本)が三千二百一首を収載するわけだから、本抄の三家集からの抄出歌は、各私家集のごく一部でしかない点で、本抄のこの数値は熟考するに、編者の確固たる和歌観によって精選された結果を物語っていると判断されるであろう。

そこで本抄の収載歌を精査してみると、本抄の収載歌は、このような編者の精選によって編纂されたからであろうか、各人の収載歌にかなりの誤謬が指摘されるのである。その誤謬が本抄の編纂過程で生じたのか、版木に彫られる際に生じたのか、その点については明白にしがたいが、ともあれ、本抄の作者表記にミスが指摘される点は、事実として容認しなければならないようだ。

その点を如実に裏づけるのが、次に掲げる十四首であって、この十四首はいずれも三歌人以外の例歌(証歌)である事実が逆に、本抄の撰集資料の問題を示唆する意味で、興味深い誤謬といえようか。

24　さそひ行風のたよりの梅花香をたづねてもなほやまどはん　（春部・梅・定家卿・七〇）
25　春毎にかすむならひの名取河なき名ともみぬ月のかげかな　（同・河上春月・定家卿・一〇二）
26　雪ならば分つる跡もありなまし道たどるまでさけるうの花　（夏部・行路卯花・定家卿・二八二）
27　山里のうの花垣の中つ道雪ふみわくるこゝちこそすれ　（同・同・同・二八三）
28　暮ゆかばあふせにわたせ天の河水かげ草の露の玉はし　（秋部・七夕橋・定家卿・四二七）
29　萩原や野べよりのべにうつり行衣手したふ月のかげかな　（同・野径月・定家卿・五六三）
30　うきて行雲間の空の夕日かげはれぬとみれば又しぐるなり　（冬部・時雨・従二位家隆・六四六）
31　たちなびく煙くらべにもえまさる思ひのたきゞみはこがれつゝ　（恋部・返事増恋・定家卿・八三九）
32　うきながら数ならぬみのつらさにもいとはれてこそ思ひしりぬれ　（同・被厭賤恋・定家卿・八六八）
33　つらかりしあかつきごとのわかれだにみになきものと今はなりぬる　（同・絶恋・定家卿・八七七）
34　今はたゞなれて過にし月日さへおもひいでゝはくやしかりけり　（同・同・同・八七八）
35　千代をへて一たびすめる河水のながれは君ぞくむべかりける　（雑部・河水流清・定家卿・一一五一）
36　へだてつるよの間の雲やわかるらんあらはれそむるおきつ白波　（同・海辺暁雲・定家卿・一一五三）
37　思ひやれかるゝ人めの冬にだにかぎらぬ山のおくのさびしさ　（同・山家・定家卿・一一七五）

すなわち、本抄では、24～37の十四首は注記に明記した作者の詠となっているが、実は、24・25・31・32・35～37の七首が『藤河百首』の二条為定の詠、26が『亀山殿七百首』の惟宗光吉の詠、28が『新葉集』の洞院公泰の詠、30が『玉葉集』の九条隆博の詠、33・34の両首が『新後撰集』の藤原家定の詠であると確認しうる。ただし、27・29の両首は各々、『題林愚抄』（一七五二・四〇七五）と『明題和歌全集』（二一五六・四八四六）に収載されるが、27の詠については、両類題集とも作者表記を欠き、『後葉和歌集』（別本）のみが「定家卿」の作者注記（八三七）を付している。ちなみに、後水尾院撰『類題和歌集』には本詠は未収載歌である。一方、29の詠については、当該歌が『題林愚抄』『明題和歌全集』の両類題集ともに、直前歌（四六七四・四八四五）である定家の詠に連続して掲げられて、作者表記が「同（定家）」となっているので、この両類題集の注記を信用するならば、作者は一応、「定家」ということになろう。しかし、この27・29の二首については、目下のところ、原拠資料を見出し得ないので、作者不詳として扱っておくのが穏当であろう。

それでは、本抄にこのように関係者以外の詠歌が収載されたのは、何故であろうか。次にこの問題を検討してみると、33・34の二首を除く十二首が、「定家」や「家隆」の詠として本抄に収載された理由については、奇しくも、27・28の二首の作者の検討をした際に俎上に載せた、類題集『題林愚抄』『明題和歌全集』が関係しているようだ。というのは、まず『亀山殿七百首』（一三九）に「光吉」として載る26の惟宗光吉の詠、『新葉集』（一一七〇）に「冷泉入道前右大臣」として載る28の洞院公泰の詠、『玉葉集』（八四九）に「従二位隆博」として載る30の九条隆博の詠が各々、本抄に26・28の詠が「定家卿」、30の詠が「従二位家隆」の作者表記を付して収載されている背景には、これらの三首がいずれも『題林愚抄』（一七五一・三一〇一・四九四二）、『明題和歌全集』（二三五二・三七二九・五八七〇）に、本抄のとおりの作者名で掲載されている事実が示唆を与えるからだ。換言すれば、本抄の編者が、これらの三首を、編纂に際して両類題集から抄出、掲載した結果、本抄にはこのような不祥事が惹起されたのだ、と推察されるのである。

この視点に立つならば、『藤河百首』の二条為定の24・25・31・32・35〜37の七首のうち、35・36の二首については、明解な説明がつくように憶測される。なぜなら、両首ともに両類題集に、直前歌の「定家」の詠に連続して、

三三〉）。ところが、37の詠については、『題林愚抄』（九〇〇二）には「為定」、『明題和歌全集』（一〇一〇四）には「為家」の作者表記が付されているので、本抄の編者が当該歌を両類題集から抄出した可能性は考えられないであろう。

ちなみに、『藤河百首』の24・25・31・32の為定詠も、両類題集には収録をみていないので、為定の都合五首は、どのような過程を経て本抄に採歌されたのであろうか。この問題に示唆を与えるのが、この五首は定家の私家集『拾遺愚草』のうち、特定の伝本から抄出されたのではないかという推察である。ここで結論をいうならば、この五首は、『拾遺愚草』の三系統の伝本のうち、『拾遺愚草員外』をも含めた六家集系統に属する「六家集版本」に依拠して採歌されたのではないか、という推測である。なぜなら、『続国歌大観』にも翻刻されている該本には、『員外』も『拾遺愚草』の一部として扱われているので、定家の『藤河百首』の詠につづいて、為定の当該詠も「詠百首和歌」として「為家卿」の作者名を付して掲載されているからである。ここで本抄の編者がこの五首を採録した背景を憶測すれば、編者はまず定家の詠作を採歌する際に、「為家卿」（実は「為定」）の表記で載せる『藤河百首』の詠も含めた伝本たる「六家集版本」を、すべて「定家」の詠作を収載する家集だと誤認して、本抄を編纂したのではあるまいか。その結果、為定の詠歌が定家のそれとして、何の疑問もなく本抄に収載されたのであろう。

ちなみに、37の詠を、『明題和歌全集』が「為家」と注記するのに対し、『題林愚抄』が「為定」と注記しているところには、両者の編者の編纂姿勢が如実に窺知され、前者には依拠した資料を無批判に掲げるという姿勢が、後者には依拠した資料に誤謬が指摘されるならば、それに訂正を加えて掲載するという態度が認められ、後者の編者のほうに、事実を正確に伝えようとする文献学者の姿勢が認められるといえようか。

なお、34・35の二首は、両類題集には収載されず、『新後撰集』（一一三一・一一六〇）にのみ「権中納言家定」の作者表記で掲載されているのを、本抄の編者がケアレス・ミスで、ついうっかり「定家」と誤読した結果、定家の例歌（証歌）として収載されたのではなかろうか。

以上、本抄に収載される千三百六首のうち、十四首について、関係歌人以外の詠歌である事実を明らかにしたが、次に、良経・定家・家隆の三歌人の間で、作者表記の異同が認められる例歌（証歌）について検討した結果、次の38～50の十三首に誤謬が指摘されるようだ。

38　鶯の雪の花がさぬひわびていづれを梅とぬれてなくなり　（春部・雪中鶯・定家卿・四九）
39　五月雨のふるの神杉すぎがてにこだかくなのるほとゝぎすかな　（夏部・郭公・家隆卿・二九九）
40　打なびくしげみが下のさゆりばのしられぬほどにかよふ秋風　（同・野草秋近・家隆卿・三八九）
41　秋風にたへぬ草ばはうらかれてうづらなくなりをのゝしの原　（秋部・鶉・摂政・五一三）
42　うづらなく夕の空をなごりにて野となりにける深草の里　（同・同・同・五一四）
43　かへるべきこしの旅人まちわびてみやこの月にころもうつなり　（同・擣衣・定家卿・六〇三）
44　ふる郷のみかきが原のはじもみぢ心とちらせ秋のこがらし　（同・故郷紅葉・定家卿・六二五）
45　もみぢする雲の林もしぐるなりわれぞわび人たのむかげなし（ママ）　（同・古寺紅葉・定家卿・六二八）
46　しぐれ行かたのゝ原のもみぢばにたのむかたなくふく嵐かな　（同・暮秋・定家・六三八）
47　天の原こほりをむすぶ岩波のくだけてちるはあられ也けり　（冬部・霰・家隆卿・六七四）
48　立た河このはの月のしがらみも風のかけたるこほりなりけり　（同・冬河風・摂政・六八一）
49　しかばかりちぎりし中もかはりけるこの世に人をたのみけるかな　（恋部・被忘恋・摂政・八六五）
50　やどりせしかりほの萩の露ばかりさえなで袖のいろにこひつゝ　（同・寄露恋・摂政・九七七）

この38～50の十三首の原拠資料を確認すると、38・44～46の四首は本抄では定家の詠となっているが、いずれも『壬二集』（一七四二・二四九〇・六三九・二五二七）の収載歌であるので家隆の詠、また、39・40の二首は本抄では家隆の詠とされているが、両首ともに『拾遺愚草』（二二一三・一七四六）の詠であるので定家の詠、また、41・42・49・50の四首は本抄では良経の詠となっているが、41が『拾遺愚草員外』（一五九）に、その他の三首が『拾遺愚草』（三四三・一六九・二五七二）の収載歌であるので定家の詠、また、43・47・48の三首は、本抄では43が定家の詠、47が家隆の詠、48が良経の詠とされるが、43・47はともに『秋篠月清集』（一二五七・二〇八）の収録歌であるので良経の詠、また、48は『壬二集』（二六〇二）の収載歌であるので家隆の詠と訂正されねばならない。

　このようなわけで、本抄に収載の24～50の二十七首については、作者表記に問題が指摘されるので、ここで24～50の詠歌に付された誤記を、正確な作者に改めて再度、〈表1〉の修正版を掲げるならば、上掲の〈表2〉のごとくなる。

〈表2〉　収載歌人の部立別歌数一覧表

集名／部立	春部	夏部	秋部	冬部	恋部	雑部	合計
良経	六二	四二	五五	三一	七二	五五	三一七首
定家	一〇五	四三	八八	五三	一二八	八六	五〇三首
家隆	一〇三	四七	九〇	五二	九七	八三	四七二首
為定	二				二	三	七首
家定				二			二首
光吉		一					一首
公泰			一				一首
隆博				一			一首
不詳		一	一				二首
合計	二七二	一三四	二三五	一三七	三〇一	二二七	一三〇六首

　ところで、〈表2〉に掲げた各歌人の詠歌は、いかなる出典資料から採歌されているのであろうか。次にこの問題の検討に入ろうと思う。そこで、良経・定家・家隆の私家集たる『秋篠月清集』『拾遺愚草』『壬二

集』に未収載の詠歌を検索してみると、すでに言及したように、24・25・31・32・35～37の七首が二条為定の『藤河百首』に、26が『亀山殿七百首』に、27・29が『題林愚抄』『明題和歌全集』などに各々、収録されるなか、勅撰集（『新葉集』も含む）では28・30の二首が各々、『新葉集』・『玉葉集』に、33・34の二首がともに『新後撰集』に収載されるほか、以下の51～83の三十三首がいずれも勅撰集に収録されていることが確認される。

51　くれにともちぎりて誰かかへるらん思ひたえぬる明ぼのゝそら　（恋部・待空恋・家隆卿・八〇〇、千載集・七四九）
52　又もこん秋をたのむの鴈だにもなきてぞかへるはるの明ぼの　（同・後朝恋・摂政・八二三、新古今集・一一八六）
53　まつ山とちぎりし人はつれなくて袖こす波にのこる月かげ　（同・寄月恋・定家卿・九五四、同・一二八四）
54　いづくにかこよひはやどをかり衣日もゆふぐれのみねのあらしに　（同・羇中晩風・定家卿・一一一九、同・定家朝臣・九五二）
55　暮ゆかば空のけしきもいかならんけさだにかなし秋の初かぜ　（秋部・立秋・従二位家隆卿・四一八、新勅撰集・一九七）
56　たがために人のかた糸よりかけてわが玉のをのたえむとすらん　（恋部・寄糸恋・家隆卿・一〇四五、同・六九四）
57　をはり思ふすまひかなしき山かげに玉ゆらかゝるあさがほのはな　（雑部・山家・摂政・一一七四、同・一二三一）
58　冬の日のよそにくれ行山かげに朝霜けたぬ松の下しば　（冬部・寒草・定家卿・六六二、続後撰集・四八〇）
59　立よりてそれともみばや音にきく室のやしまの深きけぶりを　（雑部・羇旅・定家卿・一〇八九、同・一二九四）
60　日にみがく玉きのみやの桜花春の光とうゑやおきけん　（春部・花・定家卿・一五五、続古今集・九八）
61　秋風の軒ばのをぎにこたへずはひとりやせまし昔がたりを　（秋部・萩・家隆卿・四四七、同・一五六七）

62　君がこぬつらさの程をあらはさでしばしは月に雲のかゝれる　（同・月・定家卿・五二七、同・四一五）
63　引むすぶ草ばも霜のふる郷はくるゝひごとにとほざかりつゝ　（同・冬旅・定家卿・一一一三、同、九〇六）
64　いかばかりわかのうら風みにしみてみやはじめけん玉つしま姫　（同・神祇・摂政・一二四八、同・七二五）
65　立かへり道ある代にはなりぬれど思ふ思ひの末やまよはむ　（雑部・述懐・摂政・一一九三、続拾遺集・一一七四）
66　七十のむなしき月日かぞふればうきにたへたるみのためしかな　（同・同・定家卿・一一九九、同・一一七二）
67　尋きてみずは高ねのさくら花けふも雲とや猶おもはまし　（春部・花・定家卿・一四九、新後撰集・九六）
68　まどろまぬすまの関守あけぬとてたゆむ枕もうちしぐれつゝ　（冬部・暁時雨・定家卿・六五〇、同・四四四）
69　たのむかな春と君としまぢかくはみつばよつばのちよのとなりを　（雑部・詞書略・定家卿・一二七二、同・一五九二）
70　折袖に匂ひはとまる梅がえの花にうつるはこゝろなりけり　（春部・梅・定家卿・七一、玉葉集・六七）
71　露分ん秋のあさけはとほからでみやこやいくかまのゝかやはら　（夏部・野草秋近・定家卿・三九〇、同・四四五）
72　山のはの雲のはたてを吹風にみだれてつゞくかりの一つら　（秋部・鳫・定家卿・四八二、同・五八三）
73　ものごとにこぞの面影引かへておのれつれなき望月の駒　（雑部・詞書略・定家・一二三八、同・一九七一）
74　きくたびにたのむこゝろぞすみまさるかものやしろのみたらしの声　（同・社頭祝・定家卿・一二五九、同・二七六六）
75　くれやすき霜のまがきの日影にもとはれぬころのつもるをぞしる　（冬部・冬日・定家卿・七五七、続千載集・六二四）
76　大空にたがぬく玉のをたえしてあられみだるゝ野べのさゝ原　（冬部・霰・定家卿・六七五、続後拾遺集・四七九）

77 はれそむるをちのと山の夕霧にあらしをわくる初鴈のこゑ　(秋部・鴈・家隆卿・四八五、風雅集・四八五)
78 志がの海の白ゆふ花の波の上にかすみを分てうら風ぞふく　(春部・湖落花・家隆卿・二〇八、新拾遺集・三六)
79 時鳥山の雫にたちぬれてまつとはしるやあかつきの声　(夏部・郭公・定家卿・三〇一、同・二二九)
80 さをしかのよはの草ぶしあけぬれどかへる山なきむさしの、原　(秋部・野鹿・家隆卿・五〇一、同・四六九)
81 あれにけり塩くむ蜑のとまびさししづくも袖に月やどるまで　(同・海辺月・定家卿・五七二、同・四一七)
82 みなの河ながれてせゞにつもるこそ嶺よりおつるこのはなりけれ
(冬部・河落葉・摂政・六五八、新後拾遺集・七八二)
83 かきたえてのこるうきみぞ玉づさのふりぬるよりもおきどころなき
(恋部・寄書恋・摂政・一〇五四、同・一二三一)

すなわち、51〜83の三十三首は、注記に明示したとおり、歌人別では各々、良経が六首、定家が二十一首、家隆が六首、典拠作品別では各々、『千載集』が一首、『新古今集』が三首、『新勅撰集』が三首、『続後撰集』が二首、『続古今集』が五首、『続拾遺集』が二首、『新後撰集』が三首、『玉葉集』が五首、『続千載集』が一首、『続後拾遺集』が一首、『風雅集』が一首、『新拾遺集』が四首、『新後拾遺集』が二首のごとく整理することができよう。

ちなみに、これまで言及してきた勅撰集、定数歌、類題集などに収載される例歌(証歌)以外の出典(典拠)については、ここでは一切論証を省略するけれども、いずれも三歌人の私家集に収載をみていることを申し添えておこう。また、撰集資料としてこれまた論証は省略に従うけれども、本抄が藤原伊清編『類題六家集』に依拠していないことも、言い添えておこうと思う。

以上、本抄の収載歌について、主として詠歌作者ならびに出典資料(典拠)の視点から、種々様々な検討を加えて

〈表3〉　部立別出典一覧表

出典＼部立	春部	夏部	秋部	冬部	恋部	雑部	合計
秋篠月清集	六二	四二	五五	三〇	七〇	五二	三一一首
拾遺愚草	一〇二	四一	八五	四九	一二六	七九	四八二首
壬二集	一〇二	四七	八六	五二	九六	八三	四六六首
千載集					一		一首
新古今集					二	一	三首
新勅撰集			一		一	一	三首
続後撰集				一		一	二首
続古今集	一		二			二	五首
続拾遺集						二	二首
新後撰集	一			一	二	一	五首
玉葉集	一	一	一	一		二	六首
続千載集				一			一首
続後拾遺集				一			一首
風雅集			一				一首
新拾遺集	一	一	二				四首
新後拾遺集				一	一		二首
新葉集			一				一首
為定藤河百首	二				二	三	七首
亀山殿七百首		一					一首
題林愚抄など		一	一				二首
合計	二七二	一三四	二三五	一三七	三〇一	二二七	一三〇六首

きたが、ここで改めて、本抄の出典（典拠資料）について、部立別に整理、一覧するならば、上掲の〈表3〉のごとき結果を得ることができるであろう。

五　編纂目的、編者、成立時期などの問題

さて、本抄の歌題と収載歌については、おおよその検討を完了したので、次に、本抄は、はたして何のために、誰が、何時、制作を企図したのかの問題に言及してみたいと思う。

まず、本抄の編纂目的については、幸甚なことに、市岡猛彦が巻頭に序文を草しているので、それを引用しておこう。

くれ竹の代々に名高き哥仙の中にも、一ふしありて、誠にすぐれたるは定家・家隆の両卿と、後京極摂政殿となり。「いかで此人たちの歌どものあるが中にも、めでたきをえり出して一巻になさばや」と、千々の巻々くりかへすころほひ、森広主はた、同じ心に思ひおこして、かつ〲集め物したるを見せらるゝに、もはらおのが思ふ筋にあひかなひて、いとうれしく悦ばしさのあまりに、「同じくは摺巻にも」と、猶よくえりたゞし、たすけなして、こたび板にゑらせたるなり。後世風の哥に心ざし深き人々の必よるべきは、此書になんありける。かくいふは。

市岡たけ彦

ここには市岡猛彦によって、本抄の編纂意図・目的が明瞭に表明されている。すなわち、猛彦によると、歴代の「名高き哥仙」のなかでも就中、特徴的な秀歌を詠じるのが定家・家隆・良経の三歌人であるので、この歌人たちの詠作を収載する歌集のなかから、「めでたき」歌を「えり出して一巻になさばや」と考えていたところ、偶然、同じ趣旨・考えのもとに集成された草稿を、森広主から見せられて、猛彦は「おのが思ふ筋にあひかなひて、いとうれしく悦ばしさのあまりに」、いっそのこと、版行に及ぼそうと企図して、収載すべき詠歌をさらに吟味し、広主が集成

した草稿に補輯を加えて上梓したいという。そして、本抄の役割に言及して「後世風の哥に心ざし深き人々」の必須の手引書・参考書になるであろうと明言しているので、ここに本抄の編纂意図が窺知され、本抄は、新古今時代およびそれ以降の歌風を指向する歌人への必読手引書として編纂された類題集、と規定することができようか。

ちなみに、この序文には、広主の集成した草稿に基づいて良経・定家・家隆の秀歌撰を編纂し、「後世風の哥に心ざし深き人々」の参考に供しよう、と企図した市岡猛彦の本抄編纂の意図が如実に窺知されようが、しかし、本抄の刊記の直前の「あとがき」めいた「文政元年十一月あつめ終ぬ／森広主」なる記述によると、本抄は森広主の編集になる類題集ということになろう。しかし、序文の記述からは、本抄は森広主の編纂物というよりは、むしろ市岡猛彦による編輯物という趣のほうが強いのではなかろうか。したがって、筆者はこれまでの論述で、本抄の編者に「森広主」なる固有名詞の使用を避けてきたのだが、ここで本抄の編者を敢えて想定するならば、森広主・市岡猛彦の両人とするのが妥当なのではあるまいか。

ちなみに、森広主については、『大日本歌書綜覧　上巻』が、本抄の刊記の「尾張　榊園社中蔵板」の記事を参照しての記述と憶測されるが「広主は尾張の人、鈴屋の門。」と言及している一方、『和学者総覧』(平成三・一第三刷、汲古書院)には「10566　森　広主　[称]禎之進　[名]真楯　(1)尾張名古屋／(2)信濃飯田　文政8・8・16　本居大平・本居春庭　名古屋／藩医」の記事が載っている。

また、市岡猛彦については、『日本人名大事典　1』(昭和五四・七復刻版第一刷、平凡社)に、

イチヲカタケヒコ　市岡猛彦《いちをかたけひこ》(―一八二八)徳川中期の国学者。通称を藤十郎といひ、榊園または椎垣内と号した。寛政十三年宣長の門に入り、没後春庭についてまなぶ。楫取魚彦の『古言梯』を増訂し『雅言仮字格』を著した。鈴木朗、山崎平瓮、平野広臣、鈴木春蔭らと歌会、会読を催し、研究大いに進む。文政十年二月二十一

日没。名古屋小川町妙本寺に葬る。著書に、紐鏡うつし詞、熱田宮縁起解、土佐日記追考、古今選類題などがある。（名古屋市史）

の記述がみられる。これらの事典類から、森広主、市岡猛彦の両人とも、本居宣長の鈴屋の門弟となり、享和元年（一八〇一）、宣長の没後は長男の春庭、養子として迎えた本居大平に師事して、和歌を学んだことが知られよう。

なお、本抄の成立年時については、すでに言及した刊記の直前の「あとがき」めいた記事に、「文政元年十一月あつめ終ぬ／森広主」とあることから示唆され、本抄は文政元年（一八一八）に成立をみた、と規定されるであろう。

ちなみに、本抄の刊行年時については、上記の「あとがき」めいた記事が刊記とみなし得るうえに、静嘉堂・東大洒竹文庫・祐徳中川文庫などに伝存する数種の版本が文政元年（一八一八）刊であることから、文政元年十一月の刊行と判断しうるであろう。

最後に、本抄の近世類題集史における位相に言及するならば、おおよそ次のごとくなろう。すなわち、新古今時代の「六家集」関係の歌人の詠歌を撰集資料とする類題集の刊行となると、

宝永元年（一七〇四）　類題六家集（藤原伊清編）

文政元年（一八一八）　三家類題抄（森広主・市岡猛彦編）

文政九年（一八二六）　独看和歌集（松平定信編）

のとおりで、当代にそれほど顕著な出版活動は認められないが、そのような状況のなかで、敢えていえば、本抄は『類題六家集』と『独看和歌集』を連結する位相にあると言えようか。

なお、本抄の収載歌の詠歌作者の近世期における位置づけに言及するならば、本抄が刊行された翌年の文政二年に上梓をみた聴雨庵蓮阿の『中古和歌類題集』の跋文に、文微堂なる商人から「はた定家中納言、家隆二位などの自撰

集などよりぬき出てあるが中に、ちひさきとぢ巻となさばいかゞあらん」と質問されて、蓮阿が「そは代の哥人たちのため、いともめでたからん」と返答している記事が参考になろう。それは、『中古和歌類題集』の撰集資料が『続詞花集』『万代集』『秋風抄』『現存和歌六帖』の私撰集と、『拾遺愚草』『壬二集』などであって、そのなかに定家と家隆の私家集が特定の撰集資料として扱われているからである。

ところで、近世期における「六家集」の評価は、霊元天皇が父後水尾院や道晃親王からの聞書を記した『麓木抄』に、「六家集 後京極・慈鎮・俊成・定家・西行 等集也。(中略) 右の集など、初学の者の見侍りて一向にことわり侍るまじけれど、学者已上の少し、て・に・を・は、をわかちたる人など、捨置べきものにあらず。」と叙述されて、「六家集」の歌人の詠歌が和歌の初心者向きでないことを指摘している。この点については、同鈔のほかの箇所で、「風骨を見極めならはんとならば、(中略)『新古今』にて上皇・定家・家隆・雅経・寂蓮・後京極・慈円、(中略) 此等をよく〳〵工夫してみべきなり。」とも言及している。

なお、近世期に良経・定家・家隆の私家集を一括して扱っている歌学書などを見出すことはできないが、俊成と定家・家隆の家集を一まとめにして、その役割に言及している記述には、同じく『麓木鈔』に、「家三代集、『古今』覚たる後は人の口にある秀歌覚ゆべし。『新古今』同前。『長秋詠草《ママ》』『拾遺愚草』『玉吟』、是等先今の内は無用也。」の記事が、また、定家の『拾遺愚草』のみを単独に採り上げて、その効用に言及した記述には、烏丸光雄の口述を岡西惟中が記した『光雄卿口授』に、「『拾遺愚草』かたのごとくよき物なれども、みる人によるべし。」の記事が、また、武者小路実陰の口述を似雲が筆録した『詞林拾葉』に、「『拾遺愚草』の体などは、いたりたるうへの事なり。今時の未熟の者の左様(=歌の体うつくしげなし)心得ては、歌の体いかばかり角立てよろしからず。」の記事が、また、萩原宗固編『雲上歌訓』に、「烏丸光栄公消息」として「『拾遺愚草』は、熟覧吟味のことも、修業純熟之上の事にて免之事に候。」の記事が各々、見出されて、これらの記述からは、『拾遺愚草』『壬二集』などの家集が、題詠の入門期の人びとへの参考歌集というよりは、題詠歌を詠作する準備がある程度整った人びとへの参考歌集として位置づけられている背景（実態）を察知することができるであろう。ちなみに、近世期において『秋篠月清集』が単独で、その役割、効用面から言及されている歌学書の類は目下、見出しえない現況にある。

六　まとめ

以上、森広主・市岡猛彦編『三家類題抄』の成立について、種々様々な視点から基礎的な考察を進めてきたが、ここで本節の考察で得られた結果を箇条書きに摘記して示すならば、おおよそ次のごとくなろう。

（一）『三家類題抄』の伝本は、版本としてのみ伝存するが、本節では刈谷市中央図書館村上文庫蔵の刊年不詳（文政元年刊の可能性もある）の版本を考察対象にした。

（二）本抄は藤原良経・同定家・同家隆の三歌人の例歌（証歌）による類題集で、春部・二百七十三首、夏部・百三十四首、秋部・二百三十五首、冬部・百三十七首、恋部・三百一首、雑部・二百二十七首の、都合千三百六首を収載する、比較的小規模の類題集である。

（三）本抄に収載される歌題は、基本的には『堀河百首』との重出率が高く、ほぼオーソドックスな歌題を収録している傾向が認められるが、雑部の歌題には神祇・釈教関係のものと、比較的長文の詞書が目立ち、本抄の属性となっている。

（四）本抄の収載歌については（二）で言及したとおりだが、実際の収載歌人の例歌（証歌）数は、定家五百三首、家隆四百七十二首、良経三百十七首、二条為定七首、藤原家定二首、惟宗光吉・洞院公泰・九条隆博各一首、不詳歌二首のとおりである。

（五）本抄の収載歌の出典（典拠資料）については、『拾遺愚草』四百八十二首、『壬二集』四百六十六首、『秋篠月清集』三百十一首の私家集のほか、『玉葉集』六首、『続古今集』『新後撰集』各五首、『新拾遺集』四首、『新古今集』『新勅撰集』各三首、『続後撰集』『新後拾遺集』各二首、『千載集』『続千載集』『続後拾遺集』『風雅集』『新葉集』各一首の勅撰集（準勅撰集を含む）と、『為定藤河百首』七首、『亀山殿七百首』一首の定数歌が確認される。なお、『題林愚抄』などに、不詳歌二首が収載される。

（六）本抄の編纂目的は、新古今時代を代表する三歌人の詠作を集成、部類して、和歌の初心者の域を脱した中級以上の歌人たちに、題詠歌を詠じる際の参考資料として提供するところにあった、と要約できようか。

（七）本抄の編者には刊記の直前の記事から、森広主が想定されようが、序文の記述を吟味すれば、森広主・市岡猛彦の共編とみなすのが穏当であろう。

（八）本抄の成立は文政元年（一八一八）十一月、その刊行年時も同年月と規定されよう。

（九）本抄の近世類題集史における位相に言及するならば、本抄と同種の類題集のなかでは、藤原伊清編『類題六家集』と松平定信編『独看和歌集』とを連結する位置にあろう、と言えようか。

第七節　石津亮澄編『屏風絵題和歌集』の成立

一　はじめに

筆者はこれまで中世に成立をみた私撰集および類題集を中心として考察を進めてきたが、しかし、成立時期が近世ではあっても、それが室町時代までの詠歌、つまり古典和歌を主要内容とする類題集である場合には、それも考察対象に選んで検討を加え、『明題和歌全集』や後水尾院撰『類題和歌集』などに関する論考をいくつか公表してきたのであった。

ところで、これらの類題集は、いずれも形態的には真名による結題を歌題とするものであったが、近時公表した拙論「高井八穂編『古詞類題和歌集』の成立」（『仏教文学とその周辺』平成一〇・五、和泉書院、本書第四章第四節）は、「仮名題」によって編纂された形態の類題集を考察対象にして、その編纂意図、特色、位相などを明らかにした論考であった。ちなみに、『古詞類題和歌集』は、歌題表記（詞書）の面からみると、詠歌の事情や状況などの作歌の背景を具体的に提示している本体の部と、所謂、屏風歌といわれる種類の詞書を提示している付属の部からなる二重構造の類題集であるが、筆者はその付属の部の屏風歌に関する詞書の内容に論及した際に、屏風歌を部類した類題集に『屏風絵題和歌集』があることを簡単に触れたのであった。

このようなわけで、筆者は、これまでまったく言及されることのなかった石津亮澄編『屏風絵題和歌集』を対象にして、この類題集がいかなる編纂意図で制作され、従来の類題集と比べていかなる特色を有し、近世類題集の系譜のなかでいかなる位相にあるのか等々、この際、考察を試みようと思い立ったわけである。

ちなみに、屏風歌に言及した論考には、玉上琢弥氏「屏風絵と歌と物語と」（『国語国文』昭和二八・一一＝『源氏物語評釈別巻1』昭和四一、角川書店）、片野達郎氏『日本文芸と絵画の相関性の研究』（昭和五〇、笠間書院）、清水好子氏「屏風歌制作についての考察」（『関西大学国文学』昭和五一・一二）、藤田百合子氏「大嘗会屏風歌の性格をめぐって」（『国語と国文学』昭和五三・四）、徳原茂美氏「屏風歌の具体相」（『国語と国文学』昭和五三・六）、川村裕子氏「屏風絵について」（『立教大学日本文学』昭和五四・一）などがあり、屏風絵の本質について種々様々な視点から論じられている。

二　書誌的概要

さて、『屏風絵題和歌集』の伝本については、文政三年（一八二〇）二月に版行された版本が弘前市立弘前図書館・和歌山大学付属図書館などに伝存するが、ここで前者の伝本の書誌的概要について、国文学研究資料館蔵のマイクロ・フィルムによって紹介すれば、おおよそ次のとおりである。

国文学研究資料館のマイクロ・フィルム番号・２７２―４７／１
所蔵者　弘前市立弘前図書館　蔵（Ｗ９１１・１―６５）
編著者　石津　亮澄

体　裁　中本（縦一七・八センチメートル×横一二・二センチメートル）一冊　版本　袋綴
題　簽　屛風絵題和歌集　全（単郭）
内　題　屛風絵題和歌集
各半葉　半葉十行（和歌一行書）、序半葉七行、凡例半葉十行、広告半葉十六行
総丁数　七十丁（序二丁、凡例二丁、目録十三丁、本文五十二丁、広告一丁）
総歌数　五百四十五首（春歌・百五十八首、夏歌・七十二首、秋歌・百九首、冬歌・七十九首、恋歌・十五首、賀（歌）・五十七首、神祇歌・四首、羇旅歌・七首、釈教歌・十三首、雑歌・三十一首）
柱　刻　序一（〜二）　凡一（〜二）　目一（〜十三）　〇一（〜五二）
序　　ありて（大江広海・文化十四年三月）
凡　例　あり（石津亮澄・文政元年十一月）
刊　記　あり（文政三庚辰歳二月／書林／皇都　額田正三郎・同吉田四郎右衛門・江戸　須原屋茂兵衛・大阪　奈良屋長兵衛）

以上から、本集は春歌百五十八首、夏歌七十二首、秋歌百九首、冬歌七十九首、恋歌十五首、賀歌五十七首、神祇歌四首、羇旅歌七首、釈教歌十三首、雑歌三十一首の都合五百四十五首を収載する、比較的小規模の類題集であることが判明しようが、恋歌と雑歌の例歌（証歌）が通常の類題集と比べると、かなり少ないようである。

三　歌題の問題

それでは、『屛風絵題和歌集』はいかなる内容の類題集であろうか。ここではまず歌題の視点から検討してみよう。

そこで春歌の冒頭から、「元日」に関わる歌題とその例歌（証歌）を引用してみよう。

元日

拾 十八賀　きのふよりをちをばしらず百年の春のはじめはけふにぞ有ける　紀貫之　（一）

　元日、雪ふれるところ

新勅 一　けふしもあれみ雪しふれば草も木も春てふなへに花ぞ咲ける　おなじく　（二）

　京華人家、元日かきたる所

新勅 七賀　初春の花のみやこに松を植て民の戸とめる千代ぞしらる、　前関白（道家）　（三）

　題しらず

続後 十六　あたらしき年とはいへどしかすがに我身ふりゆくけふにぞ有ける　貫之　（四）

風 二十　あたらしく明る年をば百年の春のはじめとうぐひすぞなく　つらゆき　（五）

以上が春歌の「元日」に関わる歌題だが、これらの出典の詞書を各々、採録すると、（一）が「延喜二年五月中宮御屏風、元日」、（二）が「延喜七年三月、内の御屏風に、元日ゆきふれる日」、（三）が「寛喜元年十一月、女御入内屏風、京華人家元日かきたる所」、（四）が「延喜十四年女四の宮の屏風に」、（五）が「延喜御時、御屏風の歌」のとおりである。そこで、これらの出典の詞書の内容から『屏風絵題和歌集』の歌題掲載方法の原理を憶測すると、全歌が屏風歌であるうえに、（一）は「元日」なる通常の類題集にみられる題が歌題として表示されているので、主題表示のために「元日」なる題が一段高い位置に据えられ、（二）・（三）は屏風絵の具体的内容が示されているので、その内容が各々一字下げで掲げられ、（四）・（五）は屏風絵の具体的内容を欠いているために、編者の判断によって「題しらず」として扱われているようだ。したがって、本集の独自の歌題表記は（二）・（三）の事例に存すると言えようが、（一）の事例は屏風歌で通常の類題集にみられる歌題であり、（四）・（五）の事例には編者の賢しらが反映していると言わねばなるまい。

ちなみに、本集の歌題掲載の体裁についての編者の方針は、「凡例」に、

此集は、よのつねの類題のごとく、立春・子日などいふやうの題はすくなく、詞書のうたおほければ、それをわかたんために、題のかはれるごとに、詞を一もじあげてかけり。また目録に、○立春・○子日などやうにしるせるは、初学の人のくり出しやすからんがために、私にあらたに設たるなり。また本集に屏風のゑにとのみあるは、題しらずとしるして、その歌の題の中に出したり。

と記されているとおりである。

『屏風絵題和歌集』の歌題掲載の方法原理はおおよそ以上のとおりだが、それでは本集に収録されている歌題の全容はいかなるものであろうか。煩を厭わず、この点について「目録」を中心にして引用してみよう。

春歌

○元日　五首（元日雪ふるところ・京華人家元日かきたる所・題しらず）

○立春　十首（立春・題しらず）

○朝賀・小朝拝　二首（朝賀のところ・小朝拝）

○臨時客・大饗　三首（臨時客のかたかきたる所・大饗のかたかきたる所）

○子日　八首（子日して男女車よりおりて小松ひく所・子日したるかたかきたる所・子日に松ひく所にうぐひすなくところ・子日したるかた・題しらず）

○若菜　十首（わかなつめる所・春日野に若菜つめるかた・雪ふかき野辺に若菜つむ人立やすらふ処・粟津野の雪に若菜摘ところ・野べに出てかしら白き女の雪降に若菜摘かたを絵にかけるを見て・題しらず）

○鶯　六首（山にうぐひす聞人あり・花の木に鶯なく所・人の家有て花の中に鶯こづたふ処・花の木に鶯木づたひて人のいへあるところ・題しらず）
○霞　七首（霞をわけて山寺にいる人・須磨の浦にかすみ立たるところ・題しらず）
○梅　二十一首（水のほとりに梅花見たる所・梅花ある家に男きたる所・人の家に梅花あるところに水ながれて客人きたる処・山ざとの梅に鶯かきたる所・人の家に女どもの梅花見或はやまに残れる雪をみる・人の家ある野べに梅花咲たる所・梅花ある家にまらうどきたる処・題しらず）
○柳　七首（江山人家柳ある処・題しらず）
○春日祭　四首（春日祭・春日祭儀式ある所・春日祭の社頭儀）
○花　四十四首（花・桜の花の散したに人の花見たるかた・山道ゆくひとある処・花のもとに網ひく・花の木のもとに人々あつまりゐたる処・さくら花おほく咲る所に人々のある処・旅人山ざくらをみる処・三月花宴する所に客人来る処・たび人花見る処・花おほかる山里に女ある処・桜の花のちるをしみがほなる所・花みてかへる人かきたる処・山にさくら咲たる所・よしのやまかきたる所・花の木ある家に人きたりてあるじにむかひゐたる所・硯のふたに散たる花をいれてさくらの扇にかきて云々・馬にのりたる人の故郷とおぼしき所に桜の花みたる所・山里に人の花みたる所・人の花のもとに立てみたる処・旅人道行に桜の花のちる所・春山にこれかれたちやすらひて花の枝かざしたる所・題しらず）
○春海・春風　二首（海辺に網ひく所・題しらず）
○春田・苗代　三首（三月田かへす処・題しらず・なはしろ）
○帰雁・桃　三首（二月やま田うつところにかへるかりなどある所・大淀かきたる所・桃花ある処）

○雉・春駒・春草　三首（きじおほくむれゐて旅人の眺望する処・沢のほとりに春駒ある処・むさしのかきたる所）
○石清水臨時祭　二首（いはしみづ臨時祭）
○藤　十一首（ふぢのはな・藤の松にかゝれるを・松にさける藤・松にふぢのかゝれる処・池辺藤花・藤花浅深・題しらず）
○山吹・暮春　六首（井手の山吹むら〳〵見ゆるいへの川の岸にも所々山ぶきあり、をとこまがきによりてせうそこいひたる処・池のほとりに山ぶき桜さけり、女簾をあげて見てたてり・題しらず）

夏歌

○更衣　一首（題しらず）
○（新樹）一首
○卯花　四首（題しらず）
○葵　三首（神館のほとりに葵かざしたる人ある処・題しらず）
○早苗　三首（山田早苗・題しらず）
○菖蒲　五首（五月沼江菖蒲ひく所・菖蒲かりたる処又人家にふきたるかた・長沢池端午日採菖蒲・題しらず）
○郭公　二十一首（ほとゝぎすを・わたりしたる処に郭公なきたるかた有処・くらはし山に郭公とびわたる所・淀のわたりする人書る所・三輪山かきたるところ・人のあふぎの絵にほとゝぎすかきたるところ・題しらず）
○照射・鵜河　四首（題しらず・鵜河）

○五月雨　三首（五月雨・題しらず）
○蛍・夏月　二首（ほたる・清見関かきたる処）
○夏草・夏山・夏野　六首（題しらず・あさかの沼かきたるところ・よどのわたりする人かける処・題しらず）
○納涼　八首（海辺松下行人納涼のところ・杜辺山井流れある処・いし井ある処・松井・玉井・増井納涼の人あり・題しらず）
○夏神楽・六月祓・夏のはて　十一首（夏かぐら・六月祓するところ・河のほとりに六月ばらひしたる処・から崎にはらひしたる所に網ひくかた・題しらず・夏の末にをぐら山のかたかきたる処・だいしらず）

秋歌

○初秋　五首（題しらず・たかさごかきたるところ）
○七夕　十四首（七夕・七月七日・七月七日女の河あみたる所・七月七日夜琴ひく女あり・七夕まつりかける扇に・七夕まつりしたる所にまがきのもとにをとこたてり・七月七日たらひに影みたる所・題しらず）
○草花・萩　七首（秋の野に色〱の花咲みだれたる所にたかすゑたる人あり・八月十五夜前栽うゑたる所・花みる女車あり、わらはの立より萩の花をる処・題しらず）
○小鷹狩　二首（こたかがりしたる処・たかがりする野に旅人やどれる処）
○擣衣　二首（題しらず）
○鹿　二首（八月山野に鹿たてる所・高砂かけるところ）
○雁・秋田　十二首（雁・雁のなくをきくところ・田のほとりに鹿たてる所・題しらず・おきなのいねはこばするかた・あふみのくにいたくらの山田にいねをおほくかりつめり、これを人みたるかたかきたる処・人の家

の門田にいねかる所あり・題しらず・田家秋興）
○秋風　三首（海辺秋風・題しらず）
○月　十四首（八月十五夜池あるいへに人あそびしたる所・秋の月おもしろき池ある家あるところ・八月十五夜かける処・山のみねにゐて月みたる人かきたる処・人家池辺に人々月もてあそぶ処・人家翫月・かゞみやま・題しらず・月にのりて翫潺湲）
○駒迎　四首（駒むかへしたる処・こまむかへの所・題しらず）
○霧　三首（むさしの丶かたかきたる処・題しらず）
○虫　二首（長恨哥の絵に玄宗もとの処にかへりて、虫どもなきくさもかれわたりて帝なげきたまへるかたある処）
○紅葉　二十六首（もみぢ・もみぢあるところ・立田川にもみぢながれたるかたかけるを・川わたらんとするひとのもみぢの散木のもとに馬をひかへてたてるを・たび人紅葉のしたにやどりたる所・しがの山ごえにつぼさうぞくしたる女どももみぢなどあるところ・旅人のもみぢのもとをゆく・山ざとにもみぢ見る人きたるところ・車おさへて紅葉を見るところ・山家にをとこ女このしたにもみぢもてあそぶところを・あじろにもみぢのひまなくよりたるかたかきたる所・あれたるやどにもみぢ散たる所・題しらず・すゞか川かきたる所・安達がはら）
○九月九日　三首（九月九日の処・九月九日のかたかけるを・重陽宴のところ）
○菊・暮秋　十首（きくをりてあそぶいへあるところ・菊花さきたる家に鷹するゐたる人やどかる処・山中に菊さかりにひらけたるほとりに仙人あるところ・女きくの花みたるところ・ながら川岸菊盛行人汲下流・題しら

ず）

冬歌

○時雨　五首（笠取の山のほとりを人行ほどにしぐれのするに袖をかづきたるところ・題しらず・備中国秋さか山）

○落葉　五首（山ざとの人の家に釣殿あり、水のうへに木葉ながるゝ所・題しらず）

○霜　二首（女のもとに人のおとしたる・題しらず）

○寒草・寒芦　三首（寒草あるところ・十一月江辺寒芦鶴たつ・江沢のほとりに寒芦茂る処鶴たつ）

○冬風　二首（題しらず）

○網代　五首（あじろかける処・あじろある処・網代にもみぢおほくよりたるかたかける処・うぢ川かきたる処・題しらず）

○冬月・氷　六首（湖辺氷結・題しらず・うぢがは書たる処・題しらず）

○千鳥　五首（なるみのうらかきたる処・題しらず）

○冬野・鷹狩　四首（冬野やく処・たかがりする処・野外鷹狩・雪のあしたたかがりする処）

○雪　二十三首（雪・竹に雪の降かゝりたるかたある所・十一月雪ふれる処・雪ふりたる処に女のながめしたる所・山里の雪のあしたまらうど門にある処・山野雪朝・ゆきのふりたる処・人の家に雪ふりたるところ・こしの白山かきたる処・題しらず）

○五節　四首（五節・十一月五節のまつりの処）

○加茂臨時祭　三首（臨時祭かきたる処・臨時祭かけるる処）

○神楽　四首（かぐらしたるかたかける処・かぐらするところ・内侍所御神楽儀式ある所・十一月内侍所御神楽の処）
○仏名　四首（仏名のところ・仏名のあしたに梅の木のもとに導師とあるじとかはらけとりてわかれをしみたる処・題しらず）
○歳暮　四首（としのくれのこゝろを・つごもりの夜・十二月つごもりのかたかきたる処・題しらず）

恋歌

○くさ〴〵の恋　十五首（題しらず・女にをとこの物いふまへにさくらばなあるところ・なでしこおひたる家の心ぼそげなるを・八月十五夜月のかげ池にうつれる家にをとこ女けさうしたるところ・月夜に女の家に男いたりてすのこにゐてものいはせたる・竹のはに露おきたるかた書たる扇を云々・みくまのゝかたかきたる処・あまのしほたるゝ所につるなく・ゐたる所のさうしにとりのかたを書つけて云々・おにのかたをかきてやるとて）

賀（歌）・神祇（歌）・羇旅（歌）・釈教（歌）

○賀　五十七首（題しらず・かゞみいさせ侍けるうらにつるのかた鋳つけさせはべりて・人の家のもとより泉いでたり・竹あるところに花の木ちかくあり・海のほとりにまつ一もとあるところ・いのちながき人の家にまつ鶴あるところ・ながらのはしのかたかきたる処・すみよしのかたかきたる所・田中に人家ある所・旬の儀あるところ・近江国かめ山松樹多生・おほくら山・たかくら山にあまた人花摘たるかたかきたるところ・長田山の麓に琴ひきあそびしたる処・近江国かゞみ山・たかのを山・近江国守山・いはくら山・備中国神嶋神祠あるところ・青柳村柳花多・小松原のもとにながるゝみづあり、その所にすむ人あり・ひおきのむら人お

ほき処・あふみのくに勢田のはし・高野村・備中国松山・花がきのさと・題しらず）
○神祇　四首（をしほ山かきたるところ・十一月神まつるいへに前に馬にのりて人のゆくところ・住よしのかたかきたる所・題しらず）
○羇旅　七首（しかすがのわたり行ひとたちわづらふかた・月をいだしたるあふぎを・しなの丶みさかのかた書たる絵にそのはらといふ所に旅人やどりして立あかしたる処・かりやに旅ゐのかたあるところ・題しらず）
○釈教　哀傷　十三首（天王寺の西門にて法師の舟にのりて西ざまにこぎはなれゆくかたかける処・極楽六時讃のゑに大衆法をきゝて弥歓喜膽仰せむ・暁いたりて波のこゑ金の岸によするほど・虚空界をとびすぎて歓喜国をさしてゆかん・白銀ひかりさかりにて普賢大士来至す・夜のさかひしつるにて漸中夜にいたるほど・七重の宝樹の風には実相の理をしらべん・あしたに定よりいづるほどほのかに天の楽をきく・死人を法師のいだきてなきたるかたを・火舎にけぶりたちたるを書たる扇を云々・地獄のかたかきたるを・おなじく劔のえだに人のつらぬかれたるを・またしでの山を女鬼におはれてなきてこえたるかたかきたる）

雑歌

○名所　十一首（あすか川・さび江・ながらのはしの橋柱のわづかにのこれるかた・たかさご・題しらず・うきしまのかた・あぶくま川・塩がまのうら・題しらず）
○滝・井・池　六首（滝おちたりける所・たきおちたる所・布引のたきかきたる処・題しらず・女の石井に水くみたるかた・ふねにてうき草とるところ）
○松　二首（松のうみにひたりたる・題しらず）
○鶴・馬　三首（かり衣のたもとにつるのかたをぬひて・つるある処・あをうまある処にあしのはなげの馬ある

処）

○人　七首（法師のふねにのりてこぎいでたる処・たび人盗人にあひたるかたかける処・まつある家に笛ふきあそびしたる人あるところ・かしらしろき人のゐたる所・海士のしほやくところにこりつみたる木のもとに云々・女の身なげんとする処）

○長恨哥　二首（長恨哥の御屛風に）

以上を概観すると、本集の歌題配列の方法は通常の類題集に認められる歌題配列の方法に沿って、勅撰集の詞書に屛風歌・障子絵歌などの記述がみられる詞書を抜き出し、同一主題の詞書のなかでは勅撰集の成立順にほぼ配列がなされている実態が窺われ、そこに本集を整理した体裁の類題集にまとめようと企図している編者の意向が認められるように憶測される。

四　原拠資料と詠歌作者の問題

『屛風絵題和歌集』の歌題の問題については以上のとおりだが、それでは、各歌題に付されている例歌（証歌）はいかなる方法で採録されたのであろうか。通常、類題集の例歌はあるまとまった撰集資料から抄出される場合が多いのだが、本集の場合はいかがであろうか。この問題に示唆を与えるのが、恋歌と雑歌の次の各一首である。

1　契のみあさかの浦にみつ汐のいやましにこそ人はつらけれ　（〈題しらず〉・続後拾十三・源信明・四二三）

2　いざさらば我身ひとつはなしつべし残らん名こそうしろめたけれ　（絵に女の身なげんとするところに・新千十七・建礼門院右京大夫・五四三）

すなわち、1は『続後拾遺集』の「芬陀利花院前関白内大臣」(内経)の詠で、詞書には「文保百首歌奉りける時」とあって、信明の屏風歌とは無関係の歌であるし、また、2は『新千載集』の「道命法師」の詠で(初句は「ともかくも」)、「建礼門院右京大夫」とは異なるのである。にもかかわらず、両歌に誤謬が指摘されるのは、実は1の場合、典拠の『続後拾遺集』の直前の詠が、

3　花かつみかつみる人の心さへあさかの沼になるぞわびしき　(続後拾遺集・天暦御時の御屏風に・源信明・八六三)

の3の歌であるので、本集の編者は、1の詠の位置に実は、3の詠を筆写するはずのところを、うっかり目移りによって、3の直後の1の詠を書写してしまったためである。

次に、2の場合、出典の『新千載集』の2の直前の詠に、

4　いざさらば行へもしらずあくがれむ後とどむればかなしかりけり　(新千載集・なげく事ありける比よみ侍りける・建礼門院右京大夫・一八八八)

の4の歌があって、本集の編者は、2の詞書は正確に書写したにもかかわらず、和歌本文の初句と詠歌作者については、直前の4の記述を誤記してしまったのである。

ここに1・2の詠に認められる誤謬は、原拠資料の『続後拾遺集』と『新千載集』とを直接参看しない限り、生ずるはずのない性質の誤りと判断されようから、したがって、『屏風絵題和歌集』に収載される和歌および詞書は、撰集資料から採録されたのではなく、直接原拠資料の勅撰集から採録されたのだ、と推断しうるのである。

それでは、『屏風絵題和歌集』に収載される例歌(証歌)は、いかなる勅撰集から収録されているのであろうか。次頁の〈表1〉は本集に収載される例歌五百四十五首の出典別一覧表である。

この〈表1〉をみると、先行の『古今集』『後撰集』にはそれほど見られなかった屏風歌を一割強も収載している

〈表1〉『屏風絵題和歌集』収載歌の出典別一覧表

	集名	歌数
1	古今集	一八首
2	後撰集	五首
3	拾遺集	一五九首
4	後拾遺集	四一首
5	金葉集	四首
6	詞花集	九首
7	千載集	四首
8	新古今集	五三首
9	新勅撰集	四〇首
10	続後撰集	二一首
11	続古今集	一六首
12	続拾遺集	四首
13	新後撰集	五首
14	玉葉集	二三首
15	続千載集	一三首
16	続後拾遺集	一八首
17	風雅集	二八首
18	新千載集	三七首
19	新拾遺集	二〇首
20	新後拾遺集	四首
21	新続古今集	二二首
22	新葉集	一首
	合計	五四五首

平安中期成立の『拾遺集』を筆頭にして、中世前期に成立の後鳥羽院親撰の『新古今集』と、藤原定家撰の『新勅撰集』がそれに続き、あとは総花式に収録されているところに、その特徴を見出しえるであろう。

ちなみに、臼田甚五郎氏の調査によると（『和歌文学大辞典』〈昭和四二・一二第三版、明治書院〉の「屏風歌・障子歌」の項）、「屏風歌および屏風絵と明記してあるものは、古今集一五・拾遺集一三八・後拾遺集三二・金葉集一・詞花集七・千載集四・新古今集三三・新勅撰集三二・続後撰集二一・続古今集一一・続拾遺集三・新後撰集四・玉葉集一九・続千載集一〇・続後拾遺集一九・風雅集二八・新千載集二九・新拾遺集一八・新後拾遺集四・新続古今集一五で、計四四三。障子歌は拾遺集七・後拾遺集五・金葉集二・詞花集二・新古今集一五・続古今集一・続拾遺集一・玉葉集一・続後拾遺集一・風雅集二・新千載集一・新拾遺集二・新続古今集五で、計四五」のとおりで、『屏風絵題和歌集』が屏風歌・障子歌とこれに類する詠歌のほとんどを網羅的に収載している背景が知られよう。

それでは、『屏風絵題和歌集』に収載される例歌の詠歌作者の動向についてはいかがであろうか。この問題につい

〈表2〉『屏風絵題和歌集』収載歌の詠歌作者別一覧表

	詠歌作者	歌数
1	貫之	一〇一首
2	兼盛	二七首
3	元輔	二四首
4	能宣	二二首
5	躬恒	二一首
6	定家	一九首
7	伊勢	一七首
7	俊成	一七首
9	順	一〇首
10	忠見	九首
10	良経	九首
12	匡房	八首
12	家隆	八首
12	道家	八首
12	読人不知	八首
16	素性	七首
16	道済	七首
16	実氏	七首
19	実定	六首
20	後鳥羽院	五首
21	中務	四首
21	恵慶	四首
21	兼澄	四首
21	公任	四首
21	兼実	四首
21	公経	四首
21	知家	四首
21	為世	四首
21	忠峯	四首
30	頼基	三首
30	長能	三首
30	紫式部	三首
30	道長	三首
30	赤染衛門	三首
30	資業	三首
30	俊頼	三首
30	宮内卿	三首
30	有家	三首
30	雅経	三首
30	滋円	三首
30	資実	三首
30	為家	三首
30	俊光	三首
30	後醍醐院	三首
合計		四二三首

て整理を試み、三首以上の収載歌人を列挙したのが、右の〈表2〉である。

この〈表2〉をみると、貫之・兼盛・元輔・能宣・躬恒・伊勢・素性・順などの藤原公任撰『三十六人撰』にみえる平安期の歌人を中核として、それに定家・俊成・良経・家隆などの新古今時代の歌人が続くという収載歌人の動向が窺知されよう。

ちなみに、前述の臼田氏の調査では「屏風歌歌人を所載数ごとに挙げると、九九―貫之、二四―兼盛、二二―躬恒、二〇―元輔、一九―能宣、一五―伊勢、一三―定家、一〇―俊成、八―順・忠見・良経・実氏、七―匡房・道家、六―中務・道済、五―素性・実定、四―忠峯・公任・資業・兼実・家隆・公経・為世、三―頼基・長能・赤染衛門・家経・知家・俊光・後鳥羽院・宮内卿・後醍醐院・読人不知（中略）、障子歌歌人を所載歌数ごとに挙げると、六首定家、三首俊頼・後鳥羽院、二首元輔・能宣・経衡・長家・通光・秀能・慈円（以下略）」のとおりである。

なお、参考までに、『屏風絵題和歌集』に収載される二首以下の歌人は次のとおりである。

〔二首収載される歌人〕　為長・為冬・為頼・永範・花山院・家経・宜秋門院丹後・経衡・顕輔・元真・公忠・後宇多院宰相内侍・斎宮内侍・慈道・秀能・重之・長家・通光・道綱母・道命・輔尹・邦省親王・頼資・隆博・和泉式部

〔一首収載される歌人〕　一条・一条院皇后宮・為親・為政・為定・為明・伊衡・郁芳門院安芸・惟成・惟継・雲雅・延光・嘉言・覚円・雅朝・季経・紀式部・義忠・興風・業平・具平親王・経光・経宣・景明・瓊子内親王・兼房・公脩・公宗母・公通・好古・康資王母・光俊・行平・斎信・三条の町・佐忠・時光・二条院宣旨・実教・実方・如寂・信明・俊成女・是則・成実・清忠・清正・清輔・千景・相方・宗良親王・村上天皇・尊氏・忠光・忠良・澄憲・瑒子内親王・通頼・定文・道雅女・冬教・道信・道平・内経・文幹・輔昭・輔親・本院侍従・祐挙・右近・友則・頼家・隆教

『屏風絵題和歌集』収載歌の原拠資料（勅撰集）と詠歌作者の実態については、以上のとおりだが、それでは、各勅撰集の詞書にみえる屏風歌・障子歌などはいかなる催しの際に詠じられたものであろうか。この問題について、本集に収載される五百四十五首を検討してみると、本書が「題しらず」のもとに掲げている例歌については、少々問題があるようである。たとえば、

5　卯花の咲るかきねにやどりせじねぬに明ぬとおどろかれけり　（重之・一六四）
6　山里にしる人も哉ほとゝぎすなきぬときかばつげにくるがに　（つらゆき・一八三）

7　梅が枝に降つむ雪は一とせにふた、びさける花かとぞみる　（公任・三九四）

の5〜7の詠について出典の『拾遺集』の詞書をみると、5には「屏風の絵に」（一〇七二）、6には「延喜御時、御屏風に」（九八）、7には「（屏風に）」（二一五　六）とあるが、実は、5は「冷泉院百首歌」、6は「亭子院歌合歌」、7は「寛和二年内裏歌合歌」が典拠なのである。したがって、本集の五百四十五首の典拠は、現時点で可能な限り誤りは訂正した結果であることを、断っておきたい。

さて、本集に収載される例歌（証歌）は、おおよそ次のごとく分類されよう。

①　屏風歌　四百四十六首
　(イ)　詠作年時の分明なもの　（三百七首）
　(ロ)　詠作年時の不分明なもの　（百三十九首）
②　障子絵歌　四十五首
③　扇絵歌　十首
④　紙絵歌　四首
　○　藤原頼忠紙絵歌　（四首）
⑤　歌絵　一首
⑥　その他（屏風歌か障子絵歌かなどが不分明なもの）　二十三首
　(イ)　絵が描かれた対象　四首
　　○　衣箱　（一首）
　　○　狩衣　（一首）

○　鏡　（一首）
○　不明　（一首）
(ロ)　絵の内容　十九首
○　長恨歌の絵　（二首）
○　地獄の絵　（三首）
○　極楽六時讃の絵　（七首）
○　信濃のみさかの絵　（一首）
○　石井に水汲む絵　（一首）
○　頭白き人の居るところの絵　（一首）
○　頭白き女の若菜摘む絵　（一首）
○　子日の形　（一首）
○　山野に鹿立てる形　（一首）
○　鬼の形　（一首）
⑦　絵とは無関係のもの　十六首
(イ)　歌合歌など　（六首）
(ロ)　その他　（十首）

このうち、①の屏風歌と②の障子絵歌の具体的作品を示すならば、以下のとおりである。

①　屏風歌

（イ）詠作年時の分明なもの

寛平三年（八九一）　藤原高子五十賀屏風歌　二首

延喜二年（九〇二）　中宮屏風歌　一首

延喜四年（九〇四）九月二十八日　宇多法皇六十賀屏風歌　四首

延喜五年（九〇五）　内裏屏風歌　一首

延喜五年二月十日　藤原定国屏風歌　十一首

延喜六年（九〇六）二月　内裏屏風歌　十一首

延喜七年（九〇七）三月　内裏屏風歌　一首

延喜十三年（九一三）十月十四日　藤原満子四十賀屏風歌　八首

延喜十四年（九一四）　勧子内親王裳着屏風歌　四首

延喜十四年　勤子内親王屏風歌　二首

延喜十五年（九一五）閏二月二十五日　斎院恭子内親王屏風歌　六首

延喜十五年九月二十二日　貞辰親王六十賀屏風歌　一首

延喜十五年　内裏屏風歌　二首

延喜十六年（九一六）　斎院宣子内親王屏風歌　五首

延喜十八年（九一八）　二月勤子内親王裳着屏風歌　三首

延喜十八年　承香殿女御源和子屏風歌　五首

延喜十九年（九一九）　藤原穏子屏風歌　二首

延長二年（九二四）五月　藤原穏子屛風歌　五首
延長四年（九二六）八月二十四日　藤原清貫六十賀屛風歌　二首
延長七年（九二九）十月　元良親王四十賀屛風歌　二首
承平三年（九三三）八月二十七日　康子内親王裳着屛風歌　三首
承平四年（九三四）三月二十六日　藤原穏子五十賀屛風歌　四首
承平五年（九三五）九月　藤原佳珠子八十賀屛風歌　一首
承平五年　朱雀朝内裏屛風歌　三首
承平七年（九三七）正月頃　藤原恒佐屛風歌　四首
天慶二年（九三九）四月　藤原実頼屛風歌　七首
天慶二年閏七月　源清蔭屛風歌　三首
天慶二・三年頃　藤原敦忠屛風歌　二首
天慶三年（九四〇）内裏屛風歌　二首
天慶四年（九四一）正月　藤原実頼屛風歌　二首
天慶四年四月　内宴屛風歌　一首
天慶八年（九四五）内裏屛風歌　一首
天暦三年（九四九）藤原実頼五十賀屛風歌　五首
天暦十一年（九五七）四月二十二日　藤原師輔五十賀屛風歌　七首
応和元年（九六一）十二月十七日　昌子内親王裳着屛風歌　二首

安和二年（九六九）　藤原実頼七十賀屏風歌　二首
安和二年　藤原師尹五十賀屏風歌　一首
天禄元年（九七〇）　大嘗会悠紀方屏風歌　二首
天禄四年（九七三）五月二十一日　藤原忠君屏風歌　六首
天元二年（九七七）十月　円隔朝内裏屏風歌　十首
永延二年（九八八）三月二十五日　藤原兼家六十賀屏風歌　四首
長保元年（九九九）十一月一日　藤原彰子入内屏風歌　五首
長保三年（一〇〇一）十月九日　藤原詮子四十賀屏風歌　六首
寛弘元年（一〇〇四）十二月二十九日　藤原懐平　一首
長和五年（一〇一二）　大嘗会主基方屏風歌　一首
寛仁元年（一〇一七）　藤原頼通大饗屏風歌　一首
長元六年（一〇三三）十一月　藤原倫子七十賀屏風歌　三首
寛徳二年（一〇四五）十一月十五日　大嘗会悠紀方屏風歌　二首
寛徳二年十一月十五日　大嘗会主基方屏風歌　一首
永承元年（一〇四六）　大嘗会悠紀方屏風歌　一首
承保元年（一〇七四）　大嘗会主基方屏風歌　三首
寛治元年（一〇八七）　大嘗会悠紀方屏風歌　二首
寛治元年　大嘗会主基方屏風歌　一首

天仁元年（一一〇八）大嘗会悠紀方屛風歌　二首
康治元年（一一四二）大嘗会悠紀方屛風歌　二首
久寿二年（一一四六）大嘗会悠紀方屛風歌　一首
仁安三年（一一六八）大嘗会悠紀方屛風歌　一首
文治六年（一一九〇）正月十一日　任子女御入内屛風歌　三十七首
建久九年（一一九八）大嘗会主基方屛風歌　二首
建仁三年（一二〇三）八月十五日　藤原俊成九十賀屛風歌　十九首
建暦二年（一二一二）大嘗会悠紀方屛風歌　一首
貞応元年（一二二二）大嘗会主基方屛風歌　一首
寛喜元年（一二二九）十一月十六日　竴子女御入内屛風歌　二十五首
貞永元年（一二三二）大嘗会主基方屛風歌　一首
仁治二年（一二四一）大嘗会主基方屛風歌　一首
仁治三年（一二四二）大嘗会悠紀方屛風歌　一首
寛元四年（一二四六）大嘗会主基方屛風歌　一首
建長元年（一二四九）祝部成茂七十賀屛風歌　一首
文応元年（一二六〇）大嘗会悠紀方屛風歌　一首
正応元年（一二八八）大嘗会主基方屛風歌　一首
永仁六年（一二九八）大嘗会悠紀方屛風歌　二首

永仁六年　大嘗会主基方屛風歌　二首
元弘三年（一三三三）　立后屛風歌　十五首
元弘三年　立后月次屛風歌　四首
元弘三年　立后四尺屛風歌　八首
永和元年（一三七五）　大嘗会主基方屛風歌　一首

(ロ)　詠作年時の不分明なもの

宇多朝内裏屛風歌　六首
懽子内親王裳着屛風歌　三首
均子内親王裳着屛風歌　一首
勤子内親王屛風歌　一首
源高明大饗屛風歌　三首
光孝朝内裏屛風歌　二首
後朱雀院御時大嘗会主基方屛風歌　一首
高倉院御時大嘗会主基方屛風歌　一首
後光厳天皇大嘗会主基方屛風歌　一首
斎院屛風歌　一首
朱雀朝内裏屛風歌　二首
村上朝内裏屛風歌　二十一首

醍醐朝内裏屛風歌　十七首
内裏屛風歌　二首
東宮居貞親王屛風歌　一首
桃園斎院屛風歌　二首
藤原伊尹屛風歌　一首
藤原高子屛風歌　一首
藤原兼輔屛風歌　三首
藤原師輔屛風歌　二首
藤原忠平屛風歌　一首
藤原忠房屛風歌　一首
藤原定方屛風歌　七首
藤原道長屛風歌　二首
藤原頼忠算賀屛風歌　一首
藤原頼通大饗屛風歌　二首
本康親王七十賀屛風歌　三首
鷹司院屛風歌　一首
麗景殿女御屛風歌　一首
冷泉朝内裏屛風歌　二首

屏風歌　十三首
屏風絵歌　三十三首
②　障子絵歌
天禄元年（九七〇）　藤原伊尹障子絵歌　二首
永観元年（九八三）八月一日頃　為光障子絵歌　六首
承元元年（一二〇七）九月　最勝四天王院障子絵歌　十九首
藤原家経障子絵歌　一首
藤原道雅八条山庄障子絵歌　三首
藤原道兼障子絵歌　二首
藤原頼忠障子絵歌　三首
障子絵歌　九首

この『屏風絵題和歌集』に収録される屏風歌と障子絵歌の具体的作品をみると、前者では寛平三年（八九一）の「藤原高子五十賀屏風歌」から、永和元年（一三七五）の「大嘗会主基方屏風歌」までの、後者では天禄元年（九七〇）の「藤原伊尹障子歌」から、承元元年（一二〇七）九月の「最勝四天王院障子歌」までの当該関係作品から採録されている実態が明らかになるが、ここで屏風歌の史的展開の概略を、『日本古典文学大辞典　第五巻』（昭和五九・一〇、岩波書店）からたどってみよう。

屏風歌《びょうぶうた》（前略）**【展開】**（前略）屏風の萌芽・発生期は六歌仙時代と考えられるが、宇多・醍醐朝になると飛躍的に作品が多くなり、伊勢・凡河内躬恒、及び最多作者の紀貫之が登場する。（中略）貫之以後には、大中臣能宣・清原元輔・源順・中務・平兼盛・壬生忠見・藤原元真・源信明・恵慶など多くの歌人が相ついで活躍する。以上が屏風歌の盛行の中心的時代であり、原型となった屏風詩をしのぎ、平安時代和歌史の重要な分野となるに至った。しかし、以後、和歌の文芸化が進み、生活芸術としての性格が稀薄になるに伴って、次第に歌会・歌合による題詠が中心となってきて、同じくそれ自体題詠の一種である屏風歌は主流ではなくなる。既に長保元年（九九九）藤原道長の女彰子（上東門院）入内屏風の時点において、作者は花山院・道長を始めとする貴顕であり、元来卑位卑官の専門的歌人が作者であった屏風歌の変質の一班がうかがえる。下って鎌倉時代にも文治六年（一一九〇）『女御入内屏風和歌』、『俊成卿九十賀和歌』での屏風歌、『最勝四天王院障子和歌』などが行われたが、これらはいずれも盛期の平安時代の営為を規範としたきわめて復古的な営為と言える。（藤田百合子）

このような屏風歌・障子絵歌の史的展開のなかで、『屏風絵題和歌集』が比較的多く採録している作品は、延喜五年（九〇五）二月十日の「藤原定国屏風歌」、同六年二月の「内裏屏風歌」、天元二年（九七七）十月の「円融朝内裏屏風歌」、文治六年（一一九〇）正月十一日の「任子女御入内屏風歌」、建仁三年（一二〇三）八月十五日の「藤原俊成九十賀屏風歌」、承元元年（一二〇二）九月の「最勝四天王院障子歌」、寛喜元年（一二二九）十一月十六日の「竴子女御入内屏風歌」、元弘三年（一二三三）の「立后屏風歌」などであって、ここに本集の特徴を窺知しうるように憶測されるが、翻って考えてみると、これらの作品は典拠である勅撰集に比較的多量に収載されている作品であるので、本集にこれらの作品からの例歌（証歌）が量的にめだつのは、あるいは至極当然な現象であるのかも知れない。

五　編纂目的、成立の問題など

それでは、本集はいかなる目的で編纂されたのであろうか。この点については、大江広海の序文があるので、以下にそれを紹介して、この問題の端緒にしたいと思う。

いにしへやむごとなき御かた〴〵のゆゑあるをりのれうに、かならずびよう風をしもてうぜさせられて、ゑはゑたくみのつかさにゑが丶しめ、うたはときの哥人によませらる丶事になんありける。さるは、花とりのいろねあらそふばかり、にほひやかなる木くさのうちなびくた丶ずまひ、なまのすがた、みづのながれ、よろづのものはいへばさらなり。をとこをんなのけさうするよと、おぼしきうま、くるまにのりて、物見たる所、たびゆくさまなど、さま〴〵なるべし。さて、その哥よめらんやう、はたとり〴〵ならんことわりなるを、おほかた絵のこ丶ろばへをわが心にてよみいづるならひならば、おのづからの音し文をうち見つ丶よめるに、いさ丶かかはらざりけり。さこそいへ、かの「からくれなゐに水く丶る」となんよまれしは、打むかひたるかたのゆはたの如みゆるは、絵なればこそあれ。まことのさる山川のながれにのぞみては、いかでさもあらん。か丶るたぐひなほありげなれば、だいえいにことなるけぢめなきにしもあらずかし。いでや、ゑのかたへにかきつけむとする哥のこ丶ろしらひをみあはすべきれうにとてなん、かうの歳あづけたるにはあらず、これぞいとよきしふなる。

文化十四年三月　　　　　　　　　大江広海

すなわち、この序で広海が述べていることは、屏風歌の発生に触れたあと、屏風に描かれる絵柄について、四季の歌では「匂ひやかなる木草のうちなびくたずまひ」「生の姿」「水の流れ」など、恋の歌では「馬、車に乗りて、物見たる所」「旅行く様」など種々様々あることに言及し、これらの絵柄に付す歌としては「絵の心映へを我が心にて詠み出づる」、つまり画中の人物の心になって歌を詠むのが慣例だから、「落とし文」に似た性格をもつという。ただし、『古今集』の二百九十四番の業平の詠では、絵柄が「（龍田川が）絞り染めされているように見える」のは、「絵なればこそ」で、この点、屏風歌に「題詠」の趣がないわけではないとする。要するに、広海によれば、本集は「絵の片方に書き付けむとする歌の心しらひを見合はすべき料」として編纂されたものだと言うことになろうか。

ところで、本集の編者である石津亮澄は、本集の編纂方針について、「凡例」で具体的に叙述しているので、すでに一部紹介したが、以下に引用しておきたいと思う。

一此集は、古今集よりこなた、新続古今集迄の二十一代の撰集と、南朝の新葉集との中より、屏風・障子の絵のうたはもとよりにて、うたゑといふもの、また扇の絵にかけるなど、すべて絵を題にしてよめる哥のかぎりをえらみいだして、四季・恋・雑と部類したるなり。それが中に、屏風は大嘗会、または賀の料に調ぜしがおほければ、集には、それにしたがひて、神祇または賀のうたの中にをさめたるもあれど、さるまゝに部類すれば、四季の哥のいとすくなくて、これらをもそのもの〳〵につきて、四季の部にをさめ、其よしをしらしめんがために、肩書に本集の部をしるせり。たとへば、元日の歌の中に、拾十八賀、新勅七賀など、しるせるがごとし。

一此集は、よのつねの類題のごとく、立春・子日などいふやうの題はすくなく、詞書のうたおほければ、それをわかたんために、題のかはれるごとに、詞を一もじあげてかけり。また目録に、○立春○子日などやうにしるせるは、初学の人のくり出しやすからんがために、私にあらたに設たるなり。また本集に「屏風のゑに」とのみあるは、「題しらず」としるして、その類の歌の中に出したり。

一撰集の中に、これとかれとふたつの集に出たるは、肩書に、ふるき集を上に、後なるを下にしるせり。又ことばのたがふものも、後の集のを、かたはらにしるせり。
一拾遺集には、藤のうたを夏の部に入たまひたれど、今は世のつねの類題の例にならひて、春の部にをさめたり。
此ほかにもさるたぐひなるは、皆今の世の例にしたがへり。

文化元年十一月　　　　　亮澄識

この亮澄による「凡例」によれば、本集は二十一代集および『新葉和歌集』のなかから、「屏風・障子の絵の歌」「歌絵といふもの」「扇の絵にかけるなど」「絵を題にして詠める歌の限りを選み出して、四季・恋・雑と部類したもの」である。そして、「目録に、○立春○子日などやうにしるせるは、初学の人のくり出しやすからんがために、私に設たるなり」の記述から、本集は和歌を詠むうえでの初心者を対象に編纂されたことが明らかになろう。

ちなみに、編者の石津亮澄は、『日本人名大辞典』（昭和五四・七復刻版第一刷、平凡社）によれば、

イシヅスケズミ　石津《いしづ》亮澄《すけずみ》（一七七九〜一八四〇）　江戸中期の国学者、歌人。安永八年十月十三日、摂津西成郡曽根崎村に生る。通称、並輔、号、富草舍、また米居。性来和歌を好み、尾崎雅嘉に歌を、本居大平に国学を修む。学既に成るやこれに就学する者多し。天保十一年二月九日浪華に没す。年六十二。墓所、大阪東区餌差町、円珠庵。著書に、徒然草新釈、夫木和歌集古調、袖中夫木集考、漫吟和歌、晩花和歌、屏風画題和歌集、拾遺六帖、萬葉類葉集などがある。（鑑定便覧　しがらみ草紙　慶長以来諸家著述目録）

のとおりである。この記述によれば、亮澄は尾崎雅嘉に和歌を学んだ由である。ところで、『群書一覧』（享和元年〈一八〇一〉）を編纂した雅嘉には、『国書総目録　著者別索引』（昭和五一・一一、岩波書店）によれば、類題集だけでも、『広類題和歌集』『掌中明題集』『続撰吟和歌集類題』『新続撰吟和歌集類題』『新撰吟和歌集類題』『続掌中和歌明題集』『李花和歌集類題』など、多数の作品が存在するわけだから、ここで想像を逞しうするならば、亮澄が『屏風絵

題和歌集』なる類題集の刊行を、雅嘉の影響を受けて決心したであろうことは、容易に想像のつくことであろう。
すなわち、亮澄がそれほどの専門歌人でなかった雅嘉に和歌を学んだ意味は、和歌を詠作する実践面で蒙った恩恵よりも、歌集編纂という仕事の面で蒙った恩恵のほうにあったということになろう。数多の類題集を編纂した師の雅嘉ではあったが、屏風歌や障子絵歌の類題集の編纂、刊行は、いまだになし得ていなかった。師のいまだなし得ていない屏風歌・障子絵歌の類題集の刊行を、亮澄がなしえたのは、師の雅嘉から受けた歌集編纂の手ほどきを実際面で実現させようとした営為の結果とは言えないだろうか。『屏風絵題和歌集』を軸に、和歌の面で師の雅嘉と弟子の亮澄を結ぶ接点は、このように考慮しうるように憶測されよう。

ところで、『屏風絵題和歌集』の刊行年時については、本集の刊記に、

文政三庚辰年（一八二〇）二月　皇都　額　田　正　三　郎
書林　同　吉　田　四郎右衛門
江戸　須原屋　茂　兵　衛
大阪　奈良屋　長　兵　衛

のごとく記述されているので、文政三年（一八二〇）二月と認められよう。

となると、文政三年に刊行された本集は、近世類題集の成立史のなかでいかなる位相にあるであろうか。この点について結論めいたことを言うならば、それは文化十四年（一八一七）に刊行された高井八穂編『古詞類題和歌集』の系譜下にあると考慮されよう。ちなみに、『古詞類題和歌集』については、『仏教文学とその周辺』（平成一〇・五、和泉書院）に所収した拙論を参照していただきたいが、要すれば、当該書は、和歌の初心者が実詠歌および画讃にすべき歌などを詠む際に、仮名題による詠作や状況などの背景を具体的に記した詞書を提示して、手引書となるように制

作された類題集であると規定できよう。したがって、同種の類題集としては、この両集以外には管見に入らない現時点では、『古詞類題和歌集』の後に『屛風絵題和歌集』を位置づける見方は、それほど正鵠を射ていないことはなかろう。しかも、『屛風絵題和歌集』に寄せた大江広海の序文は、文化十四年（一八一七）三月付けで掲載されているので、本集が文化十四年の時点で成立していた可能性は大いにありうるであろう。となると、江戸中期の文化十四年のころ、このような内容の類題集が成立しているということは、当時の和歌愛好者に、この種の類題集の出現を要請する文化的機運があって、それがおのずから醸成してこのような類題集を生んだのであろう。『屛風絵題和歌集』の成立の意義はこのような点に求めうるであろうか。

六　まとめ

以上、『屛風絵題和歌集』の成立の問題について、種々様々な視点から考察を加えてきたが、ここでそれらの考察の結果得られた結果を摘記して、本節の結論に代えたいと思う。

(一)　『屛風絵題和歌集』の伝本は弘前市立弘前図書館などに版本として伝存するものが唯一のテキストである。

(二)　本集は春歌百五十八首、夏歌七十二首、秋歌百九首、冬歌七十九首、恋歌十五首、賀歌五十七首、神祇歌四首、羇旅歌七首、釈教歌十三首、雑歌三十一首の総歌数五百四十五首を収載する。

(三)　歌題は通常の類題集に認められる配列原理に従って、勅撰集の詞書に屛風歌・障子絵歌などの記述がみられるものを抄出し、同一内容のものは勅撰集の成立順にほぼ配列されている。

(四)　本集に採録されている勅撰集の上位五位は、『拾遺集』『新古今集』『後拾遺集』『新勅撰集』『新千載集』のとおりである。

（五）本集に採録の詠歌作者の上位十位は、紀貫之、平兼盛、清原元輔、大中臣能宣、凡河内躬恒、藤原定家、伊勢、藤原俊成、源順、壬生忠見、藤原良経のとおりである。

（六）本集に収載される屏風歌では、延喜五年二月十日の「藤原定国屏風歌」、同六年二月の「内裏屏風歌」、天元二年十月の「円融朝内裏屏風歌」、文治六年正月十一日の「任子女御入内屏風歌」、建仁三年八月十五日の「藤原俊成九十賀屏風歌」、寛喜元年十一月十六日の「竴子女御入内屏風歌」、元弘三年の「立后屏風歌」などが、また、障子絵歌では、承元元年九月の「最勝四天王院障子和歌」からの作品がめだつ存在である。

（七）編者の石津亮澄は、尾崎雅嘉に師事して和歌を学んだが、雅嘉から恩恵を蒙ったのは和歌の実作面でのそれよりも、歌集編纂という仕事面でのそれであったようで、『屏風絵題和歌集』の刊行はその実践であったと憶測されようか。

（八）本書の刊行は文政三年二月であるが、その成立は文化十四年に近いころまでさかのぼりえるように憶測されよう。

（九）本書の編纂目的は、和歌を詠むうえでの初心者に、屏風歌・障子絵歌などの詞書を示すことによって、画讃などにすべき歌を詠作する際の手本とするところにあった、と言うことができようか。

（十）本書の近世類題集史における位相は、文化十四年に刊行の『古詞類題和歌集』の系譜下にあると考慮されるであろう。

第五章　各論四　小沢蘆庵と香川景樹門流の和歌の系列に属する類題集

第一節　小沢蘆庵編『袖中和歌六帖』の成立

はじめに

筆者は近時、古典和歌を例歌（証歌）として収載する、近世期に成立した類題和歌集の研究を進めているが、その近世期に成立をみた類題集たるや種々様々で、百花繚乱の様相を呈している。そのような多彩を極める近世類題集のなかで、筆者がこのたび俎上に載せたのが、小沢蘆庵編『袖中和歌六帖』（再刊本『類題和歌六帖』）である。

ところで、類題集の研究をテーマに採択した際に、まず想起されるべき作品が、類題集の嚆矢たる『古今和歌六帖』である事実を考えると、筆者がこれまで「六帖題」の類題集を検討対象に選ばなかったのは、遅きに失した感じを否めまい。

ちなみに、「六帖題」とは、平安時代に成立した『古今六帖』で採られた、六帖に分類した歌題をいうが、時代が下るに従って、ひとつの類型とされるに至った。その「六帖題」の内実は、第一帖が四季・天、第二帖が山・田・野・都・田舎・家・人・仏事、第三帖が水、第四帖が恋・祝・別・長歌・旋頭歌、第五帖が雑思・服飾・色・錦綾、第六帖が草・虫・木・鳥のとおりだが、この「六帖題」は同時代の人びとに珍重されて、『源氏物語』『枕草子』などの文学作品に影響を与えるほか、鎌倉時代に入ると、『新撰和歌六帖』『現存和歌六帖』『東撰六帖』など、六帖題の私撰類題集が陸続して撰進されるに至ったことも、周知の事柄であろう。

さて、当面の小沢蘆庵編『袖中和歌六帖』（以下、本六帖と略称する）の研究史をたどるならば、『和歌大辞典』（昭和六一・三、明治書院）に、

袖中和歌六帖《しうちゆうわかろくでふ》〔江戸期類題集〕小沢蘆庵撰。安永初年（1772）成立、寛政八1796年小川布淑の序を付して同九年刊。半紙本二冊。薄葉の中本一冊本や類題和歌六帖と題する天保一一1840年の再版本も同版。古今六帖と新撰六帖の題ごとに五首を撰び、時に他の歌集からも補って歌人の参考としたもの。（福田秀一）

のごとき、簡にして要を得た記述を見出しうる一方、再版本の『類題和歌六帖』については、同大辞典に、

類題和歌六帖《るいだいわかろくでふ》〔江戸期類題集〕小沢蘆庵編。安永1772～1781の頃、古今六帖・新撰六帖の題によって、一題五首の簡略な類題を作成した。これを小川布淑が寛政七1795に二冊本として刊行した。（簗瀬一雄）

のごとき、少々誤謬を含む記述も見出される程度であるので、本六帖については、さらに詳細な考察が要請されるであろう。

そのようなわけで、本節は、例によっての蕪雑な作業報告の域を出ない代物でしかないが、これまで辞典類題集以外には言及されることのなかった『袖中和歌六帖』について、このたび、成立の問題を中心に据えて具体的な検討を加えることを得たので、以下に詳細に論述した。

二　書誌的概要

さて、本六帖の伝本については、『私撰集伝本書目』（昭和五〇・一一、明治書院）に、

244袖中和歌六帖　小沢蘆庵

袖中和歌六帖　二　寛政九刊　東北大狩野文庫・大橋・東大・京大研・徳島県・大洲市矢野玄道本・福井久蔵・福田秀一二部

袖中六帖　二　寛政九刊　慶大

のごとき紹介記事が見出され、版本で流布していることが知られるが、本節では宇部市立図書館新井文庫蔵の、寛政九年刊の版本を底本にして以下の考察を行った。

なお、底本については、未見であるため、国文学研究資料館蔵のマイクロ・フィルムに依拠して調査、検討したことを断っておきたいと思う。

国文学研究資料館蔵のマイクロ・フィルム番号　268―76―2

所蔵者　宇部市立図書館新井文庫　蔵（911―10―0―1〜2）

編著者　小沢蘆庵

体　裁　中本（縦二二・四センチメートル、横一〇・五センチメートル）二冊　版本　袋綴じ

外　題　小沢蘆庵著　袖中和歌六帖　上（下）（後補）

内　題　なし

匡　郭　単郭
各半葉　九行（和歌一行書き）　序・跋・目録・凡例など九行
総丁数　百九十七丁、（上冊・九十二丁、下冊・百六丁）
総歌題数　五百五十題（第一帖・百題・第二帖・八十五題、第三帖・六十題、第四帖・二十一題、第五帖・百十八題、第六帖・百六十六題）
総歌数　二千六百九十二首（第一帖・五百首、第二帖・四百二十三首、第三帖・三百首、第四帖・百五首、第五帖・五百九十首、第六帖・七百七十四首）
柱　刻　なし
序　小川布淑
凡　例　小川布淑（此書見んやう　寛政八年正月）
跋　小沢蘆庵（寛政七年仲冬二十日）
刊　記　観荷堂蔵／寛政九年丁巳六月／御書館／二条通冨小路東入町　吉田四郎右衛門
印　記　「新井蔵書」（正方形）「宇部市立図書館蔵書印」（同）「新井文庫」（長方形）など
書入れ　寛政板　「明治二十二歳四月三日求之」（消去）　本書全二冊名古屋市其中堂書店ヨリ購入セリ　価一円二十銭／大正十五年三月廿四日　新井泉峰　二冊之内（上・下見返し）　下御熊村／早川有容（上・下裏表紙表）
以上から、本六帖は第一帖・五百首（百題）、第二帖・四百二十三首（八十五題）、第三帖・三百首（六十題）、第四帖・百五首（二十一題）、第五帖・五百九十首（百十八題）、第六帖・七百七十四首（百六十六題）からなる、都合二千六

百九十二首（五百五十題）を収載する中規模の類題私撰集と知られよう。
ちなみに、『類題和歌六帖』の刊記は「天保十一年／子初春補刻発兌／書林／江戸浅草茅町二丁目　須原屋伊八／大坂心斎橋北久太郎町　河内屋喜兵衛／同唐物町　河内屋太助／京寺町四下ル　山城屋佐兵衛／尾州名古屋本町十丁目　松屋善兵衛」のとおりで、天保十一年初春、『袖中和歌六帖』を再刊していることが知られよう。

三　構成内容の問題

さて、本六帖の書誌的概要については以上のとおりだが、本六帖の内容はいかなる構成になっているであろうか。その点については、

(1) 序文・小川布淑
(2) 凡例（此書見んやう）・小川布淑
(3) 目録
(4) 本文
(5) 跋文・小沢蘆庵
(6) 刊記（寛政九年）

のとおりであるが、それでは、本六帖の版面構成はどのようになっているのか、巻頭の一丁分（オ・ウ）を抄出して、その点の紹介に及んでおこう。

春たつ日　第一帖

古今元方　としの内に春はきにけり一とせをこぞとやいはんことしとやいはん　（一）

同　貫之　袖ひちてむすびし水のこほれるを春立けふの風やとく覧　（二）

貫之集　としのうちに春立ことをかすがの丶わかなさへにもしりにける哉　（三）

拾遺忠岑　はるたつといふばかりにやみよしの丶山も霞てけさはみゆらん　（四）

古マサズミ
菅家万葉　山《谷古》かぜにとくる氷のひまごとに打いづる波やはるの初花　（五）

むつき

万葉志貴皇子
新古今集　いはそゝくたるひ《ミ万下同》の上の早蕨のもえ出る春になりにける哉《カモ》　（六）

古　忠ミね　春きぬと人はいへ《新古》ども鶯のなかぬかぎりはあらじとぞ思ふ　（七）

古　言直　春やとき花やおそきと聞わかん鶯だにもながずも有かな　（八）

万十
新古　○　今更に雪ふらめやもかげろふのもゆる春べ《日新》と成にしものを　（九）

夫木　二　うぐひすの冬籠してうめる子は《八夫》春のむ月のなかに社なけ　（一〇）

ついたちの日

拾　ソセイ
家　あら玉のとし立かへる朝よりまたましものはうぐひすの声　（一一）

万十○
拾　赤人　きのふこそ年はくれしか春霞かすがの山にはや立にけり　（一二）

貫　家　昨日より後を《ヲチ家》ばしらず百年の春の始はけふにぞ有ける　（一三）

風雅　貫
家　あたらしく明ることよひを《トシヲバ風》《トシヲモ家》百年の春の始と鶯ぞなく　（一四）

拾　重之
家　よしの山みねのしら雪いつ消てけさは霞の立かはるらん　（一五）

この版面構成からみて、本六帖ではまず、和歌本文より二字下げで歌題表記がなされた後（各帖の注記のある場合がある）、次の行の上段に集付（出典注記）が付されて、同じ行に二マス下げで和歌本文が示される、という体裁が採られている。ちなみに、この構成内容は、さきに指摘した「2　凡例（此書見んやう）・小川布淑」の基準によって記述されているので、次に、本六帖の凡例の役割を担っている「此書見んやう」を引用しておこう。

此書見んやう

一　題は『古今六帖』『新撰六帖』をいでず。『古帖』になくて『新撰』にのせたるは、「てん」をかく。

一　歌は證となるべきをのす。『新撰』又は余集よりいだせるは、是も「てん」をかく。

一　『万葉集』作者不詳、撰集よみ人しらずの哥には、「まろきしるし」をつく。

一　出所紹付、異同題下の注、すべてさながら契沖の説なり。

一　『万葉』、三代集は、集の名一字をのす。作者もあらはなるは、これにならふ。

一　「△」此しるしの下に本字をかき、又は、かんなづかひ、「万葉」「和名」等を書入たるは、師翁の此たびつけらるゝなり。

寛政八年正月　　小川布淑記

そこで、この本六帖の凡例に従って、さきに引用した「春たつ日」「むつき」「ついたちの日」題から各々、一例を引き合いに出して解説しておこう。

まず、「春たつ日」題の（五）の詠は、『古今六帖』に読人不知の詠（五）として載るが、頭注の「古マサズミ」は『古今集』に「源まさずみ」（一二）とある作者注記によって、また、初句の校異を示す「谷古」なる注記も、同集に「谷風に」とあることから各々、正鵠を射ていると確認されるが、「菅家万葉」の頭注は『新撰万葉集』（菅家万葉集）に読人不知の詠（二三九）として載る一方、初句は「谷風丹（に）」とある点で、初句の異同注記に遺漏が認められると言えようか。

次に、「むつき」題の（六）の詠は、『古今六帖』に「志貴皇子かがみの王女とも」（七）の歌として載るが、頭注の「万葉志貴皇子」は『万葉集』に「志貴皇子」（一四二二）とある作者注記によって、また、第二句・結句の校異を示す「ミ万下同」「カモ」の注記も、同集に各々、「垂見之上乃（たるみのうへの）」「成来鴨（なりにけるかも）」とあることから、それぞれ的を射ていると確認される一方、「新古今集」の頭注は、同集の第二句が「たるみのうへの」の措辞をもつ点で、校異として付された「新古」の注記が正鵠を射ているものの、作者注記の点では、同集が「志貴皇子」とする表記を無視している点で、瑕瑾を指摘しうるようだ。

最後に、「ついたちの日」題の（一二）の詠は、『古今六帖』に「山辺赤人」（一七）の歌として載るが、『万葉集』の巻十に読人不知の詠（一八四七）として収められていることを意味する。頭注の「万十　〇」が、同集で内容的に実証されるほか、「拾　赤人」の頭注も、『拾遺集』に「山辺赤人」（三）とある作者注記から、各々、確認されるようだ。

そして、この頭注の内容を、「賀茂別雷神社三手文庫蔵板本古今和歌六帖契沖自筆書入本を翻刻した」『契沖全集第十五巻』（昭和五〇・一二、岩波書店）に収載の「古今和歌六帖題一」の当該部分（879〜883・885・886・888〜895）と比較してみると、出典表記などに繁簡の差が認められるものの、内容的には符合しているので、本六帖の「見んやう」の「一　出所紹付、異同題下の注、すべてさながら契沖の説なり。」の記述はおおむね信用がおけると判断されようか。

ちなみに、「△」の符合については、「をぎ」（第六帖）題の注記として「△荻　和名　乎木」とある記述から確認される一方、「てん」の符合については、『新撰六帖』にみられる「あかつきやみ」の題および例歌（三三六〜三四〇）などに、合点が付されている事例などから、確認されるであろう。

四　歌題の問題

本六帖の構成内容については、大略、上述したとおりだが、それでは、本六帖に収載される歌題はいかなるものであろうか。本六帖の歌題については、さきに言及したとおり、総歌題数は五百五十題で、各帖別には第一帖・百題、第二帖・八十五題、第三帖・六十題、第四帖・二十一題、第五帖・百十八題、第六帖・百六十六題のごとくである。

ところで、この問題については、さきに引用した「見んやう」の「一　題は『古今六帖』『新撰六帖』をいでず。『古帖』になくて『新撰』にのせたるは、「てん」をかく。」が示唆を与えるが、本六帖において実際にそのようになっているのか否かを確認してみると、実は、以下のような例外も指摘されるようだ。それは「目録」の「草　第六帖」に「已上九題『新』『古』共目録ノセズ」の注記が付記されている「ねなし草　も丶よ草　さしも草　おほゐ草かくも草　つれなし草　しり草　ねつらくさ」の歌題であるが、以下に該当する歌題に関係する本文を引用してみよう。

　　ねなし草　以下九種不載『新六帖』

1　わがよ丶も千よにあらめやねなし草たはれやせまし身のわかい時　（未、一九五三）

2　あすしらぬみむろの峯のねなし草何あだしよに生はじめけん　（千・小大進、一九五四）

　　も丶よぐさ　采要　目安　月草也

3　ち丶は丶が家のしりへのも丶よ草百夜いでませわがいたるまで　（万二十、一九五五）

4　露しげき家のそのなるも丶よ草も丶よ妹こひ袖ぬらしつも　（新六・雑草・光、一九五六）

5 も、夜草も、よまでなどたのめけん仮そめぶしのしぢのはしがき　（六百番・顕昭、一九五七）

手向草　非草名カタラヒグサノ類也

6 しら浪の浜松がえのたむけ草幾世までにか年のへぬらん　（万一又九、新古・河嶋皇子、一九五八）

さしも草

7 あぢきなやいぶき《下野　顕注》の山のさしも草おのがおもひに身をこがしつゝ　（未、一九五九）

8 ちぎりけん心からこそ射しもぐさおのがおもひにもえわたりけれ　（未、一九六〇）

9 なほざりにいぶきの山のさしも草さしも思はぬことにやはあらぬ　（同、一九六一）

10 しもつけやしめつの《ヂガ夫》原のさしも草おもが思ひに身をやゝくらん　（未、夫木廿八、一九六二）

11 さしも草さしもしのばぬ中ならば思ひありともいはましものを　（同・俊成、一九六三）

おほゐ草　莞　和名　於保井　日本紀　莞子　加麻

12 かん《ミ万》つげのいならの沼のおほゐ草よそにみしよは今こそまされ　（万十四、一九六四）

13 河千鳥なくや河べのおほゐ草すそうちおほひ一夜ねさせよ　（清輔集、一九六五）

かくも草　△黄連　可久未久佐

14 うかりけるみぎはがくれのかくも草葉末もみえず行かくれなん　（未、一九六六）

15 我宿にかくもをうゑてかくも草かくのみこひばわれやせぬべし　（おもひやすの題に有、一九六七）

つれなし草

16 としをへて何たのみけんかつまたのいけにおふてふつれなしの草　（未、一九六八）

17 かつまたのいけるはなにぞつれなしの草のさてしもおいにけるみよ　（知・ざうの草、一九六九）

18　しりくさ　△藺　鷺尻利　和名
しほ《ミナト万》あしにまじれる草のしりくさの人みなしりぬ我下おもひ　（万十一、一九七〇）
ねつら《こ》草　△目安　芝ノ如クハリノヤウナルクサナリ
19　芝付の見うるさきなるねつら《こ》草あひみざりせば《ヌアラバアレ万》我こひめやも　（万十一・十四、一九七二）
20　紅のあさはの《サカミ》野らにかる草のつかの間も我をわするな《ワスラスナ万》　（同十一、一九七二）

以上が本六帖の当面の歌題九題とその例歌（証歌）であるが、まず「目録」の「已上九題『新』『古』共目録ノセズ」の注記と、本文の「以下九種不載『新六帖』」の注記の間に異同が指摘される点、編者の不用意な記述と言わざるを得ないので、その点について、集付（出典注記）を参照しながら吟味しておこう。

まず、「ねなし草」については、1が『古今六帖』の「ねなし草」の題下に載る（三五八三）一方、2が『千載集』に「百首歌たてまつりける時、無常の心をよめる」の詞書のもとに「花園左大臣家小大進」の作者名（一一三一）を付して載る。

次に、「もゝよぐさ」については、3が『古今六帖』に同題で載る（三五八四）一方、4が『新撰六帖』に「ざふの草」題で「光俊」名（一九五〇）で、5が『六百番歌合』の四番左歌（歌題なし）として「顕昭」の作者名（一〇二七）で各々、掲載される。

次に、「手向草」については、6が『古今六帖』に同題で載る（三五七五）が、『万葉集』に、巻一と巻九に「川島（嶋）皇子」の作者名（三四・一七二〇）で、『新古今集』に『万葉集』と同じ作者名（一五八八）で各々、載るものの、歌題表記はない。

次に、「さしも草」については、7〜10が『古今六帖』に同題で載る（三五八六〜八九）が、11も『夫木抄』に「皇太后宮大夫俊成卿」（一三六四〇）の作者表記で、「指焼草（さしもぐさ）」の題下に収載される。

次に、「おほゐ草」については、12・13ともに『古今六帖』に収載されず、12が『万葉集』に「右廿二首上野国」の左注下に収載される（三四三六、「柿本朝臣人麿歌集出也」）が、13は『清輔集』の「恋」題に収録される（二四九）一方、『夫木抄』には「莞草」の題下に「清輔朝臣」の歌（一三六二〇）として載る。

次に、「かくも草」については、14・15ともに『古今六帖』に載るが、そこでは14が同題で載る（三五九一）一方、15は「おもひやす」の題下（二九九六）に掲載されている。

次に、「つれなし草」については、16が『古今六帖』に同題で載る（三五九二）一方、17は『新撰六帖』に「ざうの草」の題下に「知家」の歌（一九四八）として載っている。

次に、「したくさ」については、『古今六帖』に18が「つれなしぐさ」題の「人丸」の歌として載る（三五九三）が、『万葉集』には「寄物陳思」歌群の一首（二四七二）として載るのみで、歌題表記はない。

最後に、「ねつら《こ》草」については、19・20ともに『古今六帖』に収載され、ともに「つれなしぐさ」題の例歌（三五九四・三五九五）として載る一方、『万葉集』にも載る（三五二九・二七七三）が、作者表記は欠いている。

以上を要するに、『新撰六帖』からの収載歌は4のごとく抄出されてはいるが、歌題については「ねなし草」「もゝよぐさ」「手向草」「かくも草」「つれなし草」の六題が『古今六帖』から引用される一方、この六題を含めてそのほかの三題も一切『新撰六帖』からは抄出、掲載されていないので、本六帖の注記としては、「目録」の記述よりも本文の記述のほうが正鵠を射えていると言えるであろう。

このような次第で、本六帖は原則的には『古今六帖』『新撰六帖』に収録される歌題を整理、統合して収めていると概略しえようが、以下には、煩を厭わずに、六帖題類題集の規範として、本六帖の歌題をすべて掲載しておこうと思う。ちなみに、『新撰六帖』の題には「○」を、それ以外の題には「△」を付しておいた。

第一帖

春（春立日・親月《ママ》・ついたちの日・のこりの雪・ねのひ・わかな・あを馬・なかの春・やよひ・三日・春のはて）・夏（初夏・更衣・卯月・うの花・神まつり・五月・五日・あやめ草・水無月・なごしの祓・夏のはて）・秋（秋立日・初秋・七夕・朝・葉月・十五夜・駒ひき・○あきのけう・○秋夕・なが月・九日・秋のはて）・冬（初冬・神無月・○冬の夜・しも月・かぐら・しはす・仏名・うるふ月・としの暮）・天（○あかつき・○あした・○ひる・○ゆふべ・○よひ・○よは・天のそら・てる日・春の月・夏の月・秋の月・冬の月・雑の月・三日月・夕月夜・○弓張・○望月・○不去宵月・○立待・○居待・○寝待・○廿日月・有明・夕やみ・○暁やみ・ほし・春の風・夏の風・秋の風・冬の風・山おろし・あらし・雑の風・あめ・○春の雨・○五月雨・ゆふ立・○秋の雨・○冬の雨・むら雨・しぐれ・くも・露・しづく・かすみ・霧・しも・ゆき・あられ・こほり・○氷室・火・けぶり・ちり・なる神・いなづま・かげろふ）　（一〇〇題）

第二帖

山（やま・山どり・さる・しか・とら・くま・むさゝび・山川・山田・山ざと・山の井・山びこ・いはほ・みね・たに・そま・をのゝえ・すみがま・せき・はら・をか・もり・やしろ・みち・つかひ・うまや）・田（春の田・夏の田・秋の田・冬の田・かりほ・いなおふせ鳥・そほづ）・野（春の野・夏の野・秋の野・冬の野・ざうの野・かり・ともし・わし・大鷹・小鷹・きじ・はと・うづら・大たかゞり・小鷹がり・野べ野遊歟・みゆき）・都（みやこ・都どり・百しき）・田舎（国・郡・里・古郷・やど・やどり・かきほ）・家（いへ・となり・井・まがき・庭・にはとり・かど・戸・すだれ・とこ・むしろ）・人（おきな・おんな・○をうな・おや・うなゐ・わ

かいこ・くるま・牛・うま）・仏事（○仏事・寺・かね・ほうし・あま）　（八五題）

第三帖

水（みづ・水どり・をし・かも・にほ・う・かめ・いを・こひ・ふな・すゞき・たひ・あゆ・ひを・かは・かはづ・はし・ひ・ゐぜき・しがらみ・夜川・網代・やな・江・池・沼・うき・たき・にはたづみ・うたかた・さは・淵・瀬・海・海人・たくなは・しほ・塩がま・ふね・つり・いかり・あみ・なのりそ・藻・みるめ・われから・うら・かひ・なぎさ・しま・はま・浜千どり・はまゆふ・さき・いそ・なみ・みをつくし・かた・みなと・とまり）　（六〇題）

第四帖

恋（こひ・かたこひ・夢・おもかげ・うたゝね・涙川『新』川の字ナシ・うらみ・うらみず・ないがしろ・ざうの思ひ・○おもひをのぶ・○ふるきをおもふ）・祝（いはひ・わかな・つゑ・かざし）・別（わかれ・ぬさ・たむけ・たび・かなしび）　（二一題）

第五帖

雑思（しらぬ人・いひはじむ・としへていふ・はじめてあへる・あした・しめ・あひおもふ・あひ思はぬ・こと人を思ふ・わきて思ふ・いはでおもふ・人しれぬ・人にしらるゝ・よる独をり・ひとりね・ふたりをり・ふせり・あかつきにおく・一夜へだてたる・二夜へだてたる・物へだてたる・日比へだてたる・としへだてたる・遠道へだてたる・うちきてあへる・よひのま・ものがたり・近くてあはず・人をまつ・人をまたず・人をよぶ・道のたより・ふみたがへ・ひとづて・わする・わすれず・こゝろかはる・おどろかす・おもひいづ・むかしをこふ・昔あへる人・あつらふ・ちぎる・人をたづぬ・めづらし・たのむる・ちかふ・口かたむ・人づま・家とじを

思・思ひやす・思ひわづらふ・くれどあはず・人をとゞむ・とゞまらず・なをゝしむ・をしまず・なき名・わぎもこ・わがせこ・かくれづま・になき思ひ・今はかひなし・こんよ・かたみ）・服飭（玉くしげ・たまかづら・かみ・もとゆひ・くし・たま・玉のを・たまだすき・かゞみ・まくら・たまくら・はた・ころも・塩やき衣・夏ごろも・あきの衣・衣うつ・かりごろも・すりごろも・あさ衣・かはごろも・ぬれぎぬ・ざうの衣・ふすま・裳・ひも・おび・ひとり・ことの葉・ふみ・こと・ふえ・ゆみ・や・たち・かたな・さや・はかり・あふぎ・かさ・みの・かたみ・つと）・色（いろ・くれなゐ・むらさき・くちなし・みどり）・錦綾（にしき・あや・いと・わた・ぬの）　（一一八題）

第六帖

草（春の草・夏の草・秋の草・冬のくさ・した草・にこぐさ・ざうの草・ねなし草・もゝよぐさ・たむけ草・さしも草・△おほゐ草・かくも草・つれなし草・△しり草・ねつら《こ》ぐさ已上九題『新』『古』目録ノセズ・山ぶき・なでしこ・あき萩・をみなへし・すゝき・しのすゝき・をぎ・らに・きく・草のかう・きちかう・りうたん・しをに・くたに・さうび・かるかや・かや・はちす・かきつばた・こも・花かつみ・あし・ひし・ぬなは・ねぬなは・あさゞ・うきぐさ・つき草・わすれ草・しのぶぐさ・ことなし草・せり・なぎ・たで・むぐら・玉かづら・くず・さねかづら・青つゞら・あさがほ・あさぢ・つばな・かにひ・あぢさゐ・さこく・すみれ・をはぎ・わらび・ゑぐ・ゆり・あゐ・まさきかづら・ひかげ・山たちばな・すげ・さゝ・あふひ・かたばみ・みくり・よもぎ・こけ・いちし・しば）・虫（むし・せみ・夏むし・きり〴〵す・まつむし・すゞ虫・ひぐらし・ほたる・はたおりめ・くも・てふ）・木（木・しをり・はな・秋のはな・紅葉・はゝそ・まゆみ・かへで・松・かへ・たけ・たかんな・うめ・こう梅・柳・さくら・かにはざくら・花ざくら・山ざくら・庭桜・ひざくら・ふぢ・たち花・あべたちばな・しひ・ざくろ・な

し・山なし・もゝ・すもゝ・からもゝ・くるみ・すぎ・むろ・まき・かつら・かうか・あふち・かし・くぬぎ・つばき・かしは・ほゝがしは・ながめがしは・つゝじ・岩つゝじ・ひさぎ・くは・はたつもり・しきみ・あせみ・やまちさ・ゆづる葉・かたかし・つまゝ・さねき）・鳥（とり・はなちどり・ひなどり・かも・鶴・かり・○かへるかり・うぐひす・ほとゝぎす・ちどり・よぶこ鳥・しぎ・からす・さぎ・はこどり・かほどり・かさゝぎ・もず・くひな・つばくらめ）　（一六六題）

以上を要すれば、本六帖に収載をみる歌題は、「おほゐ草」「しりくさ」「ねつら草《こ》」の三題については『古今六帖』『新撰六帖』ともに収録しないが、それ以外の歌題はすべて両六帖に収載されるなか、就中、『古今六帖』に掲載される歌題が大半を占めている実態が窺知されるといえようか。

五　例歌（証歌）の問題――出典と詠歌作者

さて、本六帖に収載される歌題については、大略、以上のとおりだが、それでは、本六帖に掲載される例歌（証歌）についてはいかがであろうか。この問題を検討するに際して示唆を与えるのが、「題ごとに五首を出されぬれば」と記述されている「序文」の記述ではなかろうか。そこで、この視点から本六帖の例歌（証歌）を概観してみると、すでに言及した1～20の例歌（証歌）に示されているように、「ねなし草」が二首、「もゝよぐさ」が三首、「手向草」が一首、「おふゐ草」が二首、「かくも草」が二首、「つれなし草」が二首、「しりくさ」が一首、「ねつら草《こ》」が二首のとおりで、いずれも例歌（証歌）が五首未満である。

ちなみに、そのほかの歌題で、例歌（証歌）が五首未満である歌群は、以下のとおりである。

おんな　△和名　嫗・於無名　老女称也

21 いにしへのおうなにしてやかくばかり恋にしづまんては《夕万》らはのごと　（万四、八六一）

22 おちつもる松をひろひて年ふれば老のつま木と人やみるらん　（未、八六二）

23 百とせにおいくちひそみ《シタ、ミテヨ、ム万下同イトハ》成ぬとも我はわすれじ恋はますとも　（万四、八六三）

雑のくさ　契沖云、以下九題惣標ノ下ニオケル別題ナル故、目録ニ出サズ。前後二首、本題ノ心ヲアラハシ、其中ヲツヽメリ。

24 しほみてば入ぬる磯の草なれやみらくすくなくこふらくの多き　（万七・寄藻、浜成、和哥式、一九四九）

25 いたづらにふるのゝ沢にかる草の心づからやよをなげくべき　（家・一九五〇）

26 みつのゝのまきのひつぎのかり草のつかのまもなし恋の乱は　（為・一九五一）

27 みま草はくるともからんみこもりのゐかひの岡のことのしげくさ《モイ》　（信・一九五二）

くさのかう　以下六種不載『新六』　ナス和名久佐之香香草

28 草のかう色かはりぬる白露はこゝろおきても思ふべき哉　（伊セ、家、二〇一八）

29 しら露のいかにそむれば草のかうおく度ごとに色のますらん　（元真集、二〇一九）

きちかう　△本草云、桔梗和名　阿里乃比布木

30 あきちかう野はなりにけり白露のおける草葉も色かはり行　（古・友則、二〇二〇）

31 秋の月ちかうてらすとみえつるは露にうつろふ光なりけり　（未、二〇二一）

32 あだ人のまがきちかうな花うゑそにほひもあへず折つくしけり　（拾〇、二〇二二）

りうたむ　龍膽和名　衣夜異久佐一云邇加奈

33 わがやどの花ふみちら《シダク古》すとりうたん野はなければやこゝにしもくる　（古・友、二〇二三）

34 花しあらばかつきてをらん秋風に波たちかへりうたんなかにも　（本云・貫、家ナシ、二〇二四）
35 風さむみ鳴かりがねのこゑによりうたん衣をまづやからまし　（新勅雑哥、二〇二五）
36 川上にいまよりうたむあじろにはまづもみぢばやよらんとすらむ　（拾〇、二〇二六）
くたに　△苦丹　契云牡丹類歟　不載和名
37 ちりぬれば後はあくたになる花を思ひしらずもまどふ今日《テフ古》哉　（古遍、二〇三二）
38 水上を山にておつる滝つせの雫のたえずそゝくたに陰　（本云・貫之、家ナシ、二〇三三）
さうび　△薔薇　和名　無波良乃異
39 我はけささうびにぞみつる花の色をあだなる物といふべかりけり　（古・貫、家ナシ、二〇三四）
かにひ　此題不載『新六』
40 わたつ海の沖なかにひのはなれ出てもゆとみえし《ユル拾不同》は蜑の漁火《カ》　（拾・伊、家、二一七〇）
41 かた岡にひのはるゞゝとみえつるはこのもかのもにたれかつげゝん　（未、二一七一）
42 花のいろのこきをみずとてきたるみのおろかに人は思ふらんやは　（伊勢集、二一七二）
さこく　此題不載『新六』
43 春はきてきのふばかりを浅みどり色はけさこく野は成にけり　（未、二一七八）
44 はる雨にしめぞゆふらし花にけさこくは花えて咲みちにけり　（未、二一七九）
45 秋のゝはねこじにこじてもてぬともいはほのたねはのこしやはせぬ　（未、二一八〇）
是は物名にあらず。さこくを見てよめる歟。
かたばみ　此題不載『新六』　酢漿　和名　加太波美

46　あふことのかたばみくさもつまなくに　本（以下欠）　（未、二三四一）

あべたちばな　不載『新六』

47　わぎも子にあはで久しくむ《モ万下同》ましたの《モ》あべ立花のこけおふる《ノムス》まで　（万十一、二四三七）

△和名云、橙似柚而小者也。和名、安倍太知波奈。『新六帖』アツ立花トヨメルハ、「へ」ヲ「つ」ニアヤマレル歟。仍而不載哥。

かひ　不載『新六』　和名、卵　加比古

48　あしたづのかひこめくつるすごもりのつひにかへらぬ身とやなりなん　（未、二六〇九）

49　鳥のこはかへりてのちぞなかれける身のかひなきを思ひしりつゝ　（同、二六一〇）

50　とりのこはみなひなゝがら立ていぬかひのみゆるはすもり也けり　（拾〇、二六一一）

51　すもりごもいでにけるかとみる時はかひなき身さへうらやまれける　（忠見集、二六一二）

すなわち、「雑のくさ」「りうたむ」「かひ」が各々、四首、「おんな」「きちかう」「かにひ」「さこく」が各々、三首、「くさのかう」「くたに」が各々、二首、「さうび」「かたばみ」「あべたちばな」が各々、一首のとおりで、さきに1~20の例歌の事例で指摘した八例を加えると、本六帖に示される五首未満の例歌（証歌）群は都合二十例となる。ということは、本六帖に収録する総歌題五百五十題から二十題を減じた五百三十題には、五首の例歌（証歌）が付されていることを意味しよう。

ところで、本六帖に収載される例歌（証歌）の出典（原拠資料）はいかなるものであろうか。この点については「此見んやう」に、「一　歌は證となるべきをのす。『新撰』、又は余集よりいだせるは、是も『てん』をかく。」と記述されているので、例歌は必ずしも、『古今六帖』と『新撰六帖』に限定されているわけではないことが明らかになろう。

そこで、本六帖に収録の例歌（証歌）を調査してみると、以下に掲げる詠歌については、『古今六帖』『新撰六帖』からの抄出でないことが判明する。

52　ありふればもろこしならぬわが国もとらの口をばえやはのがるゝ　（夫廿七、五二二五）
2　あすしらぬみむろの峯のねなし草百夜いでませわがいたるまで　（千・小大進、一九五四）
5　もゝ夜草もゝよまでなどたのめけん仮そめぶしのしぢのはしがき　（六百番・顕昭、一九五七）
11　さしも草さしもしのばぬ中ならば思ひありともいはましものを　（同〈夫木廿八〉・俊成、一九六三）
12　かんつげのいならの沼のおほゐ草よそにみしよは今こそまされ　（万十四、一九六四）
13　河千鳥なくや河べのおほゐ草すそうちおほひ一夜ねさせよ　（清輔集、一九六五）
29　しら露のいかにそむれば草のかうおく度ごとに色のますらん　（元真集、二〇一九）
32　あだ人のまがきちかうな花うゑそにほひもあへず折つくしけり　（拾〇、二〇二二）
36　川上にいまよりうたむあじろにはまづもみぢばやよらんとすらむ　（拾〇、二〇二六）
42　花のいろのこきをみずとてきたるみのおろかに人は思ふらんやは　（伊勢集、二一七二）
50　とりのこはみなひなゝがら立ていぬかひのみゆるはすもり也けり　（拾〇、二二一一）
51　すもりごもいでにけるかとみる時はかひなき身さへうらやまれける　（忠見集、二六一二）
53　音羽山木下陰にかほ鳥の見えがくれせしかほぞ恋しき　（伊セ、家、二六七一）
54　めづらしくつばめ軒ばにきなるれば霞がくれにかりかへるなり　（夫木・野宮左大臣、二六八九）
55　かぞいろはあはれとみらんつばめだにふたりは人にちぎらぬ物を　（同〇、二六九〇）
56　春をこふる心にいかゞつばくらめかへる野中の秋のゆふぐれ　（同・後京極、二六九一）

57　二月のなかばになるとしりがほに早くも来けるつばくらめ哉　（同・定家、二六九二）

以上、すでに引用済みの例歌（証歌）も再掲して当該関係歌を紹介したが、この整理によって、本六帖には十七首の『古今六帖』『新撰六帖』に収載をみない出典（原拠資料）が収められている実態が明らかになった。ということは、本六帖に収載の総歌数二千六百九十二首から十七首を減じた二千六百七十五首が、『古今六帖』『新撰六帖』から採録されている実態が明白になるというわけだ。

ちなみに、この数値は、たとえば、本六帖の集付（出典注記）に「未」とある、

58　初秋の空に霧たつから衣袖の露けきあさぼらけ哉　（はつあき、未、一一六）

の58のごとき例歌（証歌）についても、じつは、『古今六帖』に収録されている（二一九）詠歌なので、この場合、本六帖の集付に関係なく、『古今六帖』を原拠資料とみなして処理した結果である点を断っておきたいと思う。

そこで、本六帖は『古今六帖』『新撰六帖』の両類題集から、どのような割合で抄出しているのかを調査してみると、次の〈表1〉のごとき結果を得ることができる。

〈表1〉　本六帖の出典資料一覧表

部類／作品	第一帖	第二帖	第三帖	第四帖	第五帖	第六帖	合計
古今六帖	三三八	二九四	二一一	八〇	三五六	四二五	一七〇四首
新撰六帖	一六二	一二八	八九	二五	二三四	三三三	九七一首
その他		一				一六	一七首
合計	五〇〇	四二三	三〇〇	一〇五	五九〇	七七四	二六九二首

この〈表1〉によると、本六帖は『古今六帖』から千七百四首、『新撰六帖』から九百七十一首、その他から十七首抄出していることが知られる。ちなみに、この数値は、本六帖に『古今六帖』が六十三・三パーセント、『新撰六帖』が三十六・一パーセント、その他が〇・六パーセントを各々、占める割合を明らかにしている。換言すれば、本六帖は類題集の嚆矢たる『古今六帖』からの収載歌を基本にして、『新撰六帖』歌、その他をその補完材料にして成立いると言えようか。

なお、その他の十七首の出典を本六帖の集付によって、紹介しておけば、『夫木抄』が六首（11・52・54〜57）、『拾遺集』が三首（32、36、50）、『伊勢集』が二首（42・53）、『万葉集』（12）『千載集』（2）『六百番歌合』（5）『清輔集』（13）『元真集』（29）『忠見集』（51）が各々、一首となろうが、ちなみに、『万葉集』『六百番歌合』『清輔集』『元真集』の収載歌と『伊勢集』の53の詠は、いずれも『夫木抄』にも収録されている事実を言い添えておきたいと思う。

それでは、本六帖に収載される、これらの三種類に分類される例歌（証歌）の詠歌作者は、いかなる歌人であろうか。まずは『古今六帖』に収載される歌人から検討したいが、その際、たとえば、「七日の夜」の題で、集付（出典注記）に「拾（遺集）○」とある、

59　わびぬれば常はゆゝしきたなばたもうらやまれぬる物にぞ有ける　（一一二）

の59の歌や、「あやめぐさ」の題で、集付に「本云・貫之、家（集）・ナシ、続古（今集）・貫（之）」と注記する、

60　水がくれておふる五月の菖蒲草かを尋ねてやひとのひくらん《ナガキタメシニ人ハヒカナン続古》　（九六）

の60の歌の扱いについては、詠歌作者が『古今六帖』では、各々、前者が「ふかやぶ（深養父）」、後者が読人不知とあって異同が認められ、要するに、『古今六帖』収載歌の詠歌作者については未確定要素が多く、決定的証拠に欠けていると言わざるを得ないのだ。したがって、『古今六帖』歌の詠歌作者の決定については、『古今六帖』（「新編国歌

大観」所収本）の記述に依拠して判断したことを断っておきたいと思う。

　さて、本六帖に収載される『古今六帖』歌を概観すると、圧倒的に多いのが詠歌作者不詳の、いわゆる「読人不知」歌群である。それは本六帖の収載歌千七百四首のうち、千百七十二首に達しており、その比率は六十八・八パーセントを占めている。まさに『古今六帖』からの抄出歌は「読人不知」歌群のオン・パレードといえようが、参考までに、『古今六帖』抄出歌の歌人傾向を知るために、残りの五百三十二首の詠歌作者を調査してみると、総勢百二十名に及んでいることが知られる。ただし、一首収載歌人が大半を占めているので、便宜的に三首以上の収載歌人を整理、一覧してみると、上掲の〈表2〉のごとくなる。

〈表2〉『古今六帖』から三首以上抄出される詠歌歌人一覧表

	詠歌作者	歌数
1	紀貫之	一六一首
2	伊　勢	五四首
3	凡河内躬恒	四三首
4	柿本人麿	四一首
5	大伴家持	二二首
6	素　性	二一首
7	壬生忠峯	一七首
8	在原業平	一三首
8	紀友則	一三首
10	遍　昭	一〇首
10	清原深養父	一〇首
12	藤原敏行	八首
13	笠女郎	七首
13	小野小町	七首
13	藤原興風	七首
16	在原元方	六首
17	藤原忠房	五首
18	坂上郎女	四首
18	坂上是則	四首
20	山部赤人	三首
20	藤原関雄	三首
20	藤原兼輔	三首
20	大江千里	三首
	合　計	四六五首

　この〈表2〉によって、『古今六帖』収載歌人では、『古今集』の撰者である紀貫之が断然トップで、同じく凡河内躬恒・壬生忠峯・紀友則、および伊勢・素性・在原業平・遍昭などが続くなか、『万葉集』では、編者の大伴家持を凌駕して柿本人麿がトップの位置をしめながら、笠郎女・坂上郎女などと続き、当然のことながら、『万葉集』『古今集』の著名歌人の名が勢揃いしている実態が看て取れるであろう。

　ちなみに、二首以下の収載歌人についても掲載しておくと、以下のとおりである。なお、「西院」「天帝」「大納言」など、固有名詞が特定しえない場合は、そのままの表記で示しておいた。

〔二首収載歌人〕 在原滋春・在原行平・忌部黒麿・兼芸・志貴皇子・衣通姫・平貞文・高田女王・橘諸兄・春道列樹・藤原因香・藤原冬嗣・源重之・源順・源宗于・湯原王　（一六名）

〔一首収載歌人〕 厚見王・安倍仲麻呂・安倍虫麿・在原棟梁・有間皇子・石川王・石川女郎・石川広成・石上乙麿・宇多法皇・海上女王・大江朝綱・大春日師範・大津皇子・大伴郎女・大伴像見・大友黒主・大伴三衣・大中臣頼基・大伴百代・大伴安麿・大宅女・遠智女王・小野老・小野小町が姉・小野千古・鏡王女・香具山の花子・笠金村・兼覧王・紀飯麿・紀郎女・紀皇女・紀淑望・光孝天皇・西院・酒井人真・桜井大君・薩妙観命婦・沙弥尼・神退・神武天皇・駿河丸・聖武天皇・大納言・平中興・高橋安麿・高安王・高市黒人・天智天皇・天帝・舎人皇子・中務・長忌寸奥麿・額田王・藤原朝忠・藤原敦忠・藤原勝臣・藤原言直・藤原実方・藤原実頼・藤原高遠・藤原時平・藤原仲平・藤原直子・藤原後蔭・藤原好風・文屋朝康・文屋康秀・平城天皇・源常・源信・源能有・壬生忠見・三輪の御・元良親王・文武天皇・山口女王・山上憶良・弓削皇子　（八〇名）

次に、本六帖に収載される『新撰六帖』からの抄出歌九百七十一首の詠歌作者について、各帖別に検討を加えると、次頁の〈表3〉のごとき結果が得られる。

この〈表3〉によると、『新撰六帖』の主催者および企画推進者と推測される、衣笠家良と藤原為家の詠歌を凌駕して、藤原光俊と六条知家のそれが収録されている実態が明瞭になるが、その確たる理由については、藤原信実が最少抄出歌人である理由とともに、明確にしえない現況にある。

最後に、『古今六帖』『新撰六帖』以外からの抄出歌十七首の詠歌歌人については、次のとおりである。

読人不知（一首は『柿本人麿集』に入る） 五首、伊勢　二首、壬生忠見・藤原元真・藤原清輔・・藤原俊成・花園

〈表3〉『新撰六帖』から抄出された詠歌歌人一覧表

作者／部類	第一帖	第二帖	第三帖	第四帖	第五帖	第六帖	合計
藤原為家	三四	二一	一五	四	四一	四六	一六一首
衣笠家良	三一	二四	一七	六	五二	六八	一九八首
藤原光俊	三五	三〇	二一	八	四九	八四	二二七首
藤原信実	二九	二七	一二	四	三〇	五八	一六〇首
六条知家	三三	二六	二四	三	六二	七七	二二五首

左大臣家小大進・顕昭・徳大寺公継・藤原良経・藤原定家・藤原基家　一首。

以上、本六帖に収載される詠歌作者について、『古今六帖』『新撰六帖』その他の三種類の出典別に整理、一覧したが、何故にそのような結果になっているのか、その動向については、現時点では、それほど明確な説明をなしえない状況にある。

六　編纂目的と成立などの問題

さて、本六帖の歌題、例歌（証歌）などについては、大略、以上のとおりだが、それでは、本六帖はいかなる目的で編纂されたのであろうか。次に、本六帖の編纂目的、成立などの問題について検討を試みてみよう。

まず、本六帖の編纂目的については、幸いなことに、小川布淑の序文と編者の小沢蘆庵の跋文が存するので、それらを手掛りとして、この問題を考えてみよう。

まず、小川布淑の執筆になる序文を掲げると、次のごとくである。

千葉破かみの、はじめ給へるより、うつせみの世にある人のよみとよめりし哥に、題といふことのなくてやは。しかあれど、ならのはの何おふ宮のころほひまでは、見るにつけ聞につけて、うれしともうしとも思ふ心の、やがて題なめれば、さるかど〳〵しき名もあらざりけり。

大八洲にうまるゝ人の、みくにぶりの歌よまんに、ならふべきことわりをながめれば、歌書といふがありとも聞えざりしを、萬えふしふあらはれてより、延喜、天暦の朝廷にいたりて、しき嶋のやまとみことの道、さく花のにほふがごとく盛になりにければ、上中下にもてあそばれしあまりとも有べし。かうもあるべからんことゞもを、あらましにさだめて、だいともせられけるなるべし。

代うつりては、花をゝり、霍公鳥をまち、月にあくがれ、雪をわくる類ひの、けふ有べきを集めて、百千のだいさへ出くるやうには成にけむ。

かくなりての、ち〳〵は、題まうくるをむねともてはやして、見聞につけてよみいづるかたは、外ごとのやうに思へるは、かへりてひがごとにこそあめりけれ。

『古今六帖』は、くさ〴〵の題をあとよりたてゝ、何くれのうたを集ためれば、あつめし歌の、たてたる題にうときもみゆれど、ふるくよりだいかきなべたるはじめとすべし。

今は哥よまむずる便とさかしだちたる書の、文車になゝくるま、学窓をもふたぐばかりありければ、題かうがへよまんにともしからねど、あぐる歌の近世の躰がちなれば、いにしへ好むくせあるどちは、猶くちをしとひたぶるにかの『六帖』を、目なるゝものにはなしつ。

そも巻の数あれば、もてはやまるゝ折のおほかるを、いかゞはせん、とわびあへるに、いんさきかゝる物かいおけりと、たまくしげ二とぢにしつるを、わたつみのおきなの見せられけるなむ。旅行にも、たるべく、他席に披きみんもわづらはしからぬがうへに、『六帖』に歌のすくなきは、ことぶみよりとうで、、題ごとに五首を出されぬれば、詞林に分いるため、になきしをりとしきりにこひて、桜木にゑらするならし。

かくて思ふに、皇国ぶりの哥ならふ人々の、石上ふるきを本として、よみとよまんに、むらぎもの心たらひなるべかめれば、よそこほひのまゝに、ゆゑよしをのぶよしが、はしにかくもをこなりけりや。（小川布淑）

すなわち、小川布淑の序文の趣旨は大略、次のとおりだ。そもそも神代の昔より、人が詠じた歌に題がなくていいものだろうか、と序文の筆者は問題提起するものの、実際には、歌は「ならのはの名におふ宮」の頃までは、対象に接した際に生じる感動を直情的に表出する実詠歌であったという。それが『万葉集』が生まれ、醍醐天皇の『古今集』、村上天皇の『後撰集』が撰集されるに及び、和歌の道が隆盛して、身分の上中下を問わず和歌が愛好されはじめて、日常生活の次元を越えて、頭のなかに描きうる、いわゆる虚構の世界を「あらましにさだめ」た結果、「題」というものが創出されて、その後、院政期のころには「百千の題さへ出でくるやう」になった、と序文の筆者は、「題」の成立史に言及している。

そのような状況のなか、実詠歌に代わって主流をしめてきたのが題詠歌だが、序文の筆者・小川布淑はいみじくも、「古くより題書き並べたるはじめ」ての類題集として『古今六帖』の存在をアピールしているのだ。すなわち、時代は下って近世になると、題詠歌の手引き書も大量に出回って不自由はしないが、「あぐる（証）歌の近世の躰がちなれば」、「いにしへ（の歌を）好む癖あるどち」には、慣れ親しんだ『古今六帖』が最愛の参考文献だと推奨するのである。

ただし、『古今六帖』は巻数も多く、携帯には不便だと思案していると、師の小沢蘆庵翁から当該書を「二とぢにしつるを」披露され、それは『古今六帖』の主要部分を中心に、「『六帖』に歌の少なきは、異文より」抄出して、「題ごとに五首」を補訂した袖珍本であったので、これは「旅行にも持たるべく、他席に披き見むも煩はしからぬ」最適の類題集と判断して、版行に及んだというのだが、要するに、本書は「皇国ぶりの歌習ふ人々の」参考となるべき「古き（歌）を本として」提供される類題集だというわけだ。

ちなみに、小川布淑については、『日本人名大事典　1』（昭和五四・七復刻版第一刷、平凡社）の当該記事が有益と考慮されるので、次に引用しておこう。

オガワヘイリュー　小川萍流《をがはへいりう》（一七五六―一八二〇）徳川注記の国学者。宝暦六年生る。通称勇、初め布淑といひ、九々園と号し、のち薙髪して萍流といふ。和歌を小沢蘆庵に学び、その門下四天王の一人といはれた。文政三年二月二十七日没、年六十五。その著に『雅俗弁』がある。　（窪田）

ところで、この小川布淑の序文は、師の小沢蘆庵の跋文に依拠して執筆された内容と推察されるので、次に、当該跋文を掲載すれば、以下のとおりである。

『古今六帖』の哥はいとゆうなれど、作者よりはじめて、おぼつかなきことおほかれば、なべてはもてはやさぬなるべし。さるを、契沖あざり撰集、家集、本書、他本の異同をしるし、あやまれるをたゞし、おちたるを補ひ、又、『拾遺六帖』をあらはし判せられたるより、くらきにともし火を得たるがごとなれり。

されど、あまりにことしげゝれば、これをみつが一つにして、袖のうちの玉になさばやとて、題ごとに五首づゝかくに、題によりてむげに哥のすくなきもあれば、同じ題にてよめる、ちなみに、いと後のものなれど『新撰六帖』をもて書つく。それにもなきは、他本をもてより〳〵に補ふべし。いづれも〳〵よかめれど、おろかなるわが心に、ことわりのたゞしく、詞のきこえやすきをとりいづ。

もとより我めひとつにみん物なれば、とまれかくまれとて、いにし安永といひしとしの初つかたかきおいたるを、此ごろ、同志の人のせちにこふに、いなみがたく、再校して梓にのするは、かた〳〵にかきやる筆の労をたすけんとなり。老耄のあやまり定ておほかるべし。みん人その心したまへ。

寛政七年仲冬廿日　　　　　洛東図南亭において、小沢蘆庵しるす。

さて、この跋文の趣旨は、次のとおり。すなわち、小沢蘆庵は『古今六帖』の歌は優雅ですばらしい詠作が多いが、詠歌作者をはじめとして不分明な点が少なくないので、総じてそれほど評判を得ていないのであろう。しかしながら、契沖阿闍梨が他出文献との本文異同や、誤謬の訂正、遺漏の補正をする一方、『拾遺六帖』を刊行して、それにコメントを付すなど、『古今六帖』について内容面での整備を行なったのは有益であった。

だが、それらはあまりに煩瑣な内容であったために、内容を三分の一程度に圧縮したうえ、例歌（証歌）も原則、五首と定めたが、題によって不足の場合は、『新撰六帖』やその他によって補遺した。これらの編纂作業はほぼ満足のゆくものであったが、要するに、蘆庵は自己の尺度——内容が表現構想のうえで道理にかない、表現も読み手に理解しやすい措辞であること——に従って、本六帖を編纂したというのだ。

換言すれば、本六帖の編纂は、ひとえに蘆庵自身にとってのみ必要な「六帖題」の類題集であったために、安永年間（一七七二〜八一）のはじめのころ、当該書を編纂したまま放置していたが、近時、「同志の人のせちに請ふに否みがたく」て、再校して、寛政七年（一七九五）十一月、跋文を付し、同八年正月、小川布淑の序文を添えて、上梓したのが、寛政九年六月であった、という成立の経緯をもつのである。

以上、小川布淑の記した序文と小沢蘆庵の手になる跋文を掲載したが、両者の関係は、すでに明らかなように、蘆庵の跋文に基づいて布淑の序文が執筆されているという関係にある。この両者の記述を総合して、改めて本六帖の編纂目的と成立の問題を整理しておくと、次のごとくなろうか。

まず、近世中期ごろ、詠作の手引きとなりうる例歌（証歌）を想定したとき、候補にのぼるのが、古代の趣があって、優雅な詠作を集成している『古今六帖』ではないかと考えられたが、『古今六帖』そのものは題も例歌（証歌）も大量すぎて、身近な簡便で携帯自由な手引き書としては少々、不都合であろう。と、布淑が思案に余っているとき、師の蘆庵から原著を三分の一程度に圧縮して、他本で増補した内容の二冊本を提示されて、それこそ「二無き栞と頼りに（蘆庵に）請ひて」、上梓して、江湖に提供したのが本六帖である、という次第である。

要するに、本六帖の編纂目的は、「皇国ぶりの歌習ふ人々の」、「詞林に分（け）入るため」に参考となるべき、形態的には携帯自由で、簡便な、内容的には『古今六帖』を中核とした、優雅で趣のある「古き（歌）を本として」編集された類題集の作成にあった、とほぼ規定できるのではあるまいか。

次に、本六帖の成立の問題については、先述のとおり、ひとえに蘆庵自身にとってのみ必要とされた「六帖題」の類題集を、蘆庵が安永年間（一七七二〜八一）のはじめのころ、編纂して草稿のまま放置していたが、その後、「同志の人のせちに請ふに否みがたく」て、蘆庵が再校して完成させた清書本に、寛政七年（一七九五）十一月、跋文を付したものに、同八年正月、小川布淑が序文を添えて体裁を整えた結果、本六帖が一書として成立したというわけだ。

そして、本六帖は寛政九年（一七九七）六月、京都の書肆、吉田四郎右衛門によって、上梓され、広く江湖に提供されたのであった。ちなみに、本六帖が天保十一年（一八四〇）初春、名称を『類題和歌六帖』と改めて、再版本として刊行されたことについては、すでに言及したとおりである。

最後に、本六帖の「六帖題」における位相に言及しておこう。ちなみに、「六帖題」を内容とする主要な書目を列挙するならば、おおよそ次のとおりである。

貞元元年（九七六）以後　古今六帖（編者未詳）
寛元二年（一二四四）以後　新撰六帖（衣笠家良編か）
建長元年（一二四九）十二月　現存和歌（編者未詳）
建長二年（一二五〇）九月　現存六帖（真観編か）
元禄四年（一六九一）二月　和歌拾遺六帖（契沖著）
安永元年（一七七二）頃　袖中和歌六帖（小沢蘆庵編）
天明元年（一七八一）　六帖題苑（林諸鳥編）
寛政三年（一七九一）刊　古今六帖題苑（契沖編）
寛政八年（一七九六）九月点　六帖題四十首点取（藤原千任・桑門雨岡・清水浜臣著）
文化三年（一八〇六）二月　古今六帖考證拾遺（吟狎園書写）
文政六年（一八二三）序　古今六帖記聞（度会秀俊注）
文政九年（一八二六）頃　六帖類句（岡本保孝編）
文政九年（一八二六）頃　新撰六帖攷（岡本保孝考証）
天保二年（一八三一）刊　古今和歌六帖標註（山本明清著）
天保（一八三〇～四三）頃　二六類句（岸本由豆流編）
天保（一八三〇～四三）頃　新撰六帖類標（岸本由豆流編）
天保十一年（一八四〇）　古今和歌六帖校本（伴直方再校）
天保十一年（一八四〇）刊　類題和歌六帖（小沢蘆庵編）

文化〜天保（一八〇四〜四三）頃　古今六帖類抄（編者不詳）
文化〜天保（一八〇四〜四三）頃　新撰六帖類語（編者不詳）
天保十三年（一八四二）以前　六帖題和歌（亜元著）
安政二年（一八五五）　六帖題詠（鬼島広蔭著）
安政三年（一八五六）以前　古今六帖頭字類題（足代弘訓編）
慶応二年（一八六六）以前　古今六帖類標（片岡寛光・黒川春村編）

すなわち、六帖題の嚆矢たる『古今六帖』が貞元元年から天元（九七六〜九八二）ごろ成立して以来、『枕草子』などに発想、素材面で影響を及ぼしたが、中世に至って、その後続として、寛元元年（一二四三）十一月から同二年（一二四四）六月ごろ、『新撰六帖』が、建長二年（一二五〇）九月、『現存六帖』が、さらに内容はともかく、正嘉二年（一二五六）から正元元年（一二五九）九月以前に、名称を模した『東撰和歌六帖』などが各々、陸続した後は、この系統の類題集は意外なことに、低迷を続けた模様である。

ところが、近世に入り、元禄四年（一六九一）二月、契沖が『古今六帖』の部類面の考証、『新古今集』以降の勅撰集や諸歌集との重出歌の検討などを行なった、『和歌拾遺六帖』を著したあたりから、『古今六帖』への関心が再興した結果、その契沖の成果に基づいた本六帖が、安永元年（一七七二）ごろ、小沢蘆庵によって成立し、寛政九年（一七九七）六月、刊行されたのであった。本六帖は天保十一年（一八四〇）初春にも再版されたが、『古今六帖』を中核に、『新撰六帖』その他の歌書を補遺とした、「六帖題」の類題集としては、嚆矢と位置づけられる書目であった。

ところで、寛政八年（一七九六）九月に成立の『六帖題四十首点取』は、藤原千任・桑門雨岡・清水浜臣らの『古今六帖』題による詠作であったが、この系列下に位置づけられるのは、わずかに天保十三年（一八四二）以前に成立の亜元の『六帖題和歌』と、安政二年（一八五五）に成立の鬼島広蔭の『六帖題詠』くらいに過ぎなかったのだ。

一方、天明元年（一七八一）、林諸鳥編『六帖題苑』が『古今六帖』歌を厳撰した再編本を上梓するに及び、寛政三年（一七九一）、契沖編『古今六帖題苑』が刊行され、文政九年（一八二六）頃、岡本保孝編『六帖類句』が、天保（一八三〇〜四三）ごろ、岸本由豆流編『二六類句』（『新撰六帖』を含む）、同『新撰六帖類標』が、文化〜天保（一八〇四〜四三）頃、編者不詳の『古今六帖類抄』『新撰六帖類語』が、安政三年（一八五六）以前に、足代弘訓編『古今六帖頭字部類』が、慶応二年（一八六六）以前に、片岡寛光・黒川春村編『古今六帖類標』が各々、成立して、編集面で活況を呈する現象と拮抗して、文化三年（一八〇六）二月、契沖の考証本を吟狎園が書写した『古今六帖考証拾遺』が、文政六年（一八二三）の序をもつ、渡会秀俊が『古今六帖』に注を付した『古今六帖紀聞』が、文政九年（一八二六）ごろ、『古今六帖』の題の異同、措辞の注解などについて、清水浜臣・村上真澄・植村正路らが検討したものに、岡本保孝が考察を加えた『新撰六帖攷』が、天保二年（一八三一）、山本明清が『古今六帖』に諸種の視点から標註を付した『古今和歌六帖標註』が、天保十一年（一八四〇）、契沖の再校本に山岡明阿、賀茂真淵らが一校したものに、伴直方が再校を加えた『古今和歌六帖校本』が各々、成立ないし刊行されて、考証を中心とする研究活動も目立ってくるのであった。

これを要するに、本六帖は「六帖題」の成立史のなかでは、『古今六帖』『新撰六帖』その他の諸資料からなる類題集としては、嚆矢たる位相にあると評することができ、その点、本六帖の存在価値はけっして低くないと認められるであろう。

六　まとめ

以上、小沢蘆庵編『袖中和歌六帖』の成立の問題について、種々様々な視点から基礎的な考察を進めてきたが、ここで本節で検討した結果得られた諸点を、箇条書きにして摘記するならば、おおよそ次のとおりである。

（一）小沢蘆庵編『袖中和歌六帖』の伝本は、寛政九年（一七九七）刊行の版本が、東北大学狩野文庫などに伝存するが、本節では、宇部市立図書館新井文庫蔵のそれに依拠して、考察を進めた。

（二）本六帖は総歌数二千六百九十二首を収載するが、それらは第一帖・五百首、第二帖・四百二十三首、第三帖・三百首、第四帖・百五首、第五帖・五百九十首、第六帖・七百七十四首に細分される。

（三）本六帖に収載される総歌題数は、五百五十題に及ぶが、それらは第一帖・百題、第二帖・八十五題、第三帖・六十題、第四帖・二十一題・第五帖・百十八題、第六帖・百六十六題に細分される。ちなみに、「おほゐ草」「しりくさ」「ねつら《こ》草」の三題以外の四百四十七題は、『古今六帖』『新撰六帖』のいずれかに収載される題である。

（四）本六帖の例歌（証歌）の出典（撰集資料）は、全歌を調査するに、『古今六帖』千七百四首、『新撰六帖』九百七十一首、その他十七首のとおりである。

（五）本六帖の詠歌作者のうち、『古今六帖』からのベスト・テンは、紀貫之（一六一首）・伊勢（五四首）・凡河内躬恒（四三首）・柿本人麿（四一首）・大伴家持（三二首）・素性（二一首）・壬生忠峯（一七首）・在原業平・紀友則（一三首）・遍昭・清原深養父（一〇首）のとおり。また、『新撰六帖』からでは、藤原光俊（二二七首）・六条知家（二二五首）・衣笠家良（一九八首）・藤原為家（一六一首）・藤原信実（一六〇首）のとおり。また、その他からでは、読人不知（五首、なお『柿本人麿歌集』に一首入る）・伊勢（二首）・壬生忠峯・藤原元真・藤原清輔・花園左大臣家小大進・顕昭・徳大寺公継・藤原良経・藤原定家・藤原基家（一首）のとおりである。

（六）編纂目的は、序文の小川布淑と跋文の小沢蘆庵を総合するに、「皇国ぶりの歌習ふ人々の」、「詞林に分（け）入るため」に参考となるべき、形態的には携帯自由で、簡便な、内容的には『古今六帖』を中核とした、優雅で趣のある「古き（歌）を本として」編集された類題集の作成にあった、と要約できようか。なお、編者については、跋文から、小沢蘆庵を想定できる。

（七）成立については、ひとえに蘆庵自身にとってのみ必要とされた「六帖題」の類題集を、蘆庵が安永年間（一七七二〜八一）のはじめころ、編纂して草稿のまま放置していたものを、「同志の人のせちに請ふに否みがたく」て、蘆庵が再校して完成させた清書本に、寛政七年（一七九五）十一月、跋文を付し、同八月正月、小川布淑が序文を添えて成った。

（八）版行については、寛政九年（一七九七）六月、京都の書肆、吉田四郎右衛門によって上梓されたが、続いて、天保十一年（一八四〇）初春、名称を『類題和歌六帖』と改めて、再版本として刊行された。

（九）本六帖の位相については、「六帖題」の成立史において、『古今六帖』『新撰六帖』その他の諸資料からなる類題集としては、嚆矢たる位相にあると評することができようか。

第二節　染心斎編『物名和歌私抄』の成立

一　はじめに

筆者は近時、古典和歌を例歌（証歌）として収載する、近世期に成立した類題和歌集の研究を進めているが、その近世期に成立した類題集たるや種々様々で、一口で言えば百花繚乱の様相を呈していると概観しえようか。そのような多彩を極める近世類題集のなかで、筆者はこれまで多種多様な類題集の基礎的考察を手掛けてきたが、今回検討対象として俎上に載せたのは、これまで考察してきた類題集とは多少、趣を異にする種類のものである。

それは『物名和歌私抄』なる類題集で、収載歌が古典和歌を主要な出典源としながらも近世中期ごろまでに及んでいる点と、「隠し題」とは称されながら純正な類題集とは少々趣を異にする点の、両側面を有しているからである。

ところで、「物名歌」とは、和歌の詠法による分類上の呼称で、「ぶつめいか」とも「もののなのうた」とも言われるが、歌の意味内容とは無関係に歌中に事物の名を隠して詠み込む点で、「隠し題」の歌とも称される。ちなみに、物名歌の起源は『万葉集』巻十六の長意吉麻呂の八首（三八四七～五四）とされるが、そこでは事物の名が即興的にじかに詠み込まれるのみで、いわゆる名称が明らかな「顕題」の詠歌となっている。ところが、『古今集』では、宮廷において機智的な和歌が社交の具として好んで詠まれるようになって、「物名」の部立が設けられ、物名の属性である遊戯性、技巧性が尊ばれるに至る。それ以降、『拾遺集』『千載集』『新勅撰集』『続千載集』『新千載集』『新拾遺集』『新続古今集』などでは、「物名」「雑躰」「雑歌」などの部立に物名歌が一括して収載されているが、物名歌の流行は三代集の頃までで、その後は特異な歌体として注目されるに留まるのだ。ちなみに、藤原輔相は物名歌の第一人者で、その私家集『藤六集』には数多の物名歌が収録されている。なお、物名歌に詠み込まれる事物名に言及すれば、動植物名・地名・十干十二支名・方位名など多種多様に及ぶが、折句や沓冠歌なども含めていう場合もある。

ちなみに、平井卓郎氏「物名歌とかぞえ歌」はこの方面の嚆矢たる論考であるが、山岸徳平氏「物名の歌と折句の歌」（『山岸徳平著作集Ⅱ』昭和四六・一一、有精堂）は、物名詩や折句などをとおして、日本文学と漢詩文との交渉に言及した、壮大な比較文学的考察であり、曾田文雄氏「古今和歌集物名考」（『島大国文』第一号、昭和四五・五）は、『古今集』に絞って「物名歌」を詳細に考察した具体論であるが、いずれも充実した内容となっており、有益な論考と評価されるであろう。

このように正統な類題集からみたとき、『物名和歌私抄』が類題集の要素を完備した純正なそれとは必ずしも言えまいが、「物名歌」のみを内容とする類題集の側面をもつ歌集としては、宝暦十一年（一七六一）刊の『物名歌』（源泰貞著）の後に続き、本抄刊行後は『大小歌註』（写本一巻、小中村清矩著）などが見出される程度であるので、以下には本抄を対象にして、成立面から基礎的な考察を種々加え、いくつかの具体的事実も掘り起こすことができたので、詳細に論述しておこうと思う。

二　書誌的概要

さて、本抄の研究史をたどると、福井久蔵氏『大日本歌書綜覧　中巻』（昭和四九・五復刻版、国書刊行会）に、

物名和歌私抄　写一巻　染心斎／古へ今の物名の歌を、いろは順によりて引くやうに集む。中に風習斎長因の歌をも入れたり。文化元年に成る。

の記事を見出しうるのと、『和歌大辞典』（昭和六一・三、明治書院）に、

物名和歌私抄ぶつめいわかせう（もののなわかしせう）《江戸期類題集》染心斎編。文化二［1805］年刊。物名をよみ込んだ歌を集め、イロハ順に編集したもの。さらに十干、十二支、方角、国の名、物名（国・木・草・鳥・魚・貝・虫・獣名など）をつけ加える。歌には出典を明記し、カムリ・クツなど頭注を施す。（片岡智子）

のごとき記述を見出すことができる程度で、これらの記事が本抄の概略紹介に果たす意義は少なくなかったが、そのような研究状況のなかで、国文学研究資料館初雁文庫蔵本を底本にした、伊藤一男氏「『物名和歌私抄』翻刻」（『東京学芸大学紀要　第二部門　人文科学』第四十集、平成一・二）が公表されたのは、きわめて有益であった。ただし、この報告は論題から明らかなように、本抄の翻刻を主眼にしたもので、その内容には深く踏み込んではおらず、その具体的な内実などへの本質的な追究は今後の検討課題と言わねばならないであろう。

さて、『物名和歌私抄』の伝本については、『私撰集伝本書目』（昭和五〇・一一、明治書院）によると、版本で伝存するものが唯一のものである。すなわち、初雁・無窮会神習文庫・刈谷市村上文庫・岡山清心女大黒川文庫・神作研一氏などに伝存する文化二年刊行本と、慶大・静嘉堂松井文庫などに伝存する刊年不明の版本の二種類に分類されるが、

本節では刈谷市中央図書館蔵の版本を考察対象に選定した。なお、筆者は該本については未見であるので、国文学研究資料館蔵のマイクロ・フィルム（30—336／3、C5700）によって紹介すれば、おおよそ次のとおりである。

所蔵者　刈谷市中央図書館　蔵（2518／1／3甲五）
編著者　染心斎
体　裁　中本（縦一九・〇センチメートル、横一一・二センチメートル）　一冊　版本　袋綴じ
題　簽　物名和歌私抄
内　題　物名和歌私抄
匡　郭　単郭（縦一八・〇センチメートル、横一〇・七センチメートル）
各半葉　本文十二行（和歌一首一行書き）　跋文九行書き　その他六行書き
総丁数　四十九丁（和歌本文四十七丁、跋文その他二丁）
総歌数　五百七十七首
柱　刻　なし
序　なし
跋　染心斎（文化元年八月）
刊記類　石巌（文化二年三月）

以上から、本抄が「物名」歌五百七十七首を集成した小規模の準類題集と知られようが、本抄は以下の記述から明らかなように、五百七十七首の物名歌を、いろは順に整理分類している点に特色が認められると言えようか。

三　「物名」の具体的内容

それでは、本抄はいかなる体裁のもとに「物名」の歌を分類しているであろうか。まずは本抄の巻頭の一部を提示して、その版面構成を見てみよう。

物名和歌私抄

い

古今　　かねみのおほきみ

いかゞさき　かちにあたる浪の雫を春なればいかゞ咲散花と見ざらん　（一）

続後拾　　いづみ式部

我はたゞ風にのみこそまかせつれいかゞさき〳〵人はまちける　（二）

拾遺　　藤原すけみ

いはやなぎ　旅のいはやなき床にも寝られけり草の枕に露は置共　（三）

カムリ　新千　　新陽明門院兵衛佐

今はたゞ花の跡なき山かぜに何ぞは雲の消のこるらん　（四）

この例示によって明らかなように、本抄はまず冒頭に「物名和歌私抄」なる内題を掲げ、改行して「い」の項目を大きく立て、さらに改行して「い」に関わる「いかゞさき」なる物名を上段に示し、次にその典拠（出典）を中段に掲げ、その同じ行に少し間隔を置いて詠歌作者名を掲げるが、この出典と作者注記は「物名」の提示の前行に掲げられている。そして「物名」の表示と同じ行の下段に例歌（証歌）を示し、要するに、一項目に、二行を費やして、三段構成の形式を採っている。なお、折句、沓冠歌の場合には、匡郭外に「カムリ／クツ」なる表記で注記を施している。

本抄の版面構成は以上のとおりであるが、さきに述べたとおり、本抄は「物名」歌の類題集としては第二番めの作品に位置づけられるので、少々煩瑣ではあるが煩を厭わず、本抄が収載する「物名」のすべてを以下に掲げて、大方の参考に供したいと思う。ちなみに、「カムリ」は「カ」、「クツ」は「ク」と各々、略記した。

「い」　いかゞさき、いはやなぎ、いなみ野、いぬかひのみゆ、いかるがにげ、伊都・那賀・名草・海都・有田・日高・牟楼、いひし日をたがふなよ（カ／ク）、石清水、家づくりたぐひなし（カ・ク）、いたち川（カ）　（一〇項）

「ろ」　なし

「は」　百和香、はる、はぎの花、はなかむし、はしばみ、蛤・にし・せ・いか・かざめ・みる、はしどの、はらか、はやぶさ、はみつ（マヽ）、はんぴ・したがさね、はなこ・あかつき・けい、はた・えだ、春立日、初むかし、はながつほ、花かつみ、はじとみ、はじ紅葉　（一九項）

「に」　にがたけ、にしきの衾、にはたゝき、如意輪観音（カ／ク）、くず・はかま・にしき・かば（カ／ク）、にし・にな・まて・みる・ばい　（六項）

「ほ」　ほとゝぎす、ほたる　（二項）

「へ」　へうのかは　（一項）

「と」　とち・ところ・たちばな、とりはゝき、とくさ・むくの葉、ときのふた、ときの郡、とらの皮のしりざや

「ち」　ちまき、ちゝこぐさ、ちやつき・ぼに、ちやぼに、ぢとまうす（カ）、ぢざうぼさ（カ）　（六項）

「り」　りうたんの花、りうたん、りうたう　（六項）

「ぬ」　なし　（三項）

「る」　なし

「を」　をがたまの木、女郎花（カ四首）、をばな、をがはのはし、をはりごめ、男・をんな、をみ衣、小野月待　（八項）

「わ」　わらひ、わかくり、渡す集（カ）　（三項）

「か」　かにはざくら、からもゝの花、からはぎ、かはな草、かはたけ、からこと、辛崎、かみや川、かつらの宮、かきつばた、かいつばた、かた野、かにひ、かにひの花、かやぐき、かの皮のむかばき、かるかや、かさぎの岩や、からかみのかたき、かきのから、かゝげの箱、かしはで、からにしき、からすがひ、からかうし、かはら硯、からす、霞・柳・桜、からむしろ、からくら、かゞり火、かりやす草、かつまたのみゆ、からくだ物、かまつぼ草、からはし、かへでの山、かげぶち、かすげ、川も、かさね硯、雁・鹿・もみぢ、からすみ、かちはみぎ、かけひの水、かにはざくら・こざくら、からすぎ・さで、春日山　（四八項）

「よ」　よどがは、夜きじ鳴、よふけ月かたぶきぬ（カ／ク）、よねたまへぜにもほし（カ／ク）、よねはなしぜにすこし（カ／ク）　（五項）

「た」　たちばな、たなばた、たきどの、たくみどり、たちの帯とりかは、たかはかり、たかゞみね（カ）、たてじとみ、玉椿（カ三首）、たゞすこし（カ）　（一〇項）

「れ」なし
「そ」そやし豆、初祖菩提達磨大師、そばきり　（三項）
「つ」つゝのみたけ、つぐみ、つばくらめ、つゝみやき、月のきぬ、つくば山、月・すゞむし・紅葉、つくぐし、つるふぢ　（九項）
「ね」ねりがき、ねずみ、子日のまつ　（三項）
「な」なし・なつめ・くるみ、なとりの郡、なとりのみゆ、ながむしろ、なもあみだ（カ）、なむあみだ（カ）、なむしやか（カ）、なでしこの花、なのりそ、などやひさしくとはぬ（カ二首／ク）、なが根まつ、南無阿弥陀仏　（一二項）
「ら」らに、らふそく　（二項）
「む」むろの木、むなぐるま、むらさきのけさ、梅・さくら　（四項）
「う」うぐひす、うつせみ、うめ、宇治山、うるかいり、牛しばし（カ）、牛はかす（カ）、うへとの浜、うちふたつたてまつる（カ／ク）、うづまさ　（一〇項）
「ゐ」なし
「の」なし
「お」おきび、おしあゆ、おなじほど、おほみ、おほみ川　（五項）
「く」くたに、くるす野、くゝたち、くり葉色のをしき、くまのくら、くつは虫（カ二首）、栗・梯なつめ・まがり、栗・椎・もちひ、くるみ、孔子影（カ）、くれのおも、くつ・したうつ・まり、くわんおん（カ）、くら・鐙・鞭・たづな　（一四項）

「や」やまがきの木、やまし、やまと、山がらめ、やまとごと・かぐら、やをとめ、柳、やくし仏、やまのこほり、やかた舟（カ）、やそうぢ川（カ）、山たち花　（一二項）

「ま」まつたけ、まつ虫、まがり、まきのやたて、まくら・莚、松茸・梯・椿・柚、まくら、窓の灯　（八項）

「け」けにごし　（一項）

「ふ」ふりつゞみ、ふぢばかまをみなへし（カ／ク）、ふぢばかま（二首カ）、ふげんぼさ（カ）、ふた本の杉　（五項）

「こ」紅梅、こにやく、こいたじき（二首カ）、こいたじきときのふだ（カ三首／ク）、木の島のみ社、こひしさはたれもさぞ（カ／ク）、小屏風硯箱（カ／ク）、こしがたな、ごえふ、このちや屋たぐひなし（カ／ク）、こしばがき、五条ゐのくま、こまむかへ（カ）、小高ほし（カ）、琴しばしかきたまへ（カ／ク）　（一五項）

「え」なし

「て」てうし・ひさげ　（一項）

「あ」あふひかづら、あしかなく、あさがほ、あらふねのみやしろ、あやめ草（カ）、あかりしやうじ、あしぶち、あを、あまつゝみ、ありどほし　（一〇項）

「さ」さがりごけ、さゝ・松・ひば・ばせを葉、さうび、さるとりの花、さけかゞみ、さはこのみゆ、さはやけ、さくら、さくなむさ、さみだれ、榊・みてぐら、さしぐし・ひかげ、ざくろ、さつきやみ（カ）、さびがは、さほかけ、さにえ・さく・すゞ、小男鹿、桜・松・檜・杉・つゝじ・櫨・柳　（一九項）

「き」きちかうの花、きじのをどり、きさのきの箱、きちかう、きりぐ〵す、きんのこと、きよみがたふじの山（カ／ク）、きさの木、きみをひさしくまもれ（カ／ク）、きじ、きりの湊、菊・もみぢ、紀友則　（一三項）

「ゆ」　ゆふがほ、ゆふかみ、ゆるぎの橋　（三項）
「め」　めど　（一項）
「み」　みづのみ、みす・たゝみ、み山つぐみ、みつながしは、みなせ川、みぎはまけ（カ）、みろく仏（カ）　（七項）
「し」　しをに、しのぶ草、しもつけ、したぐら、したゞみ、白ふの鷹、志賀の浦、しとみ、しやうこ、しもつけの花、しきりはの矢、四十九日、十三夜（カ）、しらに、したにの木、四王寺山、しやう・笛・ひちりき・琴・びは、しき皮・たゝみ、やたがらすしまのかも（カ／ク）、じゆしけさ（カ）、四条なはて、しも河原　（二二項）
「ゑ」　なし
「ひ」　ひともと菊、ひぐらし、ひぼしのあゆ、ひばち、ひだりまきのふぢふち・桐火桶・みづからの名、ひえの宮（カ）、ひじき藻、ひらの山、ひえの山、ひと日めぐり、ひと夜めぐり、ひしかり野、ひたゝれ・はかま、ひゞつ・すみとり、ひし・さいか・しか・くし・しろ　（一五項）
「も」　もゝ、もどりばし、もみぢ葉を（カ）、もんずしり（カ）　（四項）
「せ」　なし
「す」　すもゝの花、すみながし（カ一首）、すはうごけ、すだれがは、すだれかけ、すゞめ、すみれ、すぎをしき、すゞ虫、すゞめかひ　（一〇項）
「十干」　きのえ、きのと、ひのと、つちのえ、つちのと、かのえ、かのと、みづのえ、みづのと、きのえね、かのえさる、かのえ寅　（一二項）

「十二支」　子・丑・寅・卯・辰・巳、午・未・申・酉・戌・亥、子・丑・寅・卯・辰・巳　（三項）
「方角」　東、辰巳、南、未申、酉、戌亥、北、丑寅　（八項）
「国之名」　やましろ、やまと、かうち、いづみ、つのくに、いが、いせ、しま、をはり、みかは、とほたあふみ、するが、いづ、かひ、さがみ、むさし、あは、かむつふさ、しもつふさ、ひたち、あふみ、みの、ひだ、しなの、かんつけ、しもつけ、むつ、いでは、わかさ、ゑちぜん、かゞ、のと、ゑちう、ゑちご、さど、たば《にイ》、たぢま、いなば、はゝ《(ママ)》き、いはみ、おき、いづも、はりま、みまさか、びぜ、びちう、ひご、あき、すはう、ながと、きい、あはぢ、あは、阿波国、さぬき、いよ、とさ、ちくぜ、ひぜ、ひご、ぶぜ、ぶご、ひうが、おほすみ、さつま、ゆき《(ママ)》、つしま　（六六項）
「物名十」　国名十、木名十、草名十、鳥名十、魚名十、貝名十、虫名十、獣名十　（八項）

以上から、本抄は、「ろ」「ぬ」「る」「れ」「ゐ」「の」「え」「ゑ」「せ」ではじまる物名の歌は掲載していないが、そのほかは総計四百四十四項目にわたって例歌を収載している。ちなみに、このなかには、「十干」「十二支」なども包含されているが、就中、「国之名」が六十六項目、「か」が四十八項目、「し」が二十二項目、「さ」「は」が十九項目、「ひ」が十五項目を各々、所載して目立っている実態が窺知されるであろう。

四　収載歌の原拠資料（出典）の問題

さて、本抄が物名歌五百七十七首を、四百四十四項目に分類、整理して掲載している実態については、すでに言及したが、それでは、それらの例歌（証歌）はいかなる出典（原拠資料）から採録されているのであろうか。この点の調

査を進めてみると、収載歌五百七十七首のうち、次の

1　青柳の糸とくるみのいかなれば花よりことにおとらざりけり（くるみ・返し、家集・二三二）
2　うき恋はちぢかにあまる錦木の立名ばかりや契なるらん（ひばち・静貞・三八九）

の1・2の詠歌については、目下、その出典を明確にしえないのと、肩注に「未考」を付して収載される、

3　吹かたの野べの千草はおほはなん花にさはれる風しうければ（かた野・共久・九八）
4　わけきつる夕の野辺に散かゝりまひなく匂ふ秋はぎの花（かゞり火・千世・一二四）
5　明がたきものと思し秋の夜も月ゆゑにこそをしむとをしれ（たきどの・吟・一五二）
6　くらぶ山くらきぞ名のみ秋の夜はいや照まさる月の光に（まくら・逸空・二五七）
7　月見ればげにこしかたのばれてほすかたもなき袖の上露（けにごし・言氏・二六一）
8　軒ばおほふ松の葉ごしかたれ曇り影うすく成月の曙（こしがたな・成昌・二七九）

の3〜8の六首についても出典不詳であるので、これらの都合八首を減じた五百六十九首について原拠資料（出典）を探索してみると、次頁の〈表1〉のごとくなる。

この〈表1〉をみると、さきに勅撰集では、『古今集』『拾遺集』『千載集』『新勅撰集』『続千載集』『新拾遺集』『新続古今集』などに、物名歌が独立して部立内に収載されている事実を紹介したが、それ以外に、『金葉集』と『玉葉集』にも物名歌が個別に収録されている実態が窺知されるようだ。また、私家集では、藤原輔相の『藤六集』が物名歌の宝庫である点に言及したが、平安時代の成立では、『人麻呂集』『素性集』『躬恒集』『伊勢集』『貫之集』『忠見集』『仲文集』『元真集』『源順集』『元輔集』『伊勢集』『檜垣嫗集』『恵慶集』『好忠集』などに、鎌倉時代では『拾遺愚草』『土御門院御集』『後鳥羽院御集』などに、南北朝時代では『兼好自撰家集』『続草庵集』などに、室町時代で

〈表1〉原拠資料（出典）一覧表

	集名	歌数
1	拾遺集	七六首
2	人麻呂集	六六首
3	古今集	四八首
4	好忠集	三〇首
5	続草庵集	三三首
6	続後拾遺集	二六首
7	新勅撰集	二四首
8	桂山集	二二首
9	躬恒集	一九首
10	恵慶集	一八首
11	続千載集	一七首
12	千載集	一三首
12	風習斎家集	一三首
14	新拾遺集	一一首
16	古今六帖	一〇首
16	土御門院御集	一〇首
16	新千載集	一〇首
16	雪玉集	一〇首
19	元真集	九首
19	新続古今集	九首
21	長瑗集	八首
22	奉納千首	七首
23	兼好自撰家集	六首
23	長雅集	六首
23	東蘭亭和歌集	六首
26	源　順	五首
26	檜垣嫗集	五首
26	後水尾院御集	五首
29	玉葉集	四首
29	懐中抄	四首
29	長孝集	四首
32	伊勢集	三首
32	重之集	三首
32	亜槐集	三首
35	伊勢物語	二首
35	元輔集	二首
35	黄葉集	二首
38	貫之集	一首
38	忠見集	一首
38	素性集	一首
38	大和物語	一首
38	金葉集	一首
38	仲文集	一首
38	後鳥羽院御集	一首
38	拾遺愚草	一首
38	長栄集	一首
38	さゆり葉	一首
合　計		五六九首

は『亜槐集』『雪玉集』などに、江戸時代では『黄葉集』『後水尾院御集』『長孝集』『長雅集』『長瑗集』『長栄集』『東蘭亭和歌集』『さゆり葉』『桂山集』などに各々、物名歌が収録されている実態が知られよう。また、類題集では『古今六帖』、歌学書では『懐中抄』、定数歌では『奉納千首』、歌物語では『伊勢物語』『大和物語』などに各々、物名歌が収載されていることが知られよう。

ちなみに、〈表1〉には、たとえば、次の

9　はつねの日つめる若菜のめづらしと野べの小松にならべ《て》とぞみる　（はる・千載・大僧正親厳・一五）

の9の詠歌の出典（原拠資料）を、本抄は「新勅撰集」と注記すべきなのに、「千載」して誤記したり、また、次の

10　別路はなごりもつきぬ暁の君が面かげいつかわすれん　（はなこ・あかつき・けい、草庵集・二八）

の10の詠の出典を「続草庵集」とすべきなのに、「草庵集」として誤記していたり（そのほかの三十二首にも同じ誤りを犯す）、また、次の

11　いでたてばうしろめたなくあるひとよめぐりにするゑて見るよしもがな　（ひと夜めぐり・兼輔集・三九九）

の11の例歌の原拠資料を「恵慶集」とすべきであったのに、「兼輔集」と誤注している（そのほかの十七首にも同様の間違いを犯している）点について、筆者が各々、正しく訂正して集計した賢しらを断っておきたいと思う。

なお、本抄の編者が何故に、このような誤謬を犯しているのかについては、『続草庵集』を『草庵集』とした誤記はともかく、現時点では説明がつかず、筆者の判断の範囲を越える問題である。

五　収載歌の詠歌作者の問題

ところで、本抄の収載歌五百七十七首の詠歌作者はどのような歌人であろうか。この点を明らかにするために、本抄に五首以上収録をみている歌人を整理、一覧したのが、次頁に掲げる〈表2〉である。

この〈表2〉によれば、本抄の収載歌の七十三・一パーセントが五首以上の例歌で占められている実態が窺知されるようだが、このうち、「読人不知」には出典未詳歌や『伊勢物語』収載歌など、詠作者の特定されないものすべてを含んでいる点を断っておきたい。

この〈表2〉によると、万葉歌人である柿本人麻呂（『人麻呂集』）の詠が圧倒的多数を占め、突出している事実が窺知されようが、この点は曾禰好忠、藤原輔相、恵慶、源重之などの『拾遺集』初出歌人たちの上位に、同集の最多収載歌人たる人麻呂が位置しているのは当然の実態と納得され、本抄の属性を際立たせているといえよう。次いで、頓阿や卜部兼好などの南北朝歌人が凡河内躬恒、紀貫之、壬生忠峯、伊勢、紀友則などの古今歌人と拮抗するなかで、川井立牧、風習斎長因、小西長瑗、高森正因（東蘭亭）、平間長雅、後水尾院などの近世歌人が健闘している実態が明

〈表2〉　五首以上の収載歌人一覧表

	作者	歌数
1	人麻呂	六六首
2	好忠	四〇首
2	読人不知	四〇首
4	輔相	三六首
5	頓阿	三一首
6	立牧	二三首
7	躬恒	二一首
8	恵慶	一八首
9	貫之	一八首
10	風習斎	一三首
11	俊頼	一二首
12	土御門院	一〇首
12	実隆	一〇首
14	元真	九首
15	長瑗	八首
16	忠峯	七首
16	伊勢	七首
16	俊成	七首
16	兼好	七首
16	正因	七首
21	友則	六首
21	重之	六首
21	長雅	六首
24	檜垣嫗	五首
24	実兼	五首
24	後水尾院	五首
合計		四二二首

らかになる。そして、このような収載状況のなかで、堀河院歌壇の領袖・源俊頼、後鳥羽院の第一皇子の土御門院、『後拾遺集』に初出の藤原元真、後鳥羽院歌壇において藤原良経・同定家・同家隆などの新古今時代を代表する幾多の歌人を排出させた藤原俊成、伏見院歌壇を支えた西園寺実兼などが陸続しているというのが、本抄の歌人の視点からみた属性と言えようか。

ちなみに、本抄に収載される四首以下の詠歌作者は、以下のとおりである。

〔四首収載歌人〕　為氏・国助・長孝・隆信　（四名）

〔三首収載歌人〕　雅親・元輔・後鳥羽院・慈円・滋春　（三名）

〔二首収載歌人〕　基俊・業平・光広・黒主・資平・実重・実泰・順・深養父・相如・定家・定頼・日向・敏行・頼政・和泉式部　（一六名）

〔一首収載歌人〕　伊勢大輔・一信・逸空・応奎・雅重・雅珍・覚助法親王・観意・紀乳母・基忠・共久・匡房・吟・具氏・堀河（待賢門院）・経覧・兼実・兼盛・兼盛の大君　兼覧王・顕輔・言氏・元知・元方・景式王・公義・公守・公任・公能・公雄・行能・広房・光兼・後宇多院・康秀・紫式部・滋蔭・実継・実定・守寿・俊忠・如覚・少匂・少将内侍・小大進（花園左大臣家）・真静・親厳・仁上・崇徳院・清行・清輔・静貞・成昌・

聖宝・性助法親王・千世・千里・仙慶・素性・草春・大弐三位・大輔（殷富門院）・知家・忠・仲実・仲文・長栄・忠見・長能・澄覚法親王・登蓮・冬平・道平・篤行・肥後（二条太皇太后宮）・祇園百合女・兵衛佐（新陽明門院）・兵衛・遍昭・弁君・輔時・名実・もろふむ（順集）・有慶・有仲・頼輔・利春・利貞・立然・良香

（九〇名）

ちなみに、本抄には、川井立牧・風習斎・小西長瑗・高森正因（東蘭亭）・平間長雅・望月長孝・水田長栄などの江戸時代の歌人の詠歌には、未紹介のものがほとんどであるので、以下にそれらの歌人の詠作を引用して、紹介しておきたいと思う。

なお、伊藤氏は、さきの翻刻で、「小西長瑗」の詠を「平間長雅」の詠としているが、誤りである。

『桂山集』（川井立牧〈宝永五年～明和三年、五十九歳〉）二十二首

12　なつかしきゆかりの花かつぼ菫妹が垣ねはある、物から　（はながつぼ・三二）

13　月影のにしになるまでみるほどに袖にはいたく露ぞ置ける　（にし・にな・まて・みる・ばい、四一）

14　から衣きてをすらなん露深き萩のにしきはたゞまくもをし　（かきつばた・九四）

15　頼まじと思ふ物から杉の戸をさゝでこよひもまちあかしつる　（からすぎ・さで、一四一）

16　風さむきすその、原にかりくれてやすらふ雪のましらふの鷹　（春日山・一四二）

17　高砂の松の秋風月ふけばはれて遠よる霧のうき波　（玉椿・一六〇）

18　たよりあらば絶ず宿とへすめる我心の松をしるべにはして　（たゞすこし・一六一）

19　鵙のなく軒のはゝそは霧こめて夕ぐれさびし岡の辺の宿　（そばきり・一六四）

20　なぞしばしとはで過行やがてもとひかへし袖はさてやくたしぬ　（などやひさしくとはぬ・一九〇）

21 やちよふるその玉椿契置て宿にかぞへむ尽ぬよはひを　（やそちや《マヽ》川・二四八）

22 ふる雨に散となけれど花の色は風より先にまだきうつろふ　（ふぢばかま・二六五）

23 こゝにありてたゞ心のみ通ぢのほどを隔てしのぶわびしさ　（小高ほし・二八五）

24 此暮としらせてこそはしるべきか来てぞ今はたまちつともいへ　（琴しばしかきたまへ・二八六）

25 しばしまもふくるぞをしきさしよりて昔かたらふ宿の月かげ　（十三夜・三七二）

26 舟さしてうなばてにまきのぼるかとみれば早瀬を下るかゞり火　（四条なはて・三八一）

27 かくばかりいとはれながら恋しさの我はなぞしもかはらざるらん　（しも河原・三八二）

28 暮行ど今一よりと箸鷹のえさかかた野にきほふ狩人　（かのえさる・四五六）

29 月夜などかくはさゆらんかならずと契し君がきてもみなくに　（木名十・五六〇）

30 朝風に吹なちらしそあはづのになまめきたてる花のすがたを　（草名十・五六三）

31 うかりつる身をししれどもよもすがらすぎしときのみかけて恋しき　（鳥名十・五六七）

32 いかにさはたびは物うき雨ふりていなのさゝ原ゆふ風ぞふく　（魚名十・五七二）

33 ひとりのみかへる朝風みにしみつ空にあふてふ月もしらみて　（虫名十・五七六）

『風習斎長因集』（本名・事蹟不詳）　十三首

34 夜もすがら照勝れども澄月は中つみそらのものにざりける　（花かつみ・三三）

35 もずの鳴山の岡べに色ふかき立枝ははじとみゆる成けり　（はじとみ・三四）

36 大空は霜みちぬらしはつせ山あけゆく鐘の音ぞ身にしむ　（はじ紅葉・三五）

37 夕立しふしみ岡のやはれて今はるかにひのは鳴神のおと　（かにひの花・一〇一）

38　いろくづを水にひたりてすくひなむ網たぶならば底ふかくとも　（南無阿弥陀仏・一九二）
39　旅衣しぼりぞあへぬ白波のうつまさご地にあゆみつかれて　（うづまき・二一一）
40　くらき夜にあふみのうね野過くれば子を思ふらむ近くたづなく　（くら・鐙・鞭・たづな、二三七）
41　はかなしやまだちはなさぬみどり子の末を千世ともかぞへける哉　（山たち花・二四九）
42　遠つ人松浦の沖にたゆたひてやまとの友し日々に恋らし　（窓の灯・二五八）
43　玉簾もりくる香にもあくがれてしたふ袂のすきかげにみゆ　（ふた本の杉・二六七）
44　有《ウ》や無《ム》やの心にとぢし関の戸も法の駒にはあけざらめやは　（紀友則・三三六）
45　のどかなるはる日に心ゆるすなよかのへとらへぬひまの駒也　（かのえ寅・四五七）
46　小車のうしなふ種とさとらずはうることのみに身をやつくさん　（すはう・五三四）

『長瑗家集』（小西長瑗〈元禄七年～延享三年、五十三歳〉）　八首

47　降そひし雪の朝やいかならん冬のはらつむかしはぎの杜　（初むかし・三一一）
48　軒の松たけのまがきに露おきつはぎ咲秋をいざ行てみむ　（松茸・梯・椿・柚、二五六）
49　山深く人はうきこときかずすめかひなく捨ぬ身を思ふにも　（すゞめかひ・四二〇）
50　しづけしな世のうきこともきかずすめかひある山の奥の下庵　（同・四二一）
51　いつのときいかゞとはれんあはれみの起居かひなき秋の山里　（国名十・五五三）
52　夕雲の河浪さむく立霧のしばしはかくすふじの芝山　（木名十・五五〇）
53　浪の花もすゞしかりけりなつみ川うつ木咲つる山かげの岸　（鳥名十・五六六）
54　たちこひし人はむかしの門ふりてまつほの薄秋ふかくちる　（魚名十・五七〇）

『東蘭亭集』（高森正因〈寛永十七年～享保三年、七十九歳〉）　七首

55　空とぢてゆふ霧深きふもとかはしばしいさよひてる月もみむ　（木名十・五五八）

56　あはぢがたみるめなきまで沖へ吹なみにあらしのかきくもるらん　（草名十・五六二）

57　おもひわびうかりしか又逢時はともに先だつなみだかなしき　（鳥名十・五六二）

58　こち吹ばもはらかへらむつきずこしあめもふりきぬいかに舟人　（魚名十・五六九）

59　あさりしゝみはいかゞみなみなと江にしほやかきほにみつまでぞみる　（貝名十・五七三）

60　花はちりくもはいろかにあり明のしらみあふてふひかりのみかは　（虫名十・五七五）

61　いねてうしはれざるくまをうらむまに月さししらむあなにくの夜や　（獣名十・五七七）

『長雅集』（平間長雅〈寛永十三年～宝永七年、七十五歳〉）　六首

62　及びなき身は下ながら中空に隔つる雲やしひてうらみん　（女郎花・七〇）

63　から錦岸ねにうつる月に猶萩のかげくむ玉川のみづ　（かきつばた・九二）

64　鐘の音も霧に夜深く月出てはるかにたどる竹の下道　（同・九三）

65　郭公けふこそなかね待心絶ずは声も絶じとぞおもふ　（なが根まつ・一九一）

66　くまもなき月におもへばはるかなるむかひの山の時雨ゝもうし　（くつは虫・二二七）

67　あふにとふゆふげまさしく下紐の思ひかけぬにとけて嬉しき　（さしぐし・ひかげ、三一三）

『長孝集』（望月長孝〈元和五年～延宝九年、六十三歳〉）　四首

68　たのしみもかくて幾世を重ぬらんみぎりは広きね山ながらに　（たかゞみね・一五六）

69　咲らんと待日は過ぬ恨つゝしばし残りて見ぬ花やなき　（桜・松・檜・杉・つゝじ・櫨・柳、三二〇）

70　あつさなき月も、りくるみ山木の陰にふしゐてしばしぬるてふ　（木名十・五五六）
71　かならずと契し君がきまさねばしひてまつよの更行はうし　（同・五五七）
『長栄集』（水田長栄〈生没年未詳、享保十五年生存確認〉）
72　沖波のか丶る夜いつもあきはみむ月いとさえしまつ島の浦　（国名十・五五四）

ちなみに、神作研一氏ご架蔵の『物名和歌私抄』は跋文を序文の位置に置くほか、『古今六帖』『栄華物語』『躬恒集』『隆信集』『元真集』『散木奇歌集』『山家集』『壬二集』『源平盛衰記』『夫木抄』などから、所蔵者が「物名」歌を蒐集して、墨・朱書で補足しているが、その事例についてはここでは省略する。

六　編纂目的と成立などの問題

以上、本抄の内容面における概略を具体的に論述してきたが、それでは、本抄の編纂目的はいかなるものであろうか。この点については、『物名和歌私抄』なる表題から、即座に本抄の編者による個人的な「物名」歌の類題和歌集と推察しえようが、本抄には幸い、編者の染心斎による跋文が巻末近くに掲げられているので、まずはそれを引用して、この問題の手掛りにしたいと思う。

おのれ事ありて故郷をはなれ、都にあそべるころ、もとの師・風習斎長因ぬしの歌集を梓にえりて、世にながくせんとす。

さて、今の師・東塢大人此集を一わたり見給て、「いづれもあれど、この師の歌は中にも、物名こそ殊さら巧ふかうして、世にことなれ」といはれし。さらば世に物名をものしたる書もをさ〳〵見えざめれば、き丶わたりたる昔今の其歌どもをあつめて、その片へに師の歌をも三・四くはへ侍りて、伊・呂・波の仮名にて目じるしとし、やがて『物名和歌私抄』と名づくけり《ママ》。そこばくの歌をば、なほつきてものし侍らんかし。

文化元甲子／秋八月　　　　　　　　　　　　　　　　　　　　　　　　　／染心斎　花押

さて、この跋文の趣意は、次のとおりである。すなわち、目下、事蹟など一切不詳である、編者の染心斎がある事情で「故郷をはなれ、都にあそべるころ」、これも事蹟など不詳の先師・風習斎長因の家集を編纂して世に流布させようと試みたが、それを偶々、現在の師匠・香川景樹（東塢）があらあら通読して、この集のなかでは「物名」歌にみどころがある、と評定された。そこで当今、「物名」歌のみの撰集は世間にほとんど流布していない状況なので、染心斎は「昔今」の「物名」歌を鋭意蒐集し、それに師の風習斎の詠作もいくらか付加して、利用者の利便性を勘案した類題集を、いろは順に構成、編纂して『物名和歌私抄』と命名したというのだ。

ちなみに、「風習斎長因」の「長因」なる人物には、承徳二年（一七一二）に生誕し、安永七年（一七七八）に六十七歳で没した、有賀長因なる長伯の子息がいるが、この人物は、現師・香川景樹（東塢）の生存中（明和五年〈一七六八〉～天保十四年〈一八四三〉）の文化元年（一八〇四）に上記の跋文を草している点からみて、時系列のうえでは、染心斎なる人物の「もとの師」としての可能性は否定できまい。ただし、この人物（名は泰通）の号には、「長因」のほか「長川」「有隣」「敬義斎」などが確認されているのみで、この点から、両者は別人と考慮するのが妥当であろう。

ところで、本抄には、もう一箇所成立の問題に示唆を与える、漢文で記された刊記に準じる記述が認められるので、この記事を、本間洋一氏の助力を得て、次に訓読して引用しておこう。

篠文人、嘗て手づから物名歌を鈔す。継いで東西に浪迹す。別れに臨みて、厳に稿本を附して云ふ。前人未だ斯の挙有らず、子其れ予が功を虚しうする勿れ、と。厳、固より歌を識る者の非ざるも、但だ其の託を重んずる也。梓して蔵すと云ふ。

文化乙丑三月　　　　　　　　　　　　　　　　　　　　　／石巌識印

ここには、本抄が上梓されるに至る経緯が具体的に記されているが、さきの跋文と関係させながら、この刊記まがいの内容を要約すれば、「嘗て手づから物名歌を鈔」した「篠文人」なる人物が、「石巌」なるこの文章の書き手に、その「稿本」を託して、「拙稿は『物名歌』を集めた撰集として前人未踏のものと自負しているので、『予が功を虚しうする勿れ』」と、懇願して「東西に浪迹」してしまった。したがって、「石巌」は「其（篠文人）の託を重ん」じて、このたび、その「稿本」を上梓して、手許に蔵している、という趣旨である。

ちなみに、跋文との関連でいえば、「篠文人」なる人物が「染心斎」に相当することは疑いえまいが、「石巌」なる人物については、香川景樹に関連のある人物であろうことは、容易に想像はつくが、現時点で具体的な固有名詞を特定することができないのが残念である。

ここで本抄の編纂目的と成立の問題に改めて言及するならば、本抄は染心斎（篠文人）なる人物が、先師・風習斎長因の家集を、世に流布させようと企図して編纂したが、偶々、それを現師・香川景樹が通読して、「物名」歌に見所があると評定されたために、染心斎は師の示唆によって考慮するに、なるほど当今、「物名」歌の撰集は見出しえないので、急遽、「昔今」の「物名」歌のみの例歌（証歌）を蒐集したうえ、師の風習斎長因の「物名」歌も添加、集成したが、その際、利用者の便益も考慮して編纂したのが、いろは順で構成された『物名和歌私抄』なるで類題集であった、というわけだ。

なお、そのような経緯で本抄が成立したのが、文化元年（一八〇四）八月であり、それが版本として刊行されたのが、翌年の文化二年（一八〇五）三月であったというわけである。

ちなみに、本抄を編纂したのが、染心斎（篠文人）であり、それを出版（上梓）したのが、石巌であったが、ともに両人の事蹟は現時点では不詳である。

また、本抄の近世類題集史における位相については、冒頭で言及したように、「物名」歌の類題集としては、宝暦十一年（一七六一）刊行の『物名歌』（源泰貞著）の後に位置づけられ、本抄の刊行後には、写本として小中村清矩著『大小歌註』が見出される程度で、概して「物名」歌の類題集は近世には流行しなかった模様であるが、『大日本歌書綜覧　中巻』には、「詠物」に関する歌集が『人名和歌抄』（清水浜臣編）以下十二編掲載されており、この方面の和歌活動が必ずしも、低迷してはいなかったようだ。

七　まとめ

以上、『物名和歌私抄』について、種々様々な視点から基礎的考察を加えてきたが、ここでこれまでの検討をとおして得られた結果を摘記して、本節の現時点における結論にしたいと思う。

（一）『物名和歌私抄』の伝本には、刈谷市中央図書館などに伝存する文化二年（一八〇五）刊行本と、静嘉堂文庫などに伝存する刊年不明本の二種類の版本が存するが、本節では前者の刈谷市中央図書館蔵のそれを採用した。

（二）本抄は総丁数四十九丁（和歌本文四十七丁、跋文など二丁）を数え、総歌数五百七十七首の小規模の類題集である。

（三）本抄は「物名」歌をいろは順に構成、編集している。そのうち、「ろ」「ぬ」「る」「れ」「ゐ」「の」「え」

「ゑ」「せ」で始まる該当歌は収載しないが、それ以外は総数四百四十四項目にわたって例歌（証歌）を付し、なかに「十干」「十二支」なども含むなか、「国之名」が六十六項目、「か」が四十八項目、「し」が二十二項目、「さ」「は」が十九項目、「ひ」が十五項目を各々、所載して目立っている。

（四）例歌（証歌）の原拠資料（出典）のうち、十首以上収載する作品は、『拾遺集』（七六首）『人麻呂集』（六六首）『古今集』（四八首）『曽丹集（好忠集）』（三九首）『続草庵集』（三三首）『続後拾遺集』（二六首）『新勅撰集』（二四首）『桂山集』（二三首）『躬恒集』（一九首）『恵慶集』（一八首）『続千載集』・『風習斎家集』（一三首）『新拾遺集』（一一首）『古今六帖』・『新千載集』・『土御門院御集』・『雪玉集』（一〇首）のとおりである。

（五）本抄に十首以上収載される詠歌作者は、柿本人麻呂（六六首）、曾禰好忠・読人不知（四〇首）、藤原輔相（三六首）、頓阿（三一首）、川井立牧（二三首）、凡河内躬恒（二一首）、恵慶（一八首）、紀貫之（一八首）、風習斎長因（一三首）、源俊頼（一二首）、土御門院・三条西実隆（一〇首）のとおりである。

（六）本抄に収載される近世中期ごろの歌人である、川井立牧・風習斎長因・小西長瑗・高森正因・平間長雅・望月長孝・水田長栄の未紹介の詠歌を翻刻した。

（七）本抄の編纂目的は、染心斎（篠文人）なる人物が、先師・風習斎長因の家集を世に流布させようと企図して編纂したものを、現師・香川景樹の「物名」歌に見所があるとの示唆を得て、手許の「昔今」の「物名」歌のみの例歌（証歌）を蒐集し、師の風習斎長因の「物名」歌も添加、集成して成ったという経緯に窺知されよう。

（八）本抄の刊行に携わったのが「石巌」なる人物だが、この人物の素性など一切不詳である。

（九）本抄の成立は、跋文から、文化元年（一八〇四）八月、版本として上梓されたのが、刊記まがいの記述から、翌年の文化二年（一八〇五）三月であったと各々、認定される。

（十）本抄の近世類題集史における位相については、「物名」歌の類題集としては、宝暦十一年（一七六一）刊行の『物名歌』（源泰貞著）の後に位置づけられ、本抄の刊行後には、写本として小中村清矩著『大小歌註』が見出される程度である。

終章結語

以上、古典和歌を撰集資料にして近世期に成立した、多彩な類題和歌集に視座を定めて、主として実態と成立面からの基礎的考察を進めてきたが、本章では、これまで論述してきた要点と今後の課題に言及して、本書の結論に代えたいと思う。

ちなみに、第二章から第五章の各論、および当初本書に所収を予定していた書目の論考についても、本章では簡潔に言及しておくことにした。

まず、序章においては、類題集研究の本質究明にきわめて重要な役割を担っている、例歌（証歌）を伴わない、歌題のみをその内実とする歌題集成書である、遠近廬主人編『和歌袖中類題集』を俎上に載せ、本集が提示する歌題の問題は、四季題を月別に細分化して、恋題ならびに雑題と同一基準のもとに配列するという、理論面で新機軸を打ち出している本体部と、和歌の表現・措辞を歌学・歌論・歌合判詞の視点から六種類に分類して、実践面で和歌詠作者への便宜提供を試みている付録部とに集約されると帰納し、結論として『和歌袖中類題集』は、両者が不即不離の関係を保って構造化された歌題集成書である実態を明らかにすることができた。したがって、真の類題集はこのような組織化された歌題の構造体たる歌題集成書に、もっとも適切で、格好の例歌（証歌）が付載されて初めて完璧な内実をもつ完成品となるわけで、換言すれば、それは撰者・編者の壮大で緻密な構想に基づく、歌題と例歌（証歌）による一大パノラマ――和歌曼陀羅の世界――の展開を意味していると展望し、結論づけた。

第一章においては、第二章の十編、第三章の六編、第四章の八編、第五章の二編の、都合二十六編の書目について、各章に掲げた和歌史の流れ、流派などのオーソドックスな時系列に沿ってグループ別に分類して、総論的な視点から概観しながら論究し、近世和歌史の史的展開を図ろうと試みた結果、そこにいくつかの新局面を切り拓くことができたように推察されるが、その具体的な内実については、以下に示す各論で論述しているので、ここでは一切省略に従うことを断っておきたいと思う。

なお、本書に収録を割愛した論考については、第二章の冒頭で言及した、a～rの略号をもって提示し、紹介することにした。

さて、第二章から第五章までは、第一章の総論に対する各論で、本書の中核をなす位相にあるが、第二章には、堂上派和歌の系列に属する類題集に関する論考を収載している。

第一節では、後陽成院撰『方輿勝覧集』を検討して、本集が成長過程を示す三種の書目のうち、中間に位置する性格をもち、慶長二年（一五九七）以降の成立で、『歌枕名寄』系統本と『勅撰名所和歌抄出』の増補本たる『類字名所和歌集』の成立する交差点に立つ位相にある類題集であることを論証した。

第二節は後水尾院撰の類題集・二編に言及している。

まず、Iでは『一字御抄』の検討に及び、本抄が寛永十四年（一六三六）から同二十年（一六四三）ごろまでの成立で、藤原清輔編『和歌一字抄』と元禄四年（一六九一）刊行の編者未詳の『明題拾要抄』との、言わば橋渡しを担った類題集であったことを論証した。

次にIIの『類題和歌集』に関する論考では、まず、aで、版本『類題和歌集』の「公事」部を検討した結果、本集が初めて「公事」部を設けた『題林愚抄』に依拠しながらも、歌題および例歌（証歌）の面で、完璧な類題集を目指して整備された内容をもつに至って、霊元院撰『新類題和歌集』もほぼ本集に依拠して成立している実態を明らかにし、本集のもつ価値・意義の大きさを改めて認識させた。

bでは、北海学園大学付属図書館北駕文庫蔵『類題和歌集』の夏部を検討して、同本が宮内庁書陵部蔵霊元天皇御手択本を増補した伝本ではないかと推測し、同本の価値に言及した。

最後に、IIでは、北海学園大学付属図書館北駕文庫蔵『類題和歌集』の全体像に迫り、bの推測を確認するとともに、新出の曼殊院旧蔵の現高尾精治氏蔵『和歌類題集』（慶長八年写）を検討し、同本の価値にも言及した。なお、北駕文庫蔵『類題和歌集』と版本のそれとを比較検討した拙論に、「版本『類題和歌集』未収載歌集成」―北駕文庫蔵『類題和歌集』と比較して―」（『光華女子大学研究紀要』第三十六号、平成一〇・一二）があることを付記しておきたい。

次に、第三節は、霊元院撰『新類題和歌集』についての論考で、Iでは、筑波大学付属図書館蔵本によって夏部の視点から追究して、本集が古典和歌を撰集資料とする類題書の中では、質・量ともに最大の類題書であって、その成立は享保十八年（一七三三）に清書が終了し、編纂目的は後水尾院撰『類題和歌集』の増補・改訂にあったらしいことなどを論証した。

そして、IIでは、Iと同じ伝本によって「公事」部を検討した結果、本書が歌題配列面では後水尾院撰『類題和歌集』のそれに依拠する一方、例歌（証歌）蒐集面では独自の蒐集活動を試みている実態を明らかにした。

次に、第四節では、睡翁編『仮名句題倭謌抄』を検討した結果、本抄が純正な仮名類題集の嚆矢たる高井八穂編『古詞類題和歌集』に百年も先行する、享保二年（一七一七）に成立したユニークな類題集であることを論証した。

次に、第五節では、飛鳥井雅章編『数量和歌集』が後水尾院歌壇において「数量」和歌への興味・関心が拡大、浸透していくなかで、正応二年（一六五三）三月に成立した、同種の類題集では嚆矢の位相にあることを論証した。

次に、第六節では、河瀬菅雄編『和歌拾題』を秋部の検討をとおして、当該類題集が歌題の本意を的確に詠みえている例歌を少数掲げて、先行の類題集にもれた題を増補・補充などして、貞享五年（一六八八）ごろ、歌題面でより充実した類題集を制作、提供しようと企図する編纂目的をもった類題集であることを明らかにした。

次に、第七節では、宮部萬女・伊津子編『袖玉集』を論究した結果、上冷泉為村の学統に属する宮部義正の妻・萬女らによって、中世和歌の伝統を継続する宗家に関係する詠作が蒐集され、和歌修練の基本的テキストの制作に、本集編纂の目的が認められると論証した。

次に、第八節は三島篤編『自摘集』の考察だが、本集は寛政八年（一七九六）より以前の成立で、詠作段階がやや進んだ人を対象に、携帯可能な手引き書の制作を目的にした類題集であって、臼杵市立臼杵図書館蔵『新類題和歌集』や、三手文庫蔵『続明題和歌集』などの系譜下にある類題集であることを論証した。

次に、cでは、和歌山大学附属図書館蔵『温知和歌集』を検討したところ、本集が室町中・後期以降の歌壇もしくは和歌の詠作状況を如実に反映した雑纂形態の類題集で、延宝五年（一六七七）以降の成立であろうことと、堂上派歌人への情報提供がその主たる編纂目的であったらしいことを明らかにした。なお、「和歌山大学附属図書館紀州藩文庫蔵『温知和歌集』―翻刻と初句索引―」（『京都光華女子大学研究紀要』第四十二号、平成一六・一二）に、本集の資料紹介を載せているので、参照願いたい。

次に、dでは、盛岡市中央図書館蔵『明題拾要鈔』を精査して、本鈔が実字および虚字一字を含む結題の類題集で、後水尾院撰『一字御抄』の類書の性格をもち、元禄四年（一六九一）の成立であろうことを明らかにしえた。なお、同鈔は『明題拾要鈔　上・下』（平成九・七、同九・八、古典文庫）として、筆者によって翻刻出版されたことを付記しておきたい。

次に、eでは、宮内庁書陵部蔵『類題和歌』を検討して、それが室町中・後期以降の歌人の和歌による、後水尾院歌壇の好尚を反映した類題集で、成立時期は元禄十六年（一七〇三）正月以降であろうと論証した。

次に、ｆでは、大阪市立大学学術情報総合センター蔵『證歌集』を詳細に調査・検討した結果、本集が元禄十六年（一七〇三）正月上旬から同十七年二月の間に成立した、内容面では一歌題一例歌という組み合わせで、臼杵市立臼杵図書館蔵『新類題和歌集』の先蹤として、袖珍本という形態面では、『袖珍歌枕』と書陵部蔵『類題和歌』の中間に位置する類題集として各々、位置づけられることを明らかにした。

次に、ｇでは、臼杵市立臼杵図書館蔵『新類題和歌集』を精査した結果、それが霊元院撰『新類題和歌集』と同名異書で、撰集資料が後水尾院撰『類題和歌集』と霊元院撰『新類題和歌集』に限定される、一歌題一例歌の類題集であることを論証したが、編者については、第十一代臼杵藩主・稲葉擁通などが関係するかと、成立年時については、江戸時代後期には成立したかと各々、憶測した。

最後に、ｈでは、国文学研究資料館蔵（松野陽一氏旧蔵）『補缺類題和歌集』を精査して、本集が「恋部二」のみの零本だが、本来は歌題約一万六千題を、例歌（証歌）も五万四千首を各々、超える近世期最大の類題集であったはずで、元禄十六年（一七〇三）から文政十年（一八二七）の間に成立していたであろうことを論証した。

次に、第三章には、地下派和歌の系列に属する類題集に関する論考を収載しているが、詳細は以下の各節に掲げたとおりである。

まず、第一節では、北村季吟編『増補和歌題林抄』の夏部の増補された部分について、撰集資料と歌題の視点から検討を加えた結果、歌題面では、当該歌題にふさわしい常套的歌句を多く付加している点で、例歌（証歌）面では、南北朝期から室町後期にいたる著名歌人の詠歌を提供している点で、題詠歌の手引き書としての実用的役割を充分担った類題集（歌題集成書）になっている実態を明らかにしえた。

次に、第二節は有賀長伯編の類題集・二編を扱っている。

まず、Ⅰでは『歌林雑木抄』を夏部の視点から詳細に調査・検討して、本抄が歌語とその関係措辞および証歌の提示と、一般的な歌題に関わる結題とその証歌の提示という、二つの側面を併設した初心者向けの実用的手引き書の供給に、編纂目的が想定される点を明白にして、成立時期を元禄九年（一六九六）初冬以前であろうと推察した。

次に、Ⅱでは、『和歌分類』を「居所部」を対象に、撰集資料の視点から考察を加え、それが『古今和歌六帖』や『未木抄』の構成原理に依拠して編纂され、同じ編者の『歌林雑木抄』を補完する補遺編として、元禄十一年（一六九八）初夏に刊行された実態を明らかにしえた。なお、清水浜臣による本書の手択本が、『増補和歌分類』写本一冊として、奈良女子大学附属図書館に蔵されていることを、付記しておこう。

次に、第三節では、修竹庵尭民編『新撰蔵月和歌鈔』を詳細に調査した結果、本鈔が後水尾院撰『類題和歌集』と有賀長伯編『歌林雑木抄』を主な撰集資料とする類題集であって、享保末年（一七三六）から元文（一七三六〜四一）ころの成立で、『題林愚抄』『明題和歌全集』や、後水尾院撰『類題和歌集』、霊元院撰『新類題和歌集』の流れのなかに位置づけられようと、推定した。

次に、第四節では、藤原伊清編『類題六家集』を詳細に検討した結果、本集が細川幽斎によって書写された「六家集」に基づく版本『六家集』に依拠して、宝永元年（一七〇四）に成立し、その索引編たる『六家集類句』も生まれたことを明らかにしたが、本集を筆耕した藤原全故が松尾芭蕉の『おくのほそ道』を浄書した素龍であることも確認しておいた。

次に、第五節では、加藤景範編『和歌実践集』を精査して、本集が寛政三年（一七九一）に、勅撰二十一代集の詞書と例歌（証歌）を内容とする和歌入門書のひとつとして成立し、高井八穂編『古詞類題和歌集』、聴雨庵蓮阿編『仮名類題和歌集』、石津亮澄編『屏風絵題和歌集』などの、仮名題による類題集が流行する先蹤として位置づけられることを論証した。

次に、iでは、大阪女子大学（現大阪府立大学）付属図書館蔵『類葉倭謌集』を詳細に調査・検討して、本集が年中行事などの儀式・典礼に関わる用語、歌語、真名題、仮名句題などに例歌（証歌）を付す、歌語辞典ともいうべき役割を担った、延宝五年（一六七七）刊行の類題集で、この種の出版物の嚆矢であった鱸重常編『春雨抄』の衣鉢を継ぐ作品であったことを論証した。

次に、jでは、大阪市立大学学術情報総合センター蔵『故人證謌集』を精査した結果、成立時期を元禄十二年（一六九九）以降と推定し、編纂目的を、中世・近世期の主要歌人（藤原為家と烏丸光広）の詠歌を示す一方、「雨乞ひ」なる特異な歌題を示すところなどにあるとし、編者の多彩な関心を提示する類題集と規定した。なお、礎稿では岡本宗好の『宗好詠草』を翻刻、掲載していたが、本書では割愛したことを断っておく。

次に、第四章には、県居派和歌の諸派と江戸堂上派和歌の系列に属する類題集関係の論考を収載したが、詳細は以下の各節に掲げたとおりである。

まず、kでは、大江茂樹編『和歌類葉集』を詳細に検討して、本集が源頼政・藤原清輔・源実朝の三家集から、真名題を中心に仮名題も付加した類題集で、文化十四年（一八一七）に刊行され、詞書による『和歌実践集』、仮名題による『古詞類題和歌集』・『屏風絵題和歌集』などの類題集の系譜下に位置づけられることを論証した。

次に、第一節では、楳塢編『名家拾葉集』を精査した結果、本集が享保十七年（一七三二）初夏に成立の坂静山編

『和歌山下水』の一部歌数を減じた復刻（盗作）版である事実を明らかにしたうえで、書目・編者ともに刷新して、楳嶋編『名家拾葉集』として、文政十二年（一八〇〇）十一月に刊行された実態を明らかにした。

次に、第二節では、聴雨庵蓮阿編の類題集に関する論考・二編を収載している。

まず、Ⅰでは『中古和歌類題集』を精査して、本集が真名題による中規模の類題集で、師の清水浜臣に倣って、文政二年（一八一九）以前に、後嵯峨院歌壇における反御子左派の編者による私撰集を撰集資料にして、「中むかしの歌」を中心として誕生した類題集であることなどを論証した。

次に、Ⅱでは、『仮名類題和歌集』を検討した結果、本集が藤原公任撰『三十六人集』を撰集資料にして、仮名題による類題集の編纂が企図され、『中古和歌類題集』に先立つ文政元年（一八一八）に版行されて、同種の類題集が流行しはじめた、文化期から文政期における出版文化の一翼を担う出版物になりえた背景なども明らかにした。

次に、第三節では、松平定信編『独看和歌集』を詳細に調査して、本集が「六家集」に『後鳥羽院御集』を加えた「七家集」による撰集で、文政九年（一八二六）刊の版本が存するが、これは宝永元年（一七〇四）に上梓された藤原伊清編『類題六家集』よりも百二十年も以後の出版ではあるものの、その出版目的が子孫の要請に応えての営為であったことなどを論証した。

次に、第四節では、高井八穂編『古詞類題和歌集』を精査した結果、本集が通例の歌題（詞書）と仮名書きの歌題を収める本体部と、屏風歌の歌題（詞書）を収める付属（画部）部との二重構造の構成を採る類題集で、石津亮澄編『屏風絵題和歌集』よりも三年前の文化十四年（一八一七）に刊行されている事実から、同種の類題集が流行する機運・契機を作った類題集ではないか、と推測した。

次に、第五節では、高井八穂・榛原保人編『類題名家和歌集』を詳細に調査・検討して、本集が高井八穂の父・宣風が鋭意、蒐集していた「故人」の「名家」の詠作を中核に、現在の宣風の詠歌も添加して、文化八年（一八一一）までに制作し、近世中期ごろに成立した同種の作品類のなかで、ほぼ嚆矢の位相にある類題集であることを論証した。

次に、第六節では、森広主・市岡猛彦編『三家類題抄』の精査をとおして、本抄が藤原良経・同定家・同家隆の三歌人の詠作による類題集で、文政元年（一八一八）の成立になる、同種の類題集たる藤原伊清編『類題六家集』と松平定信編『独看和歌集』とを連結する位置にある撰集であることを論証した。

次に、第七節では、石津亮澄編『屏風絵題和歌集』を検討した結果、本集は、尾崎雅嘉に師事して和歌を修業した石津亮澄が文化十四年（一八一七）ごろ、和歌を詠ずる初心者に、屏風歌・障子絵歌などの画中の人物の心になって詠作する際の実例を示すことを目的に制作したのではないか、と推測した。

次に、1では、長沢伴雄編『類題和歌作例集』を詳細に調査・検討して、本集が「めづらしき詞・耳なれぬ語」「俗語・方言」に例歌（証歌）を付し、弘化四年（一八四七）四月ごろに成立した、小沢蘆庵の歌論書『布留の中道』の言説を体現する類題集であることを論証した。

次に、第五章には、小沢蘆庵と香川景樹門流の和歌の系列に属する類題集関係の論考を収載したが、詳細は以下の各節に掲げたとおりである。

まず、第一節では、小沢蘆庵編『袖中和歌六帖』を精査して、本六帖が『古今和歌六帖』の歌題と例歌（証歌）を中核に、『新撰和歌六帖』のそれらを付加し、寛政七年（一七九五）十一月、跋文を付して、同九年六月に刊行された、先述の両六帖の類題集としては嚆矢の位相にあることを明らかにした。

次に、第二節では、染心斎編『物名和歌私抄』を詳細に調査・検討して、本抄が物名歌をいろは順に構成、編纂されて、文化元年（一八〇四）八月に成立し、翌年刊行された類題集で、宝永十一年（一七六一）に刊行された源泰貞著『物名歌』の後塵を拝する位相にあることを論証した。

本書で各論として収録した論考は以上のとおりだが、当初は、最終章（付章）として、前著『中世類題集の研究』を補完する論考・六編を収録しようと目論んでいたので、以下にその論考の要約を掲げておきたいと思う。

まず、mでは、国文学研究資料館蔵『夫木和歌抄』（春部一）を詳細に調査・検討した結果、本抄は『夫木抄』の「春部一」のみの零本だが、書写年代が南北朝後期を下ることのない、本抄の原初形態を想定しうる貴重な伝本であるという結論を得ることができた。なお、本書は夫木和歌抄研究会編『夫木和歌抄　編纂と享受』（平成二〇・三、風間書房）に、影印と翻刻が石沢一志氏によってなされている。

次に、nでは、『玉英堂稀覯本目録』に掲載された『二八明題和歌集』の一部の検討から、本集が「室町後期」の書写になる伝本とはいえ、善悪両側面をもつ特異な属性を備えた伝本であることを論証した。

次いで、o・pは、『題林愚抄』に関係する二編の論考である。

まず、oでは、「郭公」関係の勅撰集歌を対象に、歌題と撰集資料の視点から、調査・検討した結果、本抄が歌題および例歌（証歌）の配列状況などの実態から、現在は散佚しているが特定の撰集資料が存在していた可能性と、編者の編纂営為の問題などを明らかにすることを得た。

次に、pでは、漢故事題の視点から種々検討した結果、『題林愚抄』の雑部の撰集資料の中心が『夫木抄』であり、編者には後花園院や後土御門院歌壇で活躍した、飛鳥井雅親などの廷臣歌人が想定しうる可能性を推察した。

次に、qとrでは、上賀茂神社三手文庫に蔵される『百草和歌抄』と『百木和歌抄』の両書目について、詳細な検討を加え、新たな知見を得ることができた。ちなみに、両書目は合綴されて伝存するが、別個に論述することにした。まず、qでは、『百草和歌抄』を詳細に調査した結果、本抄が歌題と例歌（証歌）の大半を『夫木抄』から抄出し、定数歌（百首歌）形式で、大永四年（一五二四）から慶長三年（一五九八）までには成立した、従来「草」関係の類題集の存しない領域における嚆矢の位相にあることを明確にした。

次いで、rでは、『百木和歌抄』を詳細に調査して、本抄が『百草和歌抄』と同様に、歌題と例歌（証歌）の大半を『夫木抄』から抄出し、定数歌（百首歌）形式で、大永四年（一五二四）から慶長三年（一五九八）までには成立した、従来「木」関係の類題集の存しない領域における嚆矢の位相にあることを論証した。

以上、本書では、主に近世期に成立した類題集を対象にして、その内容面の視点から種々様々な検討を加えてきたが、ここで補遺として、類題集が他の領域の作品にいかなる影響を及ぼしているか、享受史の問題にのみ言及しておきたいと思う。

それは前著で、浅井了意の仮名草子『伽婢子』と『狗張子』について、冨士昭雄氏「伽婢子の方法」（名古屋大学教養部『紀要』第十輯、昭和四一・二）、同「浅井了意の方法―狗張子の典拠を中心に―」（同第十一輯、昭和四二・三）の論考に示唆を得て、了意の二作品の成立に、類題集『題林愚抄』もしくは『明題和歌全集』が、典拠として深く関わっている事実を指摘したが、このような視点から、仮名草子『円居草子』にも『題林愚抄』が活用されている事実を、仮名草子研究会編『校注　円居草子』（平成七・五、新典社）が指摘しているので、今後、この方面からの研究はさらなる充実、進展が期待される領域と言えようが、いまは今後の課題としたいという指摘に留めておきたいと思う。

なお、本書には収録しなかったが、現下、鋭意進めている調査・研究に、国文学研究資料館が近時購入した、室町時代中期ごろの書写かと推察される『二八明題和歌集』写本六冊に関する論考、白鹿記念酒造博物館蔵『草木貝品目』写本一冊に関する論考、川越市立図書館蔵の清水浜臣編『人名和歌抄』写本一冊（上巻のみ）に関する論考などがあって、各々、近時中に脱稿される予定であることを付記しておきたいと思う。

また、筆者は、純粋な類題和歌集ではないが、類題集に準じる作品として、『公宴続歌』『千首歌』『和歌部類』『和歌御会』などに関する、次のごとき論考を公表している。しかし、今回は諸般の事情で、これらの論考は割愛することにしたので、以下に参考までに論文名のみ掲げておくことにする。

①「『文安三年七月二十二日公宴続歌』をめぐって」（『光華日本文学』第三号、平成七・八）

②「『文安四年八月十一日内裏御続歌』をめぐって」（『光華日本文学』第四号、平成八・八）

③〈資料紹介〉「内閣文庫蔵『文明十三年着到千首』―解題・本文・初句索引―」（『京都光華女子大学短期大学部研究紀要』第四十二集、平成一六・一二）

④〈資料紹介〉「宮内庁書陵部蔵『和歌部類　一』―解題・本文・初二句索引―」（『京都光華女子大学短期大学部研究紀要』第四十三集、平成一七・一二）

⑤「田中登氏蔵『公宴続歌』―永正四年関係分―（解題・翻刻）」（片桐洋一編『王朝文学の本質と変容　韻文編』平成一三・一一、和泉書院）

⑥「『永正八年月次和歌御会』をめぐって―七月二十五日和歌御会を中心に―」（『光華女子大学研究紀要』第三十三号、平成七・一二）

⑦「宮内庁書陵部蔵『公宴続歌』解題」（三村晃功編集代表『公宴続歌　本文編』平成一二・二、和泉書院）

和歌索引

凡例

(1) 初・二句を歴史的仮名遣いに従って掲出した。
(2) 引用歌・掲出歌は濁点を付しているが、索引にはすべて清音で示した。
(3) 同一ページに二度以上出てくる場合、一度示すにとどめた。

あ

か

さほとのの　さかゆるみれは　398
さまさまの　ひとのおもひの　678
さみたれに　ほとにつけたる　342
さみたれに　かとたのさなへ　379
さみたれに　なほかはおとも　162
さみたれの　のきのしつくに　449
さみたれの　ふるのかみすき　688
さみたれは　いさらをかはの　449
さみたれは　くもまかちにそ　343
さもあらぬ　くさはもはるは　617
さやけさは　おもひなしかと　296
さゆるひの　みくさのしもの　594・610
さゆるよの　そらたにつきの　509
さゆるよは　またふゆなから　197
さよふかき　いはゐのみつの　296
さよふくる　ままにみきはや　296
さよふけて　はすのうきはの　162
さらてたに　こころうかるる　262
さらになほ　さつききてさへ　382
さらにまた　こえてかへらぬ　604
さらぬたに　はらはぬにはの　404
さわらひの　をりにしなれは　616
さをしかの　よはのくさふし　692

し

しかのうみの　しらゆふはなの　692
しかはかり　ちきりしなかも　688
しからきの　まきのそまかは　241
しきかはの　やさしきものは　189
しきのたつ　あきのやまたの　678
しくれかと　ききなすせみの　163
しくれゆく　かたののはらの　688
しけりあはん　するをもしらす　603
しけりあふ　をかへのあやめ　160
しけりゆく　くさをまかきの　376
しけれたた　ねやのあれまの　402
したくくる　いはまのみつの　347
したにのみ　こふれはくるし　226
したへとも　たてはかへらす　512
しつかなる　いはまのしみつ　380
しつかなる　しはのとやまの　402
しつけしな　よのうきことも　787
しつのめか　ゐくつむさはの　627
しなてるや　かたをかやまの　294
しののめに　わかれしそての　439
しのふれと　いろにいてにけり　228
しのへとも　いはぬいろなる　398
しはしこそ　わすれかたみの　605
しはしまた　せみのもろこゑ　160
しはしまも　ふくるそをしき　786
しはつきの　みうるさきなる　745
しはのとに　はるをもしらぬ　343
しほあしに　ましれるくさの　745
しほかまの　むかしのあとは　397
しほみては　いりぬるいその　751
しまかくれ　ゆくほとならし　345
しもつけや　しめつのはらの　744
しらいとを　むすへることに　191
しらかはの　まつのいろこき　568
しらかはや　ちかきみてらの　402
しらくもと　みねにはみえて　539
しらくもと　みゆるにしるし　299
しらくもと　よそにはみえて　317
しらくもに　まかへしはなは　540
しらくもの　たちなんみちの　109
しらくもの　たなひくやまの　299
しらすその　いつをうつつの　139
しらたまと　かさしにさせる　345・382
しらつゆの　いかにそむれは　751・754
しらつゆも　しくれもいたく　225
しらなみに　たまよりひめの　142
しらなみの　はままつかえの　744
しるへせよ　ひとのこころに　139
しるらめや　かすみのそらを　492
しろたへに　ゆふかけてけり　600
しろたへの　にはもまかきも　265
しろたへの　まさこにむれて　232
しろたへの　まさこのつきの　382
しをるへき　よものくさきも　206

す

すかはらや　ふしみのみやの　401
すかまくら　おもはんひとは　238
すきかてに　つめとたまらぬ　197
すきやらて　ゆふたちすすし　376
すきゆくも　やすきならひの　510
すきゆくや　ひかけはかかえ　417
すくるかと　いつみのはらの　417
すすかかは　やそせしらなみ　84
すすしさを　よそになかめし　157
すすろなる　なにはわたりの　677
すへらきの　たみやすらけく　191
すまのあま　やきしわかきも　317
すまのせき　ありあけのそらに　304
すみのほる　こころはそらに　232
すみよしの　うらのこすゐに　442
すみよしの　かみさひわたる　441
すみよしの　かみやまことに　441
すみよしの　まつをあきかせ　225
すみよしの　をたのさなへは　382
すみわひて　みをかくすへき　304
すむいほは　にはもをのへも　232
すむとりも　はるよりのちは　430
すもりこも　いてにけるかと　753・754
すゐまてと　ちきりてとはぬ　397

せ

せきとむる　やましたみつに　341
せきまてと　いそきしみちに　189
せみのこゑ　むしのうらみそ　281
せみのはの　うすくれなゐの　365
せりつみし　やまたのさはの　283

そ

そてかはす　みはしのもとに　182
そてにさへ　あきのゆふへは　226
そてにふく　はやしのかせの　382
そてぬらす　かいのしつくも　233
そてのかも　たかふるさとに　382
そてひちて　むすひしみつの　465・740
そのかみの　みかけのやまの　361
そふのみと　おもはぬそらの　607
そまくたす　まくにかおくの　450
そむきても　なほうきものは　246

つきすみて　なれたるうみの　606
つきてさく　はなのこころを　316
つきならぬ　ほしのひかりも　265
つきのこる　かとたのおもの　281
つきはあき　あきはつきなる　242
つきひとり　はるけきあきを　400
つきみれは　けにこしかたの　781
つきもこの　くにはなたかき　138
つきもせぬ　きみかやちよを　188
つきもまた　こととひかはせ　514
つきやあらぬ　はるやむかしの　225
つきよなと　かくはさゆらん　786
つくはやま　はやましけやま　227
つくまえの　そこのふかさを　596・651
つたへおく　ことのはにこそ　475
つつめとも　かくれぬそての　339
つまきこる　あともむかしに　398
つまきこる　たにのきたかせ　598
つまきには　のへのさわらひ　616・617
つまこふる　ききすなくのの　616
つゆしけき　いへのそのなる　743
つゆのそて　しものさむしろ　399
つゆのみの　うきをたつぬと　141
つゆむすふ　ゆふへになれは　162
つゆわけん　あきのあさけは　691
つらかりし　あかつきことの　685
つらきかな　なとてさくらの　601
つらゐる　みたらしかはも　179
つりひとの　かはそひこふね　382
つるのこの　ちとせをふへき　191
つれもなき　はなにこころを　510
つれもなき　ひとにみせはや　328

て

てにむすふ　いつみのみつの　371
てらすかけ　ふせきてさゆる　419
てるつきの　なかなるかはの　351
てるつきも　くものよそにそ　600
てをりて　さくへきほとを　198

と

ときしあれや　みはむもれきの　317
ときしらぬ　やまはふしとし　611
ときのまに　きえてはむすふ　139
ときはいま　くもりなきよの　525
ときはきの　かけしけりあふ　420
ときはなる　やまのいはねに　598
ときをえて　よるひるたえぬ　138
とけそむる　はつわかみつの　449
とことはに　まよふならひを　237
とことはに　みをもはなれぬ　403
とこのうへに　あやめのわかは　363
としことに　またぬなつのみ　376
としこゆる　やまのかひより　598
としとしに　ふりぬるものを　143
としとしの　このはるのみと　126
としなかに　われかなけきは　573
としなみの　やそせにちかき　125・126
としのうちに　さきにしうめに　532
としのうちに　はるたつことを　740
としのうちに　はるはきにけり　627・740
としのくれて　わかよもふけぬ　604
としをへて　なにたのみけん　744
としをへて　なれそふたつの　158
とにかくに　かけもととめす　382
とのもりの　とものみやつこ　226
とひかける　あまのいはふね　142
とふひとの　ゆききもさはる　347
とふひとも　ゆききもさはる　345・379
とふひとも　おもひはふしと　375
とふほたる　さはへのみつに　343
とふほたる　さてもいかにと　343
とほきよは　まつらのおきに　139
とほつひと　ゆめさへうとき　787
とまりふね　かけしなけれは　430
とまるへき　はやまかすその　417
ともしする　やまやまことに　304
ともしする　まかふさゆりの　387
ともしひに　なほここのへの　197
ともしひも　こよひもあけぬ　513
ともせとも　かへりてのちそ　347
とりのこは　みなひなながら　753
とりのこは　やこゑにかすを　753・754
とりはなと　わくれはこほる　285
とれはけぬ　　206

な

なかかきを　こえたるをきの　270
なかきよの　ねさめのしきよ　284
なかきよも　なほあかすとや　267
なかきよを　ひとりあるしかの　108
なかつきの　するはののへは　602
なかぬなり　ゆふつけとりの　236
なかのえの　かとひきいるる　190
なかめあかぬ　つきとはなとの　191
なかめする　みとりのそらも　599
なかめつつ　こころにそむる　316
なかめつる　つきはいたまに　603
なかめやる　すそのあきの　283
なかめわひぬ　たれかはとはん　599
なかめわひぬ　をのへのかねの　234
なからへて　いけらはのちの　475
なきあとを　そとはかりみて　450
なきたまよ　たつねあふとも　139
なきなには　いかなるひとの　96
なくかりは　ゆくかかへるか　227
なくころも　まつひとあれや　121
なくせみの　こゑはこするに　160
なくせみの　こゑよりほかの　163
なけかめや　おとろのみちの　616・617
なけくらむ　こをおもふみちは　140
なしつほや　ことはのはなも　407
なそしはし　とはてすきゆく　785
なつかしき　ゆかりのはなか　785
なつかりの　あしまのなみの　398
なつかりの　たまえのあしを　227
なつくさの　こころこころに　371
なつくさは　しけりにけりな　227
なつころも　たちきるひより　339
なつとあきと　ゆきかふをふの　85
なつのつきに　ありあけのやまは　236
なつのよの　ゆめちにきなく　340
なつはつる　ゆふへになれは　374

に

ぬ

ね

の

は

みやまには　さもこそあらめ　365
みやまへの　まつのゆきまに　611
みやまをや　よはにいてつる　160
みやゐして　としをつもりの　441
みよしのの　あきつのみやの　401
みよしのの　はなのさかりを　601
みよしのの　ふるさとひとや　397
みよしのの　やまのあきかせ　398
みよしのの　よしのかはの　317
みよしのは　はるのけしきに　298
みよなかく　としもゆたかに　188
みるかうちに　ひかりをはなの　317
みるままに　のきはのやまそ　466
みわたせは　やまもとかすむ　403
みをうみの　あまのうけなは　139
みをしれは　あはれとそおもふ　346

む

むかしたれ　かかるさくらの　240
むかしへや　いまもかはらて　197
むかしみし　ひとやはあらぬ　139
むかしみし　ほたるのかけは　266
むくらはひ　よもきかそまと　397
むさしのの　くさはにましる　616・617
むさしのの　をきのやけはら　593
むさしのや　ほりかねのゐも　304
むすはても　すすしきものは　419
むすふてに　すすしきかけを　240
むすふての　しつくににこる　225
むらくもに　おくれさきたつ　447・602
むらさきの　はつもとゆひに　181
むらさきの　はつもとゆひを　181
むらさきの　ひともとあふち　375・387
むらさめに　おくあるはなを　495
むらむらの　にしきとそみる　227
むれつつも　けふははつねの　525

め

めくりあふ　こそのこよひの　269
めくみある　きみにをちきれ　120
めくみある　ときしりかほに　121
めくみいつる　わかこひくさの　603
めくりゆく　あきやはもとの　398
めつらしく　つはめのきはに　754
めつらしと　いもにあふよは　340

も

もえいつる　くさはのみかは　296
もかみかは　よはのいくせの　387
もしひとの　あさいするとや　159
もしほやく　うらのけふりと　678
もすのなく　のきのははそは　785
もすのなく　やまのをかへに　786
もとゆひの　こそめのいとを　181
ものおもふと　すくるつきひも　226
ものことに　あきのけしきは　264
ものことに　こそのおもかけ　691
ものをおもふ　ねさめとふらふ　450
ものをのみ　おもひねさめの　227
もみちする　かみなつきより　190
もみちする　くものはやしも　688
もみちはの　なかれてとまる　295
ももしきの　おほみやひとは　225
ももしきや　そてをつらぬる　188
ももしきや　はるをむかふる　188
ももちたひ　うらしまかこは　304
ももちとり　さへつるたけの　242
ももちとり　さへつるはるは　298
ももちとり　なけともゆきは　594
ももとせに　おいくちひそみ　751
ももとせに　みそとせたらぬ　241
もものはな　ひかりをそふる　188
ももよくさ　ももよまてなと　744・754
もらしわひ　こほりまとへる　447・602
もりあかす　かとたのおもに　284
もりいつる　おとにてそきく　370
もろともに　いつとはなしに　267
もろともに　おなしくもゐに　139
もろともに　たひねするよの　376
もろひとの　はつうのつゑを　180
もろひとの　まつひきつれて　188

や

やすみしる　わかおほきみの　401
やちくさに　にほふはなのを　581
やちとせを　いかにつみてか　120
やちよふる　そのたまつはき　786
やちよまて　きみかつくへき　180
やとことに　ねぬよをまつる　191
やとしつる　かけもひとつに　267
やとちかく　にほはさりせは　566
やとりせし　かりほのはきの　689
やへむくら　あきのわけいる　607
やまかけの　ぬまわにしけき　160
やまかけや　たこのをかさの　341
やまかけや　まつのとほそも　403
やまかせに　うきくもとほく　163
やまかせに　とくるこほりの　740
やまかせの　きりふきかくる　271
やまかせの　くももひとつに　380
やまかせの　こすゑにさわく　160
やまかせの　たつにまかせて　234
やまかつの　しはのとさしの　262
やまかつの　そとものにはに　121
やまかはの　いはねをめくり　387
やまかはの　なみにまかへる　449
やまさくら　いまかさくらん　594
やまさくら　こすゑにのこる　120
やまさくら　さきやらぬまは　240
やまさくら　さくよりそらに　601
やまさくら　ちりてみゆきに　299
やまさくら　にほひをとめて　598
やまさとに　いへゐをせすは　450
やまさとに　しるひともかな　716
やまさとに　すまぬみなから　109
やまさとに　ちきりしいほや　246
やまさとの　いなはのかせに　281
やまさとの　うのはなかきの　685
やまさとの　しはのとほそは　532
やまさとの　そとものひさき　402
やまさとの　まかきのはるの　617
やまさとは　かやのかりふき　346・371
やましろの　つつきのみやに　401
やまちをや　ひきわたすらん　190

後　記

本書はさきに刊行した拙著『中世類題集の研究』（平成六・一、和泉書院）を受けて出版される、同種の類題和歌集に関する研究書だが、内容は古典和歌を撰集資料とする、近世期に成立した多彩な類題集を主に扱っている関係で、『近世類題集の研究』と命名し、副題として「和歌曼陀羅の世界」を付した。それは長年、類題集を研究対象にして、当該資料の文献学的な吟味・検討、歌題および例歌（証歌）の出典資料（典拠）ならびに詠歌作者などの調査・特定、成立・編者・編纂目的などの検討、確定などの基礎的作業をとおして得られた実感が、類題集といえば、一般的には作歌の便宜や証歌の検索に供するために先人の和歌を拾遺し、題を基準に集成した実用書くらいに単純に考慮されて、芸術的な創造性などの精神的営みをそれほど要しないで制作できる歌集とみなす向きが多い現況にあって、類題集はそのような浅薄な認識をはるかに超越した、深遠で広漠な和歌的宇宙を湛えた歌集であり、それは撰者・編者の壮大で緻密な構想に基づく和歌によるパノラマ展望台以外の何物でもない、という種類に類する手応えであったからだ。副題を「和歌曼陀羅の世界」とした所以である。

　要するに、本書は近世期に成立した、古典和歌で撰集された類題集について、前著と同様に、主としてその実態と成立の問題に視座を定めて、総合的な把握を試み、体系的に組織化して一書としたわけだ。すなわち、序章では、本集が対象とした類題集の本質にかかわる歌題のみを集成した、遠近廬主人編『和歌掌中類題集』を俎上に載せて、類題集における歌題の問題を深く掘り下げて論述し、第一章では、次の第二章から第五章に掲げる、各論・二十六編の諸種の類題集の成立に関する考察を総論的に概観し、第二章では、堂上派和歌の系列に属する類題集・十編を、第三章では、地下派和歌の系列に属する類題集・六編を、第四章では、県居派の諸流と江戸堂上派和歌の系列に属する類題集・八編を、第五章では、小沢蘆庵と香川景樹門流の和歌の系列に属する類題集・二編を、各々、個別的に詳論したのち、終章では、これまで考察・研究した第二章から第五章に至る論考で得られた結果を、要約的にまとめて結論としたわけである。

とはいえ、いずれの論考も未熟な段階を脱し得ていない、形式的処理に終始した作業報告のごとき代物ばかりで、書目の『近世類題集の研究』に似つかわしからぬ内容を恥じ入るのみである。ちなみに、本書の内容をあえて正確に表現するならば、『近世類題集の成立に関する基礎的調査報告書』とでも命名しうるであろうか。

ともあれ、前著を刊行したあと、本書が生まれるまでには、その間に主題の異なる何冊かの著書・編著を出版・刊行した背景が存するとはいうものの、十四年もの長きにわたる年月が経過しているのであって、無為に過ごした日々が悔やまれるばかりである。それはともかく、本書の大半は、前著を刊行した前後以降に執筆した諸論考と密接にかかわっているので、次に、本書に収録した論考について、礎稿との関係を、原題・掲載誌（書）・発表年月の順に明示して参考に供したいと思う。

序　章　近世類題和歌集における歌題の問題―遠近廬主人編『和歌掌中類題集』の紹介　新稿。
第一章　総論　近世類題集の成立―和歌曼陀羅の世界　新稿。
第二章　各論一　堂上派和歌の系列に属する類題集

第一節　「後陽成院撰『方輿勝覧集』の成立」（『京都光華女子大学短期大学部研究紀要』第四十一集、平成一五・一二）
第二節　後水尾院撰『類題和歌集』の成立
Ⅰ　「後水尾院撰『一字御抄』の成立」（『光華日本文学』第九号、平成一三・八）
Ⅱ　「北駕文庫蔵『類題和歌集』の成立」（大阪大学『語文』第七十一輯、平成一〇・一〇）
第三節　霊元院撰『新類題和歌集』の成立
Ⅰ　「霊元院撰『新類題和歌集』の成立―夏部の視点から―」（『光華日本文学』第七号、平成一一・八）
Ⅱ　「『新類題和歌集』の成立―公事部の視点から―」（『光華日本文学』第二号、平成六・七）
第四節　「『仮名句題倭謌抄』の成立」（大谷大学『文芸論叢』第五十六号、平成一三・三）
第五節　「飛鳥井雅章編『数量和歌集』の成立」（『光華日本文学』第十六号、平成二〇・一〇）
第六節　「『和歌拾題』の成立―秋部の視点から―」（『中世文学研究』第十九号、平成五・八）
第七節　「『袖玉集』の成立」（『光華日本文学』第八号、平成一二・八）
第八節　「三島　篤編『自摘集』の成立」（『中世文学研究』第二十四号、平成一〇・八）
第三章　各論二　地下派和歌の系列に属する類題集
第一節　「『増補和歌題林抄』の成立―夏部の視点から―」（『光華日本文学』創刊号、平成五・七）
第二節　有賀長伯編の類題集
Ⅰ　「『歌林雑木抄』の成立―夏部の視点から―」（『中世文学研究―論攷と資料―』平成七・六、和泉書院）
Ⅱ　「有賀長伯編『和歌分類』の成立―巻四『居所部』の視点から―」（『中世文学研究』第二十一号、平成七・八）
第三節　「『新撰蔵月和歌鈔』の成立―夏部の視点から―」（『光華日本文学』第五号、平成九・八）

第四節「藤原伊清編『類題六家集』の成立」（『京都光華女子大学研究紀要』第四十三号、平成一七・一二）
第五節「加藤景範『和歌実践集』の成立」（『光華女子大学研究紀要』第三十七号、平成一一・一二）
第四章　各論三　県居派の諸流と江戸堂上派和歌の系列に属する類題集
第一節「『名家拾葉集』の成立」（『京都光華女子大学研究紀要』第四十四号、平成一八・一二）
第二節　聴雨庵蓮阿編の類題集
Ⅰ「聴雨庵蓮阿編『中古和歌類題集』の成立」（『光華日本文学』第十二号、平成一六・一〇）
Ⅱ「聴雨庵蓮阿編『仮名類題和歌集』の成立」（『中世文学研究』第二十五号、平成一一・八）
第三節「松平定信編『独看和歌集』の成立」（『光華日本文学』第十三号、平成一七・一〇）
第四節「高井八穂編『古詞類題和歌集』の成立」（『仏教文学とその周辺』平成一〇・五、和泉書院）
第五節「高井八穂・榛原保人編『類題名家和歌集』の成立」（『京都光華女子大学研究紀要』第四十五号、平成一九・一二）
第六節「森広主・市岡猛彦編『三家類題抄』の成立」（『光華日本文学』第十四号、平成一八・一〇）
第七節「石津亮澄編『屛風絵題和歌集』の成立」（『光華日本文学』第六号、平成一〇・八）
第五章　各論四　小沢蘆庵と香川景樹門流の和歌の系列に属する類題集
第一節「小沢蘆庵編『袖中和歌六帖』の成立」（『京都光華女子大学研究紀要』第四十六号、平成二〇・一二）
第二節「染心斎編『物名和歌私抄』の成立」新稿。
終　章　結　語　新稿。

本書に収録した論考は以上のとおりだが、このうち、出版社によって刊行された論考もいくつか存するが、その大部分は、中四国中世文学研究会の同人誌『中世文学研究』や、勤務先の大学・短期大学部の両『研究紀要』、同じく所属の研究室が発行する学内向けの学会誌『光華日本文学』など、一部の研究者にしか入手できない種類の、それほど目立たない研究誌に公表したものばかりである。しかし、これらの諸論考をこのようにまとめて刊行するのは、斯界の研究領域における研究成果が乏しい現況では、多少の意義もあろうかと愚考して、このたび上梓に踏み切ったわけである。

その際、旧稿を基幹にして新稿を加えるかたちで体系化を試みたが、部分的に加筆したり、削除した箇所もなくはない。しかし、基本的には旧稿の面影をできるだけ留めるように配慮したので、各論考は、発表時には各々独立した論文であったために、このように一書にまとめてみると、逆に、個々の論考の間にまま重複する記述が散見している。この点、つとめて重複を避けるよう努力したが、やむなく重出する記述を残す不体裁については、読者諸賢のご海容を賜りたいと思う。

ちなみに、筆者は勤務校で、おおかたの予想に反して、思いがけずも管理職に選任され、教務部長職を一年間、文学部長職と学長職を各々四年間、都合九年間もの長期間にわたって、およそ文学研究とはほど遠い、ある意味では無味乾燥なともいえる環境に身を置き、自分なりには一応、一生懸命精励してきたつもりであったが、精魂尽き果てた一昨年の平成十九年三月、漸くにしてこの激職から解放されたのであった。やっと念願叶って再び、和歌文学研究に専念できる研究職に復帰できたわけだが、換言すれば、まさに至福の時空間を領有する環境が整った、といっても過言ではなかろう。

と同時に、しばらく時間が経過したころ、この安堵感、解放感に浸って、甘い感傷的世界にばかり身を投じて自己を慰撫していても、そこには何も生産的な産物は生まれ得ないだろうと、真実、実感したのも事実であって、じつは、そのような思いから一大奮起して企図したのが、本書の出版計画でもあったわけだ。不用意にも、筆者の第四論文集の誕生の経緯をふと吐露してしまったが、正直なところ、本書の誕生のいきさつを考えると、そこに相当な個人的な感慨をも禁じえないことを、この際告白しておきたいと思う。

それにしても、このたびも本書の刊行に際しては、じつに数多の方がたや諸機関のお世話になった。この場にいちいち個人のご尊名を列挙するのは差し控えさせていただくけれども、こうした方がたや諸機関からいただいた、惜しみないご支援や学恩なしには、本書に収載したいずれの論考も完成し得なかったであろうことは間違いない。その意味で、諸種の貴重な恩恵を蒙った方がたと諸機関には、筆者の心奥で各々の御名を密やかに反芻することで、御礼に代えさせていただきたく思う所存である。ただ、諸般の事情で、本書の刊行がほぼ一年近く遅延した点には、忸怩たる思いを禁じえない。

最後になったが、このような蕪雑で貧弱な内容の本書を、かくも結構に装って出版してくださった、青簡舎社主の大貫祥子氏にも、衷心より厚く御礼申しあげる次第である。

平成二十一年四月吉日

三　村　晃　功

本書は「平成二十一年度京都光華女子大学・同短期大学部学術刊行物出版助成」制度の恩恵に浴して刊行されるものである。当局に対し、厚く御礼申し上げる。

三村晃功（みむら・てるのり）
昭和15年９月　岡山県高梁市に生まれる
昭和40年３月　大阪大学大学院文学研究科修了
現　　　在　京都光華女子大学教授・前学長
　　　　　　博士（文学・大阪大学）
専　　　攻　日本中世文学（室町時代の和歌）
主要編著書　『明題和歌全集』『明題和歌全集全句索引』（昭和51・２、福武書店）、『中世私撰集の研究』（昭和60・５、和泉書院）、『続五明題和歌集』（平成４・10、和泉書院）、『中世類題集の研究』（平成６・１、和泉書院）、『公宴続歌　本文編・索引編』（編者代表、平成12・２、和泉書院）、『中世隠遁歌人の文学研究』（平成16・９、和泉書院）など
現住所　〒611-0028　京都府宇治市南陵町 1-1-66

近世類題集の研究　和歌曼陀羅の世界

二〇〇九年八月二〇日　初版第一刷発行

著　者　三村晃功
発行者　大貫祥子
発行所　株式会社青簡舎
〒一〇一-〇〇五一
東京都千代田区神田神保町一-二七
電　話　〇三-五二一八三-二二六七
振　替　〇〇一七〇-九-四六五四五二
印刷・製本　株式会社太平印刷社

ISBN978-4-903996-17-2 C3092